茂陵秋

紅樓夢斷系列

新校版

高陽

目次

第一章

兩年不到的辰光，春郊馳馬，猶能與子姪輩一爭短長的李煦，已是皤然一叟了。

這是從鼎大奶奶自盡之後，一連串的打擊所造成的。康熙六十年上京，為皇帝狠狠罵了一頓；在磚地上「崩冬、崩冬」碰頭，前額正中碰出一個青紫大包，亦未能挽回天心。恩遇一衰，內務府、戶部、工部的那些官兒就另眼相看了！該他得的得不到，可以搪的搪不過去，眼前就有一大一小兩筆款子，非交不可。

小的一筆是參款。這年三月十八皇帝生日，雖非整壽，但因登極花甲不舉行慶典，所以除了奉召的李煦以外，其餘兩處織造：江寧曹頫、杭州孫文成，亦都進京祝嘏，隱然有朝賀君臨天下六十年的意味在內。當時知道內務府庫中，有一批人參要處理，便策動曹頫與孫文成，向內務府接頭，按照往例，仍舊交由江寧、蘇州、杭州三處織造經手發售。人參共有六種，總數兩千多斤三處勻分，每處應繳價款一萬八千五百多銀子。孫文成首先交清；曹頫繳了一半；李煦分文未交。內務府已行文來催過兩次，倘再不交，面子上怕會搞得很難看。

大的一筆是十幾年以來積下的虧空。原來當皇帝恩賞曹、李二人，以十年為期，輪管淮鹽時，他跟曹寅會銜奏准，將兩淮鹽差的餘銀之中，撥出二十一萬分解江寧、蘇州兩織造衙門。

每處每年各得十萬五千兩；原本向藩庫支領的這筆款子，就此停支。

到得康熙四十七年，議裁減應織緞匹。供應既減，經費自然也要減少；蘇州每年可省下四萬多銀子；而兩淮巡鹽御史衙門，仍依原數照解；理當由織造轉繳差額。康熙五十二年以前，已經料理清楚；五十三年至五十九年，一共七年積下了三十二萬多的虧空，內務府已經催了兩年了。

李煦計無所出，這年——康熙六十一年三月裡，硬著頭皮又寫了一個密摺，實言陳奏：「奴才因歷年應酬眾多，家累不少，致將存剩銀兩借用；今曉夜思維，無術歸還。」唯有「伏求終始天恩，再賞滸墅關差十年。在正額錢糧之外，願進銀五萬兩」；此外，每年再撥補虧空三萬兩千多銀子。十年可以補完。

皇帝沒有准，但也沒有駁。留中不發，也可視作皇帝尚在考慮。李煦並不氣餒。

不但不氣餒，他甚至始終是樂觀的，能將眼前的心力交瘁之苦，融化在三五年內無窮的希望之中——希望在遙遠的西陲：張掖。

張掖就是甘州；撫遠大將軍皇十四子恂郡王駐節之地。自古豔稱的「葡萄美酒夜光杯，欲飲琵琶馬上催」的旖旎風光，由於李紳的刻畫，使得他更神往了。

李紳是端午節剛過，回到蘇州的。他在平郡王訥爾蘇帳下，專司筆札；一次戰役大捷，他為平郡王寫了一通賀函給皇十四子，大獲賞識，要延攬李紳入幕；從此，他由諸侯的門下，轉為「東宮」的賓客。

說皇十四子恂郡王是「東宮」，無名有實。早在康熙四十七年，皇長子胤禔革去直郡王爵位時，所撤回的上三旗護衛人員，即奉上諭，賜與十四阿哥。五十七年冬天授為撫遠大將軍時，特准使用標示御駕所在的正黃旗纛；親御太和殿頒授撫遠大將軍的金印，在在暗示，皇十四子是代替御駕親征。大命有歸，已是公開的祕密。

為此，凡派赴軍前的文武官員，都有從龍之威；但恂郡王人如其號，恂恂然惟恐不勝，對部下儘管時有恩賞，而約束甚嚴。以李紳的性情，遇到這樣一位明主，自然死心塌地，效力勿去。

但是，江南還是常縈魂夢。所戀的倒不是江南之風光，而是在江南的親族；他也知道，李煦老境頹唐，而李鼎則紈袴如故。想起十幾年追隨的情誼，很想有機會來看看這位老叔；只是幾次請假，總為皇十四子勸說：「間關跋涉，往還萬里，太辛苦了！等有機會再說吧。」

機會終於找到了。塞外苦寒，重裘不暖；恂郡王想到自己的那件「吳棉」小棉襖，隔一層布衫，貼肉穿著，又輕又暖；何不每人製發一件？

於是他脫下自己的小棉襖，作為樣品，下令採辦四萬件。他所說的「吳棉」就是絲棉，出在江浙兩省養蠶的地方。主管軍需的官員，主張用大將軍的勅令，行文有關督撫，從速照辦，限期運到。李紳知道了這件事，另有主意。

「四萬件絲棉小棉襖，大概八萬銀子就可以辦得下來。可是行文督撫，層轉州縣，派到民間，恐怕二十萬銀子都辦不下來。軍需緊急，地方官不敢誤期限；於是胥吏借事生風，鞭扑追比，不知會如何騷擾？」李紳又說：「再者，若無專人督辦，尺寸不齊，厚薄不一，驗收分發，一定糾紛不斷。是故此議不可行。」

「說得不錯！縉之，」恂郡王問：「想來你總有善策？」

「不敢謂之為善策。只是我在江南多年，對這方面的情形比較了解。蠶絲出在太湖邊上的蘇州、湖州兩府；我有個省錢、省時、省麻煩的辦法。」

他的辦法是委託蘇州、杭州兩織造，估價代辦；工料款子請江蘇、浙江兩藩庫代墊，咨部在西征軍費項下扣還。將來運輸亦可委請蘇杭兩織造代辦；他們每年解送「龍衣」，自有一批妥當的船在。

「織造衙門在這方面是內行，購料比別人又便宜又好；至於工人，除了本衙門的匠役以外，另有一批特約的機戶與裁縫。只要找到抓頭的人，說明式樣尺寸，領了料去，大包發小包，小包發散戶；限期彙總來繳，再不得耽誤，更不敢偷工減料。實在是一舉數得。」

「好極了！」恂郡王很高興地說：「雖小事亦是一番經濟。足見長才！」

「十四爺謬讚，愧不敢當。」李紳緊接著說：「不過，我要假公濟私，向十四爺討這個差使。」

恂郡王想了一會，點點頭說：「好！按實際，恐怕亦只有你去，才能辦得圓滿。」

「多謝十四爺！」李紳請了個安。

「言重，言重！應該我向你道謝。」恂郡王說：「你預備甚麼時候動身？」

「自然是越快越好。」李紳答說：「我想端午節左右趕回江南；限一個月辦齊這批棉軍服。隨即裝船，大概七月初可到開封。以後，接運的事，我就不管了。」

「行！不過，我希望你在蘇州也別逗留得太久。」恂郡王念了兩句唐詩：「『待到重陽日，還來就菊花！』」

「是！我盡力在八月底之前，趕回來覆命。」

道不完的別後相思，說不盡的塞外風光；直到第四天下午，李煦在滄浪亭設席為李紳接風，才能細談公事。

同席的只得四個人，李家叔姪以外，另有兩個李煦的幕友，一個叫沈宜士，籍隸浙江山陰，精於籌算；一個叫李果，字客山，本地人，專為李煦應酬各方賓客。這兩個人都稱得起篤行君子；在李家的門客中，也只有這兩個人跟李紳談得來，所以李煦特為邀他們來作陪。

敘過契闊，主客四人相將入席，不分上下，隨意落座。李煦端起酒杯，第一句話就說：「縉之，你老叔有個不情之請；你先乾了再說。」

一乾了杯，即表示對他的「不情之請」，作了承諾；但李煦已先一飲而盡，舉空杯相照，李紳就不能不乾了。

「縉之，那四萬件棉襖，你都交給我辦吧！」

是這麼一個「不情之請」，李紳大出意外；公文中說得明明白白，委託蘇州、杭州兩織造衙門，各辦絲棉襖兩萬，價款亦由江蘇、浙江兩藩司衙門分墊。李紳又何得擅作主張？

李果本性喜歡急人之急，看李紳面有難色，體諒到他的處境確有無法應命之苦，便開口替他解圍。

李煦字旭東，門客都稱他「旭公」！李果很率直地說：「旭公，此事非縉之兄所能作主，得另作計議。」

「『吾從眾』！」李煦將身子往椅背上一靠；雙手相疊，擱在鼓起來的肚子上。

他這個姿態是李紳看慣了的，只是感想不同。當李煦精力旺盛時，出現這樣的姿態，自然而然地會使人感受到他作為一個最終裁定者的權威；而此刻白髮滿頭，與他的雙目尚尚不甚調和，所予人的感覺是，他在求援，他渴望著能有一個使他一手經理這批軍服的辦法出現。

就為了這一感覺，李紳提出一個他本人不喜歡的建議：「我想，或者可以跟孫三叔商量，請他自己表示，拿這個差使，讓給大叔一個人來辦。」

所謂「孫三叔」即指杭州織造孫文成。「這是釜底抽薪之計。」李果接口：「我贊成。」

「宜士先生以為如何？」

沈宜士是典型的「紹興師爺」的派頭，三思而言，言必有中；此時先喝口酒，拈塊風雞咬了一口，咀嚼了一會，方始開口。

「李、曹、孫三家如一家，這件事情孫家情讓，實在算不了甚麼。不過，其中有一層關礙，只怕孫家肯讓，浙江的巡撫跟藩司也不肯讓。」沈宜士略停一下，又說：「列公請想，大將軍派下來的差使，誰不想巴結？」

畫龍點睛在最後一語。座中無不恍然大悟。浙江拿這個差使辦好了，不見得有何好處；但如轉到江蘇來辦，不知其中有此情讓的委曲，只道浙江怠慢這個差使，倘或撫遠大將軍因此惱怒，浙江的織造、巡撫、藩司的前程，當然就此斷送了。

「看起來不行了！不過，」李煦皺著眉說：「如果有這八萬銀子周轉，我的幾個關都可以過去了。」

「法子不是沒有。」沈宜士慢條斯理地說：「這個法子叫做讓利不讓名。表面上，孫織造承辦，暗地裡將浙江的款子轉過來；東西由這裡辦好，悄悄送到浙江再裝船。不過，也不能全數拿過來，浙江自己要辦一部分，才能遮人耳目。」

「是，是！」李煦眉目舒展地說：「此計大妙！如果文成肯讓四分之三給我最好；不然就平分著辦。」接著叫一聲：「縉之！」

不必明言，便能意會；李紳慨然答說：「孫三叔那裡，自然我去商量。時不宜遲，我明天就走。」

「也不必這麼匆忙。」李煦急忙說道：「你好好歇幾天再說。」

「事情要辦就得快。」李果插進來說：「我陪縉之兄一起去走一趟，順便逛逛西湖。」

「這倒也使得！」

李煦說了這一句，隨即離席，親自關照二總管溫世隆，將他平日來往揚州、鎮江、常州各地的一艘坐船，趕緊收拾乾淨，帷帳衾褥，皆備新品；又分派隨行的廚子聽差，直以上賓之禮相待。

回到席間，愁懷一去；天公恰又作美，來了一場陣頭雨，炎暑頓消、神清氣爽，酒興談興，更加好了。

話題很自然地落到撫遠大將軍恂郡王身上。李果問道：「都道儲位已定，又說皇上有禪位之意。縉之兄，你如今是大將軍麾下的上客，朝夕過從，想來總知道這些至祕極密？」

李紳笑道：「既是『至祕極密』，我何可妄言，不過儲位已定，實在已算不了甚麼祕密。皇上的硃諭，我亦見過一通，諄諄以寬厚御民為勉，期望大將軍能作仁君的意思，是很殷切的。」

「既然如此，去年萬壽節前，太倉王相國奏請建儲，何以又獲嚴譴？」

「這是皇上的深意。一建了儲，東宮體制在諸王之上；歲時令節，諸王見太子行二跪六叩禮，你想恂郡王的同母兄四阿哥雍親王，心裡是甚麼味道？」

「雍親王為人尖刻。」李煦插進來說：「不立恂郡王為太子，一則是這一來體制所關，無法跟弟兄親近；再則就是怕雍親王心裡不服。皇上深謀遠慮，計出萬全。大清朝福祚綿長；真正我輩何幸而逢此盛世！」

說罷滿引一杯，大家也都陪他乾了。李果一面為大家斟酒，一面問道：「縉之兄，禪位之說如何？」

「這一層很難說，不過皇上已下了好幾年的功夫，把他即位以來的大事，按年追敘，以備嗣君奉為南鍼。或許等皇上將這件大事辦妥了，還要當個幾十年的太上皇，亦未可知。」

「這可真是自有載籍所未有的盛舉！縉之兄，我倒還要請教。恂郡王到底有何長處，皇上何以獨鍾意於這位阿哥？」

李紳想了一下答說：「皇上鍾意於恂郡王，就因為他跟他的同母兄雍親王，是極端相反的性情。」

原來恂郡王賦性仁厚，從小對兄恭敬，對弟友愛，因而最蒙父皇鍾愛。自從太子兩次被廢，弟兄之間公認的，最能幹的皇八子乘機而起，居然獲得原來擁護太子的一班椒房貴戚、元老重臣的支持；弟兄之中，包括皇長子、皇九子、皇十子，以及現在的恂郡王，亦無不傾心。眾望所歸，賓客如雲，儼然東宮氣象了。

但在皇帝看，皇子中最不合繼承大位資格的，就是皇八子。因為他的出身不好，生母良妃是籍沒入官的罪人之女；如果他做了皇帝，皇三子誠親王、皇四子雍親王，還可能有皇五子恆親王，都不會甘服，束甲相攻的骨肉之禍，必不可免。

還有一層為皇帝所深惡的是，皇八子的福晉，既妒且悍，所以皇八子一直沒有兒子；如果是他繼承了皇位，一傳而絕，將來選取嗣子，必生嚴重的糾紛。因此，凡有大臣稱道皇八子賢能，即不為皇帝所喜；但另一方面，卻又用皇八子管理內務府，用意在顯示他的這個兒子，可為大臣，不可為君。

見此光景，頗有自知之明的皇八子，絕了想君臨天下的念頭，決定在兄弟之中，挑一個人去支持，以成擁立之功，長保富貴安樂。

他心目中有兩個人，一個是皇九子、一個是皇十四子。結果挑中了後者；最大的原因是，迎合皇帝的心理。

這一來，就更加強了傳位於皇十四子的決心，因為皇八子眼前讓賢，將來自必盡心輔佐，外而治國，內而消弭骨肉間的猜疑，有他參贊，更可放心。

「總而言之，皇上認為只有傳位給恂郡王，才無後患。當然，恂郡王的德與才，亦足以成為明主。加以年力正富，一旦接位，起碼有三十年太平天下。」

「有道理、有道理！」久未發言的沈宜士連連點頭；然後提出一個疑問：「民間的大戶人家，如果遇到這種承家頂門戶的大事，總也要找幾個大兒子商量商量；不知道跟幾位親王商量過沒有？」

「問得好！」李紳答說：「照我猜想，誠親王、雍親王、恆親王，還有皇七子淳郡王都商量過的。」

「照此說來，乾坤已經大定。將來一朝天子一朝臣；縉之兄飛黃騰達，指日可期。」

李紳淡於名利，對沈宜士的恭維，不甚入耳，所以矜持地微笑不答。李煦卻大為興奮，有一段錦繡前程，可以描畫。

「我們曹、李兩家，這幾年的家運，壞極、壞極！不過，我看得比較遠，所以一切都能泰然處之。恂郡王一旦登了大寶，我們那位姑爺平郡王是他在塞外同生死、共甘苦的弟兄，必定要得意的；加以縉之是從龍之臣，三五年功夫就可以戴紅頂子。兩位請想，我眼前這點坎坷，算得了甚麼！」

這是可以明言的關係，還有不便說的奧援。李煦早在皇八子身上下了功夫，曾經買過四個絕色女子，送到京裡；為皇八子營了很隱密的金屋。恂郡王做了皇帝，如今還只是貝子的皇八子一定會被封為世襲罔替的親王；成為第九位「鐵帽子王」，這是最牢靠的一座靠山。

從杭州回來，已經六月初了，天氣正熱的時候；李紳被安排在水榭中下榻。李鼎亦移榻相陪，晚來置酒；兄弟倆閒談，少不得要提起一個人。

「小鼎，繡春怎麼樣了？」

「『春心莫與花爭發，一寸相思一寸灰。』」

李紳黯然；然後怔怔地望著李鼎，好半天才問：「你現在跟她怎麼稱呼？」

「我沒有見過她。」

「去年秋天，不說你在曹家作客，有一個月之久；莫非就沒有機會看見她。」

「她根本不在曹家。」

「在哪裡？」李紳又問：「還是住在她嫂子家。」

「也不是！」李鼎又吟了兩句詩：「此身已作沾泥絮，黃卷青燈了一生！」

「怎麼？」李紳大驚，「真的出家了！」

「聽說是帶髮修行。」

「在哪個庵？」

「好像是在吳江附近的一個鎮上。」

「小鼎，」李紳央求著說：「你給打聽一下，行不行？」

「要打聽容易，你讓柱子到門房裡去問一聲就是；四姨還派人給她送過東西。」李鼎緊接著問：「紳哥，你還打算去訪舊？」

「我不知道她願意不願意見我？」

李鼎年輕好事，加以久無新鮮的消遣；認為去看出了家的繡春，特別是見了李紳作何模樣，是件很好玩的事，所以躍然欲試。不過，他知道李紳的脾氣，倘或自己的態度欠莊重，就不但不會帶他去，多半還要挨幾句訓。

於是，他神色肅然地說：「紳哥，論到這重公案，自然是你負她。但是，你有你的苦衷，也不是不能解釋的；無論如何，你趁現在難得回來的機會，應該有個交代。或許會勸得她回心轉意；乃至於對方真的絕望了，倒也能夠丟開，重新從人。」

「你說得不錯！我應該對她有個交代。」

「那好！我陪你去。」

李紳點點頭；盤算一會說：「當然公事第一！照我原來的打算，這會兒應該已經把東西辦齊裝船，七月初可到開封。如今得趕緊催辦；無論如何，月半一過，非裝船不可。不然接運的車馬多等一天，就讓百姓多受一天累。於心何忍？」

「月半大概都可以齊。我幫你再催一催。」李鼎問道：「紳哥，你自己預備甚麼時候走？」

「至遲不能過二十五。」

「那怎麼行？」李鼎有些著慌，「你不是答應了？要辦喜事，幾天怎麼來得及？」

「不！辦喜事，起碼得明年。婚娶大事，豈可草率？」

「我說的辦喜事是『傳紅』，不是迎娶。『傳紅』宴客，往來酬酢，親友相賀，總要半個月才擺布得開。」李鼎自作主張地說：「這樣，棉襖月半裝船；然後辦喜事；你月底動身。明天我替你去要船；有兩天功夫就可以弄妥當。大後天我陪你去訪繡春。了掉這重公案，回來你就可以專心一致地幹你的正經了！」

黃昏下船，沿著運河南行，午夜時分，便到了吳江，泊在垂虹橋下。新月如鉤，清風入懷；李紳忽然有了酒興。

「糟糕！」柱子懊喪地說：「路菜倒帶了，就忘了帶酒。」

「不要緊！」李鼎攜來的，春熙班的小旦琴寶說：「這裡我很熟。上岸往南一里多路，是個鎮甸，那裡有好幾家賣酒的；這時候還都在納涼，不愁敲不開店門。」

於是李鼎派一名男僕與柱子一起去打酒；然後吩咐船家燒水烹茶，與李紳倚著船一面品茗玩月，一面閒談。

「鼎大爺，」琴寶笑嘻嘻地說：「我有個主意，你看使得使不得？兩位爺不如到橋上去喝酒，又軒敞，又涼快。」

「這個主意好！」李紳脫口說道：「我本來就想上岸舒舒筋骨。」

於是收拾茶具、食盒、杯盤，另攜兩條龍鬚席；搭好跳板登岸上橋。這道橋是吳中一勝，本名利往橋；地當吳江入太湖之處，橋長一百三十丈，有六十四個橋洞。當北宋慶曆年間初建時，本是木橋；現在早已改為石橋，橋中建亭，即名垂虹亭。

小福兒在亭中鋪好龍鬚席，李鼎、李紳相對而坐，琴寶就坐在兩個人中間。月光斜射，正照在他稚氣的臉上；眉目娟娟，帶點靦腆，像個女孩子。

「你今年多大？」李紳問說。

「十六。」

「從師幾年了？」

「八年多。」

「八年多，會的曲子不少吧？」

「他早就滿師了。」李鼎說道：「他師父不放他。唱得很不錯；可惜沒有帶笛子，不然可以唱一段你聽聽。」

「我帶了一支笛子，在船上。」琴寶向小福兒招招手說：「小福哥，勞你駕，把我鋪位上那支笛子取了來。」

「你念過書沒有？」李紳又問。

「也談不上念過書。不過認『本子』，識得幾個字而已。」琴寶又說：「鼎大爺常跟我說，要念些詞曲在肚子裡，不然演『鬧學』、『驚夢』這些戲，拿不出身分來。」

「這也是『腹有詩書氣自華』的道理。」李紳問道：「你倒說，你念了些甚麼詞曲在肚子裡？」

「他最喜歡朱陳兩家詞。」李鼎插嘴。

朱是朱彝尊，陳是陳其年；四十年前同應制科「博學弘詞」，名動禁中，是有清以來兩大詞家，但最早合刻的詞集，卻謙稱「朱陳村詞」。李紳也是喜愛這兩家詞的，所以聽得李鼎的話，頗有喜得知音之感，興致更好了。

「那麼，就地風光，有首〈高陽台〉，你總記得吧？」

「怎麼不記得？只要船過這裡，我總會想到這首詞。」

「你念給緡二爺聽聽。」李鼎說道：「詞韻又是一種，有些仄聲，要當平聲用；請緡二爺指點指點你。」

琴寶點點頭，朗聲念道：「『橋影流虹，湖光映雪，翠簾不捲春深。一寸橫波，斷腸人在橋影。遊絲不繫羊車住，倩何人，傳語青禽？最難禁，倚遍雕欄、夢遍羅衾。』」

等了一會，不見他再往下念，李鼎便催促著說：「這是前片；過片怎麼不念？」

琴寶用他那如小鹿般的眼睛，很快地向李紳看了一下，陪著笑說：「不必再往下念了吧？」

「為甚麼？」李鼎不解；李紳亦不解。

「你倒想，緡二爺去看那位繡姑娘，總得有個好兆頭吧！」

這一說，兩李恍然大悟。原來朱彝尊的這首〈高陽台〉，寫的是康熙初年一段淒絕的故事。詞前有一篇小序：「吳江葉元禮，少日過垂虹橋，有女子在樓上見而慕之，竟至病死。氣方絕，適元禮復過女門，女之母以女臨終之言告葉，葉入哭，女目始瞑。」前片所詠，完全是「見而慕之」的光景；過片一開頭便寫「明珠佩冷，紫玉煙沉」；而據說繡春多病，琴寶怕兆頭不佳，所以不願往下念。

李紳卻不在乎，「你的心思真多！」他說：「我沒那麼多忌諱！」

既然這麼說，琴寶便又往下念：「『重來已是朝雲散，悵明珠佩冷，紫玉煙沉。前度桃花，依然開遍江潯。鍾情怕到相思路，盼長堤，草盡紅心。動愁吟，碧落黃泉，兩處難尋。』」

念得聲調清越，感慨多於悲傷；李紳點點頭說：「很好，你的念法，符合朱竹垞的原意。不過有幾個字，你不該輕輕放過。」

「是！請縉二爺教我。」

「拿過片來說，『悵明珠佩冷』的『悵』；『盼長堤』的『盼』；『動愁吟』的『動』，都該念得重。詞中凡是單字領起的句子，都要用去聲；這樣才響，才能振得起精神。我想，你唱曲子的道理也差不多。」

琴寶拿他舉的例證，低聲念了幾遍，果然不錯；喜孜孜地說道：「我真得拜縉二爺做老師！」

師雖未拜，李紳倒是在音韻上很指點了他一番。把酒傾談，又聽琴寶倚著李鼎的笛聲，唱了兩段崑腔，一套北曲；李紳自道領略了類似姜白石的「二十四橋明月夜，小紅低唱我吹簫」的情趣。

「『波心蕩，冷月無聲。』」李鼎指著水面，也念了句姜白石的詞，「馬上就天亮了，回船趁早涼趕路，正好一睡睡到平望。」

平望不過吳江縣屬的一個鎮，但卻是水陸要衝的碼頭。運河自此南下，經嘉興直達杭州；另有一條支流，經過震澤到湖州的南潯——海內最富庶的一個村鎮。

這一帶是東南膏腴之區中的精華，亦為絲產最多最好的地方。農家五荒六月，正當青黃不接之際；唯獨這太湖東南，六月裡新絲上市，家家富足，時當午後，鎮上到處是紅通通酒醉飯飽的面孔。

李家兄弟不必下館子，有蘇州織造衙門的一家發了財的機戶做東道主。此人姓吳，發了財捐了個九品的職銜；家裡奴婢成群，都叫他「老爺」。李鼎開玩笑也叫他「吳老爺」；李紳厚道，照往常一樣，管他叫「老吳」。

「老吳，」他說：「你不必張羅。第一，天熱，只想清淡的素齋吃，越清淡越好；第二，我們今天晚上住船上，連夜開船，晚上趕路涼快些。」

「是了，縉二爺，你老跟鼎少爺聽我說。第一，要吃齋不必在舍間，我帶兩位爺到個『曲徑通幽處，禪房花木深』的地方——」

「唷！唷！吳老爺，」李鼎笑他：「出口成章，真不得了！幾時變得這麼風雅了？」

老吳臉一紅，靦然笑道：「八十歲學吹鼓手，跟我孫子的先生在念唐詩。」他緊接著說：「第二，我不敢多留，留兩位爺住一天。」

這兩件事，在李鼎無可無不可；李紳卻有難色，尤其是第一件。原來平望、震澤一直到嘉興，盛行所謂「花庵」；老吳所說的「『曲徑通幽處，禪房花木深』的地方」，即指此而言。

李紳在蘇州多年，往來江浙，自然也隨喜過這些地方，本無用擺甚麼道學面孔。但此來訪舊，懷著嚴肅的補過心情；同時繡春修行之處，又是一座極重清規的家庵，如果未見繡春，先逛花庵，忒嫌褻瀆，所以遲疑著無法作答。

李鼎多少是了解他的心情的，慫恿著說：「紳哥，你也太不灑脫了；目中有尼，心中無尼。怕甚麼？」

這是套用「目中有妓、心中無妓」的說法，「八十歲學吹鼓手」的老吳也聽懂了。一拍光禿禿的腦袋，雙手合十，一臉惶恐地說：「罪過，罪過！」

樣子有點滑稽，琴寶忍不住掩口胡盧；李鼎便又說道：「紳哥，你不是最佩服蘇東坡？東坡如在此刻，一定說：『吾從眾！』」

「好吧！」李紳無奈，「既然你們都贊成，我亦不反對！」

「那就請吧！」老吳舉手肅容，「府上的大船不必動了，我陪兩位爺坐了小船去。」

「不忙，不忙！有件事先得有著落。你請過來，聽我細說。」李鼎拉著老吳到一邊問道：「有個萬壽庵在那裡。」

「在鶯脰湖邊。」老吳答說，「這個庵沒有花樣，住持淨因老師太的清規嚴得很！」

「我知道，我且問你，金陵曹家有個丫頭在萬壽庵，你知道不？」

「怎麼不知道？是曹家震二奶奶面前得寵的丫頭，不知為甚麼，尋死覓活要出家？」

「喏！就是為縉二爺。其中有一段情——」

由於要靠老吳設計，能讓李紳在清規謹嚴的萬壽庵，與繡春一晤；李鼎不能不將他們的「那段情」明告老吳。原來魏大姐突出奇兵「俘獲」了李紳，所予繡春的感想是，人心險巇，處處陷阱，只有清淨佛門，才是安身立命之處，因而出家之念，益發堅定。同時斬釘截鐵地說：如果曹老太太一定要她回府，唯有以死相謝。

在震二奶奶，正要她有此堅決的表示，終於說動馬夫人，在曹太夫人面前，極力進言，成全了繡春的志向。同時又怕在近處或者還脫不了曹震的掌握，所以很費了一番安排，才拿她送到以戒律整肅的萬壽庵來安頓。

當然，關於曹震的那一段，李鼎不必細敘；魏大姐的作為更可不談；他只是想讓老吳知道，李紳與繡春有這麼一段舊情，如今也不是想打她甚麼主意；只為了恩怨糾結，希望面對面說個清楚，作個了斷。

「難，難！萬壽庵那裡連蒼蠅都飛不進去的。哪怕地保有公事上門，也不過在韋陀殿跟知客師太打個交道。」老吳又說：「這也不能怪淨因老師太，實在因為這裡的花庵出了名；一點點的不謹慎，就會搞得滿城風雨。」

「吳老爺又掉書袋了！」李鼎說了這一句，收斂笑容向李紳說道：「紳哥！我看算了吧！」

李紳楞了好一會，自語似地說：「咫尺天涯，抱憾一生。」

聽得這話，李鼎決意不顧一切，要促成他跟繡春的重逢。「老吳，」他的神情異常認真與迫切，「不管你用甚麼辦法，這件事無論如何要拜託你辦到。」

老吳凝神想了一下說：「等我先問一問。」

兩李不知道他要問的是甚麼？不過看樣子似乎已籌得了辦法，所以彼此樂觀地對望了一眼，靜靜地等著。

果然，不多一會，老吳笑嘻嘻地走了回來，「還好，還好！恰恰有個機會；不過，」他說：「恐怕只能我陪著縉二爺一個人去。」

「行！」李鼎忙不迭地問：「是怎麼一個機會？」

機會亦是李紳自己從甘州帶來的。四萬件絲棉襖，已經由他在杭州跟孫文成談妥當，名為兩處分辦；實際上李煦承辦三萬五千件。數量既大、期限又促，所以多方分包；一半也是李煦利用織造衙門多年所培養的關係，派人傳話給機戶，及有往來的絲商、繭行、布店：「幫幫老東家的忙！」工資不豐，還要趕班；而且絕不許偷工減料。老吳是受過李煦很大好處的，義不容辭地自己報數，承包三千件。

為了限期緊迫，這三千件絲棉襖必得分散承製，若有三千家人家，每家一件，不過旦夕之功。無奈時當盛暑，又是魚米之鄉，家家歇夏；除了窮家小戶，沒有人願意掙這戔戔工資。所以老吳不得不發動各種關係，請相熟人家的內眷幫忙。自然也想到平望鎮內鎮外，十幾座尼庵，可是有的推辭不會；有的應應景只肯承製三、五件。熱心的實在不多。

此時老吳要問的，就是萬壽庵的情形。結果出人意外，據說淨因老師太認為澤被征人，是極大的功德；所以一諾無辭，許下十日之內承製八十件，而且不收工資。那裡連燒火老婆子在內，也不過七個，每人每天攤到一件都不止。

「有這麼一段情節在內，縉二爺就可以名正言順地上萬壽庵了。淨因老師太原知這個差使，是西邊王爺交代，織造府上一位少爺帶來的；我如今只說：縉二爺因為老師太這麼熱心，特為登門道謝。這個理由不是很冠冕嗎？」

「是，是！」李紳肅然起敬地說：「淨因老師太如此存心，原該登門叩謝。」

「慢來！慢來！」李鼎搖著手說：「冠冕是冠冕！太冠冕反倒不好！當著淨因老師太，就算是見到繡春，語不涉私，也是白去一趟。」

「這——」老吳苦笑道：「我效勞只能到這裡為止了。」

彼此沉默了一會，李鼎說道：「不必在這裡白耽誤功夫；我們上船，一面走，一面商量。」

「對！」老吳應聲說道：「鶯脰湖邊，有五座庵；除了萬壽庵，另外有座庵，也還規矩。我先陪兩位爺到了雨珠庵去吃齋。雨珠庵的『活觀音』很能幹，說不定她有甚麼好法子想出來。」

於是賓主一行四人，帶著兩個小廝下了吳家的小船，雙槳如飛，轉眼間到了鶯脰湖。雨珠庵就在湖濱；李紳登了岸，在庵前眺望，但見波光雲影，水天一色，閒鷗上下，與遠處風帆，相映成趣，不由得站定了腳，竟有些捨不得走了。

「縉二爺，」老吳得意地問道：「風景不錯吧？」

「在這裡出家，倒真是享清福。」李紳問道：「萬壽庵在哪裡？」

「在後面。這裡看不見。」說著，老吳轉身直到庵前，一伸手拉住一個扣環，扯了兩下，隨即聽得庵內琅琅然有銅鈴在響。

隔不多時，庵門開啟；出現的是一個十三四歲的女孩，穿一件湖色紬紡的尖領長袍，覆額童髮，頭頂心露出小籠包子那麼大一塊青頭皮，這就算剃度了。

「蓮文，你師父呢？」

「在午睡。」

「趕快叫醒她。你說蘇州李家的兩位少爺來吃齋，趕緊預備。」

蓮文點點頭，目灼灼地向三個生客打量，最後將視線落在琴寶臉上。

「別看了！」老吳笑道：「回頭我替你做媒。」

蓮文「啐」了一口，滿臉飛紅地轉身就跑。李紳、李鼎亦都望著琴寶好笑；害得他越顯腼腆了。

「請吧！」老吳昂然先行，「我來領路。」

一領領到東面一座院落；進了月洞門，只見一架紫藤，濃蔭匝地；北面是三間平房，湘簾半捲，爐香裊裊；一踏入台階，西屋迎出來一個女子，年可三十，打扮在半僧半俗之間，極黑的頭髮，在頂心上挽一個宮裝高髻，倒又像女道士了。

不言可知，她就是老吳口中的「活觀音」，法號天輪。她在脂粉地獄中打了多年的滾，閱人甚多，看李紳的氣度、李鼎的衣飾，又帶著小旦似的一個俊侶，便知是闊客登門，一張粉臉上早就堆足了笑容；及至聽老吳說這姓李的兩位施主，是「織造李大人的大少爺跟姪少爺」，更是不敢怠慢，刻意周旋了一番，方始告個罪，親自到香積廚去交代如何預備素齋。

「怎麼樣？」老吳笑著問道：「兩位爺看像不像『活觀音』？」

「這個外號可不大高明。」李鼎笑道：「雨露遍施；想來吳老爺亦跟她參過歡喜禪？」

老吳半猜半想地聽懂了他的話，連連搖手，「沒有，沒有！」他說：「她看不上我！像你鼎大爺這樣漂亮的公子哥兒還差不多。」

「真的嗎？」

「老吳，」李紳突如其來地發問：「這首詩是她做的嗎？」

他指的是壁上懸著的一幅橫披，上面軟軟的一筆趙字，寫的是一首七律：「玉宇無塵夜色闌，銀潢洗出水晶盤，諸天色相空中現，大地山河鏡裡寬；今夕自然千里共，此生能得幾回看？琉璃世界光明藏，問說何人在廣寒。」後面又有一行題跋：「天輪師詩如其人，清新俊逸，令人意消；偶讀其中秋玩月詩，寄託遙深，低徊不已。醉中書之，奉以補壁，並乞正腕。庚子重陽後一日，琴川居士並誌。」

「詩倒還罷了！題跋，」李鼎笑道：「可真是高山滚鼓之音了！」

「鼎大爺，」琴寶問道：「你說的甚麼？」

「高山滚鼓之音：不通、不通又不通。」

琴寶與老吳大笑，聲震屋外；驚動了一班妙齡女尼，都是綢衫長髮，亦有塗脂敷粉的，在月洞門邊躲躲藏藏窺探。這原是一種做作；老吳興匆匆地就想去招兩三個來陪客，卻為李紳攔住了。

「算了吧！」他說：「回頭說話不方便。」

原來老吳雖曾建議，不妨請教足智多謀的「活觀音」天輪，但李紳卻覺得此事謀之於蟻媒蜂使的天輪，對繡春、對自己都成了一種玷辱。但自看了這首詩，才知天輪亦知文墨，觀感一變，願意接納老吳的主意。等下細談前因後果，不但不宜有這班「摩登伽女」在座，他連琴寶都想支使開。

這層意思微一透露，現成有個蓮文可以利用，把他領了去另行款待；剩下賓主四人，恰好坐了一張方桌。庵中忌葷不忌酒；不過李紳因為向來飲酒不論多寡，一沾杯臉就會紅，上萬壽庵去見高年有道行的比丘尼，不甚得體，所以只有老吳陪李鼎喝庵中自釀的百果酒。

「言歸正傳吧！」聊過一陣閒天，李紳自己開口：「今天有件私事，老吳說非請教師太不可。」

「縉二爺有事要問我，實在沒有想到。那就請吩咐吧！」

李紳自敘不免礙口，使個眼色，由李鼎代言，天輪一面聽，一面招呼客人，聽完不即作聲，但臉色肅穆，睫毛不住眨動，顯然是在認真籌思。

「縉二爺，」她問：「你有沒有把握？那位繡姑娘只要一接通知，就會來跟你見面。」

「說實話，並無把握。」

「那就難了！」天輪又說：「我再請問縉二爺，想見面的作用何在？是不是量珠聘去，藏之金屋？」

「那是不作此想了！我——」李紳說道：「我只是想勸她還俗，擇人而事。」

「這一層，人人可勸，就是縉二爺不能開口。」

「是的！」李鼎深深點頭，「有那麼一個結在，不說還好，越說越擰。」

李紳爽然若失地說：「照此說來，我連見她一面都是多餘的。」

「正是這話！縉二爺，既然『各有因緣莫羨人』，你亦不必為她牽腸掛肚。天下沒有不散的筵席；已經逃席了，何必再回去跟主人作別？」

「這個譬仿好新雋！」李鼎微笑著說：「有些像參禪了。」

「豈敢！」天輪感慨地說：「古往今來，參不透的是一個情字。其實，參透了又有甚麼趣味？」

「師太，你這話說得玄了！」老吳接口，「剛才勸緒二爺看破一點兒，這會兒又這麼說。前後言語，好像不大相符。」

「是的！這就是情之一字所以參不破的緣故。俗語道得好，旁觀者清，我不過這麼勸緒二爺。若是我設身處地替緒二爺想一想，也覺得萬里歸來，如今又近在咫尺，這一面緣慳，只怕一路回去，魂夢有得不安。」

「說得好，說得好！」李紳衷心傾服，「簡直如見肺腑。師太，既然如此，還是請你想個甚麼法子，能讓我跟她見一面。如何？」

「要見面，容易；吳老爺說的那個法子就很好，一定能見得著面。不過，不見得能談甚麼。」天輪略停一下又說：「其實有個直截了當的辦法，倒不妨一試。」

「是，是！請教！」

「何不直接向萬壽庵的淨因老師太陳情？這位老師太外剛內慈，她的性情我知道的。」

照天輪說，萬壽庵的住持，持戒極嚴，不輕為人剃度，所以庵中帶髮修行的居多；如果紅塵之念未斷，行跡稍有不謹，立刻婉言諷勸出庵。倘或無家可歸，往往代為擇配；絕不願一味用清規戒律，將這些無心念佛的女子，勉強約束在庵中。

是這樣一位通情達理的老尼，自不妨細訴衷曲，李紳欣然受教，飯罷由老吳陪著上萬壽庵；李鼎卻挪了地方，由東屋移至西屋，因為日色偏西，斜陽照上東牆，不如西屋來得涼爽。

西屋是天輪的臥室，陳設與尋常閨閣無異，只是多了些經卷，擺在臨窗的一張半桌上；桌上鋪著潔淨的黃布，除了幾部經以外，還有一方硃脂，一隻天青色冰紋小花瓶，插著一朵白蓮，莖長花正，兀然挺拔，頗有孤芳自賞的味道。

天輪洗了手，捧出來一個錫罐，伸手一抓，取出十來個桑皮紙裹的小包，形如餛飩，卻是茶葉。李鼎並不外行，識得來歷；這一小包、一小包的上好茶葉，都在含苞待放的荷花中潤孕過，泡出來的茶，說是帶有荷香，其實似有若無，徒有其名。不過，用這種茶款客，不僅表示隆重，還意味著視這位客人是風雅之士。

因此，當天輪捧茶來時，李鼎一手端茶托，一手揭開碗蓋，先送到鼻子底下聞了一會，稱讚兩句。

「光這清香，就教人心曠神怡了。」

天輪覺得他言語有趣，越有親近之意；只是一庵之主，須防窗外有眼，牆外有耳，不能不矜持著，所以只報以甜甜的淺笑。

「師太，」李鼎問道：「你今年多大？」

上三十歲的女人，最怕人問年紀。但不能不答：「你還看不出來？」她說。

「我看你像屬蛇的。」

天輪掐著指頭算了一下，屬蛇如果生在康熙四十年辛巳，是二十歲；再大一輪是三十二歲。

顯然的，他就算有意討好，也不會說她才二十；自然是指三十二歲。

她很失望，也很不甘；摸著臉在心裡想，莫非在他眼中，自己真的老了？

這時李鼎亦已把年分算了出來，趕緊聲明：「我不是說你已經三十二歲了；我看你最多二十四、五歲。」

天輪笑了：「我屬羊，今年二十七。」其實她生在酉年，今年二十九，已瞞了兩歲。

「不像二十七，最多二十五。」

「那麼，鼎大爺，」天輪問說：「你何以又說我屬蛇呢？」

「這是我開玩笑。」李鼎答說：「你的腰細，所以說你屬蛇。」

半僧半俗的那件袍子，相當寬大；天輪便看著自己身上說：「我不懂你怎麼看得出我腰細？」

「這裡頭有學問，一時也說不明白。」李鼎伸手捏著她的腰說：「我的眼光不錯吧，果然是水蛇腰！」

這是試探，見她不作閃避，便知她心中有意；李鼎亦怦怦心動——走馬章台，在他是常事；像這些地方亦並不陌生。但從婚前以來，所結的相好，不是比他小，就是年齡相仿的；自從那一次在家，跟震二奶奶深宵暗巷，雙攜而行的經驗，忽然對比他年長而豐腴的婦人，別有一種飢渴般的愛慕。家中僕婦，有那三十上下，平頭整臉的，也偷過幾個，但都不足以寄託他對震二奶奶的綺念。唯有此刻的天輪，似乎可以成為震二奶奶的替身。

此念一生，便覺得天輪的身材、容貌、談吐、行事，跟震二奶奶有相似之處；同時忍不住想訴說這一段感覺。

「師太，我看你好生像我一個親戚。」他問：「南京織造曹家，有一位震二奶奶，你知道這個人不？」

天輪又驚又喜：「我久聞曹家有位少奶奶是絕色，而且出名的能幹，差不多的爺兒們都趕不上她。鼎大爺！」她問：「你怎麼拿我比她，真的有一點點像嗎？」

「豈止一點點？」李鼎答說：「簡直不相上下。」

「我不信！」天輪搖搖頭笑著。

「那震二奶奶就是繡春的主子。不信，你幾時到萬壽庵，不妨問問她，看我的話錯不錯？」

「我還不認識她。不要緊，萬壽庵我偶爾也去的，我一定要問她。」天輪又問：「不過，我奇怪，震二奶奶是絕色，震二爺又怎麼一直喜歡繡春呢？」

「這就是你們佛家所說的因緣。」李鼎順理成章地將他自己跟天輪綰合在一起：「咱們今天相遇，不也是一個緣字嗎？如果不是家兄要來訪繡春，又不是煩老吳做嚮導，只怕你我會錯過一輩子。」

「那也不盡然。只要有緣，遲早都會相遇。」

「這遲早之間，大有關係；如果你雞皮，我是鶴髮，就遇見了也沒有甚麼趣味。」

這話不免引起天輪自傷遲暮之感；因而也就警覺到，更應珍惜自己的這份好花盛放，將次殘敗的餘妍。像李鼎這樣的主兒，她也遇見過兩個，很懂得要怎麼樣才能抓得住他的心？光是有床笫間的一套功夫不夠；最要緊的是要讓他覺得談得來，不想走；今天走了，明天還來。

於是她嫣然一笑，把話題又拉回到震二奶奶身上，「我還是不相信你的話！」她說，「如果我真的跟震二奶奶很像，那震二奶奶又怎麼稱得上絕色？」

「怎麼稱不上？照我看，你也是絕色。」

「鼎大爺，」天輪故意裝得真的有點生氣的樣子，「你不該拿我取笑。」

「這是你太多心了！在我眼中看，你確是絕色。你要知道，色之一字，不光是指容貌，試看畫裡真真，無一不是國色；可沒有聽說誰會為了畫中美人害相思病的！」

「好啊，鼎大爺，我可抓住你了！」天輪是頑皮的聲音；方當李鼎錯愕不解之際，她坐到他身邊，壓低了聲音說：「你在害震二奶奶的相思病？」

一語道破心事，恰似作賊當場為人人贓並獲；李鼎到底只是個少年公子哥兒，滿臉飛紅，窘迫不堪，恨不得有個地洞可鑽。

見此光景，天輪識透他是個「雛兒」；心下越有把握，擒拿也越有手段，一把將他拉過來，就像親七八歲的孩子似地，拿他的腦袋摟在自己的胸前，雙手摟住，側著臉去親他的滾燙的臉；同時微微搖晃著，似乎不知道要怎樣親熱才好？

李鼎是綺羅叢中長大的，卻從未嘗過這樣的滋味。他的臉正埋在兩個豐滿溫柔的肉團中間，薌澤之氣，令人心搖魂蕩；滿身像有無數氣泡，向外膨脹；嘴跟鼻子壓得太緊，幾乎透不過氣來，但是他並不想掙扎；相反地，伸雙手環抱天輪的背脊，摟得極緊，彷彿要將兩個人擠併成一個似地。

「大爺，」天輪伸手抹下他的眼皮，輕聲說道：「把眼睛閉起來。你就當我是震二奶奶好了。」

「嗯，嗯！」李鼎哼著，不想說話，也不知道說甚麼話。

「你跟震二奶奶好過沒有？」

這一下，李鼎可不能不說話了：「沒有！」他鬆開他自己的手，也從她的懷抱中掙脫，「這可是沒有的事，你別瞎疑心。」

「你看你，」天輪笑道：「幹麼著急啊？」

越是這樣的語氣，越使李鼎著急；他識得震二奶奶的厲害，天輪的話如果傳到她耳朵裡，那就不知道會生多大的是非？所以很認真地在想：這一點非澄清不可！

他已經明白，越是氣急敗壞地分辯，越讓人不能信其為真；想了一下用平靜而堅決的語氣說：「到了這個時候，我不必再跟你說假話。既然已經承認了，何苦又藏頭掩尾；不過真是真，假是假，確是沒有。言盡於此，信不信在你！」

「我信！」天輪收斂笑容，很誠懇地答說：「看你的神色，我知道你說的是真心話。」

「你知道就好！」李鼎很欣慰地。

「那麼，除了這個，你們好到甚麼程度呢？」

這話讓李鼎很難回答，他倒情願真有跟震二奶奶摟摟抱抱的輕薄行為，此刻說出來好讓天輪滿足；無奈除去那晚上挽臂而行這麼一件事以外，則無涉於不莊之處，所以只能報以苦笑。

「怎麼？」天輪問道：「莫非是你單相思？」

「這，」李鼎很吃力地說：「倒也不盡然。」

「既然郎有情、妾有意，何以不曾真個銷魂？」

這話問得太率直了，李鼎有些著惱；天輪極其機警，趕緊賠上一臉歉疚的笑容。

「我知道你的心事！大戶人家的禮法拘著，就算彼此心裡都已經千肯萬肯，也得機緣湊巧才行！」

「這話，你算明白了。」

「好了！咱們不談震二奶奶吧！反正、反正——」天輪彷彿詞窮似地，沒有再說下去。

李鼎落了半天的下風，這會兒可不肯輕易放過她了，「反正甚麼？」他咄咄逼人地，「你倒是說啊！」

「反正，」天輪湊在他耳邊說：「震二奶奶不能給你的，我能給你。那還不好？」

「自然是好。」李鼎一把抱住她；四片嘴脣黏在一起，好久都不肯鬆開。

「好了！」天輪使勁將他推開：「縉二爺大概快回來了；你們今天怎麼樣？」

「你說怎麼樣？」

「你們今天不住在這裡？」

「恐怕不行！」李鼎搖搖頭。

「那麼你呢？不能一個人留下來？」

「不能！」李鼎想一想說：「我後天再來。」

「為甚麼不是明天？」天輪半真半假地說：「說實話，我也好久沒有動過心了；不知道怎麼，一見了你，心裡就七上八下地沒有安穩過。真是前世冤孽！」

這番話自足以迴腸蕩氣；李鼎毅然決然地說：「好吧，我明天一定來。」

「甚麼時候？」

「自然是夜裡。」

既去旋來，又是這種鑠金流火的天氣，明天晚上趕到，也太辛苦了。李鼎是唯恐天輪意有不足，滿口答應；天輪卻不能不為他設想，自然多少也有些憐惜。

「你不想想，明天晚上怎麼趕得到？就趕到了汗流浹背，狼狽不堪，人家心裡又怎麼過得去？」

李鼎愕然，不想她是如此責備？細想一想也有她的道理；不由得陪笑說道：「原是我欠算計。」

「我倒有個算計，就不知道你有功夫沒有？」

「要多大的功夫？你先說了再商量。」

天輪有個極動人的主意，想陪李鼎去逛太湖，在洞庭東山借個別墅住那麼兩三天。她庵中有條畫舫，動用器具，應有盡有，不須他費心；只要他能抽身兩三天就行了。

這是多愜意的事！太湖的波光，東西洞庭的山色，李鼎看得多了；但悄然雙攜，朝夕相共，不虞有甚麼掃人興致的俗務牽纏，卻還是破題兒第一遭。尤其是一想到此行必有許多神奇神祕而旖旎的經歷，頓時興奮得恨不得能立刻就可成行。

然而，怎麼樣才能抽得出這三天功夫？別的不說，光是丟下乍逢又將遠別的李紳，便覺交代不過去。

「大概是抽不出功夫。」天輪安慰他說：「你不必怏怏然，有的是機會。只要你抽得空，我隨時奉陪。」

唯其如此，李鼎越覺得不能辜負美意；攢眉苦思之下，居然讓他想得了一個藉口。

「有法子了！」他喜逐顏開地，「三天一定可以抽得出來。」

「你是怎麼個法子？」

「我家承辦的三萬件絲棉襖，月半非裝船不可；明天到家，我跟我老爺子自告奮勇，到各地去催這批軍需。三天功夫，不就有了嗎？」

「這個假公濟私的辦法好。」天輪想了一下說：「我明天晚上開船；後天一大早，在萬年橋下等你。」

「好！」李鼎問道：「你那條船，有甚麼特殊的標記？」

「是條畫舫，艙門口有塊柏木小匾，上刻『盟鷗』二字的，就是。」

「我知道了，這不難找。」

「有一層，我可得聲明在先，船上只能吃齋，沒有肉吃。」

「天熱，吃齋最好。而況，」李鼎伸手去捏她胸前，「有這兩團軟玉溫香的肉吃，我還不知足。」

「啐！」天輪白了他一眼，「說說就沒有好話了。」

「你也真膽大，」李鼎又說：「連個兜肚都不帶。」

「天氣這麼熱，兜肚壓緊了，不受罪？反正僧袍寬大，外面也看不出來。」天輪又問：「你預備帶甚麼人去？」

「把琴寶帶去如何？」

「不行！你帶他，我就不去了。」

李鼎一楞。沒有想到這點小事她會看得這樣嚴重，覺得需要作個解釋。

「我是連我的那個小廝都不想帶。你帶蓮文，我帶琴寶；有事聽招呼，沒事讓他們躲在一邊去起膩，咱們倆不就耳根清淨了嗎？」

天輪是話一出口，便自知失態；如今聽他這樣解釋，更覺得自己太魯莽了，「我也沒有別的意思，」她說：「認識他的人多；有他在一起，引人注目，咱們的行蹤就瞞不住了。」

「既然你這麼說，我不帶他就是。」

「其實你那個小廝都不必帶。」天輪想了一下笑說：「你說去催軍裝，當然不能自己奔走；無非坐鎮一地，派管家分頭去辦。我教你一個法子——」辦法很簡單，李鼎帶幾個人到吳江；由那裡分道遣人去查催，以三日為期，回吳江覆命。然後將小柱子留下，坐守聯絡；天輪將畫舫泊在垂虹橋下，只等他上船，隨即揚帆而西，遍遊東西洞庭。

上燈時分，李紳方由老吳陪著回來。他的臉很深沉，無法猜得出此行的結果。李鼎原很好奇，但此時一片心在天輪身上，對李紳的這件事，已不甚關心；天輪也不便先問，只忙著張羅。直到坐定下來，反是老吳忍不住說道：「縉二爺，到底是怎麼個情形，我都還不大明白。」

「只見了老師太，倒確是通情達理，很願成全我；可是，愛莫能助。」

「怎麼，」李鼎問說：「繡春不願見你？」

「豈止不願見？說出來一句話，教人傷心，她說根本不認識我！真正哀莫大於心死。」

「那麼，你見到她了沒有呢？」

「沒有。」

「怎麼會沒有見到？」老吳問說：「老師太不是帶你進去了？只要她也在那裡做絲棉襖，就一定見得到。」

「她的活計跟別人不一樣，專門縫帶子、製紐扣。」李紳微喟著說：「老師太勸了她好半天，她躲在屋裡不肯出來。」

「這麼說，是白來了一趟？」

「也不算白來！」李紳強自放出無所縈懷的表情，「非要來這一趟，才能知道，我跟她的緣分真正盡了。」

「你也不必難過。」李鼎勸道：「紳哥，你想補過，她不給你機會，你問心無愧。」

「也不能說無愧——唉！」李紳用力地揮一揮手，「事情過去了！」

「對！」老吳很起勁地說，「縉二爺，不必自尋煩惱；我來想點玩的花樣。」

「不，不！」李紳拱拱手說：「打攪已多，我想不如趁夜涼回蘇州的好。」

「老吳，謝謝吧！」李鼎也說：「實在是公事也很要緊，月半裝船，沒有幾天了；還得趕回去料理。」

「那麼，我送兩位爺回蘇州。」

「不必，不必！」李鼎急忙阻攔，同時放下一個伏筆：「你忙你的差使要緊；一兩天內，作興還要派人來催。」

看到李鼎自告奮勇，李煦頗為欣慰。這幾個月來，一直有個念頭盤旋在他心裡；由於平郡王跟「十四爺」的關係，更有李紳從中聯絡關照，李、曹兩家將有一個新的局面。但自己望七之年，就能逞強也不過幾年的好景；以後全靠小輩得力。曹家的「四老爺」忠厚有餘，精明不足；自己兒子聰明倒有餘，就是不務正業。聰明不務正業，比老實無用更壞；怎麼得能拿他的紈袴習氣，狠狠針砭一下才好？

不想，居然他能自己覺悟，往正業上去巴結；雖然催辦物件這些小事，用不著他管，但為了鼓勵起見，特意湊他的興，把這件事看得很重要，指定二總管溫世隆，帶四個得力的家人「跟大爺去辦事」。

一下了船，李鼎便即發話：「我在吳江坐鎮，你們五個人，由世隆為頭，分派一下，四面去催，第四天上回吳江會齊，一起回蘇州。」

溫世隆答應一聲：「是！」卻與他的四個夥伴，面面相覷；不知道李鼎葫蘆裡賣的甚麼藥？李鼎確是很聰明，一看他們的臉上，便看到他們的心裡；靈機一動，不妨將計就計，作個半隱半顯的說明。

「老爺子老說我不務正業，可不想一想，也得有正業讓我幹才行啊！我特為討這麼一樁差使，只要表示，我不是不想做事，不肯做事。這麼熱的天，我不會在家納涼，要來吃這趟辛苦？光憑這一點，就可以知道了。如今只有辛苦你們幾位，務必催齊了，讓我漂漂亮亮交差。完事了，我請大家喝酒。」

「是這樣？」溫世隆笑道：「早知如此，大爺根本也不必還跑一趟，在那裡躲兩天，等我們把差使辦妥了再回家，不更省事。」

「已經來了，也不去說它了。反正我在吳江的朋友也很多，上岸混兩天再說。」

於是船到吳江，溫世隆帶著他的夥伴，分道出發去辦事。李鼎看看時候差不多了，便向跟來的一名老僕與柱子說：「我要到洞庭東山去看個朋友，今天、明天、後天傍晚回來。你們倆留在這裡看守。」

「大爺，」柱子說：「我用不著在船上吧？」

李鼎想了一下，斷然決然地說：「不！你在船上。」說完，不容他再爭，隨即踏上跳板。

到了岸上，不覺茫然。李鼎從沒有一個人上過街；此刻不知道是該坐轎，還是步行？坐轎，轎子又在甚麼地方；步行，又該往哪道而去？

躊躇了一會，總算想通了，且到了人煙稠密處再作計較。於是左右顧視，看出市鎮是在東面，便安步當車地走到了大街，居然找到一頂待雇的小轎，招招手說：「抬我到垂虹橋。」

「少爺，」轎伕問說，「垂虹橋長得很，是哪頭？」

「不管哪頭，只要是垂虹橋就行。」

轎伕心知這是個不通庶務的大少爺，不必多問，只將轎槓傾倒，等李鼎一上了轎，抬起就走。天熱不放轎簾，兩面窗戶洞開，極便眺望。李鼎只是拍著扶手板催快；及至垂虹橋在望，遙見柳蔭下泊著一艘燈船，猜想船中必有天輪，寬心大放。

漸行漸近，證實不誤。因為蓮文就站在船頭上。停了轎，李鼎從荷包裡掏出一塊碎銀，扔給轎伕，同時喝道：「快走，快走！」

等空轎抬走，李鼎方定睛去看：這艘燈船製作頗為講究，確可稱為畫舫；「盟鷗」小匾，署名「悔庵」，竟還是尤侗的手筆。

「快上來！」蓮文在喊，「跳板走好。」

跳板搭得極穩；船家還站在岸上，拿竹篙一頭擱在船艙上，一頭持在手中，作成個活動扶手。李鼎卻不用它，撈起杭紡長衫下襬，三腳兩步躥上船頭，蓮文趕緊將他扶住，低聲笑道：「大爺，你的『哼哈二將』，一個都沒有帶？」

「你問你師父。」李鼎答說：「我本來想帶一個來，給你作伴的；你師父不贊成。」

「不要，不要！」蓮文臉皮薄，急忙分辯，「你當我在問琴寶？」

欲蓋彌彰，李鼎覺得好笑，但無心跟她逗樂，只問：「你師父呢？」

「在後艙。你先請進去坐嘛！」

燈船的前艙為宴飲之處；居中擺一張可容八人的圓桌，此時只設下兩張細藤圈椅。桌上果盤、蓋碗茶，都已陳設停當；摸摸茶碗，溫熱恰好上口，李鼎牛飲似地將一碗茶都喝乾了，咂咂嘴脣說：「好茶、好茶！賽如甘露。」

等將蓋著臉的茶碗放下，才看到天輪就站在身旁；她換了俗家打扮，一身玄色綢衫袴，繫著珊瑚鈕扣；頭上梳個墮馬髻，佩一支翡翠鑲珠的金押髮，鬢邊斜插一排珠蘭，薄施脂粉，加上她那似笑非笑的眼色，跟在雨珠庵中，更大不相同了。

「你倒言而有信！」

「怎麼？」李鼎問說：「你是打算著我爽約的？」

「我是沒有想到你這麼快就來。」

「為甚麼不這麼快？」李鼎緊接著說：「閒話少說，我急於想聽聽你，怎麼個找樂子？」

「我在洞庭東山常借一處別墅，可惜舊了點；不過足供憑弔。」

「喔，是誰的別墅？」

「冒辟疆的梅花別墅。」

「這倒好！可惜來晚了，如果是初春，那就更妙了。只恨我們相逢不早。」

「這也不算憾事；明年舊地重遊，來訪萬樹梅花，有何不可！」

「好！咱們這就算訂下約了。」李鼎說：「開船吧！」

船到洞庭東山，不過薄暮時分；天輪是早派了人來安排的，所以一上了埠頭，便有人來接。埠頭上有專為遊客雇用的小轎；抬到梅花別墅，入門只見到處是綠蔭濃密，鐵幹硬勁的梅樹，真如冒辟疆自己在《影梅庵憶語》中所說：「凡有隙地皆植梅。」

天輪的臨時香巢，是在梅林中的「梅花書屋」、五楹精舍，西面帶兩間廂房，形如曲尺，安排略定，已是月上東山。天輪帶來的一個「老佛婆」，製得一手好素齋；李鼎洗了浴，趿雙草拖鞋，瀟瀟灑灑地在院子裡喝酒；天輪坐在西面相陪，月色照在她臉上，一陣淡淡的銀色光輝，看上去又年輕些了。

「怪不得冒辟疆不肯做官要歸隱。」李鼎持杯說道：「像這樣的日子，真跟神仙一樣。」

「做隱士也要有做隱士的本錢才行。大爺，你——」

李鼎聽她的語氣是要談功名富貴，急急打斷她的話說：「別說殺風景的話！今宵只可談風月。」

天輪停了一下問道：「冒辟疆總到府上去作過客吧？」

「沒有！他死的那年，我們老爺子剛到任。」

「我就不明白，他在老家如皐有個『水繪園』，這裡又是很大一座別墅；坐吃山空，怎麼能維持幾十年？」

「當然有人送錢給他用。」李鼎說道：「像我們老姑太家，逢年過節，對這班名士是一定要點綴的。平時還要替他開路，譬如做篇壽序甚麼的，藉此名目，送上一筆潤筆，好讓他覺得受之無愧。」

「你指的是江寧曹家？」

「對。」

「為甚麼待那班名士這麼好呢？」

「是奉旨辦理。」

李鼎被她逗得笑了；沉吟了一會問道：「四十年前有首盛傳一時的〈賀新郎〉，你知道不？」

「〈賀新郎〉不就是〈金縷曲〉嗎？」

「就是。」

「那還用說？『季子平安否？便歸來，平生萬事，哪堪回首！』顧貞觀的這首詞，四十年前，吳江家家傳誦，連蒙童都會背。」天輪極有把握地回答。

「不是。你聽清了，我是說〈賀新郎〉，不是〈金縷曲〉。這首詞不但萬口傳誦，而且是千古絕唱。」李鼎又加上一句：「匪夷所思，絕透了。」

「有這樣一首詞，我倒不知道；非得聽聽不可！」

「你最好記下來，這首詞要細細體會，才知其妙。」

廂房中原有書桌，居然找到一枝筆，一個墨盒；墨棉已經乾枯，天輪倒些酒在裡面濡濕了，勉強可用，只是無紙可書。

「你那方白綾手帕不就是紙？」

天輪被提醒了，將手帕鋪在桌上，握筆在手，揚臉說道：「你念吧！」

李鼎便喝口酒，慢慢念道：「『小酌荼蘼釀，喜今朝釵光鈿影，燈前滉漾，隔著屏風喧笑語，報道雀翹初上，又悄把檀奴偷相；撲朔雌雄渾不辨，但臨風私取春弓量。送爾去，揭鴛帳。』」

念到這裡，李鼎停了下來；天輪抬眼說道：「這才半闋？」

「不錯。」李鼎問道：「你看，寫的甚麼？」

「自然是相親。」

「新郎何人？」

天輪重讀一遍，方始留意到「撲朔雌雄渾不辨」七字；不由得笑道：「不就是琴寶的同行嗎？」

「也不盡然。不過大致不錯——」

「慢來，慢來！」天輪搶著問道：「怎麼叫『但臨風私取春弓量』？」

「你好不聰明！」李鼎答說：「因為不辨雌雄，只好走到一邊，悄悄看一看自己的三寸金蓮；再拿『檀奴』的盈尺『蓮船』比一比，才能確信是雄非雌。」

「原來如此！」天輪脫口說道：「真絕！」

「絕處還在後面。」李鼎接著念後半闋：「『六年孤館相依傍。』」

「原來是個書僮。」天輪一面寫，一面說。

「『最難忘紅蕤枕畔，淚花輕颺。』」

「此是臨別前夕的光景。」天輪點點頭說：「這個書僮倒還有良心。」

「此所以『最難忘』。」李鼎又念：「『了爾一生花燭事，宛轉婦隨夫唱——』」

唱字還剛出口，天輪已忍不住「噗哧」一聲笑了出來，「這『宛轉』二字，」她忍笑說道：「虧他怎麼想出來的？」

「不但『宛轉』還須『努力』。」李鼎又念一句：「『努力做藁砧模樣！』」

天輪縱聲大笑，笑停了說：「不但絕，而且損透了。」

「其實是句很正經的好話。」李鼎指著白綾說：「詞意到此是個段落，你不妨從頭看一遍。」

天輪依他的話，將錄下的大半首〈賀新郎〉，從頭看起，低低吟哦；看完，點點頭說：「果然不錯，『努力做藁砧模樣』，是勉勵他拿出鬚眉氣概來。詞氣中帶著『遣嫁』的意味；這種題目，很難著筆，做到這個樣子，真算是絕唱。不過，未免有情，誰能遣此？倒要看他如何煞尾？」

「煞尾才見真情。你聽！」李鼎一口氣念道：「『只我羅衾渾似鐵，擁桃笙難得紗窗亮；休為我，再惆悵。』」

「可憐！」天輪嘆口氣：「唉！癡心漢子負心郎。」

這一次是李鼎忍不住好笑，「你知道這個『癡心漢子』是誰？」他問。

天輪凝神一想，恍然有悟：「莫非就是陳其年？」

「然也！不過『六年孤館』不是在這裡；在冒辟疆老家如皋的水繪園。」李鼎接著又說：

「所謂『檀奴』名叫紫雲，幾年前我在京城裡見過。」

「喔，」天輪把雙清澈的眸子，睜得滾圓，嘴角不自覺浮現笑容，顯得極感興味的樣子，「怎麼樣一個人？是不是跟詞裡面描寫的那樣？」

「怎麼會一樣？時光不饒人，既胖且蠢。真是『美人自古如名將，不許人間見白頭！』」

聽得這話，天輪愀然不樂。李鼎猜想她是自傷遲暮，暗暗懊悔，好好一個話題，不該贅上這麼一個令人掃興的尾巴。

「酒夠了吧？」天輪問道：「你是吃粥，還是吃飯？如果吃飯，得另外做碗湯。」

「你呢？」李鼎問說。

「我吃粥。」

「你吃粥，我也吃粥。」

語氣中頗有糟糠共甘的味道，將天輪那一片落花飛絮，蕩漾晴空，無所歸依的心情，激出不甘長此飄蕩，終歸墮溷的意氣。但轉念想到自己的身分與年紀，不覺心灰意冷；即令相逢未嫁，依然咫尺蓬山！就算李鼎是真的傾心愛慕，亦只是露水姻緣而已。

不過到底久在空門，凡事總是朝「看破些」這句話去想；因而不自覺地說道：「管他白頭，黑頭？『對酒當歌，人生幾何！』」

天公湊興，雨已經不知甚麼時候停了，浮雲吹散，清光滿地；雨洗園林，景物澄鮮。李鼎與天輪吃完了粥，又移几椅到院子裡去玩月；四顧無人，相偎相依，李鼎覺得是從熱河送桂花回來以後，所度過的第一個良宵。

這一夜彼此都覺得清酣意適；直到曙色微露，方始分榻而臥，李鼎一覺睡到近午才醒，只見天輪晨妝已畢，依然是不施脂粉的一張清水臉，只不過眉梢眼角，平添了幾分春色。

「今天該到西山去逛逛了。」

「西山其實沒有好逛的，就那一彎水，實在可愛。」天輪提議：「我們從從容容下船，今晚上就住在船上，你道如何？」

「我沒有意見，隨遇而安。」

這句話觸發了天輪昨夜在心頭盤算的記憶，忍不住要吐露她的想法；不過一起身談正經，怕掃了他的興致，所以直到飯後品茗時才開口。

「大爺，」她說：「前兩年我聽人談起，你起個戲班子，花了好幾萬銀子，可有這話？」

「這也不是甚麼了不起的事。」

天輪有些失望，因為他依然是紈袴口吻；但也因為如此，越覺得有規勸的必要。

「幾萬銀子沒有甚麼了不起，糟蹋了功夫可惜！」天輪問道：「大爺，聽說你們旗下的少爺，到了十五六歲都要上京當差？」

「大致如此。」

「那麼，大爺你怎麼一直在蘇州呢？」

「我也到京裡當過差，皇上知道我們老太太只有我一個孩子，特為放我回來的。」

「可是，老太太不過世了嗎？」

李鼎無話可答。老父忙著彌補百孔千瘡的虧空，計不及此；他自己幾乎從未想過該自求上進，只是過一天算一天。即使此刻，亦覺得懶懶地鼓不起勁來。

見此光景，天輪說不下去了；輕聲嘆口氣，低頭看著磚地。

「你也不必替我發愁！」李鼎忽然說道：「只等時機一到，你看我，弄個一官半職，易如反掌，而且還不是小官。」

「那麼，」天輪問道：「是甚麼時機呢？」

李鼎想一想說：「你知道不知道，我家跟江寧曹家的關係？」

「誰不知道，曹李一家。」

「曹家有位姑爺，是鑲紅旗的王爺，你聽說過沒有？」

「聽說過。」

「我那位紳二哥在誰那裡，你知道不？」

「不是說在一位王爺那裡當幕府嗎？」

「不錯！」李鼎說道：「光憑王爺不足為奇；這位王爺就是將來的皇上，曹家姑爺跟他在一起，算起來是共高祖的堂兄弟，情分很厚，你想，這位王爺一旦登了大寶，我還怕沒有官做？」

天輪清眸炯炯地聽得很仔細；聽完，興奮得有些激動了。不過她沒有忘記本意，是規箴而非湊趣；所以盡力保持平靜，用很誠懇的聲音說：「大爺，聽你的話，我自然高興。不過，大爺你自己總也知道，不會庸庸碌碌，討個一官半職，於願已足；還得轟轟烈烈做番事業。既然有這樣的好路子，是天賜良機，不怕你不能發抒抱負，只怕你沒有抱負可以發抒。」

這最後兩句話，說得李鼎悚然動容；不自覺地將天輪視為畏友，竟不敢正眼看她了。

「大爺，你我是緣分，不過這段緣分，也是長不了的。唯其如此，我覺得更該珍惜這段緣分，但望大爺能聽我一句半句，玩歸玩，上進歸上進，也不枉你我交這麼一場。」

「玩歸玩，上進歸上進。」李鼎將她這兩句話，默念了兩遍，頗有警惕。也就因為如此，不敢陷溺；如期回吳江，轉蘇州。一回家便讓李煦把他找了去有話交代。

「八阿哥派的人來了，還是佛老四；前天一到就問你，昨天又問了兩遍。」

「是！」李鼎問道：「佛四爺這趟來幹甚麼？」

李煦沉吟了一會，低聲答說：「本來我想自己跟他談。如果有機會，你跟他談一談也好。大前年，八阿哥要買一批畫，交了三萬銀子給我；算起來還存了一萬兩千銀子在我這裡。如今八阿哥又要買兩個女的，不怕出大價，只要人材出色；佛老四來，就是辦這件事，立等著要支銀子。」

李鼎明白了，隨即問說：「四姨娘不預備著五千銀子？」

「五千跟一萬二，還差著一大截呢！看樣子，佛老四志不在小。」

這是可想而知的，既然有「不怕出大價」的話，經手人當然可以大報虛賬；李鼎了解了癥結所在，進一步問說：「那麼，要我怎麼跟佛四爺說呢？」

「怎麼說再研究；我先把我的打算告訴你。我想買兩個女的送八阿哥；另外送佛老四兩千銀子。他帶來的人歸他自己去開銷。那一萬兩千銀子不動，仍舊算是存在我這裡。」

「買兩個女的，要多少錢？」

「總得一千一個。」

「你老人家這打的是甚麼算盤？」李鼎脫口就說：「為搪一萬兩千銀子的債，白花四千銀子下去；犯得著嗎？」

「顧不到犯得著，犯不著了！沒法子。」李煦雙手一攤，「總得把眼前搪過去。再說，這也不算白花；八阿哥為人最恤下，受人一點好處，從不會忘記的。」

「那好！」李鼎答說：「我跟佛四爺說就是。」

「你預備怎麼跟他說？」

李鼎想了一下回答：「我先把老爺的這番意思跟他實說；不提那一萬兩千銀子。看他怎麼說？他如不問，自是心照不宣；我找機會補一句，作為交代。他如問了出來，我只好說實話，請他包涵。不過，我想他不會提那一萬二。」

李煦聽完，並無表示；凝神思考了好一會，突然說道：「使得！這麼做，才像自己人，也不欺他。你好好兒敷衍佛老四去吧！」

佛老四叫佛林，與李家同旗；不過他不是包衣，而是漢軍，本姓楊。這佛林是「八阿哥」貝勒胤禩的心腹之一，官拜從四品的二等護衛。他跟李鼎有夙緣；四年前頭一次相見，便有相見恨晚之感。這四年中他到過蘇州好幾次；每次來非李鼎相陪不歡。所以當李鼎到達他父親的別墅，專門用來接待達官貴人的萃春園中，佛林頓覺胸懷一暢，來不及穿長衣服，趿著拖鞋便迎了出來。

「哥兒啊哥兒，總算把你盼到了！」

佛林老遠就喊；李鼎還來不及行禮，先雙腿一蹲請個安；站起身來疾行數步照樣再行一禮，這是不像磕頭那樣隆重，但在尊敬中格外顯著交情深厚的「請雙安」。

這雙安一請，人已到了佛林面前；李鼎用埋怨的口吻說：「四爺沒有過江，就該給個信，讓我好接你去。事先一點風聲沒有；我還核計著，總得月底才到，不想這麼快就來了。」

「咱們先不提這個，我替你引見一個朋友。」佛林揚臉喊道：「巴大哥，巴大哥！」

他口中的「巴大哥」是個蒙古人，名叫巴顏阿；是佛林的同事，官階還低一等，是從五品的三等護衛，但以年齡較長，相貌厚重，所以佛林用此尊重。李鼎自居於晚輩，叫他「巴大爺」，很恭敬地請了個安；巴顏阿木訥而謙虛，照樣還了個禮，寒暄數語，便斂手旁坐，再無別話了。

「老弟台，」佛林指著巴顏阿說：「他的差使碰了個釘子，得求你老太爺；既然你來了，我想跟你說也一樣。」他轉臉問巴顏阿：「單子呢？」

巴顏阿一語不發，從身上掏出一張紙來；經過佛林轉到李鼎手裡，看上面寫的是：「善搭假山老先生一人；善做砌末司務一人；年輕有真功夫好手二人。」

「是這麼回事——」

佛林告訴李鼎，「八阿哥」整治園林，業已動工；還要在府裡養個戲班子，須覓找「善搭假山」及「善做砌末」的人，認為只有蘇州才有這些好手。此外還要找兩個「護院」；要「年輕有真功夫」。至於特派巴顏阿來辦這個差使，是因為他是摔角高手，兼擅「太祖洪拳」；物色到的人，到底有沒有真功夫，只有他才試得出來。

「前天初到，昨天拜客，今天辦事；哪知蘇州府是個書獃子，竟說要申詳上頭。這不是開攪嗎？」

佛林談到這裡，李鼎完全明白了，向來親貴王公差人往各省採買物件，辦理私務，都是責成地方官辦差供應；久而久之，不免有人招搖撞騙，地方官無從分辨真假，一律奉命唯謹，只求早離轄境，以致歹徒的膽子越來越大，到了康熙五十六年，竟發生了假冒「誠親王胤祉巡視五省」的驚人騙局。

這個假冒誠親王的騙子名叫孟光祖，大搖大擺地出了京，自稱「奉旨巡視北五省」。沿途文武官員，跪接跪送，供應極其周到；到得山西地方為直隸巡撫趙弘燮手下，看出破綻，於是一面奏聞，一面查拿，孟光祖凌遲處死。

為此，迭有上諭，嚴禁王府差官，擅赴各省招搖生事；而且定下兩條律例，一條是：凡皇子差人外出，督撫奏聞。如無兵部勘合而擅索船馬者，即行參究，詐騙者正法。地方官私自供應，革職治罪；督撫隱匿不報，降二級調用。另一條是：皇子差人採買物件，應將差去之人留住，一面將情由聲明所指稱之皇子，並將物件呈送。

這是為了防止假冒，如果確為皇子所遣差官，自然另作別論。不意蘇州府公事公辦，要照上諭辦理；而凡此治園林、立戲班、雇護院，都不是甚麼光明正大的事，倘或據實上奏，也許天顏震怒，八阿哥胤禩會受嚴責。所以李鼎說蘇州府是「開攪」。

巴顏阿賦性平和，拙於交際；只好知難而退，來請教佛林。照佛林的脾氣，不是好打發的人，只為離京之前「八阿哥」一再交代：萬萬不能惹是非！故而忍下這口氣，只求讓巴顏阿能夠交差。

「請放心！」李鼎滿口答應，「我一定能讓巴大爺圓滿交差。善做砌末的人，現成就有在那裡；搭假山要胸有丘壑，六七十年前的好手是嘉興人張南垣，他有個孫子，能傳祖業，我明天就託人去接頭；會武的，有點難，蘇州府不出這種人才。不過也不要緊，可以到江寧去找。」

「那就重託了！」巴顏阿接口說，站起來抱拳作了個揖。

「言重，言重！交給我就是。」李鼎緊接著問道：「佛四爺，你還記得妙紅不？」

提到「妙紅」二字，佛林的表情很怪，先呈驚喜之狀，漸變躊躇之色，復歸平靜之態；點點頭說：「咱們先說兩句私話。」

聽得這話，巴顏阿很知趣地站了起來；「我可要洗澡去了！」他說：「失陪、失陪！」

「對了！」佛林說道：「你舒舒服服洗個澡，等著我；回頭有你的樂子。」

「是了！我聽你的招呼。」巴顏阿向李鼎又說一句：「失陪。」隨即轉身而去。

佛林看他去遠了，方始低聲說道：「我在京裡聽說，你老太爺近年的境況不怎麼好？有這話沒有？」

李鼎是紈袴子弟，最好虛面子；兼以年輕臉皮薄，一聽他這話，臉就紅了，含含糊糊地答說：「也不怎麼樣。」

佛林世故甚深，看出他的心理，正色說道：「你跟我說實話。」

實在是個很好的機會，但李鼎不善於哭窮訴苦；依舊是打腫了臉充胖子的脾氣，「自然不比前兩年。」他說：「不過，也還過得去而已。」

「既然過得去，我可要老實說了。我這趟差使，你想必已經知道了。八爺有一萬兩千銀子在你老太爺那裡，我想支一半。」

聽得這話，李鼎既喜又悔！喜的是佛林所求不奢；悔的是自己不說老實話，否則也許三千銀子就能打發，而且還的是正項，亦就是拔了一部分債務。這跟為了過關、白墊上四千銀子，大有出入。

不過亡羊補牢，亦尚未晚；一轉念間，硬著頭皮說道：「佛四爺，不瞞你說，情形雖還不錯；不過江南是所謂『五荒六月』，青黃不接的時候，現款調度比較難；家父預備了四千銀子在那裡，不知道你老能不能先湊付著花？」

「嗐！」佛林微有不滿；率直說道：「老弟台，這就是你不對了！我拿你當自己人，請你說老實話；你怎麼跟我要花招呢？」

李鼎惶恐異常，竟訥訥然地無法辯解，只是漲紅了臉，連連認錯；反倒使佛林自悔言重，不免歉然。

「好了，好了，說過就算了，我就使四千銀子吧！不過，」佛林提出條件，也是請託：「你得替我辦兩件事。」

「是的！」李鼎定定神答說：「只要力所能及、唯命是從。」

「一件公事，一件私事——」公事就是禩貝勒想買兩名侍婢，要貌美如花，要性情柔順，要禮節嫻熟，這都還不難；難的是要天足。否則，不合旗下的規矩，而且小足伶仃，趨走不便，何能當差？

「這怕不容易！」李鼎面有難色，「江南人家女兒，不纏足連找婆家都難；大腳丫頭非醜即蠢。而況時間又是如此侷促。」

「重賞之下，必有勇夫。」佛林答說：「多花幾文，多雇人去找；以蘇州人材的出色，我想亦不見得沒有。」

「好吧！勉力為之。佛四爺，請你再說私事。」

「私事就要談妙紅了。」佛林率直說道：「我想把她接出去。」

「原來是要為她贖身！」

李鼎心想，這件事也很難辦；妙紅的假母是勾欄中有名的厲害腳色，欲壑難填，只怕兩千銀子都辦不下來。果然如此，難題又落在自身；因為很顯然的，佛林自有那一萬兩千銀子的憑藉；方才承諾只「使四千銀子」，無形中有個附帶條件，此數能讓他了卻公私兩事，否則，就不是這樣好打發了。

轉念到此，他已完全了解，只要將他的差使辦妥當；復能償他的藏嬌之願，欠裸貝勒的一萬兩千銀子，縱不能一筆勾銷，眼前的這個關，坦然可過。然則佛林的公私兩事，亦等於就是他家的家事；能省得一文便有一文的好處。

於是李鼎凝神細想了一會說：「佛四爺，你這件私事，我一定替你辦妥當。不過你得聽我的。」

「好啊！只要你有這句話，我為甚麼不聽你的？」

「我也不是見識、閱歷能高過佛四爺；只是本地的花樣，懂得多一點兒而已。」李鼎要言不煩地說：「如今頂要緊的一件事是，你老先不能跟妙紅見面。」

「喔！」佛林有些怏怏然的模樣了：「你能不能說個道理我聽？」

花叢中奧妙無窮，其中的道理要講清楚了，便等於一部《北里志》。而李鼎又臨時起意，打算著先向妙紅的假母探探口氣；倘或獅子大開口，竟連還價亦無從還起，便要出之以勢劫的下策。要這樣做，就必須滴水不漏，極其隱祕，所以佛林不宜與妙紅見面，免得引起驚疑。

當然，這話一時還不便說破；李鼎只這樣答道：「無非怕人家居奇之意。佛四爺若要好事成雙，一勞永逸，眼前必得忍一忍。」

「好吧！忍吧！」佛四爺嘆口氣，「那麼，今天幹點兒甚麼呢？」

「只不過不到妙紅家，別處還是可以去。」

聽這一說，佛林不再那麼愁眉苦臉了；當即打發一個跟班去看巴顏阿；如果沐浴已畢，便好一起去尋芳覓醉。

蘇州的十里山塘，與秦淮舊院齊名。八十年前，中原殘破，而一江之隔卻是紙醉金迷的樂土。桃花扇底，烽火不驚；曲院河房，不知有多少名公巨卿的韻事在流傳？

當時秦淮的名妓，聲價雖高，煩惱亦多，或者為情所累，或者為債所逼，或者惡客仗勢嬲纏；每每以十里山塘為逋逃藪，至今土著指點，還能辨識何處是陳圓圓被劫之處；何處是董小宛避債的高樓？

這衣香鬢影飄拂在曲檻迴廊中的上塘、下塘，佛林是舊遊之地；巴顏阿卻還是初次見識。李鼎有意炫耀，多走了幾家；每到一處，鴇兒、姑娘無不笑臉相迎，「大爺」長、「大爺」短地令人應接不暇。鶯聲嚦嚦的吳儂軟語，佛林還聽得懂幾句；巴顏阿一竅不通，只覺得好聽，綻開既厚且寬的嘴脣，笑容沒有斷過。

走到第五家，迎出來一個鴇兒，約莫三十五六歲，皮膚很黑，但鼻直、口小、眼大，看得出年輕時節是煙視媚行的尤物；招呼過了李鼎，看著佛林問道：「這不是佛四爺嗎？」

開出口來，撇的是京腔；李鼎欣然說道：「行了，就這裡吧！巴大爺有個可談的人了。」

接著，李鼎居中指名道姓；鴇兒姓邱，年輕時的花名叫秋雯，現在都稱她邱姐。巴顏阿亦是如此稱呼。

邱姐經營的這座勾欄，一共有六間房；最大的一間在樓上，已有人定下了。李鼎好面子，要邱姐設法跟原客疏通情讓。費了好半天功夫，居然辦到了。於是，李鼎面有得色地肅客上樓；在東首一間，前後打通，南北窗戶、面東的屏門；此時湘簾高捲，門戶全開，晚風滿樓，宿汗全消，佛林大為讚賞。

到此自然卸去長衫；邱姐親自帶著人照料，熱手巾擦背，冷手巾擦臉，然後奉茶敬果；張羅半天，卻始終未見姑娘露面，佛林可有些忍不住了。

「咱們找幾個人瞧瞧吧？」他向李鼎說。

「佛四爺，你先歇一會。」邱姐急忙著口，「姑娘都在洗澡、梳頭，快來了。」

「先挑定了也好。」李鼎問道：「這屋子是誰的？」

最大的屋子，照例歸最紅的姑娘住；不過邱姐手下最紅的一個姑娘，為徽州巨賈邀到黃山避暑去了。所以只能報出名來，跟李鼎斟酌了好一會，為佛林與巴顏阿選定了兩個姑娘。不一會，門簾啟處，出現了一個嬌小玲瓏的麗人，進門先笑，笑得極甜；李鼎便先指點：「竹香，這位就是佛四爺。」

竹香叫應了，又請教巴顏阿的姓氏。言語不通，仍須李鼎傳譯。幸好，為巴顏阿挑定的湘琴也來了；此人貌僅中姿而氣度甚好，會說京白。

「三位爺，」邱姐來延客，「開席了！請這面坐。」

走過去一看，是一桌盛饌；佛林便不以為然，「老弟台，你又何必這麼客氣，」他說：「蹧蹋糧食還其次；人少菜多，吃著也不香。」

「那就再邀幾位客來。可是，」李鼎躊躇著說：「邀誰呢？」

「有、有！」邱姐一迭連聲地；接著便報了幾個名字，供李鼎選擇。

原來風月場中，專有些每日必到的「篾片」；鑒貌辨色能言善道，專門為有錢的大爺助興湊趣。「鑲邊」白吃以外，有時還可以撈摸幾文；如果運氣好，有闊客要置產買骨董，從中奔走說合，一筆中人錢，足夠一年澆裹。遇到乍入花叢，目迷五色的鄉下土財主，設局詐騙，坑得人傾家蕩產，亦是常有之事。

五、六年前，李鼎便是這批篾片心目中天字第一號的「大少爺」；如今雖非昔比，但邱姐提起來的人，大都熟識，而且幾乎無一不曾受過他的好處，請來作陪，一定會把場面綳得熱鬧有趣。於是隨意點了四個，由邱姐派人分頭去請。

這些篾片，向來揮之不一定去，招之立刻就來。一個個衣飾華麗，言語便給，禮數之周到自不在話下。寒暄既畢。入席坐定，第一件事自然是叫局。

「寫局票」照例是篾片的差使；坐在李鼎旁邊，最年輕的小魏，執筆在手，先問主人：「鼎大爺招呼誰？」

「好久沒有來了，不知道找誰好？」

「那，我來薦賢。」小魏說道：「李小寶家翠文，大將之才，一定中你的法眼。」說完，自作主張寫了局票。

其餘諸人，不必小魏詢問，各人自己說了名字。局票剛剛發出，來了個不速之客；一進門便說：「鼎大爺，總算讓我見到了！」

此人形容醜怪，生了一臉的白癜瘋，姓胡，外號叫做「花面狐」，是李鼎以前的風月謀士，而為李煦所深惡痛絕，不准登門。所以他一進門才有那樣的話。

李鼎跟他也有三年未見了；一見了面陡然想起一件事，便即說道：「來、來！坐下來，我正有事找你。」

「花面狐」頗有自知之明；一臉醜相為生客所看不慣，所以堅辭不肯就坐。只說：「鼎大爺如果有事，就請吩咐，我遵命行事就是。」

李鼎想了一下說：「這樣，你先坐下來；等我敬一巡酒，盡了做主人的意思，咱們到那面談去。」

於是「花面狐」在李鼎身邊的空位上坐下來，隨即很客氣地向佛、巴二人請教姓氏；等李鼎敬過酒，他也一一相敬，杯到口乾，面不改色。最後輪到主人，卻舉杯不飲，說一聲：「那面坐吧！」

「好！」李鼎向佛林說道：「佛四爺，你的事，我託他。」

佛林心照不宣，就席間拱拱手說：「拜託、拜託！」

將「花面狐」引到一邊；李鼎開門見山地問：「妙紅的養母你熟不熟？」

「鼎大爺是說蘭桂姐？怎麼不熟？熟啊！」

「交情如何？」

「交情有，不過，只好她講。」花面狐問道：「鼎大爺是甚麼事，要我跟她去講交情？」

「看樣子，你七八年前還可以跟她講講交情。」李鼎笑道：「如今是不行了！」

七八年前花面狐還沒有這個不雅的外號時，也是個蘇州人說的「小白臉」，而且「小閒」的功夫高人一等；在十里山塘中，足供面首之選。所以李鼎作此調侃。

「七八年前也不行！」花面狐摸著臉說：「不談這些了。鼎大爺只說甚麼事吧！有些事不必講交情，也可以辦得通。」

李鼎深深點頭，「言之有理！」他問：「妙紅的身價，你知道不知道？」

「咦，鼎大爺，你幾時看中了妙紅；怎麼我不知道？」

「不是我。你剛才沒有聽我跟佛四爺說；他的事，我託你。」

「原來是佛四爺；那就更難了。」

「怎麼呢？」

「大概半年前，有個山西客人要替妙紅贖身；蘭桂姐說，別人五千，嫁到北方要加兩千。」

「這又是何道理？」

「她有她的歪理。她說，北方人脾氣不好；又怕妙紅水土不服，吃不慣麵食；過一兩年或是被攆了出來，或是下堂求去。到那時候，當然回蘇州來找她；她不能不作個預備。把那個『山西客』氣得半死。」

李鼎訝然，「世界上有這樣不通情理的人？」他說：「都說她厲害，看起來是胡鬧？」

「她倒也不是『不通情理』，更不是『胡鬧』：是根本不願妙紅嫁到北方，所以故意那麼說法，好把『山西客』氣走。」

「喔，」李鼎越發詫異：「為甚麼不願妙紅嫁到北方？」

「其中大有奧妙。鼎大爺問到我，算是找對人了；別人真還不知道。」花面狐緊接著說：「我也是聽她酒後露真言，半猜半想才弄清楚，這個老騷貨存心不良；妙紅已經㵢過一回浴了，她還想叫她㵢一回。一到北方，鞭長莫及，鴿子放是放出去了，未見得飛出來就能飛回她手裡。」

「有這樣的事！我已彷彿聽說過，妙紅嫁而復出，原來是『㵢浴』！」

蘇州人稱洗澡為「㵢浴」；這是勾欄中的隱語。有些紅姑娘或者由於鴇兒好賭成癖，或者因為本身揮霍無度，以致纏頭雖豐，仍然一身是債，於是假作從良，以代償債務為唯一的條件；所願既遂，多則一年，少則三月，就會不安於室，終於下堂，重張豔幟。無債一身輕，恰如出浴之初的感受，所以名為㵢浴。

這本是迫不得已的下策；但在心黑手辣的鴇兒如蘭桂姐，則藉此作為斂財的手法。妙紅嫁過湖州一個年已半百的富商；她得假母祕授，床笫之間，別具媚術；富商旦旦而伐，不到半年，百病叢生。富商的胞弟、長子都主張遣去妙紅；富商本人也醒悟了，自知有妙紅在側，必不永年；為了保住一條老命，倒也願意忍痛割愛。

哪知蘭桂姐教導之下，妙紅卻哭哭啼啼，難捨難分；一面哭，一面自訴心事，前路茫茫，飄泊無依，是何了局？富商恍然大悟，倒過來跟她說好話，談條件；三千銀子替她贖的身，結果再花三千銀子，方得了此一段孽緣。

「鼎大爺你想，一去一來，還我自由，憑空得了兩筆身價銀子；這種好買賣，天下世界哪裡去找？為此，蘭桂姐念念不忘，總還想照樣來一回；哪裡就肯輕易將妙紅放走？」

李鼎將他的話從頭想了一遍，所覺不解的是：「妙紅是怎麼個想法？莫非甘受蘭桂姐利用；還是有甚麼好處，譬如詐騙來的錢可以分一份？」

「這就不大清楚了。不過以蘭桂姐的為人，說能分一份給妙紅，那就變成新聞了。」

「照這麼說，妙紅又豈能甘心？」

「不甘心又有甚麼法子？」花面狐說：「蘭桂姐的姘頭是吳縣的捕快。」

「虎邱不是長洲縣該管嗎？」

「是的。」

「那就不怕他了！」李鼎壓低了聲音問：「你能不能想個法子，把妙紅弄出來；倘或要長洲縣出面，我可以想法子。」

聽得這話，花面狐先不作答，只拿灼灼雙眼，盯著李鼎看；臉上的表情，無聲地道出了他心裡的話：「想不到有身分的大少爺，亦會有此無賴行徑！」

李鼎倒被他看得心裡發慌，催促著說：「怎麼樣，行不行？不行，咱們再想別法。」

「行是行，不過要妙紅肯聽話。」花面狐又說：「不但要肯聽話，而且要她自己心甘情願，這件事才做得成功。」

「這一層先不去說它；我且問你，如果要做，應該怎麼做法？」

「這當然先要拿長洲縣上上下下打通。然後，妙紅找個理由去告狀，譬如說養母虐待之類。縣官判了准她擇配，那時當堂把她領了出來；願嫁誰嫁誰，那個也不能干預。」

李鼎盤算了一會問道：「譬如說，有人替姑娘贖身，鴇母獅子大開口，不准她從良，這能不能告呢？」

「當然可以。只要縣官成全，很可以援用逼良為娼的法例去辦，不過，為了穩當，妙紅應該另有一套說法。」

「怎麼說？」

「要說蘭桂姐指使她去淴浴；她不肯做這樁壞事，所以蘭桂姐有意獅子大開口，想把人家嚇退。」花面狐又說：「如果蘭桂姐不就範，就把已經淴過一次浴這件事抖出來，教她吃不了兜著走！」

「這個辦法好！」李鼎由衷贊成，「可收可放，容易操縱。」

「辦法多得很；只要妙紅聽話，始終不會改口，怎麼辦都可以。如果妙紅心向著鴇兒，那就神仙也沒法子。」

「好！這一層我來弄它清楚。」李鼎又問：「如果妙紅肯倒肯，膽小不敢出頭，能不能把她接出來，遠走高飛？」

「這話就很難說了。蘭桂姐當然會遞狀子，告她捲逃，告——」花面狐突然縮口。

「你是說告我？」李鼎問說：「告我甚麼？」

「自然是告鼎大爺仗勢強搶。」花面狐提醒他說：「這個名聲很難聽噢！」

李鼎知道，不但名聲難聽，罪名也很重，就不再說下去！另外換了件事談，想買兩個面目姣好，卻須天足的女子，帶進京去做朱門的侍婢。

這是個很可以撈摸幾文的機會，花面狐不覺精神一振；但聽李鼎說事須迅速，須在十天、半個月之內辦成，不覺又冷了心。

「這很難，要慢慢去訪，心急不得。」

「那就請你多託幾個人去找。」李鼎想起佛林的話，便又說道：「『重賞之下，必有勇夫』，找到了，我另外送兩百銀子。」

兩百銀子在平常五口之家，足供一年的用度；花面狐福至心靈，隨即說道：「鼎大爺，我如果出個主意，辦成了，你賞不賞？」

「只要辦得成，我一定照送。」

「好！」花面狐說：「這要託令親江寧曹家。」

「你是說曹家的『家生女兒』？」李鼎大為搖頭：「我家也多得很；長得稍為整齊些，沒有不裹腳的。」

「不是，不是！另有說法。」

花面狐的說法是，江寧有「將軍」駐防，旗人比蘇州多得多。曹家原是漢人，又在江寧多年，起居習慣與江南的漢人相差無幾；但旗營中道道地地的滿洲人很多，與旗營接近的一班土著，沾染了滿洲的風俗，生女頗有未纏足的，細加訪求，不難覓得美人。

「啊，啊，」李鼎不待他詞畢，已心領神會：「不錯，不錯！若說訪求，自然要託舍親。」

笙歌嗷嘈地直到三更方罷。巴顏阿不解淺酌低唱的情趣，向主人率直表示，這夜不想回萃春園了。勾欄中亦分三等九級；像邱姐這裡的姑娘，絕無初見便留客的道理。李鼎只好託小魏去商量；邱姐肯了，湘琴卻不肯。最後還是李鼎說好說歹，哄得湘琴點了頭，許了巴顏阿「借乾鋪」。

「是乾是濕，咱們管不著了。」李鼎向佛林說道：「我陪佛四爺回去，還有話要奉告。」

要告訴他的，就是他跟花面狐所談的一切。關鍵是在妙紅本人；佛林頗有把握地答說：「我拿得住她。不要緊！」

「不是你老拿得住、拿不住的事。要她心甘情願跟你回京裡去；稍有勉強，說不定就會節外生枝。其中的道理，一時也說不盡。」

「不必說！她一定情願跟我。」

「佛四爺，」李鼎提醒他說：「姑娘枕邊的話，只好聽個兩三分。」

「我自然有拿得住她的本事。」

「喔，」李鼎不免詫異，「能不能說個道理我聽？」

佛林作了個詭祕的笑容，「俗語說的是：『沒有金剛鑽，不攬碎磁器』；老弟，揚州有匹有名的『瘦馬』，外號兒叫做『三蹶頭』，你聽說過沒有？」

李鼎點點頭說：「佛四爺跟她較量過？」

「對了！別人讓她屁股蹶不到三下，就得掉下馬來；遇見我，三十下也不行，只好乖乖兒聽我的。」佛林得意地說：「妙紅總不能強過『三蹶頭』去吧！」

「原來如此！」李鼎心想，倘或如此，事情便好辦了；當下默默盤算了一會，開口再問一句：「佛四爺，你真的有把握，讓妙紅幹甚麼、她就會幹甚麼；事先不會洩漏祕密？」

「一點不錯。」

「那好！明兒我把妙紅弄出來跟你見面；你跟她約好日子，帶她回京。豈不乾脆？」

乾脆倒是乾脆，似乎把事情看得太容易了。佛林躊躇著說：「她養母不會鬧嗎？」

「怎麼鬧法？她根本不知道妙紅是跟你走了；至多到縣衙門遞張狀子，說是走失了這麼一名女口，請縣官派差人訪查下落。如此而已！」李鼎略停一下又說：「當然也不能讓尊寵成了回不得蘇州的『黑人』；等事情冷一冷，我找人跟她養母去說，給個一、二弔銀子，把她賣身契贖了出來，不就一了百了？」

佛林聽罷，深深點頭；定神想了一會，忽又不以為然，「還是不行！」他說：「妙紅有親娘在木瀆鎮；她養母一定會找上門去鬧；說她把女兒藏起來了。」

「這怕甚麼？證據在哪裡？我派人幫她親娘打官司；不但可以反控她誣告，還可以跟她要女兒。官司輸不了！」

「這麼說，還得跟妙紅交代清楚；她的去向，連她親娘面前都得瞞著？」

「對了！」李鼎接著說：「不過，叫妙紅放心好了，她親娘那裡，我會看情形去悄悄通知；還得替你送一筆錢，作為安家銀兩。」

「這樣辦，就很妥當了！」佛林拱手道謝：「費心，費心！」

「自己人不必客氣。還有件事，佛四爺聽了也一定高興——」

李鼎將花面狐獻議，到江寧去覓貌美而又大腳的女子的話，細細告訴了他。

「言之有理！」佛林很高興地說：「既這麼著，我自己上江寧去一趟就是。反正巴老大的差使，也得到江寧才有著落。」

「也好！」

李鼎心裡倒有些懊悔，此事應該只做不說，因為買那樣兩個女孩子，至多千把銀子，可以報一千銀子的花賬；一說，機會就失去了。

話還不能不交代，「佛四爺預備哪天動身？」他說：「我先送兩千銀子過來。」

「明天再說吧！」佛林答道：「把這裡的事情辦妥了，我就走。」

李鼎經手的事務，都交出去了。李煦派出兩個人，撥出四千銀子；對佛林與巴顏阿，無論公私便都有了初步的交代。

這兩個人，一個是「甜似蜜」，帶兩千銀子陪著佛、巴二人轉往江寧，去覓天足貌美的侍婢與「年輕有真功夫的好手」。一個是溫世隆，也是帶兩千銀子去替佛林謀娶妙紅。至於「善搭假山的老先生」，找到了張南垣的一個族孫；「善做砌末的司務」是由琴寶舉薦他的一個表叔承乏，都在李府中領了盤纏，託了便人先帶到京裡去了。

為了軍前的差使要緊，絲棉襖雖已裝船運出，李紳仍不敢多事逗留，定期西行。前一天，李煦廣延親友，張宴為姪子餞行；動身當天的午間，特設家宴也還有許多心腹言語，鄭重叮嚀。

家廚精製的筵席，仍舊設在水榭；李煦父子以外，二姨娘與四姨娘亦都同席。本推李紳上坐；他堅辭不允，仍按家人之禮，李煦坐了首席，左面是李紳、李鼎；右面是二姨娘、四姨娘。

首先敬酒的是李鼎，「紳哥，」他舉杯說道：「萬里之行始於今。虔祝順風。」

李紳欣然接受，「小鼎真有長進了！」他向李煦說：「看得出很用功。」

「喔，」李鼎問道：「何以見得？」

「《華陽國志》：蜀使費禕聘吳、武侯在成都南門外餞別，費禕自道『萬里之行始於此』；以後那座橋就叫萬里橋。小鼎剛才那句話，套用成語，脫口而出，所以知道他長進了。」

「要長進才好！」李煦又高興、又感嘆地：「我們李曹兩家，從國初至今，三世巴結，才有今天這麼個局面。不過，這十年來，連番挫折，打擊不可說不重；從曹家父子接踵下世，幾乎只有我一個人在撐著！望七老翁，不知道還有幾年？承先啟後，重振家聲，要靠你們這一輩了！」說著，忍不住流下淚來。

「你也是！」四娘急忙以埋怨作慰勸：「一個人的運氣，總有好有壞；如今眼看家運又要轉了，老爺正該高興；好端端地，又傷甚麼心？縉之動身的好日子，你也不嫌忌諱？」

「對，對！」李煦抹去眼淚，「想想實在沒有甚麼好愁的。縉之，有件正事，我要跟你商量。」

「是！」李紳點點頭，放下酒杯傾聽。

「從前吳三桂開府昆明，自己可以任官，號稱『西選』，那當然是侵奪朝廷的權柄。不過，十四爺的情形不同，我記得前三年有上諭：『朕曾有旨，此次大兵在外，如遇章京、並護軍校、驍騎校缺出，令大將軍即行補授。』這章京自然是指『梅勒章京』，也就是副都統；正二品的武官，十四爺都有權調補，那麼，四品以下的文官，也就不用說了。」

「大致如此。」李紳答說：「川陝、雲貴兩總督，陝西、甘肅、四川、雲南、貴州五省巡撫，都在恂郡王節制之下，又有上諭，自然可以便宜行事。不過，為了尊重吏部的職權，總是一面先派署理，一面咨部；只是部裡無有不准就是！」

「這就行了！」李煦大為起勁，拿起銀鑲牙筷，點著雲南大理石的桌面說：「縉之，我為你借箸代謀。軍功不論出身，你是大將軍的謀主，委你署理一個道員，無須要有別的資格；這一層，只要你肯開口，十四爺無有不准之理。是嗎？」

「是！不過——」

「你不必往下說，聽我的。」李煦有力地揮著牙箸，「十四爺不吝祿位之賜，不過，不肯放你離他身邊。那時候，你就有一番說詞了！」

「平逆大功，告成在即；軍務上的參贊，是無所謂的事了。如今十四爺要收物望，要寄耳目；東南人文薈萃，財賦雄區，關係極大。你所可報答十四爺的，就是到江南來替他幹這些差使。這話，一定能打動十四爺；到那時候，我到京裡去走一趟。吏部張運青、外清內渾，我跟他有交情；再有十四爺的關照，我替你把老楊的缺弄過來！」

「老楊！」四姨娘又插了一句嘴：「誰是老楊啊！」

李煦指的是蘇松糧儲道，正黃旗漢軍楊本植。江蘇全省七府一州，總督、巡撫分治；江蘇巡撫下轄蘇州、松江、常州、鎮江四府；而這四府皆歸蘇松糧儲道所管，權勢赫赫，足與「三大憲」相頡頏，如果李紳能做這個官，在座的人誰也無法想像那是如何熱鬧有面子的一件事。

「甚麼叫衣錦還鄉？縉之，這就是！」李煦興奮得滿臉發紅。

聽他說得起勁，連李紳都不覺神往。二姨娘、四姨娘更是全力慫恿；終於將李紳的功名心，鼓盪得熱了起來。

因此，這一席離筵，竟不見絲毫惜別之意。歡飲已足，乘輿登船；李煦親自送到閶門外南新橋碼頭，再三叮嚀，明年一定歸娶。直到一棒鑼聲，官船啟椗，才坐轎回城。

溫世隆接手料理佛林的事，照李鼎的交代，仍然以花面狐為謀主；假名叫局，將妙紅召來，開門見山地告訴她，佛林想娶她為妾，問她的意思如何？等妙紅表示樂從；花面狐方始問她：如果蘭桂姐恃以為奇貨，勒索鉅額身價，妙紅是不是願意悄然隨佛林北上？

妙紅答得很坦率，她說從「淴浴」以後復歸舊巢，即是自由之身；但雖無賣身紙或代替賣身紙的借據之類的契約在蘭桂姐手裡，卻有口頭約定，依傍蘭桂姐的門戶，以四年為期；期前從良，須納銀四千。這是個很苛刻的條件，但因蘭桂姐為她設計「淴浴」之時，便扣住了她的一隻箱子；風塵中幾年的積蓄，都在裡面，首飾皮貨，約值五六千銀子。所以不得不受惡鴇的挾制。妙紅表示，只要有辦法能把她那隻箱子原封不動收回來；她不必佛林破費分文，就可以跟他走。

花面狐心生一計，能把妙紅的箱子要回來，兩千銀子就可中飽。但巧取不成，便須豪奪，經官動府，須溫世隆有擔當，才可放手辦事。

「你說經官動府是，」溫世隆問道：「是怕會告到長洲縣！」

「是啊！虎邱歸長洲縣該管。」

「那就不要緊了！長洲縣蔣大老爺跟我們府裡是有交情的。」

「這樣說，溫二爺你有擔當？」

「只要不是人命案子，沒有甚麼擔當不下來的。」

「行！」花面狐欣然說道：「我有條計策，溫二爺，包管你叫好。」

等他壓低了聲音，說了他的那條計策，果然，溫世隆翹起大拇指說：「妙極！我看用不著經官動府，馬到成功。」

「但願如此。」

溫世隆想了一下，覺得有句話不能不問：「我們先小人、後君子，大家先說明白，事情辦成功了，怎麼謝你？」

「不要你謝。」花面狐答得非常爽脆。

溫世隆大出意料，「那麼，」他遲疑地問：「我倒請問，老大哥這樣子費心費力，所為何來？而況，就算你老大哥講義氣；可是皇帝不差餓兵，長洲縣班房裡的那兩位朋友怎麼辦？」

花面狐笑一笑不答；過了一會才說：「世界上『七十鳥』就沒有好東西；蘭桂姐尤其壞。當然不會輕易放過她的。」

溫世隆憬然有悟，花面狐勾結長洲縣的捕快，另有敲詐之法。事情做得過分，就會出紕漏；他心裡倒不免嘀咕了。

花面狐看穿了他的心事，深怕他打退堂鼓，趕緊安慰他說：「溫二爺，你請放心；這件事可收可放，操縱由心；到時候見機行事，不會讓你擔當不了。」

「好罷！」溫世隆格外叮囑：「凡事大家先商量好；腳步站穩，自然不怕。」

「對！謀定後動，我絕不會冒失。」

於是將花面狐的計謀，從頭檢點；溫世隆很仔細地考量了每一個細節，直待有了十分把握，才化名叫局，將妙紅找了來有話要問。

「妙姑娘，」溫世隆說：「你說，只要把你寄放在蘭桂姐那裡的一隻箱子取了回來，你馬上就跟佛四爺走。這話算不算數？」

「怎麼不算數？」妙紅斬釘截鐵般堅決，「一定！」

「那就是一言為定。我倒問你，你箱子裡有些甚麼東西？」

妙紅不明他的用意，遲疑著答說：「東西很多，一時也記不起。」

「自己心愛的東西，沒有記不起的道理。你慢慢想！」說著，溫世隆打開墨盒，取張紙鋪在桌上；好整以暇地，顯得十分從容。

「怎麼？」妙紅越發困惑，「溫二爺，你要開單子？」

「對！我替你開張清單。為甚麼呢？」溫世隆自問自答：「單子開出來看，從寬估一估，看值多少錢？如果箱子拿不回來，照樣賠你一份，不就如你的意了嗎？」

是這樣的作用！妙紅大為興奮，「溫二爺，」她故意笑著問：「你不是拿我開胃，弄個空心湯圓給我吃吧？」

「妙姑娘，這叫甚麼話？」溫世隆很認真地，有些怫然不悅的模樣，「你把我們織造府這個欽差衙門看成甚麼地方了。」

「喔，喔，我錯，我錯！」妙紅急忙賠罪，「我是一句笑話，溫二爺別生氣。」

溫世隆把臉色放緩和了說道：「妙姑娘，我索性告訴你吧，這隻箱子不出三天就可以拿回來；一到手你馬上就得動身，你趁早預備預備。這會兒，你說吧，有些甚麼東西？說得越清楚越好。」

妙紅收斂笑容，凝神細想了一會說道：「珍珠頭面一副；金鐲子兩對，一對重四兩八錢——」一面想，一面報，費了半個時辰才報完；溫世隆問道：「還有沒有？」

「值錢的首飾、皮貨都在上面了。還有些零碎東西，一時也想不起，就不管它了。」

溫世隆點點頭，收起單子，很鄭重地告誡：「妙姑娘，這件事你洩漏不得一點點；只好一個人放在肚子裡。」

「我知道。」

「還有，這兩天你不管遇見甚麼事，不必驚慌；實話直說，包你稱心如意。」

「溫二爺，」妙紅不免惴然，「你說，這兩天會出甚麼事啊？是——」

「不要問！」溫世隆截斷她的話，「我替佛四爺辦事，還能害你嗎？自然一切都是為你好；你只記住我的話，包管錯不了。」

連宵苦熱，加以有事在心，妙紅每天都要到後半夜清涼如水之時，方能入夢；這一覺自然要睡到近午時分，方能醒來。

這天上午好夢方酣，突然驚醒；只聽隔院人聲嘈雜，側耳細聽，有句話很清楚：「有甚麼事，到了衙門裡再說！」

衙門！妙紅一驚；不由得就想起了溫世隆的警告。翻身下床，開房門出去，隻影皆無，大概都到隔院去了。妙紅重新回房，換了件衣服，攏一攏頭髮，拿冷手巾擦一擦臉，也想趕了去探個究竟。但就這麼片刻耽擱，人聲已由近而遠；同院的姐妹亦都回來了。

「剛才鬧甚麼？出了甚麼事？」

「蘭桂姐闖了大禍。」有個花名小珍的姑娘說，「捉了去了！」

「誰來捉？闖的甚麼禍？」

「自然是縣衙門裡的差人來捉，地保領了來的。說蘭桂姐做強盜！」

妙紅始而大驚，繼而失笑，「這不是活見鬼的事！」她說：「蘭桂姐做強盜搶了哪一家？說這種話的人，簡直沒腦子。」

「他們這麼在說，我哪裡知道？」小珍嘟著嘴說，「反正把蘭桂姐捉了去了，這件事總不假。」

「也沒有甚麼大不了的！她有的是靠山；如今就要看她靠山的力量了。」

說這話的另一個姑娘，是幸災樂禍的口吻。妙紅心知其故；蘭桂姐做人忒嫌精明，仗著姘夫是吳縣捕快，當作一座靠山，有時還不免打幾句不該打的官腔，譬如「送你到班房裡，請你吃一頓『皮巴掌』」之類。如今她自己到了班房，可不知道會不會吃「皮巴掌」？

這樣想著，不由得脫口問道：「潘三爺知不知道這裡出了事？」

「相幫已經去通知了。我看沒有用！人家長洲縣衙門，管他吳縣屁事？」

話雖如此，到底同在蘇州城；彼此在公事上是有聯絡的。妙紅心想，有潘三在，蘭桂姐多少有些倚靠；長洲縣的捕快，看在潘三分上，亦不至於太難為她。這樣想著，倒替蘭桂姐略感寬慰。但想到溫世隆的話，心裡不免嘀咕，不知道此事可與己有關？因而匆匆漱洗，決定親自進城去打聽一番。

正在換出客的衣服時，恰好她房間裡的娘姨阿寶由外面進來，見了便問：「小姐要出門？」

「我想進城。」

「這樣的太陽，又是日中，有甚麼要緊事等不得？」

妙紅想了一下說：「我不放心蘭桂姐的官司，想進城去打聽打聽。」

「小姐，你發瘋了！」阿寶神色凜然地將她的袖子一拉，並坐在床沿上，低聲說道：「蘭桂姐的閒事管不得！妳不要惹火燒身。」

「怎麼？」妙紅困惑地，「莫非真的做強盜？哪裡會有這種事！」

「你當做強盜一定要殺人放火？」阿寶緊接著說：「她是強盜的窩家。」

妙紅大驚失色，「有這樣的事？」她說：「倒看不出來。」

「知人知面不知心！」阿寶又說：「不是有句老話，『捕快賊出身』？潘三恐怕靠不住；如果她真是窩家，一定是由潘三這條線上來的。『賊咬一口，入骨三分』，碰上這種事，避嫌疑趕緊躲開還怕來不及；小姐，你怎麼好鞋去踩臭狗屎呢？」

「嗯、嗯！」妙紅將一件簇新的藕色紗衫拋在床上，連連點頭：「虧得你提醒我！」

進城作罷，打聽還得打聽。晝長無事；炎暑正盛亦不會有尋芳客上門，姑娘們三三兩兩找個蔭涼之處，一面嗑瓜子，一面聊閒天，都在談這件事；不時有人帶來新的消息，所以妙紅坐在那裡就能打聽到許多新聞。

誰知最後是妙紅本人出了新聞。「趕快，趕快！」有人來報：「妙紅，你也要進班房了！」

「瞎說八道！」妙紅又驚又氣，「我犯了甚麼王法，要進班房？」

「你看，地保都來了！」

其時地保已經帶著公差來了。公差共有六名，皀衣皀帽，腳上是薄底快靴，手中所持，不是鍊子，便是手銬，再不然就是兩尺來長的鐵尺，挺胸突肚，眼珠凸出，四處亂轉，一副捉拿江洋大盜的架式，嚇得妙紅心驚膽戰，面無人色。

「妙紅姑娘，來，來，你別怕！沒事。」地保開出口來，異常溫和，「馬上到縣衙門裡轉一轉，還來得及回來吃夜飯。快去換衣服。」

話太中聽，反而令人不易置信；妙紅怯怯地問道：「地保大爺，你的話是真的？」

「我騙你幹甚麼？如果我說話不當話，人家不會叫我『王老實』了！」

她彷彿聽人說過，本坊的地保外號「王老實」。這一記起，放了一半的心，但仍有句話要問：「要問我甚麼話？」

「那就不知道了。只說是句與你不相干的話；問完馬上放你回來。快、快，馬車在等。」

於是妙紅回自己屋子裡去換衣服。心中卻仍有疑問，如果只是來傳喚她到縣衙門，何用六名公差？隔不多時，她的疑問，有了解答；只聽隔院喧譁，雜有哭聲，細辨是蘭桂姐不知跟誰生的一個十二歲女兒小蘭在哭——娘姨來報，六名公差在搜蘭桂姐的房間，查她所窩藏的賊贓；小蘭膽大，居然抗議，不准公差搬她母親的箱籠，被摔了一巴掌，所以哭了。

「小姐，」娘姨突然憂形於色地，「抄了去的箱子，有一隻好像是你寄放在蘭桂姐那裡的。」

就這一句話，使得驚魂甫定的妙紅，五中如焚，也不知是冷汗還是熱汗，濕透了她剛換上身的那件藕色紗衫；一頭黑髮經汗水浸潤，又光又滑倒像緞子。

見此光景，娘姨自悔魯莽，「小姐，小姐，」她趕緊安慰著說：「不要急，不要急，白是白，黑是黑；一定分辨得清楚的。」

「我怎麼能不急？千辛萬苦，積下來一點東西，後半輩子都要靠它，現在沒到官裡；就算分辨清楚，不是賊贓，也不過不吃官司，東西要拿回來，不知哪年哪月。就算能拿得回來，你倒想想還能剩下甚麼？」說著，眼淚已忍不住滾滾而下。

她說的是市井之中人人皆知的實情，娘姨只好嘆口氣說：「唉！『是福不是禍；是禍躲不過』，只好去了再說。」

「你陪我去一趟。」

這是義不容辭的事，娘姨點點頭，換了衣服，陪著妙紅一起進城。

各省州縣衙門的規制是一樣的，一進朝南的大門，沿著甬道，兩排平房，東面是吏、戶、禮三房；西面是兵、刑、工三房，宛然朝廷的六部。差役統隸於三班，皂班是內勤，縣官升堂，站班執勤的衙役，與管監獄的「牢頭禁子」，都歸這一班。北班、快班是外勤，名為一管拘捕；一管偵緝，其實混而為一，總稱「捕快」；兩班的頭腦名為「都快」，俗稱「捕頭」，是一縣之中最威風的人物之一，哪怕縉紳先生見了他，都不免假以詞色；客氣的稱呼是一個「頭」字，姓王的叫「王頭」；姓李的叫「李頭」。長洲縣的捕頭姓余，自然就叫「余頭」。

「班房」就是三班治公之地，通常都緊挨著刑房；人犯到案，先羈押在班房。倘是盜案、竊案，先由捕頭問，再由刑房書辦問，這兩道關要過得去，就得好好花一筆錢。但蘭桂姐未曾花錢，亦未吃苦頭；表面上看起來是潘三來打了招呼，放他一個交情，其實另有算計，故意放鬆一步。

妙紅是被傳來作證的，所以不坐班房；衙前衙後的大街小巷中，多的是茶店，專供打官司的人歇腳、約會、說合。地保「王老實」受命將妙紅帶到一家字號，名叫「六順」的茶店，坐定下來，開口說道：「妙紅姑娘，你城裡有沒有熟人？」

妙紅一楞，不知所答；想了一下答道：「地保大爺，你知道的，我吃這碗飯，熟客很多。不過，我不知道你為甚麼問這句話？」

「恐怕要找保——」

「甚麼？」妙紅急急問：「地保大爺，你不是說，問完話就讓我走，怎麼還要交保。」

「不保你的人。」

「那麼保甚麼呢？」

這地保對「余頭」玩的把戲，還不甚了解；覺得有些有出入的話，還是保留為妙，所以含含糊糊地答一聲：「也許不要，回頭再說。總而言之，沒事！」

「哪裡會沒事？」妙紅愁眉苦臉地說：「剛才抄去的箱子，有一隻是我的；當賊贓沒到官裡，真正天大的冤枉。」

話還沒有說完，她突然覺得眼前一亮；趕緊定睛細看，沒有弄錯，是溫世隆帶了個小廝正走了進來。

「溫二爺、溫二爺！」她離座大喊。

「你來了！」溫世隆走過來平靜地看著地保問妙紅：「這位是？」

「我們那裡的地保大爺王老實。」妙紅辨出溫世隆「你來了」那短短三字的味道，忍不住張口就問：「溫二爺，蘭桂姐吃官司的事，你知道了？」

「我也剛聽說。」

「不知道為甚麼要把我帶來問話。還有，從蘭桂姐那裡抄去的——」

「你不要管她。」溫世隆很快地打斷了她的話，「不管打甚麼官司，說老實話總不錯！」說完，他轉身要走了。

「慢慢！溫二爺，還有件事。」妙紅伸手拉住他說：「回頭恐怕要找熟人做個保，請溫二爺幫我的忙。」

「這是誰跟你說的？」

「喏，這位地保大爺。」

「喔，」溫世隆轉臉問地保：「請問，老兄怎麼知道她要交保？」

「是余頭手下的人告訴我的，說妙紅姑娘來了，只要問兩句話，就可以飭回。不過要備個保在那裡。」

「是人保，還是鋪保？」

「沒有說。」

「沒有說，就只要人保。我來找！」溫世隆回身跟他的小廝說：「阿利，你跟著王地保；有事你到小腳張那裡來找我。」

等溫世隆一走，隨即又來了一男一女，男的是差役，姓田；女的是個中年婦人，生一雙銳利得令人生畏的眼睛。地保急忙起身招呼，管她叫「姚二娘」。

妙紅知道，這必是官媒不敢怠慢，恭恭敬敬地叫一聲：「姚二娘請坐！」隨手又遞了一杯茶過來。

「多謝，多謝！」姚二娘拉著她的手稱讚：「真正標緻人才。」話很客氣，那雙眼睛卻肆無忌憚地將她從頭看到底；妙紅不免心慌，把個頭低了下去，心裡思量，何用搬個官媒出來，莫非其中另有花樣？

這是她過慮，傳喚婦女，照例要用官媒照料；姚二娘是特意來獻殷勤的，「姑娘，」她說：「馬上要傳你去問了。你們鴇兒娘的這件案子很重；你到底知道不知道？」

「我哪裡知道？」妙紅亂搖著雙手說：「我做夢都沒有想到，蘭娃姐會是強盜的窩家！」

「這就叫知人知面不知心。你不知道不要緊；不過『一字入公門，九牛拔不轉』，回頭你的口供要當心，說錯不得一句。不然，證人變成被告，可有苦頭吃了。」

「是的，是的。」妙紅又上了心事，「不知道會問我甚麼話？要怎麼說才不錯？」

「只要心定下來，話就不會說錯。妙姑娘，我教你一個祕訣：不問不開口，話要說得少。一句話可以說盡的，千萬不要用兩句。」

「嗯，嗯！」妙紅有些領悟了，「我只顧我自己，該說甚麼說甚麼。」

「對！不過到了裡頭，心裡會慌、神智就不清楚了。你不要怕，有我在旁邊壯你的膽，包你不吃虧。」

「是的。多謝姚二娘。」妙紅著實感謝；對她那雙眼睛，也不覺得可怕了。

「俗語說的：公門裡面好修行。我婆婆常跟我說：你待人家十分，人家不會還你八分。不要當人家傻瓜，人家是懂好歹的。」一面說，一面眼角不斷瞟到妙紅手上。

妙紅恍然大悟，「你老人家的言詞一點不錯！一個人不懂好歹，不變了畜生？」說著，取下指上的一隻藍寶石戒指，拉過姚二娘的手來，將戒指套入她手指。

「不要，不要！」姚二娘直待戒指套好了，才裝腔作勢地辭謝。

「小意思！」妙紅捏住她那隻去勒戒指的手，「你老人家不賞臉，就是看我不起。」

姚二娘還待謙讓，故意裝作不見的地保王老實卻忍不住發話，「好了，好了，姚二娘！」他說：「自己人，用不著再說客氣話。」

「王大哥這麼說，我就老實了。」姚二娘緊接著說：「老田，我看就過去吧，這樣熱的天，早早完了事，他們兩位好回去。」

「不忙！」姓田的差役說：「這裡風涼，坐一會再走也不遲。」

話風似乎不妙，地保王老實轉臉去看妙紅時，恰好碰上姚二娘拋過來的眼色，心裡越發雪亮。妙紅當然也能意會，所以等地保一站起來，立即跟了過去。

「到了廟裡不能揀菩薩燒香。」他輕聲說道：「男的也要打發。」

「不是給過『草鞋錢』了嗎？」

「那是上門的時候，不算數。」地保又說：「這回給了，下回還要給。總而言之，『衙門八字開，有理無錢莫進來』！碰上了，只有認倒楣。」

妙紅無奈，只好問說：「要多少呢？我又沒有帶錢。」

「沒有帶錢倒不要緊，只要說定了就行了。我看，起碼得送二兩銀子。」

「二兩就二兩！」妙紅嘆口氣，「最好一輩子不要進衙門。」

同在班房，待遇不同。蘭桂姐在裡間，跟監獄一樣的鐵窗、柵門；空宕宕地除了一領破草蓆，一隻沒有蓋子的馬桶以外，一無所有。

妙紅是在外間，有門而不閉，而且還有條凳可坐；剛剛坐定，鐵窗上立刻出現了一張首如飛蓬，形容困頓的臉，急促地喊著：「妙紅，妙紅！」

「蘭桂姐！」妙紅一面回答，一面起身，待奔了去相會時，卻讓姚二娘一把拉住了。

「不要去！」她低聲叮囑。

「姚二娘，」妙紅央求著：「我跟她說兩句話就回來。」

看在寶石戒指的分上，姚二娘板不起臉來，想了一下，神色嚴重地說：「不是防你跟她串供，是防她從你嘴裡打聽消息。你跟她碰碰頭可以，有關你的話，一句不能說。你不要忘記你自己說過的話，你只管你自己最好。」

「我懂。」

「她一定要問你，家裡怎麼樣，你就說平安無事！千萬不可告訴她，到她那裡去搜查過。」

「我知道了。」

於是隔著鐵窗，淚眼相對；蘭桂姐的神氣完全變過了！平時老練沉著，喜慍不形於顏色；此時狼狽軟弱，說話無一字不是帶著哭聲。

「你看，作的甚麼孽？叫化子都不如！」她回身指著破草蓆說：「還說是看老潘的面子，不然要拿鍊子鎖在馬桶旁邊。這還不去說它；有件事真下作，說出去羞殺、氣殺，讓人家笑殺。」

「是——」妙紅知道她必是受辱，卻不知如何受辱？

「你看，統統都是窗子，一點遮蔽都沒有；我要解手，倒說不准我出去，有現成的馬桶在這裡。等我一坐上馬桶，窗子外面七八張面孔，又說又笑，說是屁股雪白粉嫩，不像快四十歲的人。我真恨不得端起馬桶，朝窗子摔了過去；想想——唉！」蘭桂姐失聲而哭。

這一哭出聲來，姚二娘立刻上前干涉；「好了，好了！你回來。」她一把拉開妙紅；然後向蘭桂姐瞪眼罵道：「哭甚麼？你是大戶人家的太太、少奶奶？屁股不能讓人看的？」

這一罵，使得蘭桂姐愈感委屈，但卻只能飲泣了。妙紅自然也是傷心慘目，只好強作不見；找一個蘭桂姐所望不見的角落，垂首而坐，默然不語。

「帶人！」門外有人在喊。

妙紅一驚；抬眼看時，視線恰好碰上姚二娘，「不忙！」她說：「先問鴇兒娘，再問你。」

「喔，」妙紅突然想起，「姚二娘，見了縣大老爺，我要怎麼說？」

「不是縣大老爺問。如果是要縣大老爺來問，你就糟糕了！」

「那麼，是誰問呢？」

「我們頭兒。」姚二娘說：「回頭你客氣一點，稱他一聲余大爺！」

由於已問過一次，有了經驗，蘭桂姐不但不如第一次受余捕頭盤詰那麼害怕，而且還抱著滿懷的希望，認為這一回問過，很可能就此無事，釋放回家。

她是這麼在想，潘三在吳縣雖非捕頭，但也是班房裡的「老大哥」。兩縣同城，長洲在東，吳縣在西；西城比東城熱鬧，茶坊酒肆，魚龍混雜，所以長洲縣的捕快辦案，出現在西城的時候居多，自然要求教吳縣捕快。道前街臬司衙門附近，有個「茶會」，是兩縣捕頭每日必到之地；而道前街就是在吳縣地界。既然如此，潘三要出面來說個情，余捕頭不會不賣賬。

不然就是光棍打話，「你做初一、我做初二」，余捕頭到了吳縣，就「強龍難壓地頭蛇」了。

再有一想是看到妙紅才引起來的。長洲縣班房何以要傳妙紅，她不知道；不過看到妙紅所受的待遇，不是犯人而是證人，所要求證的，自然是問妙紅，她曾否窩藏過賊贓？她相信證人會說實話，為她洗刷清白。

因此，一見了余捕頭，她先開口說道：「余頭，你們把妙紅找了來，再好不過。妙紅跟我在一起七年多，我的一舉一動，都瞞不過她，倒問問她看，我哪年哪月哪日，做過窩家。」

「當然要問的，不然找她來幹甚麼？」余捕頭把擱在桌上的腳放了下來，喊一聲：「小黃！」

小黃是個又瘦又小的後生，穿一件夏布大褂，臉色蒼白，像個窮酸書生；手裡捧著一個卷夾，站在余捕頭旁邊，一言不發。

「蘭桂姐，你知道不知道，你窩藏的賊贓，人家詳詳細細招供了，我們開了單子在這裡。」

蘭桂姐一聽這話，疑惑多於驚訝，毫不遲疑地答說：「我倒不知道。居然還有單子。」

「小黃，」余捕頭努一努嘴，「不到黃河心不死！你念給她聽。」

於是小黃從卷夾中取出來一張紙，捧起就念，珍珠頭面一副，大珠多少、小珠多少；金戒指幾個，每個重幾錢幾分，念得很快，蘭桂姐連想都來不及想。不過，信心卻是越來越強了；心裡不斷在說：我哪裡有那些東西，完全胡說！

等念到「西洋美女金表一隻」，蘭桂姐恍然大悟：「不要念了，不要念了！」她亂搖著手說，「我知道了。」

小黃自然停了來；余捕頭不慌不忙地說了句：「你管你說。」

「單子上這些東西是有的，在我那裡。不過不是賊贓，是人家辛辛苦苦掙了下來，寄放在我這裡的。」

「喔，誰寄放的？」

「喏！」蘭桂姐舉手向外一指：「就是妙紅。」

「是妙紅寄放在你這裡的？」

「不錯！」蘭桂姐答說：「馬上可以叫她來問。」

余捕頭不理她，管自己問：「妙紅寄放在你這裡，有多少東西？」

「我不知道。箱子她自己上了鎖的。只知道有一隻表，後面蓋子打開來，裡面有張畫，畫的是赤身裸體的西洋美女。」

「就是一隻箱子？」

「一隻。」

余捕頭點點頭，轉臉吩咐：「都抬過來！」

抬來三隻箱子，兩隻是朱漆描金的皮箱，一隻樟木箱。自己的東西，蘭桂姐自然認得，氣急敗壞地簡直要跳腳了。

「是我自己的東西，怎麼說是賊贓？怎麼好這麼冤枉人；有報應的！」

最後一句話惹惱了余捕頭，將桌子一拍，站起身來瞪眼戟指罵道：「娘賣×，你說點啥？你當你軋了潘老三這個姘頭，有了靠山了！老子倒不相信，偏要扳一扳你的靠山。來，先料理了妙紅的這隻箱子再說！」

蘭桂姐知道一句話闖禍了，急忙賠不是，已難消余捕頭的新仇舊恨。原來吳縣捕快，自恃大縣，平日在茶坊酒肆，遇到長洲縣的同行，言語神氣之間，總不免多少帶出一種身分高人一等的意味；潘三心粗氣浮，開罪於人，更是常事。余捕頭積忿於心，已非一日；所以這一次聽部下攛掇，根據花面狐的獻計，預備栽贓陷害蘭桂姐，好好敲她一筆時，先還有些躊躇，及至聽說蘭桂姐仗姘夫潘三之勢，刻薄姑娘，才下定決心，照部下獻議行事。

不過，他的本意，亦無非因為蘭桂姐所聚的不義之財甚多，弄她兩口皮箱的東西，也就罷了。所以雖在她的皮箱中搜出潘三玩法舞弊的一些證據，亦並不想在這上頭掀起風波，此時由於蘭桂姐語出不遜，「報應」二字觸犯此輩的大忌，恨之刺骨，故而翻然變計，預備好好掀一掀老案。

當然，先得料理妙紅之事。一聲吩咐，即刻傳到，妙紅已如吃了「定心丸」，態度從容得很。進來盈盈含笑，深深下拜，恭恭敬敬地說一聲：「余頭，你老人家好！」

「你叫妙紅？」余頭問說。

「是，花名妙紅。」

「你在哪個鴇兒家？」

「喏，」妙紅指著瑟縮在一旁的蘭桂姐說：「在蘭桂姐那裡多年了。」

「我告訴你，有個太湖強盜供出來，有三隻箱子窩藏在蘭桂姐那裡，今天起出來了。本來因為你在她那裡多年，想問問你，平時有沒有鬼頭鬼腦、形跡可疑的人，在她那裡進出，如果有，是甚麼樣子。現在，」余捕頭重重地說：「不必了！」

這「不必了」三字，入耳有異，帶著些負氣的意味；妙紅不明白是何道理？只能謹慎地答一聲：「是。」

「蘭桂姐說，這三隻箱子不是賊贓，兩隻是她自己的，一隻是你寄放在她那裡的。所以傳你來問；你看，哪隻箱子是你的？」

「這一隻。」妙紅毫不遲疑地指出來。

「你不會認錯？」

「自己的箱子，怎麼會弄不清楚。」

「你說得有道理。不過，」余捕頭沉下臉來說：「如果箱子裡的東西你說得不符，你跟她一樣要吃官司。」

「這——」妙紅急忙聲明：「東西太多，總有些記不起來，或者記錯了的。」

「這不要緊。十樣記得七八樣就知道是真假了。」

「那一定記得。」

「好！你說。」余捕頭轉臉叮囑：「小黃，你聽仔細。」

於是，妙紅靜靜心，將箱子裡的東西一樣一樣報出來；叫小黃的那個後生細細檢點，始終不曾開口。

報了有十幾樣，余捕頭揮一揮手說：「好了，打開箱子來看。」開箱檢點，妙紅所報，件件都有著落。余捕頭吩咐不必再看，照舊將箱子關好。

「這隻箱子是你的，你具結領了回去。」余捕頭說：「你有沒有保？」

妙紅喜出望外，連連答應：「有，有！」她笑逐顏開地說：「余頭，我真正感激不盡，不知道怎麼報答你老人家？」

「用不著你感激。我是公事公辦。帶下去！」

妙紅復又深深下拜，稱謝不止，然後隨著箱子走了出去，找地保王老實替她料理一切。

「現在要輪到你了！」余捕頭說：「照方吃炒肉，只要你說得不錯，我公事公辦，照樣發還。」

聽得這話，蘭桂姐心頭一寬，點點頭說：「等我好好想一想。」

這時已走來兩名捕快，先將皮箱抬到中間；蘭桂姐一大串鑰匙是坐臥不離的，正從鈕扣上解下鑰匙圈要找尋時，有個捕快，已「噹」地一下，用手中的鐵尺把鎖敲掉了。

「你一樣樣說。」

「是！」蘭桂姐就想得起的先說：「翡翠金鑲鐲子一隻；珍珠——」

「你慌甚麼！」敲鎖的那個捕快暴聲呵斥：「頭兒不是關照過，叫你一樣一樣說？等找到鐲子再說第二樣。」

蘭桂姐只好不作聲。那兩個捕快打開箱蓋，一陣亂翻，找到一支碧綠的金鑲玉鐲，舉以相示。

「是不是這個？」

「是！」

「好！說第二樣。」

那捕快像拋棄廢物似地，看都不看，將玉鐲往磚地上一丟；只聽「嗆啷啷」一陣響，玉鐲碎成七八段。

蘭桂姐心痛得眼淚都要掉下來了；怒火燒得她臉紅如火，汗出如漿，不過她到底是積世的老虔婆，知道自己無意中闖了大禍，倘或稍欠沉著，不知會有甚麼不測之變，所以強自保持鎮靜。識得厲害的蘭桂姐，心裡在想，大不了受人作踐，蹧蹋了兩箱子的衣飾，也就無事了。所以將心一横，只是想一樣，報一樣；隨那兩名捕快在箱子裡亂翻亂摔，視如不見。

等她再也想不到，報不出，兩隻箱子裡，都還剩下小半箱的衣物；動手的捕快便將摔得滿地的東西踢到一邊，空出一片地，舉起箱子翻過來向下一倒，然後隨手一撿，拾起一本皮護書；此物入目，蘭桂姐立刻記起物主，不過她覺得是不相干的東西，不必亟亟於表明，且看一看再說。

哪知余捕頭不問他物，偏偏就注意這本護書：「那是甚麼？」他轉臉說道：「小黃，你拿過來看看。」

小黃一看，本無表情的臉，忽然變得緊張了；雙眼亂眨，彷彿很困惑似地，然後走到余捕頭身邊，耳語了一會。

他是有了新的發現，余捕頭卻是故意做作。這本護書裡面有些甚麼東西，他已經看過；本想馬虎了事，只為蘭桂姐出言不遜，決定一不做，二不休，抓緊把柄，掀起一場風波來。

「你怎麼會有這本護書？」余捕頭問。

蘭桂姐不能不說實話了，「是潘三的東西。」她說：「有一次忘記在我那裡，我隨手替他收了起來的。」

「哪個潘三？」余捕頭明知故問。

「就是吳縣班房裡的。」蘭桂姐特意點他一句：「他也常跟余頭在道前街吃茶的。」

「是他！不錯，我跟他在茶會裡常常碰頭。不過，我想不到他是這麼樣一個人？」余捕頭又轉臉交代：「小黃，錄供。」

蘭桂姐也聽潘三談過衙門裡辦案的情形，一看要錄供，便知事態嚴重，不由得就有些發抖了。

「你不要怕，只要你說實話，該殺該剮沒有你的事！」

語氣很溫和，卻比暴跳如雷更來得令人膽戰心驚——居然要殺要剮，潘三是犯了甚麼彌天大罪？蘭桂姐驚悸之餘，也不免困惑。

「你認不認得字？」余捕頭問。

「只認識數目字。」

「倒巧！」余捕頭說：「這兄弟兩個的名字，正好是數目字。」

余捕頭將護書中取出來的一張紙，指點給小黃，讓他拿給蘭桂姐看。

「你認！」小黃指著問：「甚麼字？」

「廿一、廿二。」

「不錯，張廿一、張廿二。」余捕頭問：「這兩個人你認識不認識？」

「名字都沒有聽說過。」

「你是實話？」

「一個字都不假。」

「潘三呢，有沒有跟你談過這兩個人？」

「沒有。」蘭桂姐搖搖頭，「我罰咒，從來沒有聽見過這兩個人的名字。」

「那麼，有個名字，你總聽見過；朱三太子？」

「余頭，沒有比你老人家再明白的。吃我們這碗飯的，哪裡曉得甚麼朱三太子？只曉得天官坊的朱三公子是個脾氣好，肯花錢的好戶頭。再說，我也不識字，只當潘三這本護書裡頭裝的是甚麼地契借據，值錢的東西，所以代他收了起來。好在潘三天天在吳縣衙門當差，請余頭把他叫了來一問就都清楚了。」

余捕頭沒有料到，搬出朱三太子都沒有能將她嚇倒；聽她這一番話，理路清楚，態度泰然，看來再拿話嚇她，亦無用處。不過她要想脫身事外，卻沒有那麼便宜。想一想，只有一個藉口可以把她關起來。

「當然，」他說：「公事公辦。潘三雖是熟人，案子太大，那個也擔待不起。不過，潘三也是懂公事的人，像這種身家性命出入的要緊東西，他為甚麼不老早毀掉，免得留個把柄；又不好好收起來，隨隨便便丟在你那裡？情理上太說不通了。」

「這我就不明白了，要問潘三自己。」

「不錯！要問潘三。等他來了，三對六面弄清楚；如果你確是不知情，我替你在書辦大爺、刑名師爺，跟大老爺面前說好話，放你回去。」

蘭桂姐一聽這話，心都涼了；央求著說：「不與我相干的事；余頭，請你做做好事，先放我回去；我一定隨傳隨到。」

「不行！案子太大，我做不得主。」

「那麼，」蘭桂姐急出一句話：「我尋保人。」

「算了吧！你不要癡心妄想。這件案子，不是甚麼錢債官司，保人大不了賠錢；謀反大逆的案子，哪個肯保你？『好鞋不踩臭狗屎。』」

這兩句話卻真把蘭桂姐嚇倒了。哭哭啼啼地重回班房。妙紅還在等保，隔窗相望，欲語無由；倒是妙紅還念著香火之情，等溫世隆替她找好了保，領了自己的箱子出衙門，急著要想法子救蘭桂姐。

「你有甚麼法子救她？」溫世隆說：「你不要傻，難得自己跳出火坑，去管人家的閒事幹甚麼？走，走，我送你上船。」

「我的隨身衣服還在虎邱——」

「算了！算了！隨身衣服算得了甚麼？到了南京，曹織造那裡的綢緞，比我們蘇州的還好，寧綢、寧緞，佛四爺替妳去要幾十匹來，新衣服讓你一輩子都穿不完。」

張廿一、張廿二兄弟，跟朱三太子一案有關。當年緝捕這兩個人的案子，就是潘三辦的。余捕頭打算誣告他曾受張廿一、張廿二的賄。但要翻這筆老賬，光靠余捕頭的力量，是翻不起來的。捕快上面有刑房書辦，刑房書辦上面有刑名師爺，不打通這兩關，無能為力。

打通刑房書辦容易，因為書辦跟捕快都是吏，父死子繼，形同世襲，不但幾代淵源，關係深厚，而且如狼如狽，利害相共。不過，刑書懂律例、識利害，見識畢竟要高些；長洲縣刑房的畢書辦，聽得余捕頭細說了經過，神色上顯得不甚起勁。

「老余，十幾年的老案子，翻起來恐怕很吃力。」

「我曉得。」余捕頭說：「潘三的那個姘頭，實在可惡。我話已經說出去了，沒有幾分顏色給她看，我這個台坍不起。老畢，你無論如何要撐我的腰。」

「我當然撐你的腰。就是趙師爺那裡過不了門，有甚麼辦法。」畢書辦緊接著說：「其實，你不過要收拾那個老鴇，犯不著花那麼大的氣力。」

「那老鴇的靠山是潘三，要扳倒潘三，只有翻這件案子。」

「錯了，錯了！」畢書辦打斷他的話說：「我教你個敲山震虎的法子。」

他教余捕頭將潘三受賄的證據，做個謄本；然後私下將潘三約出來，先恫嚇，後示惠，保潘三無事，但亦不必過問蘭桂姐的官司。

「對那個老鴇，只要說潘三根本不承認有這回事，問她東西到底是哪裡來的？這一下，不就要怎麼收拾她，就怎麼收拾她了。」

「話是不錯。」余捕頭問：「如果她一定要潘三到案對質呢？」

「你跟她說：潘三是你的老相好，你家裡人來送牢飯的時候，帶個信去，叫潘三來洗刷你的清白。你要衙門裡去傳潘三，沒有這個規矩！不能光憑你一句話就出『火籤』。如果你說這本護書是我們長洲縣大少爺到你那裡吃花酒，失落在你那裡的，莫非我們無憑無據，也能夠把大少爺弄來跟你對質？」

「有道理！」余捕頭心領神會地，「我跟潘三說清楚，如果他姘頭帶信叫他，不必理睬！倘或冒冒失失到案，要幫忙也幫不上，就是他自己找倒楣了。」

「一點不錯！」畢書辦嘉許地說：「你算是懂了！」

這個打算看來很厲害，但卻低估了潘三。道前街的茶坊酒肆，都知他是蘭桂姐的靠山；靠山靠不住，已覺顏面無光；若說自己出了事，縮頸不出，反倒推到蘭桂姐身上，那就一文不值，吳縣衙門裡的這碗公事飯，也就不用再想吃下去了。

這就可想而知了，當余捕頭派人跟潘三去談時，他不但不會領情，而且覺得長洲縣捕快的做法「傷道」，是不會有好嘴臉給人看的。

「『兔子不吃窩邊草』，吳長兩縣，說起來都是蘇州；自己人裝神弄鬼，算哪一齣？先說蘭桂姐是窩家；抓不住真贓實犯，下不得台，索性弄到我頭上來了。」潘三冷笑一聲：「請余頭眼睛放亮些，我不吃這一套。」

來人是余頭的一個得力夥計，警告他說：「老兄倒回去好好想一想，十幾年前那樁大案，你奉命差遣，腳步是不是站得很穩？」

「站得不穩，老早跌倒了。你說是件大案，有本事你們翻翻看！大家都是吃了幾十年公事飯的人，這種話最好收起來，去嚇唬鄉下人。」

話不投機，不歡而散。那夥計回去，自然加枝添葉，將潘三不賣賬的態度，大大渲染了一番。余捕頭氣得臉色鐵青，放了一句話下來：「我余某人跟這姓潘的，對頭做定了！」

話是這麼說，卻拿潘三無可如何；因為畢書辦就只有「敲山震虎」這麼一計；敲山不能震得老虎害怕，反而張牙舞爪，作勢欲噬，如果不能使出打虎的手段來，就只好趕快遁走。

「我看沒有法子了。老余，算了吧？」

「怎麼能算了？大家都曉得我跟潘三較上勁了，如果扳不倒他，吳縣地界的案子，我就辦不動了，只好辭差。」

「何必呢？」畢書辦勸他：「動閒氣要『摜紗帽』，說出去給人笑話。」

「不是笑話！」余捕頭臉板得像從來就沒有笑過似地，「老畢，你不想法子，我明天告假。」

畢書辦看他如此認真，無可奈何地說：「好吧！我到上頭去一趟。你挑我碰個釘子，我只好去碰。」說著，懶洋洋地站起身來。

「不是甚麼碰釘子不碰釘子！」余捕頭一把拉住他說，「我不管你碰不碰釘子，我現在是談公事！」

這是以倦勤為要挾，但明明是意氣與私利之爭，偏說不能整治潘三，便於辦案有妨礙。畢書辦只好去跟趙師爺商量。

「你的公事飯吃到那裡去了！」幕友的職責是所謂「佐官檢吏」，所以對書辦可用嚴厲的詞色訓斥；趙師爺迎頭給他一個釘子碰，「這種案子怎麼能翻？你知道這個案子？這是總督、巡撫都頂不住的謀反案子，但願無事，上上大吉。倒說十幾年前，已經結了的案子，為一個捕快來翻老賬！你是老米飯吃膩了是不是？」

這一頓排揎，使得畢書辦臉上青一陣、紅一陣，好不自在；不過想到余捕頭的神情，無法就此退了出去。想一想只有苦詞軟磨。

「師爺，沒有你老人家體察不到的下情。捕快在外頭，就靠一個面子，不然寸步難行。現在正有兩件竊案，要余捕頭上緊去查，如果氣一洩下來，於破案亦有妨礙。」畢書辦緊接著說：「現在不談公事，就當余捕頭吃了人家的虧，請你老人家看自己人分上，替他出個主意出口氣。」

趙師爺拈著兩撇鼠鬚，沉吟了好一會說：「只有一個法子；不過要等機會。『君子報仇，三年不晚。』你叫他先忍一口氣再說。」

趙師爺的打算是，將潘三曾經受賄的證據，交給本縣縣官；吳長兩縣常有酬酢，找個機會把東西交了給吳縣知縣，表示關照之意。同時不妨暗示，潘三可惡，應該有所懲罰。吳縣知縣定能默喻，也一定會顧交情。

這個法子差強人意，余捕頭的氣平了些。當然，蘭桂姐不能不釋放，箱子也不能不發還；打爛的東西，當然也絕無賠償之理。

過不了十天，道前街茶館中傳出消息，潘三挨了二十板；看來是余捕頭占了上風，哪知不旋踵間，又傳消息，余捕頭突然因病辭役，長洲縣捕頭，另外捕了人。

這太突兀了！少不得有人去打聽內幕；據說潘三認為余捕頭無端訛詐，栽贓陷害，又驚動縣官，借勢欺壓，無一樣行為不是「傷道」，邀出江湖前輩「吃講茶」評理，一致認定余捕頭理虧，逼他告退、閉門思過。

從蘭桂姐被捕起時，茶坊酒肆中就都在談這件事；內幕愈出愈奇，傳聞愈來愈廣，將蘭桂姐被捕的起因亦挖了出來。眾口相傳，花面狐受李鼎所託，設局騙出妙紅，送與京裡來的一個大官作妾。李鼎不費分文，送了一個大人情。

於是有人感嘆：李家不比從前了！在從前，李家上千銀子買女子送人是常事；如今外強中乾，送不起人情，只能出此下策。這些議論一傳十、十傳百，愈傳愈不堪；終於傳到了李煦的耳中，氣得生了一場病。

第二章

一場病好，已經十一月初了。李煦強打精神，親筆繕寫了每月必須進呈的「晴雨錄」；四姨太打點了送京中顯要的節禮，命溫世隆帶著兩名家人進京。接下來就該料理過年了。

「這個年還不知道怎麼過法？」四姨太將李鼎找了來，悄悄問道：「你父親病剛好，我怕他著急，不敢告訴他。我能想的法子，都想到了；你倒看，有甚麼法子？」

聽見這話，李鼎好半天作不得聲；總有四五年了，年年難過年年過，四姨太從未向他問過計。如今到底要他來分憂了。

「我也叫沒法子！但凡有一條路好走，我也不會來問你。不過，你年紀也不小了，又是頂門戶的人；我不能跟你父親談，只好跟你商量。」四姨娘緊接著說：「路倒還有一條，就怕你不肯去走。」

「不，不！」李鼎急忙答說：「只要四姨把路指出來，我一定去走。」

「其實，走這條路也不難，就怕你臉皮薄，說不出口。」說到這裡，四姨娘停了下來，要看他的表情。

「到底是怎麼一條路呢？」

「你先別問，你只問你自己能不能抹得下臉來，把要說的話說出去？」

逼到這個關鍵上，李鼎怎麼樣也說不出退縮的話，只能硬著頭皮答一聲：「我說不出口也要說。」

「看樣子，也由不得你不說。」四姨娘說：「你明天就到南京去一趟；去找震二奶奶，跟她借五千銀子。曹家這幾年境況雖也不怎麼好，震二奶奶的私房可是不少，在蘇州就放了有兩三萬銀子的賬。她對你不錯，只要你肯求她，她不好意思駁你的回。」

李鼎一聽，頓覺滿身荊棘；楞了好一會，方始開口：「四姨，我實在想不出，怎麼才能私底下見得著她？見了她，話又該怎麼說？」

「彼此至親，內外不避，哪裡私底下見面說幾句話的機會都會沒有？只看你怎麼去找？」四姨娘想了一下說：「這樣，你先找錦兒，就說我有幾句話，要你當面跟震二奶奶說；讓錦兒把話轉過去，震二奶奶自然會有安排。」

「好！」李鼎的重負釋了一半，「見了面呢？」

「這就看你了。」

「怎麼？」李鼎頗為困惑，「看我甚麼？」

「看你會不會哄她，說上幾句讓她心軟的話，甚麼事都好辦了。」四姨娘故意背過臉去說：「你又不是沒有在脂粉堆裡打過滾的，連震二奶奶喜歡聽些甚麼話都不明白？」

李鼎不作聲，咀嚼著四姨娘的話，慢慢辨味。味道是辨出來了，卻有種無可言喻的難受；就像吃了已餿的食物那樣，心中作嘔。他很想直截了當地頂一句：「教我勾搭震二奶奶去跟她借錢；四姨，你把我看成甚麼人了？」

然而他終於還是作了默許的表示。那也是表面的；他決定去還是要去一趟，見到震二奶奶只跟她說，四姨娘打發他來告貸；能借到最好，借不到也只好拉倒。

於是第二天便即動身，往還半月；借到了兩千銀子。一到家照例先在正廳東面，供奉祖先木主的「祖宗堂」磕了頭，然後到上房去見父親。

「你回來了，很好！」李煦的神色異常，似興奮，似憂傷，彷彿有些恍恍惚惚地，「恐怕我年內就要進京。」

「喔，」李鼎問道：「是皇上降旨，讓爹進京。」

「不！局面怕有大變化。」李煦放輕了聲音說：「我得一個消息，外面都還不知道。初七那天，皇上在南苑行圍，身子就不大舒服；一回到暢春園就病倒了。梁九功傳旨，說是偶冒風寒，已發了汗，不要緊了；從初十到十五，齋戒靜養，一切章奏，都不必進。」

趁李煦說話暫停的間隙，李鼎提出了他的疑問：「這可是少有的事。聖躬違和，比感冒重得多的病，皇上都是照樣看奏摺，而況又說發了汗，不要緊了！」

「你見得不錯！說不要緊是安人心的話。」李煦招招手，將兒子喚到面前，用低得僅只有父子倆才聽得見的聲音說：「已經有硃諭飛送西寧，要十四爺兼程進京。」

「這——」李鼎也是驚喜交集，「這樣說，十四爺是要接位了。」

「皇上的病勢一定不輕！」李煦忽然眼圈一紅，流下淚來，「這兩天我晚上都睡不著！心驚肉跳，只怕宮裡已經出了大事。」

「大事出」是內廷行走官員所用的一句隱語，意指帝后駕崩。李鼎心裡也是這麼想，但他不會流眼淚，因為他所身受於皇帝所賜的恩澤，比他父親差得太多、太多了。

不過，他不能不安慰父親，「爹也不必傷心！」他說：「世上到底沒有長生藥。皇上臨御六十一年，雖說聖壽未過七十，福澤到底也是周秦以來所未有的。」

「話是這麼說，到底受恩深重。」李煦又說：「昨天我帶了你四姨到各大叢林去燒了香，祈祝聖壽綿長。無論如何，不能在年內出大事。」

「這——」李鼎想問是何道理，話到口邊，突然醒悟；西寧到京，數千里之遙，一來一往，再是兼程趕路，也非個把月所能到達。倘或恂郡王猶未到京，而龍馭已經上賓；那時「國不可一日無君」，或許大位會有變化。

「不過，我也是杞憂。」李煦又說：「十四爺兄友弟恭，沒有一個不愛戴的。」

李煦憂不成寐的原因之一，就是這皇帝一旦駕崩，而所欲傳位的皇子，遠在西陲道途之中，應該如何處置的疑難莫釋之故。李鼎亦覺得此事可慮，認為不妨跟沈宜士及李果談談，或者可以解惑。

「這話有理。」李煦立即接納；當即派人傳話，請沈、李二人，晚間圍爐小酌。

這兩個幕友，是李煦可共機密的心腹，所以他亦不須掩飾，很坦率地道出他的憂慮，希望知道，在這種情況之下，會出現怎麼樣的一種局面，前朝可有相似的成例？

猝然一問，倒將腹笥原本不儉的沈宜士與李果都問住了。兩個人都在肚子裡溫習二十四史，不過方法不同，一個是從漢朝往下想，一個是由明朝往上推。

自明上溯的是沈宜士，先想到了一個例子，「明武宗駕崩的情形，似乎可以參酌。」他說：「明武宗崩於正德十六年三月，無子，遺命：天下事重，請皇太后與閣臣審處。張太后與大學士楊廷和定策，迎興獻王世子於安陸，至四月裡方始即位。在此一個月中，政務由內閣處理，並無妨礙，我想，倘或今上不諱，而嗣君尚未到京，一切大事，自然是由顧命大臣奉嗣君的名義以行。」

「嗯，嗯！」李煦問道：「不知此外還有先例沒有？」

「歷朝的情形不一樣。」李果覺得不必再找先例，認為沈宜士的看法非常正確，「看樣子皇上即或不起，既非暴疾，而且神明不衰，自然會從容布置。派定顧命大臣是一定的；至於嗣君尚未到，不妨視作巡狩在外，先派恂郡王的世子監國，一切大事由顧命大臣會同辦理。大局仍舊可以安定下來。」

兩個人都是如此說法，李煦的疑憂解消了一大半。於是推測顧命大臣的人選。第一個想到的是隆科多。

隆科多與皇帝是中表亦是郎舅；以椒房貴戚擔當宿衛的重任，是皇帝朝夕不離的心腹。他的正式官銜是理藩院尚書兼步軍統領，手握重兵，整個京城都在他控制之下，必受顧命無疑。

李煦想到的第二個人是，武英殿大學士蕭永藻。此人是鑲白旗的漢軍，操守極好，為恂郡王最欽佩的大臣之一；如受顧命一定能輔佐嗣君，匡正缺失。

「再就是馬中堂了。本來他是八爺的人；為了八爺想當太子，鬧得天翻地覆，馬中堂也很倒了一陣子楣。不過，後來大局一定，八爺心甘情願讓十四爺出頭；八爺的人，自然也就是十四爺的人了。所以五、六年前，馬中堂復起，仍舊當武英殿大學士，班次還在蕭中堂之前，內閣首輔，當然是顧命之臣。」

他所說的「馬中堂」就是馬齊；也不姓馬，姓富察氏，是滿洲人，隸屬鑲黃旗。除此以外，李煦認為「八爺」胤禩也可能受顧命；因為他不但全力支持恂郡王，而且頗具治事之才，可為嗣君的一個好幫手。

「如說八貝勒會受顧命；那麼，」李果問說：「雍親王似乎更有資格。他是恂郡王的同母兄，當然愛護幼弟，必能盡心輔導。」

「不會，不會！」李煦亂搖著手說，「絕不會！這位王爺『一笑黃河清』，人見人怕；知子莫若父，皇上就說過『四阿哥喜怒無常，不能合群』。怎麼會派他當顧命之臣？」

剛談到這裡，只見棉門簾掀開一條縫，有人在張望，李鼎便問：「誰？」

是門上的人，掀簾進來先屈一膝打個扦；然後疾趨至李煦身邊，低聲說道：「劉把總剛從京裡回來，說有要緊事要見老爺。」

聽這一說，李煦的神色立刻就緊張了。原來劉把總是巡撫衙門的摺差；這個差使，終年奔馳南北，馬不停蹄，極其辛苦；但入息極好，因為順便替達官貴人攜帶私信，來回都有賞封，一趟跑下來，落個百十兩銀子，無足為奇。由於李煦出手大方，劉把總格外巴結，京中出了甚麼新聞，必來報告；但通常都是交代了公事，在白天從從容容來談，像這樣剛回蘇州，連夜來訪，必是得了甚麼跟他切身有關的消息，急於相告，所以李煦不免緊張。

「快請！」李煦又說：「就請到這裡好了！」

不一會進來一個中年漢子，于思滿面，一身風塵，穿的是行裝，還戴著大帽子；但覆在上面的紅纓子，已經為北道上的黃沙染成暗灰色了——由這一身打扮，可以想見劉把總連家都不回，便急著來報信，這份忠人之事的態度，著實令人感動；在座的兩主兩賓，不約而同地站了起來。

「沐恩給大人、少爺請安！」劉把總搶上兩步，屈膝垂手，打了個扦。

「少禮、少禮！」李煦親自扶起他說：「想來還沒有吃飯？現成的熱酒；來，來，添座！」

「多謝大人；列位請坐！」劉把總說：「大人賞飯，可惜吃不到嘴；有幾句極要緊的話，想跟大人回稟。」說著，便拿眼睃著沈、李二人。

「不要緊！甚麼話都可以說，不用顧忌。」

劉把總卻仍舊在遲疑；李鼎的心思快，知道此刻他顧忌的不是座中嘉賓，便去到門外，略略提高了聲音發令：「都退出去！」

直等聽差都走淨了，劉把總才開口：「皇上怕是駕崩了——」

一語未畢，剛剛坐下的李煦，霍地跳了起來，緊攥住劉把總肩頭說：「皇上怎麼著？」

「皇上恐怕已經駕崩了——」

「怎麼叫『恐怕』？」李煦迫不及待地問。

「爹！」李鼎急忙相勸：「你先把心定一定，聽劉把總慢慢說。」

於是沈宜士隨手拖過一張椅子，將劉把總按得坐下，撫慰地說：「別急！請你從頭說起。」

「是十一月十三那天，我到暢春園大宮門領了批迴，當天就住在海甸；到了起更的時候，情形不對了，街上平白無故地多了好些兵。我也不在意，因為第二天就要趕路，老早就上了炕。睡到半夜裡，忽然驚醒；那聲音可就大不妙了。」

劉把總嚥了口唾沫說：「街上不斷的馬蹄聲，呼——一陣奔過來；呼——一陣奔過去。等出了屋子，西北風颳過來，只聽暢春園那個方向，哭聲震天。」

他說到最後一句，李煦已忍不住失聲而號，卻又趕緊捂著自己的嘴，用抖顫的哭音說，「你說下去，快說下去。」

劉把總亦為自己的情緒所震動了，茫然地眨了一會眼，才繼續往下說：「我想出去看一看，客棧前後門都有兵看住；掌櫃說：『有個護軍校來關照，隨便誰都不准上街；不然送了命怨不著誰。這話不是嚇唬人，他懷裡抱著九門提督隆大人的大令；那可不是當玩兒的！』我就問，園子裡哭得這麼凶，是不是皇上駕崩了？他說：這話不好亂說！」

「那麼，」李鼎問道：「到底是怎麼回事呢？」

「大家都關在客棧裡頭，街上斷絕行人，也沒有人來，所以誰也不知道出了甚麼事？」劉把總緊接著說：「守到天亮，街上忽然靜了下來；掌櫃的朝外望了一下說：大概要啟駕回京了。果不其然，有個藍翎侍衛到客棧裡來抓伕子去平土灑水。我可是躲過了，找了一間臨街的屋子，從門縫裡往外偷看；看見皇上的黃轎經過。後面跟著好些大轎、後檔車；車轎裡都有哭聲——」

「慢著！」李煦打斷話問：「老劉，我問你，扈駕官兒，暖帽上的紅纓子摘了沒有？」

「沒有。」

「你看清楚了，確是沒有？」

「沒有錯兒。」

「還好！」李煦略有安慰之色；接著為沈、李二人解釋宮中的規矩，「凡是一出大事，第一件事就是『摘纓子』；紅纓猶在，足見還有希望。大概皇上病勢添了是真的。老劉，請你再說下去。」

「等鑾駕過了，兵撤走了一大半；街上也能走人了。茶館卸了排門開張；我去喝茶帶打聽消息，一進去就望見兩面牆壁上貼著鮮紅的兩張紅紙，四個大字：『莫談國事』。墨汁還沒有乾。我看大家都低聲在說話，等人一走近了，馬上住口，知道打聽也是白打聽，只拿眼睛看；這一看可看出點兒根由來了。」

說到緊要關頭上，劉把總忽然住口不語；抬眼張望，像在搜索甚麼。李鼎會意，趕緊動手，不管是誰的茶，端到了他手裡。

等劉把總灌了一碗茶，抹一抹嘴，隨即又說：「茶館門口有兩個剃頭挑子；太監等著剃頭都站成隊伍了！」

這一說，又惹得李煦老淚縱橫；因為大喪百日之內不准剃頭，所以都要趕在成服以前辦了這件事。

「老劉，」這時候可連李鼎都忍不住了，「總有點消息吧，皇上到底怎麼樣了呢？」

「不知道。我趕著回來了。」

「嗐！你怎麼不進城打聽打聽呢？」

「不行！」劉把總使勁搖著頭說：「城門都關了。我還想等一等，看情形再說；客棧的掌櫃悄悄兒跟我說：『你有事就回去吧！年近歲逼犯不著在這兒耗著。城門還不知道哪天才開呢！』」

這才真是驚人的消息！沒有一個人敢相信；心思細密的李果，首先發問：「劉把總，是不是真的關了城門？」

「真的。」

「你親眼看見？」

「是！」劉把總說：「我起初亦不相信，特為到西直門去看了一下。」

「也許只是西直門。不見得九門都關了吧？」

「不！九門都關了。我怎麼知道的呢？」劉把總自問自答：「因為有人在西直門外哭，說他家有個要緊人得了急病，他急於進城探望，從朝陽門往南轉過來，每個城門都關了。」

「這是甚麼道理呢？」李煦的眉心擰成一個結，「到底出了甚麼事？」

「是啊！一定是出了事。」沈宜士問劉把總：「你聽說了沒有？」

「沒有。」

「打聽了沒有呢？」

「沒法兒打聽。大家連京裡關城門這件事都不知道，還能告訴我甚麼？」

這句話提醒了李煦，劉把總帶來的消息，是最新最快也是最重要的。於是，他關照李鼎，取二十兩銀子，酬謝劉把總，同時問他，還有誰知道這個消息？

「我敢說，全蘇州就我一個人知道。只跟撫台衙門的王巡捕略為說過兩句；緊接著就趕到這兒來稟報。」

「費你的心！你請回去休息吧。這個消息很機密，可是也很有關係；老劉，你也稍為謹慎一點兒。」

「是，是！」劉把總急忙表明：「這是甚麼事？能到處去亂說！除非大人這裡，別的地方我不會說。」

「那才是！」李煦又說：「你把你府上的地址，告訴我門房；明兒也許還要請你來，有話問你。」

劉把總答應著，又請安謝了賞，方始退了出去。這一來，酒興自然都一掃而盡了；李煦毫不掩飾他的內心的感覺，說話的聲音神態都變過了。

「你們說，」他用抖顫的手指著在座的三人，「到底出了甚麼事要關城？」

事情太大，李煦的態度又太嚴重，大家都不敢輕易作答；但內心的想法都差不多，必是宮中發生了極大的衝突，大局未定，所以緊閉城門，隔絕內外，使得局勢易於控制。

「說啊！」李煦催問：「是不是有人造反？」

「若說有人造反，必是隆科多！」沈宜士脫口答說：「他是九門提督，只有他才能下令閉城。」

「隆科多為甚麼要造反？」李果比較平靜：「消息如石破天驚，萬想不到；咱們只有靜下心來，抽絲剝繭，一層一層剝下來看。我覺得有一點是毫無可疑的，皇上已經賓天了！」

「這，」李煦越發驚慌，「這是從哪裡看出來的呢？」

「如果皇上只是病勢增加，自然仍舊在暢春園養病，不過多召御醫會診。」李果問道：「請問，天下哪裡有個重病的人，而可以隨便挪動的？」

這一點破，無不恍然大悟，「照這麼說，坐在黃轎裡的是大行皇帝？」沈宜士說：「龍馭已經上賓，並不宣示，照生前那樣啟蹕回宮；然後關了城門。這不就是『祕不發喪』嗎？」

「不錯！」沈宜士矍然而起，「由隆科多身上去推想，一團混沌、莫測高深的局勢，或者可以窺知端倪。九門緊閉，自然非九門提督下令不可；但是，隆科多是不是仍舊掌權；會不會已為他人取而代之，不能不說是一個疑問。」

「不會！」李煦噙著眼淚說：「他的兵權是他人所奪不去的。」

「既然如此，接下來的疑問就多了！」沈宜士屈著手指說：「第一、是他自作主張，下令閉城的呢，還是奉了甚麼人的命令？第二、倘係奉命行事？又是奉了何人之命？第三、最要緊的是，閉城的原因何在？是不是宮裡發生了極大的變故？消息不宜外洩，所以先把城門關起來再說。」

「宮裡發生了極大的變故，我看是一定的。」李果用極有把握的語氣說：「我看多半是奪位之爭！」

此言一出，舉座默然。大家都同意他的看法，在心裡思索：奪位之爭的一方是恂郡主；另一方是誰？

「唉！」李煦嘆口氣說：「康熙四十七年冬天，為了八爺想當太子，皇上很生氣，特為召集大臣，親自面諭，不准結黨，那時我正好在京裡，隨班聽宣；清清楚楚記得皇上的話：『你們如果不聽我的話，將來等我一嚥了氣，一定把我丟在乾清宮裡不管，先束甲相攻，爭奪皇位。』看起來，皇上的話，怕是不幸而言中了！」說著淚流不止。

「絕不至於如此！不過，」李鼎忽然問道：「隆尚書對皇上，到底是不是忠心耿耿？」

「這——」李煦搖搖頭說：「看不出來。」

「那就壞了！如果隆尚書對皇上忠貞不二，當然秉承皇上的意旨，力保十四爺登基。倘或有了貳心，投到另一位阿哥那裡，十四爺怕要落空了。」

「這『另一位阿哥』，照世兄看，會是誰？」沈宜士問說。

「自然是八阿哥！」

「不會！」李煦斷然否定：「絕不會。八阿哥很有自知之明，早不存這個妄想了！再說，有四爺在那裡，他自然護著同母的弟弟，豈有坐視之理？」

「那麼會是誰呢？」

誰會與恂郡王爭奪皇位，除了「四爺」雍親王以外，皇長子胤禔、皇二子也是廢太子胤礽，禁錮已久，都不足論；皇三子誠親王胤祉雅慕文事，平時與隆科多不甚接近，想奪皇位，亦無力量；皇五子恆親王胤祺，秉性平和，絕非鬩牆之人；皇六子早夭；皇七子淳郡王胤祐，身有殘疾，絕無大志；至於皇九子貝勒胤禟，皇十子敦郡王胤䄉，一直是「八爺」胤禩的死黨，只要胤禩不爭皇位，支持恂郡王，胤禟與胤䄉一定也會站在恂郡王這面，而況他們與恂郡王的兄弟情分，本就極厚，照常情而論，也不會違逆父命，爭奪本該屬於恂郡王的皇位。

「這也不是，那也不是，莫非倒是『四爺』雍親王奪了同母之弟的天下？」

李果這兩句話，在李煦聽來，豈止青天一個霹靂，不過震倒而已；真是當胸挨了重拳，頓覺天旋地轉，喉頭微甜發腥，一張嘴吐出一口鮮紅的血來！

見此突發之症，在座之人，無不大驚失色；倒是李煦自己很鎮靜，「不要緊！」他說：「我一時震驚，脾不統血，不要緊！」

話雖如此，還是亂作一團，聽差聞聲而集；總管楊立升亦急急忙忙地趕了來，他略通醫道，一面派人延醫；一面叫人去取來現成的人參固本丸，親手在天平上秤了五錢，用溫開水讓李煦吞了下去，才向李鼎詢問得病的經過。

李鼎心裡明白，父親是因為雍親王可能已取得皇位，大受刺激，才有這「脾不統血」的急症發生。但他不明白，他父親所受的究竟是甚麼大刺激？是為恂郡王失去皇位而痛惜，還是以為宮中在「束甲相攻」而著急。老皇駕崩，新君接位，而況發生了意料不到的變故，是件無可再大的國家大事。再則消息尚未外露，局勢亦在混沌之中，非謹守機密不可；所以含含糊糊地答說：「老爺是一時心境不好。」

楊立升察言觀色，心知必有蹊蹺，一時不宜多問；只是建議：「我看把老爺先送回上房去吧？」

「對了！」沈宜士接口說道：「應該趕緊回上房休養。吉人天相，必是一場虛驚。」

最後一句話是雙關語，李煦自能意會；他不止是安慰他的吐血，意思也是京中的變故，必無大礙，所謂「吉人」是指恂郡王，終必仍能入承大統。

話是懂了，李煦卻沒有能聽得進去；「奉屈兩位今晚上多待一會兒。」他說：「我的病不要緊，讓我稍為息一會，還有話要跟兩位細談。」

兩幕賓對看了一眼，仍舊由沈宜士作答：「旭公請安心靜養。果然有事，請隨時招呼；今晚上我們都不回去了。」

「固所願也，不敢請耳。小鼎，你叫人好好伺候。」

三更已過，在客房中的沈宜士與李果，都已有了倦意，正待解衣歸寢時，李鼎奉父之命，親自來請他們到上房相見。

所謂「上房」是四姨娘的臥室。沈、李二人，相從李煦多年，進入內寢，卻還是破題兒第一遭。而李煦一向傾心結客，此時隱然有大禍臨頭之感，期望沈、李能夠出死力相助，自然更要表現得親如家人，所以特地關照四姨娘，不必迴避。這一來，使得沈、李二人，越發侷促不安了。

四姨娘卻真不愧為李煦得力的「內助」，落落大方地含笑招呼：「兩位請這面坐，暖和些，說話也方便。」

四姨娘是在床前白銅大火盆旁邊，設下兩張椅子；一張大茶几上，除了茶以外，還擺著兩乾兩濕四個果盤。雖是寒夜，待客之禮，絲毫未忽。

等坐定下來，李果望著擁被而坐，臉色憔悴，雙眼猶腫的李煦，向李鼎問道：「張大夫怎麼說？」

他指的是張琴齋。「不要緊，」當著父親的面，李鼎自然說些令人寬心的話，「一時的心火，也虧得老人家的體氣壯；張大夫用的是六味地黃丸。」

「實在是要多休息。」四姨娘接口說道：「不過心裡有事，不說出來，反而睡不安穩。夜這麼深了，還打攪兩位，真是過意不去。」

「哪裡的話？」沈宜士與李果，同時欠身相答。

「你預備吃的去吧！」李煦向四姨娘說：「這裡有小鼎招呼，你就不必管了。」

於是，四姨娘叫錦葵為李鼎端了張小板凳，讓他在火盆旁邊也坐了下來；然後向客人道聲「寬坐」，才到她自己的小廚房中，督促丫頭，預備消夜的點心。

「唉！真是『一言驚醒夢中人』，事情是很清楚的了！只不過，皇上是怎麼去的，還不知道。」說著，李煦又泫然欲涕了。

「爹！」李鼎著急地說；「又要傷心了！這會兒不是傷心的時候。」

李煦順從地點點頭，取起枕旁一塊白綢大手巾，擦一擦眼淚說道：「除了大阿哥腦筋不清楚；二阿哥後來性情變了，暴躁乖僻以外，在皇上跟前的阿哥們，沒有一個敢不聽皇上的話。倘或皇上的遺命是傳位給四阿哥；這話又是當著各位阿哥的面，親口說的，就絕不會有爭執，更用不著關城。所以，我心裡很疑惑——唉！」他痛心得一張臉幾乎扭曲變形了，「我真想都不敢想！」

他的神態與聲音，使得聽的人都震動了；「旭公，」沈宜士吃力地問說：「你的意思是皇上被、被——」

他那個「弒」字未曾說出來，大家卻都領會了，「這句話不好輕易出口！」李果神色嚴重地說：「最好從此不提。」

「是的！」李煦用嘶啞的聲音說：「兩位請過來。」

於是沈、李二人起身繞過火盆，到了床前，一個坐在床沿上，一個拖了張凳子，面對李煦而坐，都是傾身向前，等待李煦開口。

「這個，」他伸開左掌，屈起拇指，作了個「四」的手勢，「虛偽陰險是有名的；一定不知道怎麼拿隆科多勾結上了，假傳遺命。八、九兩位，大概還有三阿哥，自然不會心服；此刻還不知道是怎麼一個局面？不過，我想，隆科多有兩萬人馬在手裡，京裡誰都鬧不起來；如今要關城，為的是怕走漏消息。有一個人必得瞞著。你們倒想！」

「是在西寧的那位？」李果問說。

「對了！防他會起兵。可是，難！」李煦搖搖頭，一連說了三個「難」字。

這難處只有深知親藩家事的李煦，才能體察得到；不過沈宜士因為跟李紳長談過幾次，對西南的局面，頗有了解，所以亦能約略意會，便即問道：「旭公，難在有人箝制，是不是？」

李煦點點頭；反問一句：「你知道能箝制恂郡王的是誰？」

「自然是四川總督年羹堯。」

一聽這話，李煦面現驚詫之色；「原來你亦明白！」他又感慨了，「果然如此，可真是人心難測了！」

「我是聽縉之兄談過，說年制軍原是雍親王門下；因為這個緣故，恂郡王亦拿他當心腹看待。而年制軍不免跋扈擅專；所以這年把以來，寵信大不如前了。不過，據縉之兄說，年制軍對恂郡王倒是很恭順的。」

「表面恭順是一回事；心裡怎麼想，又是一回事。如今我可以斷言，如果有了爭執，年某人一定站在雍親王這面，而且會出死力。因為他不但是雍親王的門下；而且是雍親王的至親。他的胞妹，就是雍親王的側福晉。」

「原來還有這麼深的關係！」李果問道：「照此說來，年制軍能久於其位，自然有雍親王的維護之力在內？」

「豈止於維護？雍親王曾經力保過。」李煦雙眼望著帳頂，落入沉思之中；似乎在回想著甚麼。

「談得差不多了吧！」四姨娘悄然出現，「快四更天了，吃點甚麼都安置吧！」

「先消夜吧！」李煦接口說道：「一面吃、一面談。」

四姨娘無法勸阻，只有讓丫頭在李煦床前支一張活腿桌子，把消夜的酒菜點心，端了上來，卻悄悄向李鼎使個眼色，把他調出去有話說。

「到底是怎麼回事？是甚麼大不了得的事？我問他，他只說：你不懂！甚麼事我不懂？」

「聽說皇上駕崩了！」

剛只說得這一句，發覺四姨娘的神色已變。李鼎能夠體會得到她的心情；皇帝雖遠隔萬里，深在九重，而且她亦只是在乘輿最後一次南巡時，悄悄偷覷過天顏；但以受恩太深太厚，在感覺上皇帝便是慈祥愷悌，蔭庇晚輩無微不至的尊親。一聞哀音，豈有不悲從中來之理？只是這一來，必然又觸動父親的傷感；所以他急忙阻止：「四姨，別哭，別哭！」

「唔！唔！」四姨娘捂著自己的嘴，盡力忍住自己的哭聲；然後又問：「那麼，十四爺不就要登基了嗎？」

「不！情形大變了！恐怕是雍親王當皇上。」

聽這一說，四姨娘如遽然失足一般，遍體冷汗淋漓；結結巴巴地說：「那，那不都落空了嗎！」

李鼎恍然大悟，父親為何吐血？正就是為此！於是他也像四姨娘一樣，透骨冰涼，也想哭了。

「消息到底真不真呢？又是『聽說』，又是『恐怕』，為甚麼沒有準信兒？應該趕快想法子去打聽啊！」

李鼎覺得，大家談論了半天，還不抵四姨娘這句話實在，便定定神說：「對！我跟爹去說。」

回到原處，只見沈、李二人皆停箸不食，在傾聽李煦低語；等他一進去，做父親的問道：「好像聽得你四姨在哭，怎麼回事？」

「我把京城裡的消息告訴四姨了。」李鼎緊接著說：「四姨說得不錯，如今應該趕緊先打聽消息究竟確不確？」

「我們也正在談這件事。」李煦望著兩幕賓說道：「連小妾都是這麼說，真是事不宜遲了。」

「是的！」沈宜士點點頭說：「我想除了驛站以外，滸墅關商販雲集，也是消息靈通之地；不妨跟那裡的監督打個交道。」

滸墅關的關監督名叫莽鵠立，字樹本，滿洲人而編入蒙古正藍旗，李果跟他很熟，便即自告奮勇，到滸墅關去打聽。

「好！我撿幾幅畫，請你帶去；只說歲暮致意，比較好說話些。」李煦轉臉又說：「安慶之行，就要拜託宜士兄了。」

「商量停當了，我馬上就走。」

原來「安慶之行」，是要去走一條門路；是李煦自己想到的，年羹堯的胞兄年希堯，剛交卸安徽藩司，由於天寒路遠，不宜長行，要過了年才回京。如果雍親王登了大寶，年希堯便是椒房貴戚；飛黃騰達，指顧間事；要為甚麼人說幾句好話，亦很有力量，這條路子不能不走。

「六親同運，這條路子要跟曹家一起去走。宜士兄，你到了江寧，先跟舍親談一談。這份禮，是合在一起送呢？還是各自備辦？」

「旭公的意思呢？」

李煦遲疑了一下答道：「不瞞兩位說，我希望能合在一起送。因為舍親的境況比我好得多；備禮得重一點，我就沾他的光了。這話，還請宜士兄多多費心，說得婉轉一點兒。」

「不止於婉轉，我還要為旭公占住身分。既然六親同運，自然休戚相關，不分彼此。旭公請放心，這話我會說。」

艱苦一夜，總算談得有了結果，李煦憂疑難釋，還有話要說；但四姨娘忍不住出面干預，只得作罷。

其實最艱苦、最操心的倒是她；要備一份能讓年希堯重視感動的禮物，猶須大費周章。好在事雖重要，還不太急；急的是要與滸墅關打聽消息，所以第二天一早，開了畫箱，請李果自己挑了兩幅畫，打發他先走。

「樹公，可有京中的消息？」

「我不知道客山兄是指哪一方面？只聽說皇上月初在南苑行圍受了寒，聖躬不豫；十一月十五冬至，南郊大典特派雍親王恭代行禮。看上去病勢好像不輕。」

「喔，還有南郊大典雍親王恭代這件事？」這時是李果困惑了。

「是的！不錯。」莽鵠立問道：「客山兄提到這上頭，必有緣故？」

「樹公，」李果親手挪動凳子，靠近了主人說：「有個消息，是摺差帶回來的，說龍馭上賓了——」

莽鵠立大吃一驚，但也相當沉著；不肯開口打斷李果的話，只豎起耳朵，很用心地聽他講完暢春園「出大事」，京城九門皆閉可能發生了奪位之爭的消息，以及推測可能是雍親王取得了皇位的理由。

「這真是無大不大的大事了！」莽鵠立說：「我還是第一回聽見這個消息。」

李果難免失望，不由得就說：「原以為樹公是往來要津，必有更詳細的消息。」

「也許消息已經有了，只是沒有去打聽。」莽鵠立向外高聲一喊，將聽差喚來說道：「你拿我的名片，叫人到『急遞鋪』跟管驛馬的人說，有京裡來的公差，不管屬於哪個衙門，只要是十一月十四離京的，都帶了來，我有話問。」

「是！」

「慢著！」莽鵠立又說：「你在門上守著，『急遞鋪』有差人送來，好好管他的茶飯；一面趕緊來報。」

等聽差一走，李果已想好了幾句話要問：「樹公，你看雍親王得位這一層，有幾分可信？」

「很難說。恂郡王會繼承大統，是大家都知道的事。不過，皇上特派雍親王祀天，似乎又有深意。」

李果不作聲。他原先的想法動搖了；本以為雍親王如果得位，必是不由正道而奪得的，如今既有南郊代祀之命；而十一月十三又還在齋所齋戒之中，雍親王根本不在暢春園，何能參預奪位之爭？看起來似乎是皇帝變了主意了。

「客山兄，」莽鵠立問：「你見過雍親王沒了？」

「他隨駕南巡的時候，見到一次；不過遙瞻，認不真切，而且時隔多年，形像也模糊了。」

莽鵠立點一點頭，「等我想一想。」他思索了一會，矍然說道：「我想起來了。」

李果不知道他想起了甚麼？只靜靜地看著；只見他喚來聽差，將重疊著的畫箱挪開，在最底下的一隻箱子中取出來一個軟裱的手卷；然後示意聽差離去，方將手卷展開。

「客山兄，也許這就是御容了！」

李果這才明白，是讓他看雍親王的畫像。畫是絹本，上方題七個篆字：「破塵居士行樂圖」；畫中立像，作宋人服飾，手拈一串念珠。戴的是一頂浩然巾，鬢間所露的頭髮，與眾不同，李果不由得定睛細看。

「雍親王是鬈髮？」

「不錯！」莽鵠立答說，「天生的鎮鬈髮。」

於是李果目光注視在面貌上，眼小、眉細、一張瘦削的臉，配上薄嘴脣與長、小而扁的鼻子，與兩撇自脣角下垂的八字鬍子，令人有一種難以親近的感覺。

「這是樹公的手筆？」

「是的。」莽鵠立說：「四年前畫的。我替好幾位阿哥畫過像；唯獨這一張最費經營。」

「喔！」李果率直請求：「乞道其故。」

「你總看得出來！」莽鵠立放低了聲音說：「這陰險一路的相貌，只要對他的眼神跟一條鼻子有了把握，本不難著筆；但那一來，我就一定得罪了雍親王。」

「是！」李果試探著問：「是說，讓人一望而知是個極陰險的人？」

「對了！他那雙眼是三角眼，豈是王者相？但畫得不像也不行，煞費經營者在此。」

「那麼，這張像，他自己滿意不滿意呢？」

「還好！」

「破塵居士是雍親王的別號？」

「是的。」莽鵠立說：「看這個別號，再看這串念珠，你就知道他所好的是甚麼！」

「好佛？」

「對。」

「這不是跟皇上有點格格不入了嗎？」

「皇上海量淵宏，信佛也好，信道也好，信耶穌教也好，只要不悖倫常大道，概不干涉。」

「這樣說，雍親王跟那些西洋教士並無往來？」

「不錯！」莽鵠立說：「雍親王最恨西洋教士。」

「聽說九阿哥通西洋文字；雍親王跟他自然不和？」

「何消說得！不過，雍親王最忌最恨的是這一位。」莽鵠立伸出拇指與食指，做了個「八」的手勢。

就這一個手勢，使得李果憂心忡忡了。李煦一向倚「八貝勒」胤禩為奧援；果然是雍親王做了皇帝，對接近胤禩的人，自然不會有好感。而以他的氣量之狹，倘無好感，必然不容；李煦危乎殆哉了。

再往深一層去想，如果他是真心愛護幼弟恂郡王；那麼推烏屋之愛，豈有最恨全力支持恂郡王的八貝勒之理？然則最忌最恨的緣故，正就是因為八貝勒擁護的不是他，而是他的同母幼弟！

情勢很明顯了！李果在心裡想，京中緊閉九城，束甲相攻，定是雍親王不知使了甚麼手段，居然勾結了隆科多，奪得皇位；而八貝勒，至少還有誠親王與「九貝子」胤禟，正合在一起，反對雍親王「篡位」。

就這樣談到夜深人倦，急遞鋪中始終沒有消息，只好罷飲歸寢；卻以心中有事，輾轉反側，一夜不能安枕。

睡到近午方醒，主人家的聽差已伺候多時；等他漱洗剛畢，只見莽鵠立腳步匆匆，一進門便說：「客山兄，有消息了！」

「喔！」李果先仔細看一看他的臉色，卻有些深沉莫測的模樣，便即問道：「如何？」

「果如所言。」

李果的心往下一沉，但還希望能證明這一消息並非完全確實，所以請問來源。

「是浙江駐京的提塘官，有緊要摺件送回杭州，路過這裡，親口告訴我的。」莽鵠立又說：「他是十一月十五出京的，大事已經定了。」

「喔！」李果有無數疑問，不知先說那一句。

莽鵠立看出他的心意；索性給他一個機會：「我正留這個武官在吃飯，你如果有話要問，不妨跟他見個面。不過，怕不能細談。」

「好，好！」李果正中下懷，「我只問幾句話就夠了。」

於是主人引導著客人去看另一個硬攔了來的新客；浙江駐京提塘官。此人姓王，本職是千總；由浙江巡撫咨請兵部派委，長駐京城，專門料理本省奏摺。各省的提塘官，很少親自「跑摺子」；王千總此時親自出京，星夜馳回杭州，自然是有極緊要的公事，需要面報浙江巡撫。只是事不干己，不便動問；就問，人家亦絕不會透露。不過，李果亦猜想得到，十之八九是報告宮中所出的大事。

王千總剛吃完飯在喝茶；莽鵠立為李果引見之後說道：「浙江已經在眼前了，不必急！好好息一息。」

「多謝大人，今天一定要趕到嘉興；明天中午要到杭州。」

「來得及，來得及！」莽鵠立向李果使個眼色，示意他珍惜辰光。

於是李果問道：「王千總是哪天出京的？」

「十一月十五一大早。」

「京裡的九門不都關了嗎？」

「是的，我走的時候還關著。」王千總說：「我是步軍統領衙門知道我有要緊公事，特為放我出來的。」

「喔，如今是雍親王當了皇上？」

「是的。」

李果想了一下，沒有含蓄的問法，只好直言相詢：「宮中沒有起糾紛？」

「這就不大清楚了。不過，」王千總很吃力地說：「謠言是有的。」

「能不能說點我們聽聽？」

「很多。」王千總不願細說，「我看都是胡說八道。」

「甚麼話是胡說八道？」

「就像說甚麼八阿哥及四阿哥。這話是靠不住的。」

「何以見得？」

「我，我有——」

王千總的神情很為難。顯然的，他說這話，必有確見，只是不便說；或者不肯說。但事有湊巧；莽鵠立決定送他二十兩銀子，正好外賬房用紅紙包好了送了來。王千總謝過賞；大概覺得過意不去，態度改變了。

「我有幾道宮門鈔。莽大人不妨看一看。」

說著，伸手入懷，從半皮襖、夾襖，一直到貼肉的小褂子口袋中，掏出一個油紙包，解開來取出兩張紙遞了給主人。

李果急忙湊到莽鵠立身邊去看，只見第一道上諭是：「諭內閣：命貝勒胤禩、十三阿哥胤祥、大學士馬齊、尚書隆科多總理事務。」

光是這一道上諭便讓李果如夢似幻的感覺，胤禩不是雍親王的死對頭，如何得能被命「總理事務」，而且是四人之首？

不僅李果、莽鵠立的困惑更甚；因為十三阿哥胤祥一直被圈禁高牆，何以忽而現身，受此重任？

當然，此時無暇推敲；往下看抄件要緊。第二道上諭是：「諭總理事務王大臣：朕苫塊之次，中心紛瞀，所有啟奏諸事，除朕藩邸事件外，餘俱交送四大臣。凡有諭旨，必經由四大臣傳出，並令記檔，則諸事庶乎秩然不紊。其奏事官員亦令記檔。至皇考時所有未完事件，何者可緩，何者應行速結，朕未深悉，著大臣等將應行速結等事，會同查明具奏。」

第三道上諭，更出李果與莽鵠立的意料，居然是「貝勒胤禩，十三阿哥胤祥俱著封為親王。」同時，廢太子亦即是二阿哥的長子弘晳，亦封郡王。

看完這三道上諭，李果察覺到王千總的油紙包裡還有一張紙；此時也顧不得甚麼叫不好意思，伸出手去索討。

「王千總，索性都借來看一看吧！」

王千總遲疑了一會，終於還是交了出來；「這不是宮門鈔。」他說：「是一道硃諭，有人抄出來叫我一起送回杭州。」

「喔，喔，我知道。」莽鵠立急忙接口：「是密旨；絕不會洩漏。」

等那張紙入手一看，文字共分三段；硃諭是第一段：「諭總理事務王大臣等：西路軍務、大將軍職任重大；十四阿哥胤禵、勢難暫離。但遇皇考大事，伊若不來，恐於心不安；著速行文大將軍王，令與弘曙二人，馳驛來京。……」

「軍前事務，甚屬緊要，公延信著馳驛速赴甘州，管理大將軍印務；並行文總督年羹堯，於西路軍務糧餉，及地方諸事，俱同延信管理。年羹堯或駐肅州，或至甘州，辦理軍務；或至西安，辦理總督事務，令其酌量奏聞。至現在軍前大臣等職名，一併繕寫進呈，爾等會議具奏。」

以下是低兩格，字跡略小的第二段：「總理事務王大臣等議奏：諭旨甚屬周詳，應速行文大將軍王，將印敕暫交平郡王訥爾素署理，即與弘曙來京。」

第三段是議奏之後的批示：「得旨：副都統阿爾訥，著隨大將軍王來京；副都統阿林保著隨弘曙來京。」

李果看得很用心，他的記性原本就好，所以雖只看了一遍，但要點及人名都已記住。此時當然不便議論；及至將王千總打發走了，莽鵠立因為有此改朝換代的大事，少不得自己也要細細估量一番局勢，實在無心陪客。而況李煦正在切盼，既得真相，不必逗留，勸李果趕緊回城，竟未能再談。

持著李果所默寫下來的，來自王千總之手的抄件，李煦的眼睛發亮了！但亦只是像石火電光般一閃，隨又歸之於困惑。

「你們的看法如何？」他問李果與沈宜士。

「客山兄，」沈宜士說：「你見聞較切，你看呢？」

「我一路在想，局勢似乎還沒有穩定。目前在妥協的局面，八阿哥受封為親王，自然是一種安撫的手段。既有上諭，章奏出納必經總理事務的兩王兩大臣之手；八阿哥居首席，自然可以居中用事。不過，這種妥協的局面，能夠維持多久，實在難說得很。」

「一點不錯！」李煦用低沉的聲音說：「我不知道你們看出來沒有，一上來，兩王兩大臣的意見，就跟新皇不合。」

李、沈二人，相顧愕然，細細參詳，方始看出夾縫中的文章；「旭公是說大將軍的印務？」沈宜士問。

「新王要交給延信；議奏卻說要交給平郡王，這——」李果也點點頭，「不能不說是無形中駁了新皇的意見。」

「話雖如此，也還有解釋。」沈宜士發現李煦的憂慮，又添了幾分，便有意持樂觀的看法：「諭旨固屬周詳，仍有漏洞；延信未到軍前，接管大將軍印務以前，應該有人護理，加一句『印敕暫交平郡王訥爾素署理』，這個漏洞就補起來了。」說著，趁李煦疏神之際，向李果使了個眼色。

在沈宜士，這個眼色僅是示意李果，不要駁他的話；而李果卻能充分領會沈宜士的用心，所以進一步幫腔，「這個看法很精到。」他說：「不論新皇的皇位如何得來，要安定大局，非得八阿哥協力不可。朝中既有封了親王的八貝勒護持；軍前又有平郡王署理大將軍印務，為誰說幾句話，一定亦很管用，旭公大可放心。」

李煦很精明，但耳朵較軟，尤其是好聽的話，更易入耳。如今聽得沈、李二人一唱一和，自己想想，實在也不必戚戚；而況恂郡王一到京，新皇當然也要加恩重用，希望和衷共濟。這一來，又多一重奧援。將來縱或不能再有前幾年那種巡鹽的好日子，至少禍事是絕不會有的。

這樣一想，心境大見開朗；胃口也就開了，居然吃了兩飯碗的野鴨粥，放倒頭好好睡了一覺。

不過四姨娘卻不大放心，叫丫頭將李鼎找了來說：「到底也不知道怎麼回事？從前常聽你姑夫說：四阿哥與十四阿哥，實在不像一母所生；一個厚道，一個刻薄。四阿哥而且喜歡假裝清高；是很難惹的人。你倒跟沈師爺他們好好去談一談。弄清楚了來告訴我。」

於是李鼎請了沈宜士與李果來，轉達了四姨娘的意思，希望有個切實答覆。沈、李二人面面相覷，好久說不出話來。

這一來，李鼎也有些發慌了，「請兩位直言無隱。」他說：「是福不是禍，是禍躲不過。四姨的原意，也是問禍不問福。」

「福禍實在很難說。」沈宜士跟李果交換了一個眼色，彼此取得默契，決定說實話：「我跟客山兄一直在推敲這件事，覺得有兩個地方，跡象不妙。第一、現成的平郡王在那裡，何必又老遠派延信去接管印務？」

「這，這是說，新皇不信任平郡王。」

「應該這麼看。」沈宜士又說：「上諭中特為指定兩個副都統，跟恂郡王和二阿哥的世子弘皙一起進京，似乎是心有所忌，派人監視。」

「這一點，」李果也說：「實在很教人不安。」

「其次，照上諭上看，似乎西陲的軍務、政務實際上以年羹堯為主；延信不過因為公爵的關係，領個管理大將軍印務的虛銜而已。」

沈宜士這一說，更使李鼎覺得平郡王不為新皇所重；竟連管理印敕的虛銜，亦靳而不予。同時他也聯想到，一直圈禁高牆，從未受封的十三阿哥胤祥，一釋放便是親王，而同母弟又為先帝所愛的恂郡王反而不能晉位，相形之下，不但顯得薄其所親，而且胤祥之封親王，似乎別有緣故。

等他將這番意思說了出來，沈宜士與李果都深以為然，覺得大局確有許多大不可解之處。於是翻覆研求，議論徹夜，判斷是凶多吉少，結論是及早設法；希望是保住職位——一朝天子一朝臣，織造世襲，究竟未奉明旨；倘或調職，不過個把月便得移交，偌大銀子的虧空，從何彌補？

第三章

聽得李鼎的回話，四姨娘急得要哭了。

「怎麼辦呢？虧空總有二、三十萬銀子，也許還不止。你爹又是這個樣子，我在他面前，一句有關係的話都不敢說；事到如今，總得有個人拿主意才好。」

「主意只有四姨拿。」李鼎問道：「不說讓沈宜士到安慶去一趟嗎？」

「還不是為了要送人的那份禮，輕了拿不出手；就拿得出手，別人沒有看在眼裡，也不會出死力幫忙，要送得重呢，又哪裡去張羅？」

李鼎倒是知道有些動產、不動產可以變錢救急的，只是不便提；怕四姨娘誤會他在查問她經管的賬目，所以只緊皺著眉頭，不出一聲。

經過了一陣極難堪的沉默，只見四姨娘倏地起立，毅然決然地說道：「說不得了！只好拿命去賭！大爺，請你去告訴沈師爺，最好明天就走，我預備一千兩金葉子，讓你們帶去——」

「四姨，」李鼎急忙問說：「我也去？」

「你到南京去一趟，一面打聽消息；一面把咱們的情形跟姑太太說一說。」四姨娘想一想說：「話要說得婉轉，有力量；這會兒我也不知道該怎麼編，反正我把意思告訴你，你自己慢慢兒去琢磨吧！」

「好！我在路上可以跟沈宜士商量。」

四姨娘點點頭說：「意思是，咱們家虧得姑老爺照應；不過姑老爺一倒下來，咱們也出過力。皇上雖說看姑老爺的情分，到底也要有人出面，肯當自己的事辦。幾家老親是一個根兒上的，要好都好；有一家過不去，就會連累大家，只好有錢出錢，有力出力，請姑太太務必救我們一救。這不是賴上了曹家，是實逼處此，莫可奈何！」

李鼎將她的話，緊緊記住，雖覺措詞不易，但可向沈宜士請教。不過有句話卻不能不問清楚。

「倘或姑太太倒問：該怎麼救？你拿甚麼話答她？」

「不就是有錢出錢，有力出力嗎？本說送年家的禮，讓曹家多出些；我看這話就不必說了。如果差使不動，內務府有些款子，像交下來的人參款自然盡快要交；得請姑太太幫忙。倘如差使動了要移交，更得請姑太太幫大忙。」

「幫大忙，也得有個限度吧？」

「甚麼限度？」四姨娘突然發怒，「你們爹兒倆花錢像流水一樣，窟窿扯得這麼大！當時自己有個限度，又何至於會有今天？」

李鼎從未受過哪一位庶母如此呵責；膏粱子弟的通性，最不能忍受的是當著人失面子，裡裡外外丫頭老媽子一大群，受此排揎，未免羞惱。雖能體諒四姨娘的心境，強自忍受，而臉上已青一陣、紅一陣，非常難看了。

四姨娘頗為失悔，但當著下人，也不便公然認錯；只好故意從丫頭身上找個台階，大聲喝道：「大爺的茶都涼了，你們也不換一換！越來越不懂規矩了。」「茶也不必換了！我跟沈宜士去商量明天動身，請四姨娘把東西預備好，叫人送到我那裡好了。」說完，站起身來，頭也不回地去了。

這自然是有些負氣的模樣。四姨娘看在眼裡，苦在心裡；固然心境大家都不好，但眼前的千斤重擔，到底是她在挑，他應該體會得到她的苦處，竟爾不肯相諒；這個家當得真是教人心灰意冷了。

一個人怔怔地坐著，只覺渾身倦怠，連站都站不起來。兩個心腹丫頭順子和錦葵，知道她情緒不佳時，最好不要去攪擾她，所以約束小丫頭不准高聲說話，連走路都踮著腳，不讓它發出聲音來。

四姨娘息了好一會，自己替自己一遍遍地鼓勁，卻是越想越煩；而煩到極處，反逼出一股橫勁，自己對自己說：莫非真的就困住了？索性找了去，開誠布公談它一個辦法出來。

於是她喊：「順子，你去看大爺在不在自己屋子裡。如果在，你說請大爺別出去，我去看他。」

李鼎不在晚晴軒；不過順子留下了話，一回去就來通知。四姨娘且不管他；將內賬房劉伯炎請到花廳裡，跟他商量，怎麼湊那一千兩金子。

「一千兩？」劉伯炎楞住了。

「數目太大了？」四姨娘問。

「要是前個五、六年，這也不算大數目。」劉伯炎吞吞吐吐地：「如今只怕一半都難。」

「我也知道，不過是極要緊的用途。而且非得今天湊起來不可；沈師爺跟大爺，明兒一早就要動身了。」

「我也聽說了。」劉伯炎好奇地問道：「沈師爺跟大爺到底上哪兒？這筆款子真是要得那麼急嗎？」

四姨娘把話聽得很仔細；照他的語氣，似乎款子是湊得出來，只是要功夫去辦。於是答說：「晚個一天半天還不礙；太晚了怕趕不上。」

「甚麼趕不上？」

話已說到筋節上，四姨娘不能不略為吐露，心想，索性說得露骨些，或者可以讓他覺得切身有關，不得不盡力去辦。

「我跟你實說了吧，這可是跟老爺前程有關的大事；辦妥了大家有好處。」

辦不妥呢？劉伯炎想問而自覺礙口；不過既與「前程」有關，自是「大事」，說不得只好把留著等年下去走的一條路子，提前先走。

「老爺好，大家都好；我豈有不盡心的道理。不過，眼前亦沒有那筆款子可以挪動；年近歲逼，出了重利亦不一定借得到。只好我盡力去張羅，能湊到多少是多少。四姨娘看呢？」

整段話中，最要緊的是「重利」二字；四姨娘便挑明了說：「出重利自有人肯借，利息多少，請你作主；只是要快。」

劉伯炎點點頭，重新又通前徹後地盤算了一番；問出一句話來：「真要那麼多嗎？」

四姨娘反問：「能不能弄到那麼多？」

「如果一定要這麼多，我也可以勉強辦得到；不過，年下可就一點法子都沒有了。」

四姨娘很重視這個警告。年關過不去，第一個受窘的就是自己。所以，稍為想了一下，決定聽他的勸。

「那，那就湊一半吧！」

「是！」劉伯炎如釋重負，「少借少吃利息。我這就去辦。」

等回到自己屋子裡，恰好看到鼎大奶奶的「四珠」之一的瑤珠；眉鬆眼活，腰細臀豐，不由得定睛看著。

「怎麼啦！」瑤珠將頭低了下去，看自己身上，同時窘笑著說：「姨娘倒像從未見過我似地。」

「對了！一個多月沒見你，你變了樣兒了。別是你在大爺屋子裡作怪吧？」

一句話說中了瑤珠的心病，臉羞得像紅布一樣。這一來證實了姨娘的懷疑不錯；本待即時以當家人的身分，好歹先追究明白再說。繼而轉念，正在期望李鼎出力之時，不要因此惹他不快，因而改用訓誡的口吻說：「你可得守本分！別以為爬上高枝兒了，到處張狂。只要你守規矩，我自然成全你。」

「是！」瑤珠的答應，低得只有她自己聽得見。

「大爺呢？回來了？」

李鼎是回到晚晴軒了；但四姨娘卻臨時改了主意了。就因為發覺了瑤珠的祕密，怕她會「聽壁腳」；甚至在枕邊向李鼎細問，或者亂發議論，所以原來打算自己到晚晴軒去的，改了將李鼎請來細談。

「大爺，」四姨娘說：「今年的第一個冷汛過了；第二個冷汛看樣子就要到了。你把你爹的這件皮袍子穿了去。」

攤開置在楊妃榻上的那件藏青湖縐面子皮袍，一色純白，找不出一根雜毛；毛長三寸有餘，輕輕一抖，便如風翻麥浪，起伏不定。這是極名貴的白狐，出於御賜；李煦視如拱璧，只每年正月裡有應酬才穿一兩回，平時什襲珍藏，所以歷時十年，依舊如新。

李鼎體會得到四姨娘的深意，藉此示歉，也是籠絡；可惜不能穿，因為沈宜士已經想到此去該帶甚麼衣服了。

「多謝四姨！不過這——」

「你是說皇上賞的？」四姨娘搶著說道：「那怕甚麼？老子的衣服，當然傳給兒子；你穿了正見得不忘皇上的恩典。」

「我不是這個意思。」李鼎壓低了聲音說：「沈宜士的顧慮很有道理。他說，算日子哀詔快到了。軍民舉哀成服，他還無所謂，平常素服就可以；我得穿縞素，得趕件白棉袍出來，隨身帶著，說換就換。」

「啊，啊！這我倒沒有想到。」四姨娘想了一下說：「光是棉花不夠暖，太厚了又嫌臃腫；襯絲棉又太輕壓不住風。這樣吧，我找件『蘿蔔絲』的羊皮統子，用白布面、竹布裡，把它縫在裡面，你看好不好？」

「這個主意高！」李鼎欣然領受，「四姨也不必另找了，我那裡就有件現成的『蘿蔔絲』，換上面子，加上裡子就是。」他又說道：「皮袍加裡子，可是沒聽說過；頭一回的新鮮事兒。」

「還有新鮮的吶！」四姨娘問道：「孝袍得偷著做，你聽說過沒有？」

為甚麼要偷著做呢？這只要稍為想一想就能明白；「對了，」李鼎認為是個難題，「如果交出去做，又不能跟人說，是給皇上穿的孝；那麼是給誰穿的呢？這個誤會傳出去可不得了。」

「就是這話囉！只有自己動手，悄悄兒偷著做。」四姨喊道：「順子，看吳嬤嬤在哪裡？順便到大爺那裡，跟瑤珠把大爺的那件『蘿蔔絲』皮袍要了來。」

不上一盞茶的功夫，找了吳嬤嬤來；四姨娘對她不能不說幾句真話，道是謠傳皇帝駕崩，李鼎上南京不能不預備成服，要縫一件孝袍帶著。讓吳嬤嬤找兩個會針線而口緊的人來，連夜趕工。

「原來這麼回事！我懂了。這可得一點兒都不能讓人知道。」吳嬤嬤沉吟了一會兒說：「事情也容易，前年老太太故世，原來是縫的白布棉袍；後來大家說是喜喪，不穿縞素，老爺跟大爺的這兩件棉袍就用不著了。我想我這把年紀了，還嫌甚麼忌諱；簇新的兩件衣服，丟了也可惜，倒不如我包了回去，說不定這麼一惜福，還多活幾天。這會兒我馬上回去一趟，順便把我兒媳婦叫來；錦葵的針線不錯，有她們兩個，我再幫著一點兒；現成的棉袍，拆掉棉花，換上皮統子，想來不費甚麼事。」

「好！就這麼說。」

「是！」吳嬤嬤答應著卻不走；低聲問道：「姨娘，怎麼說是駕崩了？哪兒來的謠言？」

「告訴你實話吧，不是謠言，是真的。」

「真的！」吳嬤嬤的眼眶潤溼了。

「吳嬤嬤你別哭！」四姨娘急忙警告：「外頭都還不知道這件大事呢！」

吳嬷嬷自己也省悟了，「真是，你看我！」她擤一擤鼻子說：「這一淌眼淚，又是找這麼一件袍子；不把我兒媳婦嚇一跳？」

一面說，一面就走了，李鼎便先開口告訴四姨娘，跟沈宜士商量定了，決定起早，比較爽利；把護院的張得海、楊五帶著，保護那一千兩金子。

「沒有那麼多了！」四姨娘將跟劉伯炎商議的結果，告訴了李鼎；又用抑鬱之中含著期待的眼神說：「大爺，這個家可真得靠你了！」

「我早說過，只要四姨把路指出來，我一定去走。」

「我也還是那句話，眼前只能找曹家；曹家看起來是姑太太作主，其實是震二奶奶當家。就算姑太太答應了，沒有震二奶奶點頭，也還是不成。」四姨娘問道：「上次你去，她對你怎麼個態度？一直都想問你，老記不起；這會兒你倒細細跟我說一說。」

那只是十天以前的事，李鼎記憶猶新；一想起來，首先便在腦中浮現震二奶奶那雙似怨非怨，彷彿能說話、想說話而又不敢說的眼睛，頓時迴腸盪氣。既興奮、又悵惘、復躊躇，竟好半天都無法作答。

這副神情在四姨娘並不覺得意外，她早就看準了，震二奶奶對李鼎別有一副心腸；如今看她的樣子，可以想像得到，他們見面的情形，必是很微妙的。

因此，她並不催他；一催他會起戒心，不肯說實話。而在李鼎，即令她如此，亦不願多說；將在南京的情形回想了一遍，揀能說的話說：「我照四姨的意思，悄悄跟錦兒說，四姨有幾句話，要我當面告訴震二奶奶。這是我到了曹家第二天上午的話；當天下午，錦兒便來找我，跟震二奶奶見了面，我把四姨的話照實說了，她說，年下她手頭也緊，只能湊兩千銀子。」

「喔，」四姨娘問道：「還有甚麼話？」

「就是這兩句。」

李鼎沒有說實話；震二奶奶當時是這樣說的：「到底是你借，還是四姨娘借？四姨娘自己也有私房，何在乎三、五千銀子？大概是怕你跟她要錢花，故意裝窮，讓你來這麼一趟，好堵你的嘴。照說，她這種損人利己的打算，我可以不用理她；不過，你空手回去，也不好交賬，我借兩千銀子給她。倘是你要借，事情好辦，只要你說老實話。」

李鼎臉皮薄，也想到震二奶奶言外有「不測」之意，不敢領這個情。這些話要變個說法也很難，所以索性推得乾乾淨淨。

四姨娘也很乖覺，知道絕不會是這麼兩句話；想一想只好用別的話套他，「當時只有你跟震二奶奶兩個人？」她問。

「是啊！如果有第三者，我的話怎麼說得出口？」

想想也不錯；四姨娘又問：「你們是在哪裡見的面呢？」

「在庫房樓上。」

「怎會挑在那個地方見面？」四姨娘很快地問。

她的急促的聲音，無異一面鏡子，讓李鼎照見自己露了馬腳了。但如飾詞解釋，反更不妙；所以只照當時錦兒所說的話回答。

「錦兒說：老太太吩咐震二奶奶，王府裡新合的藥，送得不少；看有府上用得著的，讓鼎大爺帶一點兒回去。震二奶奶也不知道哪些用得著，哪些用不著，索性打開庫房，請鼎大爺自己去挑。」

「原來你帶回來的那些補藥，是這麼來的！」

「對了！」李鼎急轉直下地說，「四姨這一回要我怎樣跟震二奶奶開口，你就直截了當地說吧！」

「就因為不能直截了當地開口，所以才跟你琢磨。」四姨娘想了一下說：「震二奶奶只要肯幫忙，就一定幫得上忙。大爺，我想應該用你自己的口氣來說。」

這給李鼎出了個難題；少不得還是要四姨娘教他，道是老父為了虧空太鉅，無法彌補，深恐一旦出事，連累至親，以致憂急成病。李鼎是承家的獨子，在理在勢，不能不為父分憂，卻又計無所出，只能向震二奶奶求助。

一說清楚，李鼎亦就連絃外之音都聽出來了，這是動之以情；震二奶奶能幫多少忙，就要看她跟他情分的厚薄了。

見他沉吟不語，四姨娘深怕他說出拒絕的話來，便用央求的語氣說道：「大爺你總不能看著你爹受逼，不救他一救吧？」

這話說得李鼎大起反感，「錢在人家手裡，我不能磕頭求她吧？」他緊接著又說：「其實她真要肯拿出來，我就給她磕頭也算不了甚麼。就怕磕了頭還是不成！」

「只要你肯磕頭，甚麼事不能做？哄得她稱心如意，自然會幫你的忙；也就是幫你爹的忙。」

話說得很露骨，李鼎越聽越不是味道；已經打算好了，答她一句：「我可不懂怎麼才能哄得她稱心如意」；只以聽到最後一句，他自己的那句話就說不出口了。緊閉著嘴脣僵持了好一會，才迸出一句話來：「好吧！我試一試。不過四姨可也別指望她會幫多大的忙。」

「會幫很大的忙！」四姨娘如釋重負，語聲中充滿了信心，「你自己別說少了。」

「要說多少呢？」

四姨娘將手一伸──自然不是五千銀子；但也不會是五十萬。李鼎心想，這可真是獅子大開口了！

江寧織造衙門在城內利濟巷大街，與總督衙門相去不遠。等李鼎與沈宜士到達時，由於護院張德海已先策馬到曹家投帖通知，所以早就有曹家的總管曹本仁在大門迎候了。

說是大門，其實是西面的偏門。因為皇帝南巡，總是駐蹕織造衙門，所以正門等於行宮的宮門，終年緊閉。不過西門的偏門也很宏敞，足容高軒出入；李鼎與沈宜士坐的是長行的馬車，一進入利濟巷大街西口，便看到北面一帶水磨磚的圍牆；鋪路的青石板有些活動了，車輪輾過，只聽見「咯咚、咯咚」地響，配著輕脆的馬蹄聲，響了好一會，車子才慢慢停了下來。

「鼎大爺！」鬚眉皆白的曹本仁，掀開車帷在喊。

「喔，老曹！」

李鼎陡覺心頭溫暖。曹本仁在曹家不知有多少年了？李鼎十歲以前，正是兩家最興旺的時候，往來極密；他到了曹家，總是由曹本仁照料。因為他是李煦的獨子，而且是晚年得子；也就像曹家此刻的芹官一樣，為人看得極其珍貴；如果叫小廝帶著他玩，怕磕著碰著，傷了那裡，所以曹老太太特為交付給謹慎穩當的曹本仁帶領。

「老曹！」李鼎在腳踏小凳子上墊一墊足，從車上一躍而下，抓著曹本仁的手臂笑道：「你倒還是這麼健旺。半個月前我來，怎麼沒有見你？」

「四老爺派我下鄉催租去了。」曹本仁發現還有沈宜士，趕緊擺脫了李鼎，捧一捧袖子，肅立招呼：「沈師爺。」說著，打了個扦。

「不敢當，不敢當。」

「大爺陪著沈師爺請吧！四老爺在鵲玉軒等。」

「好！」李鼎說：「你先陪著沈師爺到鵲玉軒去看四老爺。我到祖宗堂去磕頭。」

於是客人分成兩路，李鼎由曹榮陪著，經雨廊往東；穿過一道角門，便是一座五開間的楠木廳，此時只有中間的槅扇開著，所以廳內極暗。曹榮便站住腳說：「不知道鼎大爺要來，祖宗堂還鎖著。請等一等，我找人來開。」

李鼎點點頭，便站在天井裡等；天井極大，圍牆極高，仰臉看灰黯的天空下，左右兩株光禿禿只剩了枒杈的高槐；他無端浮起一陣淒涼，彷彿覺得自己，形單影隻，與世隔絕了。

但是，他的記憶中卻有絢麗燦爛的場面；記不得是八歲還是九歲那年，隨著嫡母在曹家過年，就是在這座廳上，燈火璀璨，笑話喧闐；至今回想，歷歷在目，但卻無法攆走此刻盤踞在心頭的那份落寞的感覺。

「鼎大爺！」

曹家的另一名下人，專管這座廳的白榮，持著一串鑰匙，匆匆而來；招呼了客人，隨即將所有的槅扇打開；李鼎一踏進去，首先觸入眼簾的，便是高懸在正中的一方赤金盤龍，綠底黑字的橫匾，寫著「萱瑞堂」三字，上款是：「康熙三十八年四月十一日御筆」；下款是「賜工部侍郎銜江寧織造臣曹寅之母孫氏」。匾上正中「瑞」字上面，是一方鮮紅的圖章；李鼎曾經問過，那是御璽，刻的是「萬幾宸翰之寶」六字。

匾下是一塊極大的掛屏，用五色玉石嵌成的「瑤池壽宴」圖，兩旁有一副烏木嵌銀的對聯：「堂前壽愷宜霜柏；天上恩光映彩衣」也是御筆——康熙三十八年四月，皇帝第四次南巡；曹寅提到他的母親，也就是皇帝的保母想見駕。皇帝欣然應諾；見了面不准他的保母行跪拜之禮，反倒執著曹老太太的手，殷殷問好，提到許多幼年的往事。盤桓了有個把時辰才以御筆相賜。

這是李鼎不知聽過多少遍的故事；有幾次到萱瑞堂，也曾想起這個故事，但不會有甚麼感覺。而此刻卻不同了，伴隨著這些記憶而來的，是莫名的悵惘與悲傷；他在想：曹家再也不會有這種日子了！

「鼎大爺，蠟已經點上了！」曹榮說道：「磕個頭，就請到裡頭去吧！老太太不知怎麼也知道鼎大爺來了，打發人出來說：四老爺見了面就請進去。」

李鼎點點頭，默無一言地在萱瑞堂東面，曹家供奉先人木主之處，拈香行了禮；隨即轉到鵲玉軒去看曹頫。

一進門便發覺氣氛有異；曹頫向來沉靜，喜慍不大形於詞色，但他的一班清客，慣以笑臉迎人的，此時也不過默默站了起來，聊盡待客的禮貌而已。

「四哥！」李鼎恭恭敬敬地垂手請了個安。

曹頫卻叫他「表弟」，還了禮，拉著他的手說：「今兒上午，已趕著派專人給大舅去送了信；剛剛聽宜士先生說，原來蘇州也得到了消息了。天崩地坼，五內皆摧，真不知道該從哪兒說起？」

這當然是曹家也得到了京裡的消息。他的話說得沉重；臉上卻沒有甚麼莫大悲痛的表情。李鼎知道他這位表兄的性情，倒不是言不由衷；只是本來賦性沉靜，又講究泰山崩於前而色不變的修養，以致有此類似麻木不仁的神色。

李鼎心想，他的消息來得晚；也就比較確實，便急急問說：「是雍親王接的位？」

「是的。」

李鼎脫口說道：「怎麼會呢？」

話一出口，看到沒有人搭腔；而沈宜士卻拋過來警戒的眼色，他才知道自己失言了。宮廷中的許多祕辛，私下不妨密談；稠人廣座之間，應有顧忌。那「怎麼會」三字，等於說雍親王不配也不該做皇帝；是何等大逆不道的話！

轉念到此，不覺氣餒，不敢再問下去。反是曹頫自己告訴他，年號已經定了雍正；嗣皇帝擇期十一月二十即位。哀詔大概也快到了。

「是啊，」李鼎又忍不住開口了，「今天十一月廿六了，哀詔怎麼還不到？」

「那是因為京裡閉了幾天城的緣故。再說，接詔也有一套儀注，一省一省過來，都得停留；不比馳驛；可以不分晝夜趕路。」

「如今城門自然是開了？」

「開了。」曹頫問道：「表弟，剛才聽宜士先生說，還要到安慶去？」

李鼎知道，當著曹頫的清客，沈宜士自不便透露此行的目的。如今消息既經證實，走門路越快越好；且先辦了這件正經事再作道理。

於是他說：「四哥，我看看你的書房去。」

曹頫會意地點點頭；轉身過來向沈宜士及他的清客拱拱手說：「諸公談談；我跟家表弟暫時失陪。」

曹頫的書房有好幾間；鵲玉軒是與清客盤桓之處，所以這間書房很大，西北南三面都有窗戶，窗外不時有人往來，並不是宜於談機密的地方。李鼎躊躇了一下，索性走到中間一張紫檀大八仙桌前面站定，離得四面遠遠地，以防聲音外洩。

「四哥，」李鼎黯然說道：「美夢成空了！」

「這也是無可奈何之事。」曹頫低聲答說，臉上依舊沒有甚麼表情。

「爹聽說是雍親王得了皇位，當時急得吐血。」

「喔，又何致於如此？」

「四哥總也知道雍親王——如今的這位皇上的為人，刻薄寡恩；爹實在很擔心。」李鼎緊接著說：「為未雨綢繆之計，派我跟著沈宜士到安慶去看年方伯年希堯，趁熱打鐵。爹說：這是三家禍福相共的事，杭州是來不及通知了；咱們曹李兩家，務必同進同退。」

「是！我自然追隨。所謂『趁熱打鐵』，總得有所點綴吧！」

「豈止點綴？」李鼎說道：「既謂之『趁熱打鐵』，這一錘下去，總得火花四迸，格外著力才好。」

「說得是！」曹頫點點頭，「那麼大舅是怎麼個意思呢？」

「爹病在床上，是四姨張羅的；盡力而為，才得五百兩金葉子。爹說：自己至親，儘管說老實話。這個數兒怕還菲薄了一點兒；想請四哥盡力湊一湊。」

「我知道了。」曹頫說：「等我回明了老太太，一起商量。」

曹家事無大小，皆由曹老太太作主；而曹老太太又必得先找震二奶奶商量，這樣一周折，只怕一時難有結論。李鼎怕耽誤了大事，覺得應該提醒曹頫。

「四哥，出爐的鐵，要不了多大功夫，就由紅變青，打它不動了。」

曹頫笑一笑說：「我知道。你先見老太太去吧！」

「四哥呢？」

「宜士先生遠道而來，且又多時不見；我自然要替他接風。等飯後，我跟老太太去回。」

李鼎心想，曹頫每晚上與清客聚飲，總要到三更天興闌才罷；沈宜士又是多才多藝，且頗健談的人，這頓酒就不知喝到甚麼時候了？不如攔一攔他的興致為妙。

「沈宜士不是外人，何況——」他本想說：「國有大喪，也不是飲酒作樂的時候」；話到喉頭，覺得措詞不妥，便改口說道：「何況，他自己也很急，巴不得早早能到安慶；所以今天不請他，他絕不會見怪。我看，我跟四哥一起去見老太太吧！」

曹頫無奈，只得點頭答應。到了外面，向沈宜士告罪；託他的清客代為陪伴，做主人為客接風。口中不斷地表示：「失禮之至，失禮之至。」

就像剛入鵲玉軒時那樣，一踏進曹老太太那座院子的垂花門，李鼎就有一種陌生而異樣的感覺。

這座院子他不陌生；陌生的是聽不到他每次來時都有的笑聲；更看不到他每次來時都有的笑靨。只見一個小丫頭，在發現他們以後，加緊腳步到堂屋門前，掀開門簾向裡面悄悄說了句：「四老爺跟鼎大爺來了。」

接著，門簾一掀，出來一個長身玉立的青衣侍兒；正是跟震二奶奶同年的秋月。迎了上來，秋月低聲招呼：「鼎大爺，甚麼時候到的？」接著，不等李鼎回話，便又向曹頫說道：「抹了好一陣子眼淚，有點兒倦了；剛蓋上皮褥子，把眼閉上。四老爺看呢？」

這是不必考慮的；曹頫還不曾開口，李鼎已經作了答覆：「別驚動老太太！回頭再來吧。」他的話剛完，門簾中又閃出來一個人；是比秋月要小十歲的春雨，揚起手只是在招。秋月便說：「請四老爺跟鼎大爺等一等；大概老太太又醒了。」說著，便趕了去問春雨。

果然，曹老太太醒了。其實是根本不曾睡著；心中憂煩，連閉目養神的耐性都沒有，倒是要找些人說說話，還好過些。

於是秋月帶路，到堂屋門口，剛打起門簾，就聽得震二奶奶的聲音；曹頫不由得站住腳。只見春雨迎上來說：「太太跟震二奶奶一起來看老太太了。」

聽這一說，曹頫越發不便進東屋去見曹老太太。「太太」就是馬夫人；曹頫跟她雖是叔嫂，但彼此年紀皆未過三十，加上一個姪媳婦正在盛年，曹頫自覺應該迴避。儘管曹老太太說過，一家人何必如此？但以曹頫賦性比較拘謹，從小又熟讀了《朱子大全》，不免有些道學氣；一見了這一嫂一姪媳婦，端然正坐，目不旁視，不用說他自己，連旁人都覺得不自在。

至於馬夫人素性寡言，默然相對，倒也不覺得甚麼；唯獨風流放誕的震二奶奶，最怕道學氣，見有曹頫在座，嘴就笨了。震二奶奶是曹老太太的「開心果」；尤其曹寅父子，前後四年之中，相繼下世；曹老太太哀傷過甚，幾於無復生趣，虧得有芹官這條「命根子」作寄託；更靠震二奶奶不時逗她破顏一笑，日子才能打發。只為有曹頫在座，震二奶奶話都不敢多說；死氣沉沉，何能忍受？所以反是曹老太太，只要有震二奶奶在，總是用體恤的口氣對曹頫說：「你跟你的清客找樂子去，不用在這兒陪我。」久而久之，自然而然地不迴避也迴避了。

「太太跟震二奶奶是從後面來的。」春雨又問秋月：「要不要進去回？」

這一進去回明了，就是件殺風景的事。曹老太太此刻正要人勸慰解悶；曹頫仰體親心，便搖搖手說：「先別驚動；待會兒再說。」話完，向李鼎以目示意，在外屋坐了下來喝茶暫等。

「這一下陳設都要換。」是震二奶奶的聲音，「桌圍椅披是用藍的，還是湖色？只等老太太吩咐下來，好連夜動手。」

「消息還不知道真假呢？別的事鬧錯了，不過惹人笑話；這件事可錯不得。但願消息不真！」曹老太太嘆口氣；聲音又有些哽咽了。

「消息是假不了，可也是沒法兒的事。等哀詔一到，有好些大事得老太太拿主意；你老人家可千萬體恤小輩，別太傷心了！哭壞身子，上下不安。」

「真是的，老太太也看開些。」馬夫人也說：「皇上雖然壽不過七十，當了六十一年的皇上，也想不起從前哪位皇帝有這麼大的福分？」

「這話倒也是。」曹太夫人最矜憐她的這個寡媳；只要是馬夫人所說，不管有沒有道理，無不同意，此時只聽她在說：「六十年天下，總有三十年是太平天子，真正從古少有。」聲音是平和了。接下來便談大行皇帝六次南巡的故事；裡裡外外，一片肅靜，包括曹頫和李鼎在內，無不凝神傾聽。

看看講得有些累了，只聽秋月插進去說：「老太太歇一歇吧！四老爺跟鼎大爺在堂屋裡坐了半天了。」

「啊，」曹老太太嗔怪：「你怎麼不早說？」

曹頫與李鼎聽得曹太夫人的話，已都站了起來；等丫頭打起門簾，踏進門檻只見馬夫人與震二奶奶，亦都站著等待；隔著一個極大的雲白銅火盆，曹太夫人靠在一張軟榻上，正由秋月相扶，坐起身來。李鼎等曹頫閃開身子，還未開口，便跪下來磕頭。

「起來，起來！」曹太夫人說：「甚麼時候來的？怎麼事先也不給一個信。」

「是陪沈師爺到安慶去路過，先來給大姑請安；還有點事，爹讓我聽大姑的意思辦。」李鼎一面回答，一面站了起來。

曹太夫人胸中頗有丘壑，知道這個內姪所要談的，不是小事，便點點頭作聲；好讓李鼎跟馬夫人與震二奶奶見禮。

「表嫂！」李鼎請個安；馬夫人回了禮，問起李家上下，有好一會的寒暄，才能容他跟震二奶奶相見。

這回是震二奶奶按規矩，先向李鼎行禮，口稱「表叔」；李鼎卻仍舊照多年來的習慣，叫她「表姐」。

「怎麼說沈師爺也來了？」曹太夫人問說。

「是！」曹頫恭恭敬敬地答說：「兒子已經請了人陪客。」

「表叔跟客人住那間屋，也不知道他們有預備沒有？」震二奶奶趁機告退，「我得看看去。」

「對了！天兒很冷，別讓客人凍著了；我看把沈師爺跟你表叔安頓在一起吧。」

「老太太別費心了，我都知道。」震二奶奶轉臉又問：「今兒晚上是四叔做主人請沈師爺？」

「這會兒還不知道。」

震二奶奶卻知道了，是要跟老太太商議一件很急、很麻煩的事，不定談到甚麼時候；所以接口說道：「我讓小廚房好好做幾個菜；乾脆，四叔跟表叔陪著老太太一起吃吧。」

「對了！」曹老太太說：「你先陪著你嬸娘回去吧！叫人把客人住的地方預備好了，你還回來。」

「是了！」

於是馬夫人起身告辭，由震二奶奶陪著走了，曹太夫人看曹頫與李鼎都還站著，便叫丫頭端椅子過來，親自指點，擺在軟榻旁邊；秋月又將火盆挪近，倒了茶，擺上果盤，看曹、李二人落了座，方悄悄退了出去，還順手將房門掩上。

「小鼎，你說吧！你爹有甚麼事要告訴我？」

「爹的境況，不敢瞞大姑；聽說是雍親王接了位，爹急得吐了血——」

「啊！」曹太夫人大驚，探身問道：「要緊不要緊？」

「虧得爹還硬朗；大家又都揀能讓人寬心的話說，總還不要緊了。不過還得養，不能操心；

如今是四姨在頂著。」李鼎略停一下又說：「爹最怕的一件事是，別因為我們家連累了大家。所以，要趕緊打點；如今倒是想到了一條路。」接著，他將預備到安慶去託年希堯的計畫，以及希望曹家合作，而且最好能備重禮，以補不足的意願，傾瀉無餘。

一面說，一面看曹太夫人的臉色；由於她始終並無半點不贊成的表示，不但鼓勵了李鼎，能夠暢所欲言，而且覺得事情很可樂觀。哪知曹太夫人並不以為然。

「這件事要好好想一想。你爹也是病急亂投醫；照道理說，他也應該想得到，年老大雖說有年妃的關係，沒有內廷的差使，哪裡就容易見得著皇上了？就見著了，也未見得能容他替人說話。」

李鼎大失所望，但只能勉強應聲：「是！」

「再說，像年老大這種身分的人也很多，這一開了例，有一個應酬不到，反而得罪了人。我看，這筆錢好省。」

「那麼，」李鼎很吃力地說：「大姑的意思是，一動不如一靜；根本不理這回事？」

「也不是根本不理；等看準再下手。」曹太夫人說：「照我看，路子要就不走；要走就得走管用的路子。年家這條路，沒有甚麼用處。」

「可是，這會兒不知道哪條路子才管用？」

「不有議政大臣嗎？八阿哥封了親王，又是議政大臣的頭兒；他跟咱們兩家是有交情的，只要有他在，一時總還不要緊。」

曹太夫人一向能予人以可信賴的感覺；她那除了擔心芹官摔跤以外，遇到任何大事都不會驚惶的神態，便是一顆定心丸，而況說得也確有道理，所以不但李鼎愁懷一寬，連曹頫也不由得又一次在心裡浮起一句自己跟自己常說的話：吉人自有天相。

「照如今的局面，掌權的是八阿哥。馬中堂以前就為了舉薦八阿哥當太子，碰了很大的釘子，他們的交情很深；隆尚書跟八阿哥，也是常有往還的。我就是——」說到這裡，曹太夫人突然頓住；沉思了好一會，仍舊是搖搖頭，「真不明白，圈禁了十來年，從未封過的十三阿哥，怎麼會一步登天？」

這個疑團，李鼎因為聽李紳談過好些宮廷祕辛，倒略能索解；不過還沒有來得及讓他發言，曹太夫人卻又開口有話了。

「還有個要緊的人在路上，十四阿哥。等他到了京，看是怎麼說？到底一個娘肚子裡的人，做哥哥的知道做弟弟的委屈；做弟弟的也不能不尊敬做哥哥的。這麼兩下一湊付，國泰民安，日子也不見得不好過。只是康熙爺——」說著，曹太夫人語聲哽咽，熱淚盈眶，無法再說得下去。

「但願如大姑的話就好了。」李鼎一半是禮貌的陪笑；一半是真心的寬慰，語聲中充滿了笑意，「回頭我跟沈宜士說，他一定也很佩服姑太太。」

隔室在細聽動靜的震二奶奶，知道是時候了，「呀」地一聲推開了門，一面走，一面說：「都安頓好了！花廳裡也快開席了。老太太說了半天的話，想必也餓了；不如早點吃吧！吃著聊著也熱鬧些。」

老年人所喜的就是「熱鬧」二字；很想多找些人來陪著她吃飯，但一看到有曹頫在，要熱鬧也熱鬧不起來，所以只問：「你弄了些甚麼好東西給你表叔吃？」

「有魚。吉林將軍送的白魚；今年還是頭一回嘗新。」

「那也不算甚麼好東西。還有呢？」

「還是魚。松江的鱸魚；說是只生在甚麼橋底下，真正的四鰓鱸。」震二奶奶說：「不假，我看了，真是四鰓。」

「那更不是甚麼希罕的東西。甚麼四鰓、三鰓？跟鯚魚沒有甚麼兩樣。」

震二奶奶連著碰了兩個釘子，臉上神色不變。若非曹頫在座，她會故意逗著曹老太太，直到逗樂了為止；此刻卻只是笑嘻嘻地說：「好在表叔不是外人。再說，又哪樣好東西沒有嘗過？今兒個暫且將就，明兒等我想幾樣總得老太太說好的好東西，補請表叔。」

「這還像句話。」曹老太太看著震二奶奶說：「四鰓鱸實在不稀奇；倒是松花江的白魚，到底幾千里地以外來的，不知道沈師爺有這樣東西沒有？」

震二奶奶根本就沒有想到，應該以此珍物款客：但口中卻一迭連聲地：「有、有。自然有！」說著向旁邊瞟了一眼。

別人不曾注意到她的眼色，錦兒卻已深喻；不動聲色地溜了出去，指使一個小丫頭到廚房去關照，請客應有白魚。

「是誰在陪客啊？」曹老太太說：「沒有主人，禮數上總欠著一點兒。」

曹頫心知又是在攆他去了，隨即欠著身子說：「娘如果沒有別的吩咐，兒子還是去做主人吧！」

「話不都說得差不多了？」

「是！」

曹頫剛站起來，只聽得院子裡在喊：「表叔、表叔！」是孩子的聲音。

雖是孩子的聲音，一屋子的人，除了李鼎，表情都變了。首先是曹頫的臉，立刻就沉了下來；其次是曹老太太，有些著急；再次是震二奶奶，大有戒備之色；而丫頭們是一個個惴惴不安，有的只是偷覷曹頫與曹老太太的臉色；有的咬緊了嘴脣，不斷在搓手，這就使得李鼎也有些緊張了。

「別跑，別跑！」窗外有個中年婦人的聲音，「看摔著！」

震二奶奶趕緊努一努嘴，在她身邊的春雨，立即迎了出去；剛剛揭開門簾，便見她「唷，唷」連聲，彎著腰只是倒退。隨即便聽曹頫喝道：「看你！莽莽撞撞地，哪像個書香子弟！」

到這時大家才看清楚，是芹官連奔帶躥地闖了進來，恰好一頭撞在春雨肚子上。闖了禍他不怕；突然發現「四叔」在他祖母屋裡，就不免既驚且懼，臉上一陣青、一陣紅，手足無措地僵在那裡，只拿求援的眼色，看著在他正對面的震二奶奶。

「你看你，」震二奶奶走過來拿手絹替他擦汗，「就表叔來了高興，也不必走得那麼急。」然後轉臉問春雨：「碰疼了哪裡沒有？」

春雨小腹上疼得很厲害；但如照實而言，便是增添芹官的咎戾，所以強忍著疼痛說：「沒有、沒有！原是我揭門簾揭得太猛的不好。」

「好了，好了！」到這時候曹老太太才發話：「沒有甚麼就讓開；別堵著路，讓你四叔走。」

於是震二奶奶拿身子遮著芹官，走向一邊；曹頫換了副臉色，轉身說道：「表弟來了，娘的興致好像好得多；只別吃得太飽了！」

大家的規矩嚴，這時震二奶奶便輕輕將芹官一推，努一努嘴；芹官亦自能會意，站在門旁垂手肅立，眼觀鼻、鼻觀心，一副「小大人」的樣子，等著送叔父。

「跟表叔規規矩矩說說話！」曹頫停下來告誡：「別淘氣！」

「是。」

曹頫還待再說；曹老太太開口了：「點燈吧！」

天色還很明亮，而特意有此囑咐；是暗示曹頫時候不早，要陪客就快去吧！類此的言外之意，經常會有；曹頫不敢拂老母的意，悄然走了。芹官側耳聽著，一等靴聲消失，立刻又生龍活虎一般了。

「表叔，你會扯壺蓋不會？」

李鼎被問得一楞，「你說甚麼？」他反問，「扯壺蓋。」

李鼎還是不明白，便有丫頭為他解釋，原來芹官新近學會了扯空竹，先是扯「雙鈴」；等有了程度便扯一頭是圓盤，一頭只在軸上刻出一頭槽的「單鈴」。芹官絕頂聰明，一學便會，一會便厭；有一天異想天開，把茶壺蓋取下來當「單鈴」扯。這就是他口中的「扯壺蓋」。

「能扯得起來嗎？」

「當然能。」

「能是能，」曹太夫人笑道：「壺蓋子也不知摔了多少？茶壺也就沒有用了！」

「誰說沒有用？」在指揮丫頭安排几案的震二奶奶立即接口：「用處可多著呢！細瓷的配上

銀蓋子，粗瓷的配上木頭蓋子，還不是一樣使？不配蓋子，小丫頭用來澆花、澆盆景，都說比甚麼都趁手。而且，現在手段高了，真難得摔一回。」

「表叔！」芹官洋洋自得地：「你聽二嫂子說了沒有？我到院子裡扯給你看！」

說著便去拉李鼎。曹太夫人急忙攔阻，「今兒個晚了，院子裡也冷，別玩吧！乖寶貝，」她說：「明兒表叔到前廳裡看你顯本事。」

祖母的話，芹官不忍違拗；但頓時就不自在了，翹起了嘴，笑容盡斂。於是震二奶奶便出來轉圜。

「這樣吧，就在南屋裡玩一會。表叔可不能陪你多玩；老遠地來，累了。」

聽這一說，芹官才高興了，站起身來，隨手抄了個壺蓋，藏在懷裡。等丫頭將堂屋裡清出一大片空地，又將他扯空竹的短竹棒取了來，芹官開始「顯本事」；一上手便是「啪嗒」一聲，摔碎了一個壺蓋。

裡屋自然也聽見了；曹太夫人笑道：「又多了一把澆盆景的壺。」

震二奶奶抬眼一看，自己的那把成化窯青花小茶壺，壺蓋不翼而飛，便向身旁的秋月使個眼色；卻還有更乖覺的錦兒，一伸手，將塊擦筷子的新手巾，覆在那把缺蓋的茶壺上，省得有人見了，大驚小怪，會讓曹老太太發覺，或許會數落芹官幾句。

「曹太夫人的話，倒是真知灼見。」沈宜士沉吟著說：「不過既然來了，安慶似乎還是可以走一趟；只是犯不著塞狗洞了，好好打點一份年禮，意思到了就行。」

「這變成師出無名了！本來是有事託他，不妨登門拜訪；如今無事上門，不顯得太突兀了嗎？」

「那也無所謂，只說路過安慶，尊公叮囑，應該去看看他。豈不聞『禮多人不怪』？八旗世交，並不一定要有事才能登門。」

他的說法並不能為李鼎所接受；不過還是同意作安慶之行。因為若說不去安慶了，就該立刻踏上歸途；此非作客的時候。而且哀詔一到，朝夕哭臨；曹家又哪裡還能盡待客的禮數？這一來，就無法找機會跟震二奶奶見面；倒不如拿到安慶作個藉口，才能在曹家逗留。

轉念一想，實在也不必為了這個原因，徒勞跋涉；要想留下來，法子並不是沒有。他很婉轉地建議，不妨寫封信問問他父親。沈宜士心想，這也是正辦，便點點頭表示贊成。

於是，當夜由李鼎挑燈寫信，將曹老太太的看法與沈宜士的意見，一併稟告父親，請示行止。第二天一早，將張得海找了來，叮囑他趕回蘇州；盡快討了回信再翻回來。

「起碼有三天的空。」沈宜士躊躇著說：「此時此地，日子倒很難打發。」

「是啊！」李鼎也是意興闌珊地，「急景凋年，又遇到這種混沌不明的大局；心境壞透了！」

一語未畢，房門外有人接口：「誰的心境壞？」語落身現，逕自掀簾而入的是曹震。

他比李鼎大十來歲，但打扮得比李鼎更年輕，棗兒紅寧緞的皮袍；上套一件玄色巴圖魯坎肩，用的珊瑚套扣；頭上是一頂油光水滑的貂皮帽子；腦後拖著一根油鬆大辮，辮梢上的絲穗子拖到腰下；腳上是雙梁緞鞋，白綾襪子；袍子裡面一條紮腳綢夾褲，襯得那雙極長的腿，更顯挺拔。只是黃黃的臉上一陣油光，青氈氈的一片鬍樁子；一望而知是酒色過度了。

「沈先生、表叔，」他作了一大揖，「昨兒個兩位駕到，失迎、失迎。」

「上次我來，就聽說你到海寧去了，甚麼時候回來的？」

「今兒一早到家的。」曹震又說：「皇上交代，要辦兩堂花燈，限年內到京。花燈就數海寧一個鎮，叫峽石的最好，我在那兒住了一個多月，日夜督工趕好了，哪知竟用不上了。」

這是說先帝賓天；明年元宵，未過百日，當然不能張燈賀節。李鼎便問：「你不知道聽見甚麼消息沒有？」

「是雍親王接的位。做夢也想不到的事。」曹震轉臉去應酬沈宜士：「沈先生，咱們有三、四年沒有見面了吧？」

「兩年。前年秋天，足下到蘇州來，不是還聚過兩回？」

「啊，啊，對了！」曹震伸手將前額一拍，「這兩年的腦筋不管用了！才兩年的事，都會記不清楚。閒話少說，我奉陪沈先生跟表叔，到哪兒去逛逛，如何？」

「心境不好，懶得動。」李鼎苦笑答說：「剛才沈先生還在說，此時此地，是很難打發，我有同感。」

「別想不開！唯其心境不好，更得出去散散悶。這樣，咱們也別上秦淮河；我弄個清靜的地方，找幾個文文靜靜、開出口來不討厭的妞兒，陪著喝酒閒談。既不招搖，又把日子打發了。兩位以為如何？」

「唱曲子是反正不行的了！國有大喪，八音遏密。」沈宜士倒有些心動了，「光是清談，亦未嘗不可。」

「好！那就一言為定。」曹震站起身來說：「我去料理一點小事；順便派人先去關照。至多半個時辰，來邀兩位一起坐。」

果然，不過三刻鐘左右，曹震便興匆匆地來邀客；而李鼎卻變卦了——他是在想，曹震既已回家，要約震二奶奶私下見面，就頗不容易了。難得有此機會，絕不可錯過。因而以身子不爽作為辭謝的藉口。

「既然如此，」沈宜士說：「就作罷了吧！」

「不，不！」李鼎趕緊說道，「沈先生，你別為我掃興！」一面說，一面裝作勸駕，身子背著曹震，向沈宜士使了個眼色。

沈宜士也猜到了，李鼎大概還有些私話，要跟曹老太太或者震二奶奶說，便不再推辭；任由曹震拖著走了。

等他們剛一走，曹頫派個小廝來邀：「請沈師爺、鼎大爺到鵲玉軒去坐。有新得的幾張畫請教。」

應約的只有李鼎一個人。問起沈宜士；他只說讓曹震約走了；又補了一句：「那種地方，我不便跟通聲在一起。」通聲是曹震的別號；表叔與表姪在一起挾妓飲酒，自有不便。大家聽他的話，自能會意；曹震將沈宜士帶到甚麼地方去了。

「那麼，表弟，」曹頫問道：「你安慶還去不去呢？」

「今天一早，我已經派舍間的護院，回蘇州送信去了。等回信來了才知道。」

「是的。應該請示堂上。」曹頫說道：「你就在這裡吃飯吧！吃完了到老太太屋裡坐坐。」

「是！」

於是看畫、飲酒、閒談；到得席散，已是正午時分了。

到得曹太夫人院子裡，靜悄悄地聲息不聞；踏上台階，恰好遇見錦兒掀簾而出，一照了面，兩個人都站住了腳。

「老太太呢？不在屋子裡。」

「不！在鬥紙牌。」

「怪不得這麼靜。」李鼎問道：「是哪些搭子？」

「老太太、太太，還有後街上請來的兩位本家太太，老搭子。」

李鼎心中一動，「那我就不進去，省得攪了局。」他又問：「你們奶奶呢？」

「在屋子裡躺著呢！」

這個時候震二奶奶何能閒得如此？李鼎不覺關切，「怎麼？」他問：「是身子不爽？」

「還不是——」錦兒遲疑了好一會，終於還是說了出來，「讓震二爺氣的！」

「怎麼？」

錦兒欲言又止；倒不是不願細談，而是覺得這樣站在走廊上喝西北風聊天，旁人見了會詫異，因而躊躇。

李鼎不知她為何有此態度？只覺得作為慰問，也是可以跟震二奶奶見面的一個藉口；便即說道：「我看看她去！你們二爺有甚麼不對，我來勸他。」

這倒解消了錦兒的一個難題。料想震二奶奶對他素有好感，就貿然帶領了去，也不至於見責；便即點點頭說：「那就請吧！」

曹震夫婦單獨住一個院子，五楹精舍，後面西首添建了兩個廂房，跟正屋打通，聯成一氣，形如曲尺；東北兩面是圍牆，如果穿堂的屏門一閉，那兩間廂房便極隱密，再也不怕有人窺探。這原是震二奶奶避囂的一法；久而久之成了例規，穿堂的屏門，雖設常關，那兩間廂房亦就自然而然地成了禁地；曹家下人，不知這兩間廂房是甚麼樣子的很多。

這時震二奶奶已經起身，親自撥旺了一盆火，聽錦兒來報，李鼎來了，急忙迎了出來，一到前房，陡覺寒氣侵襲，便毫不思索地說：「裡面坐吧！裡面暖和。」

一進入裡屋，李鼎的感覺，就像突然之間到了一個從未經歷過的陌生地方，溫暖如春，不在話下；一屋子似蘭似麝，不可名狀的香味，不知來自何處？以致不自覺地用鼻子使勁嗅了兩下。

「怎麼？味兒很大是不是？」震二奶奶問，似乎略感詫異地。

「莫非你自己就沒有聞見？」

「不是沒有聞見，大概是聞慣了不覺得。」

「那可真是『如入芝蘭之室』了！」李鼎笑著說了這一句；一時興到，不暇思索地問：「我替你寫個橫匾，就用這四個字：表姐，你看好不好？」

「不好！」震二奶奶搖搖頭，「甚麼芝啊，蘭啊的，俗氣！」

「這話也是。這四個字太顯露，失之於淺。得另外想。」

看他興致盎然，震二奶奶不忍拂他的意，便順口附和：「好啊，想兩個甚麼字？」一面說；一面親自替他斟了一盞茶來，然後喊道：「錦兒，你倒是來跟我回話呀！」

進來的是另一個丫頭，補繡春的缺的如意，「老太太留兩位本家太太吃飯，點了兩樣點心：

蝦仁爛麵餅、核桃盒子。」她說：「錦兒到小廚房督工去了，我去叫她回來。」

震二奶奶要錦兒來回的話，即是請示曹老太太，要不要留客吃飯？如今聽如意所說，便是有了回話；而且看她要陪李鼎，已經替她安排好了，便點點頭說：「我知道了。不必叫她。」

「錦兒還留下話，叫我到時候問奶奶，鼎大爺如果沒事，是不是該留鼎大爺在這兒吃飯？」

震二奶奶不即答話，轉臉問李鼎：「你聽見了？」

「聽見了。」

這表示他晚上並無約會，如果主人相留，便當接受；震二奶奶弄清楚了他的意思，自己卻須考慮。

要考慮的曹老太太吃飯，總由她親自照料，尤其是有客在，更當盡她姪孫媳婦的禮節。這一來便無法回來做主人。事在兩難，頗費躊躇。

曹李兩家的規矩差不多；李鼎自然能夠想像得到她的難處，當即說道：「我只坐一會兒好了。回頭老太太請客，你得去招呼；不必客氣了。」

「倒不是客氣，我也很想跟表叔談談。」震二奶奶心想，只要他諒解就好辦了，「這樣吧，我把時候錯開，老太太那裡早點開飯，我去打個照面，敷衍一陣子就回來。表叔稍為晚一點吃好不好？」

「怎麼不好？」

「那就是了。」震二奶奶轉臉對如意說：「你去告訴錦兒，留鼎大爺吃飯，爛麵餅跟核桃泥盒子多預備一點兒，另外看看有甚麼好吃的東西？不必多，也不必忙。」

「是！」如意答應著，轉身而去。

「慢著！」震二奶奶問道：「外面屋子裡的火生了沒有？」

「正在生。這一回的炭不好，有煙子；火盆在院子裡吹著，等煙子淨了淨再端進來。」

「好！你再告訴錦兒，叫人從地窖裡取一小罈花雕出來。記住，五斤罈子的那一種；挑一挑！」

等如意一走，李鼎情不自禁地感嘆：「當家可真不容易！事無大小，都要想到。」

「這算不了甚麼！」震二奶奶說：「只要日子過得順遂，就累一點兒真的會累壞人？我不信。」

聽語氣，她的日子似乎過得很平順；而神氣卻不像，顯得落寞，甚至還有幽怨。由於不能確定她的心境，亦就不便貿然表示可否。而在俄頃的沉默中，李鼎的鼻子倒變得很靈了。

「我聞出來了，」他脫口說道：「是西洋香水的味兒。」

「對了！有一天芹官闖了來玩；正好京裡帶了東西來，有瓶香水，他非把塞子打開來不可。使勁一拔，用的勁太猛，香水灑了一地。至今兩個月了，味兒還沒有散盡；把梅花的香氣都奪走了。」

「梅花是淡淡的幽香，自然敵不過人家。」

「對了！淡淡的就敵不過人家了；要濃濃的才好。」

言外有意，卻不知意何所指；李鼎便又只有報之以微笑了。

「我倒沒有想到你在家。通聲跟我說，要邀你跟沈師爺出去逛逛；你怎麼不去？」

李鼎不便說實話，隨口答了句：「沒意思！」

震二奶奶想了一下說：「我知道了。我雖沒有見識過那些地方，不過道理是想得出來的。如果我是爺兒們，總也要心境好，才有興致；心境不好就沒意思了！」

她已經猜到了，而且把他那「沒意思」三字也解釋得很透澈了，李鼎自不必再多說甚麼。深深點頭，道聲：「正是。」

「我們那位，跟表叔你不同的，就在這些地方。他，只要是找女人，心境就從來沒有不好的時候。」

這使得李鼎記起了錦兒的話，震二奶奶必是在這件事上受了丈夫的氣。「清官難斷家務事」，有時連勸慰都是多餘的；但他心裡不能不為震二奶奶抱屈，看她一雙鳳眼，兩道斜飛入鬢的長眉，一條不顯稜角的通關鼻，配上厚薄適中的兩片淡紅嘴脣；而且皮膚腴潤光滑，找不出一絲皺紋。要說美中不足，只是頰上幾點極淡的雀斑，但正因有此缺點，反更動人；否則也許會像畫中的美人，顯得沒有生氣了。

這樣想著，不免多看了幾眼；震二奶奶矜持地轉過臉去；然後起身不知去幹甚麼，腰肢一轉，更顯出她一股風流體態，李鼎心裡晃蕩著，有些話要說。

「也許我跟通聲真的有點不一樣。我在外面玩，都告訴了你表妹的！」李鼎說道：「說起來，表姐你也許不相信；我所遇見過的女人，沒有一個及得上你表妹的。」

震二奶奶對他這話大感興趣。本來是想在一個景泰藍的罐子裡，掏幾粒紅棗丟在火盆裡解炭氣；蓋子緊一時尚未打開，為了有話要問李鼎，索性連罐子都抱了過來了。

「表叔，我不是不信你的話，不過我不明白：既然外頭的女人都趕不上家裡的，那，表叔你為甚麼還在外面玩呢？」

「這有兩個緣故。」李鼎從她手裡接過罐子來，打開了蓋子，「在場面上，大家一起哄，不能不逢場作戲。」

「嗯，嗯！」震二奶奶低著頭，往火盆裡丟紅棗，又撥炭火。好久不聽見他再開口，便抬頭問道：「你才說了一個緣故，還有一個呢？」

「還有一個，就是她有流紅的毛病，時常不准我進房。」

「原來還有這麼一個緣故。」震二奶奶平視著，忽然嘆了口氣，把頭低了下去。

這是為誰興嘆，難說得很；不過李鼎可以看得出來的是，自己的這幾句話，帶給她的感觸極深。

「繡春的事，你是知道的。」震二奶奶忽又抬頭說道：「我做錯了一件事。」

這下是李鼎深感興趣了，「喔，」他俯著身子問：「怎麼錯了？」

「當初我應該寧願得罪紳表叔，成全了他。倘是這麼做，繡春到底是在家裡；幫著我管著他，反倒不會讓他把心都弄野了。唉！」震二奶奶又嘆口氣，「我做事向來不悔，只有這件事，一直在悔。」

李鼎有些明白了。既然話已到此，不妨問上一問：「通聲常常不回家？」

原來曹震為了繡春，與妻子鬥氣；明的鬥不過鬥暗的，這一年多以來，一直置有外室。震二奶奶先被蒙在鼓裡，只覺得丈夫忽然上進了，本來可以派總管去辦的事，諸如採辦材料、趕辦按時應解運的御用衣料、赴機坊督工等等，都自告奮勇，搶著去辦；至於內務府、工部、戶部的司官，到江寧來公幹，倘與織造有關，本都歸他應酬，此時更加起勁，所以經常極晚才回府。而且一個月總有五、六天外宿，道是太晚了趕不回來。

日子久了，震二奶奶不免疑心，暗地裡派人查訪；哪知曹震十分乖覺，一遇到這種情形，他總是先得到風聲，有一陣子安靜；同時，不是將外室的香巢另移他處，便是花幾個錢遣走，事後另結新歡，所以震二奶奶始終抓不住他的把柄，只是常常氣得發肝氣。

聽這一說，李鼎恍然大悟；曹震所說到海寧去督工辦花燈，只怕一大半的日子是消磨在金屋之中。至少可以斷定，昨夜必是住在藏嬌之處；因為照路程計算，一早進城，很快到家，必是住得不遠；既無急事，不必趕路，算起來昨天日落之前，便已到了江寧城外，要回家也還來得及。即令城門已閉，叫開來也方便得很，為何不進城呢？由此可見，他說一早趕回來的話是撒謊。

正在這樣談著，只聽如意在門簾外面喊：「奶奶！二爺打發得貴回來，有話跟奶奶回。」

「喔，」震二奶奶答說：「你問他是甚麼話？」

過了一會，如意來回報：「二爺陪蘇州來的沈師爺，到聚寶山老太爺的祠堂裡去行禮；還要轉到天寧寺去看老和尚，今兒是回不來了。」

城南聚寶門外，有座石山，背城臨江，風景不惡；江寧士紳懷念曹寅的遺愛，奉旨准建一座祠堂，名為「曹公祠」。沈宜士尚未到過，特意去瞻仰行禮，是情理之常；但說還要轉到天寧寺去看老和尚，就不見得靠得住了。

「你看，是不是？」震二奶奶冷笑著說：「我早就算定了，他今天還是不會回來。」

「你也別這麼說。」李鼎勸道：「話是真是假，明天就知道了。」

震二奶奶不答，沉思了一會；眼神由沉靜而突然閃爍，然後說道：「也好！隨他！」

李鼎不懂她的意思；不過自己覺得是很好的一個機會，沒有曹震，很可以跟震二奶奶細談。

這一來，李鼎就更從容了。但震二奶奶卻有些神思不屬的模樣，而且一連到前房去了兩次，猜不透她是去幹些甚麼？

第二次由前房回來，剛剛坐下；錦兒掀著門簾進來了，「我才從老太太那兒來。」她說：「還有六七把牌。」

「飯後還鬥不鬥？」

「不鬥了。」

「那就走吧，給老太太開飯去。」震二奶奶轉臉說道：「表叔，我請你吃消夜吧！剛才四叔派人到老太太屋裡催請；知道是在我這裡，把話轉了過來，請你去喝酒。」

「這樣也好。」

震二奶奶把臉又轉過去了，「你先去，我馬上就來。」等錦兒一走，她才向李鼎低聲說道：「你先到老太太那裡打個轉，倘或老太太問起，你就說你替四姨娘帶話來給我；我抓你的差，寫年禮的單子。」

「我知道。」

「別忘了，我請你吃消夜，你可留著量。」

「嗯，嗯，你不說我也想到了。」李鼎問道：「回頭我怎麼來？」

「你帶的小廝叫甚麼？」震二奶奶答非所問地。

「叫柱子。」

「睡在你外房？」

「不，他跟沈宜士帶來的聽差，都讓你們這裡的門上邀了去；也是作客去了。」

「好！」震二奶奶說：「回頭我會派人來招呼你。」

回到自己屋裡，已經起更了。伺候屋子的曹寧是曹家的一個「家生子」，但也鬚眉蒼蒼了；掌燈迎了進來，一面替李鼎倒茶，一面寒暄著。李鼎尊主敬僕，格外假以詞色；看他將該做的事都做完了，便說：「你也坐嘛！」

「沒那個規矩！站著好。」

「有甚麼關係？你是看著我長大的。」

曹寧笑了，「鼎大爺這麼說，我可恭敬不如從命了。」他端來一張小板凳，坐在門邊。

「你今年多大？」李鼎問道：「五十剛過吧？」

「早過了！今年整六十。」

「那是康熙二年生人？」

「是！那年太老太爺奉太皇太后的旨，到這裡來當織造；我娘隨太老太太來了沒兩個月就生我。所以小名叫寧兒。」

「原來你的名字是這麼來的！只看你多少歲，曹家在江寧就是住了多少年。」

「是！也可以這麼說。中間雖空了幾年也是馬老太爺接著，跟一家人一樣。」

這時指曹璽在康熙二十三年病歿任上，由震二奶奶的祖父接任江寧織造；以後才由曹寅接手而言。不過曹寧卻始終在江寧織造衙門，所以感慨比李鼎深得多。

「誰想得到，一生下來到今天，牙都掉了沒有動過窩兒；一晃眼，六十年，日子可真快呀！」

由他這句六十年，不由得使李鼎想起一句俗語：「三十年風水輪流轉」。兩個三十年了，風水還不該轉？

一想到此，心往下一沉；不自覺地嘆口氣：「唉！」

不但嘆氣，而且面有憂色。大家巨族的下人，都善於窺伺人意，也懂得怎麼樣應付；像這樣的情形，不宜多問，也不宜打攪，最好是冷眼旁觀，默然待命。

因此，他試探著說：「鼎大爺怕是乏了？」

「還好。」

「鼎大爺還要甚麼不要？」

「不要了，你管你去睡吧！」

「是！我跟鼎大爺告假。」曹寧用手一指，「我就睡在後面下房。有事開窗喊一嗓子，我就聽見了。」

「好！我知道。」

於是曹寧撥了火盆，添了炭；又檢點了茶水、預備了乾點心，一切妥帖，方始輕輕帶上房門，回自己屋裡。

李鼎獨坐無聊，找了副牙牌在燈下「通五關」，一面玩牌，一面在想震二奶奶的神態語言；

由她所教的那番假話看來，顯然的，她也很怕引起流言，所以要想法子避嫌疑，既然如此，豈可深夜在她臥室中飲酒消夜？

這一點，震二奶奶自己當然已經想到了，而竟無顧忌；這跟白天飾詞避嫌疑的態度，成了矛盾，又是甚麼道理？

不解之事甚多，一個一個一遍遍地想；也不知過了多少時候，突然聽得窗外有人在喊：「鼎大爺，鼎大爺，睡了沒有？」

李鼎定定神才想起是錦兒的聲音，隨即答說：「沒有睡！」

「老太太請！」錦兒的聲音不低，「就走吧！」

等他開了門出去，只見曹寧披著老羊皮襖，亦正自後面走了來；李鼎尚未開口，他已經在問了。

「是老太太請鼎大爺？」

「是啊！」錦兒神色自若地說：「只怕有緊要的事商量。」

李鼎亦不知道她的話是真是假；順口問道：「是甚麼事？」

「鼎大爺去了就知道了。」錦兒又說：「今兒晚上風大；可多穿一件。」

「好！你等一等。」李鼎又說：「要不，你進屋子來坐一坐！」

「不囉！老太太等著，鼎大爺快一點兒吧！」

李鼎答應著，將一件獺皮領子的「一裹圓」，披在身上；只見曹寧已經穿好了皮襖問道：

「我跟鼎大爺等門。」

「不用了！」李鼎答說：「既然是有要緊事商量，回來得不會早；你把角門掩上就是。」
「寧大叔！」錦兒接口：「請你把火盆滅了吧！火燭得小心。」
「那，鼎大爺回來了怎麼辦？這個天沒有火盆還行。」
「不要緊！」錦兒從容自如地，「送鼎大爺回來的時候，帶兩個燒紅的炭結，續上炭，不又是一盆火了。」
「說得也是！鼎大爺請吧！」
錦兒是帶了一個小丫頭來的，兩盞白紗燈，一前一後，高高舉起，夾護著李鼎，穿長廊，繞曲檻，大家都未說話。
直到進了一道垂花門，錦兒方始喊道：「小蓮，你到小廚房去等我。」
小蓮是走在前面，提著燈往小廚房而去，錦兒便移到前面，卻又不走，直到小蓮的人影光暈俱皆消失，方又開口。
「二奶奶在等著呢？」她的聲音很低。
「喔！」李鼎無端一陣興奮，兩頰的皮肉不受控制，震得牙床格格作響。
「怎麼？冷？」錦兒問說。
「不！走吧。」
一走走到叉路口，錦兒突然將李鼎一擠擠到牆邊；接著「噗」地一口，將紗燈吹滅，李鼎大為困惑，不知她何以有此動作，正想動問，已讓錦兒搶在前面發了聲音。
「夏雨，」她一面喊，一面奔了上去，「我的燈滅了。你上哪裡去？送我一段路。」

「我從震二奶奶那裡來，正要回去。」

「好吧！我們一起走；順便把給老太太送點心的兩個盤子取回來。」錦兒接著又問：「我們奶奶屋裡還有誰在？」

「沒有人。震二奶奶直打呵欠；等你一回去，大概就得關門上床，這個天氣一個人睡——」下面的話，李鼎就聽不到了。

李鼎暗叫一聲「好險！」由衷地佩服錦兒的機智；能將這樣一個一指頭便可戳穿真相的窘迫局面，輕易地應付了過去！

如今呢？他手扶著冰冷的牆壁在想，懸崖勒馬，尚未為晚，如果轉身而回，震二奶奶亦不致會見怪；因為錦兒會說明經過，有這樣一個意外波折，以致不敢赴約，是情理中事。

但這個念頭旋起旋滅，始終升不上去；他真希望再有像夏雨這樣一個丫頭，持著燈過來，逼得他非轉身回去。無奈無有；只聽得隱隱風送過來的聲音：「寒冬——臘月；火燭——小心！」接著，梆子作響，伴以鑼聲，二更天了。

怎麼辦？李鼎在心中自問，不免焦急。而就在此時，發現有亮光來自身後；這就毫無考慮的餘地了，沿壁疾步，向右一轉，進了震二奶奶的院子才鬆了口氣。

「鼎大爺！」是如意的聲音；她從黑頭裡迎上來問道：「錦兒呢？」

「她到老太太那裡去了。」李鼎不願多說，只問：「二奶奶呢？」

「在屋子裡。請進去吧！」

進了前房，卸了身上的那件「一裹圓」；震二奶奶已自迎了出來，穿一件玄色寧綢暗花的薄絲棉襖；同樣顏色質料的散腳袴。袴腳與大襟、下襬都鑲著猩紅色的「欄杆」，頭上還簪著一朵極大的名種茶花。打扮得不但俏皮，而且紅黑兩色襯得她的皮膚也更白了。

李鼎入目一亮，不住眨眼。震二奶奶微窘地笑道：「我這身衣服，顯得、顯得——」她那樣伶牙俐齒的人，竟找不出適當的字眼來形容她自己的衣服；李鼎便接口說道：「顯得更年輕了。」

震二奶奶嫣然一笑；得意地望著自己身上，「老早想這麼穿，可又不敢穿出去。」她說：「一個人躲在屋子裡，穿起來照鏡子，可又沒有意思。今天總算——」她笑笑沒有再說下去。這未完的一句話，仍舊是李鼎為她接了下去：「今天總算找到一個『亮相』的機會了。」

「對了！」震二奶奶坦然承認，「你覺得怎麼樣，是不是太刺眼？」

「不！我只覺得眼睛一亮，很開朗、很舒服；就像陰雨連綿的天氣，忽然看見太陽從雲端裡鑽出來那樣。」

「你倒真會形容。上裡屋來吧！」震二奶奶一面帶頭走，一面又說：「可沒有甚麼好東西請你。」

到得裡屋一看，紫檀方桌上已設下兩副杯筷，中間是四個碟子，紫醬色的是醉蟹，鮮豔如胭脂的是雲南宣威腿，淡黃色的是椒鹽杏仁。另一樣色白如雪、平滑軟膩的薄片，卻叫不出名字來，總不會是粉皮吧？他心裡在想。

「如意，燙酒吧！」震二奶奶吩咐了這一句；突然問道：「咦！錦兒呢？」

「到老太太那裡去了！」李鼎將路遇夏雨的情形說了一遍，大讚錦兒：「真是『強將手下無弱兵』！」

「就遇見了也沒有甚麼！」震二奶奶說：「我這個人向來敢做就不怕。」

這句話在李鼎聽來，有些挑戰的意味；心想，你既不怕，我又怕甚麼？於是微笑著坐了下來，望著震二奶奶笑道：「我好久都沒有這樣舒服過了；就像回到自己屋子裡一樣。」

這意思是將她比作妻子；震二奶奶便問：「表叔，你怎麼不續弦呢？這兩年不是也很有些人來提親嗎？」

「說來話長。」李鼎嘆口氣：「不談吧！談起來掃了興致。」

震二奶奶也知道，李家連遭兩場喪事，境況又不見佳；要風風光光辦一場喜事，不但力所未逮，而且也沒有那種心情。

就這時候，如意已把燙好了的酒端來了。主客二人，面對面相將落座；李鼎扶起筷子，首先就伸向雪白的那樣菜；滑溜異常，怎麼樣也挾不起來。

「這是甚麼玩意？大概是海味？」

「這叫『葷粉皮』。」震二奶奶說：「用調羹吧！」

「葷粉皮」何能供盛饌？而且碟子裡，只有麻醬油與薑米，不知葷在何處？李鼎好奇心大起，舀了一大匙送到嘴裡；一經咀嚼，立即分明。

「甚麼粉皮？是甲魚的『裙邊』嘛！」

「味道怎麼樣？」

「好！清腴無比。」李鼎又舀了一匙，「這樣子吃裙邊，我還是第一回。」

「我也只做了兩三回。今年夏天才有人傳了這個法子；做法沒有甚麼訣竅，就是材料要好。」江南稱鼈為甲魚，宰殺洗淨，入鍋微煮；剔取「裙邊」，用眉鑷將上面的一層黑翳鑷去；上籠蒸熟，加佐料涼拌，即可上桌。製法實在了無足奇，只是這麼一碟，要用到好幾頭鼈，一器之費，平常人家十日之糧，就顯得珍貴了。

「真是，」李鼎不由得感慨：「俗語說的，『不是三世做官，不知道穿衣吃飯』；實在講究不盡，不過，這種日子，只怕——」他黯然地搖搖頭，沒有再說下去。

「好端端地，說這些話幹甚麼？」震二奶奶微覺掃興；臉上的笑容慢慢消失了。

李鼎頗為失悔，歉然說道：「原是我不知趣！來，來，表姐，罰我乾杯；你請隨意。」

說完，他乾了一杯酒；震二奶奶也喝了一口，放下酒杯說道：「其實談談家常，哪怕是不怎麼能讓人高興的事，也不要緊。我就是不喜歡無緣無故說喪氣的話。如果凡事都朝壞的地方去想，只怕一夜到天亮都會睡不著覺。」

「是啊！」李鼎不能再掃興了，附和著說：「本來就沒有甚麼大了不得的。」

「咱們兩家，這幾年大風大浪都經過了。表叔，」震二奶奶忽然勸說：「你也看開些！」

李鼎不知道她何以忽有此話？困惑地問道：「你說甚麼事情看開些？」

「我不知道。我只覺得你這兩年變過了，總像心境不開朗的樣子，自然是有心事的緣故。」

「真的嗎？」李鼎摸著自己的臉說：「我自己倒不覺得。」

「這就是旁觀者清。」震二奶奶說：「像我，也有人說我凡事不像從前那樣有興致了，仔細想想，確是如此。」

李鼎點點頭，細細打量著，要看她的眉宇之間，是否真個別有幽怨？

「你別這麼緊盯著看。」震二奶奶窘笑著低下頭去；又低低地加了一句：「你那雙眼睛！」

「我的這雙眼睛怎麼了？」李鼎突然心動，故意這樣問說。

「我不知道！」

震二奶奶說了這一句，站起身來，往前房走去；李鼎側耳細聽，卻無聲息，始終猜不透她是做甚麼去了。

等她再回來時，有錦兒、如意，還有個小丫頭跟在後面，都提著食盒，一個火鍋，四樣炒菜，兩樣點心，另外還有一鍋香粳米粥。是把消夜的食物都催了來了。

「你們留一個人在外面伺候好了。」震二奶奶問道：「今天是誰坐夜？」

「是劉媽。」錦兒答說。

「你叫她也睡好了。」

「是！」錦兒使個眼色，讓如意帶著小丫頭退了出去，方又低聲說道：「備弄門上的鑰匙，在我這裡。」

震二奶奶沉吟未答；李鼎心裡明白，必是中門已經關上，他半夜裡回住處，須從備弄中繞出去，所以錦兒預先弄了把鑰匙來。

「好吧，」震二奶奶終於開口了：「你把鑰匙給我。」

錦兒一言不發，從腋下紐扣上解下一把鑰匙，放在桌上，便待退了出去。

「慢一點！」震二奶奶忽又將她叫住：「你到中門上跟梁嬤嬤去說，鼎大爺在我這裡商量正事；叫她派人等門。」

錦兒愕然不知所答，一時想不明白她是何用意。

「火鍋熬得夠味了！放量吃吧！」震二奶奶說：「藥補不如食補；我看你身子也不怎麼好，真應該多吃點滋補的東西。」

李鼎點點頭，舀了一碗湯喝；卻有些食而不知其味。心裡有好些話，卻一直在考慮是不是該在這時候就說？

「表叔！」震二奶奶看出來了，「你像是有心事？」

「是的。」李鼎承認，但心事仍舊在心裡；要先看看她的態度。

「你的心事，我也知道；無非少幾個錢花。」

「不！」李鼎覺得不能不辯，「如果只是我少幾個錢花，不能算是心事。我的心事——」

他嘆口氣：「唉！實在說不出口。」

「為甚麼？」

「說出來徒亂人意。何必害你也替我著急？」

李鼎倒並不是故意以退為進；只是震二奶奶既然一句一句釘住了問，他也就樂得一步一步試探。說到這裡，心中已定下主意；震二奶奶不搭腔便罷，如果再問下去，他就要實說了。

哪知震二奶奶既非裝糊塗，也並不表示關切，只說：「事緩則圓，過兩天慢慢商量。」

這是甚麼意思？李鼎不免自問；看樣子她似乎已看破了自己的心事，但又何以說是事緩則圓？偌大虧空，如何可緩，如何得圓？

這樣想著，愈覺鬱悶；李鼎到底年紀太輕，還欠沉著。震二奶奶看在眼裡，不免憐惜；橫一橫心，決定談他的心事。

「表叔，你的心事，不說我也猜得到，一定又是四姨出的主意，要你來跟我商量甚麼？是不是？」

「是！」李鼎硬著頭皮回答。

「那麼你說吧，她想借多少？」

這讓李鼎遇到難題了！獅子大開口，自己都覺得太過分；囁嚅了好一會，方始很吃力地說了句：「要請你幫很大一個忙。」

「大到甚麼地步呢？總有個數目吧？」

「這就不敢說了，反正，我爹的虧空不小，表姐是知道的。」

「替舅太爺彌補虧空，我可沒有那麼大的力量；而且，我這筆錢，也只能借給你。」

「是，是，借給我，借給我！」李鼎一迭連聲地說：「我領表姐的情。」

「你這麼說，我就大大放個交情給你。」震二奶奶說：「不過也要看你的運氣。」

「這話怎麼說？」

「我有兩筆放出去的款子，都到期了，看能收回來多少？都借給你。」

「噢，」李鼎很謹慎地問：「多少呢？」

震二奶奶一伸手答道：「五萬。」

「少呢？」

「三萬。」

李鼎大喜；有三、五萬銀子，可以救急了！尤其是三言兩語之間，便談成了這件事，更覺痛快。雙肩一輕，身子像飄了起來似地，不由得便離了座位，長揖到地。

「表姐，」他說：「我實在不知道怎麼說了？恨不得把一顆心掏給你！」

「真的？」震二奶奶斜睨著；眉梢眼角，飄出一現忽隱的春意。

「真的！」李鼎有些把握不住了，「這個時候我再跟你說假話，我還成個人嗎？」

震二奶奶不作聲，站起身來，倒了杯冷茶喝；喝得很急，喉間啯啯有聲；喝完喘了口氣，手扶桌角，背著李鼎靜靜地站著，不知在想些甚麼？

就這時候，更鑼又響了；李鼎在這裡已逗留了一個更次。「不早了！」震二奶奶轉過身來說。

「是的！」李鼎不情願地說：「我該走了。」

「你怎麼走法？」

李鼎一楞，不知她這句話是何用意；想了一下答說：「自然是從中門出去；梁嬤嬤不是派了人在應門嗎？」

「是的。本來你可以從備弄走的。」震二奶奶問道：「備弄的門在那裡，你知道不知道？」

「我只知道『井弄』盡頭，有一道夾牆，聽人說就是府上的備弄。不知道門在哪裡？」

「由那面夾牆進來，左首有三道門，通三個院子；最後一道門推進來，就看到我這裡了。」

「嗯，嗯！我懂了。」話一出口，李鼎才發覺有語病；所「懂」的只是備弄進出的方位，並不懂她為何要說這些話，因而又補了一句：「表姐還有甚麼話？」

震二奶奶走過去將鑰匙握在手裡，背著李鼎說道：「記著是最後一道門，也是第三道門。」

李鼎有些不甚相信自己的耳朵，怕是將話聽錯了；但開那道門的鑰匙，明明白白握在她手裡，並未看錯；亦就可以證明自己並未聽錯。如今要考慮的是，應該作何表示？

而震二奶奶卻不容他有何表示，管自己走了出去；在外屋喊道：「錦兒，打燈籠送鼎大爺回去。」

於是錦兒點燃紗燈；另外找來一個小丫頭，提著火缽，好為李鼎臥室中的火盆續炭。震二奶奶一直站在走廊上看，始終不給他有說甚麼私話的機會。

李鼎實在放不下心，他至少要知道一件事，他跟錦兒是不是無話不說？因為他確實需要一個可共祕密的人商量一下。否則盲人騎瞎馬般亂闖，會闖出一場大禍。

「請吧！」錦兒把紗燈舉高了說。

「好！」李鼎靈機一動，故意這樣道別：「明兒見！」話是向震二奶奶說，眼卻瞄著錦兒；看她眨了兩下眼，頗有困惑的神情，恰恰是他想像中的表情。

趕緊再回頭去看震二奶奶，只見她面無表情地說：「走好！我不送你了。」

她的態度有些莫測高深；不過有一點是可以確定的，聲音中帶著不悅的意味。李鼎心想，震二奶奶跟錦兒一定會有話說；應該替她倆騰出一段功夫來。

「等一等，我要解個小溲。」他向小丫頭說：「你帶我去。」

就在院子裡牆角落，有個上銳下豐，帶門的木罩子，裡面是一隻尿缸；李鼎明明看到卻仍舊要這麼說，小丫頭不敢違拗，只好帶了他去。

果然，解衣轉身之際，看到主婢二人已面對面在談話了。李鼎這時才放心，知道回到自己屋子裡，錦兒必有話說。

「喏，」錦兒用手向外一指，「炭簍子在那裡，去撿一籃子炭來；挑一挑，別太大，也別太小。」

小丫頭被調開了；錦兒在撥紅炭的手也停了，抬眼看著李鼎，臉上是有話不知從何說起的神情。

「錦兒，」李鼎催她一句：「你有話要說？」

「是的。」錦兒問道：「二奶奶跟鼎大爺說的話，倒是聽清楚了沒有？」

「聽清楚了。」

「那麼，還是『明兒見』？」

「『明兒見』就用不著打備弄走。不過，錦兒，」他低聲說道：「我有點兒怕！讓人瞧見了，可就不得了啦！」

「晚上從沒有人到井弄裡面去的。」錦兒答說：「這裡到井弄並不遠，稍為留神一點兒好了。」

「好吧！我來。」

「鼎大爺，你真要是怕，就不必勉強。」

一聽她的話，李鼎立即省悟，自己的話中，帶著萬般無奈的意味；倒像人家苦苦糾纏，無法擺脫似地。這不但將震二奶奶看成了不知廉恥的蕩婦；也貶瀆了自身，恰如市井中攀住裙帶為生的軟骨蟲，想起來都會惡心。

自己的話和態度都大錯特錯；但李鼎覺得不應該解釋，應該讓錦兒知道他有決斷。於是想了一下說：「我跟你們二奶奶一樣，甚麼事除非不做；做了就不怕。我一定會去。」

「鼎大爺，這不是賭氣的事。」

「錦兒，」李鼎這一次的反應很快：「你完全誤會了！我希望你回去不必多說。」

錦兒還想再說，聽得小丫頭的聲音，便住了口。於是李鼎說道：「把炭擱下吧，我自己來。天不早了，你們趕快回去睡吧！」

錦兒會意，帶著小丫頭悄然走了。李鼎定定神坐下來細想；擺落雜念，唯餘綺思，頓覺有種莫名的興奮。他突然發現自己的心思很敏銳了；想到那條只去過一兩回的井弄，路徑曲折，如在目前。同時也想到，危險不在去路，而在歸途；倘或從夾牆中出來，在井弄中遇見曹家下人，那時恐怕除了跳井，別無可行之路。

事情很明白地擺在那裡，要冒的就是這個險！不必去細想，倘或狹路逢人，如何閃避解釋？因為根本就是閃避不了，解釋不清的。如今只問自己，敢不敢冒這個險？

以李鼎的性情，當然自己不肯服自己的輸；而且也不願失信於婦人女子。所以定定心將臨走以前該做的事，先都想好，第一是火燭小心；第二是不能驚動曹寧。於是檢點了火盆、吹滅了油燈，躡足出室，很小心地關上房門；步步為營地繞僻路走向井弄。

井弄中有口甜水井，傳說是個通海的泉眼；大旱的年頭，別處的井都會乾涸，唯獨這口井不過深個兩三尺而已。

因為如此，從前明永樂年間，這裡還是漢王高煦的賜第時開始，這口井就保留了下來；只為密邇內宅，因而特築一道圍牆隔開，兩牆之間的長巷，便稱之為井弄。

井弄就是白天也很少人來；因為這口井的水質特佳，清洌可比山泉，所以曹寅在日，便有禁令，不准僕婦丫頭，在井邊汲水洗滌，怕有汙水，回流入井。大廚房專有一個擔水伕，挑了這口井中的水，分送各處，專供食用。擔水亦有時候，大致是在上下午廚房中將要熱鬧之前；深夜絕無人去。倘或有人，必是受了冤屈的丫頭，一時想不開去跳井。但曹家前前後後有十三口井之多，她也犯不著單挑此處，髒了這口井，在死後還落個罵名。

這就是震二奶奶敢於向李鼎挑逗的道理。果然，一路行來，毫無人知；入井弄之前，格外當心，先探頭望了一下，看清楚了沒有人，方始沿牆疾走，到頭向左一拐，進了夾牆中不容並肩的備弄，才停下來喘一喘氣再走。

其時月色迷茫，夾牆中又有一道溝，路很不好走；李鼎沿壁摸索，不久發現了第一道門；不顧而前，看到了第二道門，停下來試推一推，文風不動，便又往前走。

第三道門終於出現在眼前了。李鼎突然心跳加快；只是儘管內心興奮，卻仍不免躊躇。他心裡在想，只要伸手一推門，就一切都容不得自己作主了！但如轉身一走，生平的奇遇，便是交臂而失。就這一轉念間，手已伸到門上去了。

微一用力，「嘎吱」一響，李鼎急忙縮手；定睛看時，門已開了很寬的一條縫，隱約看出門內是錦兒。

於是他擦身而入，錦兒隨即又將門關上；接著，他發覺錦兒握住了他的手；她的手冰冷，只怕在這風口中受凍等門，已有好久了。心裡倒覺得老大過意不去；同時想起《西廂記》中的一句曲文，很想湊在錦兒耳朵邊說：「我與你多情『主母』同羅帳；怎捨得教你疊被鋪床？」

念頭尚未轉完，錦兒已牽著他的手在走了，轉出短短的一條夾弄；李鼎辨出方位，是在屋子東面，往前走去，向右一拐，便是前廊。

錦兒忽然站住，將他的手往下拉一拉；李鼎會意，將腦袋歪了過去，只聽錦兒向他耳語：「到了前面，你自己進去；穿堂的屏門一推就開。記住，進去了別忘了把屏門閂上。」

「我懂。」李鼎扳過她的腦袋來，也是耳語：「回頭我怎麼走？」

「莫非還要我喝西北風在這兒等？」錦兒答說：「自然有人送你出門。」

話中有怨懟之意，李鼎益覺不安；倉卒間無可表達，那份微妙的感謝愧歉之情，只有像愛撫小女孩一般，摟住錦兒，在她臉上狠狠地親了一會。

錦兒沒有作聲，只使勁將他的臉推開；仍舊拉著他的手，領到堂屋門口方始放手，卻又抱住他的頭，在耳際叮囑：「千萬小心！別碰出聲音來。」

因為如此，李鼎格外小心。不過，他很清楚，除了錦兒，別的丫頭老媽都在夢中，大可不必心急。於是先將眼睛閉緊，過了一會才睜開，在黑裡頭已經能辨物了。

穿堂中是磚地，放輕腳步，行走無聲；走近屏風，裡面有光線透出來，很容易找到了正中的那兩扇，推開來一看，西窗上灑出一片昏黃的光暈；在李鼎的感覺中，後院簡直亮如白晝。

他記著錦兒的話，很小心地將屏門關上，推上活動的木閂；然後由院子裡斜穿過去，房門已經開了，但卻不見人影。等他剛踏進門，燈光已滅，眼前一片漆黑；李鼎便站住不動，很快地發覺有人躲在門後；然後房門也關上了。

眼睛不管用，耳朵跟鼻子仍舊很靈；一縷似蘭似麝的香味，來自右面；李鼎轉過身去，伸手一抱，正好摟住豐腴溫軟的一個身子，自然是震二奶奶。

「鼎鼎！」震二奶奶昵聲輕喊。

這個稱呼在李鼎聽來，既新鮮、又熟悉；更有一種遇見巧合之事的驚喜，隨即問道：「你怎麼想出來這麼一個叫法？」

「表嬸，不是這麼叫你的嗎？」

這使得李鼎更為驚異了！「鼎鼎」是鼎大奶奶對丈夫「夜半無人私語時」的暱稱；「你怎麼知道？」他不由得追問。

「是表嬸自己說的。」

妻子連這種稱呼都告訴她了，可見得她們表姐妹真個無話不談。李鼎心想，由此推測，妻子一定還有許多關於自己的話，曾告訴過她；不由得關心地問：「她還跟你說了些甚麼？」

「太多了！」震二奶奶答道：「談到天亮也談不完！」

這似乎是在提醒他，雖然冬夜漫漫，但屬於他倆的辰光，亦不過一個更次，似比春宵猶短，正該及時溫存，不該浪費在閒話之中。

於是他說：「站著好累！」說完，用嘴脣找到震二奶奶的嘴脣，緊緊地吻在一起。震二奶奶比他矮得有限，踮起了腳往前推；李鼎便一步一步往後退；退到無可退時，一起倒在床上。

「鼎鼎！」震二奶奶說：「你只拿我當表嬸好了！我答應過她的。」

「你答應過她的？」李鼎詫異地問：「答應過她甚麼？」

震二奶奶不作聲，只拿溫軟的手摸著他的臉。而越是如此，越能激發李鼎的好奇心，忍不住要催問了。

「表姐，說啊！你答應過她甚麼？」

「有一次，她有點醉了，我也有點醉了。我們倆睡一床，聊天聊到半夜裡，她忽然說：『我好想鼎鼎』——」

「那是甚麼時候？」李鼎打斷她的話問。

「三年多了！那時你在京裡當差。」

「噢！」李鼎記起來了，「那是康熙五十八年春天；我記得通聲正好也在京裡。」

「就是那時候。表嬸在這裡住了有個把月；我記得——」

「表姐，」李鼎再一次打斷她的話，「你接著剛才的話說，你表妹說好想我；以後怎麼樣呢？」

「以後，」震二奶奶想了一下說：「我就跟她開玩笑，說你就拿我當表叔好了。兩個人蘑菇了半天，她忽然嘆口氣說：『我倒但願有一天，你能代替我。』我奇怪，我問：『我怎麼代替你？』她說——」

說到要緊關頭，忽然住口不語；李鼎急急問道：「她說甚麼？」

「想都想不到的話，我也不好意思再說。」

「不，不！」李鼎又推又揉地催促，「你害得我心裡癢癢兒的！說，你快說吧！」

原來鼎大奶奶因為有個「流紅」的痼疾，房幃之中，琴瑟不調。每每兩情濃時，她卻愛莫能助；只要說得一聲：「今晚上不行！」李鼎立刻就像被鬥敗了的公雞似地，垂頭喪氣，雄風盡失；或者他遠行歸來，細訴相思，絮絮不斷地談到深宵，卻終於不能不狠起心來，攆他出房門，隨他孤眠獨宿也好，去覓野草閒花也好，都顧不得了。

當然，以鼎大奶奶的賢慧，早就有過為丈夫納妾之議。但李鼎自己不願，年輕輕地，事業未立，卻弄個姨娘在屋裡，說出去會讓人笑他沒志氣。同時，這件事也很難為老父所同意；他甚至勸妻子，根本就不必提這話，因為追根究柢，就會把她的這個毛病抖露出來，而鼎大奶奶身有隱疾，一向是羞向人道的。

感於夫婿的體貼，使得她的疚歉益深；此外復有隱憂，因為像這樣的情形，夫婦的感情，只會淡薄，不會濃厚，到得最後，名存實亡，成了怨偶。

鼎大奶奶的這份藏在內心深處的隱痛，只有跟情分比同胞姐妹還親，而又充分了解並且同情她的苦衷的震二奶奶，才能傾訴。當時她是這麼說：「表姐，我真巴不得你能替一替我！我說這話，你別罵我荒唐；我根本就沒有拿你當作兩個人看。我在想，古來娥皇女英，同事一夫，究竟還是兩個人；在我，打心眼兒裡就分不出彼此來。這是我的一個癡念頭，表姐，若說我的想法錯了，你罵我一頓，我也不會在意。」

震二奶奶將這段話轉告了李鼎以後又說：「我實在是讓她感動了。我說，你的想法沒有錯；如果我換了你，要你替一替我，你一定會答應。不過，我不知道我辦得到、辦不到？從她死了以後，我只要一見了你，就想起她這話，總像虧欠了她甚麼似地。今天，也許能補報她了。我這會兒把我自己當作鼎大奶奶；你也只當這會兒跟你在一起的，不是別人，是你媳婦！」

這太匪夷所思了！但李鼎卻能相信；至少他相信他妻子會有那樣的想法。至於震二奶奶的話，寧可信其為真，無須去追究虛實。不過，他有心想把她當作妻子，事實上卻辦不到；因為感覺是不同的，觸撫所及，自然而然地會拿他的妻子來作個比較——與鼎大奶奶相比，她來得豐腴，來得柔膩；頂頂不同的是，她有股鼎大奶奶所沒有的熱勁兒，像條蛇似地纏在他身上，倒有點像王二嫂。

彼此的心境都平靜了。李鼎並不覺得對妻子有何愧歉；因為他相信他妻子是能容許他有此奇遇的。

「表姐，我倒想起一件事來了！」李鼎問道：「她常說要及早尋個退步；又說跟你深談過，你也贊成。當時總沒心思去聽她的；不知道究竟是怎麼回事？」

「咳！提起這件事，只怕已經晚了！」

「怎麼？來不及辦了！」

「對了！看樣子是來不及辦了。」震二奶奶答說：「有一次她跟我說，千年沒有不散的筵席；不能指望天天有山珍海味，只要清茶淡飯，能安安穩穩過一世，就算是有福氣的人。我說：是啊！我們家老太爺也常說：『樹倒猢猻散。』能有個就算樹倒猢猻也不散的法子就好了。她說：有！她正是有這麼一個法子。」

「想來她的法子也不高明，不然早就辦成了。」

「你倒別說這話！世界上沒有容易辦的好法子。」震二奶奶說：「她說：趁現在挪動款子還容易，置上一片祭祀田，官府立案，只准收租，不准出賣；定出章程來，族中各房值年輪管，除了春秋祭掃以外，鰥寡孤獨，或者清寒的族眾，都可以靠這片田餬口活命。再說句不吉利的話，就算遭了官事，折產抵賠；立了案的祭田，也是不沒官的。」

「這辦不通！旗下沒有這個規矩。」

八旗的規矩，本籍都算北京；不管是駐防，或者久宦，算出差在外；正主去世，葉落歸根，仍得回旗。不准埋葬在外，更莫說造祠堂、置祭田。所以李鼎說他妻子的法子辦不通。

「但是，你是只知其一，不知其二。」震二奶奶說：「你我兩家，到底不是關外土生土長的滿洲人；都是有老家的。你家在都昌，我家在豐潤，由老家的族眾出面置產，有何不可？」

「這倒也說的是。」李鼎不由得信服了。

「這還在其次，頂要緊的是，皇上寬厚，只要人情上說得通的事，無有不准的。以皇上待咱們兩家的恩典，若說要為子孫留個退步，皇上不但會准，而且高興；作興賞個十萬八萬銀子，或者賞個好差使，亦都是包不定的事。」

「這一說，」李鼎吸著氣說：「為甚麼不辦呢？」

「問你啊！你們爺兒們不起勁；莫非倒是我們婦道人家來上摺子？」

「唉！」李鼎重重嘆口氣：「機會恐怕錯過了！不該錯的，錯得很可惜。」

震二奶奶正待答話；只聽窗外剝啄兩下，李鼎還在側耳靜聽。震二奶奶失驚地說：「你該走了！錦兒在催了。」

李鼎急忙坐起身來。摸索著穿好衣服；震二奶奶已從褥子下掏出來一個打簧金表，送到他耳朵邊，按下撳鈕，打出來的聲音是四點三刻又十分，已是寅末卯初了。」

「此刻走正好。」震二奶奶低聲囑咐：「出夾牆的時候，千萬先看一看。」

「我知道。」李鼎問道：「回頭在哪兒見面？」

「再說吧！總想得出法子。」

李鼎此時倒有些割捨不下了，抱住震二奶奶左親右親，好久不肯放手；震二奶奶也就由他。

只是窗子上又剝啄作響了。

於是彼此鬆了手；等震二奶奶開了門，李鼎一腳踏出去，只見錦兒的背影，正好消失在後廊轉角之處——那裡有間小屋，便是錦兒的臥室；所以只有她到得了後院。李鼎一時感動，朝著她的背影，遙遙一揖；等直起身子來，震二奶奶正好到了他身邊。

「你幹甚麼？」震二奶奶沒有看到錦兒的背影，因而詫異地問。

「我給錦兒作個揖。如此忠僕，實在可敬！」

「你倒是有良心的。」震二奶奶頗為滿意，「快走吧！我送你。」

於是拔開屏門上的木閂，悄然偕出；摸黑，走向備弄，恰好起風，風來正北，對準備弄入口，高牆相束，勁銳非凡，撲到臉上，賽如刀刮，李鼎張嘴不開，立腳不穩，趕緊扶住牆壁，側著身子，異常吃力地一步一步橫行向前。出備弄時，記得震二奶奶的話，先探頭去望；暗沉沉地看不清切，心想這麼大的風，有誰會到這裡來？放心大膽走吧！

一轉了彎，避開風頭，走起來就輕鬆了；但背上一陣陣發冷，禁不住身抖牙顫，不由得就想，倘或遇見甚麼人，連話都說不俐落，更莫談有所分辯。因此，心裡七上八下，幾乎無法撐持；這短短的一段路，感覺中，唐僧到西天取經恐怕亦無此遙遠。

好不容易回到住處，推門入室，火盆已無餘溫；顧不得衾冷如鐵，解衣上床，蒙頭而睡，身上依舊在發冷，牙床依舊在打顫，終於寒熱大作，忍不住呻吟出聲。

這時曹寧已經起來了，正在掃走廊，聽得聲音有異；隔窗喊了一聲：「鼎大爺？」裡面沒有答應，但呻吟之聲，卻更清楚；曹寧放下掃帚，去敲房門，不道一推就開，進門一看，李鼎床上連帳門都未放下。

「鼎大爺、鼎大爺，你怎麼啦？」曹寧伸手在他額上一摸，失驚地說：「啊！簡直燙手了！」

「我渴！拿水我喝！」李鼎又說：「你看，柱子在那兒，找他來！」

「好！我先拿水給鼎大爺。」

暖壺裡的水，不算太涼；李鼎連喝了兩大鍾，喘口大氣說：「這會兒舒服了一點。我是受了寒，不要緊。曹寧你別嚷嚷，年下吵得人不安；你只把四老爺那裡的老何找來，讓他替我弄服藥，服了出身汗就沒事了。」

「是！我這就去找。」

不多片刻，把何謹找來了。望、聞、問、切四字，只能在首尾兩字上下功夫，望臉色不青不黃不白，彷彿三天三夜未下牌桌似地；切脈則脈象中有驚恐不安之狀，但聽不到甚麼，也問不出甚麼，不知他的病因何而起，只好照李鼎自己所說，是受了風寒，下藥以發散為主。

這時曹頫已得到消息，親來探病，恰逢李鼎服了藥睡下，不宜攪擾；所以只在門口張望了一下，便在外屋問病情。

「鼎大爺自己說受了寒，但願這服藥下去，馬上能出汗就不要緊了。不過，來勢不輕，非小心不可！不然——」

「不然怎麼樣？」

「不然，」何謹答說：「說不定就是一場傷寒。」

曹頫大驚：「那可不是鬧著玩的事。」他說：「趕緊請姚一帖來。」

姚一帖是江寧的名醫，治病只一帖藥便可決生死，故而有此雅號。不過一帖見效的雖不少；一帖送命的亦不一見。何謹認為李鼎的病雖不輕，但亦不必立刻就請姚一帖，「看這服藥下去，出不出汗，汗出得透不透？」他說：「這會兒先不用急。」

「好吧！我就把鼎大爺交給你了。」曹頫又說：「鼎大爺的情形，先別傳到裡面去；等出了汗再告訴老太太。」

話雖如此，消息還是傳了進去；震二奶奶大為著急，但只能苦在心裡——只有她一個人想得到，李鼎如果得了傷寒，必是一場夾陰傷寒。

其次是錦兒，她記得很清楚，李鼎走的時候，正起大風；回去又是冰冷的一間屋子，好人都要凍出病來，何況剛出過風流汗——想到昨夜她在窗外偷聽到的聲音，只覺得臉上發燒；自然不敢跟震二奶奶去談李鼎的病。

倒是有個人來跟震二奶奶談李鼎的病了；是曹震，他跟沈宜士興盡歸來，一進門就聽說李鼎病倒在床，所以先去探了病才進來，「表叔的病不要緊！」他向妻子說，帶著那種報喜討歡心的神情，「沈宜士也懂醫道，怕他是冬溫，問了情形，又看了舌苔，不像！他說老何的方子，用『麻黃湯』很穩當，等見了汗再說。」

「那麼，見汗了沒有呢？」

「沒有那麼快。」曹震又說：「表叔年紀輕，身子骨好，頂得住，一出汗就沒事了。」

「這是誰說的？」

「沈宜士。」

「那還差不多。」震二奶奶心寬了些，「但願沒事！不然，國事、家事都是亂糟糟的時候，又快過年了，弄個至親病在床上不能動，你說揪心不揪心。」

「心病還須心藥醫。」曹震接口便說：「我聽沈宜士談起，舅太爺的虧空很不少；表叔這趟來，心事重重。可是，誰又救得了他？」

震二奶奶默然不答，心裡卻是被提醒了。李鼎的「心病」，只有她的「心藥」能治。正一個人在盤算時，曹震卻又開口了。

「四爺的意思，等出了汗，人不要緊了，再跟老太太去說。我看，不必如此吧？」

「你別管！待會兒我會跟老太太提。如今頂要緊的是，要看他到底出汗了沒有。」說著便喊：「錦兒，你瞧瞧鼎大爺去，看是好一點兒沒有？再問老何要不要忌口？甚麼能吃，甚麼不能吃？告訴小廚房記住了。」

「是！」錦兒眼珠一轉問道：「要不要帶幾張治頭疼發燒的西洋膏藥去？」

「也好！」

「那請奶奶來看；都是洋字，我鬧不清楚。」

震二奶奶會意了；是錦兒料知她必有體己話要跟李鼎說，故意找這麼一個可以避開曹震的藉口。便跟著她到了前房，悄悄說道：「你看沒有人，私下告訴鼎大爺，他儘管安心養病；他要的東西我替他預備好了，等他病好了，讓他帶回去。」

「倒是甚麼東西？」錦兒問道：「倘或弄不清楚，仍舊讓他不能安心。」

震二奶奶點點頭說：「這話也是！」

話雖如此，她仍舊不願意明告錦兒；直到將膏藥檢齊了，方始接著說下文。

「你只伸一隻手，他就知道了；絕不會弄錯。」

錦兒答應著，帶了幾帖西洋頭痛膏，匆匆而去。剛出中門，只見曹頫左手撈起皮袍下襬，右臂前後使勁揮動，腳步匆遽地直衝了過來。錦兒趕緊避在一邊；心裡驚疑不定在想：四老爺從來不是這樣子的，莫非出了甚麼事？

一個念頭不曾轉完，已走過頭的曹頫，突然停住，轉身說道：「趕緊去告訴你二爺，換素服，到前面等我。」

錦兒怕未曾聽見，追問一句：「四老爺吩咐的是換素服？」

「對了！皇上駕崩了，要去接哀詔！」

就在這一天，蘇州亦已接到「滾單」，頒哀詔的禮部官員，定在第二天午前到達，巡撫吳存禮隨即通知藩司李世仁，分頭轉知全城文武官員，預備接詔。

蘇州接詔，向來在齊門外萬壽亭；有一定的儀注，由首府蘇州府衙門，預備龍亭、綵輿、儀仗、鼓樂前導，吹吹打打地歡迎。但這是頒恩詔，或者其他需要「詔告天下，咸使聞知」的詔書，倘是頒哀詔，譬如詔告太皇太后、皇太后駕崩，不便奏樂，此外的儀注照舊。但這一次又不同了；因為稱是稱哀詔，實在是遺詔。在頒皇太后的哀詔時，頒詔的皇帝仍然健在；而遺詔則頒詔的皇帝，已經仙去，禮制應該有所不同。

話是很有道理，但應該如何不同，卻無人能夠回答。所苦的是，不知先例如何；上一回頒遺詔是在六十一年以前，沒有人知道是怎麼樣的一種儀注。

於是斟酌再三，決定只用龍亭與儀仗，自然也不奏樂。全城文武官員，一早便已齊集；一律素色袍褂，前後不用補子，暖帽上亦無頂戴紅纓。一個個愁顏相向，淚痕不乾；李煦的一雙眼睛腫得如胡桃般大，從前一天接到通知開始，不知道哭過多少遍了。

一次次探馬來報，「欽差」行至何處；到得近午時分，前面塵頭大起；「欽差」素服騎馬而至，看到龍亭，勒住了馬，從人扶了下來，解下背在身上的黃包裹，取出詔書，恭恭敬敬地置入龍亭，然後在東首面南而立。

於是吳存禮領頭行了禮；等站起身來，避到一旁，執事抬著龍亭到萬壽亭；這時地方官員已搶先一步，在萬壽亭中分東西向站好班；等龍亭居中停妥，方始正式行三跪九叩的接詔大禮，禮畢宣詔。

宣詔的「展讀官」是臨時找來的；蘇州府的一名佐雜官兒，音吐宏亮，肚子裡亦很有些墨水，宣讀文字典雅的詔書，不至於會念白字。

宣詔是跪讀跪聽，只是聽者俯伏；讀者長跪，雙手高捧詔書，朗聲高宣。

「詔曰。」展讀官輕聲一念此兩字，裡裡外外，靜得連根針掉在地上都聽得見。於是，展讀官不徐不疾地念道：

從古帝王之治天下，未有不以敬天法祖為首務。敬天法祖之實，在柔遠能邇，休養蒼生，共天下之利為利；一天下之心為心，保邦於未危，致治於未亂，夙夜孜孜，寤寐不忌，為久遠圖計。庶乎近之。

念到這裡，展讀官略停一下，作為告一段落；然後念入正文：

今朕年屆七旬，在位六十一年，實賴天地宗社之默佑，非朕涼德之所致也。

歷觀史冊，自黃帝甲子，迄今四千三百五十餘年，共三百一帝，如朕在位之久者甚少。朕臨御至二十年時，不敢逆料至三十年；三十年時，不敢逆料至四十年，今已六十一年矣！尚書洪範所載：一曰壽；二曰富；三曰康寧；四曰攸好德；五曰考終命。五福以考終命列於第五者，誠以其難得故也。今朕年已登耆，富有四海。

子孫百五十餘人，天下安樂；朕之福亦云厚矣！即或有不虞，心亦泰然。

這時聽者之中，已有息率、息率的聲音；是李煦又傷感了。只是光是他一個人有此聲音，格外刺耳；所以李煦不能不用自己的手，緊捂著嘴，強自吞聲，靜聽展讀官往下再念：

然念自御極以來，雖不敢自謂能移風易俗，家給人足，上擬三代明聖之主，而欲致海宇昇平，人民樂業，孜孜汲汲，小心敬慎，未嘗稍懈；數十年來，殫心竭力，有如一日，此豈僅勞苦二字所能賅括耶？

前代帝王或享年不永，史論概以為酒色所致，此皆書生好為譏評，雖純全盡美之君，亦必抉摘瑕疵。朕今為前代帝王，剖白言之，蓋由天下事繁，不勝勞憊之所致也。

諸葛亮云：「鞠躬盡瘁，死而後已」，為人臣者，惟諸葛亮能如此耳！若帝王仔肩甚重，無可旁諉，豈臣下所可比擬？臣下可仕則仕，可止則止，年老致政而歸，抱子弄孫，猶得優遊自適；為君者勤劬一生，了無休息之日，如舜雖稱無為而治，然身沒於蒼梧；禹乘四載，胼手胝足，終於會稽，似此皆勤勞政事，巡行周歷，不遑寧處，豈可謂之崇尚無為，清靜自持乎？易遯卦六爻，未嘗言及人主之事，可見人主原無寧息之地，可以退藏。「鞠躬盡瘁」，誠謂此也。

再下一段，是大行皇帝在世之日，一再申辯的，清朝並未滅明，道是：

自古得天下之正者，莫如我朝。太祖、太宗初無取天下之心，嘗兵及京城，諸大臣咸云當取；太宗皇帝云：明與我國家素非和好，今欲取之甚易；但念係中國之主，不忍取也。後流賊李自成破京城，崇禎自縊，臣民相率來迎，乃翦滅闖寇，入承大統；稽查典禮，安葬崇禎。

昔漢高祖係泗上亭長，明太祖一皇覺寺僧；項羽起兵攻秦，而天下卒歸於漢；元末，陳友諒等蜂起，而天下卒歸於明。我朝承席先烈，應天順人，撫有區宇，以此見亂臣賊子，無非為真主驅除也。

念到這裡，展讀官略停一停，突然提高了聲音，聽的人不由得收拾雜念，凝神側耳，細聽大行皇帝，自道為人：

凡帝王自有天命，應享壽考者，不能使之不享壽考；應享太平者，不能使之不享太平。朕自幼讀書，於古今道理，粗能通曉。又年力盛時，能挽十五石弓，發十三把箭，用兵能戎之事，皆所優為，然平生未嘗妄殺一人；平定三藩，掃清漠北，皆出一心運籌；戶部帑金，非用師賑飢，未嘗妄費，謂此皆小民脂膏故也。所有巡狩行宮，不施采繪，每處所費，不過一二萬金，較之河工歲費三百餘萬，尚不及百分之一。昔梁武帝亦創業英雄，後至耄年，為侯景所逼，遂有台城之禍；隋文帝亦開創之主，不能預知其子煬帝之惡，卒致不克令終，皆由辨之不早也。

聽到這一句，知道下面要談到嗣君了。由於大行皇帝駕崩，京城關閉九門，有好幾天內外斷絕的傳聞，已證實非虛；嗣君緣何得位，猜測不一，所以對遺詔中敘到這一段，格外令人注意，李煦唯恐聽聞有誤，幾乎呼吸都屏閉了：

朕之子孫百有餘人，朕年已七十，諸王大臣官員軍民，以及蒙古人等，無不愛惜朕年邁之人，今雖以壽終，朕亦愉悅。至太祖皇帝之子禮親王、饒餘王之子孫，現今俱各安全；朕身後，爾等若能協心保全，朕亦欣然安逝。雍親王皇四子胤禛，人品貴重，深肖朕躬，必能克承大統，著繼朕登極，即皇帝位。即遵典禮持服，二十七日釋服，布告中外，咸使聞知。

於是巡撫吳存禮復又領頭行禮，此時已有人哭出聲來；及至禮畢起身，只聽首縣衙門派來的禮房書辦，高唱一聲「舉哀！」在場官員、隸役、兵丁，以及一切雜差人等，無不放聲痛哭，搶天呼地，捶手頓足，其名謂之「擗踊」。

這本來是一種近乎做作的儀式，但大行皇帝深仁厚澤，久植民心；想到他永不加賦的上諭；想到他年年撥鉅款，修海塘、築堤防、濬河道，種種孜孜為民的德政，不自覺心頭發酸，眼中發熱，涕泗滂沱，不能自制。李煦尤其哭得傷心；上了年紀的人，神虛氣促，竟至昏厥在地。

這一下，吳存禮首先住了哭聲；首縣不待長官吩咐，便帶著人來救護，將李煦抬到一邊，拿馬褥子鋪在地上，放倒了人，掐人中、灌薑湯、大叫大喊，終於將一時閉了氣的李煦救醒過來，仍然流淚不止。

「你們扶我起來，」他說：「我要見見欽差。」

「欽差進城了。」首縣躬身答說：「撫台、藩台為了要鋪設几筵。也都先進城了。撫台上轎時，特地關照卑職在這裡伺候；大人也請上轎回府吧！」

李煦抬眼一看，果然稀稀落落地，已剩得不多幾個人；連首府也都走了。心裡在想；如果是前幾年正在風頭上時，不管是巡撫、藩司，總要等救醒了他，安慰一番，方始進城；那裡就會這樣在他生死安危未卜之時，不顧而去？

這樣一想，傷感愈甚；他也是很倔強的人，當即掙扎著起身，向首縣一揖，「多承照看，感激不盡。」他說：「我李煦一時還死不了！」說完，大步而出。

首縣不知他因何發此牢騷，只看他腳步踉蹌，趕緊上前相扶；跟著來的楊立升及小廝成三兒，亦急忙搶過來攙住，一左一右夾抱著上了轎子。

到家只聽哭聲隱隱，原來內眷亦已得到消息；四姨娘當李煦在家時，怕惹他格外傷心，只是暗地裡垂淚；此刻無所顧忌，放聲大哭。這一哭便使得其他幾個姨娘、總管嬤嬤、僕婦、丫頭亦就無不覺得應該哭一哭「皇上」了。

「好，好！該哭。」說著，李煦又忍不住傷心。

「老爺，」楊立升勸道：「還有好些大事，要聽老爺吩咐呢！」

「對！」李煦就在廳上坐了下來，「第一件事，鋪設几筵，多找人來動手。」

楊立升不懂「几筵」二字，猜度著說：「是替皇上鋪一個靈堂？」

「對了。」李煦又說：「几筵鋪設好了，立刻成服。」

「是！」楊立升答應著，心裡在嘀咕，不知道這個靈堂怎麼鋪法。

「你去請李師爺來。」

「李師爺」就是李果；不必派人去請，他跟「甜似蜜」已聞訊而至，匆匆詢明經過，李果隨即發號施令，几筵該如何鋪設；成服應該預備些甚麼？同時又請「甜似蜜」到藩司衙門去打聽，大喪的儀節，禮部應有文書，是否已到。

這時李煦已為四姨娘請了進去；因為她聽說曾有哀傷過度，昏厥在地，很不放心。但李煦卻不肯休息，心中有事，非要找李果來商量不可。

拗不過他，四姨娘只好派人傳話出去，請李果到書房裡來見面；此時亦不容避甚麼嫌疑，為了所談之事不容婢僕聞，所以是她自己招呼主客。

「李師爺，請你勸勸我們老爺；船到橋門自會直，越急越無用。」

「正是這話。」李果深深點頭，「我亦不信世界上有過不去的關。」

由於他那充滿了信心的語氣，李煦大受鼓舞，「客山，」他顯得比較從容了，「乾坤雖定，只怕還有麻煩。」

「此言從何而來？」

「我從遺詔當中聽出來的。」李煦放低了聲音說，「遺詔確是先皇的語氣，而皇位原該是恂郡王的。」

「喔，」李果俯身說道：「乞道其詳。」

「遺詔大概是早就預備好的，臨時填上名字；可是照遺詔的語氣，臨時填的名字，應該是皇十四子，而不是皇四子。」

「證據何在？」李果率直問說。

「證據就是『深肖朕躬』四個字；說『克肖朕躬』還則罷了，用這個『深』字，先皇的意思就是繼位的皇子像極了他。宮裡的人誰都知道，最像『萬歲爺』的，就是十四阿哥。寬宏大量，待兄弟好；聰明不外露，凡事肯吃虧。而最不像『萬歲爺』，就是四阿哥。」李煦又感慨地加了一句：「一母所生，有這樣性情不同的兩弟兄，真正不可思議。」

「嗯、嗯！」李果深深點頭，「說雍親王最不像先皇，確有根據。先皇仁厚，雍親王刻薄；先皇很看重西洋的學問技術，雍親王從不親近西洋人跟西洋的東西。」

「不喜西洋人，是因為到中國來的西洋人，都是教士。你想，有個極受寵信的和尚文覺在他左右，跟西洋教士自然勢如水火了。」

「怎麼？」李果大吃一驚，「文覺在當今皇上左右？」

「早就在王府裡了。」李煦詫異地問，「文覺怎麼樣？」

「莫非萊公不知此人？」

「我只知道他那張嘴很能說，似乎也工於心計。」李煦答說：「我是『僧道無緣』，所知僅於此了。」

「唉！」李果嗟嘆著，「朝中只怕從此要多事了。文覺此人豈僅工於心計？萊公，你恐怕還不知道，他胸懷大志，要做姚廣孝第二！」

李煦驚愕莫名；有不可思議之感。這個寒山寺的和尚，竟有這麼一番志向；而又偏偏投到了雍親王府裡，豈非天意？

「姚廣孝助燕王得了天下；難道當今皇上接大位，也是文覺在幕後策劃？」

「一定的！如今我才知道此人陰險不測！」李果回憶著說，「我因為他善於詞令，常找他去聊天，有一次我問他：歷代高僧他敬仰的是誰？他說道衍。姚廣孝的法名道衍；又說：道衍是蘇州人，我也是蘇州人。當時以為他不過故作驚人之語，現在才知道確有此心。他那年離開蘇州的時候，跟我說是去朝峨嵋金頂，也許就終老在峨嵋、青城之間，誰知道他竟投了雍親王府。光是從這一點，萊公就知道他的深沉了。」

一席話說得李煦傻了！好半晌才怏怏無奈地說：「早知道他是怎麼一個人，我一定面奏皇上，把他攆走。我不知道他跟你很熟。」

「我也不知道萊公知道他在雍親王府；早知道了，我一定會告訴萊公。」

「唉，如今後悔已遲！反正他也幫雍親王得了天下了！」

「不然，助人得了天下，還要助人定天下。當年靖難之師破金川門而入，燕王如何對建文及忠於建文的臣子，一半也是姚廣孝的主意。這前車不能不鑒！」

李煦耳中在聽；心中想起方孝孺滅十族，以及鐵鉉、黃子澄等人的妻女眷屬，發到教坊，生下好些不知其父為誰的兒女的故事，不由得就打了個寒噤。

「客山，」李煦突有靈感，「既然你跟文覺很熟，我倒想拜託你吃一趟辛苦，去看看你這個方外之交如何？」

李果心想，此刻來燒冷灶，嫌遲了些。不過多年賓主相待，明知沒有多大用處，也得去走一趟。

「這樣吧，」李煦忽又說道：「我們一起進京；我還是應該去奔喪。」

原來國有大喪，異姓之臣，持服不同；側近侍從，視如家人之例，在外省亦須奔喪回京，匍匐於梓宮之前。上三旗包衣為太后、皇帝的家僕；所以李煦早跟四姨娘商量過，遺詔一到，立即束裝上道。但四姨娘很不贊成，因為臘月中雨雪載途，數千里跋涉，壯漢都視為畏途，何況李煦年邁體衰？結論是看上諭如何再定行止；倘或並未指明內務府人員必得進京，不如就免去此行。李煦也答應了，而此刻終於因為不放心大局劇變，翻然易計，決定借奔喪為名，進京觀變。

「老爺，」成三兒走來說道：「皇上的靈堂鋪設好了；剃頭的也找來了，請老爺截了辮好成服。」

於是李煦被攙扶出廳，只見白帷白幕白椅披，素燭高燒，供著一桌「餑餑」；是織造衙門的廚子，早三四天前，便按照滿洲規矩，特地製辦好了的。正中懸一幅從頂棚垂到地上的大白幕，上面一幅白竹布的橫額，寫著「天崩地坼」四字；下供一方紙糊貼藍字的神牌：「大行皇帝之靈位」。走廊上鋪起極長的案板，吳嬤嬤正指揮著會針線的僕婦們在裁剪孝服；看見李煦出來，一起都站了起來。

「你們忙你們的！」

李煦說了這一句，親自檢點几筵，挑了許多毛病，總嫌用的東西不夠講究；楊立升與錢仲璿照他的意思，即時換過。看看一切都妥貼了，李煦忽又出了花樣。

「客山，我有個主意，不知道行不行？」他說：「我想供三套書：《全唐詩》、《佩文韻府》、《御批資治通鑑綱目》。」

這三部書是李煦奉旨襄助曹寅、特開書局編纂刊刻的。李果了解他的心理，倘有人來叩奠几筵，就會想到，李煦為先帝所信任；幹的差使，不僅限於織造。

說起來這有表功自炫之意；但亦未嘗不是懷念恩澤的一種表示，所以李果點點頭：「這亦不算失禮。」

既非失禮，當然可行。於是臨時開庫房，搬了這三套大部頭的書來；在几筵之旁另設兩張條桌，供好這三部書，然後截髮成服，全家舉哀。在一片號咷大哭聲中，「甜似蜜」回來了。

他帶回來好些上諭、部文的抄件。第一件是大喪儀制：「外省官民哭臨成服，均如世祖皇帝大事儀；惟內外文武官員一年內不作樂。」另外抄來世祖大喪的儀制是：「詔到日摘冠纓成服，朝夕哭臨凡三日；官員命婦亦素服，十三日而除；不嫁娶凡一月；不作樂凡百日。」

第二件是上諭京外各官，照舊供職，不必來京。第三件是皇八子胤禩、皇十三子胤祥封親王已有稱號，一個是廉親王，一個是怡親王。第四件是以未到任兩江總督查弼納暫理禮部事務。第五件是定於十一月二十日登極，年號雍正。第六件是命工部左侍郎湖廣總督滿丕來京，在原任侍郎內行走；陸廣東巡撫楊宗仁為湖廣總督；以原任安徽布政使年希堯署理廣東巡撫。

「這一下，你該死心了吧？」四姨娘對李煦說：「新皇上根本不讓你進京。」

「就我不去，總該有人去；而且越快越好。你看，年老大放了廣東巡撫，足見這條路子是好的。」李煦又說：「快過年了，還讓李師爺出遠門，實在過意不去；無論如何，盤纏一定要從豐。」

四姨娘不作聲，盤算了好一會方始開口：「總要等小鼎回來了，才能定規。不是好好帶上一筆錢，去了也沒有用。」

「怎麼？」李煦急忙問道：「小鼎回來了，就有錢了？」

「也說不定。」四姨娘問道：「那天張得海回來，你是怎麼跟他說的。」

「我叫張得海跟小鼎說，讓他跟沈宜士先回蘇州再說。」

「那也該到家了呀！」

「算日子應該到家了。我想，也就是這一兩天的事。」

李煦說對了一半。人倒是就在第二天就到家了，卻只沈宜士一個。原來李鼎的病是好了，但體力未充，不耐跋涉；所以曹老太太留他再休養些日子，早則五六天，遲則半個月，方能回來。不過人雖未歸，卻捎了信來；信封上寫的是「四庶母親啟」，所以沈宜士不便面交李煦，而是鄭重託付給吳嬤嬤，悄悄遞交四姨娘。

四姨娘會記賬，自然識字，不過識得不多。好在李鼎也知道她肚子裡墨水有限，信寫得明白如話；字也清清楚楚，而且加圈斷句，所以四姨娘不必求助於人，便能完全了解。

信也不長，主要的就是報個大喜訊，震二奶奶願借五萬銀子。她也知道這筆銀子的主要用途，是歸還虧空的公款；因而由她叔父馬維森那裡劃撥四萬銀子。信上說，只要李煦寫信給馬維森，開單列明，向某衙門歸還某項虧欠多少；馬維森便可代辦，將來憑收據結算。

除此以外，還有一萬銀子，震二奶奶分兩批交，一批是由蘇州孫春陽撥付，信中附了一張憑條，支銀六千兩，署名是「鳳記」。大概震二奶奶有私房錢存在這家遠近馳名的南北貨行。至於尾數四千兩，尚在籌措之中，大概年內必可收到。

看完這封信，四姨娘喜出望外，但第一件事，便費躊躇。這個喜信當然要告訴李煦，卻不知應該如何措詞？倘或照實而言，就一定會引起這麼一個疑問：李鼎的面子這麼大；那樣精明的震二奶奶，居然一借就是五萬兩？

想了又想，覺得這封信不能給李煦看；而且也要作為震二奶奶主要的是賣他的老面子，在情理上方始說得過去。

於是想好了一套話，將李煦請了來，說與他聽。意料中他會驚喜交集；誰知不然！竟是泫然欲涕。

這就很難懂了！四姨娘而且有些掃興，因而冷冷地問道：「這又是為了甚麼事傷心？」

「唉！我替我自己難過。早幾年，三、五萬銀子幫人的事也常有；如今震二奶奶肯借這筆款子，我竟想給她磕個頭。人窮志短，一至於此，你想，我難過不難過？」

不說還好，一說倒惹得四姨娘為他難過了；心裡在說：你給震二奶奶磕頭，她也絕不會借五萬銀子給你！如果我說了實話，只怕你都不想活了。

「總算天無絕人之路！」李煦一時的感觸消失，立即就顯得精神十足了，「今天我就寫信；先把那筆人參款子交清了，別的都好說。」

「一筆就是一萬七千多。」四姨娘抑鬱地說：「虧空也不知道哪年才補得完？」

「總有補完的時候。」李煦仍舊不脫樂觀豁達的態度，「這一次請李客山進京，我要重重託他，如果能把文覺跟年家的路子走通，裡頭先安上了線；外頭有十四阿哥、八阿哥照應，保不定再讓我管兩年鹽，也是說在那裡的事。」

四姨娘懶得理他這話，只說：「既然要請李師爺進京；此刻盤纏也不愁了，你就請他趕緊去預備吧！」

「嗯、嗯！」李煦問道：「你還能抽得出多少銀子？」

「沒有算過。」四姨娘答說：「反正今年過年，既不送禮，也不請客；借大喪的名頭，能省的都好省。我想李師爺進京，既然要去走路子，錢不能不多帶些，抽三千銀子讓他帶去。你看呢？」

「不必！我的意思是，只要抽得出千把銀子，供他安家；路上夠用就行了。京裡要打點，可以在馬家那筆款子裡面撥。」

「一千銀子，現成就有。」四姨娘將李鼎信中所附的憑條取了出來，已將交到李煦手中時，忽又變計，「不！還是讓我自己去提；不必讓外頭知道。」

「何必你自己去？你要瞞著外頭也容易，我請沈師爺去一趟，拿憑條換個摺子回來就是了。」

「不！還是我自己去。本來我也要到孫春陽去訂年貨。年到底還是要過的。不過不能像往年那樣熱鬧而已。」

「說得也是！年還是要過的，雖說不送禮，遠道的至親好友，土儀還是要送的。你們看看，應該給京裡捎些甚麼吃的去，順便交代給孫春陽，豈不省事？」

這是四姨娘顧慮到，震二奶奶不願讓人知道她有私房錢存在孫春陽；如果將憑條交給外賬房去處理，知道了這筆錢的來路，也就知道了震二奶奶的祕密，所以寧願自己費事，不願假手於人。

但她沒有想到，竟因此引起一種流言，說四姨娘有一大筆錢存在孫春陽。這筆錢的數目，越傳越多，先說兩三萬，又說七八萬，最後說有十來萬。於是有些當初託人來關說，要將錢存在四姨娘這裡，常年吃息的「債主」，本就覺得老皇駕崩，李煦的靠山已倒，擔心著自己的血本無歸；此時聽說四姨娘已在悄悄移動私房，更覺情形不妙，便借年下有急用為名，紛紛上門，要求提本。

其實錢倒不多；因為在四姨娘收受這些存款時，本就礙著人情，多少帶著些幫忙的性質，如果存款數目過大，所貼的利息太多，自然婉言謝絕。所以最多的一筆，亦不過五百銀子；十來筆存款，總計不到三千兩，就全數提走，也還難不倒四姨娘。只是其情可惡，不免煩惱。

「理他們幹甚麼？」李煦勸著她說：「世態炎涼，人之常情；看開了，付之一笑而已。」

話雖如此，他第一個就看不開。濃重的感慨之外，更多的是憂慮；深怕「一朝天子一朝臣」，不知哪一天有上諭調差，公款虧空三十多萬銀子，這個移交如何辦法？

臘八那天，李鼎回到了蘇州。由於他這趟在江寧辦成了一件「大事」，連李煦亦不免另眼相看；看他形容瘦削，問長問短地異常關切。

四姨娘相待更自不同；親自帶著人到晚晴軒去照料，一再關照珊珠、瑤珠：「鼎大爺的病剛復元，千萬得小心。要添甚麼東西用，不必跟吳嬤嬤說，直接到我那裡來要好了。」

相聚整日，父子倆吃了晚飯；四姨娘便以李鼎病體初愈，況經長途跋涉，催他早早回晚晴軒休息。但等李鼎一走，她隨即命丫頭攜帶著一罐燕窩粥，隨她一起到了晚晴軒。

「我把這個交給你。」她指著燕窩粥向珊珠說：「坐在『五更雞』上；別忘了臨睡之前，伺候大爺吃。」

珊珠答應著自去料理；瑤珠倒了茶來，看看別無吩咐，也就退了出去。於是四姨娘憋在心裡多時的一句話，忍不住要說了。

「我真不明白，她怎麼肯的，一借就是五萬？」

這句話是李鼎早就想到了，四姨娘必然要問的；盤算來，盤算去，不知道該怎麼回答？雖不能說實話，但自覺是受了「委屈」，應該讓四姨娘知道，這筆款子來之不易。這樣，話就很難說了。以前在想的時候，覺得難說，便可丟開不理；此刻卻是難說也要說。想了好一會，方始找出一句話來回答：「我也是費了好大的勁，才能借到手。」

「自然是費了好大的勁。」四姨娘問：「到底你是怎麼一句話拿她說動了的呢？」

「也不是一句話的事。」李鼎的語聲低而且慢，「我下了水磨功夫，事事將就著她，討她的好。」

看他想一句，說一句，吞吞吐吐的語氣，四姨娘知道他有許多不便說的話；於是換了個題目問：「你病的時候，她來看你沒有？」

「跟老太太一起來過幾趟。」李鼎說道：「也虧得我那場病。」

「怎麼？」

「四姨，」李鼎答非所問地說：「你倒想，我在那兒生病，心裡是甚麼滋味？」

這是可以想像得到的，歲暮蕭索，又是作客，更何況國事、家事、心事重重！是好人都會愁出病來的時候，偏偏真的病倒，那種境況，想一想都會心悸。

「四姨，我跟你說了吧，我生平第一次有生不如死之感，就是那時候。」

四姨娘一驚，似嗔似愁地說：「年紀輕輕的，怎麼說這種話。」

「是心裡自然而然生出來的一個念頭。」李鼎緊接著說：「我想，震二奶奶大概也知道我的心境，所以叫錦兒來看我，正好沒有人，錦兒跟我說，我要的東西，震二奶奶已經預備好了。接著張手一伸，就這一下，我的病好了一半。」

「原來你們早就說好了的！」

「說是說過，她說沒有把握。我也只打算她能借三萬銀子，已是上上大吉。誰知道比我想的還好。」

四姨娘心想，就算三萬銀子，也是非有極深厚的情分莫辦。為了安慰李鼎，又不惜多花兩萬銀子為他買來好心境，只怕同胞姐弟也未見得如此大方；看起來震二奶奶待李鼎的態度，實在已經超出情理之外了。

於是她說：「她待你這麼好，那麼，你是怎麼報答她呢？」

「有甚麼報答？」李鼎苦笑，「只怕從此沒有報答她的機會了。」

「那又何至於？彼此至親，總有機會的。」

「四姨，你不知道──」

話一出口，李鼎才警覺，說得口滑，到了揭穿真相的邊緣，趕緊縮口；但四姨娘已經聽出來，其中大有文章了。

明知追問會使李鼎受窘，而且可能不會有結果；只是七分切身利害所關，加上三分好奇，使得四姨娘還是下了決心，一定要把震二奶奶跟李鼎之間，究竟有怎樣的一種特殊感情，探索出來。

「四姨，」李鼎說道：「我把東西交代給你；四千現銀，八十個官寶，裝了五口箱子。這筆款子，大概震二奶奶是告訴了老太太的，由他們公賬中撥，所以是曹家賬房送來的；我把箱子鑰匙交給你。」

「不忙！我明天交到賬房裡，讓他們來搬。」四姨娘緊接著問，「你倦了吧？」

「這會兒倒像好一點了。」

「消消食，晚點睡也好。」四姨娘將她的那個丫頭喊了進來說：「你回去，告訴錦葵把我的藥拿來。」

這表示她有久坐之意；李鼎心裡明白，自然是有些要緊話要說，所以神色之間，不自覺地有些緊張。

四姨娘卻好整以暇地，只說著閒話。不一會錦葵將她的膏滋藥取了來，服侍她吃過；只見她使個眼色說道：「你去找瑤珠她們好了！我跟大爺說說話，有一會兒才回去呢！」

這是不便公然命晚晴軒的丫頭迴避，所以找個人去絆住她們。錦葵答應著也報以會意的眼色。不多片刻，後軒、堂屋與廊上都很清靜了。

於是，四姨娘斂手端坐，先擺出談正經的姿態，方始開口：「大爺，你在那裡的情形，我雖不知道；你應該告訴我。」

李鼎懂她的意思，只是心裡矛盾，想透露些真情，卻又怕發現措詞不妥，已難收回；左思右想，依舊只能直道感覺：「我不知道該怎麼說？」

「只說你跟表姐的事好了！」

這很明顯，是有意避用「震二奶奶」這個稱呼；而避用此稱呼的用意，也是很明顯的，李鼎覺得到了「圖窮而匕首見」的境地，已無可閃避。

想一想，有個從雨珠庵學來的鬥機鋒的法子；當下答道：「四姨既然知道我私下叫她表姐，那也就不必問了。」

一聽這話，四姨娘的好奇心大起，不自覺地眼睛瞇成一條縫；不過，她很快地發覺，這不是做庶母該有的態度，因而又將臉上的肌膚繃緊，但問還是想問。

這得旁敲側擊地問：「你跟她談借錢的事，當然避人私下談？」

「嗯。」

「在她裡？」

「在她屋子裡。」

「震二爺也在？」

「這怎麼能讓他知道？」李鼎答說，「而且他也不在家。」

「你不是說他回去了嗎？」

「那天晚上——」

李鼎發覺口又滑得沒遮攔了！但突然頓住，卻更糟糕：等於明明白白告訴人：「那天晚上」跟「表姐」做了見不得人的事。

「我知道了！」四姨娘平靜地說：「那天晚上震二爺不在家，你跟你表姐談得很晚；至少談了半夜。是不是？」

「差不多吧！」李鼎將臉避了開去。

「可是，」大姨娘想到一大疑問，「是半夜裡叫開中門，放你出去呢？還是你表姐預先關照，等你半夜裡走了，再關中門？」

一聽這話，李鼎立即便有警惕，這是一大祕密，非守口如瓶不可。倘或透露，不但關係重大，而且也毫無意味了。

於是他笑著答說：「四姨，這你別問了。問也沒有用。」

疑團莫釋，四姨娘不免怏怏，轉念一想，所得已多，好奇心也該滿足了；應該談正事了。

於是她點點頭說：「好吧！我就不問。反正只要你表姐待你好，我也高興。大爺，」她臉色一正，「曹李兩家，本來是分不開的；不過如今的情形不比當年了，虧得還有你。」

李鼎對她的話，不完全聽得懂，脫口問道：「怎麼是虧得我？」

「虧得你跟你表姐說得上話。曹家的一家之主，明是老太太，實在是你表姐。」

李鼎不作聲；他已聽出口風，四姨娘還有事要找他去求助震二奶奶。「一之為甚，其可再乎？」他在心裡念了一句成語。

「『人無遠慮，必有近憂。』」四姨娘居然也冒出來一句成語：「你父親就是從不為將來打算，所以才會弄成今天這種樣子。以後，咱們家可真得好好打算打算了。」

這使得李鼎想起震二奶奶告訴他的，關於鼎大奶奶主張設置祭田的話，覺得舊事亦不妨重提；但轉念一想，不由得洩氣。眼前搪債還搪不過來，何有餘力去置祭田。

「我心裡總是在想，阿筠哪一點配不上芹官？只要你表姐肯做這個媒，這頭親上加親的親事，一定可以成功。」

莫非這就是為將來的打算？李鼎心想，親上加親如果只是為了想得曹家格外的照應，這個打算不但沒出息，而且也很渺茫。曹頫忠厚有餘，才具甚短，料他前程有限。至於芹官，雖是絕頂聰明，但天性好動不好靜，見了書本就怕；加以祖母溺愛，因驕縱而任性，看起來也不是克家的令子。

想到這裡，脫口說道：「這門親，其實不結也罷！」

「怎麼？」四姨娘大出意外，「你覺得甚麼地方不妥？」

「芹官不是個有出息的。我看，將來不做敗家子，就是上上大吉了！」

「對！」四姨娘的回答也很出他意外，「不做敗家子就一定有出息。芹官絕不是那種庸庸碌碌過一生的人。」

這幾句話倒使得李鼎由衷地佩服；難怪父親倚這位庶母為左右手，知人論事，見解確是不凡。

「一個人有沒有出息，是另一回事；要緊的是，先要看一看，如果這個人肯上進，會有多大的出息？」

「四姨的意思是，芹官若是肯上進，前程無量。」

「對了！」

「四姨是從哪裡看出來的呢？」

四姨娘想了一會說：「我只說一件事，今年春天我在曹家作客，看見芹官一雙小手托著下巴頦，一個人坐在那裡想心事；我心裡奇怪，才八歲的孩子，哪有這麼多事好想？倒偏要看個究竟。只看他一會兒點頭，一會兒笑；一會兒又是愁眉不展地，總有一頓飯的功夫，才看他眉眼舒展地站了起來。」

「那麼，他是在想點兒甚麼呢？」李鼎好奇地問：「四姨倒沒有問他？」

「我怎麼沒有問？我說：芹官，你在想甚麼？哪裡有這麼多事好想？他說：我在造寶塔。他指著院子裡說：我在那兒造了一座九層的寶塔；拿青磚一塊一塊往上砌，造了三回才造成功。有個丫頭就說：寶塔在哪兒啊？又騙人了。芹官答她一句：你不懂。」四姨娘說：「我想，別說蠢丫頭，只怕他四叔也未必懂他的話。」

「我也不怎麼懂！」李鼎搖搖頭笑道：「不過長大來有出息的孩子，每每有些怪想頭，倒是常有的事。」

「肯用心總是好的，何況他又那麼聰明。至於淘氣、脾氣不好，都不要緊；到了十四、五歲，上京當差，自然就學好了規矩。我昨天聽你父親說，年家的老二，小時候的那份淘氣，簡直能把房子都拆了；如今不是一品總督？」四姨娘緊接著說：「你總記得，你沒有娶親以前，不也是蠻淘氣的；等一娶了親，吳嬤嬤常說：柔能克剛，鼎大奶奶把鼎大爺的脾氣都磨掉了。阿筠也是逆來順受的好脾氣，將來如果嫁到曹家，自然會苦口婆心勸芹官讀書上進。所以為了芹官，震二奶奶也該出面來做這個媒。」

李鼎為她說動了，深深點頭答道：「好！幾時我就拿四姨說的這番道理，跟震二奶奶去說。」

「好在還早！該怎麼說法，咱們再商量；你只心裡記著有這麼一回事就行了。」

是李果啟程的前一天，從內務府來了一個人。此人是個筆帖式，名叫額爾色，漢姓是姜，原籍山東；所以跟本姓為姜的李煦，認了本家，算起來晚一輩，他父親又比李煦年輕；額爾色便管李煦叫「大爺」。

「大爺，我是特為討了這個催上用袍褂的差使來的。」額爾色壓低了聲音說：「風聲可是不大好呢！」

李煦心裡一跳，不過表面上卻很沉著，「喔，」他說：「莫非裡頭已發了話？」

「倒不是裡頭發了話，已經動上手了。」

「誰啊？」李煦顏色微變，「動誰的手？」

「翊坤宮。」

李煦思索了一會才想起，不由得詫異：「是宜妃！宜妃不是跟德妃，不，如今是太后了。宜妃跟太后不是最好嗎？皇上何至於動她的手？怎麼動法？」

問得太多，額爾色一時不知道先答哪一句好；想了想才說：「事情就是從太后身上起的——」

據說大行皇帝大殮的那夜，妃嬪、公主齊集乾清宮東暖閣，只有宜妃臥疾未到。到了入殮的時刻，皇帝請太后領頭，入正殿臨視；太后不願，皇帝固請，相持不下，幾乎成了僵局，好不容易才勉強說動了太后，領頭先走。哪知走到一半，宜妃坐在一張軟榻上，由四名太監抬了來，越過太后所領的行列，逕自抬到梓宮前面放下。目中無視於太后，等於不承認德妃已母以子貴；皇帝當時臉上發青，眼中發紅，差一點當場爆發大風波。

「大殮過後，皇上立刻派人密查；才知道是宜妃的首領太監張起用出的花樣。」額爾色說：「張起用，大爺是知道的；兩家當鋪，一家古玩店，內外城三家飯館，通州還有燒鍋；這一下，全玩兒完了！」

「怎麼？充了公？」

「那還用說嗎？皇上還怕他抬出宜妃的招牌來，特為先來了個『金鐘罩』。」

「金鐘罩」是技擊的名稱之一；用在這裡的意思是先發制人，令人不得動彈。皇帝對張起用所施的「金鐘罩」是一道硃諭：「張起用買賣生意甚多，恐伊指稱宜妃母之業；宜妃母居深宮之內，斷無在外置產之理。令內務府大臣，逐一查明入官。」

「好厲害！」李煦點點頭，頗有欣賞之意，「張起用做買賣的本錢，我是知道的，有宜妃的私房在內。這個金鐘罩，把宜妃也罩住了，只能吃啞巴虧。手段真厲害！」

「還有厲害的呢！張起用不但抄了家，還充了軍；一案共計十二個太監，發到四處地方。」

說著，額爾色取出一張紙來，上面寫的是：「張起用與高王卿，四公主之太監王士鳳，狗苑太監王大卿，發往吐魯番耕種；太監劉禿子、王章、四公主之太監王明，發往齊齊哈爾，與窮披甲人為奴；太監殷覺、田成祿、九貝子之太監李盡忠、二公主之太監趙太平發往雲南極邊當苦差；九貝子之太監何玉柱發往三姓與窮披甲人為奴。但籍沒其家。」

李煦看完，撟舌不下。「九貝子」是指胤禟；他的生母就是宜妃郭囉絡氏。胤禟對恂郡王極其友愛；如今因為宜妃的緣故，罪及胤禟的太監，間接可以看出皇帝對恂郡王的態度。如果皇帝重視同母之弟的情分，就不至於會如此嚴譴胤禟的太監，來使得他們的「主子」難堪。

更使得李煦不解的是，「四公主的太監，怎麼也牽涉在裡面？」他問：「打狗看主人面，皇上何以連四公主的面子都不顧？」

原來「四公主」在姐妹排行中本為第九，有五個姐姐早夭；在有封號的公主中，位居第四，所以稱為四公主，封號是「溫憲」。

這位四公主正是皇帝的同母之妹；額駙叫舜安顏，嫁後不久，便即去世。這舜安顏是隆科多的胞姪，一向跟胤禩接近；而恂郡王與四公主同母，兩人感情之密切，更不在話下。則皇帝之處罰四公主的太監，是不是表示舜安顏曾為恂郡王的失去皇位而抱不平？

「大爺說得不錯！」當李煦將他的想法說出來之後，額爾色這樣答說：「大事一出，謠言紛紛；都是些皇上聽了會生氣的話，舜額駙難免抱不平。」

「郎舅如此，弟兄自然更關心了，九貝子呢？」

「九貝子是最不服皇上的一個。所以他的心腹何玉柱的態度也最壞，到處混說，毫無忌憚，皇上最痛恨的就是他。」額爾色又說：「皇上還有一道上諭：『伊等俱係極惡，盡皆富饒，如不肯遠去，即令自盡。護送人員報明所在地方官員，驗看燒竣，仍將骨頭送至發遣之處。』你看，厲害不厲害？」

這些新聞聽得李煦心驚肉跳。上諭中那句「仍將骨頭送至發遣之處」，更是深深烙印在心頭，不時會想起來；是何深仇切恨，連死了都還饒不過人家？皇帝處治異己的手段，也太狠了些。

「大爺，」額爾色又說：「如今京裡提心吊膽；尤其是跟九阿哥、八阿哥有過往來的，更要小心。照我看，等十四阿哥到京，只怕還有一場大風波。」

對李煦來說，這話是兜頭一盆冷水。照他的想法，恂郡王是皇帝的同母之弟，一方面念在同氣連枝的份上；一方面要加以安撫，皇帝一定會重用恂郡王；而有李紳在他身邊，恂郡王應該是一座靠山。現在照額爾色的話看，皇帝未見得肯安撫恂郡王；在恂郡王看皇帝如此對待胤禟，也未見得肯受安撫。那一來，自然要生大風波了。不生風波則已，若生風波，自然是恂郡王吃虧；這一點李煦是看得很清楚的。因此，五中焦灼，不覺形於顏色。

「大爺也不必著急！」額爾色勸慰他說：「多加小心就是。最要緊的是，公事上不能出岔子：那筆參款，我勸大爺，無論如何拿它了結了吧！」

「噢！」李煦急忙答說：「你放心，你放心，已經有了。可惜這筆銀子在京裡，不然交了給你，由你就近繳藩庫，在公事上豈不更漂亮？」

「那倒也一樣。只要繳清了，旁人要替大爺說話也容易些。」

這一說，使得李煦想起一個人，「我跟你打聽一件事，聽說皇上身邊有個和尚，法號叫『文覺』，很替皇上出了些主意；皇上也信得他不得了。可有這話？」

「有！」額爾色答說：「就在我出京的那一天，聽人談起，這文覺和尚要封『國師』了。」

於是李煦特地囑託李果，此去京師，第一件大事就是走文覺的路子。文覺今非昔比，也許架子大了；請李果務必看在多年賓東交好的情分上，委曲求全。

「是了！」李果慨然承諾：「只要於事有補，哪怕要我給他屈膝，我也認了。」

第四章

為了彌補歲暮天寒，猶須李果長途跋涉的歉疚；更為了表示鄭重付託之意，李煦特地派二總管溫世隆、護院張得海、打雜李才，伺候李果進京；加上他自己的書僮福山，一行五眾，三輛車、三匹馬，由陸路北上，第一站是無錫。

打前站的是溫世隆。由於李煦曾格外囑咐：「快過年了，還要煩李師爺進京，實在過意不去。一路務必好好招呼！多花錢不要緊，只要李師爺舒服。」因此，一進了無錫南關，便挑了家外觀堂皇整齊，字號叫做「招賢」的大客棧；恰好招賢為了擴充買賣，就東面空地新蓋了一座院子，南北向兩排平房，一共六間，北屋三間空著，正好定了下來。

溫世隆自道這個差使辦得很漂亮，興匆匆地迎出城來告知究竟。李果也很高興；這天日暖無風，車馬平順，到了宿頭，又有很好的住處，看來此行順利，是個極好的兆頭。

哪知一到了招賢棧，只見掌櫃的哈著腰疾趨相迎；滿臉惶恐地陪笑道：「溫二爺，實在對不住！我給李老爺另外找好屋子。」

「甚麼！」溫世隆一聽便冒火，大聲質問：「原來那三間屋呢？」

「你老輕一點，你老輕一點！」掌櫃的回頭看了一下，低聲說道：「讓人占了——」

越是如此，溫世隆越起反感，他在蘇州，仗著織造是欽差衙門，向來打官腔打慣了的，便截斷他的話說：「你做買賣懂規矩不懂？我定下的屋子，你憑甚麼讓人給占了？」

「世隆！」李果覺得他的態度過於強硬，便半勸半攔地說：「有話好好兒說。」

「是這樣，」掌櫃的放輕了聲音說：「京裡下來的人，聽說是乾清宮的侍衛。本人倒還好，手下可不好惹；夥計只說了一句『有人定下了』，立刻就挨了一巴掌。你老看！」

李果轉身去看，恰好那個人也轉過臉來，視線碰個正著；兩人不由得都楞了一下，然後那人迎上來說道：「這不是蘇州織造衙門的李師爺嗎？」

李果也想起來了，此人是一名護軍佐領，曾幾次到蘇州公幹，跟他見過兩次；彷彿記得他的漢姓是楊；便問一聲：「貴姓是楊？」

「是啊！我叫楊三才。」

「對了，對了！」李果有了完整的記憶，「前年我們還見過。」

「都不是外人，就好辦了。」掌櫃很機警找到話中空隙，插進來說：「南屋還有一間，挺寬敞的；就請李老爺住吧！回頭敘舊也方便。」

李果要從楊三才口中打聽京裡的情形，便取出十兩一錠銀子，交代店家，預備炭爐；要一罎真正的惠泉水。另外備酒，備飯，務必精緻。約好楊三才晚上喝酒。

且飲且談，談到中途，楊三才突然問道：「有個胡鳳翬，你總知道吧？」

「聽過這個名字。」李果答說：「記不起幹甚麼的。」

「在你們江蘇做過地方官——」

「啊！」李果記起來了，搶著說道：「是，是！做過宜興縣官；那時張尚書張伯行當巡撫，三年『大計』，胡鳳翬的考績不好才丟了紗帽的。」

「不錯。」楊三才又問：「你知道不知道他有一門貴親？」

「倒要請教。」

「說出來，老兄你嚇一跳！小舅子是年總督；連襟是當今皇上。」

「這可真是椒房貴戚了。」李果又問：「這樣說起來，他亦是以前雍親王的門下？」

「不錯。就因為跟年家同在雍親王門下才結的親。」揚三才鄭重其事地說：「我有個很確實的消息，胡鳳翬正在活動蘇州織造。」

這一下才真的讓李果嚇一跳，卻如曹操煮酒論英雄，劉備受了驚一樣，手足失措，將筷子都掉在地上了。

撿起筷子，李果定定神說道：「其實以他這麼硬的靠山，天下甚麼官不好做，偏偏就看中了蘇州織造。」

「做官，雖說靠山硬，也要講資格。他是考績不行才刷下來的；如今復起，至多亦不過州縣，總不能還升官吧？」

「當然不能。」

「那好！我倒請問，天下州縣有幾個好缺？皇上就提拔他，也不能指明派那個縣，無非交督撫差遣；督撫就有心調劑，也要看看原任幹得如何？不能楞把人家拉下來，拿他補缺。」楊三才略停一下又說：「胡鳳翬賦了七、八年的閒，家累重，在府裡還要應酬，這日子也虧他過的。如今急於要謀個好缺，也只有織造正合他的資格；蘇州織造兼理滸墅關，比江寧、杭州都好，所以就看中蘇州了！」

「唉！」李果長嘆一聲；在心中自語：「冤孽！」

這一夜的李果，輾轉反側，始終不能入夢。他是為李煦憂急——任何一個愛往好處去想的人，也無法找得出胡鳳翬謀此織造不成的緣故；或者李煦可以敵得過胡鳳翬，保住職位的憑藉。本來還可以寄望於恂郡王；照現在皇帝對貝子胤禟如此心狠手辣來看，不如趁早死心，將來所感受到的打擊還輕些。

他在想，如今唯一的打算是，設法調差；可是三十多萬銀子的虧空怎麼辦？官場原有後任替前任彌補虧欠的情事，但要看雙方的情形，如果前任虧空出於不得已，人緣不壞，長官照應；就會間接示意，為前任設法彌縫，將來設法「調劑」，以為補償。但也全要看後任是否情願，否則是無法勉強的。

如今是賦閒已久的胡鳳翬來接織造，自己就有一個大窟窿要補，何能從井救人？就算胡鳳翬講義氣，凡有盈餘，一文不要，也無法在兩三年之內，就能為李煦償清舊欠。虧空太大，才是李煦的致命傷！

於是有難題來了，這個消息要不要告訴李煦？

照常理說，當然應該即刻馳告；他此行的目的之一，就是為李煦探聽動靜；如今有這樣重要的消息，何能不告？

但他實在怕一封告警的信去，會成了催命符。其實，李煦果然急死了，事情倒還比較好辦；

就怕急成中風，風癱在床，那才大糟其糕。到那時候不必旁人批評；他們心自問，亦不能辭魯莽之咎，豈不受良心責備一輩子？

只為自己的責任想著，李果覺得有個很好的法子，寫封信給李鼎轉告所聞，不建一策，讓他跟四姨娘去斟酌，是不是要告訴李煦。這樣做法，不無將難題推給別人的疚歉；但捨此以外，別無善策，也就顧不得那許多了。

於是披衣起床，挑燈鋪紙；打開墨盒，只見凍成一塊黑冰，於是又叫起福山，把爐火撥旺了烤墨盒。那枝筆也凍得像個棗核；李果倒杯熱水，將筆一投，凍倒很快地解了，但黏筆的膠也化了，筆頭掉了下來，無法使用；只好開箱子另取新筆。就這麼左右折騰了好一會，等將一封信寫完，已有人預備在趕早路了。

派誰去送信呢？李果考慮了一會，決定派溫世隆；便讓福山去將他喚了起來，當面交代。

「我得了個好要緊的消息，想請你回去送封信給大爺。」李果又說：「也許家裡人手不夠，你跟大爺回明了，就說我說的，路上人也夠用了，你可以不必進京。」

聽得可免此一趟跋涉，溫世隆好夢被擾的不快，消失無餘，響亮地答一聲：「是！」接著又說：「大爺也許有回信。」

「那就另外派一個人送來；我這一兩天走慢一點兒，可以追得上。」

溫世隆答應著，隨即收拾隨身衣物，策馬東返；李果一覺睡到日中才起來，聽福山的勸，決定在無錫再住一夜。

這浮生半日之閒，卻很難打發；思量找楊三才去談談，卻又不在，料想是「抄家」去了。於是只好帶著福山去逛惠泉山；那裡的名物，除了泉水之外，便是泥人，品質粗細不等，粗的不過是本地人稱之為「大阿福」的胖娃娃之類；細的鬚眉衣褶，無不講究，李果蹲在地上，一攤一攤的看過去，愛不忍釋，有一堂十八羅漢，栩栩如生，而形態神氣，各各不同，真想買回去一路把玩，但旅遊攜帶不便；再想到居停將遭家難，自己居然還有這份閒情逸致，真像泥人一樣，毫無心肝了。

但卻不過攤主殷殷招徠，李果還是買了一個泥菩薩；是福祿壽三星中一座「天官賜福」的福星。這本來是不能拆散的，只為已知客人是北上，不是南歸，長途攜帶不便；如果不是拆散了，根本做不成這筆交易，所以格外遷就。

回到客棧，伴著火盆獨酌，右手持杯，左手把卷；是一本蘇東坡的詞集，那種曠達樂觀的長短句，頗能鼓舞李果的情緒，暫時將一切閒愁都拋開了。

酒到微醺，有人在門上叩了兩下，隨即掀簾而入，正是楊三才，臉上紅馥馥的很有幾分酒意了。

「從哪裡來？」李果站起身來，含笑相迎。

「請坐，請坐！是縣太爺請客。」楊三才突然說道：「即位的恩詔的『謄黃』，已經到了。」

凡有澤被小民的恩詔，如減免錢糧之類，要普天下「咸使聞之」，照規制由一省的藩司，在黃紙上謄錄詔書，遍貼通衢，名為「謄黃」。這是件大事，李果自亦關切：「想來是縣衙門裡來的消息。」他問：「不知道說些甚麼？」

「無非官樣文章。不過，讀書人進身的機會倒多了。」

「這是怎麼說？」

「恩詔一共三十款，軍民年七十以上，特許一丁侍養；八十以上賜絹一疋，米一石；九十以上加倍；滿百歲賞銀子、建牌坊，都照成例辦理。有兩款是新添的。」楊三才問道：「冒昧動問，是不是舉人吧？」

「慚愧！僅青一矜而已。」

「秀才是宰相的根苗。」楊三才很起勁地說：「鄉試中額加了，大省加三十名、中省二十名、小省十名。明年本來是癸卯正科，改為恩科；後年甲辰算正科，接連兩次鄉試，中額又加了；會試中額當然也要加。這是大好機會，足下不要錯過了！」

「多謝盛意。」李果答說：「八股文荒廢了二十多年，臨陣磨槍哪裡來得及？只怕中額再加三十名，也不見得有我的份。」

「那麼，還有一條路。恩詔中有一款，直省舉孝廉方正之士，賜六品頂戴，以備召用。如果足下有意，我倒可以效勞。」楊三才放低聲音說：「新任兩江總督查弼納查大人那裡，我有路子，可以替你弄個保舉。」

聽這一說，李果倒有些動心了。想到蘇州織造署，不久就是曹寅常說的「樹倒猢猻散」的局面；既然有此機遇，正不妨為自己打算打算。

於是他想一想答說：「楊三哥如此關愛，感激莫名。不過，謀個保舉，也不是容易的事，只怕我力有未逮。」

「這你不必愁，只花小錢，不花大錢，一樣也能把事情辦通。」楊三才盤算了一下，慨然說道：「這樣，你如果把主意拿定了，明天先寫個詳細履歷給我，盡不妨吹上一吹；等我一回京，馬上替你去辦。辦不成拉倒，辦成了三百兩銀子都包在裡頭了。」

李果心想，花三百兩銀子買個六品前程；又是冠冕堂皇的「孝廉方正」，這樣便宜的事，哪裡去找？

於是決定一試；當即寫了一個詳細履歷，殷勤拜託。李果覺得以此重任託人，自己先應該表示誠意，所以又取出一百兩一封銀子，以備必要的開銷；哪知楊三才堅決不受，越見得他純是為朋友幫忙。雖然這個忙幫得上、幫不上，還不可知；但這份友情，已足以使得李果面對著這段漫長征程，平添了幾分勇氣。

到得楊三才辭去，福山進來轉達客棧掌櫃的通知，明天因為迎「黃榜」，有些交通要道會阻絕行人；所以如果急著趕路，最好天一亮就動身。

「不必！」李果毫不遲疑地答說：「等出了黃榜再走。」

因此，李果放倒頭甜睡，一覺醒來，恰好聽得細吹細打的樂聲，夾雜著「嗚嗚嗚」吹號筒與鳴鑼喝道的聲音，知道是在迎榜；便即從容起身，漱洗既罷，帶著福山出去看榜——「謄黃」的恩詔。

恩詔的本文很長，加以有三十條加恩的條款，所以特地挑了學宮前而為出榜之地；臨時豎起一道極長的木架，「黃榜」滿漿實貼，潤紙未乾。看榜的人大部分集中在後面，因為所關切的是加恩的條款；只有極少數人，在看前面的正文。

這恰好給了李果方便，因為他正是要看恩詔的正文。第一段是追念先皇的功德；第二段談東宮緣何廢而又立，立而又廢？然後才說到「是以皇考升遐之日，詔朕纘承大統。」

第三段是嗣皇帝自道君臨天下，以考為治，他說：「孔子曰：『三年無改於父之道』。皇考臨御以來，良法美意，萬世昭垂。朕當永遵成憲，不敢稍有更張，何止三年無改？至於皇考知人善任，至明至當；內外諸大臣，朕亦亟資翼贊，以期終始保全。」

這段話使得李果精神一振；雖然下面對文武百官，嚴加誥誡：「各宜竭盡公忠，恪守廉節，俾朕得以加恩故舊，克成考思。倘或不守官箴，自干國紀，既負皇考簡拔委任之恩，又負篤念大臣之誼。」

但讀了一遍又一遍，總覺得確鑿無疑的是，嗣皇帝對先朝舊臣，務求保全；只要以後潔己奉公，自然無事。

這樣一面看，一面想，一直看到最後定於十一月二十日「即皇帝位，以明年為雍正元年」時，只聽他身旁的福山拉一拉他衣袖說：「大爺，你看！」

轉臉看去，李才正趕到他面前，上氣不接下氣地喘息著說：「李師爺請回客棧吧！大爺來了。」

居然是李鼎親自趕了來，可知必有極要緊的話說。李果不敢怠慢，匆匆趕回招賢客棧；非常意外的，只見李鼎正意態優閒地負著手在看賣野藥的打拳。

相對一揖，李鼎問道：「聽說是看黃榜去了？」

「是的。」李果反問：「蘇州呢？」

「也是今天出榜。不過，我昨天就讀過恩詔了；是藩署抄來一個底子。」

李果點點頭，又問：「吃了飯沒有？」

「還沒有。」李鼎緊接著說，「原是想等老世叔回來了，一起去吃船菜。」

聽得這話，李果的心境一寬。會有閒情逸致去品嘗船菜，必是得了甚麼好消息。不過他也很困惑；實在無法設想，是怎麼樣的一個好消息。

於是他答一聲：「好！」隨又問道：「溫世隆送回去的信看到了？」

「看到了。不過本來就要來的。」李鼎問道：「不必回屋子去了吧？」

「不必。」

「那就走吧！離此不遠，走了去好了。」

李鼎帶著柱子；李果帶著福山，兩主兩僕，安步當車，曲曲折折地進了靠城牆的一條小巷子，柱子的腳步加快了，由後隨變為前導，在一扇新漆的黑油門前站住，舉手叩門。

等李果與李鼎走到，門已經開了，十五六歲的一個女郎，扶著門站著；見了李鼎，嫣然一笑，輕輕叫一聲：「大爺！」

李鼎微微頷首，「你嫂子呢？」他問：「沒有上船？」

「沒有。這種天氣；又是『皇帝老爺』歸天，哪個還去逛湖。」

李果「噗哧」一聲笑了；那女郎一雙靈活的眼珠，立刻望著他亂轉。臉上微有窘色，不知道自己甚麼地方錯了，鬧了笑話。

李鼎心知其故，因為他也覺得「皇帝老爺」這個稱呼好笑；便即說道：「皇帝就是皇帝，甚麼『皇帝老爺』？你進去告訴你嫂子，李師爺是特為來吃她的拿手菜的；都餓了，趕緊動手吧！」

這時已有一老一少兩婦人迎了出來。老的已將六十；少的三十歲剛剛出頭，看上去是婆媳。媳婦黑衣黑裙；灰色牛角簪的一個墮馬髻上，佩一朵白絨花，別具淒豔。李果不由得在心裡說：「真的，『若要俏、一身孝』。」

「這是我家的李師爺。」李鼎為賓主雙方引見：「這是朱五娘、朱二嫂；還有阿蘭，朱二嫂的小姑子。」

這就介紹得很清楚了；李果含笑點頭，作為招呼。朱五娘便即殷勤肅客；進了堂屋，關上屏門；柱子幫著燒火老婆子，端進一個火盆來；朱二嫂與阿蘭便忙著捧茶裝果盤，屋子裡頓時顯得很熱鬧，也很暖和了。

等坐定下來，李果終於忍不住開口問了：「我那封信——」

「喔，」剛提得一個頭，李鼎就已明白，急忙答說；「是這樣的，這些情形京裡也有信來，說得比楊三才詳細，不要緊！」

「必是事情已經過去了？」

「也不是甚麼事情已成過去，而是根本不會成事實。」李鼎答說：「如今可以分兩方面來談，先說我父親；聽說皇上已經把我們三家都交了給十三爺管。」

「我們三家」是指江寧、蘇州、杭州，曹、李、孫三家織造；「十三爺」當然是指怡親王胤祥。但「交了給他管，便又如何？」李果問道：「有點兒甚麼好處呢？」

「信上這麼說，皇上現在要管的事很多，管不勝管；所以找十三爺為他分勞。其實也不是管事，是管人；有幾個人的事，不管大小他都要親自過問——」

「且慢！」李果打斷他的話問：「這是哪些人？」

「是這幾位。」李鼎兩手比著，做了三個手勢，是九、八、十四這三個數目，又說：「還有年亮工。」

李果明白了，心想既然年羹堯的事無鉅細，他都要管；然則胡鳳翬是年家至親，自然也在要管之列。這話想到了卻暫且不說；為的是李鼎的話很要緊，要聽他說下去。

「再有些人，他也要自己管；不過要看事情大小。這就是各省督撫將軍。」

「那是一定的，各省若有重大事故，自非親裁不可。」李果問說：「照這樣說，皇上認為他不必管的人，是都交了給十三爺？」

「也不盡然。如今十二爺、十六爺也很得信任。不過，只有皇上信得過的人，才交給十三爺管。」

「原來如此！那可是件好事。」李果也很高興，聲音不覺都響亮了。

「至於胡鳳翬的事，皇上根本還管不到。據說：年妃受她大姐，就是胡鳳翬的太太所託，跟皇上求恩典，結果碰了個釘子。」

「喔，怎麼回事？」

「信上是這麼說的，年妃跟皇上提胡鳳翬想到蘇州當織造。皇上說是：我多少大事還管不過來，哪裡有功夫管他的事。而況他是得了罪的人。只為他娶了你姐姐，我就把他派出去當織造，不讓人在背後批評我用人不公？像他這種情形，我即使要給他恩典，也只能把他交給那一個督撫去差遣，不能直接就降旨。不然，就跟體制不符了。」

「嗯，嗯！」李果連連點頭；「這話很像是皇上的口氣。想來必有這回事；楊三才只知其一，不知其二。」

「正是！」李鼎點點頭，「你的信，我拿給我父親看了。我父親說，楊三才的消息雖不怎麼完全，盛情總是可感的，教我送他一百兩程儀。銀子我帶來了，請你轉交如何？」

「可以。」

「就是不為這件事，我本來也要趕了來跟你見個面。我父親讓我轉告，請老世叔到了京裡，千萬打聽打聽十三爺那裡的情形，盡快先寫信回來。」

「好！不過，該打聽些甚麼呢？」

「當然是十三爺性情，喜歡甚麼，討厭甚麼？本來，各王府的情形，大致都知道，不過十三爺以前一直圍禁高牆，不免忽略了。」

「急起直追，也還來得及。」李果深深點頭，「我懂尊大人的意思了。我盡力去辦。」

正事談到這裡告一段落。李果靜下來將李鼎的話又回想了一遍；忽然發覺，自己的心情已大不相同，本來一直像是有塊鉛壓在心頭，沉重得甚麼事都鼓不起興致；此刻頗有身心俱泰的輕快之感。於是，酒興也勃然而發了。

「餓了！」他說：「不知道有甚麼現成的，先拿來下酒。」

李鼎便將朱五娘喚了來問，答語出人意外。「煨了隻蘆鴨在那裡。」

說著便安設杯筷，端上一具小磁缸；揭開蓋子，裡面是一隻煨了湯的燒鴨，試嘗一口，清香甘酣，鮮美無比，李果大為讚賞。

「船菜本來最講究火候，這隻鴨子大概用一個冰結煨著，起碼有一晝夜了。」他說，「菜好人也好，那朱二嫂風姿楚楚，在船娘之中，算是上駟之才了。」

「莫非老世叔有垂青之意？」李鼎問說：「本來船娘分好幾種，上等的只以手藝、應酬取勝；不及其他。不過這朱二嫂是寡婦，又當別論。老世叔如果有意，我來撮合。」

李果倒有些動心，但一想到是在旅途，而且要趕著進京去辦正事，不由得興致就冷了下來。

「算了，算了！如今哪有功夫來招惹野草閒花？」

「耽擱一兩天，也不要緊。」李鼎又說：「反正今天總走不了啦！」

這時菜已陸續上桌。船菜別具風格，得一「清」字；最後上了一味糟蒸白魚，不見糟而有糟香；銀光閃閃的魚身上，鋪幾片紅芽子薑；入口鮮嫩無比。李果正待誇讚，只見門簾一閃，朱二嫂出現了。

「菜不中吃！」她說：「大爺，今天替你丟人！」

「你剛好說反了。來，你的酒量也是不錯的，替我陪一陪李師爺。」

朱二嫂含笑點點頭；等阿蘭取來杯筷，她自己挪張骨牌凳，坐在下首，卻偏向李果這一面，提壺為賓主都斟了酒，然後佈菜。

「冷了不好吃！」她向李果說：「糟不夠香，請李師爺包涵。」

「好說，好說！這條魚色香味三絕，我真還沒有吃過這麼好的魚。」

「說得太好了。」朱二嫂愉悅地笑了；由於生了一口整齊而微似透明的糯米牙，笑容極美。

「我敬你一杯！」李果高高地將杯一舉：「多謝你的好手藝。」

「不敢當。」朱二嫂很爽朗地乾了杯；接著，她一面敬李鼎的酒，一面說道：「大爺有八九個月沒有來了。」

「我記得清明以後，端午以前還來過。」

「不！大爺記錯了，是清明以前；那時蕙林還沒有嫁。」

「對了！」李鼎問說：「蕙林怎麼樣？嫁過去，日子過得不壞吧？」

「還不錯。大太太為人很好的。」

李果知道，所說的蕙林，必也是船娘之一。素不相識，自不關心；便趁他們在敘舊時，細細打量朱二嫂，生得一張鵝蛋臉，富富泰泰的福相，怎麼會做了寡婦？

就這一念憐惜，便又平添了幾分好感。等她回身來應酬時，只見她臉上酒意初透，似乎每一根汗毛中都在冒熱氣；將皮膚薰蒸得又紅又白，看上去不過花信年華，年輕了好幾歲。

「大喪穿孝，既不能穿紅著綠，又不可能薰香傅粉；大家都是一張清水臉，誰是麗質天生，誰是粉黛裝點，都顯出來了。」

他這話是向李鼎說的，但朱二嫂當然能夠領會，是在恭維她；不由得報以一笑，秋波微轉，閃出異樣的光芒，李果也是歡場中打過滾來的，心知自己的這兩句話，碰在她心坎上了。

冷眼旁觀的李鼎，見此光景，心裡在想，午間不能讓李果喝得過量；否則頹然一醉，送回客棧；到明朝黯然就道，豈不可惜？

於是他提議，午後湊一桌牌；酒留到晚上再喝。李果自表贊成，只是覺得牌搭子不容易找。

「容易，容易！大喪期間，八音遏密，停止宴會，好些玩兒慣了的人，悶在家裡，無計排遣。牌搭子不但好找，而且還可以挑一挑；牌品不佳的，他願意來湊局，我還不要他呢！」

李鼎果然很挑了一番，才提筆寫下兩個人的地址；將柱子喚了來，有所吩咐。

「你到吳四爺跟張五爺家去一趟，說我在這裡等；請他們馬上就過來。」李鼎又說；「兩家的地址在這裡；你如果不認識路，請朱二嫂派個人領了你去。」

「有，有！」朱二嫂趕緊答應，「有人。」

這一來，李果也就止杯不飲了；吃了飯，喝著惠泉水烹的茶。等朱二嫂將牌桌子搭好，吳、張二人，一先一後，接踵而至。

這兩個人都是紈袴子弟，但人皆不俗，性情亦都是爽朗率真一路；經李鼎引見以後，他們對李果都很恭敬，稱之為「客山先生」。

數語寒暄，一見如故；李鼎便即催促著說；「入局吧！打完十二圈吃飯。」

「怎麼打？」張五首先坐了下來，一面拿張牌拍得「叭叭」地響，一面大聲問說。

「五哥，」李鼎趕緊提出警告，「你的嗓門兒太衝，可得收斂一點兒；如今還是穿孝的時候，鬧得左右鄰居都知道這裡有牌局，可不大合適。」

「是的，是的！」吳四深以為然，「桌布下面最好墊張毯子，免得牌聲外洩。」

於是重新安排了牌桌，扳位落座，剛打得一圈；忽然吳家派人來找他們的「四少爺」，說有很急的事，非請他馬上回去不可。

「既然如此，你就趕緊請回府吧！」李鼎又說：「回頭事情完了，最好你再請回來喝酒。」

吳四答應著，向李果致了歉意，匆匆而去。李鼎還想找人來補吳四的缺；李果極力攔阻，認為手談不如清談。好在張五的談鋒很健，所以雖是初交，卻仍不愁無話可說。

話題不知怎麼一轉，談到文覺；李果自感關切，不由得就說：「原來張五兄跟文覺也是舊識？」

「豈止舊識？我隨侍家父在京時，常有往來的。這個和尚，神鬼莫測；不過到底讓我揭破了他的祕密。」

一聽這話，二李無不驚喜交集。李果因為初交，還不便追問；李鼎卻無須有此顧忌，「來，來！」他說：「一定是可以下酒的新聞，快說，快說！」

堂屋中的朱五娘，聽得「下酒」二字，只當李鼎在催促開飯，立刻接口：「下酒菜已經有了，馬上就可以端出來。」

「也好！」李鼎看一看天色：「就一面喝酒，一面談吧！」

於是端來四個冷葷碟子；燙上酒來，李果舉杯說道：「先乾一杯，潤潤喉。」

張五微笑著乾了酒；開口先不談文覺，卻談藩邸：「論王府人才之盛，都推誠親王府：陳夢雷、楊道聲，人人皆知，其實只是個虛名；真正養人才的是八貝子，府中奇材異能之士，不知凡幾？他也真能禮賢下士，人皆樂為之用。其次是九貝子，跟西洋人格外有緣。我從前心裡在想——」

說到這裡，張五突然頓住，臉上微有悔意。李鼎沒有看出來，李果卻覺察到了：「如果張五兄覺得礙口，」他故意用以退為進的激將法：「不說也罷！多言賈禍，古有明訓。」

「我倒不是怕闖禍。」張五年輕好勝，一激之下，自然不再顧忌：「我怕我的想法太離譜，惹兩位笑話。」

「誰來笑你！」李鼎說道：「這裡又沒有外人，你儘管說好了。」

於是，張五接著他自己的話頭說：「我從前在想，將來大位必歸於八、九兩位；後來看恂郡王的作為，才知道天心已定。可是，從發現了文覺的祕密，我就隱隱然有種想法，鹿死誰手，還在未定之天。」

「喔，」李果大為驚異，將聲音壓得極低：「莫非足下早就看出來了，大位將歸於今上？」

「我不敢這麼說，只覺得文覺的一句話，頗為深刻。」

「是一句甚麼話？」李鼎顯得極新奇地問。

「這話說來長了。我在京裡的時候，聽得人說，雍親王好佛學，造詣甚深；名韁利鎖，早就解脫了。後來才知道不然。」張五問道：「你們知道今上居藩時的別號叫甚麼？」

「不是叫圓明居士？」李鼎答說：「那是得了圓明園這個賜號才取的。」

「對了！未得圓明園以前，叫做破塵居士，意思是看破塵緣，與世無爭。他做了一篇談佛學的文章，叫做〈集雲百問〉，印得極其講究；遍請京外高僧指教。這百問之中，暗含禪機，只有高僧才能參詳；但參透禪機，不見得就肯說破，有的假裝糊塗，答非所問；有的敬謝不敏，乾脆不答。獨獨有個不是高僧的僧人，毛遂自薦；密密上書，說是他師父那裡得讀〈集雲百問〉，試為贊偈，願與居士鬥一鬥機鋒。」

等他一口氣說到這裡，停下來歇氣時，李鼎說道：「這個人自然是文覺？」

張五點頭，喝口酒，挾了塊薰魚送入口中，咀嚼著好整以暇地說：「我那時剛認識文覺，他的肚子很寬，裝了不少雜學；口才又好，一說起來，通宵不倦，十分過癮，所以從一認識以後，我就常去找他。有一天去，說是文覺雲遊去了。我很詫異，前兩天還跟他在一起，沒有聽見他提起，何以說走就走，連句話都沒有。」

「這情形跟你一樣。」李鼎點點頭向李果說道：「可見得不是偶然之事。」

「是啊！多少日子的疑團，今天可以徹底打破了！痛快之至，應該浮一大白。」

三個人都乾了酒；張五繼續往下談：「第二年我進京，有人請我在查樓聽戲，池座裡有個人，很像文覺，不過是俗家裝束；戲完了在虎坊橋眾春園口一家館子吃飯，又遇到了。這次面對面，認得很清楚，但始終不敢叫他。過了一會，跑堂的進來說：『哪位是無錫來的張五少爺？』我說我是；跑堂的就說：『你老有位客在等。』我跟了他去一看，果然是文覺；還叫了『條子』。」

「妙極！」李鼎笑道：「和尚挾妓飲酒，不知該當何罪？」

「你別打岔！」張五的談興大發，擺擺手說道：「文覺一見我，兜頭就是一揖；接著雙手捧過酒來，說了句：『盡在不言中！』我知道他不願我揭破他的真相，便喝完了酒說道：『你耽擱在哪裡，我去看你。』他說：『我行蹤不定。不過我知道你進京省親；明天上午，我到府上去奉看。』」

「那麼，」李鼎問說：「第二天來了沒有呢？」

「自然來了。」李果接口：「不然，張五兄何以知道他以後的許多事故？」

「他能在館子裡派人來找我，我相信他是會來的。第二天，果然，果然——」

果然，文覺一早就來了；這一次穿的是僧衣，細白布的中單、玄色湖縐的海青、白綾襪子，頗為華麗。

「我問他何以如此打扮。他說他也是迫不得已，有時要瞞人耳目；老實告訴我，他在雍親王那裡，頗受尊敬。最近還有信來，邀我進京。」

「那麼，你去不去呢？」

「今年總不必談了；開了年，也許春天就進京。」

「是的，轉眼過年了。」李果向李鼎使了個眼色；又問張五：「倘或有信給文覺，我可以帶去。」

「信倒是想寫的，」張五躊躇著說：「恐怕來不及。」

「來得及，來得及！」李果一迭連聲地說：「我可以等。」

「這太過意不去了。」張五想了一下說：「這樣吧，我就在這裡寫。」

「對了！」李鼎隨即喊道：「朱二嫂，你這裡有筆硯沒有？」

巧得很，不但有筆硯，還有極漂亮的箋紙。因為常有些名士賃他們的船逛太湖，面對著萬頃波光，分韻賦詩，留下來的彩箋很多；朱二嫂帶了些回來畫刺繡的花樣，還剩下十來張，盡夠用了。

於是等張五拈毫構思時，李果悄悄將李鼎調了出來，低聲說道：「我跟文覺的交情，沒有張五來得深；如果他肯切切實實寫封信，尊大人的事就更有把握了，不知道你跟他的交情如何？」

「我跟他是無話不談的交情——」

「那好！」李果只要他這一句話就夠了，「尊大人的事，也不是不能談的；世兄，你跟他好好談一談。」

「我怕說不明白，一起跟他談如何？」

「不，不！我夾在旁邊不好。」李果推一推他，「快去！」

於是李鼎重複進屋；李果在堂屋裡剛坐了下來，朱二嫂掀簾而入，發現他一個人在，不由得訝異。李果趕緊兩指撮脣，攔住她開口。

「你別進去！」他迎上去低聲說道：「他們有事在商量。」

朱二嫂點點頭，抬眼看著他問道：「你呢？李師爺，堂屋裡冷，要不要到我屋子裡去坐？」

「好啊！」李果握著她的手說：「你的手好涼。」

朱二嫂不答，反握著他的手，進了對面屋子；裡面是一大一小兩張床，「我婆婆跟阿蘭睡這間。」她說：「我住後房。」

屋子裡的陳設很樸素，但很乾淨；地板纖塵不染，而且發亮，此非每天用溼布擦抹，不能如此光滑。這使得李果對她的好感，增加了一倍都不止。

「你這間屋子很舒服。」他由衷地讚美。

「好甚麼？破屋子，舊東西，連個坐的地方都沒有。」

凳子倒有兩張，又冷又硬，坐著不舒服；朱二嫂便讓客坐在床上。布褥子很厚，棕棚也鬆了，人一坐下去重心不穩，李果只好伸出雙臂在後撐住。

「索性躺一躺吧！」

朱二嫂將枕頭移到中間，擱在摺成一長條堆在床裡的棉被上。李果也就不客氣的躺了下去。蜷起雙腿，右耳著枕，是個側臥的姿勢。

「你要不要也躺下來？」他拍拍床問。

朱二嫂不答，躊躇了一會，忽然走向前房；李果隨即聽得關房門的聲音，不過並未落門——這意思是很明白的，她會陪他並頭躺在一起；如果有人闖進來，聽得門響再起身也還不遲。

果然，如他所預料的，朱二嫂跟他面對面地躺了下來；不過眼皮是垂著的。

「你娘家姓甚麼？」

「姓諸。」

「原來是同姓。」

「不是！」朱二嫂說：「音同字不同。」

「那就是諸葛亮的諸。」

「嗯。」朱二嫂問道：「李師爺，你哪裡人？」

「你看呢？」

「蘇州人。」朱二嫂說：「你說的是官話，蘇州口音是改不掉的。」

「不錯。」

「要過年了，還要進京。」

「沒法子。東家有緊要公事，只好走一趟！」

「東家李大爺的老太爺;織造李大人?」

「是啊!」

「那就怪不得了。李大人待人厚道;所以李師爺你也很義氣。」

聽她這麼說,李果對她更覺中意了;覺得她明白事理,不是那種毫無知識,蠢如鹿豕的婦人。

「原來你也知道李大人厚道。」

「李大人在蘇州快三十年了,甚麼會不知道?而且,我家的船,他也坐過不只一回;每一回都賞得不少。」朱二嫂緊接著說:「我倒不是說他賞得多,就說他好;一個人厚道不厚道,不在乎錢上。」

「在哪裡呢?」

「要看做人!李大人最體恤下人,這是真的厚道。」

「倒看你不出,見解還蠻高的。」

剛說到這裡,只覺一縷甜香襲人;是枕頭睡得熱了,由她髮中的桂花油薰蒸出來的香味。此時此地,格外動人綺思;李果不由就將一隻手伸到了她胸前。

朱二嫂很機警,立刻雙手環抱,擋在胸前,「不要!」她說:「一個人欺侮寡婦,就不厚道了。」

「朱二嫂,」李果挑逗地問:「莫非你還想造貞節牌坊?」

「貞節牌坊?」朱二嫂微撇著嘴,有些不屑的意味,「我看沒有幾座貞節牌坊是不帶腥氣的。就算表面上繃緊了臉,心裡在想野男人,也算不得貞節。」

李果大為驚異，想不到朱二嫂陳義甚高；要衾影無慚，才算真正貞節。但因此他也更困惑了，既然連貞節牌坊都看不起，何不早早改嫁？

他的話還來不及說，朱二嫂卻又開口了，「李師爺，有位做大官人家，造了貞節牌坊的老太太，七十多歲臨死的時候交代：孫媳婦、重孫媳婦倘或守了寡，最好改嫁。」她問：「這話你信不信？」

「我不知道該不該信。總有個道理在內吧？」

「當然！這個道理，守寡的人都懂；不過只有她老太太肯說。她說，她廿二歲守寡，一直到五十歲，心還是活的；到深更半夜熬不過去的時候，黑頭裡拿一把青銅錢撒在地板上，再一個一個去撿、去找，滿地亂摸，要撿齊了才歇手。不過等撿齊了，人也筋疲力竭了，倒頭就睡；一座貞節牌坊是這樣熬出來的。」

「應該說是摸出來的。」李果笑道：「怪不得你的地板這樣子光滑；大概是每天晚上滿地亂摸，摸成這個樣子吧？」

「我才不像她那麼傻，一夜累到天亮，第二天還要洗衣燒飯，上養老、下養小，哪裡來的精神？」

「說正經話，」李果問道：「你為甚麼不趁年紀還輕，早早尋個知心著意的人改嫁呢？」

「『家家有本難念的經』——」

原本朱二嫂的家累很重，婆婆、小姑、兒子以外，娘家還有父母；父親癱瘓在床，又別無兄弟，這奉養之責，自然也就落在她身上。當初倒也有慕她顏色而家道小康的中年人，不以再嫁為嫌，願意娶她作正室；但一聽說她身後有「三大兩小」這一串累贅，就無不知難而退了。

「原來你還有個兒子！」李果問道：「怎麼不見？」

「我送給我娘去養了。」朱二嫂答說：「我們這種人家，養不出有志氣的男孩子；倒不如送回娘家。」

李果心想，倒看不出朱二嫂這麼一個寡婦，不但一肩挑起養活兩家的重擔，而且還懂得養志的道理，著實可敬。

「你真了不起！」他由衷地讚佩：「多少鬚眉男子不及你！不及你的毅力，不及你的見識。」

朱二嫂也聽過許多恭維她的話，不過，不是讚她體態風流，便是讚她精於烹調。如今聽李果所說，毅力二字雖不甚了了；而說她有見識，在朱二嫂驟聽覺得新鮮，細想才知道自己的見識確是要比旁人高些。她還不明白甚麼叫知己；只感到心裡脹得滿滿地，又舒服，又難受，對李果有一種難以形容的感激。

李果當然無法了解她的心境，更想不到自己的話已在她心頭激起極大的波瀾；只覺得她眼中淚光閃閃，未免可怪。細想一想自己的話，並沒有說錯；也沒有甚麼可引起她傷感的事。不知她為何有此表情？

正想開口動問時，外面房門響了；朱二嫂便起身迎了出去，只聽阿蘭在說：「李大爺在問，客人哪裡去了。」

「在這裡。」李果在內應聲。

「李大爺請。」阿蘭又說：「張五爺要走了。」

這話未免突兀；李果不暇多問，匆匆趕了去，但見李鼎面有得色；而張五卻有些茫然不知所措的模樣。

「這下好了！」李鼎很欣慰地說：「路上有伴了。」

李果不知所答；張五卻趕緊補了一句：「得要我祖母點頭才行。」

這一說，李果明白了；「原來張五兄也要進京！」他脫口說道：「固所願也，不敢請耳！」

「言重、言重！」張五向李鼎說道：「我先回去，跟我祖母談這件事。怎麼個結果，回頭我送信給你。」

「最好你還回來。」李鼎說道：「既然結伴同行，彼此應該商量商量。」

張五想了一下，重重地點頭，「好！」他說：「我一定回來。」

等他一走，李果忙不迭地問道：「怎麼會有此意外變化？誠始料所不及。」

「因勢利導，一句話就把他說動了。」

「怎麼一句話？」

話要從頭說起。當張五提筆才寫了「文覺禪師」這個稱呼時，李鼎正受了李果的教，回到他身邊；打斷了他的思路，坦率地提出要求，希望能借重他跟文覺的交情，對李果此行有所助益。接著他說了他父親的處境，以及李果此行的任務。

張五很注意地聽完，慨然應諾；於是跟李鼎商量信中的措詞。話很難說，躓蹋好幾張彩箋，張五都不滿意，嘆口氣，說了句：「如果我能當面跟他說就省事了。」

這真是李果所說的，「固所願也，不敢請耳。」不道李鼎還在考慮，如作此不情之請，會不會有結果？而張五自己又透露了一段話，說他父親體弱多病，祖母很不放心，一度擬議，由他進京省視，只為年近歲逼，單身上路，怕僕人照料不周，故而打消了成議。

這話觸發了李鼎的靈機，立即勸他跟李果作伴進京。張五意思是有些活動了，但一時還下不了決心。

「看他這舉棋不定的神氣，我就說了一句話：我說：『歲暮天寒，長途跋涉，我亦於心不忍；不過，你如果肯不辭這趟辛苦，既盡了孝心，也盡了義氣。等於幫了我一個大忙。』」

「這話說得好！」李果頗為嘉許：「他怎麼說？」

「他倒也很乾脆，他說：『人生在世，難得做一件孝義兩全的事。我去！』不過，他也聲明，如果他祖母不許，那就無能為力了。」

「這個聲明是少不了的。不過，只要交情夠，他就肯吃這一趟辛苦；只要他肯去，就一定能說動他祖母點頭。」

「交情是夠的。」

「那就行了！一定去得成。」李果說道：「這件事很值得慶賀。恐怕我今天要大醉了！」

李鼎也很高興，高聲喊道：「朱二嫂，你得多預備好酒。」

朱二嫂答應著，掀簾而入；一進門，那雙眼睛便很自然地往李果瞟了去，卻又如受驚的小鹿一般，倉皇將視線避開。那種閃爍的眼神，誰都看得出來，很不平常；何況是十三、四歲就在風月場中打滾的李鼎，入眼便知底蘊了。

「朱二嫂，」他說：「我剛才說的話，你聽見了沒有？」

「聽見了，說要多預備好酒。」朱二嫂問道：「是不是還有客來？有幾位？」

「只有一位。就是張五爺。」李鼎又說：「你不但要多預備酒，還要多預備菜。」

「一共三位，就喝到天亮，也吃不了多少，我會預備。」朱二嫂想了一下說：「我再煮一鍋雞粥當消夜。」說著，一雙眼又瞟向李果。

「很好！你預備去吧。」李鼎答說。

「天也不早了。」朱二嫂問：「是要等張五爺，還是先擺碟子喝酒。」

「喝著等他吧！」

「是！」朱二嫂借轉身的機會，視線又在李果身上繞了一下。

目送著她的背影，李鼎笑著念了句《西廂記》曲文：「怎當得她臨去秋波那一轉！」

李果微笑著點點頭；然後正色說道：「這個朱二嫂，別看她蓬門碧玉出身，著實了不起。」

「是啊！」李鼎很快地回答：「平常守身如玉，就很了不起。不過，你說到蓬門，我想起一句杜詩——」

那自然是「蓬門今始為君開」；李果趕緊搖手：「罷、罷！說出來就沒意思了。」他說：「而況，根本就是好夢難圓。」

「何出此言？」

「你倒想，她婆婆跟小姑就睡在前房。」李果又說：「她又不見得肯跟我回客棧。」

李鼎點點頭，四處打量了一會，微笑說道：「我包老世叔能圓好夢。你不妨喝醉，但不可大醉，最好是裝醉。」

「喔，裝醉又如何？」

「自然是在這裡住下，就在這間屋子裡；我會替你安排。」

李果也明白了，微笑不答；眼中卻有著掩不住的喜悅。

到得二更時分，張五終於又回來了。

「怎麼樣？」得失之心反比李鼎更重的李果，不等他落座，便即問說：「祖老太太答應了沒有。」

「費了好大的勁，總算拿她老人家說動了。不過，日子可急不得。」

「怎麼呢？總不能，過了年再動身吧！」

「那當然不會。」張五答說：「老太太親自拿黃曆挑的日子，大後天才是宜於長行的好日子。」

李果鬆了一口氣，「不過隔了兩天。」他說：「不要緊！」

聽得這話，李鼎亦是心中一塊石頭落地；感激之心，油然而生，擎著一杯酒，只喊得一聲：「五哥！」聲音都有些哽噎了。

這個表情，說明了他的心情。張五此行，等於代替李鼎去挽救家難，千里風雪，艱辛萬狀，真要交情格外深厚，才有踏上長途的勇氣，無怪乎李鼎無法用語言來表達他內心的感動。

那就只有李果代他來說了，「像張五兄這樣古道熱腸，俠義過人，求之斯世，真不易得！」他說：「何幸而得與張五兄結伴同行，哪怕雨雪載途，亦會甘之如飴了。」

「好說，好說！」張五對他的這番恭維，亦頗感動，不由得想起他祖母的話：「家祖母聽說是李老伯的賓客，才能放心，她說：織造李家待人厚道是有名的，他家的朋友一定靠得住。」

「只要老太太放心就好了。」李果轉臉對李鼎說道：「你明天也得給老太太去請安才是。」

「是，是！當然要。」李鼎心裡有了計較，看著張五說：「這樣，我索性等到後天上午上門；盡明天一天你收拾行李，雇車的事，你不必管了。」

「你不必多事！」張五答說：「在這裡，莫非這些事你比我還要熟悉，還要方便。再說，我帶幾個人，多少行李，你完全不知；你知道我要用幾輛車？」

想想也不錯，李鼎便先不作聲；喝著酒閒談了一會，張五起身告辭。兩李都離座相送，臨別約了第二天晚上再見面。

回進屋來，只視朱二嫂正在整理餐桌：「怎麼客人走了？」她問。

「我們不是你家的客人？」李鼎笑著回答。

「我是說張五爺。」朱二嫂又問：「吃飯還早吧？」

「還早，李師爺今天的興致很好，酒還早得很。」李鼎問說：「我想喝個甚麼湯，有沒有現成的。」

「有醋椒魚湯，一熱就可以上桌。」

「這是醒酒湯。」李果接口：「好極！」

朱二嫂去不多時，就端來了一碗湯；揭開碗蓋，有辛香之味，撲鼻沁脾，湯呈奶色，卻不見魚，只有切得很細的蘿蔔絲。

「是鯽魚湯？」李鼎問說。

「是的。」朱二嫂用大湯匙舀了兩小碗，先送一碗給李鼎，再送一碗給李果，同時問說：「要不要芫荽？」

「來一點。」

加了芫荽；朱二嫂又問：「看胡椒夠不夠？」

李果便嘗了一口；鎮江醋加得恰到好處，爽口無比，不由得便以碗就口，一口氣喝了有半碗，舒服地吸了口氣說：「好痛快！真的，酒立刻就醒了。」

「哪裡有這麼快的效驗？又不是仙丹？」朱二嫂微笑著說，同時替他添了湯，又說：「我沒有敢多用胡椒；這種天氣，其實要多加一點兒，辣出一身汗來才舒服。」

「好吧！那就再加一點兒。」

「醋呢？」

「夠了！」

「我可不夠！」李鼎在一旁接口。

朱二嫂轉臉望去，見他臉上掛著詭譎的笑容；知道他是有意開玩笑，不由得有些發窘，雙頰像中了酒似地，平添了一抹紅暈。

「大爺真愛吃醋。」她說：「從前不是這樣子的。」

「那是因為你從前沒有醋給人吃。」

聽得這話，朱二嫂不由得便偷眼去看李果，視線碰個正著；李果毫不掩飾地放出愉悅的笑容，使得朱二嫂更窘了。

這一下李果才想起，應該為她解圍；便即說道：「朱二嫂，我要拜託你一件事；想請你做幾樣路菜帶著。最好能經久不容易壞的；一過了黃河，荒村野店，沒有甚麼吃的也就不怕了。」

「對、對！我也想到了這個。」李鼎又說：「還要多做一點；最好是肉脯之類，宜飯宜酒，也不容易變味。」

「做肉脯只怕來不及！」

「要多少時候？」

「至少得一天一夜。焙得越乾越不容易壞。」朱二嫂問：「李師爺不是明天就要走了嗎？」

「不！」李果答說：「大後天等張五爺一起走。」

「怎麼？」朱二嫂驚異地問：「張五少爺也要進京？」

「是啊！所以路菜要多做。」

朱二點點頭，凝神靜思了好一會，滿有把握地說：「好！交給我！」

李果這時正挾了一筷蘿蔔絲在吃，入口才知道滋味不同，「怪不得有魚味而不見魚！原來魚肉已切成絲，混在蘿蔔絲裡面了。」他卻又奇怪，「何以一根刺都沒有？」

「都是魚肚子上的肉，」李鼎辨味更精，「自然沒有刺了。」

「怪道！那得多少條魚來做這碗湯？」

「不多！」朱二嫂答說：「七條。」

李果覺得此時此地，享用未免太過。但如發這樣的感慨，即是大殺風景。因而換了個說法：

「不想殘年逆旅，居然得享此口福！」

「豈僅口福？還有豔福。」

聽李鼎這一說，朱二嫂裝作不解，說一句：「我去燙酒。」起身便走。

「好好地說說話，不也很好！」李果埋怨著：「何必說得她坐不住！」

李鼎正要答話，聽得窗外有人聲，便側耳細聽；是朱二嫂在說：「明天哪裡有空？不但明天沒有，後天也不空。他要吃我的菜，最快也得大後天。」

「上次不是答應他的嗎？」是朱五娘的聲音，「說是早一天通知就行了。」

「誰知道有客人呢！」朱二嫂緊接著說：「娘，你就隨便找個說法敷衍他好了。反正明天、後天都不行。」

「好吧！」

聽得出來，朱五娘是無可奈何的聲音。李鼎輕聲問道：「聽見了沒有？」

李果微笑不答，好久才說了句：「大概我今晚上是非醉不可了。」

「可別爛醉如泥！」李鼎提醒他說：「辜負了良宵。」

恰如李鼎所預計的安排，以李果沉醉為辭，就在他們小酌的客座中，臨時搭了一張鋪，供客留宿。李鼎帶著兩個小廝，挑燈而歸，約定第二天午前再來。

回到客棧，他還有件大事要辦，燈下修書，將忽得張五意外之助的經過，扼要稟告老父；接著提出兩個建議，亦是請求，一是對張五該致送一筆程儀，為數多則一千，少亦不能少過六百兩銀子；再是請四姨娘打點四色禮物，以便謁見張家祖老太太。同時說明，行期已定，程儀與禮物應即速交來人帶回。

寫完信，已是五更時分；隨即喚醒家人，趕回蘇州。辦了這件大事，方始上床；睡不到兩個時辰，便即起身，又到了朱家。

由於好奇心的驅使，他從一進門開始，便注意著李果的表情，彷彿能從他臉上看出一幅祕戲圖似地，那種眼光與神態顯得極其詭祕。可是他失望了，李果的神色一如平時，找不出絲毫異樣。或許能從朱二嫂臉上看出甚麼來；可是也失望了！朱二嫂一直在廚房裡不露面，據說是正為製路菜忙得不可開交。

好不容易找到沒有第三者在的機會，他忍不住問：「怎麼樣？成就了好事了吧？」

「沒有！」

「沒有！」李鼎這時候才真的失望了，「怎麼回事？她不肯？」

「根本沒有來！說不上說，哪談得到肯不肯？」

「那，」李鼎問道：「你怎麼不去找她？」

「怎麼找法？」

「她不是有扇向外開的房門？後面走廊上又沒有人；你只要走到她窗外，她就知道了。」

「我倒沒有想到這一點。」

「嗐！」李鼎大不以為然：「老世叔，原來你在這上頭是大外行！」

李果不承認，也不否認，笑笑不答。

「今晚上還有機會——」

「我看不行了。」李果打斷他的話說：「莫非再裝醉？」

「那也未嘗不可。」

一語未畢，窗外出現人影；李果急忙搖搖手，親自去打門簾，門外正是朱二嫂；亂頭粗服，反倒別有風韻。

「大爺甚麼時候來的？」

「來了一會兒了。」

「今兒可沒有甚麼東西吃。只有一個什錦火鍋。」

「你的什錦火鍋我吃過，盡夠了。」李鼎的話題突然一轉，「朱二嫂，昨晚上我託你照料李師爺，你是答應了我的。」

「是啊！」朱二嫂答說：「我是等李師爺上了床才走的。」

「你這一走走壞了！害得李師爺眼睜睜一夜沒有睡。你不是照料他，你是害他。」

說得太露骨了，朱二嫂既不能解釋，也不能承認，只紅著臉說：「大爺真會說笑話。」

「笑話，笑話！」李果怕她受窘，打著哈哈說：「你別聽他的。火鍋如果好了，就開飯吧！」

「我原是來問甚麼時候開飯。不知道張五爺來不來？」

「對了！」李鼎說道：「不如寫個字邀一邀看！」

於是李鼎提筆寫了一個短簡，派人專送。不道張五也正派人送了信來，說是李鼎在無錫的幾個世交，聽說他來了，都想見面談談，所以張五決定作東小敘；時間是「即夕」，地點在他家的別墅「惠園」——顧名思義便知在惠泉山。

「看來他午間是不會來了。」李鼎說道：「不必等他，我們吃我們的。」

開出飯來，一個豐盛無比的火鍋，另外四個冷葷碟子。李果宿醉猶在，胃納不佳；李鼎卻是健啖豪飲，意興極好。一面吃，一面談，少不得又談到朱二嫂。

「宋朝都用廚娘，不知道甚麼時候興的規矩，用廚子。」李鼎忽發感慨：「以前我倒沒有想到，應該用朱二嫂去管我家的小廚房；此刻想到，已力有未逮了。」

「就以前想到了，恐怕也沒有用；她不會肯到蘇州去的。」

「為甚麼？」

「她還有娘家要照應——」李果將朱二嫂的身世境況，細細講了給李鼎聽。

「奇怪！我跟她認識好幾年了，都沒有聽她談過這些；你們萍水相逢，她居然跟你說得這麼清楚！我真不懂，你們是怎麼談起來的呢？」

問到這一點，李果忍俊不禁，「噗哧」一聲笑了出來。這就意味著還有極有趣的情形在內；李鼎更要催問了。

「怎麼回事！快講來聽聽。」

「就在昨天張五寫信那個時候，我在她屋子坐；無意之中——」

從無意中發現朱二嫂的祕密，談到她對守寡的看法；無法改嫁的苦衷。先是當作笑話在談在聽；慢慢地兩人都收斂了笑容，彷彿在談論一件正經事了。

「原來朱二嫂是這麼一個人，倒失敬了。」李鼎想了一會，突然問道：「老世叔，她對你到底怎麼樣呢？」

「這很難說。只有你自己去體會。」

「嗯！」李鼎點點頭說：「能跟你說得這麼深，交情也可想而知了。」

「在我看，還是交淺言深。」

「不然，你們是投緣。」李鼎自語似地說：「不知道她肯不肯為夫子妾？」

「不，不！」李果急忙攔阻：「這是甚麼時候，你千萬不可多事！」

李鼎不作聲，沉吟了好一會說：「這重緣是一定要了的。好在她的見解也很超脫；不了這重緣，徒留悵惘，反倒不聰明了。」

李果覺得他的話似是而非，只是一時想不出話來駁他，因而保持沉默。誰知就在這時候，張五很意外地應邀而來了。

「本來不打算來的。」他解釋此行的緣故，「想起信上忘了奉邀客山先生，過於失禮，所以親自來一趟。晚上奉屈小酌，客山先生實在是主客。」

「言重，言重！」李果答說：「閣下就忘了邀我，我也會作不速之客。」

「對，對！正要這樣才好。」

「閒話少說。」李鼎按著張五的肩說：「你請坐下來，我有件事跟你商量。」

等阿蘭添了杯筷斟了酒；張五問道：「甚麼事？你說。」

「不忙！」李鼎眼看著阿蘭，等她去了才說：「有件好事！郎有情，妾有意；無奈『東風不與周郎便』，以致好夢難成。想請教、請教你，有何妙計？」

聽他這樣說法，李果自不免略有窘色；張五一看，也就明白了，隨即問說：「何謂之『東風不與周郎便』？」

「咫尺蓬山，可望而不可即。」

「我明白了！」張五點點頭也說：「『紅樓隔雨相望冷，珠箔飄燈獨自歸』，其情自然難堪。」

「不，昨晚上是睡在這裡的。」李鼎指一指右壁，「不過『一千遍搗枕，一萬遍搥床』。」

「這！」李果笑道：「這就成了造謠了。」

「雖言之過甚，不過其情更覺難堪，是可想而知的。」張五很輕鬆地說：「只要真的是郎有情、妾有意，不難如願。」

「好極！」李鼎很興奮地，「請問，計將安出。」

「你別管。我自會安排。」張五轉臉向李果說：「後天辰時才能動身。是家祖母挑的時辰。」

「是！是！悉聲尊便。」

由此開始，便談到未來的旅途上了。設想一路上可能會遭遇的阻礙，預籌應付之道，談到很細，也很費功夫；朱二嫂來探望了兩次，第三次忍不住闖了進來。

「三位爺，酒該夠了，用飯吧！」

「酒是夠了，飯也不用了。」李鼎又說：「晚上是張五爺請客，你就不用預備了。」

「我知道。」

「朱二嫂！」張五插進來說：「你還記得我們家老太太不記得？」

「怎麼不記得！老太太好健旺，那年坐我家的船，上跳板都不要人扶，拿竹篙子搭一搭當欄杆，扶著就過來了！真正了不起。」

「我奶奶很想念你呢！」

「那是她老人家看得起我！」朱二嫂是受寵若驚的表情。

「你知道不知道，想念你甚麼？」

這話自然有用意在內，朱二嫂不便自誇容貌、性情；但亦不便妄自菲薄，想了一下說：「老太太必是想念我做的甜點心；過兩天我好好下功夫做幾樣外面吃不到的點心去孝敬她老人家。」

「你的手藝，固然也教人想念；不過，我家老太太常說你性情溫柔，口才也好，想你替她解悶。」張五問道：「你甚麼時候去看她？」

「只要老太太不厭，那一天都可以。」

「那就是了。我回去告訴她老人家。」張五起身又說：「今晚上我做主人，不能不親自去檢點檢點。請你們兩位也早早命駕，別讓我久等。」

惠山在無錫城西七里；張家的惠園，占地理之勝，南望太湖，煙波浩淼，風景絕佳。但張五所請的一班客，都是講究聲色犬馬的紈袴，雖然國喪期中，不便舉樂，但多喜圍爐談笑，誰也不能欣賞清冷之中雖淡而深的韻味。只有李果，趁大家談得熱鬧，一個人悄悄離座，在軒外迴廊上眺望了好久。

「客山先生，」做主人的尋了來說：「這班俗客，恐怕氣味不投吧？」

聽得這話，李果頗為惶恐，「不敢，不敢！絕無此意。」他說：「我實在是貪看這一片蒼茫煙水。」

「外面冷。」

「還好！」李果答說：「好的就是坐北朝南，宜夏宜冬。」

「既然如此，客山先生今晚上就下榻在此，如何？」

「固所願也，不敢請耳。不過——」

「自己人，別客氣。我今天也住山上。」

「足下這一說，我倒不能不識抬舉了。」李果轉身說道：「請進去吧，冷落了大家不好。」

回到客廳，旋即開席；席中既不便猜拳，更不能唱曲，寡酒吃得無味，還有幾個人急於趕進城去，所以很快地散了席。客人作伴同行，匆匆下山；只有兩李與主人留了下來。

「唉！」李鼎嘆口氣：「這班人，我受夠了他們的。現在好了，煎燭烹茶，難得享一晚的清福。」

「你居然也知道享清福！」張五笑道：「足見有進境了。」

李鼎笑笑不答，李果正要開口；只見張五的小廝，掀簾而入，在主人身邊，輕輕說一句：「來了！」

「在哪裡？」

「在翠閣。」

「好！」張五起身說道：「我們在翠閣喝茶閒聊吧！」

「我就不必去了！」李鼎笑道：「此會不宜人多。」

張五點點頭，陪著李果直登翠閣。這個小閣在全園最高之處，長松四繞，濃蔭覆匝，是個冬暖夏涼的所在；此時簾幙深垂，高燒紅燭，靜悄悄地只有朱二嫂一個人坐在那裡發楞。

等張五陪著李果一出現，她更困惑了，目灼灼地望著他們說道：「原來張五爺請客就在這裡！」

「是啊，」張五笑嘻嘻地說：「莫非你沒有聽說？」

「沒有，沒有人告訴我；我只知道張五爺在府上請客，不知道是在這裡。」

「這裡也是舍間，並沒有錯。」

「我——」朱二嫂問道：「老太太呢？」

「回頭你就知道了！」

說著，他自己先坐了下來；朱二嫂望望張五，又望望李果，狐疑滿腹，且有手足無措之感。

「朱二嫂，」張五問道：「我派去的人，是怎麼跟你說的？」

「說是老太太要接我進府，陪著說說話；如果天晚回不來，就住在府裡。」

「那麼，你婆婆知道你今晚上也許不回去？」

「是的。」

「這就行了！」張五看著李果說：「你們談談吧，我可要失陪了。」

說完，望著朱二嫂一笑；她想喊住他，問他祖母在何處？但奇怪地，喉頭就像有東西堵著，無法出聲。等她喊出一聲：「張五爺！」人已經出了翠閣。

「既來之，則安之。」李果說道：「連我都沒有想到，你也會在這裡。」

朱二嫂正要答話，另一頭走出來兩個丫頭，一色青布棉襖，拖著極長的辮子；用白頭繩紮的辮梢。前面一個年紀大些，身材也高些，一手握著用白布包裹的兩雙烏木銀鑲筷子；一手提著一把銀酒壺。後面一個年輕嬌小的，捧著一具黑漆食盒，走到屋子中間便站定了。

「李師爺、朱二嫂，」前面那個丫頭含笑說道：「我叫蕙香，她叫芸香。五爺派我們倆在這裡伺候。」

「罪過，罪過。」原已站起的朱二嫂，不安地迎了上去，「兩位妹妹，不要折我的福了。」一說著，便去接蕙香手中的東西。

「我看擺在這裡吧！這裡舒服。」

蕙香所說的「這裡」，是臨窗的一張棋桌，半大不小，高低適度，相對兩張外坐不倦的寬大軟椅；桌面上恰容得下一個食盒，兩副杯筷。

等芸香將食盒放下，蕙香一面開盒子，一面笑道：「在朱二嫂面前，我可是班門弄斧了。幾時真得拜朱二嫂做師父，偷兩手本事。」

「好說，好說！拜師父不敢當；不過倒也用不著偷兩手。蕙香妹妹，你幾時來嘛，我把我懂的訣竅，一股腦兒告訴你。」

朱二嫂這樣極意籠絡，蕙香自然更殷勤了，擺好杯筷，又將火盆端近了；上面坐一把開水銚子。然後又去取來兩壺酒、一鍋粥，連飯碗帶燙酒的爨筒，都放在條桌上。朱二嫂是行家，自然不必作任何交代。

不過有一件事，卻非交代不可：「朱二嫂，」蕙香招招手說：「你請過來！」

引著她轉過屏風，推開一扇門；首先入眼的是一張書桌上放著一個梳頭盒子。當然也有床，不大，但亦足夠兩個人睡了。

「我跟芸香住在那面那間屋。」

蕙香掀開窗簾，推開窗戶一角，指點朱二嫂去看一間點著燈的小屋，便是她跟芸香的住處。

「你跟李師爺慢慢兒喝著，談著吧！我跟芸香就不陪你了。」

朱二嫂有些忸怩，低著頭，握著蕙香的手，想說句甚麼話，卻始終找不到有句話可說。畢竟想了一句話：「我真沒有想到，會來打攪你們。」

一開了頭，話就好說了，朱二嫂拉著蕙香坐在床沿上，輕聲問道：「妹妹，你本來是在這裡的？」

「不！五爺臨時把我調了來的。」

「他怎麼說？」

「他說蘇州來的李師爺，今晚上在我們園子裡住。」

「沒有提到我？」

「也算提到了。」

「這話怎麼說？」

「五爺跟我說，李師爺不是一個人住。那當然是兩個人；我就問：還有哪位？五爺只說：你預備一個梳頭匣子好了。我心裡就明白了。」

「那麼，你知道不知道梳頭匣子會是我用呢？」

「先不知道。」蕙香答說：「後來派轎子去接，自然就知道了。」

朱二嫂覺得她的話很實在，而且也沒有笑人的意思；便覺得自己的委屈可以藉機會訴一訴。不過，他人以誠相待；自己如果說假撇清的話，令人齒冷，反不如不說。

於是她想了一下說：「實在是五爺把我騙來的；不說老太太接我，我不會來。不過話說回來，五爺騙我，也是為朋友的義氣；他的好意我是知道的。」

蕙香為人深沉老練，一直當自己執役，只是奉命行事；對這兩位意外之客，毫無愛憎的成見，這時聽得朱二嫂的話，倒不由得深感興趣了。

「照這樣說，你是甘心受騙囉！」

朱二嫂以含羞的苦笑，捫心自問，她的話並沒有說錯。

「李師爺不錯的！」蕙香笑道：「我等著吃你的喜酒。」

怎麼會有這話？朱二嫂有些困惑；方在思索之際，蕙香已站了起來，還拉了她一把。

「不要耽誤功夫了。」她說：「明天睡晚一點不要緊，有甚麼事我會替你招呼。」

說完，不等朱二嫂有何表示，便先走了出去；只見芸香迎了上來問：「還有甚麼事？」

「沒事了！跟李師爺說一聲，回去睡吧！」

於是蕙香與芸香雙雙請了安，道聲：「請早早安置。」隨即帶上門去了。

朱二嫂倒有些手足無措之感；而李果卻等的就是這一刻，從棋桌邊的座位上起身，走過來一扶，她自然而然地跟了過去。

「倒別辜負主人家的好意，喝杯酒吧！」李果極力要把氣氛挑起來，指著食盒說：「看樣子，蕙香的手藝還不壞呢！你倒看，配這幾樣下酒菜是費過一番心思的。」

朱二嫂一看，除了一碟灑上茴香花椒末的薰蕈，香味獨勝以外，其他了無異處；只是為了湊李果的興，少不得誇讚一番。

等相對坐了下來，李果提壺斟酒；朱二嫂連聲道謝，平添了幾許周旋的痕跡，反使人覺得不舒服。因而自斟自飲，就當在自己家裡一樣；這一來，朱二嫂也覺得輕鬆些了，想找句話說。

「朱二嫂，」李果卻先開口了：「你相信不相信緣分？」

「相信的。」

「我們今天能在一起，當然是緣分；就不知道緣分有多深？」

朱二嫂心裡一跳，覺得他話中有話，自己該好好想一想；想明白了，還要預備如何應付。哪知李果卻不容她細想，又問一句：「你是希望我們緣分深呢，還是緣分淺？」

「這話問得多餘。」朱二嫂答說：「我總不能說，我們的緣分要淺才好。」

「那麼，你倒說，我們的緣分要怎麼樣才會深？」

話風逼得很緊，朱二嫂便閃避著說：「那要看，怎麼樣緣分才是深？」

「緣分深的，結緣結到來世。」

「是的！」朱二嫂很快地答說：「我們結個來世的緣。」

這是「還君明珠淚雙垂」的說法，李果不免悵惘；卻不肯不問：「莫非今世就沒有緣了？」

「夫妻之緣，總不會有了吧！」

「那麼是甚麼緣呢？」

朱二嫂不答，也沒有看他；微揚著臉望著空中，若有所思似地。

「說啊！」李果催問著：「不是夫妻之緣，是甚麼緣呢？」

「你這個人，」朱二嫂似嗔似怨，又似無可奈何地微瞪了他一眼：「打破沙鍋問到底！你喜歡我，我喜歡你，不就行了嗎？」

「原來如此！」李果歡暢地笑道：「這真叫結歡喜緣了！」

朱二嫂把頭低了下去，久久不語；李果正在揣摩她的心思時，突然發覺她胸脯一陣起伏，鼻孔中吸氣有聲，不由得隔著棋桌去握住她的手。

等她抬起頭來，李果微吃一驚！但見她面紅如火，一雙眼中彷彿流得出水來似地；入眼令人驚心動魄。

怪不得寡婦造貞節牌坊不容易；而妄想造貞節牌坊是最笨不過的事！李果這樣想著，心裡忽然躊躇了，也冷靜了。

他心裡在想，此時此地，予取予求，要她如何，就會如何，但捫心自問，無異趁火打劫。在朱二嫂，也許渴不擇泉；事後滿懷悔恨，言懶意鬱，那是何等沒趣之事？

於是，他起身開了窗戶；凜冽風姨，捲帷撒潑，吹得朱二嫂眼都睜不開；而且火盆中，炭灰飛揚，火星亂舞，不由得著急地喊道：「快關窗子，要闖禍了！」

李果也自覺這個舉動，忒嫌魯莽，關上窗戶，訕訕地說道：「我胸口悶不過，想開窗子透一透氣；誰知道風這麼大。」

朱二嫂坐了下來，端起冷茶喝了一口，平靜地說：「你這話，倒好像是替我在說。」

「真的嗎？」

「我何必騙你？」朱二嫂緊盯著他的臉看，「也許，你說的就是我！」

在她炯炯雙眸逼視之下，他連抵賴的勇氣都失去了。但轉念又想，說實話又有何妨？

想到朱二嫂的侃侃而談，想到她的伉爽明快，越覺得直言不礙。打定了主意，神態便也從容了。

「朱二嫂，我是不願意你懊悔。」

「後悔？」朱二嫂有些惶恐，也有些困惑：「我做錯了甚麼事了嗎？」

「沒有，沒有！你沒有做錯事；不過，我怕你做了以後，會覺得做錯了。」

「別繞彎子說話了！我最不喜歡你這樣子。」

「那麼，你喜歡我甚麼呢？」

朱二嫂想了一下，垂著眼說：「我說不上來！喜歡你就是了。」她緊接著又說：「喜歡就是喜歡，沒有道理好說的。」

「正就是沒有道理好說，我才怕你會後悔。一個人喜歡另一個人，一定有道理的。譬如——」

李果嚥了口唾沫，停了下來。

朱二嫂當然要追問，但故意說反話：「你不想說，很可以不說；我亦不大愛聽。」

「你不愛聽，我反而要說。」李果笑著回答；然後走到火盆旁邊坐下，一面續炭，一面說道：「譬如我喜歡你，就有好些道理，第一，我很佩服你——」

「好了，好了！」朱二嫂很快地打斷他的話：「我不喜歡戴這種高帽子。」

迎頭一個釘子碰過去，並不足以使李果氣餒；不過倒是提醒了他，朱二嫂不喜泛泛的套語，喜歡話說得實在、深刻，因而略想一想又說：「你的脾氣直爽，也是我喜歡你的原因之一。你為人厚道，就像替蕙香設想，實在難得；一雙手又巧，吃你的菜，就不能不喜歡你。你說，我這是不是實話？」

「那還差不多。」朱二嫂聽出滋味來了，不由得便問：「還有呢？」

「還有，」李果笑道：「就不用我說了。」

「要說！你不說，我怎麼知道？」

「我說了，你別罵我。」

「我為甚麼要罵你？」朱二嫂說：「我從不會罵人的。」

「那好，你坐過來，我告訴你。」

朱二嫂毫不遲疑地坐了過去；從他手中接過火箝，乾淨俐落地夾了幾塊炭，透空架起，火苗立刻就竄起來了。

「你怎麼不說話？」

「我在看你續炭。」李果感嘆著說：「真是，凡事都有學問——」

「別岔開去！」朱二嫂冷冷地截斷他的話，「你說你那句怕挨罵的話。」

「喔，」李果湊在她耳邊低聲說道，「我告訴你，沒有一個男人，不喜歡風騷入骨的女人。」

聽得這話，朱二嫂臉上泛起一陣紅暈；也有些不服氣的表情，「你是說我？」

「你沒有看見你剛才的那副神氣！只怕有幾十年道行的老和尚，都不能不動心。」

「罪過、罪過！」朱二嫂頗為困惑地，慢慢垂下頭去；慢慢變了臉色，是一種異常懊喪的神氣。

這一來，為李果帶來了困惑，也還有不安：「怎麼回事？」他說：「好像有點傷心；為甚麼？」

「沒有甚麼？」

「這就是你不對了！你怪我說話繞彎子，你自己呢！索性有話不肯說了。」

「你一定要聽，我當然要傷心。照你的說法，你也應該動心；我看你好像惠泉山的泥判官，臉上又陰又冷。現在，」朱二嫂忍不住流淚，「現在我才知道你心裡看不起我。」

李果大驚，不由得就掉了句文：「何出此言？」

「你一定是嫌我下賤；嫌我，嫌我——」朱二嫂想說「嫌我淫蕩」；卻始終道不出口，唯有掩臉而泣。

這一下，李果完全明白了。想想也不錯，她動情之時浮在臉上的十分春色，既然連有道行的老和尚都不免動心；那麼，他又何以無動於衷？自然是嫌她下賤淫蕩，不屑一顧。

意會到此，李果也激動了，滿懷疚歉之中，對她另有一種感動；但此時無暇細辨自己的感覺，得趕緊解釋與撫慰。

「朱二嫂，」他突然想到一個很有力的說法，「你冤枉我！如果我存了那種看不起你的想法，教我天誅地滅！」

這話很有效果，朱二嫂一下子住了哭聲；只說：「我不要聽你罰這種咒。」

「那你還是不相信我！」李果一眼望到放在一邊的紙包，又觸發了靈機，「算了！既然沒法子把心剜給你看，乾脆也不必活了！」說完，便將手伸向那個紙包。

「你要幹甚麼？」朱二嫂一掌打下來，緊緊揿住他的手。

「你不相信我嘛！只好死給你看了。」

「我相信你就是了！」朱二嫂雙淚直流，閉上了眼。

李果卻不免慚愧，一番做作，竟騙得她動了真情；自覺是做了一件虧心事。於是將手抽了回來，從袖筒裡抽出一方溫暖的絹帕為她擦拭眼淚。

「你相信是相信我了，一定還有疑問。」李果開始從容地解釋：「我莫非比多年修行的老和尚還把握得住？絕沒有的事。不過，我在想，你也許是一時的念頭；事後想想犯不上，懊悔不絕，豈不是我害了你！」

「你是這樣的想法？」朱二嫂張開眼來，睫毛溼成一片；淚水洗過的雙眼，顯得分外澄澈，疑惑之中有驚喜，讓人看得清清楚楚。

「我確是這樣的想法。」李果平靜地答說：「我賭過咒了，不必再賭！」

「哪個要你賭咒！」朱二嫂忽然低下頭去，微蹙雙眉，不知她何以忽然上了心事？

「你在想甚麼？」李果問道：「你要不要聽聽我現在對你的想法？」

當然要！這是不用說的；朱二嫂只抬起眼來就夠了。

「我現在才知道你是真的喜歡我；剛才你心裡亂，也並不是、並不是『一時的念頭』。」

「那麼是甚麼念頭呢？你倒說。」

「是真的想跟我好，事後絕不會懊悔。」

「這，」朱二嫂有著驚異的表情，「你是從哪裡看出來的呢？」

「就為的你一哭我才知道，如果你不是真的喜歡我，你就不會想得深。」

朱二嫂慢慢地浮起笑容：「你倒比我想得還深。」她忽又怨懟地：「你為甚麼早不想到？非要人家哭了才相信是真心。」

「那不是一樣？你亦非要人家尋死覓活才相信我的話。」

朱二嫂噗哧一笑，低聲說道：「我們兩個真像小孩子一樣。說出去真給人笑死了。」

「說出去！」李果問道：「你不怕人家知道我們倆的事？」

「我不怕！要怕別做，做了不怕。」朱二嫂很認真地問：「你怕人家知道？」

「我怕甚麼？我又不是道學先生。」

「那好！」朱二嫂抬眼問道：「你剛才不是問我，我在想甚麼？」

「是啊！你還沒有答我的話呢！」

朱二嫂點點頭，卻不作聲：她已經想通了，決定不再多說。男歡女愛，平等相待，誰也不比誰高一些。若是有了感情，就想許以終身，甘為妾侍：這才是自輕自賤。而況自己的情形，對方雖已深悉；對方的情形，自己卻無所知，倘或他有甚麼不得已的苦衷，無法置諸側室；或者大婦悍潑，根本不容丈夫有小星，而貿然自陳，願以身相許，除了為他帶來難題，自己徒失身分，彼此覺得掃興以外，一無所得。

李果何能猜出她那曲曲折折的心思，還待催問，卻為朱二嫂搶在前面攔住了他的話：「坐我船的客人不常說：今朝有酒今朝醉！我今天也要醉他一醉。」她喝了一大口酒，吸口氣又說：「我是捨命陪君子。」

「多謝，多謝！你這麼說，我今天是非醉不可了。」李果緊接著又說：「我說錯了，不是喝醉；我要多喝。今天的酒是喝不醉的。」

「哪有這話？」

「你去問會喝酒的人，興致好，酒就能多喝。」

「這也不必問人，道理本就是這樣。不過，也不是沒有限度的。」朱二嫂又說：「你也別只顧喝酒，也陪我說說話。」

「當然，當然！」李果問道：「你想談些甚麼？」

朱二嫂想了一下問道：「你有幾位少爺？」

這是很明白的，她想知道他家裡的情形；李果自然也無所掩飾，世居蘇州，族人很多，他自己有一妻三子兩女，家累雖重，只是深蒙李煦優禮，日子過得也還寬裕。不過，一朝天子一朝臣，李煦的前程如何，尚不可知；也許另有新職，會離開他住了三十年的蘇州。

「如果，李大爺的老太爺，差使調動了，你是不是跟了他一起去呢？」

「那很難說。我也懶散慣了，一動不如一靜；倘或本地有人請我幫忙，我是不會跟他去的。」

李果又說：「我這個人最懶得動了！」

「我看你不像懶散不愛動的人。不然不會在這個時候，幾千里地上京城。」

「唉！」李果微嘆：「那也教無可奈何！」

「怎麼？」朱二嫂問：「是甚麼事逼著你非去不行？」

「沒有人逼我。不過，一個人就不講義氣，總不能不念多年賓主的情分吧！」

「喔，我懂了！進京是替李大爺去辦事。不過，年底下衙門裡都封印了，去了也不能辦事。」

「你也知道封印？」李果笑道：「你懂的東西真還不少。」

「還不是聽坐船逛湖的老爺們說的。」朱二嫂又說：「每年這時候，總有幾天好忙，都是衙門裡的師爺來喝酒；說是平日沒空，只有封了印才能出來玩玩。」

「嗯，嗯！」

李果點點頭，不再多說。他不願深談李煦之事；原以為這麼一打岔，話題就無形中斷了，誰知朱二嫂卻未忘記，重新又問：「必是李大爺的老太爺，有別樣緊要大事，請你去辦？」

看她這樣鍥而不捨地追問，知道不易閃避；李果想了一下說：「你是很知道輕重的人，告訴了你，想來你也一定不會跟人去說。就為的是『一朝天子一朝臣』，所以我才要趕進京去，替李大人找找路子；能夠不動，豈不是大家都省事了。」

「原來是為這個！這倒是要緊的。」朱二嫂略停一下說：「我倒要在菩薩面前，每天誠心誠意燒一炷香；保佑你這一去順順利利，有求必應。」

看她神態很誠懇，不像是在使甚麼手段，說好聽話取悅於人；李果不免奇怪地問：「你倒很關心這件事！」

「為了你，」朱二嫂突然發覺，話說得太率直了，微顯羞窘低下頭去，不過還是把話說了出來：「我自然要關心這件事。大家安安穩穩地過日子，不是很好嗎？」

李果心中一動，覺得她絃外有音，但無法細辨；思量著不妨試探一下，看看她到底是何意思。於是他說：「就算李大人有調動，日子也未見得過得不安穩——」

「我不是那意思。」朱二嫂搶著說：「我是說一動不如一靜。李大人照舊在蘇州做官；你跟李大爺就可以常常到無錫來看張五爺，不是很好嗎？」

意思有點顯豁了，但還不夠明白，「也不光是看他，還要看你。」李果問道：「歡迎不歡迎？」

「凡是客人，沒有不歡迎的。」

「我不說別人，只說我。」

「你問得多餘。」朱二嫂白了他一眼；將視線避了開去：「你來看張五爺，只要還記得我，自然會來；我說過，凡是客人，沒有不歡迎的，為甚麼不歡迎你？」

「這樣說，你是拿我當普通的客人看待？」

「你要我怎麼看待你？」朱二嫂突然轉過臉來，逼視著李果問。

並排相坐，側臉相對，李果覺得脖子扭得有點瘦；便將凳子挪一挪，轉過身子來；一正一側，仍覺彆扭，心中一動，便說了出來：「走吧！我們到裡屋談去。」

「喝碗粥再睡。」

「也好。」

粥是雞粥，熬得極濃；熱好了，李果喝了兩碗。在他吃粥時，朱二嫂便輕快俐落地收拾裡外屋子；等他吃完，一面絞了一把熱手巾給他，一面說道：「床鋪好了，你先去睡吧！你被筒裡有個湯婆子，水很燙；上床小心，別燙了腳。」

「怎麼——」

「你說甚麼？」朱二嫂仰著臉問。

他一把摟住了她，見她並未掙拒；便在她臉上親了一下，在她耳際說道：「怎麼，還睡兩個被筒？」

「自然。」

「為甚麼？」

「我不慣跟人睡一個被筒。」朱二嫂說：「從前是這樣，現在也這樣。」

「所謂從前是甚麼時候？」李果問道：「做新娘子的時候？」

「做新娘子是這樣，做寡婦也這樣。」

「今天，」李果笑道，「可又要做新娘子了！」

一聽這話，朱二嫂雙頰泛紅，色如桃花；李果聽得出她在心跳，不由得將她摟得更緊了。

「放開一點兒！」朱二嫂輕聲說道：「我都透不過氣來了。」

李果略略鬆了手，「你在想甚麼？」他問：「一定是在回想洞房花燭之夜？那時候只怕心跳得比現在還快？」

「哪個新娘子不是這樣？」朱二嫂突然一使勁，從他懷裡掙扎出來，搖搖頭說：「我不要！」

李果愕然相問：「甚麼不要？」

「我守過二回寡了，不能再守第二回寡！」

這話越發出李果的意外，一時竟無從了解她的話；既未再嫁，何來守第二回寡？莫非她的意思，以為他會娶她；而年壽不永，害她再度守寡？這不等於當面咒人嗎？世間哪有這樣說話的。

當然，朱二嫂會解釋她的話：「今天又做新娘子，又有一床睡的老公了，不錯，」她說：

「可是明天呢？不又守活寡？我不要。」

原來話是這麼來的！李果便拉著她又坐了下來，「我們慢慢談。」他很沉著地問：「你是怎麼個意思？怎麼樣才可以讓你不守活寡？」

「我怎麼知道？」朱二嫂把頭低到胸前：「做老公的不知道，來問新娘子。」說完，自己都忍不住笑出聲來。

李果卻不敢當作玩笑來看，「你明明白白說一句，如果你想跟我回蘇州，這得等我從京裡回來再談。」他說，「但願能如你所說的，一動不如一靜，大家能安安穩穩過日子，我當然也願意那麼辦。不然——」

「不然呢？緣分就盡了？」

「那要看你。」

「看我？」朱二嫂問：「莫非緣分盡不盡，倒是我能作主？」

「可不是？」李果緊接著說：「那時候雖沒有名分有情分；如果我來看你，你不理我，緣分不就盡了嗎？」

「你這個人存心不好！」朱二嫂很快地說：「照我看，你已經不打算理我了。」

「哪有這話？」李果失笑了，「我自己都還沒有轉過這樣的念頭，倒說你已經知道了，豈不是太玄妙了一點兒。」

「你此刻沒有轉這樣的念頭，遲早會轉。」朱二嫂自問自答地說：「為甚麼呢？因為你總喜歡把話套在別人頭上；你怎麼知道我會不理你？明明是你自己不打算理人家了，先故意這麼說，好留個退步。將來，喏，我早就說了吧，她不會理我，果不其然！」

連說帶比手勢，話很有力量；李果深感冤屈，卻駁不倒她，竟為之氣結；乾嚥了兩口唾沫，只說得一句：「我倒不知道，你說話跟你的廚刀一樣。」

「這話怎麼說？」

「我的心，讓你那把飛快如風的廚刀，都切碎了！」

朱二嫂先一楞，後一笑，「虧你想得出！」她伸手到他胸前，「我看，你的良心是不是在當中。」

這一下，李果的怨氣，自然煙消雲散了；撳住她的手說：「你摸，我的心是不是在跳？」

朱二嫂果然按住他胸部，細辨一辨，搖搖頭說：「沒有啊！」

「那麼你呢？」

「我也沒有。」朱二嫂縮回自己手，環抱在胸前，以防侵襲。

李果微笑著起身，提過一個銅罩子來，蓋在火盆上；然後掏出表來，撳機鈕打開蓋子，看了一下，送到朱二嫂面前。

「我不會看表。」

「丑正。過了半夜兩點鐘了。」

「唷！這麼遲了。」朱二嫂一面匆匆忙忙的收拾殘局，一面說：「你先進去。」

「不！」李果固執地，「我等著替你卸妝。」

「哪有這麼多講究──」

「你別管！」李果打斷她的話說：「我們一起進去。」

朱二嫂只好由他；略略歸理了杯盤，吹滅燭火，只剩下一支燭台；李果殷勤，搶先捧在手裡、高高舉起，一直將她照進臥室，放在梳頭匣子旁邊。

等她一坐下來，他也拖過床頭的方凳，坐在她旁邊。朱二嫂有些不自在，但強自忍著；心頭不免浮起記憶，只有一次，她丈夫也是這麼坐在旁邊，低聲下氣跟她說話，不過那是要借她的金簪子，當了去作賭本。

這是個不愉快的記憶，所以她馬上又記起此刻坐在身邊的人了，「你在家也是這麼伺候太太的？」她看著鏡中的人影問。

「那是多少年以前的事了。」

「現在呢？」

「早就沒有閒情逸致了。」

「為甚麼呢？」

李果不願回答，看她伸手去拔簪子，便幫她的忙，輕輕一抽，髮髻散開，飄出來的一股氣味，中人欲醉，不由得深深地吸了口氣。

「你不說，我也想得到！」朱二嫂幽幽地說：「只怕我也不必多少時候，你就不會有興致這樣坐在我旁邊了。」

「不會！」李果說：「就怕我以後來，不會有這樣的地方，讓我陪你。」

朱二嫂先不作聲；撈過長可及腰的頭髮來，梳了兩下，然後問道：「你會不會結辮子？」

「結得不好。」

「不散開就行了。來，替我結一結。」

李果便將她的頭髮分成兩股，交替著結成一條辮子；朱二嫂自己紮了頭繩，蓋好鏡箱。李果便伸手到她腋下，想為她解紐扣，她往後閃了一步。

「你請坐下。我還有話跟你說。」

「睡在床上說不好嗎？」

「也好！」朱二嫂說：「你先上床去。」說完，她轉到床後去了。

於是李果卸去皮袍；看床上兩個被筒，探手一試，裡面一個有湯婆子，是暖的。外面一個其冷如鐵；很快地決定，讓朱二嫂睡裡床。

脫得只剩一身小褂褲，鑽入被筒，冷得他直哆嗦，一面吸氣；一面蒙起頭來，用自己口中的熱氣濡潤寒衾。剛有些回暖時，發覺有手撳在被筒外面，當然是朱二嫂。

探出頭來，見朱二嫂只穿一件小夾襖，站在床前問：「你怎麼不睡裡床？」

「留給你！」

「不要——」

「別嚕囌了，快上床來吧！看你，穿得這麼少，別凍著了。」說著，伸手去拉她。

朱二嫂很快地轉身而去，一口吹滅了蠟燭，摸索上床；鼓搗了好一會，靜了下來，李果從感覺中知道她睡穩了。

「美中不足，看不見你的臉，只好摸一摸。」

伸手到她臉上一摸，便是一驚；她的頰上是溼的，自是眼淚。好端端地，何為而哭？李果大為不安。

「你在哭？」

「我不想哭。」朱二嫂的聲音很低，「可是又不能不哭。」

「為甚麼？」

「傻瓜！」朱二嫂的聲音忽然變得很輕鬆了，「總是傷心才哭。你別再問了！該我問你。」

「好吧！你說。」

「你真的會常來？」

「我騙你幹甚麼？」

「一個月來幾趟？」

「那可沒有準。」李果問道：「你願意我一個月來幾趟？」

「你別問我。」朱二嫂又說：「你太太知道了這回事，不會跟你吵吧？」

朱二嫂早就醒了；但很快地又醉了——沉醉於不知斯世何世，如夢似幻的新鮮而驚心動魄的記憶之中。

就是這樣一次又一次忍不住的回憶，亦需要支付精力；因此一次又一次地醒而又睡。每一次她都會想到蕙香的話，睡晚些不要緊，凡事有她會招呼。有時細聽窗外，聲息悄然；她不由得會自己安慰自己：還早，不妨再睡一會。

終於，她不復再能睡了；同時李果亦已醒來。兩眼灼灼地望著她，突然一翻身又緊緊地抱住她。

「不行了！」她很快地說，「只怕已到了中午。」

「哪裡會？」李果伸手到枕下，「等我看，甚麼時候。」

一看連李果亦覺不安，短針垂直下指在「十二」上面；是正午的十二點。

「你說得不錯，真是十二點。」李果驀地挺身而起；寒氣砭膚，才知道上半身是赤裸著的。

「趕緊睡下來！」朱二嫂在他背上拍了一掌，「當心受涼。」

一睡了下來，李果擁被笑道：「剛才是一鼓作氣，這會兒真懶得起床了。」

「我先起來，你再睡一會好了。」朱二嫂摸索了好半天，方始下床；穿上棉襖，拉開窗簾，第一件事就是去照鏡子；兩個黑眼圈，灼然可見；同時發覺腿軟軟地站都站不穩。

扶著桌子揭開窗簾，屋子裡並沒有亮了多少；天色比前一天更陰沉。朱二嫂心想，怕要下雪了！不由得沒精打彩地坐了下來。

已經醒來，懶得起床的李果，在帳子裡看得清清楚楚，見她坐著發楞，不由得詫異，便揭開帳子，披衣下床。朱二嫂聽得聲響，回頭來看，她那眼中陰鬱的神色，更使得他不安了。

「怎麼回事？」

「你看，快要下雪了！路上又是雪，又是雨，泥路上一腳踩下去，半天拔不起來；又冷又溼，衣服不烘乾，怎麼穿？就不嫌難受，也會受病。一想起來，我真愁死了！」

原來是為此發愁！李果笑道：「我都不愁，你愁甚麼？我又不是單身趕路，有張五爺作伴；帶的人也不少，怕甚麼？」

「車子陷在爛泥地裡動不了，人再多也沒有用。」

「那可是沒法子事！只好碰運氣。」

正談到這裡，聽得有人叩門；必是蕙香發現他們已經起身來問訊。朱二嫂走到外間，開出房門去一看，果不其然，蕙香、芸香雙雙站門外。

「昨晚上睡得還好吧？」蕙香含笑相問。

本是一句極平常的寒暄，朱二嫂心虛；尤其是看到芸香那種好奇並帶著窺探意味的眼色，更感窘迫；只好很客氣地敷衍：「兩位妹妹請進來坐！」

「謝謝、不必。」蕙香問道：「李師爺想來也起來了？」

「是的。」

「叫人打臉水來！」蕙香先吩咐芸香；然後又轉回臉說：「我家五爺，陪著李大爺進城了。臨走有交代——」

「啊！請進來，坐了說。」

蕙香點點頭，踏進房門；一看便說：「朱二嫂何必費事，等我們來收拾好了。」

朱二嫂還待說兩句客氣話，李果已迎了出來；蕙香按規矩請了安，站起身轉達張五的留言。

「我家五爺說，他陪著李大爺進城辦事，請李師爺再在這裡玩一天。」蕙香看一看朱二嫂又說：「五爺又說：請朱二嫂仍舊陪一陪李師爺。五爺已經打發人到朱二嫂家去通知了，說是我家老太太挽留。」

張五如此安排，是被挽留的兩人完全沒有想到的；李果與朱二嫂對望了一眼，一時竟不知如何作答。

「李師爺是先吃點心，還是就開飯？」蕙香又說：「時候也不早了。」

「就吃飯吧！」李果不勝歉疚地，「真正是打攪了！教我好生過意不去。」

蕙香少不得也客氣一番，方始轉身而去。等她走遠了，朱二嫂說：「『客去主人安』，不能再讓她們費事了。」

「我也這麼想。可是，張五已經到你家通知了——」

「我不回去。」朱二嫂搶著說。

「不回去？」李果困惑地說：「你今晚上睡在哪裡？」

「進了城再說。」

李果仍有疑問，進城到何處落足？不過看到她胸有成竹的神氣，覺得可以暫且不問。洗了臉吃飯；朱二嫂一定不讓蕙香與芸香伺候。這一方面是表示禮貌；一方面是為了有個籌思已熟的計畫，要跟李果在私底下談。

「我要帶你進城看一處房子；你如果心口如一，以後會常常來，你就把那裡的房子賃下來。」

「好啊！」李果欣然同意，「是怎麼樣的房子？」

「你看了就知道了，很靜。房子當然不算好，但很合我們兩個人住，因為有照應。」

「喔，」李果明白了，「你是說分租人家的餘屋。房東是誰？」

房東是朱二嫂的閨中密友，比她大得多；小名阿桂，朱二嫂管她叫「桂姐」。這桂姐心腸很熱，也很能幹，最好的是，從不道人長短；所以朱二嫂跟她無話不談。她雖是有夫之婦，但丈夫軟弱無用；所以寡婦午夜夢回，搗枕頭，咬被角，萬般無奈的苦楚，她也頗能體會；曾經很謹慎地替朱二嫂安排過一段露水姻緣，結果是日子不巧，正好逢到朱二嫂「身上來」，以致臨陣退卻。

這最後的一段祕密，朱二嫂當然不會透露。但只談桂姐的為人及與她的關係，李果便已明白；以此為雙宿雙飛之處，不獨可得桂姐的照應，而且也不虞春光外洩，實在是一個可遇而不可求的好所在。

「太妙了！」李果放下酒杯，「吃了飯，馬上走。」

「看看皇曆，如果今天日子好，馬上就訂約進屋；今天晚上我就睡在那裡。」

「原來你早想好了，怪不得有恃無恐。不過，倘或日子不宜於遷居進屋呢？」李果問道：「你跟我到客棧去住？」

「對了！我正是這麼打算。」

「你敢？」

「有甚麼不敢？大不了你替我另外找一間屋子就是。」

「那可不一定有。」李果緊接著說：「也不必看甚麼皇曆了，揀日不如撞日；反正我跟你在一起的日子，都是好的。」

朱二嫂甜甜地笑了，帶些嬌羞的味道；看上去像年輕了十歲。

「慢點！有件事先得商量好。」李果問道：「對主人怎麼交代？」

朱二嫂想了一下說：「這件事，似乎不能瞞他們。」

「說得是！不能瞞他們；等安排好了，我們就在新居請他們喝酒。」

於是，匆匆飯罷；李果將蕙香找了來，先道謝，後致歉，說要進城。然後盡口袋所有，約莫

八、九兩碎銀子，留下一塊作轎錢，其餘都作了賞號。

初見時有些忸怩。李果自覺行止有欠光明，不似正人君子，心裡不免嘀咕，不知道人家會怎麼樣看他。但很快地，那種不安的感覺就消失了；因為桂姐是個很容易親近的人。

她有四十多歲，胖胖的身材，圓圓的臉，慈眉善目，生得是很富泰的福相；與她那形容瘦小猥瑣的丈夫站在一起，誰也不會相信他們還是一對感情不算壞的夫婦。

只一說「想租房子」，桂姐便明白了一半；告個罪，再使個眼色，將朱二嫂邀入臥室，問個清楚。

「看人倒還不錯。你們是怎麼認識的？」

「蘇州織造李大人那裡的師爺；李大少爺帶來的。」朱二嫂低聲說道：「是經過這裡進京，一過了年就會回蘇州；以後常常會來。」

「你呢？」桂姐問道：「他一來了，你就來陪他？」

「嗯！」朱二嫂答應著；雖是無話不談的閨中密友，到底也不大好意思，所以她低著頭，不敢看桂姐。

桂姐心中雪亮；平靜地問：「認識多少時候了。」

「兩三天。」

「才兩三天，就有交情了！」桂姐失聲說道：「好快！」

「是張五爺跟李大爺把我騙了去的——」朱二嫂將前一天的遭遇，約略說了一遍。

桂姐聽得很仔細，一面聽，一面為她設想；聽完又思索了一會，點點頭說：「這樣也好！看個幾個月，再作道理。走吧，先看房子。」

可以出租的餘屋，是小小的一個院落，北屋之間，外帶一間廂房；天井裡鋪著青石板，卻有一個花壇，種著一株蠟梅；蜜黃色的花正開得熱鬧，李果一看就中意了。

「好得很！」他向朱二嫂說：「請桂姐吩咐一個賃金的數目，今天就成約進屋吧！」

「今天就進屋？」桂姐插嘴問說。

「他說，」朱二嫂答道：「揀日不如撞日；而且馬上要進京了，也不能多等。」

「說得不錯，揀日不如撞日。我馬上找人來收拾屋子。」桂姐說道：「木器倒是現成的，動用家具，隨後再添也不要緊；不過要添一副新鋪蓋，晚上也要熱鬧熱鬧。」她想了一下又說：「都交給我了！妹夫趁早去請幾位好朋友來暖暖房。」

一聲「妹夫」，別具親切之感；李果便向朱二嫂說：「他們還不知道這回事呢！我得去告訴他們，順便邀了他們來吃飯。不過，太麻煩桂姐；還有訂約的事——」

「小事，小事！妹夫先請吧！」桂姐問道：「客有幾位？」

「只得兩個。」

「那更省事了。你請放心。」桂姐笑道：「晚上來做現成新郎倌好了。」

李果笑笑不答，朱二嫂卻是面泛紅暈；向李果使了個眼色，走到一旁；李果也正有話要問她，隨即跟了過去，輕聲說道：「訂約的事怎麼說？」

「不要談錢！」桂姐聽到了，在一旁高聲說道：「我不是為了錢才租房子給你們的。」

一路上談朱二嫂、談桂姐，當然也談往時見聞，印證此時的經歷；有健談的張五作伴，旅途頗不寂寞。加以天公作美，常常是極好的太陽，很少遇到雨雪。除了風沙撲面，不能張嘴，有時還不能張眼是一大不便以外，別無苦處。

第五章

到京那天是十二月廿八；這年十二月小，過一夜就是除夕了。

李果是住在西河沿的三元店，行裝甫卸，征塵未浣，先忙著將帶來的土儀，照名單配好；派人持著李煦的名帖，分頭致送。國喪期間本可不送年禮；但些許土儀，自當別論。當然，這是普通人情；有些要緊地方，非李果親自登門不可。

首先要拜訪的是，內務府營造司郎中佛寶；此人是李煦的兒女親家，休戚相共，所以李煦在李果臨行以前，特地關照，到京以後立刻去看他，打聽消息；若有疑難，亦不妨跟他商量。

佛寶家住西城石老娘胡同，李果不曾去過；但內務府的人，很容易打聽，車子一進胡同東口，車伕在「大酒缸」上一問，立刻明白。到門投帖；很快地便有佛寶親信的聽差出來招呼：「請李老爺小書房坐。」

佛寶是李果相熟的，二十年來見過十來次，相見問訊；旗人多禮，與李果相關的人，都要一一問到。這番應酬完了，佛寶第一句話問：「客山！行李卸在哪兒？」

「我住三元店。」

「怎麼住店呢？自然是住在我這兒！」說著，佛寶便要叫人去取李果的行李。

「不敢、不敢！多謝佛公。我還是住店，比較方便。」

李果堅辭好意，費了好些脣舌，才得如願。他怕佛寶還有些繁文縟節的禮貌使出來，所以開門見山地說：「旭公特地讓我進京，來看佛公；諸事要請佛公主持。」說著，將李煦的一封親筆信從貼身衣袋中取了出來，當面遞上。

說這話的神色是很鄭重的；佛寶不由得心頭一懍，拆開信來，細細看去，只得兩張信紙，道是「處境艱危，常有朝不保夕之憂，叨在至交而又至親，亟懇鼎力賜援。筆下不盡，統請客山兄面陳。」情詞哀急，「至交而又至親」的佛寶，心情不由得沉重了。

「何以有『朝不保夕』的話？」他用低沉的聲音問：「一朝天子一朝臣，調動或者不免，要說有別的麻煩，是斷乎不會有的。」

「倘或調動，就是『朝不保夕』了！」

「這話怎麼說？」

「佛公跟旭公至親，想來他的情形，必有所聞。」

「是的！」佛寶答說：「他手頭散漫，好客，我知道有虧空。」

「佛公知道虧空有多少？」

「多少？」

李果想據實回答；話到口邊，怕嚇著了佛寶，復又改口：「不下三十萬金！」

「三十萬！」佛寶將雙眼睜得好大，怔怔地望著李果，好久，才著急地說：「怎麼鬧這麼大一個窟窿？」

「手頭散漫，好客，自是原因；不過，最主要的，還是幾次南巡，把窟窿扯得不可收拾了。」

「那，皇上在的時候，不是替他補過幾次？」

「沒有補完。」李果答說：「他總覺得窟窿太大了，說不出口——」

「唉！」佛寶不等他說完，便頓足長嘆，「旭東一輩子就害在這個虛面子上。如今好！皇上都駕崩了，誰知道他這筆賬？」

「是啊！此所以旭公有朝不保夕之憂。」李果用很重的語氣，而且輔以手勢：「只有一條路，必得保住蘇州織造這個差使！不然，辦交代就顯原形了。」

「難！」佛寶大為搖頭，「胡鳳翬在謀這個差使，他是甚麼人？客山你知道不？」

「知道！年妃的姐夫。」李果又說：「我就不明白，內務府的闊差使也很多，他為甚麼偏偏想這個蘇州織造呢？」

「這都怪旭東自己不好。」佛寶答說：「論實惠，內務府的好差使很多，可是比不上織造來得闊。織造也只有江寧、蘇州兩處，曹楝亭、李旭東把場面擺得這麼闊，這麼熱鬧，誰不眼紅？」

李果默然，自覺心在往下沉；但也有警惕，自己為自己鼓勁，極力將一顆心提了起來，擺出毫不洩氣的神態說道：「佛公，事在人為，有條路子，或者可以擋得住年家的勢力。」

「喔！」佛寶很注意，也很疑惑；李煦有些甚麼路子，他都知道，略想一想問道：「是十四爺這條路？」

「這自然也是一條路，不過還有。」

「這我可不知道了！」

「佛公，」李果低聲問道：「當今皇上居藩的時候，不從我們蘇州請來一個和尚嗎？」

「你是說文覺？」

「是！就是他。」李果問說，「佛公看這條路子如何？」

佛寶先不作答，只說：「不知道你怎麼走這條路子？」

「我跟文覺是舊交。這不算！跟我一起來的一位朋友，跟他可不是普通交情。」

「那是誰啊？」

「吏部考功司掌印郎中張振麒的第五個少君。」李果答說：「無錫人。他跟鼎世兄是至交；就為了來走這條路子，特為在年內趕進京。」

佛寶深深點頭，「這樣的朋友，如今很少了。」他沉吟了一會說：「倒是一條路子；不過要快。」

「是的。我跟張五約好了，一破了五就去看他。」李果緊接著談第二條路子：「恂郡王不知道到京了沒有？」

「到是早就到了！」佛寶的臉色，一下子變得異常陰鬱，而且長長地嘆口氣：「唉！」是那種千言萬語，想了又想，不知從何說起的神氣；李果的心又往下在沉了！

「你知道吧？」佛寶忽然抬頭問道：「李縉之跟著十四爺來的。」

「喔！」李果急急問道：「住在哪兒？」

「前天到通州去了。」

李果心裡明白，曹家在通州張家灣有房子；那裡是運河的終點，江寧織造衙門為轉輸聯絡方便起見，當曹寅在世時，設了這座公館。蘇州織造衙門有人往來，也常在那裡借住；李果決定也到通州去度歲，跟李紳好好商量一下，一過了年，放手辦事。

李紳在屋子裡走過來，走過去，地板不斷「嘎吱，嘎吱」作響；他彷彿突然發覺了這吵人的聲音似地，站住腳回過身來說：「這屋子也快破敗了！我真沒有想到，回京來是住在這裡！」

「你以為應該住在哪裡呢？」李果問說。

「不管怎麼樣，也不會住到通州來。」李紳拖張椅子，坐在李果對面，「最先是御前侍衛來傳旨，說皇上身子不爽；召恂郡王進京。那時大家的心情，正所謂『一則以喜，一則以懼』。恂郡王跟我說，『將來你就像曹寅一樣，替我在江南做個耳目。不過你不算內務府的人，我只能派你到江蘇去當地方官。』這所謂『將來』，他知道，我也知道，很可能就是眼前。誰知道，根本就沒有甚麼將來！」

「縉之兄，」李果強自振作著勸說，「得失窮通，付之天命。你是達者，莫非還看不破？」

「你別笑我！是為恂郡王傷心。」

「是的，」李果低聲說道：「到底是九萬里版圖的得失；哪怕是堯舜，亦未見得能夠釋然。」

「唉！」李紳嘆口氣，「九萬里版圖，幾百兆黎庶，就這麼不明不白地丟掉了！是一場永遠不醒的噩夢！」他倏地抬眼，高聲說道：「真的！不知多少次了，我會忽而從夢中驚醒，一身冷汗地自己問自己：這是真的嗎？怎麼會有這種事？」

「皇位如此遞嬗，實在是不可思議的一大奇事！」李果問道：「恂郡王奉到哀詔，作何表示？」

「既憂且疑。」

「疑甚麼？疑心遺詔傳位皇四子，不是大行皇帝的本意？」

「是啊！」

「然則憂的是皇位不可復得？」

「不是！」李紳答說：「憂慮京中已經大亂，八、九兩位一定不服，說不定已經束甲相攻，骨肉相殘。」

李果肅然動容，「恂郡王真了不起！還是為弟兄和睦著想。不過，」他覺得恂郡王的憂慮似乎多餘，「八、九兩位，並無兵權，何能束甲相攻？」

「當時並不以為八、九兩位並無兵權。隆科多一向是擁護八貝子的；總以為八貝子為恂郡王爭皇位，一定指揮隆科多有所動作。直到第二道遺詔一到，方始恍然大悟。」李紳接著說道：「第二道遺詔是命領侍衛內大臣馬爾賽、提督九門巡捕三營統領隆科多、武英殿大學士馬齊輔政。才知道隆科多跟馬齊，早就在暗中被收買了。」

「那麼，恂郡王怎麼樣？俯首聽新君之命？」

「哼！」李紳冷笑：「世上哪裡有這麼便宜的事？換了足下，試問，嚥得下這口氣不？」

看李紳尚且痛心疾首，扼腕欲絕；身當其境的恂郡王如何血脈僨張，憤怒難平，亦就可想而知。李果想起京中傳言，說恂郡王依照當今皇帝所定的限期，於二十四天之內，從西寧趕回京城以後，以大將軍的名義，行文禮部，詢問見嗣君的儀注。看來此話不虛。

「此話不虛？」李紳睜大了眼反問：「果真如此，不就是自供有不臣之心？既有不臣之心，何不在西寧就興師問罪？」

「是啊！」李果想想不錯；但又有疑問：「何以會有這樣子離奇的流言呢？」

「流言之起，是恂郡王到京以後，確曾行文禮部諮詢，應該先叩謁梓宮，還是先賀新君登極。禮部奏請上裁，奉旨先謁梓宮，才換了喪服進城。」

「這話似乎矛盾了。」李果坦率問說：「不說恂郡王嚥不下那口氣嗎？可是，進京以後，如此措置，又似乎恪守臣道。這是怎麼回事呢？」

「嚥不下這口氣是心裡不服；恪守臣道是為了顧全大局。哪知縱然如此，仍遭猜忌。你知道，說行文禮部詢問見嗣君儀注的流言是怎麼來的？」

「我剛到京，怎麼會知道？」

「我告訴你吧，是這個，」李紳屈起拇指，伸手相示，是「四」的手勢，「授意隆科多散播的謠言。」

李果大吃一驚，想了又想，終於還是忍不住問了出來：「照這樣說，是欲加之罪？」

李紳點點頭，反問一句：「此罪該當何罪？」

「有不臣之心，自然是十惡不赦的大罪；莫非，莫非，」他也伸四指示意，「還能殺同父同母的胞弟？」

「有老太后在，還不至於。不過——」李紳搖搖頭說：「實在難說得很。」

李果半晌作聲不得，只覺得李紳的話在胸中排盪起落，怎麼樣也寧帖不下來；最後頹然垂首，低聲說道：「看來令叔凶多吉少了。」

一提到李煦，又為李紳添了一重心事：「唉！」他長嘆一聲，「我想都不敢想。」

「越怕事，越多事；及今早為之計，或許還來得及。」

李紳雖不作聲，看他的眼神，是承認李果的話不錯；於是他從頭細敘，自李煦的虧空，一直談到張五將與文覺相會。促膝低語，整整一個更次，方始談完。

歛首傾聽的李紳，不時抬眼看一看李果；而每一次眼中的神色都不同，憂慮、抑鬱、疑惑，看著都是令人不怡的。直到聽完，他站起身來，又「嘎吱、嘎吱」地踩得地板響了。

「怎麼？」李果忍不住催問了：「你隻語不發，是不是別有善策？」

「何來善策？」李紳回身又坐了下來，湊到李果面前，低聲問道：「你知道不知道文覺在今上面前，居何地位？」

「他最佩服姚廣孝；不過是否能如姚少師之與明成祖，就很難說了。」

「是的，很難說。不過，我聽得的話，不妨姑妄言之。」李紳緊接著說：「明成祖得位雖不正；到底也曾親冒矢口，猶如力戰經營，拿血汗性命換來的天下。今上得位，全以詭道；你知道設謀的是甚麼人？」

「莫非是文覺？」

李紳點點頭，「有人這麼說；說這話的人，是絕不會冤誣今上的。」他又加了一句：「而且，此人很可以不必說這話，終於還是忍不住說了。」

「這，」李果大為困惑，「那會是誰呢？」

「皇太后。」

李果心頭一震，顯然的，這是太后跟恂郡王所說；而李紳又是從恂郡王口中得知。可是，太后又是聽誰所說，而且何以不預作防範？

等他將他的疑問說了出來，李紳嘆口氣說：「咳！如果太后早知此事，又何至於會有今天？還不是事後方知。」

「那麼，太后又是誰告訴她的呢？」

「聽說是宜妃那裡得來的消息。」李紳又說：「宜妃與太后本來名分相等，感情最好；如今破臉了！」他忽又問道：「你可知道，如今最苦的人是誰？」

「是誰？」

「是以四海養的皇太后！」李紳說道：「她在宮中連頭都抬不起來了。」

「我想，」李果問說：「她總還心疼小兒子吧？」

「不止於心疼，是擔心。聽說文覺勸了今上一句話：有國無家。」

「那不就是勸他不顧手足的感情嗎？」

「正是此話！如今倫常骨肉之間，暗潮洶湧，或許還會掀起大波瀾。」李紳緊接著轉入正題：「文覺是這麼樣一個人，肯為朋友出力嗎？何況又是間接的關係。我，」他搖搖頭說：「我不大相信。」

李果默然，沮喪之情，現於形色；默然半晌，問出一句話來：「那麼，你有甚麼好法子呢？」

「沒有！」李紳答來：「我也想過，始終沒有善策。」

「然則你以為去看文覺，有沒有害處呢？」

「害處或者還不至於。」

「那就是了！既然無害，這條路子還是要去走；充其量枉拋心力而已。」

對於這個結論，李紳無以相難；「事到如今，也只好有路就走了。」他說：「轉眼就是雍正元年，登極建元，與民更始，或許會有寬典。」

「是啊！」李紳忽發奇想，「明年癸卯，是頭『黑兔』，兔子跑得快，又是黑的，不容易為人注目，或者可以逃得過這一關，亦未可知。」

張五一開了年就派人到廣安門外的天寧寺，賃下三間屋子；年初五那天裝了一車書，帶一個老僕、一個書僮，瀟瀟灑灑地到了天寧寺。

這座寺也是京師有名的古剎，南北朝時元魏孝文帝所建，名為光林寺；入隋改名宏業寺，以後自唐至元，又改過兩次寺名。到了元朝末年，為兵災所毀；明成祖封燕王時，重建新寺；宣德年間又修過一次，改名天寧；以後又改為萬壽戒壇，但大家一直都叫它天寧寺。

天寧寺有名的古蹟是一座建於隋朝的塔，塔共十三級，四周綴滿銅鈴，有的說有上萬之多，有的說只得三千六百；不論風定風作，總是琅琅作響，日夜不斷。張五頭一天為鈴聲吵得夜不安枕，但第二天就習慣了。

張五搬到這裡來，託名用功讀書，其實是瞞著他父親，要跟文覺見面，所以這一天上午寫了信給文覺；下午有客來訪，卻不是文覺，而是李果。

「地方倒真不錯！」他推開西窗望去，遠處山影，近處叢竹；一抹淡金色的陽光，照得室中開朗明爽，胸襟一寬。

「五兄，你怎麼挑這座寺來住？」

「怎麼？」張五問道：「有何不好？是不是隋皇塔的鈴聲，晝夜不斷？初聽吵人，很快就慣了。」

「不是鈴聲吵人。」李果答說：「莫非你不知道，姚少師在這裡駐錫過。」

原來姚廣孝曾住此寺，張五確是不知。但他的想法跟李果不同；覺得這是個有趣的巧合。「莫非你覺得有何不妥？」他說：「也許正因為我住天寧寺，他更願意來看我。」

「不見得！」李果憂心忡忡地，「在你看是巧合；在他看也許覺得你別有用心，要好好考慮一下。」

聽這一說，張五楞住了，「那——」他吸著氣說：「我已寫信告訴他了。」

「那也就不必去說它了！」李果很機警地，怕他因而沮喪，所以自己又改了語氣：「也許是我過慮。」

正談到此，只見窗外人影一閃；李果定睛細看，來的這個和尚，約有五十歲上下，身材高大，法相莊嚴；及至等他走近了才看出，一臉的精明，還帶些酒肉氣，看來是個知客僧。不是知客是方丈。張五一面起身，一面為他引見，方丈法名智一；張五管他叫「智大師」，李果也就跟著他這樣稱呼。

「請教李施主是哪一科？」

「慚愧！」李果答說：「只青一衿而已。」

「秀才是宰相的根苗。」智一又問：「想來跟張施主一樣，是在北闈下場？」

「倒無此打算。」李果搖搖頭；想告辭了。

「今年開恩科，規矩跟以前不同，秋闈變春闈；春闈變秋闈。扎根基、取富貴，不過半年功夫；真正難得的機會。」

李果懂他的意思。原來新君登極，例開恩科；但這年癸卯、明年甲辰，本是鄉試、會試的正科；向例移正作恩，正科後推一年，要到雍正三年春天，才能結束兩科的試事。如今部議，恩科以元年四月鄉試、九月會試、十月殿試；正科三試，改在明年的二月、八月、九月；這就是智一所說的秋闈變春闈，春闈變秋闈。

懂是懂，卻不感興趣；李果覺得這個和尚開口便談功名，俗不可耐；便即起身說道：「我瞻仰瞻仰隋皇塔去。」

於是智一帶來的小沙彌，引著李果往塔院而去。等他走遠了，智一問道：「這位令友，跟施主是甚麼交情？」

「我們一路作伴來的。」

「喔，施主剛到，他跟著就來了；看起來交情不淺。不過，」智一低聲說道：「能不能勸他這兩天不必枉駕？」

張五頗感意外，直率問說：「其故安在？」

「有位身分極重要、極尊貴的人，說不定這兩天要來看施主；有外人在，諸多不便。」

張五心裡明白，也很驚異；文覺的勢力真是不小，居然能讓這裡的方丈為他「當差」，特地來作安排。而且聽智一的語氣，文覺已經將他在當今皇帝面前的身分公開了？

話雖如此，他卻不能沒有警惕；故意問說：「智大師，你說的是誰啊？」

「國師文覺上人？」

「他封國師了？」張五越發驚異。

「皇上已經許了他了，恩命不久可下。」智一又說：「施主寫給他的信，已經收到了。」

「喔，他說他要來看我？」

「是！有這個意思。」

「甚麼時候？」

「那可說不定了。」智一又說：「總要施主這裡沒有閒雜人等，他才會來。」

聽他將李果說成「閒雜人等」，心裡不免反感；但求人之際，諸事皆宜委曲，所以想了一下問道：「我可以跟他說。可是，理由呢？為甚麼這兩天不能來，總得有個講得過去的說法。」

「那還不容易！只說有約要出門幾天，不就像下了逐客令了。」

見此和尚說鬼話不必打腹稿，張五頗有戒心。至於問他搪塞李果的理由，原是難一難他；既然難不倒，自然一笑置之。

到晚來，張五講了智一所帶來的消息，李果不待張五表示，便即說道：「我迴避幾天，只希望你事後立刻通知我。」

「那是一定的。」張五說道：「我心裡在想，往時跟他見面，完全是方外之交，無求於人，說話隨便，就不甚得體也不要緊了。這一次不同了，得好好敷衍他一番，就得好好預備一下；說實話，佛法我實在不大懂，得向你討教。」

「我所知也不多，且說來再商量。」

「第一是稱呼，應該客氣一點兒了吧？」

「那容易。」李果答說：「原是有規矩的，用法名下一個字稱公。」

「我應該持何態度、如何談起？」

李果想了一下說：「他不當你居士，你也不當他方外，可說是忘形之交；不妨只敘舊好了。」

「言之有理！」

「五兄，」李果又說：「恕我直言。我所說的敘舊，要有分寸——」

「我懂，我懂！一個人既貴之後，就不宜再談他當年可笑之事；禮貌上也不能再像當年那樣隨便。否則，就得勞動叔孫通來定朝儀了。」

「漢高還算是寬宏大量的，就怕他像明太祖那樣，既不准提皇覺寺的往事；又不准說『淮西婦人好大腳』，彷彿在笑馬皇后。可是口頭不說，心裡惱恨，那才糟糕。」

張五閉著眼想了一會，張眼點頭：「你請放心，我會很謹慎。」

一鉤上弦寒月，照出廊上孤零零的影子。張五的牙床不時咬得格格作響，他不知道是外面太冷，還是心中太熱、太興奮，忍不住抖戰。

終於看到了燈影；一盞白紗燈冉冉而來，張五不由得眸凝細望，看清楚小沙彌手中的燈，所照的只是智一，他不由得心冷了。

「施主在這裡等？」

「是啊！等了有半個時辰了。」張五有些怨恨，說好起更時分來的，快二更了，仍然爽約。

「國師也來了一會兒。」智一說道：「有些菩薩面上的事要交代，稍為耽誤了一點功夫。」

張五沒有理會他後面的話，急急問說：「人在哪裡？」

「在方丈。請施主跟我來。」

方丈單有一座院落，屋子只得三間，卻很開闊；正中一間設著佛堂，右面一間漆黑，只有左面一間，雪白的窗紙上照出一片黃暈；還有人影晃動，當然是文覺。

揭開棉門簾，就聞到一陣濃郁的奇南香味；文覺穿一身玄色僧衣，含笑合十，香味是從他左腕上的手串發出來的。

「覺公！」張五喊得一聲，長揖到地。

文覺不答，等張五抬起身子來，方始說一聲：「居士請少禮。」

張五心頭一震聽慣他叫「五少」的；突然改了稱呼，他覺得「居士」二字像一條極長的手臂，將他推遠了。

「智一師，」文覺說道：「這裡不勞你招呼。」

「是，是！我教他們迴避；我親自守著垂花門，不會有閒雜人等闖進來。」

「多謝！」文覺向張五擺一擺手，「請坐。」

說完，他自己在禪榻上盤腿坐了下來，將僧衣下襬蓋沒了雙腿；張五便在榻前一張椅子上落坐，沉吟著該怎麼開口說第一句。

「五少！」

這一聲讓張五又是一震，心疑自己聽錯了；張著嘴只是發楞。

「五少，」文覺微笑說道：「你我的交情，不足為外人道。」

張五這才恍然而悟，原來「居士」只是叫給智一聽的，一則他不願顯示彼此深密的交情；再則，他要擺他「國師」的身分。

想到這一點，他有話了，「恭喜、恭喜！覺公，」他抱著拳說：「天子所敬，舉國所師。」

「言重、言重！」文覺問道：「你是聽誰說的？智一？」

「是的。」

「有是有那麼一回事，還沒有上諭；不足為外人道。」

「當然！法不傳六耳，在這裡所談的一切，都不足為外人道。」

這句話說得很好，文覺的笑容中連矜持的意味都消除了；仍舊是以前的樣子，看來親切得很。

「你是趕考來的？」

「也不盡是。」張五答說：「恩科鄉試變春闈，還是到了京裡才知道的。」

「那麼是來省親？」

「也不完全是。」張五答說，「趁年裡趕了來，是為一位世交長輩。」

「誰？」

「是蘇州織造——」

「喔，是他。」文覺脫口說道：「他幕府裡有位朋友，我很熟。」

這是指李果。張五倒有些躊躇了，不知道是不是應該趁這個機會，道破李果也趕進京來了？

就這一沉吟間，發覺文覺的表情變過了，雙眉微皺，彷彿上了心事似地。是何緣故，好生不解；不由得望著他發愣。

「我聽說他虧空不少。他的事，我怕幫不上忙。」文覺緊接著說：「你姑且說了再談。」

張五的心一沉，身子發軟；但終於還是簡單扼要地說了句：「無論如何請你幫忙，能保住他的位子。」

「果然是為此！」文覺大為搖頭，「只怕愛莫能助。皇上恨極了包衣。而且有人挖他的牆腳。」

「我知道——」

「你知道就更不用我再多說了。」文覺搶著說道：「此人不但有內線，而且有極硬的靠山。」

張五真個要支持不住了；他用茫然失神的眼睛看文覺說：「我真不明白，此人何以非要謀這個差使不可？」

「這就不知道了。我也沒有功夫去管這些事。如果你要知道，我可以替你打聽。」

「打聽無用，要打消！」張五鼓起勁來說，「覺公，只要你肯助以一臂之力，事無不成之理。」

「這，我哪裡有那麼大的神通？」

「覺公，」張五又拉出一個人來，「你不跟他幕府裡的人也熟嗎？」

「只有一個，也姓李。」文覺緊接著說：「五少，不是我不講交情；交情，光你一個人就夠了。實在是我幫不上忙。」

「我不相信！」張五不能不拿姚廣孝來作比了，「我搬到這裡來以後，才知道天寧寺原是姚少師卓錫之地；我想，覺公，你如今的位分，不也就跟姚少師一樣嗎？」

聽得這話，文覺臉色大變；但驚懼之容很快地消失了，「五少，」他用極低的聲音說：「不管你想得對不對，這話千萬不能跟第二個人去說。你把我比做姚少師，皇上成了甚麼人了？我不是嚇你，這話是在這裡說，隔牆有耳，倘或在別的地方說，會替你惹來殺身之禍。」

用不著文覺嚇他，只「你把我比做姚少師；皇上成了甚麼人了」這一問，便足以使張五自己嚇著了自己。將當今皇上比做明成祖，不就是說他奪了他人的天下了嗎！

「好了！你也別怕；只記著我的話就行了。」

「是！我一定記住。」

文覺點點頭，「至於你提到姚少師，我先請問你，你讀過《罪惟錄》的〈溥洽傳〉，跟《明史》的〈姚廣孝傳〉沒有？」

「《罪惟錄》這部書，知其名，沒有讀過；《明史．姚廣孝傳》是讀過的。」

「那麼，我考考你；姚少師八十四歲那年入覲，明成祖常去看他，有一次問，有甚麼話要說？意思是有甚麼遺言。請問，姚少師是如何回奏？」

張五將〈姚廣孝傳〉默憶了一會答說：「他的回奏好像是為溥洽求情，說他在監獄裡太久了。」

「是的。」文覺又說：「我再請問，姚少師要救溥洽，早就該開口了，為甚麼要等溥洽繫獄十餘年之後，而且在成祖問他最後的心事，方始明說？」

這將張五考問住了！他復又回憶〈姚廣孝傳〉，記得說溥洽是建文的「主錄僧」；燕師入南京金川門，大索建文而不得，當時雖將宮中自焚而死的皇后，當作建文，認定他已殉國，以絕天下之望；事實上特派親信，巡行天下，訪求建文的蹤跡。由於有人說，建文出亡，溥洽知道經過情形；甚至說建文出宮時，最初就躲在溥洽那裡。而溥洽堅決不承認，因而成祖另外找了個罪名，將溥洽拘禁在獄。張五所能回答文覺的，僅此而已。

「其實，」文覺說道：「溥洽不但知道建文如何出亡；而且建文祝髮，根本就是溥洽主持的。姚少師知道成祖對這件事寢食不安；與此事有關的人，不會輕赦，所以他一直不敢說，怕貿貿然碰了釘子，以後話就不好說了。直到自顧在日無多；最後的一個請求，成祖一定會成全他，方始表明心事。這個道理你懂了吧？」

懂是懂了，卻不大相信；「李某人能與溥洽相比嗎？」他問。

「雖不能相比，招恨則一。總之，壞在是包衣的身分；不管下五旗，還是上三旗，上頭一提起來就會生氣。」文覺又說，「包衣惹出來許許多多的麻煩，結果是害了他們的主子。」

聽到這一說，為張五添了額外的心事，不但為李家擔憂，替曹家也捏了一把汗。他從小受祖母憐寵、父兄鍾愛，過的是無憂無慮的日子；這次北上，自覺受人重託，肩上挑著一副關乎一大家人禍福的擔子；雖感到不勝負荷，但自信必可挑得起來。不想真要挑起來時，那副擔子竟像在地上生了根一般，文風不動！想到李家父子滿心以為他一言九鼎，馬到成功；該走的路子不去走，該留的退步不去留，豈不誤盡誤絕？

怎麼辦呢？自不量力，悔之已晚；憂急悔恨，加在一起，以致臉色灰敗如死；看在文覺心中，倒覺得好生不忍。

「五少，」他說：「你的心也太熱了！」

「不熱也不行！我是答應了人家的。」

文覺大驚，「你答應了人家的？」他急急問說：「你跟人家怎麼說。」

看到他的表情，張五發覺自己失言了；不過多想一想，覺得也沒有甚麼不能出口的話：「他們知道你是從龍之臣；又知道我跟你有交情，問我能不能託個人情，我當然義不容辭。」

「就是這些話？」

「就是這些。」

文覺放心了。他跟當今皇帝之間的祕密很多；又只記得張五知道他的祕密，卻不知道他知道多少？深怕張五為了證明跟他交非泛泛，洩漏他的祕密，所以大為不安。如果是這麼兩句話，也平淡得緊。

不過，他還是有疑問，「李客山跟我也熟。」他問：「怎麼不託李客山，要託你呢？」

這句話才真難回答。此時絕不能再說破是跟李果作伴同來的；更不能說李煦父子認為他跟文覺的交情，比李果來得深，所以只託他而不託李果。同時他覺得也不能絕了李果去看他的路。一句話中三面都要顧到，大是難事；想了一下，這樣回答：「李客山大概也要到京裡來。會不會來看你，就不知道了。不過，既然有交情在那裡，我想他會來看你。」

文覺不作聲，籠著衣袖在屋子裡走；走時聲息全無，不知他怎能練成這一套下腳如飄落葉的功夫？

「唉！」忽然站住腳說：「偏偏是你們兩位，論情理，我不能不管；可是要管又實在無從管起。五少，我跟你說一句不足為外人道的話，這件小事我不能管，要看他的造化。」

聽到最後兩句，張五的精神一振。「覺公，」他問，「既是小事，管亦不難；何以不能管？何以要看他的造化？」

「這話，我可沒法兒說了。」

他是平平淡淡的一句話，張五卻像胸口挨了一拳，氣血上湧，堵得難受。好久，愁眉苦臉地說了句：「早知如此，應該敬謝不敏的。」

文覺黯然低頭，臉上有愧歉之色，不願讓張五發現；沉吟了一會，突然說道：「李織造有個姪子單名一個紳字，號縉之；你知道此人不？」

「聽說過，是恂郡王的幕府。」張五很注意地問說：「覺公，你問此人為甚麼？」

「他跟恂郡王一起回京來了。如果你能約他來跟我談一談——」文覺忽又問道：「你認識他？」

「不認識。」張五知道這是一個機會，不肯放過；緊接著又說：「有甚麼事我可以去找他。」

「不認識，話就不好說了。」文覺搖搖頭。

「也許，」張五很謹慎地說：「李客山已經進京，亦未可知，如果他來了，自然甚麼話都可以跟李縉之說。」

細聽張五所說前一天晚上跟文覺會面的經過，李果脊梁上一陣一陣發冷；心裡極亂，有些話也不曾聽清楚。直到提起李縉之居然亦為文覺所知，而且似乎有求於李縉之，他才如連日陰霾忽見陽光般，心胸為之一爽。

「這怕是唯一的，也是最後的一個機會。」李果很有把握地說：「李縉之這個人是熱血男兒，何況又是他老叔的事，無有不盡心之理！我明天就到通州去把他搬了來。」

「何必你親自去？派人送封信去就行了。你別忘了，你要先去看文覺。」

「說得是！」李果盤算了一會，突然問說：「五兄，你看文覺那裡送點甚麼東西好？專程來看他，又是有所求的；這份禮得好好打點。」

張五一時無法作答。文覺如今要甚麼有甚麼；哪怕上千銀子的重禮，也未見得會看在眼裡。而況，他名義上總是出家人，世俗富貴人家視為珍貴的東西，在他未必有用。

「我想，送禮總要投其所好。」李果又說：「我只知道他好權勢；那只有當今皇上，才能給他。此外，我就不知道他好甚麼了。」

於是張五從「投其所好」四個字上去思索；定定心細想了一會，忽然想起，「他好一樣東西，可惜，」張五搖搖頭，「你不便送他。」

「何以見得？請你先說了再研究。」

「春冊。」張五問道：「你不會知道他有這一好吧？」

「我從哪裡去知道？」李果皺著眉說：「送他這玩意，倒像是當面罵他似地。」

「就是這話囉。」

「另外想！」

想了好一會才商量定當，買一掛名貴的佛珠，刻一方「國師文覺」的玉印，覓一部宋版的佛經；最好能找到一幅李龍眠畫的羅漢或者達摩。這四樣禮物清雅名貴，適合文覺的身分。

「李先生，」張五提醒他說：「這四樣東西，只怕沒有一弔銀子下不來。」

「不要緊！敝居停留了一筆款子在京裡，隨時可以動用。五兄，你請坐一會，我寫兩封信；回頭請你陪我一起到琉璃廠去物色。」

兩封信，一封是寫給李紳，請他即日進京；一封是通知馬維森——李煦有三千銀子存在他那裡，現在要動用了；不過並非提現款，只要定好的東西，由店家送了去，請他憑貨發款就是。

「行了！」李果寫完兩封信，交其下人，分道專送；與張五帶著小廝福山，步行閒逛；片刻之間，琉璃廠在望了。

這裡在元朝名為海王村；明朝是專製琉璃瓦的官窯，所以稱為琉璃廠，或名廠甸。自正月初一至十六，凡是九城擺地攤的，都想在這裡占一席之地，名為「開廠甸」；因而歲朝之遊，亦無不「逛廠」。但廠甸不管原來的店家，或者臨時擺設的地攤，都以古玩、字畫、碑帖、文房四寶為正宗，所以遊客中多的是達官朝士，騷人墨客；張五一路上遇見好些熟人，寒暄周旋，應接不暇；到最後，李果只好向張五招呼一聲，帶著福山管自己去辦正事了。

走不多步，只見高懸一方金字招牌，大書「文粹堂古今圖書」七字。這下提醒了李果；文粹堂的東主姓金，是蘇州人，每年都要回一趟蘇州，收買舊書，少則一船，多則四、五船；書商提起「文粹堂金」，都知道是京師琉璃廠中的巨擘。這金掌櫃，李果也見過兩面，又是舊識，在他這裡要物色的甚麼，自然不會吃虧。

等他步履安詳地一踏進去，立刻便有個中年漢子從帳台後面站起來；向一個拿著卷書在看的年輕夥計說：「小謝，招呼客人。」

原來此輩眼光最厲害，一看李果那種瀟灑的神態，後面又跟著個文文靜靜的小廝，便知是有意來訪書的。國喪猶在百日之內，布服布鞋，服飾上雖看不出貧富；但氣度上卻看得出李果並非寒士，像這樣的主顧，只要買一部宋、元舊書，盈餘就夠店裡半個月的開銷了；所以絲毫不敢怠慢。

於是，那叫小謝的夥計迎出來說：「請裡面坐！」

裡面是特設的客座，中間一張八仙桌，兩旁八把椅子；八仙桌上方有一面很大的天窗，所以室內頗為明亮，收拾得纖塵不染，倒是個看書的好地方。

李果在八仙桌旁坐了下來；小謝便即請教：「貴客尊姓。」

這小謝撇的是京腔，語尾卻有吳音；李果便用蘇州話答說：「我姓李。」

「原來李老爺也是蘇州人。在哪個衙門恭喜？怎麼以前沒有見過？」

「我剛到京不久。」李果問道：「金老闆呢？」

他打的是鄉談，所以並不忌諱北方所諱稱的「老闆」二字；小謝亦是如此：「金老闆年前趕回南邊去了。」

「喔，年前趕回去的？想來他家有事。」

「不是。」小謝沒有再說下去。

這就透著有點神祕了；李果一時好奇，便往下追問：「那麼，是為甚麼要趕回去呢？」

「是——」小謝放低了聲音說：「一朝天子一朝臣；這個當口，總有幾家大戶人家會敗落下來。金老闆是收書去的。」

聽得這話，李果像當胸著了一拳，好半晌說不出話；那小謝是近視眼，看不出他臉上的表情。恰好小徒弟送了茶跟果盤子來，便忙得招待；亂過一陣，方始動問來意。

「李老爺想看點甚麼書？」

「喔，」李果定定神說：「有宋版的佛經沒有？」

宋版書中，道藏、醫書已是冷門貨；說要佛經，更是罕聞，但做這種買賣，最要緊的是將主顧穩住，所以一迭連聲地答說：「有、有！不知道你老要哪一種佛經？」

「那倒無所謂。你多拿幾部來看看。」

小謝答應著去找帳房；是金老闆很得力的助手，對於版本源流，亦是爛熟胸中，想了一會說：「二酉堂大概有。你去一趟；有多少都借來。」

「二酉堂」在琉璃廠東頭路南，本是前明老鋪，冷僻舊書甚多；但宋版的佛經，亦只得兩部，一部叫做《占察善惡業報經》；一部就是有名的《楞嚴經》。

「先送兩部來，李老爺看了再說。」小謝已知李果如真想買宋版的佛經，生意就一定跑不掉，所以說了幾句真話：「佛經多在寺院裡，不比人家收藏宋元精槧，遲早會散出來；所以不瞞你老說，佛經實在不多。」

李果點點頭；翻了翻兩部佛經，將《占察經》放在一邊；只看那十卷《楞嚴經》，字大如錢，寫得好、刻得好，印得更好，清朗如寫，毫芒畢現；紙張堅而又白，一開卷不但賞心悅目，且如有一股書香，撲鼻而至。李果一看就中意了。

「這部《占察經》沒道理！在隋朝就知道是偽書了；這個譯者『菩提燈』，來華的蹤跡無可考。」李果又說：「《楞嚴經》中雖有神仙之說，是道家的主張，所以有人說這部經名為唐譯，其實是宋朝不知哪位和尚所偽作。不過，論佛理亦頗有發前人所未發的精警之處。學佛的人，這部經是必讀的。我買了！大家同鄉，最好不二價。」

「是、是！李老爺法眼。宋板像這樣好的，真正少而又少；如果不是《楞嚴經》，是《道德經》，只怕上千銀子都沒有買處。你老請坐一坐，我馬上就來。」

小謝跟帳房商量，二酉堂的底價是二百兩銀子；決定討價五百，如果能以三百成交，連三成回扣，可賺一百六十兩銀子，所獲比書主二酉堂還多，是筆好生意。

果然，漫天要價，就地還錢；討價五百，還價百五；磨到張五找了來，才以二百六十兩銀子成交。就這樣，也有一百二十兩銀子的好處；文粹堂自然竭誠款待，要留兩位客人小酌。李果和張五自然堅辭不受；不過還要借他的地方坐一坐。

「足下何以遲至此刻才來？」李果笑道：「再不來我真當你去逛胡同了呢！」

「剛才我在清閟閣看到一件手卷，也許合用，討價亦不貴，要不要去看看？」

「好啊！」李果又問：「我是坐得夠了，你一路奔波，要不要歇一歇再走。」

「不必！走吧！」

到得清閟閣，取那八寸多高的小手卷來看，蜀錦籤條上題的是：「元八僧詩翰卷」；展卷細讀，共是八首七絕，李果便笑了。

「題錯了！應該是『七僧詩翰』。五兄，你仔細看！」

張五看第一首寫的是「落日黃塵五圍城，中原回首幾含情；已無過雁傳家信，獨有松枝喜鵲鳴。」署款「天台僧宗泐」。下面押著兩方圖章，都是白文：一是「僧印宗泐」，一是「季潭」。

再讀第二首：「艮嶽風來暑殿涼，拜章新換紫霞裳；靈禽只報宮中喜，不報金人到大梁。」下署「全室復題」；押「全室」二字的白文圖章。

「啊！我剛才沒有看出來，說『復題』，則全室就是宗泐；而且筆跡也是一個人。」

「對了！全室是宗泐上人的別號，元末的得道高僧；死在明太祖洪武年間，還是永樂年間，我記不清楚了。」

「這樣說，一定跟姚少師也熟。」張五又說：「這七位高僧，我一個也不知道。」

「我也只知道兩位，除全室以外；這位弘道上人號存翁，與全室是同時的。此外五位就得查書了。」

於是，張五再看弘道的那首，寫的是：「維鵲飛來立樹梢，應憐鳩拙久無巢；宣和天子忘機者，吮墨含毫為解嘲。」不由得就說：「這是題宋徽宗的畫。應該是——」

應該是這樣一幅畫面：地在汴京御苑的「艮嶽」，水殿風涼；殿外長松，松枝上喜鵲正在向殿中人啾啾而鳴。不過，這幅畫是宋徽宗蒙塵在五國城所作；看詩意是很清楚。

「可惜只有題畫之詩，而無詩題之畫。」張五感嘆著說：「不想宣和天子，在五國城中，猶有一番閒情逸致。」

「豈但閒情逸致，一樣飲食男女；宋徽宗在五國城還生了好些兒女。金章宗的生母，就是他在五國城生的女兒。」李果又說：「言歸正傳，問問價看。」

清閟閣的掌櫃聽他們閒談，把這個手卷的毛病都找出來了，料知遇見不受唬的行家，老老實實要了八十兩銀子，結果讓去十兩成交。

買雖買了，卻是李果自己收藏，並不打算送文覺。因為這個手卷的毛病很多，有詩無畫，猶在其次；最不妥的是，語多譏訕，如「已無過雁傳家信，獨有松枝喜鵲鳴」；「靈禽只報宮中喜，不報金人到大梁」；還有「胡塵」、「北虜」等字樣，雖是指金，但清與金皆為女真，古稱肅慎；太祖稱帝時，國號為金，亦即後金；後來一改為滿洲，再改為清，仍與金的聲音相近，所以稱金為「胡」、為「虜」，亦是「大不敬」。這樣一個手卷，送給常近天顏的人，可能愛之適足以害之。

「客山的思慮真細密。」張五說道：「我還見到一樣東西，也許合適。」

這是個冊頁，宋朝張即之寫的《華嚴經》，可惜只是殘卷。張即之是南宋的大書家，相傳他是水星下凡，寫的字可以避火；因而越發為人所寶重。他寫的《華嚴經》一直藏在內府；不知哪一朝忽然失去六卷。可惜殘卷亦非內府所失去的卷數，但已極其難得，尤其是用來送文覺，頗為相宜。

買了這本冊頁，又買了一方上品的田黃，刻字是來不及了，而且只知將封國號，還不知名號，一時亦無法鐫刻；亦不妨先送一方佳石，以待嘉名。

辦完正事，天色將暮；張五興致很好，還不想回去，便念了幾句詩：「帝京春色盛元宵，閶闔門東架綵橋；五鳳樓台天切近，三陽時節凍全消。」然後說道：「東安門外的燈市，正月初八就有了。如今雖不如前明之盛，亦頗有可觀。『燈市元宵醉莫辭』，不如到那裡喝酒看燈。」

「五兄，你真是過得日子都忘記了！」李果笑道：「今年怎麼會有花燈？」

「啊！」張五爽然若失，「我忘了還在國喪之中。」

「找個地方小酌驅寒，我倒贊成。」

於是迤邐往東而去，一路尋覓，卻沒有那家館子開門；因為這一帶本是歌童下處，娼女香巢匯集之地，如今八音遏密，遊客絕跡，館子開了門也沒有多少買賣，樂得多歇幾天，等過了元宵開市。

「只好上『大酒缸』了。」張五提議。

「也好！」

大酒缸是販夫走卒買醉的地方，一看來了兩個文質彬彬，還帶著小廝的同好，不由得爭相注目。李果有些發窘，張五卻不在乎；站定望了一下，指著屋角，說道：「那裡有座位。」

所謂「座位」，只是幾張小板凳——屋子裡有四口碩大無朋的酒缸；一半埋在土裡，一半露出地面；上加朱漆木蓋，恰好成了個圓桌面，沿缸四周擺著七、八張小板凳。張五看到的地方，已先為人占了一半；恰好還有三個座位。

「這裡可只有燒刀子。」張五說。

「也行！」

於是張五高聲喊道：「掌櫃的，來兩個。」

大酒缸賣燒酒，論「個」計算；一個二兩，用錫製的容器盛裝。酒菜只是鹽煮花生、虎皮凍、滷豆乾、五香蠶豆之類，不過附近必有熱食擔子與二葷鋪；福山不能喝酒，張五讓山東籍的跑堂，替他叫來二十個包子、一大碗小米粥作晚飯。另外為他自己與李果要了些爆肚、羊頭肉、炒肝兒這些只有京裡才有的小吃下酒。

兩人都有話說，卻不能暢所欲言；隱語鄉談，顯得形跡詭祕，已頗有人在注目了。李果跟張五從眼色中取得默契，相戒不言，只談些琉璃廠的見聞；每人喝了三「個」酒，要了些餃子，吃得酒醉飯飽，閒逛著回到了客棧。

李果進門第一件事，是到櫃房去取「宮門鈔」——特為花錢託掌櫃去辦來的。攜歸自己屋裡，剔燈細看，第一條就使得他大感興趣。

「五兄！」他喊：「你來看。」

張五正在洗臉，丟下手巾去到他身邊去看，只見宮門鈔的第一條是：「封大將軍恂郡王子弘春為世子，班列成親王世子弘晟下。」

「你看到了沒有？恂郡王要晉位親王了。」

「何以見得？」張五不解地問。

「親王嫡子封世子；郡王嫡子封長子。郡王之子封世子，不正是郡王進爵親王的先聲。」

「嗯，嗯！有理。」

「你再看第二條是。」

第二條是：「封廉親王、履郡王、怡親王、大將軍恂郡王女為和碩格格。婿給額駙秩。」

「這就是封公主了！」張五問道：「履郡王是誰啊？」

「皇十二子胤祹。」

「喔，」張五也頗感興趣了，「你看，」他指著「廉親王」三字說：「跟胤禩都像是和解了。」

「應該這麼看。反正是在極力籠絡。」

「恂郡王一子一女都得了恩典。可是，」張五提出疑問：「何以不加恩於恂郡王本人？」

「這——」李果沉吟了好一會說：「恐怕不容易那麼就範。」

張五點點頭說：「反正咱們只往好的地方去看就是了。」

雖往好處看，也要作壞的打算。李果心裡在想：如果恂郡王不就範，會出現怎樣的局面？總不能造反吧？他默默地自問自答；自答自問：如果真的造了反，會是怎麼一個局面？那就很難說了。恂郡王內有太后，外有八、九兩兄；總還有一班傾心的大臣，真要造反，還不是一天、半天就能鎮壓得下去的，不過，照他現在所看到的局面，這個反一定造不成，是可以斷言的。

「你在想甚麼？」

「造反不成，可就慘了！」話一出口，李果方始發覺；一時忘其所以，竟把心裡的話都說了出來，不由得既驚且愧，趕緊到窗前張望了一下，幸而沒有人經過；走回來搖搖頭，不好意思地笑道：「幸虧是你！」

張五初時發楞，多想一想也容易明白，點點頭悄聲說道：「就不造反，恐怕也不會有好日子過。」

「唉！不談吧！」李果起身將福山喊了來吩咐：「再去弄些酒來喝。」

「借酒澆愁愁更愁！」張五提醒他說。

「找點樂子，忘了那一段兒。」

「只怕沒有樂子可找。本來賣唱的倒是很多——」

「不，五兄！」李果打斷他的話說：「你誤會了。喝喝酒，談點兒有趣的事，不也是樂子？」

「這還差不多。」張五突然想起，「不知道那個七僧詩翰手卷送來了沒有？」

原來李果買的宋版《楞嚴經》，張即之所寫華嚴殘卷，一方田黃圖章，還有一串五色寶石串成的佛珠，都寫了字條讓店家送到佛寶那裡交貨取款；唯有他自己所買的這個手卷，關照清閟閣送交這裡的掌櫃；他有幾百兩銀子存在櫃房裡，可以為他代付。

「我去看看去。」

過了好一會，李果才捧著手卷回來；恰好福山也買回來一瓶蓮花白；一大包薰肚醬肉；另外還有「半空兒」，紫蘿蔔之類的零食。又替他自己買了一串糖葫蘆，一路啃了進來。

「把火盆撥一撥，你睡你的去吧！」李果又問：「到通州去送信的人，回來了沒有？」

「還沒有。」

「必是明天一塊兒到京。」張五接口，「今晚上總沒事了。」

於是撥旺了爐火，飲酒談文；張五因為「奉闈」在即，雖說有文覺的關節，心中無憂；但闈中文字要刻出來分送至親好友，不能見不得人，所以此時殷殷請教。李果自是知無不言，言無不盡；這一談，不知不覺過了三更，兩人卻都還沒有睡意。

直到酒罄火微，興致將闌，預備歸寢時；只聽院子裡有人聲，並有掌櫃的聲音：「李師爺在北屋。」

「啊！」張五機警，「通州的人來了！」

李果開門一看，果然是李紳；不由得詫異：「怎麼？半夜裡趕了來？」

「早到京了。這會是『倒趕城』來的。」

原來京師九門，向晚關閉；但前門——正陽門一交子時便開了，只是不許出，只許進；為的家居「宣南」的朝官得以入宮待漏。有些在城外遊宴訪友，不能及時回城的，索性到了午夜才進前門，這就是所謂「倒趕城」。

「這位想來就是縉之先生了？」張五在一旁插進來說。

「正是，正是！我來引見。」

經李果介紹以後，張五與李紳相互長揖；握著手不放。「久仰、久仰！」

「彼此，彼此。」

兩個人都非常客套。張五久仰李紳是獨往獨來的風格，大異流俗；李紳亦聽李果信上提過，一直仰慕張五是個古道熱腸的俠義之士，所以彼此都有相見恨晚之感。

「兩位慢慢再談吧！」李果說道：「掌櫃的還等在這兒呢！」

「不要緊！不要緊！」掌櫃說道：「很巧，間壁的屋子正好空著，李老爺就歇這一間。」

於是先看了屋子，安頓下來，李紳洗臉喝茶，吃了掌櫃親自在櫃房裡做的一碗熱湯麵，頓覺征途全浣，精神大振，向李果詢問急召來京的緣故。

夜深人靜，間壁屋子說話，都能聽得清清楚楚；李果深恐隔牆有耳，便先說一句寬他心的話：「事有轉機。」接著又說：「明天再細談吧！」

「喔。」李紳會意，轉臉說道：「聽說五兄在天寧寺用功？」

「哪裡談得到用功？」張五謙恭地說：「得向縉之先生好好討教。」

「豈敢！豈敢！」

「都別客氣了。」李果有些不耐煩，「我看都睡吧！養足了精神，明天好辦事。」

話雖如此，李紳與張五還是談了下去；邊疆的見聞，在張五頗感新奇，聽者不倦，言者亦很起勁。最後連李果也被吸引住了。

但一談到大將軍與年羹堯，李果立即警覺，「睡吧、睡吧！」他起身說道：「甚麼話都等到明天再說。」

這一夜張五與李果都睡得很好；李紳卻以有事在心，輾轉不能入夢。到第二天上午，張、李二人起身，漱洗既畢，去探望李紳，見他睡得正酣，都不忍喚醒他。於是李果決定先到佛寶家，將送文覺的四樣禮物取了回來再作道理。

「那，我亦回家去看一看。」張五也說：「飯後找個清靜地方去細談，如何？」

「哪裡清靜，我可不知道了。」

正月裡凡是可供遊宴之處，到處都是人，實在沒有甚麼清靜的地方；想來想去還只有在客棧中，關起門來，促膝傾談是最好的辦法。

聽完張五的話，李紳心裡有著無限的抑鬱；如果早識張五，或者早知李果跟文覺很熟，能夠了解有這麼一個和尚為「雍親王」的謀主，及時密陳恂郡王，事先防備，何至於會失去天下？

「縉之！」李果問道：「你的意思如何？」

李紳茫然。他定定神反問：「你指哪件事？」

「文覺很想跟你見個面；你的意思如何？」李果緊接著說：「我要聽你一句話，才好去看他。」

「那何用說？只要於家叔有利，我自然照辦。」

「好！我今天就去看他。」李果轉臉問張五：「照你看，他要跟縉之見面，目的何在？」

「我想，是要問問西邊的情形。」

「然則問西邊的情形，目的又是何在？」

這樣問法，有些咄咄逼人的意味；張五有些感到窘迫，只好閃避了：「我不知道。」

「也許，」李果自己回答自己的話，「西邊還在用兵，要問問地理形勢、風土人情。」

「怎麼？」李紳詫異地問，「文覺還參贊軍務？」

「那也很可能的。」李果突然問道：「縉之，你看恂郡王會不會回任？」

「你是說他會不會再回西邊？」

「是啊。」

「不會。」

「那麼，誰接他呢？」

「當然是年羹堯。」

「也許，」李果修正了他自己的答案，「是要問問年羹堯的情形。如果真是問到此人，縉之，你應該怎麼回答，可要好好想一想。」

「你說應該怎麼回答？」

「總以不得罪人為是。」

「那是說好話？」

「對了！成人之美，有利無害。」

張五深以為然；但默默在靜聽的李紳，卻有不甚贊成的表情。

「縉之先生，」張五怕他不明白李果的意思，格外又作解釋，「如今在挖令叔牆腳的，就是年羹堯的至親；能說年羹堯的好話，或許還會顧念情分，事情也比較易於挽回。否則，一結了怨，更為棘手。」

「說得是！」李紳滿心委屈地答說：「不過，此人實在也說不上好。」

話已經說得很透澈；李紳也一定明白其中的道理。是他家自己的事，要怎麼應付才於他叔叔有益，無煩他人叮囑；所以張五與李果，相顧默然。

「那麼，請客山就去一趟吧！我在這裡待命。」

李果微微頷首，收拾送文覺的禮物，用一塊灰布包袱包好，囑咐福山，小心提著；上了車直奔所謂「潛邸」——雍親王府。

名刺與禮物遞進去以後，只一盞茶的功夫；出來一名藍翎侍衛，手裡持著一張名刺，揚著臉問：「哪位是蘇州來的李老爺？」

門房裡坐著好些人，都等了好半天；此時左右相視，及至發現李果起身上前搭話，不由得都露出羨慕的神色。

「敝姓李，蘇州來的。」

那侍衛將他從頭看到足；然後說一句：「跟我來！」

李果跟著他，亦步亦趨，越過一重又一重的院落；凡是轉角衝要之處，都有侍衛悄悄站著，大多不加招呼，即有也是極簡短的一兩句話。李果心裡不免嘀咕，無端生出一種彷彿如入龍潭虎穴，吉凶莫卜的感覺。

最後進了一道垂花門，五楹精舍，門楣上懸著一方藍地金字的匾額，上書「蓮界」二字。等走近了，有個小沙彌掀簾而出，迎上前來；那侍衛交代了引導的差使，轉身自去。小沙彌不發一言，只在門邊打起簾子；李果抬頭一望，恰好看到文覺，不由得就縮住了腳。

「覺公！」李果這樣改了尊稱；字只有兩個，卻澀口得很。

「一別數年，客山先生真是瀟灑如昔。」

「瀟灑」二字提醒了李果，不妨保持舊日姿態；於是隨隨便便地走了進去，拱手一揖，作為正式行禮。

「哪天到京的？」文覺合十說道：「請裡間坐。」

裡間的陳設十分講究，一張極大的紫檀書桌，臨空擺在中間，兩面都有座位；桌上展開一軸圖，上覆藍布，料想是一幅地圖。文覺引著他到東面的一張禪榻；指一指上首，自己先在下首盤腿坐了下來。

這使得李果記起以前相處的歲月，在寒山寺也是經常這樣在禪榻上相向而坐。不過從前的那張禪榻小，一坐下來，每每膝蓋相接，真個是促膝傾談；眼前的禪榻，既高且大，中間還隔著一具矮几，倒像匟床，隔几相對，距離比從前遠了。

「多謝厚貺！」文覺說道：「本想璧謝，又怕你多心；受之未免有愧。」

「東西不值錢，不過是花了點心思在上頭的；相知多年，亦只是一點心而已。」

「我知道。」文覺問道：「你是哪天到京的？」

「年前就到了，住在通州。」

文覺又問：「無錫張家的老五，你熟吧？」

「見過幾次面。」李果從從容容地說：「聽說他也來了。」

「莫非他來，你不知道？」

「我動身的時候，他正在蘇州作客；我是到了京才隱約聽人說起，他也來了。」

「你知道他來幹甚麼？」

「不知道。」

「他跟你一樣，是專門來找我的。」文覺說道，「李家的事，我實在愛莫能助。」

這個說法在李果意料之中，他從從容容地答道：「如果覺公亦無能為助，就再沒有可以援手了。」

「何出此言？李家的闊親戚不也很多嗎？」

這話是李果所不曾想到的，覺得很難回答；但其勢不容他多所猶豫，只老實說道：「闊親戚雖多，未見得能幫得上忙。」

「何以見得？」文覺又說：「平郡王不是他的外甥女婿嗎？」

李果不知道平郡王訥爾蘇目前的「行情」如何，也識不透文覺提及此人的用意，不敢自作聰明，造作理由，只這樣答說：「雖是親戚，交情不厚；而況又遠在數萬里之外。」

「要論到交情，我跟李旭東不過一兩面之緣而已。」

「交情厚薄，不在乎形跡親密與否？而況人要看可交不可交，敝居停是個可交的人。」

「這倒是實話。就怕我想交無法交。」文覺終於透露了他的最後一著：「你能不能找李縉之來跟我見個面？」

為了表示他事先一無所知，李果故意擺出訝異的神色：「覺公跟他也熟？」

「就因為不熟，所以要找你先容。」

「理當效勞。」李果接下來說：「我跟他很熟，覺公如果有事要他辦，我來交代他就是。」

「沒有事，沒有事！只是聽說大將軍門下，有這麼一位司章奏的幕友；無非仰慕他的文采而已。」

「噢！」李果問道：「要他甚麼時候來？」

「這裡太拘束，無法暢談。等我想一想，先得找個合適的地方。」

現成就有一個地方：天寧寺。不過，李果不便建議，也不能作何暗示，只能靜靜地等著。

文覺當然也會想到天寧寺，只是他有顧慮，會張五在那裡，會李紳又在那裡；明顯著天寧寺跟他有密切關係。他不願意讓李紳看出這一點，所以他處皆可，唯獨天寧寺不在考慮之列。

「這樣吧，我們先定日子。」文覺問道：「明天下午如何？」

「好！我通知他。在哪裡見面？」

「他住在哪裡？」

「住在他一個遠親那裡。」李果故意不說李紳跟他住在一起。

「能不能請他到你客棧裡來？明天下午，我派車來接。」

「請問覺公，我呢？要不要陪他一起來看你？」

「正要請你引見。」

「既然如此，不妨在我那裡會齊。」

也不過剛過正午，便有掌櫃親自來向李果通報，說來了一輛車，要接李果與李紳；來人未說是何處派的車，只說李果自己知道。

「是的，我知道。」

「李師爺知道？」掌櫃面現詭祕之色，踏上兩步。低聲說道：「恐怕不知道吧？」

掌櫃的話太可怪了，也太可笑了，「哪裡來的車，我心裡當然明白。」他問：「掌櫃從何見得我不知道。」

「知道就好！我是怕兩位不明就裡，糊裡糊塗闖出禍來。」

這話就只可怪，不可笑了；李果正色問道：「掌櫃，我不懂你的話。」

掌櫃想了會，問出一句話來：「李師爺聽說過『坐黑車』沒有？」

一聽這話，李果恍然大悟；怪不得掌櫃的這樣關切。「坐黑車」是京師的豔異之一；傳說中常有人遭此奇遇，道是願意不願意到一個很有趣的地方去逛一逛；倘或願意，約定時日地點，便有一輛沒檔車來接，車帷極密，一入車廂，漆黑一團，只聽車走雷聲，既不辨南北東西，亦不知路有多遠，反正曲曲折折，東彎西繞，腦筋再清楚的人，亦無法從感覺中去分辨自己大概是到了甚麼地方？

乃至車停，下來一看，定會驚異；大宅深院，是富貴人家的閨閣。青衣侍兒，導入密室，所遇見的也許是花信年華的豔婦，也許是丰韻猶存的徐娘；如果運氣不佳，對手甚至是個虎狼之年的醜女人。但既來之則安之；雲雨巫山、昏天黑地。有個禁忌是不許開口多問；問亦不會知道甚麼。往往雖有肌膚之親，卻始終未交一語。事後仍舊照去時那樣回來；記憶猶新，卻常有如夢似幻之感。這就是「坐黑車」。

據說，八旗王侯的內眷，倘或難耐寂寞，每每由此取得慰藉；間或行蹤不密，出了紕漏，那就甚麼禍事都可上身。因此，掌櫃提出警告；李果當然感激他的好意。不過，他也很困惑：論年紀早非精壯的小伙子，哪裡有「坐黑車」的資格？

此時恰好李紳走了來，問知經過，便即笑道：「掌櫃的真是杞憂了！哪有個大白天坐黑車的？」

「啊！啊！」一句話提醒了掌櫃，掉頭就走。

「話雖如此，不過關防嚴密，確也有不願意讓我們知道去向的意思在內。」李紳略有些不安，「我實在琢磨不出，他要跟我見面是何用意？」

「縉之！你把自己先穩住。」李果提出忠告：「實事求是，不自欺亦不欺人。」

李紳把他的兩句話，細細體味了一會，自覺在應付上比較有了把握，便即欣然答說：「謹受教！」

「甚麼話！」李果拍拍他的肩，順勢一拉，「走吧！」

「請等一等！」李紳一面將他手裡用油紙裹著的一卷紙伸展開來，一面說道：「我寫了一張字送文覺，聊作贄見之禮；請你看看，是不是合適？」

李果定睛細看那尺許寬卻有五尺長的狹長條幅，上面是一筆腴厚而瀟灑的蘇字；寫的也是蘇東坡的詩「碧玉碗盛紅瑪瑙，井花水養石菖蒲；也知清供無窮盡，試問禪師得飽無？」

李果看完這首詩，凝神靜想了一會，再看下面的題款是：「錄東坡居士贈常州報恩長老兩絕之二，即請文覺上人正腕。」於是說道：「蘇詩我不熟，還有一首呢？」

「還有一首很玄，不如這一首有味。」

「有味是有味，可是——」

見此光景，李紳立即改變初衷：「我原意是空空雙手上門，未免缺禮；寫一個手卷，聊且將意，既然你覺得不妥，不送也罷。」

「不是你錄的詩不妥。」李果從從容容地說：「玩味詩的本意，是要講究實在，不尚浮文。就怕他看不懂，且有心病，容易生出誤會。」

這還是所錄的詩不妥，不過換了一種婉轉的說法。李紳將詩卷捲了起來，「我也覺得不大妥當。算了！空手上門就空手上門；以後有機會，另圖補報；沒有機會，只好算了。走吧！」

此時不容李果更有解釋；等他將詩卷捲好留下，便領頭出了房門，到得前面大院子裡，只見一輛裝飾華麗的後檔車前面站著一臉精明的中年漢子；便為自己與李紳表名：「敝姓李；這位也姓李，就是貴上想見的人。」

「是！請上車。」

二李共一車，帷簾甚嚴，都很知趣地不作聲；等那中年漢子揭開車帷，上車坐定，聽車聲轆轆，感覺到車子向北轉彎料知是進內城了。

「這首詩其實很切合『此人』的心境與企圖，但正因為太切合，所以不能送。」李果在李紳耳邊說道：「此人多疑，語言務必謹慎。寧可賴、不可騙。」

「我明白。」李紳答說：「我原來亦有試探此人之意。既然易於起誤會，那就一動不如一靜了。」

李紳能夠諒解，李果自然高興，只是在黑頭裡，覿面不辨為誰；無法讓李紳看到他自己欣慰的神色，只好緊緊握住他的手，表示彼此毫無隔閡。

第六章

在經過一段幽靜、平坦、修直，而且很長的途徑以後，車子漸漸地慢了；停車啟帷，一片波光照眼，李紳、李果都茫然不辨身在何處？

但兩人都很謹慎，下得車來，靜靜地站著，目不斜視；正面看到的是，背山面水的一座精舍；一帶不高但很堅固的石砌圍牆，有一扇只容一人出入的黑油小門。那一臉精明的中年漢子，在門上輕叩數下；隨即發現小門上又開了一扇尺許長，七八寸寬的小門；門內出現了一張臉。

「來了？」

「來了。」

黑油小門開啟，一個短小精悍的年輕人問道：「哪位是蘇州來的李爺？」

「我是。」李果站出來說。

「那麼，這位就是西邊來的李爺了？」他指著李紳說。

「是的。」李果代答。

「請進來。」

進得圍牆，但見飛簷四聳，仰之彌高；二李不期而然地都在心裡一驚，這裡不是離宮，就是別苑，因為京城裡哪怕是宰相的府邸，亦不准建築這樣的高樓。只不知是皇家的哪座園林。

這樣想著，李紳不自覺地抬頭一望，西面群山起伏，迤邐東趨；恍然省悟，看規模不是先皇「避喧聽政」，駕崩於此的暢春園；應該是「雍親王」的賜園——圓明園。

二李是並肩同行的，恰好李果轉過臉來，李紳便用拇、食兩指，圈成一個圓圈，借擺手的勢子，將他的手碰了一下；李果望下一看，也就明白了。

走完一條兩旁種著書帶草的鵝卵石甬道，踏上漢白玉石鋪的台階；領路的人帶他們繞迴廊到了北面，推開兩扇槅子門，說一句：「請兩位稍微坐一坐。」他自己並未進屋，由廊上又走了。

屋子裡光線很暗，高大的紫檀几椅與多寶槅遮得路都看不甚清楚；兩人都不敢造次，就近在一具畫箱似的矮長櫃上坐了下來，卻不知哪裡鑽出來一個人，一聲：「請用茶！」二李都嚇一跳。

兩人無不憋著一肚子的話，但心裡存著極高的警惕；在這些地方，走錯不得一步，說錯不得一句，所以都只好忍著。

過了一頓飯的功夫，廊上有了腳步聲；凝神細聽，應該是三或四個人。兩人便都向外張望；頭一個是領路的，李果看到第二個，拿肘彎向旁邊撞了一下；李紳自能會意，文覺來了。

這時李果已不待通報，便迎了上去；「覺公，」他半側著身子說：「這位便是李縉之。」

「覺公，」李紳恭恭敬敬地作了一個揖：「李紳拜見。」

「幸會，幸會！」文覺合十還了禮，回頭向侍從吩咐：「開窗！」

「風大！點蠟吧？」

「也好。」

於是點來兩支粗如兒臂的綠色素蠟，但也只照亮了一角；文覺肅客上坐，自己在對面相陪；蠟燭在李紳身後，將文覺照得很清楚。李紳喜愛雜學，精研過麻衣相法，看他白蒼蒼的一張臉，兩耳貼肉，顴骨高聳，薄嘴尖鼻，配著雖小而極亮的眼睛，便知此人屬於陰險一流，大起戒心。

「縉之先生從西邊來？」

「是的。」李紳欠身答道：「原在大將軍王帳下。」

「那麼是隨恂郡王一起到京的？」

「是！」

「縉之先生在恂郡王那裡多久了？」

「前後三個年頭，其實兩年還不到。」

「喔，」文覺又問：「跟平郡王熟吧？」

「我原先就是在平郡王那裡。」

「怎麼轉到恂郡王那裡的呢？」

「這說來就話長了！」

在李紳回憶往事，暫時出現沉默的當兒，李果很機警地插進去說：「覺公，有個不情之請，大概是受了寒的緣故，腦袋昏昏地，想偃臥片刻。不知道可能容我暫且告退。」

「喔！除了頭上，還有哪裡不舒服？我有現成的丸藥；你說給我聽了，我叫人替你拿藥。」

「不用、不用！」李果搖著手說：「只要喝兩杯熱茶，睡一會就好了。」

文覺便點點頭回身關照侍從：「找個地方讓李老爺息一息；好好伺候。」

侍從帶著李果一走，也就不來了；文覺便讓李紳坐在一起，隔著茶几，側面相談，彼此都看得見對方的臉了。

「縉之先生，」文覺肘靠茶几案，將身子斜了過去，低聲問道：「皇上接登大寶的消息到西邊，你在哪裡？在恂郡王身邊？」

「是的。」

「當時恂郡王如何？」

「自然是搶天呼地，痛不欲生。」

文覺一驚，既而省悟：他是將老皇駕崩與新皇踐祚，混為一談了。便提醒他說：「我是指今上接位的消息。」

李紳的回答也很巧妙；「那是同時到的。」他說。

這話也不錯，兩個消息一起到，便不能不混為一談；先帝上賓，身為人子的恂郡王「搶天呼地，痛不欲生」，也是無足為怪的。

「以後呢？」

「自然是想起來就哭。」

「甚麼事想起來就哭？」

「想起先帝。」

「不是，」文覺終於不能不明說了，「不是為了今上接位？」

「今上接位，何有痛哭之理？」

文覺認為他是假裝糊塗；心裡在想，此人很難對付，不必逼得太緊。於是換了個話題問：

「縉之先生今後有何打算？」

「我是跟著大將軍王來的。如今雖說由輔國公延信署理印務，究竟還不知道恂郡王是不是回任；如果回任，我當然還是跟著恂郡王回西邊。」

文覺點點頭說：「看來你們賓主相處得不錯。」

「是的。」李紳坦然答說。

「如果恂郡王不回西邊呢？」

李紳想了一下說：「那要看平郡王的意思。」

「這是說，如果平郡王仍舊延攬，你還是要到西邊？」

「是的。」李紳答說：「立身處世，當有始終。覺公以為如何？」

文覺自然稱一聲：「不錯。」

說了這兩個字，他沉默了。語言始終不能入港，他不免有些著急；悄悄轉念，看起來還得另闢蹊徑。

這回是從李煦著手，「跟令叔常通音問吧？」他說。

「是的。每個月總有家信。」

「我是蘇州人，令叔澤惠三吳，我是深知的；可惜賦性豪邁，手面太闊，只怕將來吃虧的還是自己。」

聽得這話，李紳的情緒就不能穩定了，「覺公真是知人！」他說：「家家有本難念的經，如果都能蒙覺公這麼體諒，家叔一定會力矯前失，感恩圖報。」

「我體諒無補於事。」文覺微笑答說：「要上頭能體諒才好。」

「上頭恃近臣為耳目。尤其是像覺公這樣，翛然物外，憑空竪衡；有所月旦，上頭一定格外看重。」

「不然！聖明天縱，無不燭之隱；不過，聖德寬洪，只要能力贖前愆，實心任事，那就不但前程可保，還許不次拔擢呢！」

「是！這多仰仗覺公吹拂。」

「言重，言重！我哪裡有這力量？事在人為。」文覺突然問道：「縉之先生，如果平郡王也回京了，你怎麼辦？」

李紳楞了一下，只好老實回答：「尚未打算到此。」

「不妨早作打算。」

「是！」李紳心裡又涼了一截，本以為平郡王多少是個靠山，此刻聽文覺的語氣，這座靠山縱非冰山，也不見得有多大的用處。

「縉之先生，」文覺用很懇切的語氣說：「你我一見如故，真是佛菩薩所說的一個緣字。你的事好辦，將來我會替你打算。」

這話驟聽極好，細辨才知話中有話，他的事好辦，他叔叔的事不好辦。轉念到此，憂思又起；怔怔地竟忘了應該說一兩句道謝話。

文覺的眼光又變得很銳利了，一直看到他心裡；而且對症發藥地說道：「令叔的事，也不是毫無辦法，只是比較棘手。我在想，總要能立下一件甚麼功勞，我們才好替他說話。」

「是！」李紳精神一振，「這得請覺公指點。」

「不敢當。」文覺想了一下說：「聽說令叔跟廉親王很熟？」

李紳心想，前幾年胤禩禮賢下士，廣事結納；凡是提得起名字的達官，誰不是跟他相熟。但此時卻不便為他叔叔承認，便答一句：「這倒不大知道。」

「那麼，」文覺緊接著說：「我提一件縉之先生一定知道的事。」

「是！請說。」

「宣召恂郡王的詔旨到西邊，恂郡王向左右表示：此番進京，不過在大行皇帝靈前哭拜一場，就算了掉我的大事。新皇莫打算我會給他磕頭。」

「沒有。」李紳斬釘截鐵地說。

文覺立刻又問：「是你不知道，還是確知沒有這話。」

這樣咄咄逼人地發問；李紳不由得有些氣餒，略一遲疑，方能回答：「確知並無這話。」

馬腳微露，文覺卻已看得很清楚，「縉之先生，」他微笑著指責：「你欠誠懇！」

「覺公，何出此言？」李紳自然要分辯：「我是知無不言，言無不盡。」

這又說得過分了，文覺立即又抓住他這話說：「既然如此，我倒有個計較；請縉之先生把在西邊所知道的一切，細細寫個節略來，如何？」

話已說出去，無法推辭；李紳只好勉強答說：「遵命！」

「縉之先生，你失言了！怎麼說得上『遵命』二字？我跟你實說了吧，這個節略，我是要拿給上頭看的；上頭如果覺得說的是老實話，我就好相繼為令叔進言了。」

「是！」李紳答應著。

「不知哪一天可以給我？」

步步進逼，不容李紳閃躲；他想一想答說：「在西邊兩年，遇見人與事很多；要說寫得詳細，恐怕一個月都不能交卷。」

「算是萬言書好了。日寫千言，十天可以殺青。」文覺又說：「瑣碎之事，亦不宜上瀆宸聽；擇要而書之，可也！」

索性掉起文來了！可以想見他內心的得意；而李紳卻沒有他那種輕鬆的心情，覺得這件事很難辦，還得要多問一問。

「擇要而書，當然是指軍務方面。」

「軍務重要，人亦重要；恂郡王、平郡王、年制軍，還有岳鍾琪他們，平時言行如何？請你秉筆直書，不須絲毫瞻顧。」文覺又說：「如果你覺得連我都不宜知道，不妨密封了交給我，可以直達天聽。」

「那不成了封奏了嗎？這怕與體制不符。」

「那有甚麼關係，儒生伏闕上書，尚無不可；何況你也是朝廷的職官。」

聽他這麼說，李紳只好唯唯稱是。想想已無話可說；便起身告辭。這時李果的毛病，自是霍然而癒，陪著李紳，仍舊坐黑車回到客棧；下車一看，才知道早就萬家燈火了。

「怎麼樣？」在車中一直不便開口的李果，急於想知道結果。

李紳不作聲，臉色非常難看；又青又黃，陰晴不定，彷彿受了極大的刺激似地。

「怎麼回事？莫非我倒沒有受寒致病，你是真的病了？」

「不是。」

「來！喝碗熱茶，慢慢來說。」

一碗熱茶下肚，李紳覺得舒服了些，坐下來嘆口氣說：「我真為難！為難極了！」

「他對你提出了甚麼難以辦到的要求？」

「要我出賣居停。」

李果大驚，楞了好一會兒才說：「何出此言？」

於是李紳從頭談起，說到文覺表示「秉筆直書，無所瞻顧」；甚至可用「封奏」的方式，那就不必李紳多說，李果也能知道，文覺是在暗示他上「彈章」。

「客山先生，」李紳攤開雙手問道：「我該怎麼辦？」

不用說，如能符合文覺的暗示，不獨李煦的前程可保；他自己亦是富貴在望。但這是賣主求榮；李果毫不考慮地答說：「文覺說得不錯，秉筆直書！」

李紳一時沒有會過意來；只茫然地望著他，無從再表示任何意見。

「我想，」李果又說：「為今之計，也只有還以正直。至於令叔之事，唯有另作謀畫了。」

聽得這話，李紳才明白他的意思；不由得眉頭一鬆；但想到李煦，雙眉立刻又擰成一個結。

「家叔那面，實在不好交代。」

李果報以一句蘇州話：「『船到橋頭自會直。』」

雖說「秉筆直書」、「還以正直」，下筆時卻有荊天棘地，寸步難行之感。三天功夫只寫了五、六百字；李紳幾次想擱筆，將已寫成的兩張稿紙燒掉，託李果跟文覺去說一聲：「敬謝不敏」；但終以想到李煦的前程，存著萬一之想，不能不勉為其難。

所苦的是勉亦難為！第四天隻字未下，自困在愁城中簡直要發瘋；只得將筆一丟，出去透透氣再說。

剛出大門，只見三匹馬馳到門前，定睛一看，不由得愁悶一解；原來是李果、張五，帶著小廝福山，特意從京裡來訪。

但他很快地發覺，客人的臉色凝重；顯然的，此來是有事要談——當然也不會是甚麼好事。

「寫得如何？」李果一坐定下來，便「查問」功課。

「慚愧！」李紳低下頭去：「簡直沒法兒談了。」

「怎麼？至今不曾動筆？」

「筆是動了，千鈞之重。」李紳答說：「處處窒礙，字字棘手。」

「這麼難？」

「難！難！說實話對不起恂郡王；不說實話，人家不會滿意。」李紳又說：「還以正直、話是不錯；無奈直道難行。」

李果不答他的話，轉臉向張五問了一句：「怎麼樣？」

「從長計議。」張五看著李紳說：「昨天晚上，文覺又到天寧寺來找我，話說得很露骨。意思是，如果你能告恂郡王一狀，甚麼事都好辦。否則——」

否則如何呢？李紳問都不敢問；只用一雙失神的眼睛，看著張五。

「這件事弄擰了！」李果接口：「你當然不能出賣恂郡王；要想文覺滿意，已是絕不能了！那篇東西既然難以著筆，你乾脆把他丟開；心思用在另籌別法上面，還有用些。」

聽得這話，李紳像從心頭移去一塊巨石，長長地透口氣，將那兩張稿紙扯得粉碎，丟在字紙簍裡。

「咱們作最壞的打算，縉之，」李果問道：「你能湊多少銀子？」

「這，意思是湊錢替家叔補虧空？」

「雙管齊下，一方面湊錢；一方面託人緩頰。」

「託誰？」

「託誰，回頭再說；你先說錢。」

李紳想了一下說：「我自己有五六千銀子，跟恂郡王要兩三萬銀子，他會給我。」

「最好不要跟恂郡王要。因為還有更要緊的事求他。」李果放低了聲音說：「如今怡親王紅透半爿天，為人也忠厚，肯幫人的忙。怡親王跟恂郡王的感情極好，我想，如果恂郡王肯為令叔說句話，真正一言九鼎。」

「對！」張五緊接著說：「這是正辦；託文覺是小路。」

「正辦倒是正辦；就怕恂郡王不肯。」

「你還沒去說過，怎麼知道他不肯？」李果很快地說。

「客山，你誤會了。絕非我不肯去說；家叔的大事，哪怕明知道要碰釘子，我亦非去開口不可。不過，多勝算少；總要計出萬全才好。」

「如今哪裡有萬全之計，能留出一個退步就是上上大吉了。我的想法是，託人歸託人，彌補歸彌補。請你明天就進京，探探恂郡王的口氣；另外再想想，哪兒可以弄點錢，補一萬少一萬；補十萬少十萬，能補虧空，總是好的。」

「是，是！」李紳連點頭：「哪怕今天進京都可以。」

「今天進京，又得『倒趕城』了。」張五笑道：「這種天氣，能免就免吧！」

「那就准定明兒一大早動身。」李紳想了一下說：「一進城我就去見恂郡王；反正兩件事總得辦成一件。」

「哪兩件事？」張五問。

「一件託人情，一件借錢。如果恂郡王不肯跟怡親王開口，我就跟他借錢。」

「不！」李果立即表示異議：「就碰了釘子，也別跟他借錢；留著這個人情，看局勢再說。」

「這話也不錯！」李紳點點頭：「恂郡王很厚道。也許先不肯；過一陣子，回心轉意又肯了，亦未可知。」

談話到此，告一段落。李紳的心境，頗有「山窮水盡疑無路，柳暗花明又一村」豁然開朗之慨；因而酒興大發，親自到廚下去了一趟，回來竟是笑容滿面。

「今天可不愁沒有東西款客了！有關外來的紫蟹，灤河來的鯽魚，江南來的冬筍；我讓他們去找一罐三十年的花雕。」他得意地說：「不壞吧？」

「壞是不壞！」張五笑道：「可惜有酒無花。」

「那也容易。只要你有興致，通州這個碼頭上，還愁找不到？」

張五微笑不語；李果亦不作聲，於是李紳掉轉身來又出去了。

「實在可以不必！」李果失悔未能及時阻止，「還不到可以作樂的時候。」

「黃連樹下作樂。亦未始不是調劑之道。」張五答說：「我是看縉之先生前後判若兩人，可以想見他的心境鬱塞；不妨讓他放浪形骸一番，反而有益。」

「說得也是！」李果點點頭，接受了他的看法。

這時聽差已經來擺餐桌了，四個冷碟，一個熱氣騰騰的紫銅大花鍋；鑲銀的象牙筷，國喪期中，磁器不用五彩，一律青花；張五無意間將一隻調羹翻過來看，赫然有「大明成化年造」的字樣，不由得大為驚奇。

「家常日用，都是成化窯，真講究！」

「唉！也是故家喬木了！」李果嘆口氣說：「回想十幾年前，曹、李兩家全盛之日，說甚麼鐘鳴鼎食；真是饌金炊玉。自從楝亭先生下世，每下愈況，以至今日！隔個三、五年，更不知道怎麼樣了？」

由此便談曹寅在日、聖眷之隆、賓客之盛、服御之美；張五年輕，頗有聞所未聞之感。談到一半，李紳入座；舉杯邀客，接著再談。

「說起來也實在令人困擾。」張五惘惘然地說：「曹、李兩家，為先帝如此寵信，又有這麼多闊親戚；我就不明白，李旭公今天的困境為甚麼會打不開。」

「五兄，」李紳答說：「你到底是地地道道的漢人，不知道旗人的規矩，更不會明白包衣是怎麼回事？」

不久，有個聽差進來，悄悄在李紳耳邊說了句話，只聽李紳大聲說道：「進來、進來！」門簾一掀，先進來的是個花信年華的婦人，皮膚不白，但一雙眼睛極大極亮；生得一條極好的長隆鼻，黑裡帶俏，人也大方，進來往旁邊一站，臉上含著略帶羞澀的笑。

第二個就不甚看得清楚了，因為一直低著頭；不過皮膚白，辮子長是看得出來的，梳著辮子，年紀自然不會太大。

第三個才十五、六歲，圓圓的一張臉憨氣未脫；雖也低著頭，卻不時抬起來瞟上一眼，是很好奇的樣子。

「她們是姑嫂三個，也是好人家出身。」聽差喊道：「彩雲，你領你兩個小姑子來見見。」接著便引見：「李師爺、張五爺、李大爺！」

彩雲便回頭望了一眼，走過來當筵行禮，按著引見的次序，一一稱呼；然後說道：「都長得寒蠢，也不會招呼，三位爺多包涵。」

「別客氣、別客氣！」李紳問道：「她們倆叫甚麼名字。」

「她叫大鳳，她叫小鳳。」彩雲吩咐：「叫人啊！」

於是大鳳也分別招呼；這時候大家都看清楚了，修眉朗目，額頭寬廣，不似小家碧玉。

「坐，坐！」

聽差要替她們搬凳子，大鳳趕緊搶過去攔著說：「大叔，不敢當！我們自己來。」

看起來還頗知禮，張五大有好感；視線只繞著她轉。二李對看了一眼，取得默契；所以等大鳳端凳子過來時，李紳便說：「你坐在張五爺那裡！」

「小鳳到我這裡來！」李果毫無企圖，所以挑了她。

這樣，彩雲就自然而然地跟李紳配了對；卻是配得倒也很好，李紳作東，她正好作女主人，提起酒壺從李果面前開始，將大家的酒都斟滿。

「大爺，我能使你的杯子嗎？」她問。

「行，行！」

於是彩雲舉杯向李果、張五說：「兩位爺，我借花獻佛。天冷，酒能擋寒，就不看薄面，也請乾了吧！」

「好詞令！」李果說道：「本來不想乾，這一下倒不能不勉為其難了。」說著一仰脖子乾了酒，還照一照杯。

張五自然也一飲而盡；但彩雲自己卻只喝了一口。

「這，怎麼說？」張五嚷了起來。

「張五爺，我的量窄，回頭讓我妹妹陪你喝。這會兒容我留點兒量，敬我們大爺。」

張五一聽這話，回頭問道：「你的酒量，大概很不錯。」

「別聽我嫂子的。」

「我可真是量窄。」彩雲接口說道，喝了一半，遞向李紳：「大爺嫌不嫌我髒？」

李紳微笑不答，一伸手將杯子接了過來，啜盡殘酒；彩雲隨即執著壺又為他斟滿。

「你哪裡人？」李果在問小鳳。

「京東。」
「京東哪一縣？」
「喏，」小鳳指著火鍋中的銀魚說：「我們那裡出這個。」
「原來是寶坻。」李果又問：「你會喝酒不會？」
「我可不敢喝！」小鳳皺著眉頭：「我真不明白酒有甚麼好喝？」
「你問你姐姐。」李果笑著回答，抬眼去看大鳳。
大鳳正側著身子跟張五說話，不曾注意，此時轉臉問道：「要問我甚麼呀？」
「你妹妹說，不明白酒有甚麼好喝？我說要問你。聽你嫂子的話，你的酒量一定錯不了。」
「哪裡？我不能喝。」
不能喝並非不會喝，還是客氣話；李果開口時，小鳳插了一句嘴：「她愛喝。」
「多嘴！」大鳳立刻瞪了她一眼。
「五兄，你聽見沒有？」李果說道：「還不陪她喝一杯。」
「好！」張五欣然舉杯，向大鳳低聲說道：「我陪你一杯，你賞不賞臉？」
「不敢當！我敬你。」說完，大鳳很痛快地乾了杯。
「大鳳，」李果把話題拾回來：「你愛喝酒，自然知道酒的好處？」
「一醉解千愁嘛！」
「你愁甚麼？」
大鳳搖搖頭，旋又笑道：「提這些幹甚麼？喝酒不是該高興嗎？李師爺，我敬你。」

這是有一段傷心史在內，她沒有說下去，李果自也不便追問。

「大爺是從哪裡來？」彩雲問李紳：「以前沒有見過。」

「通州這麼大，沒有見過，不足為奇。」

「我是說——」彩雲突然頓住了。

「怎麼？」李紳追問著：「怎麼不說下去？」

「我是說，在這裡沒有見過大爺；自然是這些日子才來的。」

「喔，你也常到這裡來？」

看看瞞不住了，彩雲便說實話：「有人借這裡請客；這裡的大叔們，總來招呼我，陪大家坐坐。」她緊接著又說：「不過，別處我是不去的。」

李紳明白了，她是表示她不是流鶯；所以「別處」是指酒肆客棧。

「原來如此！」李紳握著她的手問：「你家裡還有些甚麼人？」

「公公、婆婆，都風癱在床上。」

「你丈夫呢？」

「在監獄裡。」

彩雲面現淒涼；卻又警覺到是陪客取樂，因而強作歡顏。以致看來更覺可憐。

李紳生具俠氣，雖有自顧不暇之感，仍舊忍不住想管一管閒事；便即問道：「是怎麼回事？你說給我聽聽。」

一說就會滿座不歡，彩雲面有難色。這一次是李果注意到了，「怎麼？」他問：「有甚點不足為外人道的話。」

「他丈夫在囹圄之中，我想問問，看能不能幫個甚麼忙。」彩雲一聽這話，自是求之不得，但礙著一個人，不免躊躇。這樣想著，不由得抬頭看了大鳳一眼。

大鳳正以尚尚清眸，看著她嫂子，視線碰個正著，彼此一驚。不過大鳳馬上又看著彩雲說：「嫂子，你儘管說好了！」

於是彩雲談她丈夫，也少不得要談大鳳。原來她夫家姓趙，丈夫叫趙二虎，原籍寶坻，本以開燒鍋為業，是個不小的買賣，只為得罪了當地勢豪；趙二虎的父親膽小，情願收歇買賣，舉家遷居通州。

本意避禍，不想又惹了禍。原本大鳳守的是「望門寡」；到了通州，有個浪蕩子弟上門求親。趙家父子商量，大鳳這個寡實在可以不守；但要嫁就得好好嫁個安分有出息的。來求親的浪蕩子弟，配不上大鳳，所以很婉轉地拒絕了。

這個浪蕩子弟，父親是一名「倉書」。南漕北運，都在通州起岸存儲；交接出納，都歸倉場總督衙門的書辦經手；陳穀未完，新米又來，年復一年，帳面上有數可稽，實際存糧卻無法盤查，因而倉書彼此勾結、偷盜侵冒，無日無之，稱之為「倉老鼠」。

「倉老鼠」都極肥；數代世襲之家，起居可擬王侯。這個向趙家求親的浪蕩子弟，嫖賭吃著，無一不精；而且有個紈袴子弟的通病，凡是想要而不能到手的，都是好的。趙家越是不肯，他越愛慕大鳳；跟在他左右的一班狐群狗黨便出了個主意，假扮強盜上門，搶走了大鳳。

趙二虎當然要報官；不道知州是個抹殺良心的墨吏，早就受了賄託，問趙二虎被搶了甚麼？失單何在？趙二虎只答得一聲：「財物沒有被搶。」知州不等他再說第二句，就將狀子摔了下來；說趙二虎誑報盜案，攆了出去。

於是有人便勸趙家父子，就算「搶親」好了；事已如此，不如冤家結成親家。果然大鳳命好，嫁了過去，就能勸得「敗子回頭金不換」。趙二虎想想這話也不錯；把一口氣忍了下去，託原媒去提親，不爭聘禮，只要求著紅裙、坐花轎、拜天地、見宗親，照明媒正娶的規矩辦。

哪知媒人三天沒有回話，到了第四天——

彩雲講到這裡，只聽噭然一聲，大鳳已掩臉痛哭，踉踉蹌蹌地撲向匟床；顯然地，是說到了她的傷心之處了。

除了小鳳趕緊跟了過去以外，一座都莫知所措，「不談了吧！」張五覺得大鳳可憐，忍不住這樣提議。

「不！」李果很快地接口，「要把案子弄清楚了，才好幫他們的忙。」

這話一出口，大鳳的哭聲頓時止住，不過雙肩還在抽搐。這個樣子所表示出來的意思是很明白的，她希望彩雲講下去，好救他哥哥出獄。

於是彩雲拾起中斷的話頭說：「到了第四天，人家把大鳳送回來了；一輛車子到了門口，有人把她從車上推了下來，又扔下來一個小包裹，趕著車就走了。」

「那小包裹，」李紳問道：「倒是包著些甚麼呀？」

「包著五十兩重的一錠官寶。」

李紳還想問；大鳳失身了沒有呢？話到口邊，覺得問得多餘；便改口問說：「以後呢？」

「以後就闖了大禍——」

趙二虎怒不可遏，帶著刀去找那浪蕩子弟；有人便去報信，用意是勸他快逃。誰知對方悍然不顧，埋伏了人在那裡；趙二虎一到，便圍上來動手，同時通知地保。趙二虎跟滄州武術名家練過功夫，假裝不敵，要奪門而逃；卻出其不意地找到一個空隙，竄到冤家面前，一刀刺中要害，出了人命。

仇報了，氣也出了；趙二虎將刀扔在地上，是自首之意。及至被擒，地保恰好趕到；當時上縣衙門報案。事主家上下用了錢，縣官不承認他因為胞妹被辱，憤而尋仇；也不以為他是自首，以睚眦小怨，故傷人命的罪名，判了個斬監候。

這是前年秋天的事；直到上年才定讞。這將一年的人命官司，趙家不但傾家蕩產，而且兩老相繼中風，半身不遂；貧病交迫，還要擔心秋決，彩雲與大鳳姑嫂，遭遇了人世罕見的困阨。萬般無奈，要走一條良家婦女最痛心的路了。

彩雲的主意是打定了，也暗示給婆婆了；不道大鳳卻不讓她拋頭露面，道是禍都由她身上起，應該她去「擋災」。姑嫂幾番密議，願同淪落；但「賣嘴不賣身」，不上酒肆，不到客棧，只有極靠得住的人薦引，才帶著雙鳳來侑酒清談。

「輦轂之下，有如此暗無天日的冤獄，這件事倒不能不管。」李紳問道：「去年秋天那一關倒逃過了？」

他是指「勾決」而言；彩雲想了一會答說：「也虧得大鳳，才逃過了一關。」

隱，不宜多問。

李果重重咳嗽一聲，打斷了他的話；隨即又拋過去一個眼色。李紳會意了，其中總有難言之

「怎麼呢？是——」

「既然去年『緩決』，今年就不要緊了。新君登極，自有恩赦；大不了充軍就是。」

「不行！」彩雲黯然說道：「我也託人去打聽過，說二虎不是誤傷人命，不赦。」

「那，罪名必是故殺。」李果說道：「故殺不在恩赦條例中。」

一聽這話，彩雲的眼圈就紅了；李紳急忙安慰她說：「你別急！總有法子好想。」他轉臉又問李果：「你看這件案子能不能翻？」

「那要看了全案才知道。」

「我在刑部有熟人。」一直不曾開口的張五，突然說道：「『火到豬頭爛，錢到公事辦』，沒有甚麼不能翻的案子。」

「你們姑嫂敬張五爺一杯！」李果很率直地說：「張五爺有熟人，有功夫；要託人情送禮，也能替你們先墊上。遇見張五爺，你家二虎的這條命，就算有救了。」

這是李果老練之處；有了管閒事的人，就不必占去李紳的精神和功夫，可以全力為他叔叔去奔走。這層用意，李紳當然也知道，便附和著說：「真的，你們該敬張五爺一杯。」

其時大鳳已經拭淚而起，帶著小鳳走了過來；提酒壺替張五斟滿，接著便跪了下去。

這一來，彩雲與小鳳亦都照樣跪下；張五大驚，一躍避開，慌慌張張地說：「這算怎麼回事？快起來，快起來！」

「起來，起來！」

二李亦都起身來扶；頭雖未磕，酒卻是敬了，連小鳳都拿李果的酒杯喝了一大口。

「好了！好了！這下可以安安靜靜地喝幾杯了！」

「是！」大鳳心境一寬，像換了個人似地，輕盈地笑著舉杯，「請李大爺乾一杯。」

「多謝。」李紳向彩雲舉一舉杯，「你也來。」

大鳳敬了李紳敬李果；最後脈脈雙眼，看著張五，輕聲問道：「怎麼說？」

「半杯吧！」

大鳳不作聲，喝了半杯；去解腋下的手絹，要擦去染在杯口的脂痕，李紳便即笑道：「別擦，別擦！擦了可惜。」

張五與大鳳相視而笑，都覺得有些窘，但也都覺得心頭別有一股滋味。

「五兄，」李果說道：「你且喝了那半杯酒，我還有話說。」

「好！」張五師出有名，大大方方地乾了酒；不過到底臉皮還薄，依舊留著杯口那一道鮮豔的暗痕。

「你要想法子營救趙二虎，就非得先把案情徹頭徹尾弄清楚了不可。這不是三、五句話的事；何妨跟大鳳找個清靜地方，好好談一談。」

他說到一半，李紳已經了然於胸，是替張五找親近大鳳的機會，所以桴鼓相應地說：「對了！乾脆到給你預備的客房裡去談吧！」說著，便招呼聽差帶路。

張五跟大鳳都不願辭謝。因為二李的話都很冠冕；不領受他們的好意，倒像心地欠光明似地。

等他們一走，李果感慨地說：「怪不得她喝了酒會哭，傷心人別有懷抱。」

「我看她的相，倒不像薄命紅顏。」

「是啊！」彩雲接著李紳的話說，「年下有人給她算命，說一過了立春，就會轉運；後半輩子福氣大得很，壽老八十、五子送終。不過要嫁肖牛的才好。不知道——」她遲疑了一下沒有說下去。

二李對看了一眼，取得默契——了解彩雲的意思，要問張五是不是肖牛？不過以裝糊塗為宜。三更散去；李紳送了彩雲十兩銀子。大鳳跟張五頗有依依不捨之感；但誰也不曾在旁邊幫襯一句，勸大鳳住下，兩人只好分手。

「好了，責有攸歸。」李果說道：「五兄，你只管營救趙二虎；縉之全力去進行令叔的事。」

「文覺呢？」李紳問道：「該怎麼跟他說？」

「那你就不用管了。交給我。」

說停當了，第二天連袂進京。李紳在李果的客棧中，略略休息了一下，隨即轉往恂郡王府。

王府的房子，東面毗連花園的那一部分很講究、也很新；那是三年前九貝子為恂郡王修花園，附帶翻造過的；王府中人稱之為「新齋」。恂郡王每次從軍前回京，都住在新齋；這一次也不例外。因此，當侍衛領著他往西走時，不免奇怪。

「王爺不在新齋？」

「搬了。」侍衛答說：「搬回西上房了。」

「喔，」李紳問道：「新齋怎麼不住了呢？是發現哪兒不合適？」

「新齋沒有甚麼不合適。王爺說：是九貝子修的房子；九貝子如今無緣無故發遣到西大同，一路餐風宿露，有許多苦楚，我又何忍住他替我修的新房子？所以搬回西上房。」

李紳心頭一懍。不由得就浮起一個念頭。這不是好兆，骨肉之禍，只怕要由此發端了。

「還有件事，不知道李師爺聽說了沒有？王爺降成貝子了。」

李紳大驚，站住腳拉著侍衛問道：「為甚麼？王爺犯了甚麼錯？」

「要找王爺的錯還不容易？王爺剛到京，行文禮部，是先叩梓宮，還是先見新皇上？是怎麼個儀注？這話並沒有問錯；老皇駕崩，新皇登基，誰也是頭一回遇見這樣的大事，自然要把禮節弄清楚。這也算得上是一款大罪？」

「是啊！」李紳急急問說：「欲加之罪又是怎麼說呢？」

「說大將軍行文禮部，見皇上的儀注，太荒唐了，足見有反逆之心。有人參了一本，交給四總理大臣議處，奏請削爵；批下來降了貝子。」

這更是比九貝子胤禟被遣至西大同，更為凶險的徵兆；李紳憂心忡忡地跟在侍衛身後，進院子時忘了跨門檻，腳下一拌，一個筋斗直跌進去，摔出很大的聲響。

剛降為貝子的恂郡王，正在廊上望空沉思，不由得嚇一跳；等他轉臉看時，已有好幾名侍衛，圍上去攙扶了。

「摔傷了沒有？李老爺！」

原來是李紳！恂郡王大踏步而下；一面走，一面問：「怎麼摔的？摔傷了哪兒沒有？」

李紳頭上摔起一個包，膝蓋也很疼；勉強站直了叫一聲：「王爺！」還待蹲身請安，已讓恂郡王一把攙扶住。

「還講這些虛套幹甚麼？」他向左右吩咐：「快把李老爺攙進去；看蒙古大夫在不在？」內務府上駟院額定「蒙古醫師長三員、副長兩員」，通稱「蒙古大夫」。大將軍出征時，挑了兩個好的跟著走，這一次跟回來一個。雖說蒙古大夫只管醫馬；但連人帶馬摔倒了，不能只管馬、不管人，所以蒙古大夫都擅傷科，尤長於接骨。所以一傳即來，首先給李紳四肢骨節捏了一遍，確定並未折骨；額上的那個疱算不了甚麼事，敷上祕製消腫止痛的藥，李紳的痛楚，立刻就減輕了。

「怎麼樣？縉之！」恂郡王問說。

「好得多了。」說著，李紳便要站起來。

「不必拘禮，你就靠在那兒好了。」

親藩的儀制尊貴，哪怕一品大臣，都是站著回話，命坐也不過一張矮凳；李紳這時是靠在一張軟榻上，說起來是逾分。不過此刻情形特殊，李紳也就不再固辭；但仍舊站起身來道了謝，方又坐下。

「何以好幾天不來？如今豈止一日三秋？幾乎一日一滄桑。你剛才叫我『王爺』，受之有愧了。」

「在李紳心目中，王爺還是王爺。」李紳很鄭重地答說：「皎皎此心，始終如一。」

他是因為有受文覺脅迫這回事，不自覺地起了自誓效忠之心。恂郡王卻不解其故，親密幕僚，相處有素；忽而有此一番表白，似乎突兀。當然，他還是感動的。

「我知道。縉之！」恂郡王遲疑了好一會兒說：「我是絕不會再回西邊了！你似乎應該早自為計。我覺得愧對你的是，不但不能幫你的忙，而且不便幫你的忙。」

最後一句話，大有深意；李紳個人並不期望恂郡王還能提掖，但卻不能不探索「不便」的緣故。

他還在沉吟時，恂郡王已作了解釋：「現在邏卒很多，在訪查誰是跟八爺、九爺、我；說不定還有十爺常有往來。我如果替你說話，不就坐實了你是我的人？『愛之適足以害之』，正此之謂。」

一聽這話，李紳冷了半截。他是如此，李煦又何嘗不是如此？

不過，他還不肯死心，「王爺不是跟十三爺很好嗎？」他試探著問。

「『很好』之前，要加『先前』二字。」恂郡王抬眼問道：「你是要讓我跟他說甚麼？」

「是！」李紳硬著頭皮說：「家叔、蘇州織造李煦，求王爺栽培。」

「他怎麼了？」

「聽說有挪動的消息。」

「不會吧！」恂郡王將信將疑地，「這會兒哪裡有功夫去管織造調差？」

「消息不假。是因為有人在謀這個差使。」

「誰啊？」

「胡鳳翬。」李紳又說：「也是年亮工的妹夫。」

原來是年羹堯的至戚跟李煦過不去！恂郡王正在考慮時；只見門簾啟處，溜進來恂郡王的一個貼身小廝；疾趨至主人面前，輕聲說道：「八爺來了！」

李紳一聽，便即站了起來，預備迴避；但行動不便，差點又摔倒，恂郡王因為李紳剛表白過，越發信任，便說：「不要緊！你在套間待一會好了。」

李紳迴避是為了禮節，不是為了不便與聞機密——恂郡王對他，早就沒有祕密可言；因此李紳答應一聲，立即轉入套間；一牆之隔，外面的聲音，自然清清楚楚。

「我是特意來告訴你一聲兒，」他聽得胤禩在說：「我打算跟他說，把我的王爵還了他。」

「八哥！」恂郡王是有些著急的聲音，「這又何必？又讓他罵你一頓，說你不識抬舉，算了，算了！別自己找麻煩吧！」

「麻煩是他在找，怨不著別人，」胤禩冷笑道：「你還當我能當一輩子親王嗎？與其等他來削我的爵，倒不如我自己識趣的好。」

談到這裡，忽然聲息全無；李紳納悶不過，悄悄掩到門邊，從縫隙中向外張望；只見滿面于思的兩兄弟愁顏相向，都是有著滿懷的話，卻不知說哪句好的神情。

「唉！」胤禩嘆口氣，「老九說得不錯，時機稍縱即逝，都怪我在緊要關頭上，優柔寡斷！」說完，自己抽了自己一個嘴巴，連聲自責：「該死，該死！」

李紳倒嚇一跳；再看恂郡王，只是平靜地說：「八哥，事情過去了。徒悔無益。再說，我本心也不希望如此。你總記得阿瑪的話吧？」

先帝在位六十一年，訓諭極多；胤禩便問：「你是指哪一次？」

「第一回廢東宮的那一次。」

胤禩當然記得，那一次是先帝一生唯一的一次失去常度的激動，十五年前，在巡幸途中；一生下來就被立為太子的二阿哥胤礽，深夜窺探黃幄，竟有篡弒的痕跡，先帝驚痛莫名；第二天召集大臣，細數胤礽的悖亂荒逆，讓他一次又一次地失望；想到自己一手整頓的天下，將毀在不肖之子手中，且哭且訴，一時摧肝裂膽般震動，竟致仆倒在地。

廢了太子，大位自然有皇子覬覦；先帝目擊諸子各懷私意，邀結黨援，痛心之極，曾經引用《戰國策》上的故事，說他死後，大家會把他屍首丟在乾清宮不管，束甲相攻，爭奪皇位。恂郡王所指的就是這件事。

胤禩回憶過去，想到眼前，忽而萬念俱灰，忽而血脈僨張，那股排蕩衝湧之氣，要費好大的克制功夫，才能勉強壓服。

「我也知道阿瑪的話，絕不能不聽；可是，那口氣嚥不下。太便宜他了。」

若說當今皇帝太便宜，那麼最吃虧的自是恂郡王。他最不願談這一點；最希望的是，根本想不到這一點。為了急於要找件事去移轉他的思緒，將記憶極新的一個人提出來談。

「聽說胡鳳翬想當蘇州織造。八哥，你聽說了沒有？」

聽得這話，套間中的李紳屏住呼吸，側著耳朵聽；只聽胤禩平靜地說：「聽說了。不過不是胡鳳翬自己想當織造。」

「莫非有人要他去當？」恂郡王問的，恰是李紳心裡要說的話。

「是的。」

「誰呢？」

「你想還有誰？」

難道是皇帝？李紳這樣在想；耳中飄來恂郡王的一句話：「那是甚麼用意呢？」

「那還不容易明白？」胤禵冷笑了一聲。

「是去做他的耳目？」

「豈止做耳目！是去做鷹犬。第一個要對付的是我。」

「這是怎麼說？」恂郡王不解地問，「要對付你，跟派人到江南去，有何關係？」

「查我扈駕南巡幹了些甚麼？不過，胡鳳翬未見得會聽他的話。」

「何以見得？」

「胡鳳翬的為人，我太清楚了。」胤禵停了一下，又補上一句：「他很怕他。」

李紳心想，上面一個「他」指胡鳳翬；下面一個「他」指當今皇上，語氣是很明白的；但涵義卻費解，甚至不通。如說胡鳳翬很怕皇帝，應該唯命是從才是；何以反說「未見得會聽他的話」？

就因為這個疑團分了心，以致漏聽了外面的話；等他警省過來，重新側耳凝神時，只聽恂郡王在問：「你看他還有甚麼法子對付我？」

「誰知道？」胤禵答說：「有那個賊禿在，甚麼傷天害理的事，都幹得出來？」

這是談到文覺了，李紳越發全神貫注；但好久沒有人說話，只聽得蹀躞之聲，便又從門縫中去張望，只見是恂郡王負著手在踱方步。胤禵是一杯在手，卻又不喝，低著頭不知在想甚麼？

「八哥！」恂郡王走到他面前站住；等胤禵抬起頭來，他說，「把那個賊禿宰了怎麼樣？」

「怎麼宰法？」

「聽說那賊禿常常到處去逛；派人截住了他，切他的腦袋。」

「恐怕不容易。」胤禩搖搖頭，「等你一派人，恐怕馬上就有人釘住你的人了。」

一聽這話，李紳悚然心驚；原來恂郡王府，已被監視，何人出入，自然都在窺伺者的眼中。說不定文覺在此刻便已知道了他的行蹤。

「再談吧！」他聽見胤禩在說：「諸事忍耐！」

「八哥！你別勸我；你得勸你自己。」

「哼！」胤禩自嘲地冷笑，「我勸你、你勸我，都是一個忍字。但願能忍得下去。」

說完，有腳步漸漸遠去；寂而復起，李紳聽慣了的，是恂郡王的步履。

「縉之！」

「在這裡！」李紳從套間中走了出來，只見恂郡王茫然地望著他。

「胡鳳翬的情形你聽見了吧？」

「沒有聽清楚。」李紳很誠實地回答：「聽到八貝子說，胡鳳翬很怕『上頭』，可又未見得會聽『上頭』的話。覺得很費解；心裡一嘀咕，就沒有聽見。」

「你要聽下去就明白了。胡鳳翬很怕他的『聯襟』，就不能不多方結納；更不敢把人都得罪完了，為的是留個退步。這些話——」恂郡王停了一下問說：「你明白了吧？」

李紳明白了，必是胡鳳翬早就在暗中巴結上了胤禩，而且關係不淺，胤禩才能相信胡鳳翬不會出賣他。

「照此看來，家叔的差使，是保不住的了。」

「只有一個法子可以保住。」

「是！」李紳大為興奮，「請王爺明示。」

「讓李煦上個密摺，說八貝子如何如何，不就保住了嗎？」

李紳大為失望，「那怎麼行？」他說：「家叔怎麼樣也不能做這種事。」

恂郡王嘉許地點點頭；但臉上卻有愁容：「愛莫能助，為之奈何？」他問。

李紳原是有準備的，便即答說：「王爺如肯賜援，我替家叔求王爺一件事。」他停了一下才又開口：「不過，實在也難以啟齒。」

「說，說！患難相扶，沒有甚麼不好說的。」

「家叔在這個差使上，三十年了；他手頭又鬆，日久月累，虧空不少。一旦奉旨交卸，不知道這個窟窿怎麼樣才補得起來？」說到這裡，李紳停了下來，看恂郡王是何表示，再作道理。

「他有多少虧空，只怕有二、三十萬吧？」

難得恂郡王自己說了出來；李紳如釋重負，輕快地答一聲：「是！」

「那麼他要我幫他多少忙呢？」

「這，」李紳曾說：「自然是看王爺賞下來，還差多少再想法子湊。何敢事先預定。」

意思也很明顯了，這筆虧空的彌補，主要的是要靠恂郡王。很沉吟了一會說：「我幫他個十萬八萬，也還拿得出來。可是，縉之，你總知道，如今不但糧台上我已經指揮不動；就指揮得動，也不能拿公款賣交情；只有用我自己的款子。十萬、八萬現銀惹眼得很；何況，我的私財出入，自有人在替我登帳；撥這麼一筆款子給你叔叔，是瞞不住人的。倘或疑心是我託你叔叔在江南招兵買馬，這可不是說著玩的事！」

一聽這話，李紳既喜且憂；一時也想不出善策，只好先道了謝再說。

於是他垂手請了個安說：「王爺厚賜，感何可言。這筆款子該怎麼撥，容我籌畫妥當了，再來回稟王爺。」

「好！」恂郡王說：「這件事你不必跟第二個人說。」

「是！」

「告訴了我，不就違背了恂郡王的意思了嗎？」

「不！他是說在王府裡面，別跟第二個人說。」

「麻煩就在這裡！」李果很快地接口：「恂郡王有多少私財，置在何處？由哪裡可以劃撥？只有王府的帳房才能提得出辦法。如今有這麼一個交代，你不便跟人去商量；光是咱們打如意算盤，那怎麼行？」

一聽這話，李紳楞住了；怔怔地望著李果好半天，才說了一句：「看著錢不能到手，不是笑話嗎？」

「世上就偏偏有這種事。不過，這也不是太急的事，咱們慢慢想。」

「夜長夢多，又是這麼一筆鉅數，不早早掌握住，實在放心不下。」

李果默然；心裡在說：我又何嘗不是這麼想，不過，你已經在著急了，我不能不說兩句寬寬你心的話。

正當愁顏相向，一籌莫展時，只見張五喜孜孜地走了進來；當然，一看到他們倆的臉色，他的笑容也消失了。

這使得二李都意會到，焦憂已現於形色；李果首先裝作沒事人似地，微笑問說：「五兄有甚麼得意的事？」

「你不是去看在刑部當差的親戚去了嗎？」李紳亦問：「想來是趙二虎有救了？」

「一點不錯！」張五答說：「趙二虎大概可以不死。不但不會死，而且今年秋天就可以放出來。」

「有這麼好的事？」李紳不免詫異，「莫非他不是故殺，也在恩赦之列？就算適用恩赦條款，也只是減等，何能釋放？」

「與恩赦無關，是新例，本來勾決只分三項；年前新皇帝面諭刑部尚書，應該加留養、承祀兩項——」

原來斬罪重犯，分為立決與監候兩種；斬監候的犯人，每年由各省造冊，報送刑部，由秋審處主持，召集九卿翰詹科道，在天安門外朝房，會同審核，分為「情實」、「緩決」、「可矜」之類，分別造冊，呈候御筆親裁，名為「勾決」。情實當然必死；緩決、可矜就起碼可多活一年，明年再判死生。

如今嗣皇帝為推先帝矜獄之仁，特命增加留養、承祀兩項；只要合乎條例，亦可不死。

「條例呢？」李紳問道：「已經擬定了？」

「是的。年前就擬定了，一開印就出奏，作為新君即位改元的恩典之一。」張五又說：「照條例，趙二虎是合乎留養的規定的。」

接著，他便談新訂的留養條例，凡死罪人犯，父祖年在七十以上，或有痼疾殘廢，而又別無兄弟可以侍奉者，准予列明案情理由，另外造冊；如果奉准，枷號兩月、打四十大板釋放回家。如果是命案，另罰銀二十兩給死者家屬。

「但是，有幾種情形是不准的。如果本來有兄弟、出繼給人，可以歸宗來侍親，就不准留養；或者，忘親不孝，曾經為父親趕出去過的，忤逆有案的，留了亦不見得能奉養，所以也不准。再有一種，死者亦是獨子，當然不准留養，否則就不公平了──」

「慢慢！」正當張五說得起勁時，李紳打斷他的話說：「我聽彩雲告訴我，死者就是獨子。」

此言一出，張五頓時變色；倒像他本人就是趙二虎似地。見此光景，二李也替他難過，可是都有愛莫能助之感。

「倒沒有想到這也一點。」張五是一種絕望的聲音，「看起來仍舊不免一死！」

「你別著急。」李紳趕緊說道：「也許我沒有聽清楚，先把事情弄明白了再說。」

「再有，也還有別的法子。」李果也說：「如果我是秋審處的司官，一定把趙二虎列入可矜這一類；至多充軍，過兩年花錢贖罪就是。」

由於他們這樣爭相安慰，張五已涼的心又熱了起來，點點頭說：「對！先把事情弄明白再說。明天我再跑一趟通州。」

「五兄，」李果半正經、半玩笑地說：「你這樣熱心，大鳳非捨身相報不可。」

「是啊！」李紳笑著接口：「前明的風氣，兩榜及第之後，『起個號、討個小』。我看今年秋天，五兄必是雙喜臨門，金榜金屋，兩俱得意。」

「哪裡的話？」張五微微發窘，「大的還沒有；何能先弄個小？」

「這也無所謂。大鳳如果捨身相報，也不會一定要爭個張府上姨奶奶的名分。」

「不談、不談！」張五亂以他語，卻也是正經話：「縉之先生看過恂郡王了？」

「不但見了恂郡王，還看到了八貝子。」李紳將所見所聞，又簡要地講了一遍。

「五兄，你有甚麼善策？」李果問說。

「十萬銀子不是一個小數目，若說私下相贈，就沒有邏卒環伺，也不容易瞞人耳目。以我說！索性，」張五頓了一下，方始說出口來：「索性跟文覺打個招呼。」

這個建議似乎有些匪夷所思；是不是行得通，一時無從判斷。二李對望了一眼，都在考慮如果向文覺明說，會發生怎麼樣的後果？

李果是往好的方面想；李紳是往壞的方面想，因此他主張慎重，「此事又關係到恂郡王，似乎不能造次。」他說：「請五兄再想想，還有更好的辦法沒有？」

「再有一個辦法，」張五又說：「不知道恂郡王可有值錢的書畫骨董？以此折價，比較不顯眼。」

「書畫骨董還不好。」李果接口：「如果是首飾就好了。」

他這話更是空言，恂郡王再慷慨，也不能以王妃的首飾相贈。所以李紳與張五都不曾接口。

這件事一時談不出結果，只有擱置著再說。

張五換了個話題：「李先生預備甚麼時候去看文覺？」

「明天。」

「其實要為縉之先生推辭，倒有個好藉口，就說手摔壞了，動不得筆。」

「對！」李紳就表示滿意，「這個主意好！回頭我還得去找傷口，索性弄根帶子，把右手吊起來，裝得像一點。」

李果亦以為然，「好！」他點點頭，「我就這麼說。」

等他說完，文覺笑了；是顯得得意的笑。

「我早就知道，他不肯寫的。他很為難。為尊者諱，也是人情之常。」

「我倒看不出他這樣的意思。」李果淡淡地說。

「你看不出，我想得到。」文覺問道：「你知道他是在哪裡摔的跤？」

一聽這話，李果心裡便是一跳；只好鎮靜地答說：「不知道。」

「那麼，我可以說吧，是在恂郡王府。」

等他說破了，李果倒也不在乎了，「是的。」他故意這樣說：「前兩天我到通州，就聽說他要去看恂郡王。」

賓主之間，格格不入；李果的性情，也是剛直一路，對文覺雖有濃重的失望，但並不存著希冀之想，所以無可留戀；徐徐起身，預備告辭。

「何妨稍坐。」文覺說道：「十年故交，萬里家山；讓你白來一趟，我心裡實在很難過。客山先生你說，你一定要說，我怎麼才能幫你的忙？」

李果心中一動，想起張五的建議；但同時也想到李紳告訴他的，胤禩罵文覺的話：有這個賊禿在，甚麼事都幹得出來。倘或因此而貽禍恂郡王，似乎所得者小，所失者大。所以這個念頭旋起即滅；另作盤算。

「看起來敝居停的前程是保不住的了。不得已而求其次，還請覺公格外援手。」李果緊接著說：「三十年來，賓客數千，敝居停在應酬上的開銷，不在少數；將來交卸之事，恐怕很難善了。到時候要請覺公鼎力斡旋。」

文覺聽完，點點頭說：「我必盡力。客山先生你自己呢？亦該有個打算才是。」

「我是懶散慣了的。不必再作甚麼打算了。好在兒婚女嫁，向平願了；有百畝負郭之田足以安我餘生了。」說罷，李果站起來告辭。

辭回客棧，只見李紳的從人送上一封信，說是他陪張五到白雲觀「會神仙」去了；白雲觀離天寧寺不遠，今夜宿在張五那裡。信末又說，遇見「神仙」是不會有的事，卻很希望遇見李果。

李果一個人在客棧裡也很無聊，毫不考慮地決定實現李紳的希望；雇了一輛車，帶著小廝福山，出了西便門，只見迎著黃塵落日，車馬如雲，都是去「會神仙」的。

原來這天是正月十八日，燕九的前夕——正月十九，京中稱為「燕九」，相傳是元朝長春真人丘處機的生日。丘處機成道之處，就在西便門外的長春觀，但大家都叫它白雲觀。從正月初一起，白雲觀中便是遊人不絕；至正月十八而極盛；因為相傳神仙在這天夜裡，會下凡到白雲觀；或者化做羽士，或者化做乞兒，有緣的便得相會；無緣的交臂而失。當然，有緣遇著神仙，即或學不到點鐵成金的祕法，亦總有很大的好處，所以真有些人想來碰碰運氣；還有些人則別有用心，譬如故作神祕、露那麼一點點遊戲人間的「仙」姿，好騙人來上當，村婦鄉姑失身而猶以為結了仙緣的，亦不算一件稀罕的事。

李果在京裡度過年，燕九來逛白雲觀，卻還是第一回。一進門便詫異，只見有個道士，手抱一把拂塵，斜面向上，目不轉瞬；一張嘴歪著、口涎如線，不斷地往下掉；旁邊圍著好些人看，卻不知看的甚麼？

是一群瘋子！李果心裡在說；卻忍不住悄聲問旁人：「是怎麼回事？」

「裝神弄鬼哄人的。」那人低聲回答。

李果恍然大悟，便不再多看了；信步往前，進了外院，迎面一座白石橋；橋下乾涸無水，卻有無數銅錢。再細看時，東西各有石室一間，居中盤腿坐著一個著藍布道袍，白鬚飄拂的道士，面前懸著一個笆斗大的鐘；鐘前面是一道亮紗的幃簾；簾外掛著碗大的一個木錢，方孔如拳，影綽綽看得出木錢上刻的是「康熙通寶」。

這是李果曾聽人說過的，是白雲觀道士的斂財之方；道是投錢能穿過方孔，可博一年順利。

李果心中一動，便問福山：「掏幾個錢給我。」

等從福山接過一把制錢；李果便心中默禱：如果居停得以安然無事，三錢皆穿孔而過。

由於李煦好養馬，好射鵠子；所以李果也練過「準頭」，取一枚制錢在手，身子半側著凝神息氣，相準了地位，扣準了手勢，將那枚制錢飛了出去，只聽得「噹」地一聲；接著便是遊客暴喝一聲采。

原來他那枚制錢，不但穿過木孔；而且還因為勁道很足，所以隔著紗幃，還能擊鐘而響。

李果心中一喜，第二枚就更用心；居然又博得一聲采。這下，他就不僅是喜，竟是大起戒慎恐懼之心了。

李果心裡隱隱浮起一個想法，李煦的命運，此刻就握在他手裡，如果再投出去的那枚制錢，能夠穿過方孔，李煦的難關便過得去了。

這樣想著，不由得手心發潮；他使勁將手掌在衣服上擦了兩下，拈起制錢，比了又比；最後也不知是怎麼才脫了手，又聽得「噹」地一聲；面對著觀眾欽佩羨慕的眼光，他的感覺不是得意，而是輕鬆無比，就像越山渡水、經年跋涉，終於到了地頭那樣。

滿心歡喜，多得渴望有人來分享；抬眼望了一下，隨即手指著茶棚說道：「你去找一找縉二爺跟張五爺；我在那裡等。」

福山答應著，將旱煙袋及衣包，交了給主人，鑽到人叢中去找李紳與張五；李果便在茶棚子裡挑了張顯豁的座頭，要了一壺香片，一面抽水煙；一面回想投錢的經過，越想越覺得不可思議。

「你老貴姓？」

正想得出神的李果，驟聞此聲，倒嚇一跳；定睛看時，是個瘦弱的中年人，透著一臉的神祕與好奇，不免詫異。

「敝姓李。」

「啊？」那人側著耳問：「呂？」

李與呂，一是抵顎音，一是撮口音，何致誤聽？李果再看到此人的臉色，恍然大悟，便開玩笑地答說：「我對別人是姓李；對你就姓呂了。」

「真個的！」那人又驚又喜，睜大雙眼，手扶桌子，瞪著李果；忽然，他彷彿醒悟了似地，退後一步，整整衣襟，是預備要行大禮的樣子。

這一下，李果卻真的吃驚了！倘或他真個以為遇見了呂洞賓，磕下頭去；那一下笑話可就鬧大了。

不過，他也知道，這時候分辯無用；越分辯可能使他越相信。而且分辯的聲音，先就會招來一群看熱鬧的人。窘迫之下，自然而然地一伸手先做個阻攔的姿勢；接著，急出兩句話來。

「真人不露相！」他說：「只有你一個人跟我有緣。」

這兩句話很管用，居然將那人鎮住了，「是，是！」他低聲而馴順地，「大仙——」

兩字出口，一聲失笑；李果轉臉看時，身邊竟是張五，不由得也笑了。

「你怎麼來的？我竟不曾留意。」

「你只跟他一個人有緣，對我自然不會留意。」

見此光景，那人才知道自己被戲弄了，趕緊溜走；李果與張五相視大笑；笑停了，李果問道：「縉之呢？」

「人太多，擠散了。我想來歇歇腿，喝喝茶；沒有想到你居然成仙了。」張五又說：「你看見信了？」

「自然是見了縉之留下的信，才來的。我讓福山去找你們了！」李果一想到投錢那件事便興奮：「五兄，我今天遇到一件怪事——」

等他說完，張五也大受鼓舞：「天下事未可逆料！譬如——」他是想拿當今皇帝出人意料地接位來設譬，話到口邊才想起是絕大忌諱，所以頓了一下才說下去：「不然，怎麼會有放翁的那兩句詩呢？」

李果也是這麼想，默默念著「山窮水盡疑無路，柳暗花明又一村」的句子；心境更覺開朗了。就在這時，只見張五起身離座，匆匆奔了出去；李果定睛一看，大為驚異，不由得自語：今天的巧事太多了！

巧的是，彩雲、大鳳會跟李紳在一起。他們是讓福山找了來的；一進茶棚子，彩雲大大方方地招呼過了，坐定下來，張五卻又忙著張羅，買了好些點心，殷殷勸客。亂過一陣，方能細談遇合。

原來是大鳳的主意，不知是她真的不放心二虎，想急著要來打聽消息；還是找個藉口來看張五，或者「燒香看和尚，一事兩勾當。」總之，要到京裡來的意思很堅決，彩雲自然也贊成；好在李果的住處是早就知道了；京裡也並不陌生，姑嫂二人雇了一輛車就來了。

「我到李師爺那裡去過了，管家說是都在逛白雲觀；今天不一定回來。大鳳就說：咱們也逛逛白雲觀去；也許真的遇見了神仙呢？我想，會神仙可沒有準兒，遇見三位爺，倒有五分把握。果不其然。一到後院，就在骨董攤子上遇見了李老爺。」說著，彩雲向李紳看了一眼；那神情倒像是多年的熟人似地。

「你別叫他李老爺！」李果接口，「我們在家多管他叫縉二爺，你也這麼叫好了。」

彩雲與大鳳，雙雙點頭；李紳便問：「你們倆住在哪兒？」

「是我們寶坻的一個街坊，張二奶奶家，挺熟的。」彩雲又說：「張二爺在冀州會館看門，住他那兒很方便。」

「五爺，」大鳳抓住談話的間隙，搶先開口：「不知道你替我們託了人沒有？」

「不用打聽，先就有個好消息。可就不知道是真好，還是假好？」張五問道：「那家人家，就那麼一個兒子？」

這一問將姑嫂倆都問住了，相視思索。是彩雲先想起來，「不說他有個兄弟姓馮？」她問大鳳：「是拜把兄弟吧？不然怎麼姓別姓？」

「等我想想，」大鳳皺眉苦思，終於記起：「不！是親兄弟的，過繼給姑姑家的。」

「行了！」張五一拍桌沿說：「你哥哥這條命保住了！」

一聽這話，姑嫂兩人都綻笑開了；那不是人前裝出來的笑容，出自心底寬慰的笑，舒泰愉悅，眼中發亮，笑得極美。

「五爺！」大鳳不自覺地拉著他的手臂：「你快說給我們聽聽，是怎麼回事？」

「那是當今皇上的恩典，不過，有句話我不能不關照。打現在一直到秋天，你家父母可死不得！死一個還好，死兩個就完了！」

這下來便是李果談他「連中三元」的故事；不過有大鳳、彩雲姑嫂在座，他不便明言是為李煦卜吉凶，只看著李紳說：「我當時心裡在想，如果今年這一年能夠平平安安過去，就讓我三投皆能中鵠。說實話，我自己都沒有想到會有這樣的結果。看起來，或者真能平安度此一年。」

李紳自能會意，連連點頭，樂聞其事。這時大鳳悄悄在問張五：「李師爺怎麼了！甚麼事不平安？」

「沒有甚麼！無非問問流年。」

「那，李師爺的流年不是很順利嗎？」

「是啊！大家都很順利。」張五大聲說道：「今天喜事重重，應該好好找個樂子！」

一半是湊張五的興，一半是多日鬱悶的心境，亦待一破，所以李果默許；李紳便問樂子是怎麼找？

這句話卻把張五問住了，楞了好一會兒才說：「無非飲酒清談而已。」

「既然如此，何不回客棧去？」李紳很快地答說。

李果仍持緘默，張五亦無話可答；轉臉問道：「你們晚點回去，不要緊吧？」

「問我嫂子。」她頭都不抬一抬，就這樣問答。

語聲雖低，彩雲還是聽見了，「不要緊！」她說：「回頭請人去通知一聲就是了。」

「那就走吧！」

張五起身付了茶錢，帶著福山到白雲觀找了兩部車子；這時李果卻開口了。

「怎麼坐法？」

張五料知問得有意，便即反問：「你看呢？」

「要看上去像是眷屬，反不惹眼。縉之跟彩雲一輛；你跟大鳳一輛。我、福山，替你們跨轅。」

「這未免太委屈了。」

「談不到此！」李果揮揮手，「上車吧！」

說著，他上了第一輛車，跟「車把式」並坐；張五便招呼李紳與彩雲上了第二輛車，自己與大鳳坐第一輛。

「縉二爺，」彩雲等車輪轉動，開口問道：「張五爺為甚麼招呼咱們坐第二輛，不坐第一輛呢？」

她這一問，倒提醒了李紳；心裡在想：是啊！照通常的禮貌，應該讓他們坐第一輛才是。張五如此安排，或有深意在內。

是何深意，尚未想到；彩雲卻又說道：「張五爺必是以為咱們有甚麼話，不便讓李師爺聽見，所以讓咱們坐第二輛。」

李紳想了一下，覺得張五確有此意。不過，張五是過分殷勤了；他並不以為自己跟彩雲要說甚麼，是不能讓李果入耳的。

當然，這話要說出來就殺風景了。所以他附和著答說：「對了！張五爺很照顧咱們。」

彩雲沒有再說話，卻悄悄地伸過一隻手來；李紳不由得就握住了，溫軟柔腴，不能無動於衷；及至發覺她的腦袋已靠在他肩上，聞到那股濃郁的桂花油味夾雜著成年婦人特有的體香，頓覺百脈僨張，自己都能感到臉上燙得很厲害。

同樣地，他也發現彩雲的臉，是跟他一樣地燙；而且氣息粗濁，可以聽得見她的心跳。

李紳興奮而昏亂，但當他在暗黑的車帷中，轉身想摟抱彩雲時，突然想到趙二虎！那就像雨夜荒郊中的一道閃電；也像盛暑之中的一陣大雨，遍體清涼，心定得很。

「熬一熬！」他在她耳邊，用僅僅她聽得見的聲音說，「守活寡最難受！像你這樣就很不容易了。不過，有苦就有甜；等二虎一放出來，久別勝新婚，你就會覺得吃多大的苦都值得！」

話一完，肩頭一輕；她的手也縮回去了。沉寂半晌，忽聽得嚶嚶啜泣之聲；李紳一驚，伸手過去，恰好摸到她溼了的衣襟。

由她從緊握著他的手而傳達的情意，他識得她這副眼淚，是四分羞慚，六分感激。便又向她耳語：「哭吧！哭出來就痛快了。」

彩雲卻覺得沒有可哭的了；伸手到腋下去摘手帕，卻不知掉落在何處？想一想只好找李紳。

「把你的手絹兒給我！」

李紳從袖子掏出一塊極大的、用舊了的絹帕，遞到她手裡。擦在臉上又溫又軟，非常舒服；蒙在臉上竟捨不得放下來；只是鼻子裡聞到絹帕上男人的氣息，心裡又是一蕩，怕自己把握不住，急忙又塞回李紳。

「你留著使好了。」

「不用。」彩雲笑道：「咱們又沒有甚麼私情，何必掛個幌子？」

「你不會怪我吧？」李紳輕聲問說。

「縉二爺，你怎麼說這話？你成全了我——」

「別說了！」李紳按一按她的手，「再說就失言了。」

第七章

終於還是恂郡王府的人，替李紳找到了一條可以劃撥十萬現銀的路子。內務府有個承攬宮中所用皮貨的商人，名叫范芝巖，為人極其熱心；他家早在明朝，便從山西遷居張家口，經營皮貨、藥材、牲畜，以及其他口外的土產，買賣做得極大；蒙古人都很相信他。恂郡王岳家是蒙古科爾沁的親王；以此淵源，他亦常在恂郡王門下行走。偶爾得聞此事，一時起了俠義心腸，願意拿他在江南的貨款，撥給李家。至於這十萬銀子如何向恂郡王去收，不在他考慮之內。

李紳在西寧也見過這范芝巖，自然直接商談，「李二爺，」范芝巖說，「我在清江浦，蘇州各交三萬；揚州跟杭州各交兩萬。我把情形告訴你。」

十萬銀子從四處來；來源個個不同。清江浦為南河總督駐紮之地；總督衙門歲修經費四百萬，用在維護堤防、疏濬河道的費用，不過三分之一，其餘的都用來應酬打點；每年總要買十幾萬銀子的「大毛」皮貨，大半由范芝巖經手。他在南河總督衙門還有八萬銀子的價款可收；即使價款已清，要預支三萬銀子，亦不算回事。

在揚州，要找一家安遠鏢局。在兩淮鹽務上發了財的旗人，拿現銀運回北方，都找揚州安遠鏢局。通常春秋兩季，鏢局的買賣最忙碌，因為春暖花開，秋高氣爽，都是宜於走鏢的天氣；

如今讓安遠鏢局在揚州付三萬銀子，由范芝巖在京撥付，既無風險，又省了川資，等於讓安遠鏢局，白賺一筆保費，是求之不得的事。

「蘇州的孫春陽，李二爺當然知道。他家每年要辦四、五萬銀子的北貨；我跟他家也有往來。」范芝巖說：「不過，這得好好寫封信；不能憑我一張條子，就能取銀。」

「是！」李紳無可贊一詞，只有他說甚麼應甚麼。

「杭州就不同了。有家種德堂，每年光是人參就要買兩三萬銀子，加上另外的藥材，總要辦到六、七萬銀子的貨。跟他收兩萬，一定也是靠得住的。」

「太好了！」李紳滿心歡喜，由衷感激，「范老，您真是幫了家叔的大忙了。」

「令叔，我也見過好幾回，人很豪爽、夠朋友。如今在難中，能效棉薄，無有不盡心之理。不過，」范芝巖放低了聲音，神情顯得極其鄭重，「這件事干係甚重，不但我的身家，也關連著王爺的禍福，所以千萬要祕密。我寫的取銀子的信，必得交到信面上指明收信的人！」

「是，是！絕無差錯。」

於是范芝巖交出四封信來；李紳一再道了謝，方始告辭。回到客棧，跟李果商議，應該怎麼樣分頭去提款？由下午談到晚上，尚無結果；佛寶卻派人送了一封信來給李果。

信上只極簡單的幾句話：「頃得確息，李去胡繼，特先馳告。五鼓乞顧我一談。聞縉之兄與兄同住一處，並請轉告。」

看完信，二李心亂如麻，楞在那裡好半晌作聲不得。

「現在甚麼時候？」李紳問。

「快三更天了。」李果答說，「回頭咱們一塊兒去。」

「不！信上並沒有約我，還是你一個人去。」

「也好！」李果點點頭，「事機緊迫，而且看樣子跟佛公見面的機會也不多；有甚麼話要跟他說，咱們多想一想，跟他一次說清楚。」

「到底怎麼回事，還沒有弄清楚；『去』是去定了，可是，另有後命沒有呢？」

這是問李煦之「去」是如何去職？調差、還是回內務府聽候差遣，或者最可憂的革職？

「這要見了佛公才知道。不過，不論如何，反正交代總是要辦的。照我看，恐怕還要看交代辦得怎麼樣？能把虧空都彌補上，不但無事，還能另派差使。不然，不然，」李果很吃力地說，「就危乎殆哉了！」

「一點不錯！是很明白的事。」李紳低頭想了一下，抬眼說道：「請你跟佛公說，家叔倒下去，第一個受累的是他；所以有多少力量，這會兒都要拿出來。等真的倒下來，有力量也使不上了。」

「這話我當然會說。」李果此時神思略定，盤算了一會說道，「如今第一件事，是要盡快通知令叔；第二是把那十萬銀子拿到手——」

「不！」李紳打斷他的話說：「第一、第二的次序應該倒過來。要趁消息還沒有到南邊以前，就把錢拿到手。這不是怕范老會翻悔，而是怕取錢的地方，知道底蘊，不免遲疑；設或託詞拖延，就算再有范老第二次去信，一來一往，亦非個把月莫辦，豈不糟糕。」

「啊！有理。」李果吸著氣說：「照此說來，天一亮就得兼程南下。」

「我也這麼想。」

「好吧！咱們先商量這件事。蘇州是本地，揚州鏢局是講信義的，只要有范老的信，令叔自己可以辦；杭州可以託孫文成，也不要緊。就是河工上的那筆款子，非趕緊去收不可。」

「收到了還得想法子運回去；清江浦到蘇州，路也不近。」

「是啊！這非得我自己去料理不可。」李果矍然而起，「去看了佛公，我馬上就動身。」

「不行！」李紳大為搖頭，「佛公不願意我到他那裡去；再則我的行蹤亦恐有人注意，諸多不便。你一走了，我又寸步難行；不就都失去了聯絡？」

「那可以託張五。反正他是用不著再回南了。」

李紳沉吟了好一會，無可奈何地說：「也只好如此。」

「那就這麼說了。我去打個盹，大概可以睡一個更次，四更天就得出門，寧早勿晚。」

李紳只覺得還有好些話要跟他談，急切間卻也想不起，怔怔地望著李果的背影消失時，突然想到一件事。

「慢慢！」他趕到門口低聲向李果說：「曹家怎麼樣？跟佛公問問清楚；但願曹家無恙，還可以倚靠。」

「我知道。你不說我也要打聽的。」

「曹家倒好了，上頭交給怡親王管；佛公說：凡是交給怡親王管的人，都是信得過的。可是，」李果的臉色像窗紙那樣陰黯，「令叔怕有殺身之禍！」

李紳大驚，睜大了眼問：「莫非牽涉到——」

莫非牽涉到奪位的糾紛？他不說，李果也明白；看一看一旁的彩雲，用低沉的聲音叮囑：「我們談的事，你可千萬洩漏不得一句！」

「是！」彩雲答應著，很識趣地往後慢慢退去。

「你不必走！你不妨聽聽；也許還有用得著你，請你幫忙的地方。」

這就不但彩雲，連李紳也詫異了，「何至於要用得著她。」他不信地問。

原來李煦果然被牽涉在奪位的糾紛中！當今皇帝對他深有所疑；疑心他當年曾參預皇八子胤禩爭立的密謀，而且一直與胤禩有往來。加以有妒嫉李煦的人，進了讒言，說大行皇帝駕崩，嗣君接位的音信到達蘇州，李煦肆意詆毀；且為恂郡王及胤禩大抱不平。因此，明發的諭旨是命李煦交卸回旗！照表面看，如果虧空彌補不上交卸不清，隨後才有革職查抄的嚴命。其實暗中已派了御前侍衛，賫帶硃諭，專程趕往蘇州，只要抄出有甚麼不妥的書信，立刻便有滅門之禍。

聽到這裡，李紳已覺心驚肉跳；不過到底還穩得住，「不妥的書信，我想是不會有的。」他說：「不過所謂『不妥』，各人的看法不盡相同，我輩認為平常；有心病的或者會認為別有用心。」

「正是這話。是故有備才能無患。倘或能先作檢點，把無用的書信，燒得乾乾淨淨就不怕了。」

這意思就很明顯了，如今最急要的一件事，便是盡快通知李煦；要快得能趕在欽派的御前侍衛之先，到達蘇州，才有用處。

「這——」李紳矍然而起，「得馬上派人回去。」

「咱們這裡不能派。」李果低聲說道：「佛寶告訴我，如今你的嫌疑最重，其次是我。隆科多已經下了密令，咱們倆帶來幾個下人，都已經打聽清楚，只要一走遠了，立刻就被攔住，更不用說你我兩個。」

這一下，李紳越發焦急；想到李果剛才的話，不由得指著彩雲問：「你的意思是請她到蘇州去送個信？」

「不！彩雲怎麼能夠趕在人家前面到蘇州？」李果的聲音越低：「佛寶已經派心腹趕下去送口信了。」

聽這一說，李紳舒了口氣；起身開了窗戶，面迎勁利而清新的寒氣，不由得一陣哆嗦，但頭腦卻清楚得多了。關上窗戶，沉思一會，走回來有一番話商量。

「咱們倆處境至艱，要見機得早；無論如何要保全張五，能讓他置身事外，咱們才有緩急可恃之人。我想，應該安排一個聯絡的人，通知張五，千萬不可再來這裡！有事，暗地裡請人傳話。這個人——」

「不能是彩雲。」李果搶著說：「佛寶的話，絕不可掉以輕心。范老的這四封信，如果讓隆科多的人抄到；那就糟不可言了。我在路上盤算，可靠而又瞞得過人的，只有一個彩雲。」

聽得這話，一直雙目灼灼在傾聽的彩雲，便即問道：「李師爺，你要我送甚麼信？送到哪裡？」

「送到無錫，跟蘇州很近了；起早趕路，也得走二十天。你肯替我們走一趟嗎？」

「那還用說？只要兩位老的，有爺們照應，再遠我也得去。」

「很辛苦噢！」

「我知道。」彩雲答說：「又不是遊山玩水，還能講舒服嗎？」

「那好！你很能幹，跟縉二爺的交情也夠——」

「不！」彩雲打斷他的話說：「跟縉二爺的交情是另一回事！承李師爺看得起我，居然覺得三綹梳頭，兩截穿衣的婦道人家，也還有點兒用處，衝這個我就怎麼樣也得吃這趟苦。何況，各位爺們，為我家二虎的事，那樣子費心費力，我正愁著報答不盡；不想能有這麼一趟差使，讓我也能稍為盡盡心，是求之不得的事。」說著，自然而然地望了李紳一眼。

她這一瞥中的涵義，只有李紳能夠體會；當即點點頭說：「你也別說怎麼報答不報答，反正安心上路；兩老及你家二虎，有張五爺照應，不必惦著。一路上也別把送信這件事看得太認真；瀟瀟灑灑地上路，只當去探望親戚。」說到這裡，他想到一件事，轉臉又問李果：「得有個得力的人，陪她去吧？」

「當然。」李果看著彩雲說：「你有沒有靠得住的至親，能送你一送。」

「有。」

「誰？」

「我兄弟。」

「那太好了。」李果又問：「你兄弟幹些甚麼？出過遠門沒有？」

「出過。跟他們東家到南京辦過貨——」

原來彩雲的胞弟，是寶坻一家綢緞鋪的夥計；今年二十三歲，為人能言善道，頗為機警；字雖識得不多，出門上路也夠用了。最好的是，他這個胞弟極聽彩雲的話，旅途中能約束得住他，就不愁會出意外。

「如果是很急的事，就不必多耽擱。我今天就帶大鳳回通州，跟我公公、婆婆說明白了，捎個信讓我兄弟到通州來，雇了車就走。」

「這不用你費心，我來安排。如今有幾件事交代，彩雲，請你聽好了。」

李果交代的是兩件事：第一，此去無錫，先訪朱二嫂；請她帶路到蘇州，找到李鼎當面交信。這四封信的來龍去脈，有何用處？由李紳跟她細說；第二，千里迢迢到無錫去幹甚麼，要找一套說法，連她的胞弟都能騙得過；當然身上有這四封信，也不能讓她胞弟知道。

正談到這裡，只聽有人叩門，李紳便問：「是哪位？」

「張五爺來了。」是李果的書僮，福山的聲音。

開開門來，張五向裡一望，殘燄猶在，衾枕未動；兩李一臉疲憊，彩雲的臉上則泛起一陣油光，看樣子是徹夜在談論甚麼。

「真相到昨晚上揭開來一大半；事情之糟，遠比想像為甚。」李果說道：「五兄，以後咱們見面的機會怕都不多了。」

「何出此言？」張五只覺頭上一陣發熱，臉都漲紅了。

「請沉著！」李果按一按張五的肩，讓他坐了下來；扼要地將夜來的突變以及應變的步驟，都告訴了他。

聽到一半，張五便有了主意；等他話完，隨即說道：「這一來，我更得找文覺了。我替他辦事；條件只有一個：旭公的交卸，請他幫忙；虧空的公款，別追得太緊，慢慢兒想法子來補。」

「我看不必。」李紳接口：「第一，紙已經包不住火，何況別有緣故，恐怕他亦無能為力；第二，這種案子，五兄，你萬不能牽涉在裡面，如今要遠遠置身局外，反倒能夠幫局中人的忙；第三，說不定這件案子，根本就是他本人鼓搗出來的。」

「你是說文覺？」張五很認真地追問。

李紳沉吟不答，因為看張五不以為然，怕各執一見會引起爭論；而李果卻接了一句：「我跟縉之的看法相同。」

張五激動了，「這個賊禿，太不夠意思了！」他氣鼓鼓地說：「我倒要去問問他——」

「五兄，五兄，」李紳急忙勸阻：「稍安毋躁！這個時候，千萬錯不得一步，更不能節外生枝。」

提到這層利害關係，張五立刻便能自制；但想想不免傷心，更不免內疚，「年前興興頭頭趕了來，總以為多少可以借他一點光；誰知道費盡心機一場空！倒不如不找他，也許事情還不至於這麼糟。如果不是全部希望寄託在他身上，另想別法，總要好得多！此刻，此刻，」他用帶哭的聲音說：「教我怎麼向李家父子交代？」

「不、不！五兄！」李果很感動，也很不安，「你千萬不要自艾自責；找他原是既定的主意。要怪，也得怪我，不必你執其咎。」

原來彩雲偷空與福山去備辦了早點。除了李紳以外，李果與張五因為生長在江南，對於京城裡的早點，只有燒餅、麻花兒，還可以將就；炒肝、豆汁都喝不慣。彩雲與他們這一陣子的盤桓，已知道了各人的愛好，李果喜歡吃包子、蒸餃之類的麵食；最要緊的是一盤好茶。張五吃慣了的是白米粥，要配上四碟小菜，來兩個剛出爐的燒餅。至於李紳所嗜，又自不同；最好來一大碗帶滷加澆頭的拌麵，外帶一鍾白乾，吃喝足了辦事，一直可以支持到黃昏時分。此時彩雲所備的早點，只有白米粥改成現成的京米粥；其餘都按各人喜愛，擺滿了一桌子。

「我可是吃了來的。不過不能辜負彩雲的盛意，再來一頓。」張五首先坐了下來，扶起筷子喝粥。

李果、李紳都是能沉得住氣的人，雖然心事重重，起居並未失常；所以如張五所說的「不能辜負彩雲的盛意」，所以也都坐了下來，且飽啖了再說。

「事有緩急，咱們重新定規一下，哪件先辦，哪件後辦。」李紳又說：「哪件事歸哪個，也得說好了它。」

「最要緊的，自然是打點彩雲動身。」李果看著彩雲問：「你把你兄弟的名字、住址告訴我。」

「我兄弟叫李德順；他就住在鋪子裡。那家綢緞鋪，字號錦義興，在寶坻南關一問都知道。我想先把大鳳去接了來，商量商量。」彩雲又說：「張五爺，能不能請你的管家走一趟。」

「行！」

張五只帶了個小廝來，便叫他到冀東會館去接大鳳；等接了來，彩雲將她拉到一邊，把必須作江南之行的緣故，以及須接父母到京的決定，約略說了一遍。

事出突兀，大鳳一時不知所答；但她這幾天也看出端倪，知道必是極機密、極重要的一件大事；而要找彩雲去辦，自然有不得不然的理由。既然如此，就不必替她顧慮道路艱難，長途跋涉是不是力所勝任？只替她去想一個連李德順都會覺得她不能不到江南去一趟的理由。

大鳳的心思也很細密，凝神靜想了一會，記起一件事；喜孜孜地說道：「嫂子，有個說法，可以把德順哥都瞞過去；其實也是真有這回事，不算騙他。我記得爹用過一個很得力的夥計，我們管他叫胖大叔——」

「你是說孫胖子？」

「是啊！」大鳳驚奇地問：「你怎麼知道？」

「我聽你哥哥說過。說這個孫胖子很下流，勾引他的嬸子，真贓實犯，讓他叔叔逮住。如果不是逃走，性命都保不住。」

「這，哥哥可就不知道了！放胖大叔逃走的，就是爹。」大鳳又說：「胖大叔是冤枉的。他叔叔很霸道，鬼計多端；叔侄倆原沒有分家，為了想獨吞家當，故意擺下一個圈套，胖大叔喝多了酒，糊裡糊塗闖了進去。他家是大族、家規很嚴，要開祠堂活埋他；是爹半夜裡偷偷兒去把他放掉，教他快走，才逃出一條命去。」

「胖大叔的娘，還有胖大嬸，一直是爹養她們。每年送錢，都是我去；有一回胖大嬸把這些事都告訴了我，我才知道爹還做過這麼一回好事。」

「這，」彩雲困惑了，「這跟我到南邊去，有甚麼相干？」

「我話還沒有完，胖大叔一去三年沒有音信；他老娘日夜想兒子，想出毛病，死掉了，也是爹替她發送。胖大嬸無兒無女，孫家又不養她，自然只好改嫁。巧得很，就在她改嫁的第三天，我家裡來了一個人，是胖大叔派來的，帶了盤纏，來接他娘跟胖大嬸；叫他們到了寶坻來找爹。

可惜晚了。」

「這麼說，孫胖子混得還不錯！他人在哪裡啊？」

「在南京。也是替人管事，境況還不壞。」大鳳又接著她自己的話說，「爹將實在情形告訴了那個人，讓他轉話給胖大叔，就在南京落戶，不必回老家，免得惹是非。這是你嫁過來前一年的話。」

「怪不得我不知道。」

「哥哥也不知道。因為爹做這件事，說起來對不住孫家，怕哥哥嘴快，傳出去會有麻煩，」大鳳略停一下說道：「你可以跟德順哥這麼說，有這麼一個人，當初欠了咱們家一百兩銀子；如今在南京發達了。為了哥哥的官司，不能不找他，也幫幫咱們的忙。要去找他，除了你沒有第二個人。」

「是啊！論理是該我去。這個說法很好，足足瞞得過德順。」

蘇州織造的更動，終於見了明發的上諭；李煦任內的虧空，交新任織造胡鳳翬清查奏聞。這道上諭，在內務府中引起極大的震動。在此以前，只有王府及公主府內的太監獲罪；總以為上三旗的包衣極為先帝所信任，尤其是像李煦這樣的，直可說是先帝的忠心耿耿的「老僕」，必蒙另眼相看。哪知嗣君居然毫不念舊，斷然處置，因而不免人人自危。再想到胡鳳翬與當今皇上的關係，更不能不興起「一朝天子一朝臣」的感慨與警惕。

「事情很明白了。」李紳說道：「只要能把虧空補完，就可以沒事。我看，仍舊要勞你駕去看一看佛公，看他能有甚麼辦法？」

「我看他亦不見得有甚麼好辦法。不過，在情在理，都不能不去看他一看；否則，旭公問起來，不好交代。」

果然，如李果所預料的，佛寶只是愁顏相向，束手無策。

「窟窿太大了！」他說：「誰也沒有力量幫旭東的忙。我跟他兒女親家，當然要盡棉薄，可是，杯水車薪，實在也沒有甚麼用處。」

李果料到他有這樣的話，在路上已盤算過了的，所以很快地答說：「佛公，集腋成裘，聚沙成塔；旭公三十年來，也交了不少朋友。至親好友，量力相助，先補起一部分來；餘下的虧空，請佛公看看，能託託哪位王爺或者皇上信任的大臣，代為求一求情，慢慢兒想法子，分年賠補，或者可以把這個難關度了過去。」

「難，難！」佛寶一個勁地搖頭，「第一、要大家幫忙，三百、五百地湊，能湊多少；再說，客山，我也不瞞你，我們旗人勢利的多，像旭東這種情形，眼看這一跤摔下去，是起不來的了，有誰肯雪中送炭。至於說託人向皇上求情，更是沒有人肯幹的傻事！如今不比當年，弄不好惹火燒身，何苦！」

所謂「如今不比當年」，意思是說嗣君不比先帝來得仁厚。李果聽他所說，雖不免有濃重的反感，但細細想去，卻也是實情。

然則如何呢？他情不自禁地著急了，「佛公，」他口不擇言地說：「莫非你就眼看兒女至親，抄家充軍？」

這話說得重了些，佛寶的臉色難看；僵了好半天才說了句：「但願我能替得了他！」

話不投機，局面有些僵了。李果頗為失悔；此時到底是仰面求人的時候，不能不低聲下氣，因而趕緊陪笑解釋：「佛公，是我失言了。也是心裡著急的緣故。」

佛寶也覺得自己的態度，欠缺涵養；聽他這一說，愈覺歉然，便即答說：「彼此、彼此！我跟旭東，幾重淵源，哪有不替他著急、不替他籌畫之理？客山，我給你看樣東西，請裡面坐。」

由客廳轉入書齋，他從抽斗中取出一封信遞給李果；打開一看，寥寥數語：「所惠璧謝。囑事自當在心；但恐身不由主，力不從心，奈何奈何。」下面署名是「弟名心拜」；又綴了「即夕」二字。

雖無受信人的名字，亦可以想像得到是給佛寶的覆信；「名心」即是「知名」，是誰也只有佛寶知道了。

不必他問，佛寶便低聲說道：「是胡鳳翬給我的信。我原來的打算是，想託他為旭東遮蓋、遮蓋；所以送了他一份重禮，約值萬金之數。哪知原物帶回；來了這麼一封信！客山，為之奈何？」

「『力不從心』猶可設法；壞在『身不由主』！」李果吸著氣說：「佛公，此君的語氣很不妙；說不定還會落井下石。」

「是的！」佛寶深深點頭，「我也這麼想。」

「那麼，結局呢？」

「恐怕不免『查抄』二字。」佛寶遲疑了好一會，很吃力地說：「客山，我那親家的情形到底怎麼樣？真有那麼多虧空嗎？」

聽到最後一句，李果心頭感到一陣寒意。事到如今，竟連至親都還不相信李煦，以為他在報虛帳；那就無怪乎不肯急人之急了。

轉念又想，自己不也瞞了十萬銀子嗎？雖說范芝巖的關係重大，不能洩漏片言隻語；但李煦的虧空總是減輕了。將心比心，為了不欺佛寶，他這樣答說：「旭公手頭鬆慣的，借給人的也很多；如今多少可以收回一點兒，我想，二十幾萬虧空是一定有的。」

「四姨娘呢？聽說頗有幾文私房。」

「那就不知道了。不過，憑良心說，四姨娘總算賢慧，肯顧大局；就有幾文私房，看境況如此窘，應該早就貼在裡頭了。」

佛寶不作聲，站在書桌邊，低頭沉思了好一會才抬頭說道：「我可以替他湊三萬到五萬銀子；不過這筆錢只能在京裡用。」

「是！」李果覺得這也很難得了。

「客山，」佛寶突然問道：「不知道旭東是不是有過甚麼最後的打算？」

李果一愣，一時想不明白甚麼叫最後打算。佛寶也發覺了，自己的話太突兀，無怪乎李果發楞，所以緊接著又作了一番解釋。

「他應該想到，年歲這麼大了；人吃五穀雜糧，沒有不生病的，一旦下來，留下一身虧空，小鼎年紀又輕，怎麼能挑得起這個擔子？他自己總有個打算吧？」

原來是身後之事！李果一面搜索，一面回答：「佛公知道的，旭公一向豁達。小鼎年紀輕，他的前程，旭公自然關心；以前是老太太疼孫子，能不讓他離家就不讓他離家，等老太太故世，旭公督責較嚴，正打算今年遣他進京，不想出了這件大事！」

「那還是他自己看得見的事。」

「佛公是問旭公自己看不見的事？」李果搖搖頭說：「我沒有聽他談過。不過有件事，倒不妨告訴佛公，有一次談到曹楝公揚州病歿，接著是連生在京出了事；兩世寡婦，虧空未完，走到了家破人亡，無以為繼的絕境，誰知竟能安然無事。這是天恩高厚；但也未始不是故舊義氣，善為設謀。旭公談到曹家之事，頗為得意；意在言外，是虧得有他盡心盡力。旭公又說，不獨曹、李、孫、馬諸家姻婭相連，榮枯相共；上三旗亦都是有照應的，不愁沒有照應。」

李果在追憶這段經過時，也是初次省悟，李煦不作身後的打算，是他認為如果他身後有未了之事，亦有人會替他出死力料理，猶如他當初為曹寅、曹顒——連生料理身後一樣。當然，佛寶的了解更為深切。

「咳！」他嘆口氣：「他如今該知道他是錯了！」

「錯了？」李果倒要問一問，錯在何處？

「不是甚麼『故舊義氣，善為設謀』；純然是『天恩高厚』。如果沒有上頭的恩典，天大的本事、天大的義氣也沒用！」

他這話的意思是很明白的，他不能如李煦之於曹寅，因為嗣君不是先帝。話不能說不對，但既屬至親，至少也該有一份明知其不可為而為之的義氣。不過，這怕不能期之於佛寶，他們兩親家人品高下的區分，正在於此。

「旭東的大錯，是在沒有想到——」佛寶突然住口，而且面現驚惶，略停一停，厲聲問道：

「誰！」

「是我！」窗外有少女應聲：「奶奶著我來請示，是不是留李師爺吃便飯。」

原來是個丫頭！佛寶的臉色和緩了，「怎麼樣？」他問客人：「在這裡便飯吧？」

「不！佛公很忙，我也有事，不必費心了。」

「既如此，我也不作虛套。」佛寶向窗外吩咐：「你跟奶奶去說，李師爺有事，飯不必預備，看有人家送的甚麼稀罕好吃的東西，挑一份出來，回頭讓李師爺帶走。」

在這當兒，李果已經體味到佛寶那句未說出來的話是：李煦錯在沒有想到是雍親王繼承大統。看他那種深恐隔牆有耳的驚懼神色，就不必讓他明白出口；所以等那丫頭一走，他立即說道：「佛公的意思我懂。不過，這也不是旭公一個人的錯，誰也沒有想到有此大變化。」

「嗐！其實我也不是說他錯。我是替他發愁。」佛寶停了一下又說：「如你所說，旭東從未想到居安思危這句話，自然不會有甚麼最後的打算。劫餘之身，何以自存？」

李果將他的話，通前徹後細想了一遍；很鄭重地問道：「佛公的意思怎麼樣呢？」

「那要旭東自己拿主意——」

「是！」李果怕他到緊要地方閃避，趕緊搶著說道：「旁觀者清，佛公必有卓見。」

佛寶想了一下說：「果然是杯水車薪，這一杯水，不如留著解渴，還聰明些。」

「是！尊論確是一針見血的卓見。不過，旁人能容他不潑這一杯水去澆車薪，留著自己解渴嗎？」

「那就要看自己的做法了。戲法人人會變，各有巧妙不同；至少可以潑半杯留半杯。」

「是！」李果深深點頭，「謹受教。」

「客山！」佛寶的神色，戒慎恐懼，極其緊張，「你跟旭東，多年賓主，情如一家，所以我亦不拿你當外人，傾肺腑相告。今天所談的一切，不足為外人道，甚至亦不必告訴旭東。」

李果知道佛寶膽小，立即答說：「佛公請放心，我豈能不知輕重。」

「是、是！我亦只是提醒而已。」

李果覺得話已說得差不多，可以告辭了；只有一句話還得問：「佛公，你助旭公的數目，到底是三、是五，定個確數行不行？」

「我跟旭東的交情，自然該盡力而為；但能籌措多少，實在沒有把握。也許多於五數；不過至少有三數。」

「既如此，折衷定為偶數如何？」李果又說：「實在是因為要精打細算，不能不定個確數。」

這一層苦衷，佛公想來必能諒解。」

「當然、當然！就這樣，定為四數好了。」

「我還有一個不情之請，想請佛公明示，這四數是在潑一半之中呢，還是在留一半之中？」

「你看呢？」

不說看李煦願意如何支配，而反問李果的意見，這就很耐人尋味了。

於是李果說道：「我想在潑一半之中好了。這樣子，佛公的處境不致困難。」

「說得是！不過，我不能不從多方面打算。也是潑一半，留下半吧！」

杯水車薪之喻，李紳當然也能充分意會。如果虧空太大補不完，倒不如私底下留下錢來，養命活口，但公款不能不賠；佛寶助李煦的四萬銀子，也是這麼處置，拿兩萬助他賠繳公款；留兩萬供李煦抄家以後家屬維生之用，這就是「潑一半，留一半」。

「我們打了半天的啞謎，也鬥了好一會的心機。」李果說道：「本來既是至親，怎麼都好說；及至我一問，他反問我一句，我就知道他的意思了，先留下來再說。將來可能口惠而實不至，只是一句空話，又奈他何？所以希望他先拿出來，用在明處。緡之，你覺得該不該做這個小人？」

「這是忠人之事，又不是為你自己打算，那談得到小人不小人。」

聽他這麼說，李果自然感到安慰，亦就更覺得應該盡心盡力，算無遺策地來為李煦籌畫。細細想了一下問說：「緡之，你看彩雲能不能託以重任？」

李紳愕然，「現在不是已託以重任了嗎？」他問。

「我的話沒有說清楚。現在託她的雖是重任，但事情很簡單，只要謹慎小心，平安送到即可，這不夠！」

「喔，還要她怎麼樣？」

「還要她有智慧，有決斷，有機變，有擔當。」

「這可難了！如你們說，鬚眉男子之中，亦沒有幾個人夠格，何況巾幗。」

「在我看，她倒是巾幗不讓鬚眉！」

李紳笑了，「既然你這麼看得起彩雲，」他說：「倒不妨先說出來聽聽，你是要她擔當怎麼樣的重任。」

「我要把她當作你。」

「此話怎麼說？」

「此行，你所能做的事，她也能做。」李果屈著手指說：「第一——」

第一，李果打算詳詳細細寫一封信給李煦，將到京以後活動的經過，一切的見聞，以及他跟李紳的意見都寫在上面，交給彩雲帶去；第二，彩雲要對這封信中所說的一切，完全了解，能夠原原本本說清楚；因為，第三，如果遭遇意外，她應該將這封信燬掉，而到了無錫，由朱二嫂引導去見李煦父子，仍舊可以將口信帶到。

「這怕很難！事情很複雜，恐怕她弄不清楚。」

「還有複雜的，到遭遇意外時，她應該連范老的那四封信也燬掉；同時見了旭公，仍舊能把范老分撥十萬銀子的四處地方說清楚，讓旭公心裡有數，好作打算。」

「這更難了！」

「不！我的看法不同，以彩雲的頭腦清楚，加以你循循善誘，這些話都可以教得她清清楚楚。我認為最難的是，她要能應變，遇到該燬信的時候，當機立斷，毫不猶豫。」

李紳凝神細想了一回說：「這倒不算難。既然信中內容都記在肚子裡了，有沒有紙面，關係不大，一看情形不對，一火而焚之，這個決斷容易下。至於范老的四封信，雖說關係甚重，細想一想，燬掉也不要緊；因為第一，范老義薄雲天，既肯幫忙，信可重寫；不肯幫忙，早就通知對方飾詞拖延，有信亦無用處。第二，這十萬銀子如果一時不能到手，不妨列入『留一半』之中，遲早得以取用，反正款子總是在那裡的。」

「對！這話透澈極了。」

「但是，有一層，你不知道想過沒有？」李紳神色凜然地說：「我不知道你所說：『遭遇意外』是甚麼？如果是指為邏卒所知，逼迫搜索，倘無所得，猶可望倖免；萬一發覺她曾有燬滅文件之舉，自必拘捕到官，那時卻又如何？這一層，不可不慮。」

「是的。我想過。」

「這是國士的景行，戰國、東漢才有；安能期之於匹夫匹婦？而況國士待我，國士報之，咱們對她也不是有甚麼大恩大德；就算她做得到，咱們也不能作此干求。」

「我的看法跟你不一樣！」

如何不一樣？李果不曾說出來。他是覺得彩雲對李紳一往情深；而情與義原是一事，國士之報，雖出於義，卻必有一份刻骨銘心的情分在。所以對彩雲的要求，如果是他提出來，自是過分；但出之於李紳的意願，彩雲就會心甘情願地去做。不過這話未必肯為李紳所承認；就承認亦不肯教彩雲這麼去做，因而住口不語。

「話又說回來。」李紳覺得他的辦法，有一部分是可取的，「彩雲的能幹，倒是信得過的；不過到底是女流，不能讓她蹈險，我看，你信還是寫了讓她帶去；以她的機警沉著，只要稍微留點神，不會出事。」

李果考慮了一回說：「也好！我把信寫得隱晦一點好了。」

於是李果花了大半夜的功夫，寫好十一張信箋的一封長函，字斟句酌，平淡無奇的敘述中，蘊藏著好些只有李煦能夠體會的深意。這封信寫了改，改了抄，相當累人；所以事畢歸寢，睡得極沉。

朦朧中醒來，只見是李紳站在他床前，「我來看了你三遍了。」他說。

「喔！」李果一翻身坐了起來問道：「甚麼時候了？」

「午末未初。」李紳接著又說：「彩雲帶著兄弟，在我那裡。」

「她來了！好快。」

「這是她急人之急的一點義氣。」

「說義氣不如說情分。」

李果下了床，先開箱子將寫好的信交了給李紳，然後才穿衣著靴；等他穿戴齊全，李紳將信也看完了。

「寫得很好，著實費了一番心血。這封信如果中途不能不銷毀，未免太可惜。」接著沉思了一回說：「我有個辦法，不妨試一試。」

李果正在洗臉漱口，無暇問他，是何辦法。李紳便趁這功夫，走到廊上，關照福山將彩雲與她弟弟李德順找了來。

李德順二十來歲，長得跟彩雲很像，一望而知是姐弟；由於常涉江湖，態度頗為老練，跟著彩雲叫一聲：「李師爺！」很有規矩地垂手肅立。

「別客氣，請坐；坐了才好談。」

「你就坐吧！」彩雲接口說道：「你姐夫的事，多虧李師爺、縉二爺照應；張五爺也是看他們兩位的面子，格外出力。」

「合該姐夫命中有貴人。」李德順搶上兩步，撈起衣襟，半轉著圈請了個很漂亮的安，「謝謝李師爺、縉二爺。等我姐夫出來了，再給兩位爺磕頭。」

「好說，好說！」李果問彩雲：「你倒來得快。」

「搬家的事，有張五爺派的人在這裡，另外又託了很妥當的人，再有大鳳招呼，我可以不管：不如早早動身，能多弄幾兩銀子回來，託張五爺的朋友上上下下招呼招呼，二虎的事就更靠得住了。」

「那好！」李果又問：「是起旱還是水路。」

「水路，在通州就下船了。」

「說得是！」李果啞然失笑，「唯其起旱，才先到京；車雇了沒有？」

「還沒有。」

這番對答是為了掩飾彩雲此行真正的任務，故意在她胞弟面前做作；接下來，李德順開口了。

「運氣還不錯，正好有兩個鏢行朋友，要趕回去，跟他們一路走，路上就方便了。」

「啊！」李紳一直為彩雲上路擔心，此時大為欣慰，「那太好了，有鏢行朋友一路走，既不怕受人欺侮；住店打尖，又到處都熟。等於花了大錢雇保鏢。只不知道能送到甚麼地方？」

「一直送到南京。」李德順答說：「我這兩個朋友是南京振遠鏢局的。」

那「振遠鏢局」四字，在李紳有「似曾相識」之感。他記不是怎麼一回事，但感覺中確確實實曾聽說過；只想不起是在哪裡聽說。苦苦搜索記憶，驀地裡想到，前塵影事，倏地兜上心來；急急問道：「李老弟，你那在振遠鏢局當趟子手的朋友姓甚麼？」

「姓王。」

果然姓王！「是哪裡人？」他又問。

「是南京本地人。」

「叫甚麼名字？」

「叫王寶才。」

「喔，」李紳覺得自己沒有問對；「他行幾？」

「行——」李德順皺眉苦思，自責地敲敲腦袋，「他跟我提過，怎麼會記不起呢？」

「你仔細想想！」李紳睜大了眼說。

見他是如此緊張認真，李果與彩雲都大惑不解，因而也無不替他著急，希望李德順不要真的忘得無影無蹤。

「是不是行二？」

一聽李紳這話，李德順眉眼寬舒，「是，是！」他連連點頭，「行二，行二。對了！」

「是真的？」李紳深怕他是有意附和。

「真的！一點不錯。」

「他還告訴你些甚麼？談過他家裡的事沒有？」

「沒有！」李德順答說：「有時問他家裡還有甚麼人？他總是搖搖頭不肯說。」

「那就對了！」李紳點點頭，眼皮亂眨，彷彿極力在思索一個難題似地。

李果可忍不住要開口問了：「怎麼回事？」他說：「你認識這個王寶才？」

「我認識他媳婦。」

彩雲抿著嘴笑了；李果也覺得怕有段豔聞在內，因而也是微笑凝視，等待他自己敘述與王寶才的妻子相識的經過。

「她！」李紳只看著李果說：「大概不錯，這王寶才是繡春的二哥。」

「啊！」李果立即便有驚奇的表情。

彩雲姐弟自然弄不清楚是怎麼回事，愕然相看；一時都沉默了。

「王寶才此刻在哪兒？」李紳問說。

「在騾馬店威遠鏢局。」李德順答說：「威遠跟振遠是聯號。」

「請你去一趟，找到他問一問，他是不是跟他大嫂不和，才出來走鏢的？如果不錯，你帶他來見我。」

「如果不是呢？或者問，是哪位要看看他。縉二爺，我可怎麼說？」

「不，不！事情不是這麼辦的。」李果插進來說：「縉之，你先把心靜下來，想一想，跟他見面是為了甚麼？是不是非見不可？還有，頂要緊的，他會不會對你有意見？」

「我想他不會有意見。我跟繡春那一段，王二嫂完全知道，不會怨我。」李紳又說：「我跟他見個面，無非重重託他，一路多照應彩雲姐弟。此外，我還要託他帶信。」

「帶給誰？」李果微感不安地，「我看你不必多事；『事如春夢了無痕！』」

「你誤會了。」李紳答說：「我是託他帶信給曹家。」

「那好！」李果便交代李德順：「你回去不必多說，只說有人順便託他帶信，把他約了來就是。」

等李德順一走，李紳悄悄將李果邀到一邊，這才說了他心裡的話。原來由於王寶才的出現，李紳有了新的念頭，打算委託王寶才為專差，去送李果及范芝巖的四封信；根本就不必讓彩雲數千里跋涉了。

這個主意來得太突兀，李果直覺地感到不安，「縉之，你連此人的面都沒有見過，何能委以重任？」他說：「你不覺得太危險了一點嗎？」

「雖未識面，知之有素。我聽繡春說過，她二哥很有血性。在鏢局裡幹活，最講究穩當可靠；再者，也沒有人會想到，咱們是雇他當專差，一定瞞得過邏卒的耳目。」李紳又說：「他們是趕慣了路的，有車坐車，有馬騎馬；車馬皆無，還長了兩條飛毛腿，起碼比彩雲可早到個五六天。」

聽聽也有道理，尤其是能夠早到，最足以打動李果的心。不過，此事關係重大，孤注一擲般都託付給素昧平生的王寶才，萬一出事，何以自解？所以李果始終沒有勇氣點一個頭。

見此光景，李紳內心也有些動搖了。沉吟了一會，決定自我折衷，「客山，你看這樣行不行？」他說：「彩雲還是去；不過，你那封信，跟范老寫給孫春陽的那封信，讓王寶才送，你看如何？」

「好！」李果毫不遲疑地答說：「我也是這麼想。這樣做，即使出岔子，不至於全盤皆輸。不過，縉之，你得好好跟他談一談；倘有絲毫勉強，這個做法還是作罷為宜。」

「王二哥，你請坐！」

聽得李紳這樣稱呼，王寶才大為不安，搓著手說：「李大爺，你老叫我名字好了；我叫——」

「我知道，我知道。」李果搶著說，「你府上我也去過；見過王二嫂，真賢慧。」

這一說越使得王寶才愕然不知所答；李果便指著李紳說：「他就是縉二爺。」

「啊！」王寶才驚喜莫名，「原來是縉二爺！」

李紳與繡春的那段情，他聽他妻子源源本本地說過。如今雖是初見，但想到差一點成了至親，所以心裡除了感激、尊敬以外，特感親切。這些心情擺在臉上，使得李果完全放心了。

「德順，」李紳改了稱呼，「你大概還不知道我跟寶才是熟人吧？」

「根本就沒有想到。真巧，太好了。」

「我也沒有想到。他鄉遇故知，一定有好些話說。」李果站了起來，「兩位好好敘一敘契闊，我不打擾。」

這一來，李果將李德順也帶了出來，去找彩雲商量行程。李紳與王寶才倒真的很談了些近況；談到繡春，依然長齋供佛，不免相對黯然。

「寶才，」李紳歉疚萬分地，「這件事你不怪我吧？」

「哪怪得到縉二爺？」王寶才結束了這個令人不怡的話題，「過去的事，不必談了。」

李紳點點頭，沉默了一會；等王寶才心境平靜下來，方談到正事：「寶才，我叔叔，蘇州的李織造，你總知道吧？」

「不就是李大人嗎？知道，知道。」

「他的紗帽丟掉了，只怕你還不知道。不但丟紗帽，還怕有麻煩；寶才，你能不能幫一幫忙？」

「我？」王寶才困惑莫名，「憑我能幫得上甚麼忙？」

「幫得上；而且只有你才能幫很大的一個忙。」李紳略略放低了聲音，「我有一封信，想請你專程送到蘇州，越快越好。」

「喔，」王寶才問，「要怎麼樣的快？」

「最快幾天可到？」

「如果天氣好，最快也要十一、二天。」

「以半個月為度好了。不過，寶才，這封信不能落到外人手裡；沿路也許會有人綴著你。」

聽這一說，王寶才起初一驚；接著出現了堅毅沉著的臉色，想了好一會，方始開口。

「如果有人綴住我，那會是甚麼人？」

「當然是公人。」李紳又說：「這封信寧願毀掉，也不能落在他們手裡。」

「有沒有人知道我到蘇州去送信？」

「沒有！連彩雲兄妹都不知道。你也不必跟他們說。」

「當然。我用不著跟他們說。」王寶才想了一下說：「照現在的樣子，他們只能跟我另外一個夥計走了。」

「對了！請你單獨走好了。」說著，李紳起身，提過來早預備好了的一個沉甸甸的包裹，「寶才，請你不必客氣，這是一百兩銀子的盤纏。」

「盤纏用不了一百兩——」

「不！」李紳搶著說：「多下的，給你的孩子做兩件新衣穿。」

王寶才不善客套，不再作聲，只問：「信呢？」

信也預備好了，兩封信用一個大信封套了，外包油紙，顯得很狼犺；王寶才倒有些發楞了。

「不用油紙行不行？」他問。

「行。」

於是拆封重新安排，不但不用油紙，也不用那個大信封；兩封信摺小了，藏入王寶才腰間所繫的那條大板帶。練武的人，非用這條帶子束腰不可；信是藏在這條片刻不離身的板帶夾層之中，解下來也不會看出其中有物，穩妥之至。

「我明天就走。」

「好！見了王二嫂，還有，」李紳遲疑了一下，終於說了出來：「還有你妹子，替我問好。」

第八章

「完了！」李煦只說得這兩個字，就像支持不住似地，很吃力地扶著桌沿，坐了下來。

沈宜士的心一沉，不過多月以來，總是提防著有這一天，所以還能沉得住氣，「我聽說京裡有人來。」他問：「怎麼說？」

「胡鳳翬接我。」

「果然是他！」沈宜士說：「佛公呢？可有下文？」

「有甚麼下文？還有，我倒不怕，真是真，假是假；讓他們來抄好了。」

沈宜士大驚，「抄！」他問：「查抄？」

「那還不至於。不過情形也還不清楚。只說宮裡有人下來，恐怕會來搜查。」李煦舉雙手，伸了八個手指。

當然，是來搜查與胤禩交往的信札之類；沈宜士隨即答說：「跟他來往的信倒是不少。經過我那裡的，都登了簿子；也有直接面交旭公的，可得好好檢點一番。這件事非比等閒，要馬上動手。」

「這是手足之勞；不過，也不光是搜得細、燒得淨的事。我當差這麼多年，與諸王門下都有往來，倘說八阿哥的信，一封都沒有，情理欠通，反有嫌疑，所以無關緊要的信，還得留幾封。宜士，你看呢？」

沈宜士倒很佩服李煦；在這時候，心思還很細密，便點點頭說：「旭公說得是。這件事交給我好了。回頭我到簽押房來，盡今夜拿它辦妥。可是，」他很吃力地吐出來一句話：「交卸怎麼辦？」

交卸便得彌補虧空。提到這一點，李煦不但眉毛，心都揪了起來，彷彿要擰成一個結。

「趁現在風聞未露，還來得及稍作鋪排，」沈宜士說：「欠人的且不說；人欠的得趕快想法子收回來。」

李煦搖搖頭，「人欠的，能收回早就收回了；收不回的，不必白費功夫。」他停了一下說：「倒是欠人的，得趁早還了人家。萬一查抄，白填在裡頭，豈不是太對不住人？」

「欠人的不知道有多少？外面的帳不全。」

「那得問四姨娘，她那裡有細帳。」李煦答道：「四姨娘有點兒私房——」

一語未畢，嵌螺鈿的紅木屏風後面，閃出來一條影子，正是四姨娘，「我有點兒私房，不錯！」她說：「可不在這裡，而且也不是現銀。」

李煦一驚，也沒有聽清楚她的話，只說：「你在這裡！」

「我早就在這裡了。」四姨娘眼圈紅紅地說：「這麼一件大事，你也不跟我說。我問你，京裡來人說些甚麼，只說『沒事，沒事！』我不懂你安的甚麼心，為甚麼要瞞我。」

「我，我是怕你著急。」

「你能瞞我一輩子嗎？」

「四姨娘，」沈宜士可有些著急了。這時候還爭這種是非，未免多餘，「你知道了最好！本來就該聽聽你的主意。」

「我也沒有甚麼好主意。不過，今天這個結果，我是早兩個月就看到了。」四姨娘不勝痛心地說：「悔來悔去，悔的是不聽小鼎媳婦的話，當初能置幾畝祭田——」

一提到這一點，李煦心就煩了，粗暴地搶著話來說：「早知道，我還不鬧這麼大的虧空！這些話現在不用去說它，且說眼前。」

「眼前？」四姨娘問：「眼前住的地方都沒有著落了。」

想想也是，等胡鳳翬一到；新官上任，便得將公館讓出來，所以當務之急，應該先覓安身之處。

再想想又哪裡顧得到這些？李煦搖搖頭說：「我想，總不致睡在露天之下。時不我待，咱們得分出緩急先後來。我看，最要緊的是，別做出對不起親戚朋友的事來；該還人家的帳，盡早了結。」

「你也別只顧人家。」四姨娘立即接口，「交卸了莫非就不吃飯，不過日子了？應該趁早打算。沈師爺，你說我這話是不是？」

「我不是這麼想。」沈宜士率直答說：「客山進京，總應該有點兒用。文覺大忙不能幫，我想，再衝著張五的面子，或許虧空不至於追得太緊。不過自己也得有點兒預備，能多補一分好一分。只要度過了這個難關，旭公還有再起的機會。」他停了一下又說：「事情也還沒有壞到抄家的地步。」

三個人三樣意見。不過沈宜士的說法，是不容易駁倒的正辦；而且，四姨娘也是早有了部署的，她還剩了一萬多銀子的私房，託她娘家兄弟，在原籍湖州買了兩百畝田，又盤進了一家綢緞鋪，有了最後的退步，所以默不作聲。

李煦卻還不願捨棄他那個念頭，「你把欠人的帳拿來看看。」他說：「我想總不下五、六萬金吧？」

「七萬不到，六萬有餘。」四姨娘說：「這會兒不是看帳的時候；真的是苦哈哈，該還人家的，不到一萬。你老爺子就不用管這一檔子事了。」

苦哈哈來求存款生息的，不過三百、兩百銀子；還有少到幾十兩的，這應該盡早退還人家，也是正辦。沈宜士不斷點頭，深以為然；這就無異表示對於大筆私人借款，不妨暫緩。

一看愛姬、密友的意向相同，李煦不由得著急地說：「面子要緊——」

一語未畢，只見四姨娘咬牙切齒地搶白：「面子，面子！快要家破人亡了，還是死要面子！」說著、頓一頓足，自我激動得掩著臉奔了進去，旋即聽得嚶嚶啜泣之聲。

李煦臉色灰敗，倒在椅子上，頭欹垂著，像鬥敗了的公雞似地。沈宜士心裡悽悽慘慘地，有著無窮的感慨，卻不敢嘆氣，怕更增居停的傷感。

「宜士，」李煦抬眼說道：「不錯，我一生好面子！倘或到臨了還是做出對不起人的事來，過去的面子就都折了！這一點，我豈能甘心。再說，虧空總歸是個不了之局，又何必連累親友？」

想想他的話也不錯，但沈宜士識得輕重，虧空公款，罪名不輕；嗣君刻薄，已是遠近皆知，而況已有成見，看李煦是八貝子的黨羽，自然處置從嚴，倘或賠補不完，甚麼不測之禍都在意中。因此，雖知窟窿極大，卻還不肯如李煦般索性撒手不管；要留些力量，用在要緊關頭上。這樣，就不能不硬起心不理他的話了。

哪知四姨娘拭一拭眼淚，倒又出現了，「面子要看甚麼面子？」她說：「已經派了人下來了，倘或來搜上一搜，倒要請問，這個面子又在哪裡？」

這就不但李煦如當胸挨了一拳；沈宜士聽她的話，亦覺入耳驚心。倏地起立說道：「事不宜遲，不辦了這件事，不得安心！」說完，管自己向外急步而去。

李煦楞了一會，突然起立，高聲喊道：「宜士，宜士！」

聽差、小廝都奉命只在垂花門前待命；這時便幫著高喊，將沈宜士攔了回來。

「她的話不錯！這要來一搜，我還能見人？宜士，這可得及早為計。」

沈宜士想了一下說：「我先去檢點『要緊東西』；回頭在小書房談吧！」

「走！」李煦向四姨娘說：「咱們先到小書房去。」

這小書房是連四姨娘都不大來的；一進門，三面堆得幾乎高達天花板的櫃子，令人胸次感到沉悶不舒。靠門的一面，兩排窗戶，她打開了一扇，料峭春風，撲面如剪，不由得打了個寒噤，走遠些避風而坐。

李煦站在屋子正中，環目四顧，搓著手說：「三十年積下來的信札文件，不知從哪裡理起。」

「你先只檢要緊的好了。」

「等我想想！」

李煦屈著手指計算；康熙四十七、四十八這兩年，跟八貝子來往的函件最多；櫃子是按年堆置的，找到那兩個年份的櫃子，恰好是在中間。

「櫃子這麼重，得找人來動手。」

「不！」李煦立即搖頭，「這種事，怎麼能找人來動手。」

「怕甚麼？誰也不知道你要在櫃子找甚麼？」

「不！風聲一傳出去，說我把這兩年的文件櫃子清理過，那不就等於明明白白告訴人，這兩年裡頭有毛病。」

「那怎麼辦呢？」

李煦端詳了一回說：「等我試試，大概還行。」

說著，已將一架梯子推了過來。人字形的雙面梯架，一面有滑輪，一面沒有；推到了地方住手，試一試梯子卻有些不穩。

「算了，算了！別摔著了。」四姨娘說：「等沈師爺來了再說吧！」

一語未畢，「咕咚」一聲；梯子滑走，將李煦從上面摔了下來，虧得剛只上了兩級，摔下來不重，但也頭昏眼花，半晌動彈不得了。

「是不是！你就是強，再也不肯聽人勸。」四姨娘一面去扶他，一面數落：「倘或肯聽人一句、半句，又何至於會有今天。」

李煦身軀沉重，四姨娘哪裡扶得起他，費了半天的勁，只是把他扶得坐在地上。

「我莫非沒有聽過妳的勸？」他問。

「聽過。」四姨娘蹲在地上，替他撣衣領上的灰，「不過都是些不相干的事；要緊的話一句都沒有聽過。」

「你倒說，哪一句？」

「譬如，我常說，別那樣子誇獎小鼎媳婦，讓人聽了刺耳；果不其然，一跤摔出那麼大一場禍。」

話還未完，臉上著了一掌；四姨娘只覺眼前金星亂冒，臉上火辣辣地疼。自出娘胎以來，何曾如此教人打過？三分痛楚，七分委屈，併作十分傷心，不由得放聲大哭。

李煦羞慚、悔恨，兼且憐痛四姨娘，卻又說不出道歉的話。萬箭穿心般的痛苦，也忍不住老淚縱橫了。

哭聲遙傳，婢僕無不驚疑；但小書房是禁地，不奉呼喚，不便擅自闖了進去，於是有人說了一句：「找連環去看看。」

連環現在是丫頭中的首腦，只有她可以隨便出入；李煦跟四姨娘談私話，都不避她的。這倒並非因為她是老太太身邊的人，推念親恩，另眼相看；而是由於四姨娘接收了老太太的私房，東西雖然不多，帳目卻非常清楚，不但有支出的數目與日期，而且每一筆支出都能說得出經過，絕大部分為李鼎所揮霍。她也曾勸過幾次，甚至還挨過老太太與李鼎的罵，可是她還是不改常度。四姨娘覺得她忠誠可靠之外，最不可及的是氣量；這樣的人必顧大局，能當大任，所以逐漸成為心腹，言聽計從，比錦葵還得寵。

等連環急急趕到，李煦與四姨娘已經收拾涕淚；且已喚了小廝，將要用的兩個櫃子挪到了地上，正由李煦親自在開鎖。

見此光景，連環略略放心；自然也就不必去問何事傷心？只說：「老爺還沒有吃飯，小廚房還伺候著。」

「煮點兒粥好了。」四姨娘說：「再替沈師爺預備消夜的點心。」

「是了。」

「你去交代了就回來。」李煦關照：「我還有事。」

他是要連環來替他檢點信札。凡是王公府第來的信，只看信封就能區別，大致只寫「專送李大人升」六字，下面多不具名；極少的幾封，贅上一個別號。信封的式樣質地也與一般不同；淡色彩印的花卉、人物或者瓦當、吉金之類的圖案，而且極小。因此，四姨娘與連環一起動手很快地便檢出來一堆，共是二十七封。

「你們再點一遍，看有漏掉的沒有？」

李煦吩咐了這一句，便坐下來看信；一面看，一面勾起往事。那些花團錦簇的日子，平時想到，便令人神往；此時回憶，更是萬感交併。看一會，沉思一會，不斷地輕嘆微喟，臉色越來越黯然了。

「沈師爺到！」窗外遙遙傳報。

連環便起身搶步到門口，打起了簾子；沈宜士抱著一本藍布面的大簿子；另外有個拜匣，夾在腋下。連環伸手接了過來，放在書桌上；讓開兩步，好容四姨娘跟他招呼。

「請坐！」四姨娘指著桌上的信說：「看了半天才看了四五封；這樣子下去，恐怕天亮都看不完。」

「時不我待，不必多作推敲了。」沈宜士在書桌邊坐下來說：「我看逐一清點件數，檢齊了一火而焚之，根本就不必留。」

「這——」

「旭公，」沈宜士打斷他的話說：「事情還多得很，旭公明天還得起個早，去看看李方伯，還是吳中丞，打聽打聽消息，最好先商量商量，能不能免於一搜？否則，不但面子難看，立刻就會引起流言，局面就要亂了。」

「李方伯、吳中丞」是指藩司李世仁、巡撫吳存禮。李煦跟他們的交情都很不錯；比較之下，吳存禮是漢軍正紅旗人，關係更深一層。李煦決定先訪吳存禮。

「明天是衙參之期，要去還真要早。不過，等著『站班』的候補官兒，都是天不亮就到了轅門外；看我一大早去拜吳中丞，會不會有甚麼流言？」

「不會！」沈宜士說：「總當旭公去傳旨，不會瞎疑心的。」

這話又引起了李煦的感慨。先帝在日，李煦每月總有兩三回專摺奏事；回批中常有祕密指示，須傳旨巡撫。見得織造是天子近臣，比封疆大吏還親。而自嗣君接位，卻從未有過這樣的事！

這時沈宜士已開始按簿索信；但立即發覺，逐一查點，要取出信來細看，頗為費事，便改了辦法，只點總數。好得登記確實；連京中來人當面交給李煦的函札，亦經註明，雖不知信中內容，卻知有此一函。總計四十五件；分年搜索，居然都檢齊了。

「燒吧！」沈宜士說，聲音堅決而威嚴，十足命令的意味。李煦本想留幾封無關緊要的，竟懾於他的語氣，無法開口。

「燒有個燒法。」四姨娘說：「燒得火焰直冒，惹人起疑心也不大好。」

「交給我好了。」連環接口說道：「消夜備了個火鍋；把信撕碎了，慢慢兒燒。回頭把紙灰倒在陰溝裡，拿水一沖，就屍骨無存了。」

這是個好法子。四個人一起動手撕信；默默無言，各想各的心事。終於，是李煦打破了沉默。

「小鼎呢？」

「不到吳江去了嗎？」四姨娘說：「聽說——」她突然把話縮住。

「聽說他甚麼？」李煦追問。

「別問了！明天派人把他去找回來。家裡有大事，正是要用人的時候。」

「唉！」李煦嘆口氣，「我今天才知道，能共患難的人，真是少而又少。剛才我在想，這個消息還不能輕易透露；外面一知道了，不定出甚麼花樣，俗語說的是『夫妻本是同林鳥，大難來時各自飛』；夫婦尚且如此，何況他人。第一個錢仲璿，我就不信他肯跟我共患難。」

「我亦正要跟旭公談這件事。」沈宜士立即接口：「紙裡包不住火，遲早瞞不住，不如早為之計。我想請旭公細心斟酌，哪幾個人是謹慎可靠的，應該悄悄兒找了來，作個商量。」

李煦沉吟了好一會說：「等我明天去看了吳中丞以後再說。」

「時不我待。」沈宜士又一次用了這句成語，「倒想想，有甚麼此刻就談去辦的要緊事？」

「那可是太多了！不過，那你也不能辦，一辦就洩漏風聲了。」李煦搖搖頭，痛苦地，「我的心亂得很。最好喝醉了睡覺。『事大如天醉亦休』。」

看他那灰敗的臉色，頹唐的神態；在一頭漂亮的如銀白髮襯托之下，益令人興起英雄末路的淒涼。四姨娘與沈宜士心酸酸地都想勸慰他幾句，卻苦於沒有適當的話好說。

「你去端消夜來吧！」這一次是四姨娘打破了沉默。

連環輕聲答應著，悄悄退了出去；沈宜士望著她的背影說：「連環是靠得住的。」

「光是這些丫頭靠得住，有甚麼用？」說著，李煦又嘆了口氣。

「也不能說沒有用。」沈宜士說：「譬如，應該給姑太太一個信；旭公大概也沒有心思寫信，就寫也不容易說得清楚，得派個妥當的人士說。這就用得著連環了。」

「對！」李煦矍然而起，「李、曹兩家如一家。當年楝亭、連生父子相繼而亡，是我一手料理，曹家才有今天；如今是我遭難了，姑太太總不能坐視吧？」

「姑太太自然不會不管。不過，」四姨娘說：「能幫多少忙，就很難說了。表面看，姑太太是一家之主；其實大權都在震二奶奶手裡。」

「那麼，」李煦很快地說：「你去走一趟。」

「我怎麼能走得開？而況，震二奶奶也不見得肯賣我的帳。」

「這樣說，只有讓連環去了。」李煦又說：「她去了，也不過把事情說清楚；到底是丫頭，不能談正事。」

「自然要去個正主兒。」四姨娘說：「你別管了，我有主意。」

沈宜士明白，她是指李鼎；李煦也想到了，但年前剛借了五萬銀子回來，這一次怕難開口了。

李煦沉吟了一會，毅然決然地說：「只有我自己去。我也不管曹家誰掌大權；反正這一回，不論看在一榮俱榮，一枯俱枯，利害相共的關係上，還是至親的分上，姑太太非得切切實實說一句話不可。」

「我贊成旭公的辦法。」沈宜士深深點頭，「世兄明天回來，不妨到杭州孫家去一趟。至於揚州，只有我去；可是，這一來又怕四姨娘在外面照顧不過來。有客山在這裡就好了。」

他的意思是分頭去求援。雖然結果不可知，但李煦卻已受了鼓舞。信心與勇氣俱增，只想保全面子的想法，就自然而然地覺得減少了。

「我也豁出去了，兵來將擋，水來土掩；有麻煩要不怕才行。」李煦對四姨娘說：「信就在院子裡燒好了，怕甚麼？」

沈宜士與四姨娘，都不免詫異，不知他的態度何以有此突變。不過，這總是往好的方面變，所以都有欣慰之感。

「走！」李煦親自去捧起漆盒往外走去。

於是，沈宜士持著燭台，跟在後面；四姨娘搶先去打簾子。門簾一啟，風勢猶勁，燭燄搖晃不定。李煦不由得站住了。

「風太大，一揭蓋子，碎紙吹得滿地，不行！就在屋子裡燒吧。」

「那才不行！」四姨娘將門簾放了下來，「滿屋子煙霧騰騰的。算了，你放下吧！我來。」

四姨娘找了一張極大的宣紙，將漆盒中的碎紙片倒在上面包好，拿起就走。

「你到哪裡去？」李煦問說。

「我到小廚房去，拿這包東西往灶膛裡一丟，不就行了？」她掀起門簾一面走，一面喊：「打燈籠！」

「四姨娘真行！」沈宜士由衷地稱讚：「處事明快，不讓鬚眉。」

李煦正待答話，只聽隔牆隱隱有哭鬧之聲——牆那面正是小廚房；丫頭、僕婦一年總有那麼一兩次的口角，所以李煦一聽就明白了。

「混帳！」李煦頓著足發脾氣：「討厭！」

不道隔牆又傳來既銳且高的一聲：「你是仗誰的勢？」這面聽得清清楚楚，是二姨娘的聲音。

李煦既驚且怒，正待發作；沈宜士見機，急忙攔阻：「旭公，不癡不聾不作阿家翁。」

這急切間找出來的一句話，頗有效驗，將李煦一腔怒火壓了下去，嘆口氣恨恨地說：「你看，就是這麼不識大體，不知自重；丫頭、老媽的事，她也會夾在裡面。」

李煦的判斷一點不錯，是丫頭們口角；錦葵要做鞋打漿糊，將坐在炭爐子上一口沙鍋，暫時端在旁邊，擱得一擱。這一擱就擱壞了！

或者不是錦葵是別人，也就沒事。原來沙鍋中是二姨娘用藥料燉著的一隻鴿子；兩房姨娘原有心病，各人的丫頭也就儼如同舟敵國；二姨娘有個丫頭叫荷香，生得高高瘦瘦，尖嘴薄舌地最喜搬弄是非，這一看到了自以為得理不讓人，立即便大起交涉。

「你知道這裡頭是甚麼？是二姨娘補身子的八珍乳鴿；大夫特為關照，不能離火；一離火藥力就散了。你好荒唐，不問一聲，糊裡糊塗就把沙鍋端了下來。你膽好大！」

夾槍帶棒，外帶虛張聲勢；越說越惹人反感，錦葵便冷笑一聲答道：「左右不過一隻鴿子，又不是鳳凰！」

「不錯，是鴿子，還有藥呢！」

「藥又不是仙丹，大不了賠你一隻鴿子，賠你一副藥料就是。有甚麼好吵的？」

「唷，唷！」荷香故意將嘴砸得好響，拍手跳腳地嚷道：「你的口氣好大！賠，你當是幾兩銀子的事？」

「不是幾兩銀子的事，莫非論千上萬？」

「論千上萬也不行！」荷香尖叫著：「你誤了二姨娘進補，身子吃虧，你賠得起？」

這便是欲加之罪了，一旁在熬雞粥的連環有些不平，便即說道：「荷香，你別那麼雞毛當令箭！就稍微耽誤一點兒功夫，也談不上二姨娘身上吃虧。」

「怎麼不是身子吃虧——」

「嘚，嘚！」錦葵不耐煩了，「你要覺得我是闖了大禍，你去告訴我主子好了。別在這兒窮嘀咕。」

荷香何敢到四姨娘那裡去告狀；發不出狠勁，只有發楞。錦葵已打好了漿糊，將沙鍋仍舊坐了在炭爐上，揚長而去。

小廚房的丫頭、僕婦也有四五個，誰都不理荷香。漫天風雨，結果煙消雲散，就像一個爆竹沒有放響；荷香不僅洩氣，僵在那裡不得下場了。

好半晌，她跺一跺足說：「等著瞧！」一扭身就走。

這個丫頭最不得人緣；見此光景，便有人訕笑：「等著瞧吧！有好戲了。看她到四姨娘那裡去告狀。就怕長了她這個人，還沒有長她的這個膽子。」

荷香不敢告訴四姨娘，卻可以告訴她自己的主子；加油添醬，胡編了些錦葵無禮的言語，二姨娘居然真的信了。

「二姨娘！」順子勸道：「錦葵不是那樣的人——」

一語未畢，二姨娘戟指罵道：「你倒會幫她！你別昏頭，你現在的主子是我！」

原來二姨娘本有三個丫頭，有一個遣嫁了，便吵著還要用一個；四姨娘是早跟李煦商量好的，如今不比當年，下人只能裁，不能添。但禁不住二姨娘日夜嘮叨，便將自己的順子撥了給她。所以此時她有此指責，實在也是懷疑，真的認為順子念著過去的情誼，護著錦葵。

順子自然不敢再言語，由二姨娘帶著荷香，氣沖沖地來興師問罪。走出院子想起一件事，錦葵已經回去了，她卻不便也不敢上四姨娘的院子裡。怕李煦也在，非吃虧不可，便即站住腳說道：「荷香，你把錦葵叫到廚房裡來。」

荷香答應著，心裡不免嘀咕；先找個小丫頭探明了四姨娘不在，膽就大了，走了去大聲喊道：「錦葵、錦葵！」

「怎麼樣？」錦葵走出來說道：「你尋上門來了。我主子可不在！你要告狀，明兒來告。」

「誰要告甚麼狀？二姨娘找你，你到廚房裡來！」

「幹甚麼？」

「哼！你自己知道。」

錦葵自不甘示怯，跟著荷香到了廚房裡，剛說得一句：「二姨娘找我——」臉上便著了一掌。

錦葵何曾挨過打，當時便捂著臉哭；同時要揪著荷香拚命。大家看荷香身材高，怕錦葵吃虧，趕緊拉開。

「你仗誰的勢，敢罵我？」

「我哪裡罵二姨娘了。」錦葵哭著分辯，「『我不過說了，你要覺得我是闖了禍，你去告訴我主子好了。』家有家法，我闖了禍，自有主子責罰我；憑甚麼不分青紅皂白打我？當我主子是好欺侮的麼？」

這一說，二姨娘才知道出手魯莽了，而且也讓錦葵堵得無法辯理，惱羞成怒之下，只好撒潑，跳腳罵道：「你主子甚麼東西，不也是奴才嗎？」

正好四姨娘走到小廚房門口，聽得這話，像兜心挨了一拳，不由得便往後倒退；手中那個紙包無聲無息地落在地上——四姨娘出身是李煦好友家的丫頭，對二姨娘的話，自有刺心之痛。

「開口主子，閉口主子！倒像是正主兒似地。你可放明白些，從太太、老太太死了，內裡哪裡還有正主兒？就算有正主兒，也輪不著奴才！」

二姨娘越罵越起勁，不道已犯了眾怒，連環尤其不悅，「二姨娘！」她沉著臉說：「奴才也是人！老太太在日，從不許人提這兩個字，莫非二姨娘倒忘記掉了？」

由於荷香攛掇，說連環是錦葵一黨，所以二姨娘便衝著她吼道：「你別拿老太太來壓我。從前你是老太太的人，打狗看主人面，尊敬你三分。如今你算甚麼？誰不知道你替人家立了大功，把錦葵都比下去了——」

連環由於四姨娘寵信，一直怕錦葵心有芥蒂；平時處處避嫌，偏偏二姨娘此時當面挑撥，如何不急。因而大聲嚷道：「主子不像主子，可別怨我！老爺就在小書房裡；我跟老爺去說，讓老爺來問你二姨娘，可知道『奴才』二字，是怎麼個寫法？」

這一來昏瞀的二姨娘，如夢方醒；心知落了下風了——李家是包衣，不也是奴才？無意中犯了極大的忌諱。怪不得掌自己的嘴。

如果肯說一句軟話，連環原意在嚇一嚇她，當然不為已甚。無奈事成僵局；二姨娘雖不敢再說硬話，卻也無法服軟。這樣，就逼得連環非有行動不可了。

於是，冷笑著開步就走；原意有人拉一拉也就算了。無奈其餘的丫頭都看不慣二姨娘的蠻不講理，更恨荷香無事生非，巴不得李煦將二姨娘找了去，拍桌痛罵一頓，所以不但不拉，反而讓路；有手裡持著燈籠的，亦都高高舉起，為她照路。

這一下，四姨娘發覺了，怕為連環撞見，諸多不便，回身就走。到得小書房裡，只見李煦的臉色又青又白，坐在椅子上喘氣；兩個為沈宜士喚來的小丫頭，正一前一後在為他揉胸捶背。

見此光景，不言可知；李煦的隔牆之耳還靈得很。四姨娘深恐連環真的會來「告狀」，那時火上澆油，越發不可收拾；所以向背後伸出一隻手去，不斷搖手示意，同時盡力裝得從容，希望沖淡了這場嚴重的衝突。

可是，李煦動了真氣，而且突然有了一個想法，家難當頭，正當運用嚴峻的家法，作為鎮懾。否則，威信掃地，號令不行，就有度過難關的力量，亦無從發揮。

因此，不等四姨娘開口，他搶先說道：「叫吳媽到二廳上來！我有話說。」

李煦口中的「吳媽」就是吳嬤嬤。丫頭僕婦犯了錯，找她來處置，自是正辦，但又何必鄭重其事開二廳？

希望大事化小的四姨娘便說：「何用到二廳上？找她來吩咐幾句話，就在這裡，也是一樣。」

「不！不止吳媽一個人；要用二廳。」李煦又說：「你別攔我，攔亦無用。」說完，將臉一揚，甚麼人都不看。

四姨娘只好以眼色向沈宜士乞援，但她失望了；沈宜士雙眼一垂，不知是表示無能為力，還是也贊成李煦的辦法，假裝不曾看見。

四姨娘無奈，回身想找人去傳吳嬤嬤；哪知一揭門簾，垂花門外影綽綽地好些人，辨得出就有白髮的吳嬤嬤在。

於是，四姨娘先搖一搖手，移步相就，吳嬤嬤亦迎了上來，在迴廊轉角處聚在一起，低聲交談。

「你看看，二姨娘真糊塗！甚麼了不起的事，跟丫頭一般見識！」四姨娘的語氣急促：「老爺動了真氣了，叫開二廳問話；礙著二姨娘，你說怎麼辦？」

「是啊！礙著二姨娘，連我也不好說甚麼。」吳嬤嬤問：「老爺是怎麼個意思呢？」

「大概要叫荷香來問。」

「如果光是叫荷香來問一問，罵一頓，倒也沒有甚麼要緊。就怕二姨娘臉上掛不住。」

「為來為去為這個。」四姨娘問：「你看怎麼能搪塞一下子？」

吳嬤嬤想了一下答說：「只有我硬著頭皮去碰。看老爺怎麼吩咐，再作道理。」

四姨娘無奈，只能點點頭說：「也好！」

於是吳嬤嬤跟在四姨娘後面，一進屋子就大聲說道：「小廚房擱在那裡不合適，丫頭沒事鬥嘴皮子，總有一天吵得老爺生氣，果不其然，讓我說中了。」接著又含笑說道：「沈師爺也在這裡！」一面說，一面行禮。

這一下，將劍拔弩張的氣氛，消解了不少；李煦便說：「你先坐了再說。」

聽得這話，連環便端了張小凳子，扶她坐好；附耳說了一句：「別提奴才不奴才的話。」

「連環，沒有你的事！」李煦問道：「吳媽，你知道不知道二姨娘的那個丫頭說的甚麼？」

這時局外冷眼旁觀的沈宜士，突然想起一件事，忍不住脫口問說：「四姨娘，你那個紙包呢？」

此言一出，四姨娘恰如焦雷著頂，只覺得頭頂上「嗡」地一聲，眼中金星亂爆，手足都發軟了。

這副神態，自然又使李煦受驚；連環不明其事，卻聽得懂沈宜士的話，急忙上前扶住四姨娘。吳嬤嬤卻完全不明白是怎麼回事？只問：「是掉了甚麼東西不是？」

這句話讓四姨娘從昏瞀惶亂的思緒中，抓到了一個頭；定定神對連環說：「快去找！就在小廚房外面，是一張宣紙包著好些碎紙片。」

連環已明白是怎麼回事，搶先揭簾出門，四姨娘緊跟在後面；李煦便喊：「慢著！多打燈籠——」

「不，不！」沈宜士急忙攔阻；怕他大張旗鼓，會把這件事張揚出去，「不必驚動外面，光是這裡的人就夠了。」

這句話提醒了李煦與四姨娘，一時都不言語；沈宜士便出了屋子，望了一下，只招手將李煦的小廝成三兒找了來說道：「你打燈籠照著四姨娘在前面走。」

於是四姨娘領頭，其餘的人都跟在後面；一直走向甬道，將近小廚房時，連環眼尖，手一指說：「那面！」

奔過去一看，牆角果然有個宣紙的紙包，但人來人往已經踩破了，裡面的碎紙散出來好多。

李煦與四姨娘都喘了一口大氣，沈宜士更為沉著，將成三兒拉住，「你站在這兒！別讓人過來。」他從他手裡接過燈籠，向李煦努一努嘴，意思是讓他守住甬道的另一頭，臨時斷絕交通，以便在封鎖的這兩三丈地中，細細找尋。

這時連環已另外取來一個燈籠，與沈宜士二人邊照邊找，將碎紙片一一撿回。然後遠遠地又往兩頭搜檢了一遍，方始罷手。

「大概都找齊了。」四姨娘說。

「可不是大概的事！」李煦心裡一直在嘀咕，想補一句：「片紙隻字都不能流出去。」但礙著吳嬤嬤，怕她不明白這件事，去問他人，便易洩漏。

「那，」四姨娘問：「不還得細找嗎？」

細細找了，再無發現；四姨娘便捧著那包碎紙片說：「爺們請回去吧！我跟連環到小廚房去一去就來。」

兩人到得小廚房，在爐子裡將那包撕成碎片的信，很細心地都燒成了灰，重回小書房；誰知又是連環眼尖，發現李煦靴底上黏著一張紙片，上前揭下來一看，恰有「八貝子」的字樣。

「壞了！壞了！」李煦氣急敗壞地跺腳，「那裡是泥地，走過來，走過去，不知道從鞋底帶出去多少碎紙片。」

沈宜士也覺得不能放心，不由得發出「嘖」地一聲。李煦越發恨聲不絕，「簡直是八敗星！」他拍著桌子吼道：「不是那種混帳的死丫頭尋事，哪裡會有這樣的事！吳媽，你把二姨娘去找來，我要好好兒問一問她！這不是尋事，是尋死！」

「旭公，這——」

「宜士！」李煦真是急了，兜頭一揖，「請你暫時別過問我的家務。」

多年賓主，從無一言扞格；不道急不擇言，冒出來這麼一句話，沈宜士臉上也有些掛不住了。斂手而退，臉色青一陣、紅一陣，非常難看。

李煦亦深為失悔，但此時正繃緊了臉，無法鬆得下來，只向吳嬤嬤喝道：「快去啊！」

「是！」吳嬤嬤答應著，身子卻不動，只是看著四姨娘。

惟一能勸的人——沈宜士，讓李煦一句話堵住了口。四姨娘知道他此時不講理、不受勸；而又非勸不可，說不得只好自己委屈。

「老爺，是我不好。」說著，她將雙膝一屈，直挺挺地跪在李煦面前。

這一來，吳嬤嬤與連環，自然也都跪在四姨娘身後。李煦不防有此一著，連聲說道：「起來，起來！不干你的事。」

「本來不干我的事；老爺要找二姨娘來說甚麼，就干我的事了。」

李煦頹然坐倒，只是重重地嘆氣，息了好一會說：「你總不必跪著替丫頭求情吧？」

「丫頭不能饒！」吳嬤嬤一面回答，一面伸手去扶四姨娘，「我跟二姨娘去說，請她責罰荷香。」

「不用！」李煦立即答說：「這個丫頭不能要了，可也不能便宜她家裡。拿我的片子送到吳縣，請縣大老爺發官媒變價；給濟良所捐幾兩銀子。」

這是李煦氣恨難消，有意要毀荷香。若是發交官媒價賣，不知會落到哪個火坑？處置未免太過分了。

沈宜士首先不以為然，但剛碰了個釘子，懶怠開口；只將雙眼看一看四姨娘，又看一看吳嬤嬤，示意她們力爭。

四姨娘亦是心以為非，卻不知如何說法；於是吳嬤嬤說道：「這件事可使不得！我們這樣的人家，丫頭犯了錯，只有叫她娘老子來領了回去的。倘或平時還有一點兩點好處好念，身價銀子亦總是賞了她娘老子。多少年忠厚的名聲，倒說就折在這一千另一回上，怎麼說也不對。」

吳嬤嬤居然直指主人不是，沈宜士倒很佩服她的鯁直，不由得就幫了句腔：「也要想想，是甚麼地方的女子，才交官媒去價賣？」

這一點醒，李煦不能不收回成命。因為發交官媒價賣的女子，大致是逼良為賤，誤落風塵的可憐蟲。良家只有從官媒手中買來這些女子作婢女；斷無良家婢女從官媒手中賣出去的。所以李煦雖將荷香恨得牙癢癢地，卻無法照自己的心意處置；一時皺眉不語，滿臉無奈。

見此光景，沈宜士心裡替李煦很難過。想到他本意要借這個題目，整飭家規，如今竟似失卻憑藉，無可發作；而四姨娘的處境又只有委曲求全，不便對二姨娘作何不滿的表示。這樣隱忍下來，自不免貶損一家之主的威信，在平時還無所謂；當此家難將興之際，關係不小。因此，他油然而起一種想替李煦出頭來管閒事的意願。

只是「清官難斷家務事」，這件閒事管得不好，搞成兩面挨罵，猶在其次；倘或生出意外麻煩，益增李煦的愁煩，豈非大違本意？

這樣想著，沈宜士不免躊躇。李煦卻已有了處置，「把那個丫頭打二十手心！」他用非常堅決的語氣說：「攆走！明天一早就攆。」

「老爺，」四姨娘婉言勸說：「如今不添人，攆一個少一個──」

「少一個怕甚麼？」李煦不等她說完，便瞪起了眼搶白：「會用人才有人用；像她這種不明事理的人，使一個丫頭都嫌多了。」

這當然是指二姨娘，大家都不願說破；也沒有人替她爭，事情就這樣算是定局了。

「吳媽，」李煦特為問一句：「你聽清楚了我的話沒有？」

「是。」

「那就下去吧！」李煦又說，「如果有人再敢胡鬧，我連她一起攆！」

這話說得很重，誰也不敢答腔。吳嬤嬤與連環逡巡而退。沈宜士亦即起身告辭；李煦堅留，只好又坐了下來。

李煦留住沈宜士，是要跟他商量明天一早去看吳存禮的事。在李煦，心中始終拋不下「面子」二字，就怕一早上巡撫衙門，引人注目，會去打聽緣故；那時丟官的消息，可能很快地就會傳開來。因此想請沈宜士寫封懇切的信，務必在明天中午，將吳存禮約了來吃飯。

「這可是沒有把握的事，倘或吳中丞已經有了飯局呢？」沈宜士又說：「而且，煦公請客總是請一大批；單約吳中丞，反而容易惹人猜疑。」

想想他的話也不錯；李煦便問：「那麼，另外有沒有比較不落痕跡的辦法。」

「要避人耳目，不如明天上午等衙參過後就去。那總在午初時分，不妨先寫封信預約。吳中丞或者以為有傳旨等情，一定會摒擋其他雜務，專等旭公去談。」

「好！」李煦向來服善，立即同意。

「這封信，我此刻就寫；明天一早派人去投。」

就在小書房中，沈宜士代筆寫好了信，方始告辭。四姨娘很感他的情，覺得此刻倒只有像他這種關係的人最靠得住，想跟他私下談幾句，便託辭外面風大，不准李煦出房門，自告奮勇代為送客。

連環懂她的用意，搶先出去，關照小廝打燈籠，卻又把他們攔在垂花門外。四姨娘送到迴廊一半，月色斜照之處，站定了腳說：「沈師爺，你看這局面，怎麼得了？」

聲音淒楚，盈盈欲涕；月色映著她的睫毛，清清楚楚地看到盈含著亮晶晶的兩滴淚珠。沈宜士不由得起了憐惜之心，酸酸地，心裡有股特別的味道。

「船到橋門自會直。」就只好這樣安慰：「四姨娘不必著急。旭公的人緣很好，一定能度過難關。」

「人緣好是不錯。不過世界上錦上添花的多，雪中送炭的少。尤其是當今這位皇上，大家都怕；都要避是非，避嫌疑。我看，是個不了之局。」四姨娘抬眼望道：「萬一要抄家，沈師爺你說怎麼辦？」

這就不是安慰的話，能夠滿足她的。沈宜士想了一會問：「四姨娘有甚麼打算？」

「總要留個退步才好。」四姨娘又說：「這件事還不能慢，要快！可是，不知道誰是妥當可靠的人？」

獲罪查抄，須先將財物寄頓在他處，這種事是常有所聞的。不負所託的固然有，而起貪心，黑吃黑，或者受託者為了個人的安全，不能不向官方自首，以及其他情形，諸如仇家告密等等，亦非罕見之事。因此沈宜士，很謹慎地不願多事，有所舉薦。

「這要四姨娘自己斟酌。」

「照我看，沈師爺，只有你能幫我們這個忙。」

這話似乎突兀；細細想去，卻不算意外。沈宜士直覺地認為義不容辭，但也不便草草率率地答應下來。沉吟了好一會，這樣答說：「四姨娘，你先跟旭公商量好了再說。」

「不用跟他商量，這件事我就能做主。只請沈師爺好好替我籌畫一下。」四姨娘低聲說道：「現錢不多，只有一箱子東西。」

沈宜士還不便去問，是些甚麼東西；不過也可以猜想得到，是首飾、珍玩、小件的字畫碑帖之類。

「我知道了。等我想一想。」

「那麼，」四姨娘緊釘著問：「甚麼時候給我回音？明天？」

「好吧！」

說完，便待舉步，四姨娘卻又留住他說：「還有件事，沈師爺，你看李師爺這趟進京，會有個甚麼結果？」

提到這話，沈宜士很難回答。顯然的，就李果進京的目的來說，已是徒勞無功；此外有何成就，卻很難說。此時四姨娘問到，可以想像得到她會存著甚麼希望；必得有一兩句確實的話，才能交代。

「李客山做事一向謹慎實在，也很機警。目前這裡的處境，他很清楚；既然前程不保，當然要設法交卸得過去。我想，總在幾天之內，他一定有詳細信來。」

四姨娘怔怔地站了一會，輕聲說道：「也只好等！」

語氣已完，人卻不走，彷彿還有話說；也彷彿希望沈宜士有何話說。寒月酸風、春冷徹骨；沈宜士看她瘦骨伶仃，牙齒微微在抖戰，心下大為不忍，「快請進去吧！」他用雙手虛推一推，「別凍壞了身子！如今可少不得你這一個人。」

聽得這話，四姨娘陡起一種知遇之感，心裡又酸又淒涼，但又似乎很好過，眼眶一熱，暗叫聲：「不好！」急忙轉身，把兩泡熱淚，忍了回去。

果然如沈宜士所預料的，吳存禮只當李煦有甚麼來自京裡的機密消息相告，一等司道稟見，談過要緊公事，端茶送客以後，隨即通知門上，除了「織造李大人」其餘賓客，一律擋駕。

李煦是準午初到的，一來便請入簽押房，聽差獻了茶，點來一根紙煤，正要替客人裝煙；吳存禮便說：「李大人自己來。你們不用在這裡伺候。」

看下人都迴避了，李煦抬起一雙失神的眼睛說道：「禮翁，你知道誰來接我？」

「不有這麼一個傳言，說胡鳳翬要來。莫非已有明諭了？」

「是的。不但有明諭，還有密諭。禮翁，有件事非得奉求成全不可。」說著，放下水煙袋；李煦站起身來，欲待蹲身請安。

「不敢，不敢！」吳存禮急忙扶住他說：「旭翁何必如此？交好多年，如有可以效勞之處，何待吩咐。不過，說實話，」他苦笑著說：「我自己也是泥菩薩過江，此身難保。」

「禮翁的處境，我也略有所知，不過內調，並無大礙。不比我，怕有無妄之災。」

吳存禮一驚，「何出此言？」他說：「請坐了細談。」

「有個確信，」李煦放得極低的聲音：「皇上疑心我是八貝子一黨，派了一員御前侍衛、賫著硃諭，專程下來查辦。一到，當然來謁禮翁；那時要奉懇鼎力成全我一個面子。」

「有這樣的事！」吳存禮吸著氣說：「我要怎麼樣才能保住旭翁的面子。」

「恐怕會來搜查——」

「那，」吳存禮搶著說：「旭翁得趕緊檢點啊！」

這又何消說得？李煦心裡一涼；吳存禮莫非裝傻？果然如此，話就難說了。

略想一想，只好不理他的話，管自己提出要求：「我的意思，要請禮翁為我聲辯，免於這一搜。」

吳存禮大感為難。如果硃諭上說明江蘇巡撫派員會同搜查，或者專使要求派人供他驅遣，他都不能不照辦，否則便是奉旨不力，罪名非輕。

無可奈何之下，只能使出一個「拖」字訣：「事情還不知道怎麼樣？只有等欽使來了再說。」

賓主黯然，卻非相對，李煦是殷切地盼望著主人能作千金之諾；而吳存禮卻不免有愧對賓客之感，所以望著他處，不敢正眼去看李煦。

一時呼吸都覺得要窒息了，正當李煦忍不住想發話時，吳存禮卻搶先一步開了口。

「旭翁，」他說：「這件事怕得請芥亭出一把力。」

他口中的芥亭，是指吳縣知縣蔡永清，此人也是正白旗，不過是漢軍。李煦懂得他的意思，吳縣是首縣；如果御前侍衛到達，奉旨搜查，當然由首縣辦差，遣派差役，聽候驅遣。如果蔡永清肯幫忙，公事點到為止，可得許多方便；但面子總是破了，只是破得大、破得小而已。

這在李煦未饜所欲，也深悔失策；早知如此，還不如自己先去面託蔡永清，反能使得受託的人覺得情面難卻，不能不格外幫忙。

當他還在沉吟時，吳存禮已高聲招來聽差吩咐：「去請蔡大老爺，說等他來吃中飯，愈快愈妙！」

聽差答應著走了。事已如此，李煦亦只得聽其自然；心裡在想，御前侍衛賚密諭而來，當然也是欽差，未入省境，應該先有「滾單」傳來，倒不妨打聽一下。

「不知道派來的人走到哪裡了？」

「是誰都還不知道，哪裡去查行蹤。」吳存禮沉吟了一下說：「姑且問一問看。」

於是又派人到驛站去探問。這不是一時所能有回音的；賓主二人，都感無聊，不由得談到京中近況。

「氣象可不大好！」吳存禮說：「諸王門下，無不惴惴不安，彷彿大禍之將至。回想三個月前的日子，恍如隔世。」

三個月前，先帝在世，深仁厚澤、廣被四海；大小官員，只要覺得自己是在實心效力，就不必擔心祿位不保，即令犯了過失，也總可望矜憐。想起那樣的日子，李煦真個希望時光能夠倒流。

「我還聽說，老太后疼小兒子，跟皇上都不說話，也不願移到慈寧宮，母子倆的彆扭，鬧得不可開交。」吳存禮問道：「想來你那裡的消息，總比我多？」

這話又引起了李煦感慨，卻還不便在吳存禮面前表現。他的消息都來自內務府；而內務府的人，自從先帝駕崩，彷彿就知道李煦要倒楣，蹤跡漸疏，所以像吳存禮所談的宮闈之事，在他還是新聞。

「差不多，反正都是那些話。」

李煦實在不願多談宮闈之事，怕多言賈禍，但亦不能不敷衍，因而深以為苦。幸好蔡永清很快地到了，李煦才得鬆一口氣。

見過了禮，吳存禮問道：「咱們是先談正事，還是先吃飯？」

凡是做首縣，無不機警；蔡永清心想，不能一面吃飯一面談正事，當然因為飯廳有聽差伺候，怕他們聽到了洩漏出去。由此可知必是極要緊的事，宜乎先談，所以立即看著李煦答說：

「不知道李大人餓了沒有？如果不太餓；不妨先談正事。」

「不餓，不餓。」李煦一向健談，其實有些餓了，但情願挨餓。

「好！咱們先談正事。」吳存禮指著右首說道：「請到這面來坐。」

本來是李煦、吳存禮賓主二人，分據匟床，蔡永清坐在左面第一張椅子上，三者之間，有一段距離，談話不便。所以吳存禮要移到右首，三個人圍著一張小小的紅木百靈檯，聚首密談，方便得多了。

「芥亭！李大人有點麻煩，要仰仗鼎力——」吳存禮談了經過，隨又說道：「欽使一到，倘有甚麼動作，自然非求教你不可，你能不能想個法子敷衍過去。只說已經查過，沒有查出甚麼來，讓欽使得以覆命，不就保全了李大人的體面？」

蔡永清心想，照此做法，人家的體面是保住了，自己的腦袋保不住。巡撫既然將責任推了下來，做下屬的不能說「公事公辦」，頂了回去這個難題，著實不易應付。

於是他先答一聲：「是！卑職來想個法子看。」

「拜託，拜託！」李煦正坐抱拳，「一切仰仗老大哥。」

「惶恐，惶恐。」蔡永清急忙捏住了他的手說：「知道不知道，來者是誰？」

「還不知道。」吳存禮答說：「已經去打聽了。」

「是！」蔡永清想了一下答說：「這件事，似乎應該先有個部署；為今之計，要多派出人去，要在道上等著。欽使的公館，我馬上去預備；不過宮裡的人，陌生得很，怕會失之交臂。」

這一下提醒了李煦，原該這麼辦；而且也是一向辦慣的，何以竟未想到？莫非真的精力已衰，無用到如此地步！這樣想著，不免自悲，以至於竟忘了答話。

「旭翁，」吳存禮見他不答，只好開口：「宮裡跟內務府的人，你那裡很熟，請你多派幾個人吧！」

「是，是！」李煦急忙答說：「我派，我派。至於欽使的公館。雖說照例由首縣預備；不過是我的事，也不好意思累及縣裡，回頭我馬上派人過去，凡事請芥亭老大哥吩咐就是。」

李煦處事一向很漂亮；這是表示接待御前侍衛的所有費用，一力承擔。這一下，蔡永清自是更樂於為助了。

「原來我分內之事，能蒙李大人派人幫忙，自然更好。」他略停一下問說：「兩位大人還有甚麼吩咐？」

「就是這句話。」吳存禮說：「現在人還未到，也不知來的是張三，還是李四，一切都還無從談起。」

「極是，極是！」蔡永清緊接著說：「事不宜遲，我馬上回縣裡去預備。大人賞飯，改日來領。」

「不！不！」李煦覺得沒有讓人枵腹去為自己奔走的道理，因而代主人留客：「飯總要吃的，也不爭在此一刻。」

「大概已經預備好了，現成的。」說著，吳存禮拉長了嗓子喊一聲：「來啊！」等聽差聞聲而進，他又吩咐：「開飯吧！」在飯桌上自然不便談這件事；談的是地方輿情。蔡永清說，蘇州百姓對鄉試增加取中舉人額數的恩詔，頗為興奮；這年元旦，下詔整飭吏治，文自督撫至州縣；武自提督、總兵至參將、游擊，一共十一道之多，更是無不稱頌聖明。大家都說，看起來還有太平日子過。

李煦心想：也有人從此沒有太平日子！就這一念感慨，勾起無窮心事，唯唯否否地敷衍著。吳存禮是慢性子，喝酒也是淺酌低斟，半天才喝一口，蔡永清是下屬，自然奉陪；李煦為了態示從容，亦不便有何催促的暗示，所以這頓飯整整吃了一個時辰，方始結束。

就在飯後品茗，只待略坐一坐，便要告辭時，奉命派人去打聽消息的中軍，特來覆命，說是京裡下來五個人，身分不明，但有兵部的火牌，所至預備驛車舟車，直接找驛站說話，也不要預備公館，食宿都是自備資斧。不過是過境到浙江去查案的。

李煦又驚又喜，欲待不信；但那中軍斬釘截鐵地說絕不會錯，不信也只好信了。

於是吃完飯，謝了吳存禮跟蔡永清，李煦欣然回家。四姨娘跟李鼎都在等消息，聽知經過，正在相互慶幸之際，只見有個丫頭探頭探腦地，四姨娘便問：「誰？」

「是我。」錦葵掀門簾進屋，「門上派人來跟大爺回，有個姓王的小夥子要見大爺；問他有甚麼事，他不肯說，只說見了大爺自然明白。」

「那會是甚麼人呢？」李鼎困惑了。

「也許是李師爺派來的。」四姨娘說：「你快去吧！」

一句話提醒了李鼎，顧不得多說，舉步就走，到了中門，吳嬤嬤守在那裡，告訴他說：「沈師爺知道有人來看大爺，把那個人找了去了。」

聽得這話，便又折往沈宜士所住的那個院子，踏上走廊，尚未進門，聽得有個南京口音的人說：「對不住你老，我非得見了李鼎李大爺本人，才有話說。」

「我就是李鼎。」

李鼎一面應聲，一面進屋；只見沈宜士陪著的這個遠客，二十多歲年紀，生得極其憨厚，滿臉風塵，鬚碴子極濃；身上穿一件藍布棉襖，面子都變黑了，腳下是一雙「踢死虎」的尖頭快靴，連掖在靴頁子裡的袴腿，都沾滿了黃泥。心想，四姨娘的話大概不錯；此人多半是李果從京裡派來的專差。

「尊駕貴姓？」

「敝姓王，你就是鼎大爺。」

「是的。」

「我有個妹妹，鼎大爺一定見過；是在曹家震二奶奶屋裡的繡春。」

此言一出，裡裡外外，無不驚奇，便有人影晃動；沈宜士很機警，心想這一下大家奔走相告，丫頭小廝要來看繡春的哥哥長得甚麼樣子，可有他妹妹那麼漂亮？那一來，此人若有機密消息帶來，就難保不會外洩，因而向外喝道：「別走動！都替我站住。」接著，便出屋關照，不許到處去宣揚，有這麼一位不速之客。

這時王寶才已解下腰間那條板帶，從夾層中將兩封信取了出來，王寶才在未交給李鼎以前；先歉意地跟沈宜士打招呼。

「沈師爺，不是我剛才不肯交信，不肯說來歷；只為縉二爺再三關照，非見了鼎大爺不能說實話。縉二爺還說，倘或有人綴住我，寧願把信毀掉，也不能落到他們手裡。我也不知道其中的道理；不過縉二爺這麼交代，寧願小心總不錯。沈師爺你不會見怪吧？」

「哪裡、哪裡！」沈宜士急忙拍著他的背說：「受人之託，忠人之事；你這樣子把人家的事看得比自己的事還重要，我佩服都佩服不了，哪裡會怪你。你先請坐吧！等我們看了信，細細談。」

兩封信交到李鼎手裡，自然先看李果的那一封；看一張遞一張給沈宜士。信中多用隱語，情節又複雜，不時還有感想，要停下來想一想，所以費了好大的功夫才能看完。

看完卻是心潮起伏，不辨悲喜；李鼎似乎不能相信世間有范芝巖這樣古道熱腸、俠義性成的人；加以范芝巖寫給孫春陽的信，語氣只是情商，並無切切實實，非撥款不可的話，因而越發懷疑這封信的效力。

「世兄，」沈宜士看完那兩封信，摺好了交給李鼎，「你先請進去。四姨娘一定也惦念著這回事，應該先告訴她。我在這裡陪王二哥談談。」

李鼎答應著到了上房，李煦正好也回來了，聽李鼎細談王寶才帶來的兩封信，驚喜憂煩，一時並集，心亂得不知先料理哪件事好。

「我得靜一靜，才能定得下心來。你先去陪客人談談。」李煦又說，「雖是粗人，情義著實可感。你說我本來要當面跟他道謝的，只是——」

「我知道了。」李鼎搶著說，「我會得說。」他將信交了給四姨娘，又說一句：「這封信可不知道管用不管用？」

「我想管用。」

「何以見得？」

「李師爺，何況還有你紳二哥在那裡，怎麼會上人的當？再說，人家也犯不著幾千里捎一封沒用的信，開這麼大一個玩笑。」

李鼎一想這話不錯，便即說道：「既然如此，倒不如迎了上去；半路上找到那個甚麼彩雲，把信拿到了，就近到揚州、清江浦去辦事。」

「也不用那麼急。」四姨娘說，「你陪客去吧！這件事你暫且不用管了。」

等李鼎一走，四姨娘便跟李煦談論；她很樂觀，認為這天所發生的兩件事，是逢凶化吉的好兆頭。可是李煦卻一改常態，平時言語間總表示「沒有甚麼了不起」的，此刻卻濃眉深鎖、沉默寡言，將四姨娘的樂觀沖淡了一大半。

「你是看出甚麼來了？還是精神不好？」

「兩樣都有。」李煦閉上眼說，「也許息一會就好了。」

一閉上眼，心事更如潮湧；他覺得有好些事是他所想不通的，文覺何以連這麼一個忙都不肯幫，是不是其中還有甚麼不可測的危機在？

最不能使他釋懷的是，李紳關照王寶才，如果有人跟蹤，寧願把信毀掉，也不能落在外人手裡；莫非李紳、李果在京裡已被人看管監視了？

「你該睡了吧？」四姨娘說。

「不！你先睡。」李煦答道，「我還得好好想一想。」

「憂能傷人，如今身子要緊！留得青山在，不怕沒柴燒。」四姨娘勸道：「我看，事情好像也不是糟得不可收拾。養養精神，有事明天再說。」

「我知道，你睡你的去，別管我。」

微有不受勸的模樣；四姨娘一賭氣，自回裡房去睡。一覺醒來，不知是何時刻，只覺得出奇地靜，外屋那架自鳴鐘，「嘀嘀嗒嗒」的擺聲，格外清晰；掀開帳門一看，門下一線光痕，接著便聽得「噗嚕嚕」的吸水煙的聲音。李煦還未上床。

四姨娘心酸酸地不放心。因為已睡過一覺，精神恢復，思路也敏銳了，想到范芝巖的那十萬銀子，有了處置的辦法，決定起來跟李煦談談。

等她起身，剔亮了燈，李煦也覺察到了；推開裡屋的門，只見四姨娘披著一件灰鼠皮襖，正在料理五更雞上的燕窩。

「甚麼時候了？」四姨娘問。

「丑正。」

「四更天！我是不睡了。跟你談點事！你喝了燕窩湯，就著我的熱被窩睡吧！」

「嗯！」李煦點點頭，放下水煙袋，一面坐下來喝燕窩湯，一面問說：「你要談甚麼？」

「等天亮了，我趕早到孫春陽去一趟；能把這筆款子收到，就足見人家是真正幫忙，另外那三筆款子，不如早早去收了來的好。」

「你看那封信管用嗎？」

聽得這一問，四姨娘便知他們父子的看法相同；也可以想像得到，對於其餘三筆款子，如何收取，他也還未想過。既然如此，這時自不必多談。

「我也不敢說一定管用；反正明天中午就知道了。」

「好吧！這件事到明天中午再說。」李煦說道，「事情不必瞞了，明天下午我來告訴大家，看是如何辦法，商量出一個章程來。」

轎子是停在孫春陽的後門，女東家孫大奶奶親自來打轎簾，丫頭將四姨娘扶出轎來，孫大奶奶滿臉堆笑地問了好，接著又說：「上午倒有空？」

四姨娘有事接頭，每次都是午飯以後來；這次是唯一的例外，便開門見山地說：「有點要緊事。孫掌櫃呢？」

要找她丈夫，孫大奶奶便知是很要緊的事，一面延客，一面叫丫頭到前面櫃房去請孫掌櫃。

孫掌櫃方入中年，精力正旺，把祖傳的這家南北貨行經營得轟轟烈烈，興旺非凡。都說他有上百萬的身價，但那副儉樸的樣子，只如小雜貨店的一名夥計。

見過了禮，四姨娘說：「請坐下來說！」

「是！是！」孫掌櫃頗為拘謹，在下首挨著椅子邊坐下，雙手放在膝上，恭敬地問說：「李姨太太有甚麼吩咐。」

「有封信，請孫掌櫃看一看。」

將范芝巖的信接到手裡，孫掌櫃頭也不抬，隨隨便便地看著，臉上毫無表情。四姨娘心裡在說：糟了！看樣子是讓小鼎說中了。

看完信，孫掌櫃慢條斯理地摺好，置入信封，然後抬臉問道：「請問李姨太太，這筆款子是此刻就提，還是我立個摺子，請李姨太太帶回去？」

這一問，四姨娘大感意外，喜心翻倒，不由得想笑，但旋即警覺，平靜地答說：「立個摺子好了。」

「是！請李姨太太寬坐，我馬上去辦。」

「勞駕、勞駕！」四姨娘想起一件事，立即問道：「要不要打張收條給你？」

「不必，不必！有范大爺的這封信就行了。」

「怎麼？」孫大奶奶等丈夫走了，悄悄問四姨娘：「李大人跟范大爺也有往來？」

聽她的語氣，倒像李煦不應該與范芝巖有往來；其故安在？四姨娘此時對范芝巖其人，既感且敬又好奇，很想打聽一下。但她也很機警，心裡在想，如果向她打聽，即表示李煦跟范芝巖並無來往；既無來往，何以有此鉅款授受？這一引起她的懷疑，便會跟人談論；正犯了范芝巖的大忌，且與自己也沒有甚麼好處。

因此，她含含糊糊地答說：「是的。有往來。」

「范大爺這個人很怪。」孫大奶奶又說：「做的事，常常教人想不到。一會兒來，一會兒走，沒有準，就像神仙下凡那樣。」

四姨娘含蓄地笑笑，表現出比她了解得還多的那種味道。這一下，孫大奶奶就不想再談范芝巖了。

「李姨太太，」她換了個話題：「李大人一直是皇上面前得寵的人；不知道京裡有甚麼新皇上的消息。」

這話問得令人難以回答，而且也欠通，在老「皇上」面前得寵的人，就一定能知道「新皇上」的消息嗎？四姨娘與她交情不算厚，但也不薄，不好意思駁她，只說：「消息倒是常有，我也不大聽得懂，就懶得去聽去問了。」

「外頭在傳說，」孫大奶奶放低了聲音說：「新皇上是極厲害的角色，翻臉不認人的。而且——」

「怎麼？」看她欲言又止，四姨娘便忍不住追問了。

「我聽說，也不知道是真是假；如果是真的，那，那就沒有天理了。」

「到底怎麼回事呢？」四姨娘微露不耐地，「我的孫大奶奶，你別惹得人肚腸都癢了起來。」

「我是聽說，新皇上登基沒有幾天，就把宮裡的一位妃子弄了來陪他。李姨太太，你倒想，那是庶母，做出這種事來，不叫皇上，叫禽獸了。」

這話四姨娘也聽說過，認為是不足相信的謠言，因而不在意地說：「這種話也只好聽聽。」

「說的人倒是很認真的。」

「喔，」四姨娘又注意了，「怎麼說？」

「說那位妃子姓王，也是蘇州人。還有好多話！」

「還有好多話」讓孫掌櫃打斷了；親自送來一扣存摺，特別交代：三千銀子以下，隨時可取；提款的數目太大，請早幾天通知。

「費心，費心！」四姨娘留下一個伏筆：「最近用錢的地方很多，恐怕還得孫掌櫃多勞神。」

「好說，好說！」孫掌櫃轉臉說道：「你去預備預備，請李姨太太在這裡便飯。」

「不，不！我還有事，千萬不必費心。」

既然如此，自不便再作逗留；四姨娘辭出孫春陽，懷著一種異樣的興奮情緒回到家，一下轎便問起李鼎。

「大爺跟沈師爺，都在上房。」連環答說：「跟老爺談得很起勁。」

「喔！」四姨娘說：「我看看去。」

等她一到，李鼎與沈宜士自然都站了起來；四姨娘剛要開口談此行的經過，李煦搶著說道：「你先別說話。等我猜一猜結果。」

說著，目不轉睛地盯著四姨娘看，眉梢眼角，大有調笑的意味，將個半老徐娘的四姨娘看得雙頰泛紅，窘不可言。

「你別這樣子看人，行不行？」四姨娘窘笑著，將臉微微扭了過去，避開他的視線。

「行了！」李煦對沈宜士說：「可以照你的主意辦了。」

沈宜士微笑不語；李煦便問四姨娘：「那封信管用不管用？」

「我早跟你說了，一定管用。一點嚕囌都沒有。」

「不但管用，而且挺痛快是不是？」李煦問說。

「對了！孫掌櫃挺痛快，立了一個摺子，我帶回來了。」

話雖如此，卻不以存摺示人；別人也不問，只聽得沈宜士在說：「要辦就得快，最好今天下午就動身。」

「也不爭在一天半天。」李煦答說：「準定明天上午好了。」

「就這麼說了。」沈宜士知道四姨娘必是急著要跟李煦私下相談，很見機起身說道，「回頭再談吧！」

「好！回頭一塊兒吃飯再談。」

沈宜士一走，李鼎亦即離去；四姨娘便將到孫春陽接洽取款的情形，細說了一遍。

「摺子呢？」

「在這裡。」

一看摺子是「和記」，李煦便皺著眉笑，「怎麼又變了你的私房了呢？」他說。

「這時候還分甚麼你的、我的？就是我的，到你過不去的時候，莫非我就看著你受擠，在旁邊裝傻？我不是那種人；你這話該說給那種人去聽。」

她是指二姨娘；李煦怕又惹是非，便顧而言他地說：「我告訴你一件事，小鼎帶了姓王的那個小伙子來見我，人倒是很有血性，很靠得住的；剛才我們在核計，如果范芝巖的信管用，另外還有三處地方的銀子，不妨趕緊去收了來。姓王的往北邊迎了去取信，安遠的銀子，就託他去收；清江浦非宜士走一趟不可，明天上午動身。」

「杭州呢？」

「自然託文成。那只要派一個人把信送去就是了。」

「這十萬銀子收了來，可不許拖散了。」四姨娘說：「現在難得有這筆整數，得好好兒用在該用的地方。」

中門上傳話進來，曹家派了專人來送信。

正談到這裡，只見沈宜士去而復回，手中多了一封信；是曹頫寫給李煦的，拆開來一看，除了稱謂各款以外，只有聊聊數語：「聞查制軍已奉嚴旨，日內當有舉動。飛函奉聞，乞早為計。」

李煦看完，一面將信遞給沈宜士；一面對四姨娘說：「兩江總督查弼納都奉到上諭了。快了！」

「甚麼快了？」四姨娘問，「是快來查虧空不是？」

「自然。」

「旭公，」沈宜士接口說道，「我亦正是為這一層，要聽旭公一句話；到底該怎麼辦，不能舉棋不定了。事難兩全，只能顧一樣。」

「你說，顧哪一樣？」

「要看旭公的意思，如果拚著不理虧空了，此刻留退步是最後機會；是打算了虧空的，就一文錢都不能亂動。」

「就一文不動，也還差得遠。」

「事在人為。」沈宜士很沉著地說，「如果旭公決計了虧空，我明天就到揚州去一趟，跟總商們開誠布公談。李曹兩家的好處，他們受得不少，如今是該他們講交情的時候了。」

「交情？」李煦搖搖頭，「難！」

「不講交情講利害。我會跟他們說，真的逼旭公下不了台，就只好把鹽務上的種種毛病，和盤托出，那時興了大獄，可別怪咱們不講交情。」

這番話將李煦說動了，沉吟著久久不能下決心；四姨娘可忍不住問了：「虧空若是能補上了呢？」

「挪移錢糧是私罪，照例革職問擬。照州縣官的例，一年之內全完，不但免罪，還能開復。」

沈宜士又說，「我想，這個例，應該是上下通用的。」

「免罪開復」四字，對四姨娘的誘惑極大，便即說道：「留得青山在，不怕沒柴燒。果然能把虧空全補起來，那還有甚麼話說？」

「好吧！」李煦立即作了決定，「既然你們都這麼說，就照宜士的意思辦吧！你甚麼時候走？」

「事不宜遲。明天一早就走！」沈宜士緊接著說，「還有范老接濟的三筆款子，也要趕緊去收了來；王寶才應該已經跟李家姐弟接上頭了。我跟王寶才約好的，在揚州鏢局子裡見面；請世兄隨後趕了來接應。」

說停當了，沈宜士再不耽擱，連夜收拾行裝；一宵未睡，天一亮就帶了人雇車走了。

第九章

到了鎮江，渡江到揚州，先投客棧，略略安頓，接著便到安遠鏢局去打聽王寶才。

巧得很，一到櫃房便看到了王寶才，「沈師爺來了！好極、好極！」他說，「我正在發愁，不知道該怎麼辦？」

「喔！」沈宜士發現安遠鏢局的鏢頭、趟子手都帶著異樣的眼光在看他跟王寶才，心裡不免有些嘀咕，略想一想說道：「咱們先找個地方談幾句。」

於是找了間空屋坐下來，王寶才很率直地告訴沈宜士：安遠鏢局的胡掌櫃，根本就不相信王寶才這麼一個鏢局子的小夥計，會有人託他來提三萬銀子；只一直追問：范芝巖的這封信，他是從哪裡撿來的？

「胡掌櫃還說：『三萬現銀給了你，你也帶不走，你趁早找李大人那裡管用的人來。』我說：『我原是來接個頭，我不提銀子，只提醒掌櫃的別起運。不然，就麻煩了。』他說：『我也不能憑你一句話，就不起運，耽誤了人家的正用。誰負得起這個責任。』沈師爺，你來了最好。當面跟他打交道吧！」

就在這時候，門口出現了一個精壯的中年漢子，抱拳說道：「爺台是蘇州織造衙門來的沈師爺？」

「不敢，敝姓沈。」

「這位，」王寶才指點：「就是胡掌櫃。」

「幸會，幸會！」沈宜士說：「我這位老弟，正在談起胡掌櫃。」

「是，是！請坐了談。」胡掌櫃說：「織造李大人，我曾見過；沈師爺雖是初會，不過提起來都知道的。恕我直言，三萬銀子，不是小數；這位王老弟跟敝處沒有銀貨往來的交涉，而且情形也好像與眾不同，自然不能不慎重。現在沈師爺來了，一切都好辦！」胡掌櫃又拍拍王寶才的肩，以示撫慰：「王老弟，你別見氣，櫃房裡等著你在喝酒；稀爛的狗肉，快去吧！」說完，又在他背上拍了一巴掌。

王寶才總算事情有了交代，面子多少也找了回來，說一聲：「請沈師爺回頭來找我！」管自己走了。

「沈師爺，」胡掌櫃很爽朗地說：「有范大爺的信，我們自然照辦。現在路上不怎麼安靜；范大爺把這批銀子這麼劃一筆帳，我們的好處可大了。如今，沈師爺是就提了去，還是送到蘇州？」

「要送到南京。」沈宜士考慮了一下，認為胡掌櫃頗可信任，便作了一個決定，「我還有一筆銀子，也是三萬，要到清江浦去提，一客不煩二主，想請胡掌櫃包運。」

「噢！」胡掌櫃問道：「銀子是現成的？」

「是的。」

「在哪裡提？」

「河院。」

「那，」胡掌櫃搖搖頭：「恐怕十天半個月還不能到手；而且，沈師爺知道的，少不得還要打點。冒昧請問，這筆款子是怎麼個來路？」

「實不相瞞，也是憑范老一封信。」

「啊，啊！」胡掌櫃的神氣頓時不同了，「那又另當別論。沈師爺，能不能讓我看一看信封？」

「喔，信還在王寶才那裡，等我馬上來問他。」

「不忙，不忙！河院跟范大爺打交道的是那幾個人，我大概也知道。」胡掌櫃沉吟了一會說：「是李大人的事，又有范大爺的交情，我倒很想效勞；不過好像太冒昧了。」

「不，不，胡掌櫃，你這話見外了。」沈宜士說：「江湖上千金一諾，我知道胡掌櫃極重信義；倘蒙援手，感激不盡。有話儘管請說。」

「是！」胡掌櫃盤算了一會說：「如果沈師爺信得過，把信交給我，我去替你提，大概三天功夫可以辦妥。我從清江浦起運，經過揚州也就不耽擱了，六萬銀子一直送到南京。」

「那可是太好了！」沈宜士大為稱心，因為他正好勻出功夫來跟鹽商打交道，「胡掌櫃，咱們不必客氣，照買賣規矩辦；我把這兩封信交了給你，就算交了六萬現銀。保費、雜項使用，共該多少；請你照算。」

「保費倒是小事。范大爺這趟等於幫了我極大的一個忙；這裡到南京，也沒有甚麼風險，不必算了。倒是河院那面，雖說有范大爺的交情在，咱們總也得意思意思。」

「是的。你看送多少呢？」

「一千兩銀子吧！」

「好！」沈宜士又說：「胡掌櫃，我另外要跟你打聽；我有個親戚由南回北，想讓你護送，保費不知道怎麼算法？」

「這可沒有準兒。有的保錢，有的保人，有的兩樣都保。保人，保錢，要看是怎麼樣的錢，人也要看哪種人？保費大不一樣。」

「人，是怕有仇家；得要看看哪種人？錢也有分別嗎？」

「當然有！第一，要看錢的來路，譬如做官發了財，地皮刮得太狠，人人知道他的錢不乾淨，那就不知道有多少人在打主意，我們的風險很大，不能不多要，甚至還不敢接。」胡掌櫃又說：「第二，要看錢是明，是暗；也就是惹眼不惹眼，不惹眼的錢是暗的，風險小，保費也就不能多要了。此外還要看途程遠近、好走不好走、路上安靜不安靜？不能一概而論。」

「原來其中還有這麼多講究。我那親戚的情形是如此，人，沒有仇家；錢是乾淨的；途程不遠，好走，也安靜。像這樣，保費怎麼算法？」

「那是沒有麻煩的買賣，又是沈師爺的令親，我照規矩減半好了。」

「照規矩是多少？」

「值百抽二。」

「減半就是值百抽一。承情之至！」沈宜士到這時候才說真話，而且改了稱呼：「胡兄，我代敝居停作主，奉送保費六百兩；另外有三百兩銀子，犒勞各位弟兄，到了南京吃杯酒。你千萬不要客氣！不然就見外了。」

見他意思極其誠懇，胡掌櫃亦就泰然接受，「多謝、多謝！」他說：「沈師爺，你請到櫃房來，我替你出保單；請你給我一張收條，好回覆范大爺。」

「是，是！這樣辦最好。」

到了櫃房，首先要找王寶才，將范芝巖所寫，餘下的兩封信要了來，致河院的一封轉交胡掌櫃，便等於交了三萬現銀。另外到杭州提銀的一封，原來預留等李鼎來了面交；如今分身有術，根本無須李鼎為助，不如趁早送到蘇州。

定了主意先匆匆寫了一封信，連同范芝巖的原函，一起封好；派隨行的聽差，往蘇州一起迎了上去，找到李鼎面交。接著，將王寶才找到一邊，有事囑咐。

「我想託你去一趟南京。」沈宜士問到：「曹家四老爺，你見過沒有？」

「沒有，我只見過震二爺、震二奶奶。」王寶才說：「不過，不要緊，門上我都熟，讓他們帶我去見曹四老爺好了。」

「對了！我有封信，你一定得當面交給曹四老爺。信上怕寫不清楚，曹四老爺或許會問你，所以我得把詳細情形跟你說一說。」

原來沈宜士是在蘇州跟李煦商量定了的，收到這六萬銀子，直接運交南京，託曹頫代收備用；如今因為胡掌櫃頗為可靠，決定託他直接解交江寧藩庫，讓查弼納有個印象，李煦是在盡力張羅，彌補虧空。但這樣做法，是否妥當，要取決於曹頫；在江寧藩司衙門事先接頭，更得重託曹頫。倘或不宜直接解交藩庫，如何處置，要預先通知鏢車；那就得託王寶才居中聯絡，所以要先讓他了解此事的首尾。

「是了！請沈師爺寫好信，我明天就走。」王寶才說：「今天下午，我得打發李德順跟她姐姐回京。」

「喔，我倒差點忘記了。」沈宜士說：「人家姐弟，千里迢迢來一趟，吃多少辛苦；我應該去看看他們，道個謝，還要送筆盤纏。他們住在哪裡？」

「住在鈔關大來客棧。」

「好！等這裡的事辦完了，我們一起走。」

相見之下，沈宜士頗為驚異。想像中的彩雲，無非北地胭脂的本色，剛健有餘，了無含蓄；哪知星眼流轉，長眉入鬢，兼以言詞便給，落落大方，在世家大族，有此雋雅伉爽的韻致，亦是閨閣中第一等的人才，不道竟是出身於小戶人家。不由得暗暗佩服李果與李紳，居然能物色這樣的俊物，來充任千里投書的密使。

連連致謝，並慰問了風塵勞苦以後，沈宜士又說：「趙二嫂不妨在揚州玩幾天；我另外派人送你跟令弟回京。」

「不！謝謝沈師爺。」彩雲答說：「我還要到無錫去一趟；我弟弟要到南京找人去要一筆帳。」

「德順到南京，」王寶才插嘴說道：「可以跟我一起走。」

「對了！他們倆作伴到南京。」沈宜士說：「趙二嫂去無錫是探親，還是另外有事？」

彩雲想到無錫去的目的是對朱二嫂的身世性情，深感興趣，很想見一見。但這些話都不必跟沈宜士說；便另外找了個理由，道是張五託她順道省視祖母；既然李德順要去南京討帳，起碼得十天八天的功夫，自己何不去一趟無錫？

於是商定了行止，由沈宜士派人送她到無錫；李德順與王寶才結伴上南京，事畢到無錫，接了彩雲回京。

「只麻煩沈師爺派一位管家送我到無錫，往後就不必管了。」

「怎麼能不管？」沈宜士說：「何況令弟人地生疏；到了無錫，又到哪裡去找你？自然我要派人聯絡照料。」

「不！無錫我有熟人；只要有地址，我弟弟一定能找得到我。」

既然如此，沈宜士自不必堅持；當天送了一百兩銀子的川資，第二天派人陪彩雲姐弟與王寶才一起到了鎮江；一東一西，兩下分途。彩雲到了無錫，照李果所開的地址，直接來投朱二嫂。敲開門來，彩雲不由得一楞，門裡站著的那人，長身玉立，頭光面滑，體格風韻宛然自己在鏡中所見，甚至臉的輪廓都有些相像。

朱二嫂自是更為驚異，看容貌，看衣飾，竟識不透她是何路數，更不知她的來意？便問道：「找誰？」

「想來你就是朱二嫂了！」彩雲答說：「我是從京裡來的；李師爺有口信託我捎給你。」

一聽「李師爺」，再無別人；朱二嫂隨即滿臉堆下笑來，「請裡面坐，請裡面坐！」她又招呼沈宜士派來的聽差，「你這位二爺也請進來。」

「不必了！地方不錯就好。我還得趕回揚州去交差。」說完，那人哈哈腰掉頭就走。

彩雲跟著朱二嫂進了客廳，不待主人動問，自己報名：「我娘家姓李、夫家姓趙，行二。」

「喔，是趙二嫂！」

「叫我彩雲好了。」

「你今年多大？」

「我二十五。」

「那你比我小。」朱二嫂跟她一見投緣，便即笑道：「我不客氣叫你聲彩雲妹妹。」她說：「彩雲妹妹你是怎麼來的？」同時看著她隨身所攜的一個包裹，又問：「想來還沒有落店？要不要住在我這裡？」

「朱二嫂，我原來是這麼打算的；如果方便，我在府上擾兩天。」

「方便，方便！」朱二嫂心想，要談李果，在家不方便；好得這兩天沒有人訂席，便即說道：「回頭我帶你到一個地方去住；我在那裡陪你。」

於是她為彩雲引見了她的婆婆與阿蘭；又備飯款待。飯罷她向阿蘭交代了一些話；兩乘小轎，來到阿桂姐家。

介紹了居停，回到臥室！朱二嫂很爽直地問道：「彩雲妹妹，你總知道我跟李師爺的交情吧？」

「是的。我知道。」

「這個地方，就是李師爺出面賃的；房東跟我，無話不談。我們在這裡，講甚麼都不必顧忌。」

「是！」彩雲是早就想好了一套話的，她說她因為丈夫身繫囹圄；為了官司，經人介紹張五，代為謀幹。由張五而認識了李果與李紳；當然還不便明說她與李紳的那一段情。

「李師爺跟縉二爺，住在客棧裡；張五爺每天都去的。我跟我妹妹去找張五爺，跟他們兩位也很熟了；我們住在冀東會館，跟他們住的客棧很近。爺兒們單身住在外面，吃的、用的，沒有人管，許多不便；那位縉二爺尤其隨便，袍子上的紐襻都不全。出門在外，也顧不到那麼多嫌疑，總是我替他縫縫補補，收拾收拾屋子；所以跟李師爺也常見面。」

這段話很含蓄，但朱二嫂完全能夠意會，她跟「縉二爺」就像自己跟李果一樣。至於她的妹妹，既說「去找張五爺」，當然亦與李果無干。

意會到此，自然充滿了慰悅之情；同時由於欣賞彩雲能婉轉表明心跡與關係，便越發增了幾分好感，很親熱地握著她的手說：「照這麼一說，彼此更不是外人了。你儘管當這裡是自己的家，不必客氣。」

「是！客氣，我也不會冒昧上府上來了。」

「對！」朱二嫂問，「你說李師爺有口信託你帶給我？」

「是這樣的，本來託我辦件事；有幾封信要送給蘇州織造李大人。李師爺關照我先到無錫找你；請你把那位鼎大爺找了來，當面把信給他。如今不必了。」

「怎麼說？」

「李家另外派人迎了上來，拿走了。」

「李師爺有沒有說，甚麼時候回來？」

「說是沒有說，不過我想也快了。」彩雲低聲說道：「好像鼎大爺的老太爺丟了官，鬧了很大的虧空；如果虧空補不起來，麻煩很大。李師爺在京裡到處替他託了情，想法子；這是很急的事，有沒有結果很快就會知道。有了結果，當然要回南了；我想總是個把月的事。」

「縉二爺呢？」朱二嫂又問。

「他不會！他要在京裡接家眷。」

朱二嫂不知道李紳的情形；但對彩雲的一切，卻已頗有了解。使君有婦，羅敷有夫，卻又有這麼一段情，將來是何結局呢？

她是很伉爽的人，心裡有疑問不能打破，耿耿然地不舒服；想了一會，決定要追根究柢。不過，要問人這些事，自己先得表示無所隱的誠意，才能期望對方說真話。

於是，她將她一拉，雙雙倒向床上，頭枕著疊成長條、鋪在裡床的棉被，面對面只隔著數寸；在幽黯得幾乎看不清對方臉上表情的光線中說：「彩雲妹妹，我老實告訴你，我守寡是假的；不過，我也不想嫁人，有知心合意的，大家私底下來往，好來好散也不錯。你說是不是？」

「是的。只有一個字要改一改。」

「哪一個字？」

「不是好來好『散』！好來好往就好，何必要散呢？」

「對！」朱二嫂問道：「你跟縉二爺呢？好到怎麼樣一個程度。」

彩雲想了一下說：「我常住在他那裡。就這樣！」

「光是住在一起？」

「是的。我不騙你。」

「我不是說你騙我。」朱二嫂說：「我只覺得奇怪，你們常在一起過夜，孤男寡女，你跟你那位又好久沒有同床了；就算你熬得住，莫非他倒不動一動？」

彩雲不答，但禁不住朱二嫂旁敲側擊，一再催逼，才硬著頭皮答說：「其實倒不是我熬得住，是他熬得住。」

「噢！」朱二嫂更感興趣，「你們在一起，你要，他不要？」

彩雲點點頭，用蚊子叫樣的聲音答了。一個字：「是。」

「那是為的甚麼？」

「說起來，他倒是為我著想。」彩雲忽然覺得話容易說了：「我跟你的情形不同，朱二哥老早死了，你替他養家活口，守了好幾年寡；人是有血有肉，有感情的，遇著知心合意的，私底下來往，也不算甚麼！我呢，他說：一時要忍一忍；等你家二虎出來了，夫婦團聚，那時久別勝新婚。如果這時候忍不住，將來會懊悔。」

「這話倒也是！你就這樣忍住了？」

彩雲不答。要回答很容易，答一聲「是的」；但她覺得跟朱二嫂一見如故，倒像自幼在一起的手帕交，作了違心之論，是件自己對自己都交代不過去的事，因而躊躇。

其實她這樣沉吟不語，等於已作了簡單而確實的回答；朱二嫂反倒不忍逼她，自己把話題扯了開去。

她在想她沒有理由不相信彩雲的話，不過有些緣故是她想不明白的，第一是李果與李紳莫非連個送信的人都找不到；其次是幾千里跋涉、艱苦萬狀，彩雲居然一諾無辭，似乎亦非常理所應有。

心裡這樣想，口中便問了出來；彩雲答道：「倒不是找不到人，是因為李師爺跟縉二爺不知道為甚麼緣故，竟成了『黑人』，一舉一動，都有眼線報到官府；如果派了別人送信，路上就會讓截住。只有像我這種婦道人家，才可以躲得開。我想，既然非我不可，湯裡來，火裡去，也得走一趟；做人不就是這一點味道嗎？」

這聲音平平淡淡的幾句話，在朱二嫂心裡激起極大的漣漪。彩雲不過跟李紳有這麼偶發而不可能持續的一段情，便甘於赴湯蹈火，而且連自己覺得為人幫了極大的忙，不妨誇耀誇耀的神情都沒有；跟這樣的人結交，確是很夠味的一件事。

再回想自己，與李果是何等樣的交情？這番交情，也很可能一直維持到白髮婆娑；但李果現在是一舉一動都為人偵伺的「黑人」，不知甚麼時候會出危險，自己卻不能跟他在一起共患難，豈不有愧於彩雲？

轉念至此，渴望著能為李果做些甚麼事，才能使得心裡好過些。可是，她不知道從何處可為李果去盡心？在眼前來說，只有善待彩雲，將來對李果才有一個交代。

於是她說：「彩雲妹妹，我很喜歡你；你安心在這裡住幾日，我陪你到那裡去逛逛。我家有船，我請你見識見識太湖。」

「謝謝你！」彩雲又說：「我怕我弟弟來找我，會撲個空。」

「還早。他也不過今天剛到南京，耽擱一兩天，趕到這裡來接你，還得兩天。就算撲個空，我婆婆也會接待他的，怕甚麼？」朱二嫂又說：「你也難得到南邊來一趟。『上有天堂，下有蘇杭』；杭州還遠，蘇州很近，樂得去逛一逛。不枉回到京裡，人家問起來，會笑你白到南邊去一趟。」

彩雲為她說動了，點點頭答應去遊太湖、逛蘇州。

「到了蘇州，可以去看看鼎大爺。」朱二嫂說：「他家好氣派；『皇帝老爺』來了，都住在他家。」

彩雲笑了，「皇上就是皇上，」她說：「怎麼叫『皇帝老爺』？」

「我們這一帶都是這麼叫的。」朱二嫂忽然問道：「聽說現在這位皇帝，很刻薄是不是？」

「我也是聽人這麼說。不過，老百姓倒不覺得，都說當今皇上很體恤百姓。一登了基，馬上辦平糶；燒鍋也開禁了，喝酒的人都說皇上好！」

「一批醉鬼說皇帝好，也就好不到那裡去了。」朱二嫂起身說道：「我們到前面看看，讓阿桂姐陪陪你；我做兩樣好菜請你。」

第十章

船到了葑門，朱二嫂先陪著彩雲到一家字號叫誠記的香蠟店；女掌櫃顧四娘是朱二嫂的表姐，借這裡歇腳，然後請那裡的小徒弟去通知李鼎來相會。這是早商量好了的辦法。

「小弟，」朱二嫂問道：「織造李大人公館在哪裡，你知道不知道？」

「怎麼不知道？在紅板橋；是從前的周皇親府。」小徒弟懂得很多；他不但知道織造公館，而且還知道前明嘉定伯周奎的府第。

「那好！辛苦你。」朱二嫂又說：「你到門上去找鼎大爺的小跟班柱子；如果他不在，再問鼎大爺。兩個人都不在，你把話交代了就回來了。回頭我拿錢請你吃點心。」

小徒弟答應著飛步而去；須臾奔了回來，上氣不接下氣地嚷道：「織造公館抄家，兩面都是差人，還有兵；不讓過去。」

朱二嫂和彩雲都像當頭挨了一個焦雷，被震得眼冒金星，「這，這麼快！」彩雲茫然地說。

「你們來得不巧了！」顧四娘自然不能了解她們的心情，泛泛地安慰著：「且安心玩一兩天再說。」

朱二嫂無法作答，想李鼎想到李果，脫口說道：「得先去打聽打聽，到底是怎麼回事？」

「是啊，」彩雲立即接口：「我也是這麼想。」

請誰去打聽呢？朱二嫂看一看周圍，無人可託；毅然決定地說：「彩雲妹妹，我們一起去看看。」

彩雲毫不遲疑地同意了；顧四娘膽小，勸她們不要去。只是朱二嫂與彩雲的意志都很堅決；也就不便攔阻了。

由小徒弟帶領著，到得紅板橋附近，遠遠就望見長街阻斷；偶爾人叢中讓出一條路來，有兩騎快馬，疾馳而出。馬匹一過，人潮復合，都墊起了腳在看；其實除了彈壓的差役、兵丁，空盪盪的一段青石板路，甚麼都看不到。

兩人擠上前去，找到一個慈眉善目的老者，朱二嫂問道：「請問老伯伯，可是織造李大人抄家？」

「看樣子，是抄家。」

「怎麼事先沒有聽見說起？」

那老者看了她一眼問道：「阿嫂，你是無錫來的？」

「是的。」

「那就怪不得了！蘇州是早有風聲，說李大人的紗帽保不住；天天有人上門討帳。你來得晚了！帳要泡湯了。」

那老者當她是來要帳提存的，朱二嫂便也將計就計地，故意裝得很著急地說：「那怎麼辦呢？」

「老爺子，」彩雲問道：「李府上的人都在大門裡面？」

「只看到李大人坐轎子到巡撫衙門去了。除了他，只見有進去，沒有出來的。」

「怎麼，准進不准出。」

「對了！」

一語未畢，忽聽朱二嫂驚喜地喊了一聲：「那不是？」

這一喊聲音很大，群相注目，朱二嫂才發覺自己失態，而且也很不安，此時此地，福禍難測，一舉一動都得格外檢點。於是她佯若無事地將目光轉到他處，暗地裡拉了彩雲一把。

彩雲自能默喻，跟著她擠出人叢，到得空處，朱二嫂站定腳說：「你在這裡等我！我看到了鼎大爺的小廝，等我去找他來。」

彩雲又驚又喜，連連點頭：「快去、快去！小廝在這裡，想來主人家也在外面。」

朱二嫂也是這麼想；翻身又入人叢，只見有個小伙子籠著棉袍袖子，頭上一頂鼻煙色的氈帽，壓得極低，靜悄悄地，半低著頭站在那裡。似乎不是要找甚麼人，而是想聽聽旁人說些甚麼？

見此光景，朱二嫂也有警覺；走近了仔細端詳，果然不錯，便在他肩頭輕拍了一下。

柱子哆嗦了一下，回過頭來，因為餘驚猶在，只覺得她面善，卻急切間叫不出名字來，以至於瞠目不知所措。

「小弟，你叫我好找。」朱二嫂一把拖住他，「走吧，我有好東西留著你吃。」

那種宛然長姐對幼弟的口吻，不但聽到的人，不以為意，連柱子也馴順地跟著她走了。走不多遠，驀地裡想起，便站住了腳。

「你不是無錫的朱二嫂？」

「是啊！特為來看你家大爺的，一到就聽說李府上出了事。到底怎麼回事呢？」

「我也鬧不清楚，說是兩江總督衙門派了人來查封，只准進不准出，虧得大爺不在家！」

「大爺呢？」朱二嫂急急問說：「在哪裡？」

「在『烏林達』家。」

朱二嫂不知道甚麼叫烏林達，只以為是人名，當即便說：「那烏家遠不遠，你快帶了我去。」

「不遠。」

於是朱二嫂引見了彩雲，隨著柱子到了孔副使巷北面，織機所集的織造總局後街，烏林達的住宅；雙扉緊閉，等叩了門，看清楚是柱子，方始開了半扇門，放他們入內。

房子還不小，穿過轎廳是大廳，寂然無人；轉過暖閣，是兩暗一明帶廂房的二廳；東面一間已點了燈，窗紙上人影幢幢，顯然正有事在商量。柱子將她倆帶入西面廂房，隨即便去告知李鼎。

揭開門簾，屋子裡的人都轉眼來看，李鼎急急問道：「怎麼樣？有溜出來的人沒有？」

「沒有！」柱子答說：「不但沒有，反倒陷進去一個。」

「誰啊！」

「錦葵。」

「錦葵！」李鼎有些困惑，「她不是被攆了出去的，不算咱們家的人嗎？」

原來錦葵是四姨娘故意攆出去的，目的是有些私房要寄頓在她家。這一攆出去，名冊上沒有名字，就不算李家的下人了。

「是啊！可是，就是不講理，拿他們怎麼辦？」

「唉！」李鼎重重頓一足，使勁以拳擊掌，「怎麼辦呢？」

「世兄，你先別著急。」說這話的是甜似蜜；平時看他花樣百出，似乎是趨炎附勢的小人，不道急難時卻肯來共甘苦，他慢條斯理地說：「事情並沒有糟到不可救藥的地步。第一，賢喬梓都在外面，尚可著力；第二，是查封不是查抄，要緊東西貼上了封條，陷在宅子裡的人，自然無事。如今倒是有個人，必得設法攔住，莫陷在裡頭。」

「你是指宜士先生？」

「是。」

原來這天變起倉卒，由兩江總督查弼納，遣中軍王副將，攜著大令跟公文，星夜趕到蘇州；首先拜會巡撫吳存禮，出示咨文，轉錄的上諭是：據報李煦虧空甚鉅，恐有藏匿私產情事，著查弼納迅派妥員，會同江蘇巡撫將李煦私產、房屋、眷口，一律查封，聽候核算交代後再行發落。另外又有查拿劣幕惡奴一條，惡奴中有錢仲璿，劣幕則係沈宜士一人，李果與甜似蜜都不在內。

「田世叔說的是！」李鼎想了一下，皺著眉說：「應該趕緊沿揚州這一條路，迎了上去，中途拿他攔住；可是沒有人可派啊！」

李家的眷口僕從，由於大清律規定，可以變賣備抵虧欠的國帑，當作財產看待，所以目前一律在看管之下。即令有漏網的，亦早避匿不出；以致上千僮僕，此時除了柱子，竟無一人可遣；而柱子又是他唯一可供奔走的人，實在也無法派得出去。

「這，我來辦！」甜似蜜說：「局子裡的工匠，總有幾個認得沈宜士的；多給幾個錢，關照他格外盡心而已。」

「也只好這樣。」李鼎問道：「柱子，你那兒有錢沒有？」

「只有十兩一錠銀子。」

「給田師爺！」

甜似蜜知道，李鼎是不折不扣的「大少爺」，身上向不帶錢；柱子身上只有這一錠銀子，給了送信的盤纏，主僕二人便身無分文了。脫手千金揮霍慣了的豪門闊少，落到這般光景，心中實在不忍；因而便搖一搖手，止住了柱子去掏荷包。

「不必！」他說：「讓局子裡墊付就是。」

雖只是十兩銀子，到底也是「墊付」；李鼎彷彿覺得還有緩急可恃之處，不由得感到安慰。

趁這空隙，柱子說道：「大爺，無錫的朱二嫂來了；帶著個堂客，是京裡來的。」

一聽便知是彩雲；李鼎自然要見，急急問道：「在哪裡？」說著，腳步已經移動了。

到得西廂房，在幽黯的光線中見了禮；下人來奉茶，順便掌了燈來，兩個人模樣差不多，年紀相差不大，一般是眉眼清亮，舉止沉穩的神態，在李鼎不由得便有可資信賴的感覺。

「她夫家姓趙，行二。她叫我朱二嫂，我叫她趙二嫂，纏夾不清；所以，我索性管她叫彩雲妹妹。」朱二嫂從容不迫，竟似熟人閒談的口吻。

李鼎的心情又鬆弛了些，他說：「我該叫彩雲姐姐！」

「不敢當！」彩雲欠一欠身子說：「鼎大爺就像李師爺、縉二爺那樣，管我叫彩雲好了。」

「沒有那個規矩。」李鼎先道謝：「多謝彩雲姐姐辛苦，替舍間送信來，真是感激不盡。」

「鼎大爺，」朱二嫂緊接著說：「我們在揚州跟沈師爺也見面了；聽說鼎大爺原要到杭州去的？」

「是的！正好杭州孫織造那裡有人來，我就不必去了。」

朱二嫂點點頭，跟彩雲對望了一眼，取得默契後說：「彩雲妹妹到無錫來看我；約好了來看鼎大爺，誰知碰得不巧。鼎大爺，你也別著急，急壞了身子，讓家裡的人更著急。如果有用得著我跟彩雲妹妹的地方，儘管請說。」

「多謝，多謝！」李鼎直覺地答說：「沒有甚麼要麻煩兩位的地方。」

話一出口，立刻便發覺自己說錯了，急難之時，肯幫忙的人越多越好；尤其是像朱二嫂與彩雲，平時一無淵源，絕沒有甚麼利害關係可言，而作此表示，純出情義，更為可貴，不該不加考慮地拒絕。

「鼎大爺，」朱二嫂說：「我一向心直口快，是大家知道的；如今我倒有句話想請教。」

「是的，你說；不要緊！」

「聽說府上幾位姨太太、管家、聽差、丫頭、小廝都被扣住了。是不是？」

「是的。」李鼎痛苦地蹙起眉。

「那麼，鼎大爺你呢，你也不能露面？」

「那倒沒有。」李鼎很吃力地解釋：「說起來我也是個官兒。如今是我父親在織造這個差使上出了事；我父親名下的人，自然受牽連。我一個人反倒沒事。如今的皇上，公私是最分明的；

除非我被革了職，不然，我還是個朝廷的官。」

「這樣說，別人許進不許出；鼎大爺，你要回去了，就不能擱住你不准出來；是不是這話？」

「照道理說，應該是如此。」

「既然如此！鼎大爺，你怎麼不回去呢？聽說老爺子上撫台衙門去了，府上沒有個正主子的爺兒們出面，只怕凡事擋不住！」

李鼎心想是啊！論公不論私，自己並未虧欠公款，何以不能回自己的家？不過想是這樣想，卻仍不免有些怯意；偶爾抬頭一望，只見朱二嫂與彩雲的炯炯清眸，都含著鼓勵慰撫的神色，彷彿慈母長姐，迫切期待著嬌兒愛弟做一件絕不會讓她們失望的事那樣。

李鼎心頭一震，雄心膽氣，頓時瀰漫全身；霍地起身說道：「我立刻就去。」

「對了！」朱二嫂欣然微笑，眼睛都發亮了，彩雲生長在京畿，加以開年以來與李紳、李果、張五在一起，習聞官場之事；而數千里南來，住過多少「仕宦行台」，見聞更廣，當時便問了一句：「鼎大爺可有官職？」

「有啊！我是五品知州。」李鼎被提醒了，「大喪已過百日，不必縞素，只要素服就行了。兩位坐一坐，我先去借公服來換了再說。」

於是李鼎回到東屋，將他的決定告訴了大家；事畢回座的甜似蜜首先豎著拇指，用蘇州話贊一聲：「大好老！」

「得借一身公服。」

「那容易，素服不帶補子，只借顆水晶頂子就行了。」

須臾由烏林達派人送了一套半舊的官服來；李鼎紮扮已畢，向甜似蜜說道：「咱們倆各管一處；請你在這裡留守。我把柱子帶了去，他算是我名下的人，不至於列在冊子裡。」

「應該如此。萬一許入不許出，別讓他進去，這裡也多個人使喚。」甜似蜜又說：「最好能替柱子要一面對牌就方便多了。」

「我會跟他們交涉。」李鼎沉吟了一下說：「還有兩位堂客，可都是不讓鬚眉的巾幗；我先去安排一下。」

重複回到西廂時，李鼎昂頭闊步的神情，朱二嫂與彩雲都很滿意，相視微笑，靜等他發話。

「朱二嫂，實在抱歉，尤其是彩雲姐姐，幫舍間這麼大一個忙，我竟連敬一杯酒的機會都沒有。我想，請朱二嫂先帶彩雲姐姐回無錫；我看情形再說，事情如果能夠稍定下來，我到無錫來看兩位。」李鼎又問：「彩雲姐姐，不知道還能耽擱多少日子？」

彩雲不答，眨著眼看看朱二嫂要她出面答話的意思顯然；於是朱二嫂想一想說：「鼎大爺，剛才我們倆都商量過了。既然遇到了府上這件事，我們不能不等一等，看個明白，倘有用得著我們的地方，就近招呼，豈不方便。尤其是彩雲妹妹，老遠來一趟，正好趕上這場麻煩，不多住幾天等有了結果，也不能安心上路。這一趟回去，路上多半會遇見李師爺，或者縉二爺，問起來是怎麼個情形，竟說不上來，鼎大爺倒想，那是多揪心的事！」

想不到她們倆竟有這番急人之急的高義，李鼎既感動，又感激，以至於聲音都有些哽咽了。

「朱二嫂跟彩雲姐姐既是這麼想，我還能說甚麼？不過，這幾天我怕沒法兒照應你們？」

「你別管我們。我們就住在我表姐夫開的香蠟店裡，離這裡不遠；回頭我會說給柱子。」

李鼎便將柱子喚了來，由朱二嫂將誠記香蠟店的地址跟他細說了，相偕離去；到得門口，烏林達已備得一乘轎子在那裡，另有兩名臨時找來的工匠，權充前導，各提一盞碩大無朋的白紙藍字燈籠，一面是「織造衙門」，一面是個「李」字。這是甜似蜜的設計，特意擺一擺官派，可得許多方便。

到得自家門口，下轎一看，門前有捕快、有綠營兵；門洞裡側擺一張條桌，上有名冊；桌後坐著兩個人，一個穿著行裝，一個便衣；另有一人，單坐一張椅子。武官的服飾，頭戴暗藍頂子，李鼎知道是兩江總督衙門派來的差官；四品官服，自然是一名都司。

都司雖是四品，但一向重文輕武，所以見了知縣都稱「大老爺」；但此刻卻大刺刺地問：「尊駕是誰啊？」

「是這裡李大人的長公子。」那穿便衣的是吳縣的刑房書辦，李鼎不認識他，他卻認識李鼎；為了拉交情，很熱心地代為答話。

「喔，冊子上有名字沒有？」

「這，回都司老爺，不會有的。」

「那麼，」都司又問：「那個小廝呢？」

「他叫柱子，姓朱。」李鼎只和顏悅色地跟刑房書辦說話，「他是我名下的人，應該不在冊子上吧！」

「是，是！鼎大爺，等我查查！」翻了一遍簿子，刑書向他身旁的一名千總說：「總爺，沒有朱柱子的名字。」

「沒有。」千總又請示都司，「你老看，是不是放行？」

都司惱恨李鼎竟不致禮，斜著眼對千總說：「你問問他，來幹甚麼？」說完，站起身子，走了開去。

千總倒還忠厚，心想人家是正主兒；家裡遭了官事，自然要回來看看，這還用問嗎？而且他也不知道怎麼開口，甚至還不知道用甚麼稱呼，因而一時之間，頗現困窘。

那刑書跟錢仲璿是好朋友，自覺義當解圍，趕緊起身，從桌子後面湊了過來，低聲說道：「鼎大爺，那位是兩江督標的王都司，行六，招呼一聲吧！」

遞了點子過來，李鼎自然會意；心想：在人簷下過，怎敢不低頭？只好忍著氣，踏上兩步；先咳嗽一聲，然後喊道：「王六哥！遠來辛苦。」

面子有了，王都司自是見好便收；不過臉上還磨不開，轉臉說道：「恕我眼拙！」

這是要李鼎自己再作一次介紹，「敝姓李，行一；單名一個鼎字。我是聽說查制軍派了差官來查封，特意趕來照應的。」

不說回家探視，倒說照應公事；王都司知道這個旗下公子哥兒，不純然是個「繡花枕頭」，便哈哈一笑說：「原來是李老棣台，你不早說。請，請，敝上官跟蔡大老爺都在裡面。」

「是，是！」李鼎高拱雙手，「多承關照，感激得很，我總要補情的。」

就因為最後一句話，柱子得免列入名冊，跟在主人身後；但一路所見，從大門到二門，平日見慣了喊二伯、大叔的那些人，此時一個個愁眉苦臉，見了李鼎大多只站了起來；極少數的喊一聲：「大爺！」聲音也是低不可聞；完全不是平日那樣，無不含笑相迎，一句接一句的：「大爺回來了！」遞相傳呼，直到上房的那種大家氣派。這使得柱子的心揪緊了；天塌下來有長人頂，又何至於愁得這個樣子？

柱子尚且如此，李鼎的感觸自然更深；不過柱子的困惑，在他自易索解，只看悄悄坐在一旁，斜著眼看人的差役或兵丁，那種無形中籠罩著的禁制，便能想像各人的心情了。

踏進二門，便能看到五開間的大廳上，正中靠壁的長供桌，已經移到中間，變成一座公案，後面並坐著一文一武。李鼎的眼力很好，老遠便認出文的是首縣蔡永清；武的約莫四十上下，一張瘦長馬臉，從未見過，面前擺著一頂官帽，燦然奪目的鮮紅頂子；料知這就是兩江督標的王副將了。

雖是自幼所生長的家，李鼎到此，卻不免怯意；定定神從容踏上前去。那蔡永清倒還講交情，一見就離座而起，迎上來喊道：「世兄、世兄，我給你引見。」

等他說了姓氏官銜，李鼎向上一揖；口中說道：「候補州判李鼎，參見王將軍！」

「不敢當！不敢當！」王副將抱拳答禮，「請坐，請坐。」

一文一武身後都有人，不約而同地移了張椅子在案側；李鼎倒有些無所適從了。論規矩應該坐在王副將身邊，才是禮貌；但他實在很想靠近蔡永清，談話才方便。

蔡永清不愧是善於揣摩人情的首縣，指點他說：「世兄先跟王將軍親近親近；回頭再請過來，我們談談。」

於是李鼎坐在王副將側面，先道了辛苦；又請關照，打了這些招呼，才開始請教籍貫、排行；再談到江寧的熟人，第一個自然是「曹織造」；王副將對曹家的情形很熟悉，曾親見過曹寅接駕，那時王副將還只是小小一個把總，但亦在扈從之列，談起當時繁華富麗的場面，眉飛色舞，十分起勁；李鼎自只有傾聽的分兒。

就在這時，有書辦、捕頭，接連不斷來向蔡永清回事；李鼎耳中不時刮來一句兩句：「庫房得派人看守」、「婦道人家撒潑，不讓人進去，看該怎麼辦」之類的話，攪得他心亂如麻，坐都坐不安穩了。

好不容易等王副將談得告一段落；李鼎趕緊欠身陪笑，說一句：「回頭再奉陪！」說完，隨即移坐到蔡永清身旁。

「世兄怎麼到這時候才來？」蔡永清略帶埋怨地問。

這一問，李鼎慚惶無地。他是一清早去給一個朋友送行；進城時在閶門遇見織造局的一個老工頭，得知被「抄家」的消息；那工頭勸他別回家，先去找烏林達問個究竟，就此躲在那裡沒有露面，只派柱子來回探聽動靜。若非朱二嫂一句話，只怕他至今還在烏林達的私宅中。

「不瞞蔡大哥說，」李鼎低著頭，輕聲說道：「我不敢胡闖了進來；萬一，萬一——」他始終想不出下面該怎麼說才得體。

「你是怕萬一失陷在這裡？這也難怪你；朝廷像這樣的處置，似乎尚無先例。我接到李方伯的通知，也嚇了一大跳；到看了公事才知道是查封，不是查抄。」蔡永清向王副將這面看了一眼，低聲說道：「他是拿著『大令』來的，王命在身，說甚麼就是甚麼；我想拖個一天半天都辦不到，立逼著點了人就來，可有甚麼法子？」

說來說去是「愛莫能助」四字，但語聲懇切，充滿了歉意，所以李鼎只覺得感激，「多虧蔡大哥！」他說：「以後也仍舊要仰仗蔡大哥！」

「只要能盡心，無有不盡心的。但望尊大人從院上回來，事情有個著落；這裡一鬆動就好了。」

原來李煦是查弼納另有密札致吳存禮，委託他代為詢問李煦，虧欠官款，究有多少；能償還幾何？蔡永清的意思是，如果李煦欠得不多，有親友可資助代完，獲得結果；查封的禁制即可解除，豈不甚好？但李鼎卻以不明內情，所以無從體會他話中的涵義，只說：「到底兩江的公事上說些甚麼？我還不知道。蔡大哥能不能跟我說一說？」

「我拿公事你看。」

蔡永清從一大堆簿冊中找到一張紙，是個兩江總督移咨，江蘇巡撫的抄件；上面轉錄著上諭，大意是說蘇州織造已另派胡鳳翬接替；李煦交卸後回內務府聽候差遣。惟據報李煦虧空甚多，且有將貲財囤他處情事；責成查弼納會同吳存禮，「迅派妥員，將李煦名下各項產業曁眷口下人等查封扣押，以便變價備抵。」

「世兄，」蔡永清低聲說道：「尊大人『名下』的字樣，說法從寬，你也是朝廷的官員，當作析產別居之子看待；你自己名下的東西，應該不在查封之列。不過，要拿出去，恐怕，」

他向一旁努一努嘴，「先要過得了太原這一關。」

「太原」是王氏的郡望，自是指王副將，李鼎玩味他的語氣，恍然有悟，湊過去用極低的聲音說道：「蔡大哥，事到如今，完全請你作主；請你吩咐，應該怎麼過關？」

這公然為人索賄的話，蔡永清何肯出口？想了一下暗示他說：「總要你有個底子給我，我才好相機斡旋。」

李鼎不知道該送多少？也不知道能送多少？轉念又想，這要看能拿出去多少；如果只是些個人的衣服及日常器用之物，置辦不便宜，變價卻未必值錢。如果還要行賄才得過關，那就不上算了。

這樣想著，有了個主意：「蔡大哥，」他說：「容我先進去看一看幾位庶母，再來奉商，如何？」

蔡永清也知道。李家是四姨娘代主中饋；如今怕也只有四姨娘手裡有錢，因而點點頭說：「行！行！你就請進去吧！」

於是，李鼎向王副將陪笑說一聲：「暫且失陪！」正待往裡走時，卻又為蔡永清喚住了。

「世兄，有件事，你怕還不知道；中門以內，尚未查封。這裡尊大人力爭，姑且徇從。只等尊大人一回府，倘非解除禁制；府上的眷屬，一定要受一場虛驚了。」

顯然的，他是在提醒主人，中門以內自由處置的時間，已經不多；李鼎卻又別有領悟，替柱子要了一面出入的腰牌，關照他趕緊到巡撫衙門，找到成三兒，通信給老父，不妨稍遲回家。

中門以內，雖未查封；但中門以外，防守嚴密，若非蔡永清派人陪同，李鼎還無法進門。

一進了門，景象悽慘，所看到的是驚惶失色的面孔；所聽到的是各處嚶嚶啜泣之聲。不過，一見了李鼎，恰如救星從天而降；只一聲喊：「大爺來了！」各處的丫頭老媽，幾乎一下子都集中了。

「怎麼樣？」二姨娘奔出來問：「小鼎啊！到底要緊不要緊？」

「不要緊，不要緊！沒有甚麼大事，大夥兒別亂！」李鼎只有揮著雙手，盡力安撫，「安安靜靜地，別惹人笑話。」

「老爺子呢？你見著了沒有？」

「沒有！」李鼎看幾位姨娘都趕到了，便說一句：「都請進去吧！進屋去談。」

李鼎有些為難，人多嘴雜，甚麼要緊話都不能說；尤其是二姨娘，成事不足，敗事有餘，是不能共機密的。但處在這種人人都想有條安心的路子去走的情況下，他也不能不有句切實的話；當然，這句話也只能悄悄地說，不必公然宣布。

想了一下，只好硬著頭皮說道：「各位姨娘不必著急；不過，家是遲早要搬的了，這會兒不妨檢點檢點要緊東西。我得跟四姨娘去找點送王副將的東西。」說著，回頭又問：「四姨娘呢？」

「那不是？」五姨娘手一指。

四姨娘正帶著錦葵趕了來；李鼎很機警，拔步便奔，一面做個手勢，大聲說道：「四姨娘你請回去；找點精緻小玩意，我馬上要送人。」

錦葵最機伶，不等他話完，倒已攙著四姨娘的手預備往回走了。二姨娘心裡很不是味道，但不便追了上去，只冷笑一聲說：「哼！不知道在鬧甚麼鬼！」

五姨娘人最忠厚，「二姐，你別這麼說！小鼎必是有只能跟四姐一個人商量的事。」她說：「你就聽小鼎的話，拾掇東西去吧！不知道甚麼時候，說走就走；臨時收拾，丟三落四的，反倒不好！」

「已經不好了！還怕甚麼？我也沒法兒收拾，哪樣東西都丟不下。抄家也不能光抄我的。」

聽她仍是不明理路的糊塗想法，誰都不願意理她。逡巡各散，有的便悄悄往四姨娘那個院子裡踅了去，希望打聽點甚麼出來。

四姨娘的院子裡關防嚴密，垂花門前順子和錦葵倆雙雙把守，足以使人望而卻步。

「錦葵！」是四姨娘在喊。

「來了！」錦葵答應著，向順子努一努嘴，讓她注意遠處的人影。

「你去吧！交給我。」

於是錦葵進了堂屋；四姨娘便說：「你悄悄跟吳嬤嬤去說，把天香樓西面的那道小門打開來。別讓人知道。」

「那道小門。」錦葵答說：「從鼎大奶奶去世就沒有開過，如今只怕鎖簧都鏽住了。」

「把鎖敲掉！」四姨娘平靜地說。

「是！」錦葵答應著。

「你辦完了事，還回來。」

等錦葵一走，李鼎便問：「四姨，你得告訴我一個數目，我好跟蔡老大去說。」

「你別急，等我想想。」

「孫春陽不是有兩萬銀子嗎？」

「那，那是說了不能動的，而且也得我親自去提。」四姨娘又說：「反正現在東西都封在那裡，他們愛拿甚麼拿甚麼；將來咱們認帳，就說沒有這些東西好了。」

這話在李鼎頗為反感，覺得那跟慷他人之慨沒有甚麼兩樣，不是處事的辦法。因而這樣答說：「人家不幹的！監守自盜，吃不了還兜著走呢！」

四姨娘本也是拖延辰光，一時搪塞的話；此時大致已經盤算好，徐徐說道：「我有一副珠花，值三、四百兩銀子；另外有五十兩金葉子。如果他再肯行個方便，我送他一枝翡翠翎管；帶到京裡，遇見識家，換個上千兩銀子，也說不定的。」

「行個甚麼方便。」

「等錦葵來了再說。」四姨娘指著高可及天花板的紫檀櫃子說：「勞駕，櫃子頂上一格，有個西洋小鐵箱，你給我取下來。」

於是取鑰匙，開櫃門；李鼎站在一張骨牌凳上，將那隻沉甸甸的彩漆小鐵箱取了下來；怕四姨娘不願讓他看到她的私房，很知趣地走到廊上，負手閒眺。

「順子！」掛在花架下的一頭黃喙黑羽卻會說話的鳥，怪聲怪氣地在叫：「給鼎大爺拿茶！」

「小東西！」李鼎逗弄了一會，一時感觸地說：「你倒還認識我！而且一點兒也不勢利。」

「誰勢利了？」有人突如其來地接口；李鼎微吃一驚，轉眼看時，是錦葵回來了。

「我沒有說你，你何必多心？」李鼎問道：「錦葵，你是怎麼得到消息的呢？」

「聽街坊在說，織造李家，前前後後圍了好些兵，我不放心四姨娘，趕了來看看。門上不放我進來，我說我本來是宅門裡的，准我進來了。哪知准進不准出。」

「你這是自投羅網。」

「我認了！」

「你倒不懊悔？」

「悔甚麼？反正好歹在一起。」

「你倒是有良心的。你主子沒有白疼你。」李鼎又說：「從你去了以後，四姨娘跟我提過你兩次，一次說沒有你，真不方便。」

錦葵對這話很關切，烏黑的一雙大眼睛逼視著說：「鼎大爺，還有一次呢？」

「還有一次，她說她挺想念你。」

「我也挺想念四姨娘，想念大爺、老爺跟大家。」錦葵聲音有些悽惻了，「外頭我住不慣。」

李鼎陡然一驚！就像當頭棒喝一樣，提醒他以後必不能再在這裡過日子了！高大、寬敞的這座住宅，住了二十年了；沒有一處地方不是安閒舒適的。不管他是在怎麼樣的一種情形之下，他總可以找到使得他心情舒暢，至少能安靜下來的地方；甚至悶極了想砸一兩樣東西出出氣，亦非難事；箭圃很大，常有護院跟些小廝在那裡練廟會上的玩藝，耍中旛、滾罎子、摔角甚麼的，拋一個酒罎到半空，再拋上去一個，乒乒乓乓碰得碎片四飛，聽著看著都痛快。

李鼎正嚮往著那些不知何處跳出來的回憶時，只聽四姨娘在喊：「錦葵，你跟鼎大爺在說甚麼？」

「來了！」錦葵推著李鼎說：「快進去吧！」

「你也來吧！」李鼎想起來了，「四姨娘有話要等你來了再說。」

兩人到得屋子裡，靠窗紅木桌上，燭火下寶光閃耀，白的是珠花，綠的是翡翠翎管，黃的是似乎剛淬過火的金葉子，映出極明亮的燭光。

「四姨，」李鼎問說：「要蔡老大他們行個甚麼方便？」

「錦葵本就不是咱們家的了！」四姨娘說：「誤打誤撞進來的，怎麼拿她也添到冊子上？人家都快做新娘子了，你請那個王副將行行好，把她放了出去。」

「喔，」李鼎轉臉問道：「錦葵，你快做新娘子？」

這句話問得很不合適；錦葵本來有要緊話說，卻為這句話害了羞，不由得低下頭去。

「這有甚麼好害臊的。」李鼎覺得此非難事；便用極有把握的話安慰她：「我包你照樣上轎就是！」

「我不出去！」錦葵將頭一扭，本想表示決心，卻成了負氣的模樣。

「幹麼呀！」四姨娘不悅，「鼎大爺問都問不得你一聲？」

錦葵知道她誤會了，抬頭說道：「家裡這個樣子，大家都在擔心，我倒一個人安安穩穩去了；我不能教人罵我沒有良心！」

「誰會罵你沒有良心？」李鼎怕是自己那句『你倒是有良心的』，使得她多心了，趕緊解釋：「你本來已不是這裡的人了；聽得宅子裡出事，特意還回來看，已經很有良心了！誰還能說，你進來了就不能再出去，那不是太霸道了？」

「不但霸道──」四姨娘接口又說：「還是糊塗！」

「糊塗」二字不但說得重，還狠狠瞪了一眼；錦葵這才明白，心想，自己果然糊塗！當初四姨娘一定要攆她，就是為此日留下退步；誰知真個到了這一日，發覺仍無退步，那是犯了多大的一個錯。

這樣轉著念頭，不由得失悔；當時真不該輕易進門的。萬一真的能進不能出；四姨娘交付的那些東西，就此不明不白地丟掉了，豈非一輩子良心不安。

「好了，」四姨娘對李鼎說：「她想明白了。」

四姨娘一面說，一面拿起搭在椅背的一方綺面綾裡襯皮紙的小包袱；錦葵也是料理慣了這些東西的，抬眼一望，立刻走近梳妝檯，將盛珠花和翎管的一大一小兩個錫盒子取了來，幫著收拾。

「東西先擱在這兒。我馬上去找蔡老大接頭；回來再說。」說著，李鼎的腳步已經移動了。

「別忙、別忙！」四姨娘急忙攔阻，「還有好些事呢！」

「甚麼事？」李鼎站住腳，「請四姨說吧！」

千頭萬緒，不知從何說起？四姨娘想了一會，突然問道：「外面怎麼樣？」

李鼎明白，這所謂「外面」是指大門以內，中門以外：「都封了！」他黯然答說：「行動似乎都不自由。」

「你見了楊立升沒有？」

「沒有。」

「他大概在大廚房裡。如今只有廚子的行動不受拘束；聽說他在大廚房裡管廚子，給大夥兒預備吃的。」四姨娘又說：「你跟蔡大老爺說，一樣是得讓楊立升行動自由，裡裡外外才多少有個照應；再一樣是，二門裡面的人，都得撤出去，一到二更天，我得在二門上鎖。」

「這，」李鼎答道：「我說是去說，不知道管用不管用？」

「只要你去說，一定管用。」四姨娘臉色凝重地說：「你得把肩膀硬起來。」

李鼎憬然有悟，以後的肩仔會很沉重；不管甚麼事都得挑起來。當下閉緊了嘴，點一點頭，往外走去。

走到通大廚房的甬道，恰好遇見楊立升帶著人挑著食盒出來；他驚喜地說：「大爺回來了！老爺呢？」

「還在撫台衙門。」李鼎急急問道：「你聽見甚麼了沒有？」

「古古怪怪的話很多，一時也說不盡。」楊立升躊躇了一下說：「這會要給蔡大老爺他們開飯，大爺先陪他們吃了飯再說。」

「飯開在哪裡？」

「分幾處開。蔡大老爺、王副將那一桌，就開在大廳上。」

「好！你去看，哪幾位師爺能來；都請他們來陪客。」

「一個都沒有。都給攆走了！」

李鼎想了一下問道：「有能出得去的人沒有？」

「只有一個採買零碎的老吳。剛才因為肉不夠，到肉案子上去了；不知道回來了沒有？」

「回來了。」一個挑食盒的打雜，在一旁接口。

「那好！讓他趕快到烏林達公館裡，把田師爺請來陪客。」

「大爺，這是冠冕差使，」楊立升說：「不如跟蔡大老爺說一聲，另外派人；不又多了一個人可以出去了。」

「啊，啊！說得不錯。走！」

於是到了大廳上，楊立升在東面安排餐桌；李鼎便先向王副將招呼過了，然後跟蔡永清去打交道。

「蔡大哥，」他指著東面說道：「草草不恭，諸多委屈。這會我先求蔡大哥一件事，我想去請一位朋友來陪陪王將軍跟蔡大哥，請蔡大哥跟守在門上的交代一聲，或是給一副對牌。」

「給一副對牌好了。」

於是叫人取了一副對牌來，一塊交到門上，一塊由李鼎交了給楊立升，立刻派人去請甜似蜜來為他支賓。

「蔡大哥，」李鼎指著西面說：「那幅字是前明一位藩王寫的，有人說好，有人說不過如此，你是大方家，倒要請你鑑定一下。」

這自是一種示意避開王副將去密談的藉口；蔡永清答道：「方家之稱不敢當；明朝的書家倒還知道幾位。我來看看。」

到得西面，假意看一看懸在壁上的一方大橫幅；接著便雙雙背著王副將，在椅子上坐了下來。李鼎開門見山地將四姨娘預備送的東西，跟所作的要求，都提了出來。

「好！」蔡永清點點頭，「我來跟他說。」

李鼎大出意外，也大失所望。本以為何者可行，何者不可行，他會有個確實答覆，不想是這麼一句不負責任的話。

「蔡大哥，」李鼎便說：「有兩樣事，打你這兒不就可以作主？」

「不！」蔡永清搖搖頭，「跟他同辦一件公事，得問問他。」

看他那種淡淡地不大起勁的神情，李鼎恍然大悟；王副將的是有了，他還落空在那裡。這時想起四姨娘那個「慷他人之慨」的辦法，倒大可使得。

「蔡大哥，你看那幅字，到底怎樣？」

「還不壞！是蜀王的一個曾孫寫的。」蔡永清答說：「明太祖諸子，蜀王最賢；明太祖管這個兒子叫『蜀秀才』，蜀府後裔，大都通文墨。此人的字，我見過兩幅。」

「那麼，值多少錢呢？」

「這就難說了。貨賣識家，不如說貨賣愛家；愛上這幅字，或者拿去配對成套，有個名堂搞出去，自然就值錢了。」

「照你估呢？」

「那也要看交情。」

原來首縣要多才多藝才幹得下；其中有樣本事就是要識骨董，因為各縣交代，如果前任虧，以骨董字畫及其他細軟抵充，向來憑首縣核算；估價自然可高可低，所以說「要看交情」。

「蔡大哥，咱們打開天窗說亮話，家父的交代，將來免不了要請你幫忙；東西暫且封在那裡了，我們想動手腳也不行。不過，權在蔡大哥手裡，你不妨斟酌；反正冊子上有多少，我們總認帳就是。可是，估算的總數，要請蔡大哥口角春風。」

這話說得很曖昧，但也很清楚。如果蔡永清喜歡甚麼，暗中取走幾件；李家可以承認，封存的冊子上原無此物。但冊刊各物的估價，須盡量提高；庶幾抵補虧空的總數，不致減少。

蔡永清覺得李鼎很在行；笑著拍拍他的肩說：「老弟，你不是拿兩三萬銀子給戲班子，置一副衣箱、砌末，只為唱一齣戲的紈袴了。」

這話說得李鼎臉一紅；當然也感到安慰，知道計已生效。再想一想，不能不佩服四姨娘，莫道她的想法不切實際，其實還真管用。

「過去坐吧！」蔡永清站起來，「冷落了那面也不好。」

東面桌上，下酒的冷葷碟子早已擺好；等賓主三人一坐下來，楊立升親自燙了酒來伺候。飲過一巡，蔡永清開口談正事了。

「王將軍，」他說：「事情快定了；有幾件小事，我要跟你商量。」

「哪裡，哪裡！請說。」

「公事公辦，行不得一點私；不過，也不必過分。這話是不是呢？」

「是啊！只要能方便，公事上能交代得過去，也沒有甚麼不可以的。」

「好！」蔡永清視線由首席轉到主人；再轉回王副將，「咱們就此刻把公私責任劃一劃清楚。第一，我們這位老弟名下的東西，趁早讓他拿走，以清眉目。」說到這裡，停了下來，等王副將答話。

王副將心裡在想，蔡永清跟李鼎剛才說了半天的私話，自然是談妥當了；但對自己一無表示，豈可貿然相許？想了一下答說：「這是應該的。不過哪些屬於哪個的名下，似乎不容易分得清。」

「我自有分得清的法子，回頭跟王將軍一說就明白了。」

「那好！」王副將會意，「只要有法子分得清，自無不可。」

「其次，誤列入冊的人，應該剔除——」

「有誤列的人嗎？」王副將打斷他的話問，顯得很訝異地。

「有！」李鼎很機警，想多剔除幾個人，所以搶在蔡永清前面說：「還不止一個。」

正談到此處，只見有個差役，手持一個極大的信封，直到筵前，向蔡永清說道：「撫台衙門專人送來給大老爺的信，人還在外面等著。」

蔡永清看信封有「密啟」的字樣，便先不拆信，起身說道：「讓來人等一等。」

一面說，一面已走到中間臨時所設的公案後面，在自己的位子上坐了下來，移過燭台，拆信細看。看完，招招手將李鼎找了來有話說。

「尊大人今晚上不能回府了。」

李鼎頓變色，「蔡大哥，」他的聲音已經發抖了，「是被扣了，還是怎麼著？」

「也不能說是被扣。新任織造已經到了，明天由尊大人跟新任辦了交代，才能回府。」蔡永清又說，「老弟，你把心定下來；事情是有點麻煩，有甚麼事，你盡今天這一夜都要辦好。」

意在言外，到得明天就絲毫動彈不得了。李鼎心亂如麻，只有這麼說道：「一切都要請蔡大哥幫忙。」

「我能幫你忙的，也就是今天這一夜。你說吧，我能怎麼幫你忙？」

「我不知道！方寸已亂；一切請蔡大哥指點。」

蔡永清想了一下說：「我能幫你的最大的一個忙，只有明天一早，先把你的東西封起來。」

「這，這——」李鼎都不知道該怎麼說了。

「你自己去想一想好了。」蔡永清極平靜地，「別急！聽我的話，把心定下來。」

李鼎細想一想恍然大悟，蔡永清把他的東西加上封條，便可原樣移去，不必檢查；換句話說，若有挾帶，便可安然過關。

於是他拱拱手說：「多謝蔡大哥，果然是幫了我的大忙。」

「你明白就好。」蔡永清努一努嘴，輕輕說道：「那面亦以早早安撫為妙。」

「是！回頭就辦。」李鼎又說，「剛才請通融的那兩件事，也請蔡大哥給句確實的話，我好向四庶母有個交代。」

「是冊子上要剔除兩個人？」

「是的。」

「這可以商量。不過不能馬上就放人。」蔡永清看了看信說，「跟老弟實說吧，有人告了密，說府上最近遣走的下人，為內眷寄頓財物，要搜查了再說。倘無其事，剔除一兩個自無大礙；不然，老弟得為我肩上的干係想一想。」

這一下，李鼎也明白了；原來四姨娘與錦葵之間還有這麼一重祕密在內。看來再求亦不會有結果，倒不如放大方些。

「既然如此，就照蔡大哥的意思好了。」

「我也是事非得已。」蔡永清又說，「我實在也不願牽累無辜；不過，今天我還可以作三分主，有句忠言奉告，凡可以不必牽惹在這件案子裡的，不妨就趁今夜都打發去吧！」

「是！」李鼎老實說道：「蔡大哥，我經此打擊，腦筋已經冥頑不靈；所謂『可以不必牽涉在這件案子裡的』，究竟是哪些人，索性請蔡大哥明白見示。」

「凡冊子裡沒有名字的，自都不必牽涉在裡面。」蔡永清在一堆案卷宗裡，找出一本名冊說道：「你倒不妨仔細看一看！」

這本名冊只有薄薄兩頁，所刊的都是李煦直系的眷屬；李鼎一面看，一面想；將中門以內的親屬都想到，只得一個人不在名冊之內。

「有個小女孩，是我堂兄的遺孤，不在案內。」

「好！馬上送走。」

「那女孩只得八九歲——」

「哪怕在襁褓之內，」蔡永清打斷他的話說，「也是早離是非之地為妙。」

「是！」李鼎想了一下又問：「蔡大哥明天甚麼時候動手？」

「一大早吧！」

「好！等陪客的那位田朋友來了，我先失陪，跟我幾位庶母去說。」

「不必，不必！你先請好了；我也還有幾句話要跟王副將談。」

就在這時候，甜似蜜已奉召而至；當著蔡永清與王副將李鼎亦不便多說甚麼，只鄭重囑託，善為待客，隨即匆匆入內。

甫入中門，改了主意，將吳嬤嬤找到一邊問道：「通晚晴軒的那道邊門，打開了沒有？」

「打開了。」

「好！我先回晚晴軒，你悄悄兒通知四姨娘，到我那裡來一趟，別讓人知道。」

吳嬤嬤點點頭，不發一言，悄然而去。李鼎便繞著迴廊，進了另一道角門，回到「天香庭院」的晚晴軒。

「大爺回來了！」珊珠迎了上來，替他卸馬褂；瑤珠倒了茶來，兩人臉上，都是憂愁之中帶著渴盼能從他口中聽到甚麼消息的神情。

李鼎倦怠地坐了下來，口中問道：「你們是在哪裡支月例銀子？」

兩人愕然不知所答，楞了一會，珊珠方始說道：「不是吳嬤嬤按月發放的嗎？」

李鼎本意是想知道她們屬於何人名下；轉念一想，問得多餘，父子並未分炊別居，珊珠、瑤珠不過撥在晚晴軒執役，名字還在下人總冊之中，不可能倖免的。

不過，她們個人之物，卻可保全；想一想說：「瑤珠是有家的；珊珠有沒有親戚？」

「有一個表叔。」珊珠惴惴然地說：「如今也不知道在哪裡。」

「這樣說是沒有親戚；那麼，你的東西有甚麼人可以託付呢？」

「我，」珊珠囁嚅著，「我不明白大爺的意思。」

「是這樣，你們兩人一時還不能出去，東西可以先移出去，交給甚麼靠得住的人，替你們暫時收一收。」

一聽這話，兩人驚疑不定，但也不敢多問；悄悄兒商量了一下，珊珠答說：「我寄在瑤珠家好了。」

「好！回頭你們自己收拾收拾，每人只能帶一口箱子出去。」李鼎緊接著又說：「你們還是運氣的，別人怕一針一線都還帶不出去。這話，你們只放在心裡，誰面前都別說。」

「是！」兩人齊聲答應。

「那道邊門打開了？」

「是的。」

「四姨娘也許會從那裡來，珊珠去接一接。」

結果，四姨娘是從正門來的；連個燈籠都沒帶，與錦葵悄沒聲息地摸黑而至。

「錦葵，你到她們屋子裡去玩。」

李鼎的這句話，不但錦葵，珊珠、瑤珠也知道是要她們迴避，帶上房門，相偕而去。腳步聲漸漸而隱，避得很遠了。

「四姨，你可把心穩住了，全靠你撐持！」李鼎抑鬱地說：「情形比想的還要糟！」

四姨娘臉色慘白，牙咬著脣，手撫著胸，深深吸了兩口氣，自覺能勉強撐得住了，方始說道：「怎麼糟法？你說。」

「爹今兒不能回來了，逼著明天去辦交代，要看到底虧了多少？」李鼎又說：「明天一大早，非封不可了！蔡老大還算幫忙；四姨，你先把東西給了我，馬上就動手吧！」

「錦葵呢？」

「可以出去。不過——」

「不過甚麼？」四姨娘焦急地催促，「別吞吞吐吐地。」

「不是這裡的人，都得走，而且最好連夜就走。錦葵可以出去，不過得過幾天。」李鼎非常吃力地說：「要等他們去搜過了，才能放出去。」

四姨娘臉色大變，歇了好一陣，才能緩過氣來，聲音倒平靜了。「果然比所想的還要糟！」她說：「東西我包好了，現成！我叫錦葵去拿。」

於是，四姨娘親自到下房找到錦葵，說了好一陣子的話，才又回到原處。

「先說該出去的人，我想了想，除了錦葵，只有兩個：一個是五姨的內姪女，來看她姑姑，天一亮就打發她走好了；還有一個比較麻煩。」

這個人就是九歲的阿筠。她出去了自然也不致流落；照四姨娘的意思，不妨送到曹家，但眼前要託付一個人來照應她，卻是難題。

「那總有辦法。」李鼎又說：「我跟蔡老大說過，名冊上總還可以剔出兩個人去；四姨看，倒是剔出誰去好。」

「總得是管用的人。」

「管用莫如連環。」

「不行！」四姨娘斷然否定：「第一，我在這裡少不得她這麼一個人；第二，怕別人不服，我處境就更難了。依我說，你應該帶一個人出去，你喜歡珊珠，還是瑤珠？」

「別管我！」李鼎答說：「我一個都不喜歡。」

「那就難了。」

「我看，把老太太跟前的丫頭，放一個出去，阿筠也有人照應。」

「如今跟阿筠作伴的是玉桂。」四姨娘又問：「還有一個呢？」

「得挑一個忠心而又能幹的，在外面多少有點用處。」

四姨娘考慮了一會，想起一個人，「你爹也不能沒有人照應。」她說：「不如把福珍放出去。」福珍是上房裡一個很能幹的丫頭，伺候李煦洗腳擦背都是她；一些腌臢的粗活、別的丫頭不肯幹，也都歸她。為人不但忠心耿耿，而且脾氣最好，任勞任怨，從無半句牢騷。只是相貌長得平常；四姨娘派她去照應李煦，很可以放心得下。

談到這裡，錦葵去而復回，手裡多了一個包裹，「大爺，」她問：「你要不要點一點？」

「不用。」

錦葵便將包裹放下，向四姨娘說：「說好了。」

「喔，」四姨娘轉臉向李鼎說，「有件事我跟你商量。」

原來她已經料到，像五姨娘的那個來探親的內姪女，是一定可以放出去；因而想起一條瞞天過海之計，讓錦葵冒充五姨娘的內姪女張美英，得以出門，便可以趕緊將四姨娘交付給她的細軟，另挪一個妥當的地方。剛才她背著李鼎跟錦葵說了半天，就是讓她跟張美英去疏通，居然成功了。

「我本當總要明天才能放行；既然連夜要攆出去，那就更好了。晚上看不清楚，一定冒充得過去。」

「那麼，張美英呢？」

「不說過兩天就可以放錦葵，她自然是頂錦葵的名字。」

「那好！」李鼎起身說道：「我先去辦了這件事！」

「這件事」便是去行賄。大廳上甜似蜜還陪王副將在喝酒；李鼎將蔡永清邀到一邊，指一指包裹，不必多說一句；要談的是，這夜應該放出去的人。

「張美英跟我的一個小姪女兒，是應該出去的；此外請蔡大哥高抬貴手，再放兩個人。」

蔡永清沉吟了一會兒，慨然允許，「好吧！」他移過一本名冊問道：「是哪兩個名字？」

李鼎便找到了福珍與玉桂的名字；蔡永清提筆在名下添註了「誤入」二字，關照趕緊就走。

回到晚晴軒才知道事情有了變化，原來玉桂跟她姐姐玉蓮，手足之情極深，生死要守在一起，放她一個人出去，說甚麼也不肯。只好作罷另外挑人。

挑來挑去，沒有適當的人；四姨娘怕這件事處理不善，大家會有怨言，因而斷然決然地說：「算了！就福珍一個人好了。」

「不，不！我倒有個盤算。」李鼎說道：「張美英還是張美英，錦葵冒充玉桂；這不更省事嗎？」

「對了！過幾天要放錦葵也許已經找到了人；就頂錦葵的名字出去好了。」四姨娘停了一下說：「咱們先商量好，阿筠不能住在錦葵那裡——」

「為甚麼？」李鼎打斷她的話問。

「你來！」四姨娘站起身來，將李鼎招呼到堂屋裡，悄悄說道：「阿筠的事，可有點麻煩。錦葵如今還是『黑人』，回家就得躲起來，帶著小筠，豈不是掛了個幌子？至於福珍，還不知道你爹是住在甚麼地方；或許能回來也說不定，福珍一個人還好辦，帶著阿筠豈不是累贅？再說，她也不會哄孩子。」

「那就只有把她送到南京去。」

「暫時總要有一個地方安頓。而且，阿筠好像也不願意投奔曹家。」

「那又是為了甚麼？」

「唉！」四姨娘嘆口氣，「別看她才九歲，很懂事了；心眼兒也就多了。這會兒沒功夫談這個；你倒說，該怎麼辦？說完了，馬上打發她們走，這裡還有好些事沒有辦呢！」

李鼎也知道，這大半夜的辰光，十分寶貴，凡事需要速斷速決，沒有從容磋商的可能。便很用心地想了一會兒，終於想到一個人。

「有了，有一個人可託。姓朱，是個寡婦，家住無錫；正好到蘇州來了。」

「這朱寡婦是甚麼路數？你怎麼會認識這麼一個人？靠得住，靠不住？」

最後一句話最要緊，「靠得住！」李鼎答說：「這個人是李客山新置的外室；人不好，李客山不會要她。」接著將朱二嫂的情形要言不煩地介紹了幾句。

「有來歷就好。」四姨娘問說：「外頭有甚麼人照應？半夜三更，得有人送才好。」

「有！能自由出入的幾個人，都在那兒聽我的信，把五姨娘的內姪女找來，馬上就可以走。不過，」李鼎想了一下說：「阿筠得我親自送了去。」

「我也是這麼想，雖是女孩子，到底也是咱們李家的一條根。」說到這裡，四姨娘的聲音都有些哽咽了。

「唉！四姨，怎麼你自己倒先傷心了？」

四姨娘也已想到；阿筠這一出了大門，大半就要靠她自己了；雖說她很懂事，到底只是九歲的孩子，少不得要細細叮嚀，如果自己先就傷心，如何能哄得阿筠放心大膽去投靠素不相識的人家？所以趕緊眨了兩下眼，將眼淚忍了回去，抬起頭來，裝得沒事人似地，回到原處，招一招手，將阿筠喚到一邊有話說。

話實在很難說，四姨娘想了又想，覺得只有拿她當大人，或許還比較省事。

「阿筠，你可不許哭！你也很懂事了，以後更要像個大人的樣子。如今家裡遭了難，一時照料你不了；要把你託給一個人，你得爭氣，守規矩別惹人討厭。等事情過了，還接你回來，你聽明白了沒有？」

阿筠眼珠滴溜溜亂滾的一雙大眼睛中，含著一泡淚水，卻不讓它滾下來，點點頭說：「我明白。甚麼時候接我回來？」

「那還說不定，也許三五天，也許三五個月。反正一定會來接你。」

「我可不去南京。」

「我知道。」四姨娘覺得最難措詞的幾句話已經過去，下面就好說了：「把你託出去的那個人，是跟李師爺好的；她是個寡婦，性子很爽直，你一定會喜歡她。人家管她叫朱二嫂，你可不能這麼叫！你得管她叫——」

四姨娘還在斟酌稱呼，阿筠倒已經開口了，「管她叫朱二嬸？」她問。

「對了！」四姨娘異常欣慰，「你連這些規矩都懂，我就放心了。阿筠，你只記住，如今是遭難投奔人家，求人家幫忙照應；不比在家裡，有丫頭老媽伺候，凡是自己能做的自己做，別麻煩人家。」

「我知道。也許我還幫著她做事呢！」

「一點不錯！你就當朱二嬸是你嬸兒就對了。」

「那，」阿筠問說：「四姨給我的東西要不要交給朱二嬸？」

「這——」四姨娘想了一下說：「你鼎叔叔會跟人家交代。」

第十一章

「鼎大爺，」朱二嫂不勝驚訝，但也很沉得住氣，「都快四更天了，你來一定有急事。」說到這裡才發覺燭火照不到的陰影中還有人，「這個小姑娘是誰啊？」

李鼎將阿筠一拉，讓她進入光暈中，「叫人啊！」他說。

「朱二嬸！」阿筠的身子在發抖，聲音卻很清楚。

「不敢當！」朱二嫂一面拉著她的手，一面問李鼎：「是鼎大爺的小姐？」

「是我的姪女兒，小名阿筠。」李鼎答說：「我就是為了她來的。朱二嫂，能不能請你把她帶回無錫；在你那裡住一陣子？」

「當然！」朱二嫂遲疑了一下說：「只怕筠官住不慣。」

「不會的。」阿筠搶著回答說，「到了朱二嬸那裡，我會當作自己的家一樣。」

顯然的，她曾受過大人的教導，「只要你住得慣，在我那裡多少日子都可以。」

「謝謝朱二嬸！」穿著寬大長袍，裝束似男孩的阿筠，蹲下身去，垂著手請了個安。

朱二嫂知道，這是旗人很隆重的禮節，她的感受不僅止於不安，而是酸楚——嬌生慣養的大家小姐，一旦落難，就會這樣子做低服小，尤其是這麼一個冰雪聰明的女孩，不論是在豪門富戶，或者蓬門蓽竇，都會被父母視如掌上明珠，而竟不能不深宵出奔，踏上崎嶇世途，要處處委屈自己，看人臉嘴了。世上哪裡還有比這再令人痛心之事？

當然，李鼎的感受尤為深刻，但他有比眼前情景更可悲的心事，所以能硬一硬心腸，說他要說的話。

「朱二嫂，」他壓低了聲音說：「有點東西，我交給你，請你替她收著，如果到了要變賣的時候，你也只管作主好了。」

「喔，鼎大爺！」朱二嫂急忙答說：「責任太重，我可擔不起。」

「不必你擔責任，甚麼責任也沒有。請你就當你自己的東西那麼收藏好了。」李鼎又說：「阿筠很懂事，自己不會說出去的。」

朱二嫂料知推辭不掉，答一聲：「是！」隨又問說：「倒是些甚麼東西啊？」

於是李鼎提過一個布包裹，解開來看，裡面除了一具黃楊木嵌花的鏡箱，一些福建漆套盒、七巧板之類的玩具，與一個書包以外，還有一個布製填木棉的娃娃。

「這個布娃娃裡面，」李鼎悄聲說道：「有十二粒東珠。」

「東珠？」朱二嫂從未聽說過這兩個字。

「就是珍珠，出在關東；比普通的珠子大得太大了，幾時你拆開來看了就知道。」李鼎又說：「這玩意，平常人家是沒有的。」

豈僅平常人家沒有，就在宮廷，也是珍物；李鼎怕說得太貴重了，朱二嫂會更覺得擔不起責任，所以還是將話沖淡了。即令如此，朱二嫂已有惶恐之感，「我也不必打開來看！」她說：

「原樣不動鎖在箱子裡。」

李鼎不置可否；停了一下說：「阿筠，把你的胳膊讓朱二嫂摸一摸。」

阿筠立即伸出手臂，交替著往肘彎以上那一段指一指；朱二嫂便隔著她的衣袖捏了一把，入手發覺臂上是一道一道的緊箍，不由得奇怪。

阿筠不待她問出來，已將衣袖往上捋去：嫩藕也似的上臂，箍著五副蒜條金的鐲子；另一臂上，也是如此，一共十副。

「不是這樣，騙不過守門的。」李鼎說道：「朱二嫂，這些東西你慢慢變了價花……。」

「不會的！」朱二嫂搶著說：「過幾天，事情平定了，還是讓筠官原樣帶回去。」

「但願如此！不過萬一事由兒不順，朱二嫂，請你記著我這會兒的話，不必顧忌。」

「不！」朱二嫂使勁搖頭，「一個小姑娘能有多少花費，我還供養得起。」

「可是得累你照料。大恩不言謝，我也不必多說甚麼！」李鼎蹲下身子握著阿筠的手，面對面地向她說：「鼎叔要走了！阿筠，你要聽朱二嬸的話，別淘氣！」

「嗯，我知道。」

「你別想家，朱二嬸家跟自己的家一樣。」

「嗯！」阿筠答說：「家裡也別想念我。我在朱二嬸那裡會很乖、很聽話。」

「這才好！」李鼎問道：「你忘了甚麼事，或者有甚麼話要我替你帶回去？你慢慢想！」

阿筠偏著腦袋想了一會說：「告訴玉桂，小花老愛一個人躲了起來，吃飯別忘了找它。」

「小花是一隻小貓不是？」朱二嫂插嘴問說。

「是啊！」

「那，」朱二嫂說：「明兒個鼎大爺能不能派人把小花送了來？」

「好！我想法子叫人送來。」李鼎站起身來說：「阿筠，我要走了！得空我會到無錫來看你。」他的聲音已有些哽咽了。

阿筠不作聲，看李鼎的身影消失在門外，頓有一種孤獨的恐怖，「哇」地一聲哭了出來，卻又趕緊掩著嘴，含著淚水的兩眼看著朱二嫂，是那種怕是闖了禍，唯恐朱二嫂生氣的神色。

朱二嫂趕緊一把摟住，低下頭去偎著她的臉說：「別哭！哭腫了眼睛不好看，裡面還有人等著看你這個小美人兒呢！」

筠官也是爭強好勝的性情，一聽她這話，立刻覺得眼淚容易忍住了；從袖子裡去掏手絹，想起臂上的金鐲子，便即問道：「朱二嬸，把這些鐲子取下來吧？」

「箍得難受是不是？乖，你再忍一會，回頭替你取下來。」說著，從她手裡取過雪白的絹帕，為她拭去淚痕。

「來了小客人了！」

是彩雲的聲音，還有顧四娘。她們因為怕李鼎跟朱二嫂有不足為外人道的話說，特意避而不出；李鼎既走，急於要來看看筠官是甚麼樣子，雙雙擎著燭台走了來。店堂裡一時燭影熚熚，笑語盈盈，將剛才那種淒清的氣氛一掃而空。

筠官先有些羞怯，但想起四姨娘教導她的話：「總要大方，才像個大家的小姐。見了人千萬別畏畏縮縮地，一股小家子氣。」頓時將胸挺了起來，依從朱二嫂的指點叫「趙二嬸」、「顧四嬸」。

「長得好俊！」顧四娘問：「今年幾歲？」

「九歲。」

「倒像十一、二歲。」顧四娘停了一下說：「在我這裡總還要住兩天，別嫌髒。」

「顧四娘，你太客氣了。」

「不是客氣，是實話。大家怕都餓了，我去弄點兒點心來吃。」

顧四娘一走，便是彩雲跟筠官打交道了；「你猜我打哪兒來的？」她問。

聽她微微帶怯的京東口音，布裙中紮腳棉褲，又梳了個「喜鵲尾巴」的髮髻，筠官就知道了，「趙二嬸，必是打京裡來的。」她問：「我猜著了沒有？」

「一猜就著。我不但打京裡來，還見過你縉二叔。」

「啊！原來趙二嬸認識我縉二叔！」筠官頓感親切，一雙眼睛張得很大，又驚又喜地，「縉二叔的精神好不好？」

「看樣子還不錯。」彩雲又說：「他也跟我提過，說有這麼一個極聰明的姪女兒；現在才知道他說得不全。」

「怎麼呢？」

「他應該說又聰明又漂亮。」

筠官矜持地笑了。「趙二嬸，」她問：「你見過我家的李師爺沒有？」

彩雲看了朱二嫂一眼，點點頭說：「見過。」

「我想一定也見過。緡二叔在京裡，自然會去找李師爺。」

「對了！他們差不多每天都在一起。」接著，彩雲便就他跟李紳、李果在一起盤桓，揀可以談的情形，拉拉雜雜地說了些。

談到中途，顧四娘帶著丫頭端出點心，是簑衣餅與酒釀圓子。三大一小，團團坐下，都勸筠官多吃。她確是很餓了，但從小養成的規矩，哪怕餓得眼冒金星，也絕不能露出饞相來，吃了半飯碗圓子，一角簑衣餅，才得五分飽，便搖搖頭斂手了。

「再吃一點兒！」朱二嫂知道她沒有飽：「筠官，把剩下的圓子吃了吧！那也是惜福。」

一說到這話，便帶著些教訓的意味，筠官趕緊答一聲：「是！」重新拿起羹匙，舀著圓子，慢慢送入口中。

「到底是大戶人家，真懂規矩。」顧四娘讚嘆著說。

「尤其旗下人家，規矩更重。」彩雲向顧四娘說：「四嫂子，你看出來沒有，旗下人家的姑娘，像男孩子。」

「是的。看得出來。」

「筠官，你聽見沒有？」朱二嫂說：「像男孩子你就得剛強一點兒，甚麼都別怕。」

「是！跟著朱二嬸，我不怕。」

「你瞧！」彩雲笑道：「一張小嘴多伶俐？」她心中一動，不假思索地說：「筠官，我帶你到京裡，去看你緡二叔。你看好不好？」

筠官不作聲，卻拿眼看著朱二嫂；是問她該怎麼回答的意思。

「你也想得太遠了！」朱二嫂看著彩雲說：「這會兒還談不到此，也許過兩天就回去了呢？」

「是啊！」顧四娘也說：「織造李大人一向厚道，人緣也好，想來不應該有甚麼抄家的大禍。」

聽得最後一句，阿筠倏地抬臉，眼中有莫名的驚恐；家裡雖遭了那樣嚴重的禁制，但都哄著她，安慰她，從沒有人在她面前說過「抄家」二字。現在她知道了，原來這就是快抄家的樣子了！想起曾祖母講過的好些抄家的故事，誰被關了起來，飽受凌辱；誰被逼得上了吊？自己嚇自己，臉都黃了。

朱二嫂頗為不安，急忙向顧四娘使個眼色，「絕不會有那樣的事！」她說：「天都快亮了，趕緊睡吧。」

於是彩雲幫著將阿筠的一副鋪蓋提了進來，大概是因為國喪的緣故，素色細布的被面、被裡與褥子，還有一床羅剎國來的呢氈。

「跟你睡吧！」朱二嫂說。

原來她們倆住一間客房，一大一小兩張床；朱二嫂半主半客的身分，自然將大床讓給彩雲睡；阿筠理當與彩雲一床。

「好啊！」彩雲欣然答應；為阿筠疊好被筒，又為她脫衣服，這時朱二嫂才想起纏在她臂上的蒜條金。

「彩雲，」朱二嫂說：「筠官肐膊上有東西，你替她取下來吧！」

「原來是這些東西！」彩雲將卸下來的十隻金鐲子交給了朱二嫂，心裡在想，自己說要帶她去見李紳，這話可能說得不合時宜，擋了朱二嫂的財路。

不過，她倒是真喜歡阿筠；朱二嫂聽她們上了床還一直小聲在交談，時而還有阿筠的笑聲。她心裡在想，彩雲跟阿筠投緣，或是多少是由於李紳的緣故，有那些金珠伴隨著阿筠，自己的責任甚重；能讓彩雲帶著她去投奔李紳，其實不失為一個妥當的辦法。

當然，這都要看李家到底是不是遭了禍，遭了多大的禍，才能定規。

情勢是越來越嚴重了。交代一直辦不清；三十年織造，幾度巡鹽，幾千萬銀子從李煦手裡經過；盤庫查帳，豈是三五天可了之事？

「交代一天不清，旭公，只好委屈你一天。」藩司李世仁是隻笑面虎，滿臉歉疚地說：「上頭的嚴命，真正叫沒法子！」

所謂「上頭」是指查弼納；他跟年羹堯至交，而年羹堯如今正鴻運當頭；有此極硬的靠山，行事過分些，亦自不妨。這一層，飽經世故的李煦，自然明白；被軟禁在烏林達家，並無怨言。可是，「宗兄，」李煦說道：「妻孥何罪？能不能高抬貴手，放鬆一步？」

「言重，言重！旭公，我實在已盡了力，但也碰了釘子。」李世仁說：「為了在那個丫頭家抄出一箱首飾，連王副將、蔡大令都受了處分；嚴諭門禁格外加嚴。真正叫沒法子！」

李煦嘆口氣，眼淚往肚子裡嚥。特為遣來伺候的福珍，看在眼裡，好不傷心；等李世仁走了，悄悄說道：「老爺，要不要找大爺來談談？」

「行嗎？」

原來李煦不但被軟禁，而且禁止接見家屬；但福珍卻找到一條路子，由撫標派來看守的一棚兵，由三名把總輪流值班，其中一名朱把總每見福珍進出，必定找個藉口，留住她說幾句話。福珍長得不好看，但為人熱心誠懇，只要跟她談過一兩次，就會樂於親近；即由於有這麼一點點情分，便有了可乘之機。

「行不行還不敢說，我去試試看。」

其時日色將西，已到了晚飯時分；福珍將為李煦所預備的鯉乾燉肉，盛了一大碗，悄悄到了門房，飯還未開，七八個官兵正在閒談，看到福珍，自然是朱把總第一個起來招呼。

「給各位添菜。」她將一碗肉擺在方桌上，「不夠我再盛一碗來。」

「夠了，夠了，多謝，多謝！」

「謝倒不用謝！不值錢的東西。不過，我有件小事，拜託總爺。」

「說吧！」

「能不能請到外面來談。」

「行，行！」朱把總一迭連聲地說。

到了院子裡，福珍問道：「總爺甚麼時候值班？」

「今天的班不好，後半夜。」

「後半夜才好。」福珍笑著，輕聲問說：「總爺能不能放個人進來？」

「是誰？」

「我家大爺。」

「看你家老爺？」

「那還用說？總爺，讓他們父子倆見一面，也是陰功積德！我家老爺想兒子都快瘋了。」

朱把總沉吟了一下，毅然決然地說：「好吧！」

「多謝總爺！」福珍很高興地說。

「怎麼？謝我就是這麼一句話？」

福珍不由得一楞，「那麼，」她問：「該怎麼謝你？」

「你，」朱把總輕聲說道：「到我該班的時候，陪我聊聊行不行？」

福珍心一動，看朱把總長得憨厚，亦未免有情，看了一眼，又低下頭去。

女孩子這副模樣，事情便有望了。朱把總便又輕聲問一句：「怎麼樣？」

「今天不行。」

「哪天行呢？」朱把總急忙問說。

「到你娶我的那天！」說了這一句，福珍掉頭就走，深怕自己那張羞紅了的臉，讓旁人看到。

一陣風似地到了專供李煦住的那座院落，站停了先勻勻氣，摸摸臉上不發燙了，方始進房告訴李煦：「行了！不過得後半夜。」

「就是後半夜才隱祕。」李煦在福珍端肉去門房之後，有一個以前所沒有的想法，急於跟李鼎見面深談，便即問道：「你預備甚麼時候去找大爺？」

「伺候老爺吃完飯再去。」

「不，不！天黑了，多少不便，也怕找不到大爺。你這會兒就去吧！」

李鼎是寄住在一個朋友家，離得不遠，很快地就說好了，午夜過後的丑正時分準到。

父子相見，先是黯然無語，繼而是李鼎哭了。自恨無用，今日之下竟無法為父分憂。李煦不免著急，「這不是哭的時候！」他說：「你沉住氣，我有極要緊的話說。」

「是！」李鼎強忍眼淚，屏息靜聽。

「事情到了這地步，非釜底抽薪，在京裡活動不可。我想親筆寫個摺子，跟皇上求恩，這個摺子要請怡親王代遞。你先到南京，跟你四表哥商量；他是皇上交給怡親王照看的人，看他是何主意。由他請怡親王代遞，還是你自己進京去一趟？」

李鼎想了一會答說：「我進京去面求怡親王，似乎更扎實。只是爺在這裡——」

「你別管我。」李煦問說：「宜士該回來了吧？」

「是明天到。」

「得要好好安置他，咱們眼前就只有他這麼一個要緊的人了。」

原來查弼納轉來的上諭，指名沈宜士與錢仲璿，亦必須看管；因為據報李煦的虧空，與此兩人密切有關。所以李煦所說的「好好安置」，意思就是得找一個妥當的地方，容沈宜士藏匿。這一層，李鼎已有了安排，卻不便說破；他是決定將沈宜士送到天輪那裡——天輪庵中的不動產很多，找一處隱僻的屋子供沈宜士居住，並不為難。

「已經找好地方了。」李鼎答說：「蘇州耳目眾多，我把他安排到吳江去住。」

「也好。」李煦又說：「明天你找福珍商量，務必讓宜士也能跟我見一面。」

「是！」李鼎緊接著說：「爹要寫摺子，請趕快動手吧！我得趕五更天朱把總交班以前走！」

於是父子倆挑燈磨墨，鋪紙抽毫；李煦心亂如麻，文思艱澀，久久不能成一字，擱下筆廢然說道：「不行！我明天寫好了，讓福珍送去給你。」

這一來，便有功夫談家務了。李鼎能夠自由出入，每天總回家看一趟；但越來越視為畏途，因為一到家，沒有一件事不是令人頭痛發愁的。本來還有四姨娘撐持，多少還有個商量；自從錦葵家被抄，不但心疼那辛苦積聚的一箱首飾，而且還得看二姨娘冷嘲熱諷的臉嘴；他人口中不言，也多少有幸災樂禍的神情，以致四姨娘中懷鬱結，一洩了氣，竟甚麼事都懶得去管，懶得去想，使得李鼎的處境，更加為難。

為了怕父親著急，李鼎還不敢道破實情；只揀比較能令人寬心的事，說與老父。最後談到阿筠，已隨朱二嫂去了無錫；李煦訝然問道：「哪裡出來一個朱二嫂？為甚麼不把阿筠送到曹家？」

「爹不記得朱二嫂？那年吃她的船菜，爹還叫了她到中艙來，當面誇獎過她——」

「喔，我想起來了！她的雞包翅做得最好。我記得是個寡婦。」

「是的。如今跟李客山很好，還替她在無錫租了房子——」

「那不成了客山的外室了嗎？」

「也可以這麼說，這朱二嫂，人倒是挺義氣的。」

「不管義氣不義氣，把阿筠交給她，總非久長之計。我看，你到南京，就把她帶了去吧！多少也免了後顧之憂。」

李鼎不便說，阿筠自己不願寄食於曹家；含含糊糊地答道：「這件事，爹就別管了。我自會料理。」

說到這裡，只聽簾鉤微響，福珍進來悄悄說道：「大爺該走了！朱把總派人催來了。」

「好！我知道。」李鼎問說：「爹還有甚麼話交代？」

「就兩件事：一件是遞摺子，一件是安置宜士，再想法子讓他跟我見面。」

「是了！」李鼎站起來請個安，「爹我走了。」說完，頭也不回地往外，他怕看到老父傷感的臉色。

「唉！」李煦不勝傷感地，「做夢也想不到，會落到這樣一個地步。宜士，我常在想，只好歸之於劫數。在劫難逃，我也認了；但願有生之年，能容我到先帝陵上去痛哭一場。如今看來這個心願也成了奢願了。」

「旭公何出此言？局勢固然棘手，一步一步清理，也不見得會有甚麼大不了的事。虧空畢竟是虧空——」

「不！」李煦打斷他的話說：「蔡老大今天來看我，談了一上午。查弼納的意思，似乎想置我於死地。」

沈宜士吃驚問道：「他是怎麼看出來的呢？有甚麼跡象？」

「有的。查弼納在翻幾樁老案——」

老案一共三樁，不是中飽，便是侵吞；當時帝眷正隆，即使派人徹查，也是虛應故事，不了了之。如今再翻出來清算，便可大可小了。

「蔡老大跟我說，兩江督署有個朋友姓何，當年進京投親不遇，落魄他鄉，受過我的好處；送了他一百銀子才得回家。我都記不得有這回事了，居然承何朋友念念不忘。他跟蔡老大也熟，寫信告訴他說，勸我找個人出來頂一頂，把這三樁老案，一肩挑了過去；他再在督署設法化解，可保無事。」李煦接著又說：「宜士，你是不能出面的人，倒替我畫個策，看能找個甚麼人出來頂？何朋友那裡應該如何致意？」

「姓何的，不過送他千把銀子；現在有六萬銀子在江寧，撥一撥也很方便。倒是頂這三椿老案的人，不容易找！不相干的人，根本頂不下去；頂得下去的，又不見得肯頂。」沈宜士考慮了一下說：「我看只有一個人可以。」

「誰？」

「我！」沈宜士指著自己的鼻子說。

「宜士！」李煦很不高興地說：「相知多年，你怎麼還會這樣子看我？」

沈宜士大為詫異，「旭公，」他說：「恕我直言，我不知道旭公在說些甚麼？」

「你當我取瑟而歌，把蔡老大的話說給你聽，是希望你能出面替我去頂？」李煦激動地說：「我一生卑視這種小人行徑！宜士，你居然如此看我，太教我傷心了！」

聽明白了，沈宜士越發詫異，真想不到會惹起這樣的誤會。不過，看李煦那種鬚眉翕張，惱怒非凡的神情，倒越覺得他確可佩服；事到如今，用心還是正大厚道；值得為他頂罪免禍。

於是，他平靜地說：「旭公太多心了！相識多年，我豈能不知旭公的用心。其實，我也是順水人情；反正我也是案中有名的人，不知三更半夜，或者清晨黃昏，緹騎忽至，仍免不了鋃鐺入獄。倒不如光明磊落去自首，索性把那三椿老案，挑了起來，也不見得能增我多少罪過。何況兩江督署，還有那位何朋友在照應。」

聽他這番解釋，李煦才知道沈宜士是真的夠義氣；自己那樣疑心，不但埋沒了他的一片心，而且小看了他的為人。

念頭轉到這裡，愧感交併，「宜士，」他流著淚說：「你如此待我，教我何以為懷？」

「旭公！國士待我，國士報之；我不過行我心之所安而已。」沈宜士又正色說道：「何況為利害設想，總要留個人在外面，才好多方設法。如果我不了，旭公亦不了，一起跌了進去一鍋煮，彼此無益。旭公倒平心靜氣去想，我這話是不是呢？」

李煦點點頭，接受了他的看法；沉吟了好一會，方始開口：「如今我是一無所有了。不管動產不動產，必都查封抵補虧空。宜士，你知道的，有句話我一直不肯說：虧空鬧得這麼大，當時兩淮總商要賴，軟哄硬求，少繳了不少，也是事實。事到如今，倘或我傾家蕩產，還不能彌補虧空，他們也應該發發善心，替我擔點責任。不然，逼得我和盤托出，他們也未見得可以置身事外。這番意思，我想請你替我寫封信到揚州。」

「是的。」沈宜士答說：「我在揚州也隱約跟總商們談過。想不到事情糟到如此，自然不必再有甚麼顧忌；這封信我回去就寫。」

「寫了就發，不必再送來我看，徒費周折。」李煦又說：「范芝巖的十萬銀子，兩萬由四姨娘提了去，如今也不知道陷在那裡了，只有等她行動能夠自由了再說。至於剩下的八萬銀子，也不必彌補虧空；大家分一分，用來活命。」

說著，李煦坐到書桌邊，提筆寫了一張單子，分配那八萬銀子。杭州的兩萬，以一萬送沈宜士養家；另外一萬酌量散給存銀的小戶。江寧交由曹家代管的六萬，以兩萬送兩江總督衙門的「何朋友」，請他代為上下打點；還震二奶奶兩萬。多下的兩萬，請曹頫代為放息，在官司沒有了以前，供李鼎的衣食所費，動息不動本。

「宜士！」他說：「你別笑我，我還存著一個妄想：如果官司能了，我還要活動活動，不能不留著那兩萬銀子作個『本錢』。」

沈宜士尋思，這可真是妄想了！不過妄想也是希望；他能存著這個希望，總是有益無害之事，因而附和著說：「是、是！老驥伏櫪，雄心未已。」

「宜士！」李煦很認真地說：「別看我老，精力未衰；果然有機會，還可以賣一番氣力。」

「是的。機會一定有的。」

「但願有機會。」李煦在單子後面加了一句「付鼎兒照此辦理」，隨即遞了給沈宜士。

看到他名下有一萬銀子，沈宜士便即說道：「旭公，我追隨多年，受惠甚多；在紹興已置了兩百畝田，跟親戚合開了一家酒坊，把妻兒送回家鄉，也足夠他們溫飽的了。這一萬銀子，我先取兩千，作為安家之用；餘下八千銀子，作為暫時寄存，以備緩急。」

李煦知道他是故意這麼說，其實只肯收兩千。想到賓主相待數十年，原以為一生辛勤，有一段桑榆晚景；不想是如此的收緣結果！而在患難之中，沈宜士越見義氣，令人更增感傷，不由得又老淚縱橫了。

「旭公，」沈宜士的心境也很不平靜，無法相勸，只談正事：「揚州的信，我照尊意去辦；我自己也要安排家務，從明天起，我到世兄替我找的地方去住兩天，一等料理事畢，立刻到吳縣衙門去投到。如果這兩天蔡大令來，不妨先跟他招呼一下。」

李煦點點頭說：「能拖一天是一天。我此刻心亂如麻，也拿不出甚麼主意；反正一切聽天由命！」

「好在客山也快回來了。有他跟世兄照應，旭公可以放心。」他起身說道：「如果沒有別的吩咐，我且告辭。」

想到此夜一別，不知何日才得相見？李煦神魂飛越，戀戀不捨。沈宜士倒還看得開；作個揖瀟瀟灑灑地走了。

看到父親開出的單子，又聽沈宜士說了即將投案頂罪的經過，李鼎也跟他父親一樣，心亂如麻，雙眉擰成一個結了。

「我一個人怎麼撐得住？還要上南京，也許還要進京；這裡交給誰呢？」

「只有託『甜似蜜』。」沈宜士說：「我也聽說了，他居然很賣力，很管用。過去以為他只不過陪尊翁消遣長日而已；看來是錯了。」

「這話，」李鼎遲疑著說：「也不盡然。銀錢出入的事，我也不敢讓他經手。」

沈宜士心想，李鼎居然謹慎小心了，這是件好事。此刻不比從前，有限的幾萬銀子繫著好些人的生死禍福，絕不能出任何差錯；既然李鼎已知慎重行事，自然是讓他自己管錢為宜。

於是他盤算了一下說：「我看這樣，南京之行，準定拜託甜似蜜，你寫一封信給曹四爺，切切實實託一託他：第一，尊翁的摺子，請他代遞；第二，揚州安遠鏢局的銀子到了，請他代收，送督署何師爺的錢，請他代轉。以後憑你的親筆信提款。」

「好！我馬上寫。」

「安排我住吳江，不必了。我無肉不飽，吃不來素。反正幾天的事，我隨便躲一躲，把私事料理好了，就去投案。」沈宜士躊躇著說，「我想到——」

「到無錫。」李鼎突然想起，「到朱二嫂那裡暫住幾天；包管世叔有肉吃，吃得很飽。」

到得無錫，已將黃昏，按照地址尋到阿桂姐家，出來應門的正是朱二嫂。

「鼎大爺，是你！」她一面說，一面打量沈宜士。

李鼎先不引見；到得客廳，阿筠從後面聞聲趕了出來，手裡還抱著她的貓，驚喜滿面地喊一聲：「鼎叔！」隨即將貓放了下來，蹲身請了個安。

「你在這兒沒有淘氣吧！」

「好乖的！」朱二嫂含笑代答。

這時阿筠才發現沈宜士，驚異地說：「沈師爺也來了；我都沒有看見。」

原來這就是沈師爺！朱二嫂這才知道；等她轉臉來看時，李鼎方始為他們介紹。然後，他招招手將她招喚到一邊，悄聲說道：「沈師爺想在你這裡住幾天，方便不方便？」

「沒有甚麼不方便。」朱二嫂答說：「原有一間空屋，是替彩雲的弟弟預備的；不妨先請沈師爺住。」

「那好！」

沈宜士當然也聽到了，便向朱二嫂拱拱手說：「打擾數日，心裡不安，不過也很高興；久仰朱二嫂掌杓的功夫，沒有人可及，得有機會領教手藝，真太好了。」

「今天不巧，沒有甚麼菜請貴客。兩位請坐一坐，我到廚房裡去看看。」

「朱二嫂，」李鼎攔住她道：「是不是先要見一見房東？」

「不必！回頭我把阿桂姐請了來，見個面就是。」朱二嫂又說：「筠官，你替我陪陪客人。」說完走到廚房，彩雲正在料理晚飯；朱二嫂將李鼎與沈宜士突然來訪，沈宜士要在這裡暫住的話，都告訴了她，然後便商量如何添菜款客？

當然，先要讓彩雲跟沈宜士見面；引見招呼，正在寒暄之際，聽得大門外有人聲；隨即「蓬、蓬」叩門。彩雲早有警惕，不覺色變；沈宜士與李鼎也不免微感吃驚，兩人對望了一眼，尚無動作，彩雲已搶先出去應門了。

「誰啊？」她在裡面問。

「阿桂姐在不在？」

門外的聲音好像很熟悉，彩雲卻一時想不起來。本來找阿桂姐的客人，她可以不管；但深怕名為找這裡的女居停，其實是來找沈宜士與李鼎，不能不加慎重。

因此她問：「貴姓？」

「敝姓李！」

這下聽出來了！雲彩又驚又喜，先向裡面喊一聲：「李師爺從京裡回來了！」接著，雙扉大開；暮色蒼茫中，果然是李果的影子，後面跟著他的小廝福山。

「原來你在這裡！」李果說道：「我當你們姐弟，已經回北了呢！」

「不但我在這裡！李師爺你看，還有誰？」

抬眼看時，有沈宜士、有李鼎正迎了出來；後面還跟著一個小女孩，是很熟悉的模樣。這下使得李果如墮五里霧中；但已意會到不是一個好現象，心不覺往下沉。

「世叔，」李鼎首先招呼，「甚麼時候到的？」

「下午到的。」

說著一行已進入堂屋，燈下相看，無不神色黯然；他同時也看清楚了，那個小女孩是阿筠，就更不知道怎麼說了。

「怎麼？」李果遲疑地問：「曉行夜宿，消息隔絕；莫非——」

「一言難盡。客山，你來得正好；回頭細談。」沈宜士問：「你耽擱在哪裡？」

「仍舊住招賢棧。」李果問道：「兩位怎麼在這裡，還帶著筠官。」

躲在李鼎身後的阿筠便閃出來，叫一聲：「李師爺！」

「你倒又長高了。」李果張眼四顧，彷彿要找人。

這自然是覓朱二嫂的蹤跡；他是下了客棧特地來訪阿桂姐，想請居停去找朱二嫂來敘話，不想發現滿座高朋；既然如此，朱二嫂應該是在這裡做主人，何以不見？

其實朱二嫂已有所聞，正躲在屏門心神不定。因為除了阿筠，都知道她跟李果的那一段情，果然相見，絕不能繃著臉，渾如陌路；但見了面畢竟不能沒有忸怩之感；就是此刻，她已覺得臉在發燒了。

「慢慢談吧！」她聽得沈宜士在說：「今日有此一敘，實在是個難得的機會，不過累了朱二嫂，未免不安。」

「她人呢？」終於是李果開口問了。

「在廚房裡。」彩雲說道：「我去替她，讓她到外面來招呼。」

一聽這話，朱二嫂趕緊急步回到廚房；緊接著彩雲也到了，後面還跟著阿筠。

「朱二嫂，」彩雲笑嘻嘻地說：「恭喜，恭喜！」

「別瞎說！」朱二嫂白了她一眼，同時努努嘴，是示意有阿筠在，她是個小精靈，說話不能不檢點。

「廚房裡我來，你請到外面去吧！」

「不！」朱二嫂說：「又添了一口人——」

「是兩個。」阿筠插嘴，「還有李師爺的小跟班福山。」

「這麼說，菜更不夠了。」朱二嫂說：「好在他們總先要喝酒，把現成的菜先端出去，再想辦法。這會兒可不能講究甚麼是下酒的碟子，甚麼是飯菜了。請吧！還是得你在外面招呼。」

等彩雲開出飯去，只見李鼎、李果與沈宜士，冒著料峭春風，在院子裡悄悄談話。這下彩雲心中有數，桌上只擺三副杯筷；然後提高了聲音說道：「爺兒們請進來吧！」

首先入內的是李果，將打橫的一副杯筷，移到下方，算是自居為主人；於是李鼎便請沈宜士上座。彩雲已斟好了酒，特地找來一個雲白銅的手爐，將爐蓋翻轉，然後拿一把錫酒壺坐在上面，還有幾句話交代。

「三位一定有要緊話說，我們不必來打攪；委屈各位自己燙酒吧！」

「真虧你想得周到！」李鼎說道：「這樣就很好。各便、各便。」

於是彩雲退了出去，還將前後的屏門都關上；順便招呼福山與柱子到廚房去吃飯，但以有阿筠在，大小是位主子，這兩個小廝不免都有侷促之感。

「你們坐啊！」朱二嫂說：「在我這兒可不許客氣；不過臨時來不及預備，沒有甚麼好的給你們吃。」

「是！朱二嫂別客氣。」柱子答說，雙眼下垂；福山也一樣不曾坐，不時偷覷著阿筠。

「朱二嫂說了別客氣，你們還不坐下？」阿筠儼然主人的口氣；不過，她也很快地警覺了，一面往外走，一面說：「我躲開，省得你們吃不下飯。」

朱二嫂與彩雲，這才領略到世家大族的規矩；她們有著相同的感想，也可說是相同的疑問：像這樣嚴格的主僕之分，在主人家敗落之後，還能保持多久？

「朱二嫂，趙二嫂，」福山很有禮貌地說：「兩位恐怕也餓了，請一塊兒來吃，好不好！」

「你一定餓了，替我陪陪客。」朱二嫂對彩雲說：「等我把這塊肉皮炸出來，冒充魚肚；回頭看有甚麼材料，做個雜燴讓外面吃飯。你先去，回頭我也來聽聽京城裡的新聞。」

「對了！我倒不餓，也是要聽聽京裡的新聞。」

其實，福山早就跟柱子在談京中的新聞；坐上飯桌，仍舊是這個話題，等彩雲捧著一杯茶坐了過來，福山便即說道：「趙二嫂，我有個消息告訴你，你怎麼謝我？」

「你說吧！」彩雲想了一下說：「我做了一雙鞋，你要穿得著，就送了給你。」

「算了，算了！你這雙鞋一定是做給趙二哥穿的；他快用得上了。」

「怎麼？」彩雲驚喜地說，「他快出來了？甚麼時候？」

「快了！等你回去，大概就可以團圓了。這得賀一賀；趙二嫂，敬你杯酒，賞不賞臉？」

「你說得太客氣了！」彩雲一看桌上並未設酒，恍然大悟，他是討酒喝；便去找了一壺酒來，不過要有句交代：「兩位兄弟，不是捨不得給酒喝，怕兩位師爺跟鼎大爺有甚麼急事要辦；今晚上委屈點兒吧！」

「我知道，我知道。」福山舉一舉杯，乾了酒又說：「這全是張五爺幫忙。」

彩雲正要答話，朱二嫂卻在爐台前面突然發問：「筠官呢？」

「啊！」彩雲被提醒了，廚房裡不能待；堂屋的門關著，她不會闖進去，人會在何處？匆匆起身，自然先到臥室；漆黑一片，只有板壁縫隙中，從堂屋裡漏進來的幾條光線。

「筠官！」彩雲喊，「筠官！」

連喊兩聲，沒有回答，正當她想離去時，聽得微有呻吟，發自床上，彩雲走到床前伸手一探，恰好摸到阿筠的臉，也摸到一臉的熱淚。

「筠官，筠官！」彩雲大驚，急忙一把摟住她。「幹麼傷心？你告訴我！」

「沒有甚麼！」她的聲音如常，而且掙扎著要起身。

這就儼然是大人的樣子了。自己有自己的想法，不願人家窺破她的心事，居然能夠很容易地自制。彩雲心想，女孩子像她這個年紀，正是最愛撒嬌的時候；哪知她已懂得有眼淚往肚子裡嚥了！

這樣想著，不由得心頭酸楚；握著阿筠的手說：「你告訴我，為甚麼傷心？不然我牽腸掛肚，心裡不好過。」

阿筠是突然覺得到處都容不下，一種淒涼寂寞之感，觸發了壓制多日的思家之念；但流過一陣眼淚，心頭稍微好過了些，知道自己的感想是不能完全說出來的，只說：「我在想四姨娘。這會兒不想了。」

明知她不盡不實，但已無法追問；彩雲心想，畢竟還是讓她投奔親戚家的好，於是問說：

「送你到南京曹家——」

「不！」阿筠很快地打斷她的話：「我不去！」

「為甚麼？這倒說個道理我聽。」

其中的道理，阿筠不願說，也說不明白。她只有一個感覺，住在曹家，就顯得自己孤苦伶仃，會教人看不起；尤其是不願意芹官把她看低了。

「怎麼？」彩雲追問著：「你總有一個不願去的緣故吧？」

「人家姓曹，我姓李。」

「可是你們是親戚啊！」

「我不要讓親戚看不起。」

真心話終於出來了，是不願寄人籬下。年紀雖小，卻有志氣，彩雲越發憐愛，摟著她，貼著她的臉，一面輕輕搖晃，一面輕輕說道：「你住在朱二嬸這裡，也不是個了局啊！」

「我遲早要回家的。」

「對！」彩雲只能這樣安慰她：「遲早要回家的。」

「也不知道哪一天——」

說到這裡，阿筠突然頓住；彩雲覺得奇怪，不由得問：「怎麼——」

剛一開口，便讓阿筠打斷了，「聽！」她輕輕說道：「外面。」

於是彩雲屏聲息氣，凝神側耳；只聽李鼎在說：「這個時候，家都破了，我又何以成家？」

「話不是這麼說。唯其家要破了，才要另外成一個家。」沈宜士停了一下又說：「照現在看，將來奉養尊翁的責任，都要落在你身上，也不能沒有一個人幫你事奉老人家。」

原來是在勸李鼎續絃。這個話題當然是有趣的；彩雲悄悄拉了阿筠一把，躡手躡腳地，移近板壁，好聽得清楚些。

「這一點只有另外設法。兩位老叔的盛意，我完全知道；不過，此時此地要談續娶的話，即令我願意，也會讓人罵一句：毫無心肝！何苦？」

「這倒也是實話，不過——」

「世叔，」李鼎故意打斷，換了個話題，「你願意自己投案，一肩擔承；這份義氣，我們父子沒齒不忘。不過，事情是否必得這麼做不可，似乎還有考慮的餘地。」

「哪裡還有考慮的餘地？」沈宜士很快地答說：「捨此別無他途。」

「只是——」

「你不必多說了。」沈宜士打斷李鼎的悽惻的聲音：「只有這樣，我才心安理得，你們不必為我難過。」沈宜士又說：「客山，我為其易，君為其難。」

「是！」李果肅然答說：「我盡全力來跟他們周旋。」

「這，我也可以放心了。」沈宜士說：「酒差不多了，不知道有粥沒有？」

聽得這話，彩雲趕緊奔了出去，在堂屋後面的屏門上叩了兩下。

李鼎來開的門，果然問的是：「趙二嫂，不知道有粥沒有？」

「有！有！」彩雲答說：「還備了飯菜在那裡。」

「那就一塊兒請過來吃吧！」沈宜士高聲說道：「大家一起坐，也熱鬧些。」

彩雲與男客同桌是常事，料想朱二嫂亦不至於辭拒，便不置可否地答說：「我先到廚房裡，把東西端出來。」

不多片刻，彩雲領著福山提來一個食盒；洗盞更酌，也重新安排了坐位，沈宜士仍舊面南，二李相對而坐；李鼎旁邊排了一個位子，是阿筠的；彩雲與朱二嫂並坐下方。當然，彩雲是坐在阿筠這一面。

「朱二嫂呢？」沈宜士問說。

「一會兒就來。」彩雲舉杯問道：「沈師爺是喝了粥再喝酒呢？還是接著來？」

「接著來吧！」

於是彩雲由首座開始，一一相敬；最後低聲問阿筠：「你也抿一口吧？」

「趙二嫂，你小看她了！她花雕能喝半斤呢！」李鼎說。

「哎呀！」彩雲笑道：「真是有眼不識泰山！忘了替你拿酒杯了。」

「不！」阿筠答說：「咱們夥著喝。」

「行！」彩雲喝了大半杯，將酒杯交了給阿筠。

「你敬一敬大家。」李鼎囑咐：「敬完了酒管你自己吃飯；玩一會就睡去。」

「還早呢！」彩雲怕阿筠心中不自在，趕緊接了一句。

阿筠已覺得不自在了，不過，就這幾天，已學會了好惡喜怒別擺在臉上的道理；居然能夠神色如常地向沈宜士敬酒。

敬到李果，他說：「筠官，你繙二叔常提起你！說是好惦記你。」

「真的？」阿筠這回可不必隱藏自己的感情了，又驚又喜地問。

「我不騙你！你繙二叔還提到你學琴的事，說前兩年太小，還不宜；如今是時候了，可又不能教你。」

「既然如此，」李鼎不暇思索地說：「阿筠乾脆跟繙二叔去住。」

「要去倒是個機會。」沈宜士接口：「正好請趙二嫂帶了去。」

「是啊！」李鼎很認真地問：「阿筠，你如果不願意到曹家去住，最好去投繙二叔。」

阿筠無以為答，只是骨碌碌轉著眼珠，拿不定主意。

滿座的視線都落在她臉上；彩雲怕她受窘，便說：「這會兒別催她！反正我總要等德順來了才能走，這也不是三兩天的事；盡有商量的功夫。」

「對了！慢慢商量。」沈宜士喝了口酒，突然問道：「那位魏大姐怎麼樣？」

這自然是問李果；他想了一下答說：「人，我還沒有見過；從繙之口中聽起來，是個很會做人，可也是很厲害的腳色。」

「對繙之如何呢？」

「據說無微不至。」

「這話有語病。」沈宜士笑說：「是體貼得無微不至呢？還是管束得無微不至？」

「自然是體貼。」

「那麼，」沈宜士又問：「是不是以縉之的好惡為好惡？」

「當然。」

「好！」沈宜士看著阿筠說：「筠官，我勸你跟你縉二叔去住，日子一定過得很好。」

「嗯！」阿筠點點頭，卻以疑慮的眼光看著李鼎。

就在這時候，聽得房門聲響；循聲注視，只見朱二嫂打扮得頭光面滑，滿面春風地出現。於是，除去阿筠，大家都轉臉去看李果。

李果毫不掩飾他多日相思，將償於一旦的喜悅，眉花眼笑，露出極深的魚尾紋。唯一感到困惑的是阿筠；不過等她看到朱二嫂說了些肴饌菲薄，待客不周的客氣話，坐了下來斜著臉與李果目視而笑的神情，也就似解非解了。

「你瘦了！」是朱二嫂先開口。

「出遠門哪有在路上養胖了的道理？」李果問道：「這一向還好呢？」

「怎麼好得了？」朱二嫂答說：「皇上駕崩，都不敢請客；又是冬天，更沒有人去逛太湖。不過也有一樣好處。」

「喔，是甚麼？」

「清閒了呀！你看，」朱二嫂伸出一雙豐腴白皙的手，「我的指甲都養長了。」

「真的！」李果抓住她擱在桌角的手，細細地看，輕輕地撫摸。

看他們旁若無人地調情，大家都在心裡好笑，阿筠忍不住笑出聲來。這一下，朱二嫂警悟了，急忙抽回了手，倒像被蟲子咬了一口似地。那副神情，越發惹得阿筠忍俊不禁，丟下筷子，便捂著嘴直奔臥房，終於放聲大笑。

朱二嫂白了李果一眼，自己也笑了。沈宜士便看李果說道：「客山，你該請我們喝喜酒才是。」

「是、是！正有此意。」李果立即轉臉向朱二嫂說：「明天中午，好好做幾個菜，也顯顯你的手段。中午如果來不及，就是晚上。」

「晚上好了！」朱二嫂問：「沈師爺喜歡吃甚麼？」

「甚麼都好！久聞盛名，明天倒要好好領略。只是——」沈宜士本來想說，只是時機不巧，不是大快朵頤的時候；但以這話殺風景，所以噤住了。李果自然了解他的意思，舉杯說道：「天涯海角，不知憑何因緣，得共此燈燭，難得之至！請暫寬愁懷，謀一夕之歡。」說罷一仰脖子乾了半杯，將另半杯遞給朱二嫂。

「喝交杯盞了！」李鼎湊興笑道：「該賀一杯。」

「該賀！」沈宜士乾了杯，悄然吟道：「『欲除煩惱須無我；各有因緣莫羨人！』」

談笑正歡時，蘇州派人送了信來，是烏林達寫來的；到得李鼎手中，拆開來一看，臉就變色了。

信中說，蔡永清派人來通知，李煦全家大小，須立即空身遷出；又問是否有現成的房屋圖樣，因為奉旨索取，需要盡快進呈。

見此光景，彩雲首先警覺，向朱二嫂使個眼色，帶著阿筠避了開去。

「看來是抄家！」李鼎說，聲音啞啞地，變得不像是他在說話。

沈宜士與李果也都這麼想，空身遷出，當然是連家屬的財產，也在籍沒之列。不過他們不明白嗣君為甚麼要看房屋的圖樣？莫非也有南巡之意，要看看在蘇州駐蹕之處可相宜？

「空身遷出！」李鼎一面搓著手，一面喃喃地說：「遷到哪裡？怎麼度日？」

「世兄，」李果強自鎮定心神，替他設謀，「雖說空身遷出，隨身衣物總是許帶的。至於住處，下人有的自己原在外面有家；沒有家的，只好找有家的同事去寄住了；織造署的機戶那裡，也可以安插一部分。四位姨娘，可以暫住別墅——」

「別墅也早就封了。」李鼎插嘴說道。

「那就另外賃一所房子住。」李果又說：「倘或一時難覓，不妨在舍間暫住。」

事到如今，也只好如此；李鼎只覺心頭略略寬慰了些，但仍舊意亂如麻，連應該向李果道聲謝都忘記說了。

「事不宜遲，天一亮就得趕回蘇州。」李果轉臉問道：「宜士，你如何？」

「我一起走。請你跟蔡大人說，我回去料理料理家務，準三天以後，自行投到。」沈宜士神色慘淡地說：「如今是覆巢之下！世兄，完卵恐怕只有一個筠官；我勸你趕緊把筠官送給縉之去。」停一停，他又說：「我何以不勸你把她送到曹家？說實話吧，我看曹家也是岌岌可危。」

曹李兩家，休戚相關；自從李煦出事以來，在眼前曹家似乎沒有甚麼特感關切，赴人之急的表示，但李煦父子心裡都有一個想法，到得無路可走時，最後總還有曹家一條路。而且他們也都相信，曹家一定早就在替他們設法疏通化解這場麻煩；不必到無路可走，曹家就會出頭相援。這樣，對於沈宜士的話，李鼎自不能不問個清楚。

「世叔，你是從哪裡看出來的呢？」

「好些地方都看得出來。」沈宜士說：「這一次我在揚州，很增了些見聞。嗣君於孔懷之誼，雖有未篤，但整飭吏治是抱著極大決心的。曹四爺詩酒風流，不通庶務；老太太雖然精明強幹，公事上頭，到底不懂；但憑震二爺夫婦倆一手主持，遲早會出事。」

聽得這話，李鼎將信將疑，但眼前也無法深論，只有先料理了阿筠的歸宿再說。

走到裡面一間屋子，只見朱二嫂跟彩雲，隔著一座燭台，默然相對，看見李鼎都站了起來。他擺一擺手，自己在她們中間落座，低聲說道：「我們三個，一早就要趕回蘇州。阿筠的事，我要重託兩位。」

「要重託彩雲。」

「人，我一定可以帶到；東西怕責任太重。剛才我跟朱二嫂在商量，最好託揚州鏢局連人帶東西送一送。」

「好，好！」不等她說完，李鼎便已接口贊成，「這個主意真高，我也可以放心了。」

「既然鼎大爺願意這麼做，那就請放心回去吧！託鏢局子的事，等我兄弟來了，我讓他到揚州去辦，一切不用費心。」

「那就勞令弟的駕了。至於盤纏——」

「這，鼎大爺也不必管。」朱二嫂說：「反正有東西在這裡，換一兩副金鐲子都有了。」

就在這時候，李果進來探視；李鼎將預備請揚州鏢局護送的決定，告訴了他。李果沒有表示意見。

「李師爺來得正好，請你做個見證。」朱二嫂說：「鼎大爺交給我的東西，如今可以交出去了。」

一面說，一面忘其所以地拉著李果就走；彩雲與李鼎相視躊躇，但終於還是跟了進去。

這時朱二嫂已經在開箱子了，小心翼翼地捧出一個小包裹來，裡面是兩隻木盒子；一隻內貯蒜條金的鐲子；另一隻用桑皮紙裹著晶瑩圓潤的東珠，復用新棉花下墊上蓋，保護得很周密。

「鼎大爺請你點一點，原封不動都在這裡。」

李果不明白是怎麼回事？李鼎便告訴他說：「這是四姨娘讓阿筠帶出來的。如今要請趙二嫂帶去，交給縉之；算是替阿筠收著。」

「怪不得要請保鏢！」李果答說：「你也該寫封信才是。」

「是啊！可是心亂如麻，筆有千鈞之重。」李鼎央求著：「請世叔替我寫一寫。」

這是義不容辭的事；李果便說：「我本來要給縉之寫信；索性替你代言吧！你怎麼說？」

李鼎心裡有無窮的感觸，但要交代李紳的事，眼前卻只想得起託付阿筠一件；想了一下答說：「請告訴縉之，已成覆巢之勢；千萬明哲保身，留得一個是一個。」

朱二嫂一聽這話，想起女瞎子彈著三絃說書，忠臣被害，「滿門抄斬」的話，不由得眼圈就紅了。

彩雲與李果正覺得他出言不祥，心裡惻惻然地，彷彿想哭。李鼎自己卻不覺得，往下又說：「阿筠是交給他了。必能善待，無庸多說；不過，最好勸魏大姐認了阿筠做女兒，就更能放心了。」

「嗯，嗯！」李果問道：「還有呢？」

「就是這些。勞駕，勞駕！」

「好！我馬上就寫，也了掉一件事。」說著，李果轉身走了。

「朱二嫂，東西仍舊請你收一收，過幾天請趙二嫂帶去。」李鼎又說：「鏢局子的規矩，零星客貨託他們護送，都是跟著大幫一起走；我看等德順來了，趙二嫂得先帶著阿筠到揚州去候著，說走就走，比較方便。」

「是的。不過帶著這麼貴重的東西，實在有點兒擔心。」

「這裡到揚州，路上很安靜，絕不要緊。」

「鼎大爺這話不錯。」朱二嫂勸道：「彩雲，你就這麼辦吧！」

「好！就這麼辦。」彩雲下了決心，「等德順來了，我們就走。」

「鼎大爺，」朱二嫂面色凝重地說：「我把筠官叫醒來，你跟她說幾句話。」

李鼎有些情怯，「要說嗎？」他問。

「當然！你們爺倆，這一分手，起碼也得一年半載；你不跟她說清楚了，也許她不肯走，非要見你一面不可，那反倒麻煩。」

想想這話也不錯，李鼎毅然決然地答說：「好吧！她要走了，我應該交代她幾句話。」

於是彩雲掌燈，朱二嫂去掀開帳子；只見阿筠安安穩穩地睡在裡床，蓋得暖了些，雙頰紅得像林檎，嘴角掛著微笑，猜想是在做一個美夢；朱二嫂不免躊躇，覺得叫醒她是件很殘忍的事。然而畢竟她還是動手去推了，同時輕輕喊著：「筠官、筠官！」

阿筠迷迷糊糊地應聲；然後突然將眼睜開，尚尚雙眸，看了這個又看那個；是渾不辨仍在夢境，還是已經醒來的模樣？

「阿筠，」李鼎說道：「過幾天，你就要跟趙二嬸進京找繙二叔去了。」

「哪一天？」阿筠問。

「等李叔叔來了就走。」

自己姓李，又來一個李叔叔；阿筠問說：「哪個李叔叔？」

「努，不就是趙二嬸的弟弟嗎？」

「喔，是德順叔。」

「對了！等你德順叔一來了就走。」

「他哪天來？」

「總在這一兩天。」是彩雲答說：「咱們先到揚州。」

「為甚麼呢？」

「得跟鏢局子的人一塊兒走。一大幫人，路上很熱鬧。」

「阿筠，」李鼎接口告誡：「你在路上可得聽話，不許淘氣。」

「她不會的。」彩雲搶著說：「筠官最乖了。」

「要乖才好。」李鼎又說：「見了你繙二叔，替我問好。」

「我知道。」

「阿筠，」李鼎想了一下，終於說出口來：「你給你繙二叔做女兒，好不好？」

這一問，頗出阿筠的意外；想了一會，拿不定主意，只老實答道：「我不知道。」

「那都到了京裡再說。」彩雲又替她解釋：「她還鬧不清是怎麼回事呢！反正只要跟著縉二爺，有甚麼話，讓縉二爺自己跟她說。乖，睡吧！」

於是李鼎走到窗前，彩雲跟了過去，悄悄說道：「看樣子，不要緊了！鼎大爺，你放心走吧！都交給我了。」

「重重拜託。」李鼎又說：「一路上你也別客氣。孩子不聽話，該打該罵，都不必顧忌；那是為她好。」

「我知道，我知道！她也絕不會惹人罵一聲、打一下。」

「回頭我怕沒有功夫跟朱二嫂說話，請你告訴她，阿筠在她這裡住了好些日子，我應該有點兒酬勞。等我到了蘇州替她送來。」

「那是小事，不必掛在心上。」彩雲皺著眉說：「倒是府上的事——」

「船到橋門自會直。」李鼎搶著說道：「也許你一到京，就會聽到消息，甚麼事都沒有了。」

「那可是謝天謝地。」彩雲激動地說：「有那一天，我得把京裡供觀音大士的地方，香都燒到。」

這使得李鼎在感激之餘，更多感慨，從遭遇家難以來，平時素無淵源的陌生人，急人之急，見義勇為；反而是幾十年深交，以及許多受過他家好處的人，似乎漠不關心。原知人情勢利卻總以為休戚相關，若有急難，他人絕不致袖手，及至發覺勢利得可怕，局面已經糟不可言，連悔恨都是多餘的了。

第三天中午，李果去而復回。他是到了蘇州，回家一視妻兒，又要趕到南京去料理寄放在曹家的那筆款子；同時在兩江總督衙門有所打點，路過無錫，暫作勾當。

去時恰好只有朱二嫂在家；彩雲是由前一天剛從南京到無錫的李德順陪著，帶了阿筠上街，採辦預備回京餽贈親友之用的土產去了。

「他們哪天走？」

「明天。」

「我也是明天；倒好同一段路。」李果笑道：「我好想跟你親熱、親熱。」說著，一隻手已攬到了她腰上。

「不行！」朱二嫂低聲說道：「大白天，讓人撞見了，我還有臉做人？」

「那麼——」

「晚上也不行！」朱二嫂搶著說：「他們明天要走了，我總不能讓彩雲挪個地方，而且也要跟他們多談談。你哪天從南京回來，講定了，我在這裡等你。」

「有十天功夫總可以回來了。」李果問道：「我們的情形，彩雲知道？」

「我老實告訴她了。」

「那麼，她的情形呢？」

「彩雲也老實告訴我了。」

「我告訴你一件事。」李果忽然頓住，臉上是很好笑的神氣，停頓了片刻才說：「告訴你也不要緊。那位『鼎大爺』跟我說：『可惜彩雲是有丈夫的，如果她也像朱二嫂那樣，我倒願意娶她！』」

「原來鼎大爺倒對彩雲有情？」朱二嫂一臉的驚喜，想了一會說：「彩雲是真不壞。不過，她比鼎大爺大著好幾歲呢！」

「他就是喜歡比他年紀大的。」

朱二嫂點點頭，「是有這種爺兒們。」她說：「我也見過。」

「你怎麼會見過？」李果笑道：「必是你也有過這種經驗？」

「啐！」朱二嫂紅著臉說：「瞎說八道。」

越是這樣，越見得她情虛；李果當然也不會吃醋，微笑著不再往下多說。

李果突然起身，「我還是今天就走吧！早早趕到南京要緊。」

「那又何必爭這半天？」

「不！不走我不能安心。」李果說道：「趕一站是一站。」

到得彩雲姐弟帶著阿筠回家，朱二嫂將李果匆匆而去的經過告訴了她。彩雲立即就想到，連吃碗麵的功夫都不肯耽擱，可見得李家的事，十分危急，不由得替李鼎憂心忡忡，而且現於神色。

這使得朱二嫂又想起李果的另一番話，但覺得此刻不是談那種話的時候。如今要商量的是，哪一天動身到揚州。

「泥娃娃都買了。這玩意禁不起碰，不敢多買。」彩雲答說：「我看了看皇曆，連天都是好日子；雇好了車，隨時都能走。不過，我實在好擔心那些東西；萬一路上出了岔子，教我怎麼交代？」

她所說的東西，即是指東珠與金鐲。朱二嫂也認為由此到揚州，路上不會有甚麼；但萬一出了岔子，讓彩雲姐弟擔錯，自己也於心不安。

朱二嫂的脾氣爽直乾脆，當時便作了一個決定，「我陪你們到揚州。」她說：「有難同當。」

彩雲喜動顏色，「那可是太好了！不過，」她說：「你從揚州一個人回來，我又不放心。」

「怕甚麼？下店雇車，我又不是不會打交道的。」

「不是說你不會打交道。」彩雲笑著低語：「像你這麼一朵花似的人，必有人打你的主意；一個人在店裡住，你不怕？」

「算了！老都老了，有甚麼人來打我的主意呢？倒是你，真的有人在打你的主意！」

彩雲臉一紅，也大惑不解，急急問說：「誰啊？」

「你倒猜猜看？」

「猜不著！」彩雲搖搖頭，「乾脆你告訴我吧！」她根本就不信朱二嫂的話，因為就眼前所見過的一沈二李，她認為絕不會有甚麼歪心思的。

「好！我跟你說，是鼎大爺！」

「他？」彩雲越發不信了，「他怎麼會？」

「怎麼不會？」朱二嫂心直口快，「他就是愛比他年紀大的人。」

彩雲有些生氣，覺得李鼎不該起這種心思，當即沉著臉說：「他莫非不知道我是有丈夫的？」

見此光景，朱二嫂頗為失悔，自己的話沒有說清楚，惹得她誤會李鼎，將來讓李果知道了，以為她在搬弄是非，說不定從此就不理她了。

因此，她急急辯白：「不，不！彩雲，你別錯會了意。人家也不是此刻在打你的主意，想跟你親熱。這是甚麼時候？他若有那種心思，就不是人了。人家是說：可惜你是有丈夫的；如果像我這樣，他願意明媒正娶，請你做他的填房太太！」

經此解釋，彩雲才知道錯怪了李鼎；「你這話是真的？」她問。

「當然！我無緣無故編這麼一段謠言來騙你，為甚麼？」

「那必是李師爺跟你說的。」彩雲接著又說：「他是甚麼身分，我是甚麼身分？就算能嫁他，也不配啊！」

「人家也不過看重你的意思。」朱二嫂不肯再談這件事了，「咱們還是商量動身的事。你不必替我擔心；反正鏢局子裡常有人來往，請他們找個靠得住的人，順便送我一送就是了。」

「嗯，嗯！這還差不多。」

第十二章

望見了「綠楊城郭」的揚州，彩雲跟朱二嫂鬆了一口氣，不必再擔心那些珠子和金鐲了。進了城，仍投彩雲姐弟原來住過的客棧；找了一大一小，連著一起的兩間屋子，先安頓行李，然後洗臉吃飯，商量正事。

「你去找鏢局子的胡掌櫃，跟他說，保人也保東西，是怎麼個規矩？」彩雲這樣吩咐她胞弟。

「保東西！」李德順說：「保甚麼東西？保費多少，要看東西貴重不貴重，帶著方便不方便，才能定規。」

彩雲向朱二嫂看了一眼；方始答說：「帶著很方便。東西可挺貴重；我想總要值萬把銀子吧！」

她到這時候還不肯說明是甚麼東西，李德順未免不悅，朱二嫂看不過去，便說：「你為甚麼不把那兩個盒子拿給他看？」

「好吧！」彩雲對李德順說：「讓你開開眼！」

打開盒子一看，李德順估計著說：「我看總得值萬把銀子，保費不會輕。」說著就走了。

「等等！李兄弟，」朱二嫂喊住他說：「揚州我還是第一次來；咱們帶著筠官，一塊兒上街走一走。」

「不行！」彩雲立即接口：「你去吧！我得看屋子。」一面說，一面向那兩個木盒努一努嘴。謹慎總不錯。不過，朱二嫂做事喜歡乾淨俐落；當即說道：「東西放在屋子裡怕遭小偷，晚上覺都睡不好；索性抱了到鏢局子，說好了，把東西交出去，豈不一身都輕了。」

「朱二嫂這話有理。」李德順首先表示贊成，「大夥一起到鏢局子去一趟，人也看了，東西也交了；有甚麼話，當面說清楚。多乾脆！」

「那也好！」彩雲看一看天色，時方過午，有的是功夫，便又說道：「灰頭土臉的，不好見人。你到你屋子裡去歇一會，等我們重新梳個頭。」

李德順一走，彩雲招呼專門伺候堂客的老媽子，打來兩盆臉水；先替阿筠梳了辮子，然後跟朱二嫂重新梳洗。國喪已過，雖還不能穿大紅大綠，素色的衣服已可上身。彩雲有件湖水色緞子的背心，鑲銀灰軟緞的邊，罩在藍布夾襖上，顯得格外俏皮，也年輕了好幾歲。

「你這一打扮，顯得我更老了。」朱二嫂笑著說：「到了鏢局子裡，一定讓人瞧得眼都直了。」

朱二嫂的話不錯，剛到鏢局門口，就無不注目；不過盯著朱二嫂看的人也不少。兩人都是豐容盛鬋，一個婀娜，一個柔膩，各擅勝場。加以阿筠脣紅齒白，一頭黑髮，一雙大眼，如瑤池王母面前的玉女一般，自然讓人看直了眼。

「勞駕！」李德順問道：「胡掌櫃在哪裡？」

「我就是！」櫃房裡邊出來一個人，「尊駕貴姓？」

李德順正要答話，發現一個熟人；正就是護送李家銀子到南京，跟他見過面的鏢客，李德順記得他姓趙。

於是他先招呼熟人：「趙鏢頭！你哪天回來的？」

一有熟人就方便了。趙鏢頭為他道明了來歷；李德順再引見他姐姐與朱二嫂。胡掌櫃將他們迎入櫃房，動問來意。

「我姐姐跟這位——」李德順指著阿筠說：「李小姐想請胡掌櫃護送進京！」

「喔，」胡掌櫃問道：「是不是有急事？」

「不急。」李德順說：「跟著大幫一起走好了。」

「李爺很在行。」胡掌櫃說：「跟著大幫走，又省事、又省錢。不過，要等。」

「請問，」彩雲插嘴問道：「要等到甚麼時候？」

「那可沒有準譜。也許三天、五天，也許十天半個月。」

「那還不要緊。」彩雲又說：「還有點東西，想請胡掌櫃代為收著，到了京裡再給我。」

「喔，保人以外，還要保東西？」胡掌櫃特為交代這句話表明是談買賣，不是託人情。

「是的。」

「甚麼東西？」

「我帶來了。」彩雲將片刻不離身的包裹，從懷中捧到桌上，解開藍色包袱，順手先打開上面的一個木盒。

哪知盒蓋一掀，胡掌櫃驀地裡伸手來一撳；動作粗魯，正撳在彩雲白皙溫腴的手臂上。旁觀皆驚；朱二嫂更是臉都變色了，因為她沒有看到胡掌櫃突然伸手，只看到他撳著彩雲的手，只當有意調戲，自然怒從心起。

胡掌櫃也發覺自己失態了，趕緊縮回了手：「盒蓋不必打開。」又向李德順說：「請你跟令姐，裡面來談。」

裡面另有間小房，一桌二椅以外，四周都是箱子，櫃子；胡掌櫃讓彩雲姐弟一坐，自己就只有站著說話了。

「外面那位小小姐是蘇州織造李大人家的吧？」

「是的！」彩雲很沉著地回答：「是李大人的姪孫女。」

「怪不得！除非他家跟江寧曹家，拿不出這樣的東西。」

「胡掌櫃，」李德順問：「你是說那幾粒大珠子？」

「對了，老弟怕還不知道，那叫東珠。」胡掌櫃說：「凡珍珠都出在南海；只要有錢，多白的好珠子都買得到，不算稀罕。這東珠出在關外，極北的混同江；採多少，進貢多少，是皇上用的。王公也得皇上賞下來才能用，也都是小的。像這麼桂圓大小的東珠，別說用，見都沒有見過。這，」他將個腦袋搖得跟博浪鼓似地，「我可不敢保！」

一聽這話，彩雲姐弟，面面相覷。「那沒法子了。」李德順說：「連胡掌櫃都不敢保，就沒有人敢保了。」

彩雲不作聲，將胡掌櫃的話，咀嚼了一會，體味出他的意思來了；便即問道：「胡掌櫃是怕東西太貴重，怕丟了？」

「那倒不是，吃我們這碗飯，還能說東西太貴重，丟了賠不起？再說，也不會丟。」

「喔，我明白了。」彩雲故意這樣說：「胡掌櫃必是因為東西太貴重，保費多要了，不好意思，少要了又怕我們出不起。乾脆不保倒省事？」

「不，不！不是這意思。根本跟保費不相干。」

「那麼，是為甚麼呢？」

胡掌櫃沉吟了好一會，方始開口：「我跟兩位實說了吧！這是犯禁的東西，尤其是李大人家的東西，更加麻煩。倘或有人密報官府，一查到了，我的腦袋都得搬家。」

聽得這話，李德順大吃一驚，彩雲卻能不動聲色，「胡掌櫃，」她問：「你是老江湖，見多識廣；我倒要跟你請教，我的麻煩可是惹上身了，該怎麼辦？是不是把這幾粒珠子砸碎了扔掉，免得惹禍？」

胡掌櫃聽完她的話，隨即便想好了回答，是四個字的一句成語：「悉聽尊便。」但抬眼看到彩雲那張宜喜宜嗔的春風面，這話就這麼樣也說不出口了。

躊躇許久，他暗暗嘆口氣說：「這樣吧，趙二嫂子，我替你白當差。咱們當面把這兩個盒子封好，我替你請人送到京裡。」

「好，好！」彩雲笑隨顏開地，「掌櫃這麼幫忙，可真不好意思，保費——」

「保費小事，不必談了。」胡掌櫃搶著說：「不過，我話可說在頭裡，盒子請你自己封好交給我；裡頭甚麼東西，我全不知道。這話，我到哪裡都是這麼說。」

「是了！我明白。一人做事一身當；我雖是婦道人家，也懂這個道理。」

胡掌櫃將大拇指一翹，「趙二嫂子，你行！」他說：「有你這句話，我放心了。我一定替你送到。」

交涉辦得出乎意料地圓滿。當時便由彩雲畫押加了封條。胡掌櫃也讓帳房寫了收據，言明到京之後，憑此收據，收回木盒。

「胡掌櫃，」彩雲又說：「還得拜託你件事，我這位嫂子，家住無錫，特地送了我來的。現在想回去，能不能請胡掌櫃，託個熟人，順便送一送？」

「有，有！」胡掌櫃一口答應，「回頭我來拜訪，當面接頭好了。」

彩雲與朱二嫂都含笑道了謝，辭回客棧。由於「馬到成功」之故，兩人都很高興；朱二嫂對揚州的繁華，嚮往已久，跟彩雲商量，匆匆來去，不可失之交臂，趁時候還早，不如再去逛逛。

正在談著，李德順引進個一身勁裝的後生來，後面跟著個三十出頭的婦人，帶著兩個丫頭；那婦人生得纖小文靜，身分卻不容易看出來。

「姐姐，」李德順大聲說道：「鏢局的內掌櫃來看你跟朱二嫂。」

彩雲與朱二嫂急忙都迎了出來；李德順先引見那後生，是胡掌櫃的一個徒弟，也已經出道了，鏢客都有個便於江湖上喊的外號，此人姓黃，外號叫做「小天霸」。

「今晚上，家師特為關照我師娘，替兩位太太接風；我師娘專誠來請，有帖子在這裡。」

鏢局子的禮數最周到，備了兩副「敬迓魚軒」的全帖；彩雲與朱二嫂都深不安，將胡掌櫃娘子，延入室內，重新見禮，等坐定下來，客人方始發現，還有個極惹人憐愛的女孩，便即問道：

「這是哪位的小姐？長得真俊！」

「我們倆，」朱二嫂看一看彩雲，轉回臉來答說：「哪裡有這麼好的福氣。她是蘇州織造李大人的孫小姐。」

「筠官，」彩雲也說：「你過來見見。」

阿筠笑了一下，大大方方地走了過來，先到彩雲身旁問道：「我該怎麼叫？」

「叫——叫胡伯母吧！」

「那可不敢當！」胡掌櫃娘子急忙說道，「官宦人家的小姐，身分不同。」

「這也無所謂。」朱二嫂說：「她管我們都叫嬸兒；胡掌櫃的年紀大，叫你一聲伯母也不要緊。」

「不好，不好！」

這一謙辭，阿筠無所適從，自己出了個主意：「叫姑姑好了。」

「對！叫姑姑反倒顯得親熱。」朱二嫂又說：「咱們也別某太太、某太太的，我跟我彩雲妹妹都不慣這樣子的稱呼，乾脆姐妹相稱好了。姐姐，你行幾？」

「行三。」

「今年多大？」

「三十一。」

「那比我小，不過比彩雲大。」

於是胡掌櫃娘子管朱二嫂叫二姐；彩雲是二妹。她們叫她，一個稱三妹，一個稱三姐。這樣一改稱呼，情分立刻就覺得不同了。

阿筠自然叫她三姑；「這一聲三姑，可不能白叫。」胡掌櫃娘子躊躇地笑著：「一時倒拿不出見面禮來，只好欠著。」

阿筠矜持地笑一笑，退回到彩雲身邊；彩雲問：「三姐有幾個孩子？」

「就一個男孩，九歲。」

「筠官也是九歲。」彩雲回頭對阿筠說道：「回頭到了你三姑那兒，可有伴兒了。」

「玩不到一塊，」胡掌櫃娘子說：「我那孩子，讓他爹慣得不成話，蠻得像條牛一樣，女孩子都怕他。」

「欺負女孩子可沒出息。不過，」朱二嫂笑道：「他想欺負筠官可不容易，筠官不等他欺負，就不理他了。」

「對了！」胡掌櫃娘子接口：「筠官，你回頭可別理阿牛。」

「阿牛是誰啊？」

「我的男孩。小名叫阿牛。」

「他長得很壯吧？」阿筠問。

「嗯！像個小牛犢似地。啊，」胡掌櫃娘子忽然想到：「阿牛有樣玩意，你如果看中意了，就送給你。」

「喔，三姑，是甚麼玩意？」

「你看了就知道了。」

這一說，阿筠心癢癢地忍不住了，「他捨得送我嗎？」她問。

「捨得！」胡掌櫃娘子看著彩雲跟朱二嫂說：「我那孩子有一樣好處，不小氣。」

「那自然！胡掌櫃五湖四海走慣了的，」朱二嫂答說：「他的兒子一定也跟他一樣慷慨。」

「那就走吧！」胡掌櫃娘子說：「我家這個行當與眾不同，兩位恐怕沒有見過。」

「是啊！」朱二嫂欣然答道：「正要見識見識。」

於是通知了李德順，由小天霸招呼著，坐轎的坐轎，騎馬的騎馬，一起來到胡家——就在鏢局後面，原是背靠背相連的兩所房屋；住家的大門在另一條巷子裡，不過有一道小門，可以相通。為了要見識，他們是由鏢局前門進去的。鏢客、趟子手都重禮貌，見了客人，無不起立，含笑目迎；管胡掌櫃娘子叫「三奶奶」。

胡三奶奶帶了客人，由前走到後，櫃房、客廳、倉庫，最後來到演武場，兩旁刀槍架子，一面還設著垜子；箭道上標明多少步，有個中年漢子正在教一個小男孩拉弓。

「阿牛！」胡三奶奶喊道：「快來見見你小姐姐。」

練武的人都赤著膊，見有堂客，趕緊躲開，只有那中年漢子是衣衫整齊的，叫一聲：「三奶奶！」在阿牛背上輕拍一巴掌，「快去吧！」

那阿牛相貌極其憨厚，看見生人有些靦腆；胡三奶奶便指點他叫人，最後才說：「叫小姐姐！」

「小姐姐！」

阿筠也有些害羞，答應不出口，只問彩雲：「我管他叫甚麼？」

「自然叫弟弟。」

「叫他阿牛好了。」胡三奶奶說。

阿筠兼聽，合在一起叫一聲：「阿牛弟弟！」

兩人都是只叫不答。胡三奶奶便問阿牛：「把你的『刀槍架子』送給小姐姐好不好？」

阿牛點點頭轉身就跑。「去拿了！」胡三奶奶欣慰而得意地，「請吧，這面走！」

就在演武場東面，有一道小門；進門是後院，經過穿堂，西面有個很大的院落，正屋五間，側面還有廂房。

到得客廳，阿牛已把他的「刀槍架子」取了來了。原來是具體而微的十八般武器，長約三寸，純銀打造，顏色有些發黑了，但玲瓏精緻，是樣很有趣的玩具。阿筠一看就笑了。

「這叫甚麼？」

「這叫方天畫戟。」阿牛答說。

「對了！」胡三奶奶說：「你帶著小姐姐到一邊，一樣一樣告訴她。」

「走！」阿牛一把拉住阿筠的手臂，拖著就走。

「阿牛！」胡三奶奶喝道：「不准這樣子沒有禮貌！你看小姐姐多文靜，哪裡禁得住你這麼動蠻？」

就在這時候，胡掌櫃來了；略作寒暄，將李德順邀到鏢局中去喝酒。這裡亦即開飯，三大兩小一桌吃完了，阿筠與阿牛又玩在一起；胡三奶奶直到此時才能與彩雲及朱二嫂略作深談。談的是李家的事。彩雲從受託送信，一直談到又受託送阿筠到京，自然要談到李家目前的災難。胡三奶奶嘆息不絕，也有無限的感慨。

「真沒有想到李大人會有今天這種慘象！當年在揚州的風頭，連兩江總督都比不上。」她說：「記得我十五歲的那年，老皇還到揚州來過，住在三汊河行宮。那時我家開煙行，衙門裡的人，經常來買皮絲煙、旱煙，都是熟的；借我家煙行喝茶歇腳，談起來總說那件事要問鹽政李大人；有時十幾個人滿頭大汗找李大人，說是皇上傳見。俗語說：三十年河東；三十年河西。我算算那也不過十幾年前的事。」

「就是老皇死壞了！」彩雲低聲說道：「我聽說，現在這位皇上的皇位是硬搶到手的；老皇喜歡一位『十四爺』，早就定了將來接他的位。如果是『十四爺』當皇上，李家不但不會落到現在這個地步，說不定還會官上加官，風光一輩子。」

「也夠了！」朱二嫂說：「交了三四十年的長生運，如果再不知足，就一定要出事了。」

「是啊！人貴知足。」胡三奶奶又說：「這種情形，兩位恐怕沒有我見得多。有的空著一雙手來，到任滿回去，箱子行李幾百件；有的體體面面來，不到三兩年功夫出了事，抄家充軍，古董字畫到了別人手裡，少不得又要照顧我們生意，護送他到那裡。我們那口子常說：做官人家的生意，都是一趟頭；不是保來，就是保去。爬得高，跌得重，倒不如安分守己，吃口清茶淡飯，來得舒服。」

「如今的李家，」彩雲接口說道：「也就只巴望能吃口清茶淡飯。我只可憐——」她努一努嘴，是指阿筠，「福沒有享過，受苦受難可是有分了。」

一聽這話，胡三奶奶跟朱二嫂不由得都轉臉去看阿筠；只見她正在教阿牛認字號，那種一本正經的神態，倒像個大姐姐。三人都愉悅地笑了。

「阿牛倒跟筠官投緣。」朱二嫂說。

「不！二姐，」胡三奶奶說：「是筠官跟阿牛投緣。」

「誰跟阿牛投緣？」外面有男子接口，接著門口出現了滿面含笑，已有了酒意的胡掌櫃。

他是特意來告知一個消息。這個消息，對胡掌櫃本人來說，是件好事；就在這天傍晚，他接下了兩筆生意，一筆是有個鹽商兼營木業，預備在川鄂邊境的宜昌設棧，需要大批資金，有二十萬現銀要護送，三天之內即須啟程。

再一筆是淮安知府即將調任福建，在任就養的老封翁，怕水土不服，願意北歸，老家是在直隸淶水。本來老年人出遠門，只要多派僕役，一路加意照料，無須雇請保鏢；只因這個知府，宦囊甚豐，現銀以外，還有大批古董字畫，要由老封翁帶回去，求田問舍，大起園林。

聽說胡掌櫃謹慎妥當。不論保人保貨，從無出過差錯，所以特地上門接頭，保費任憑胡掌櫃開價，講定了即時付清，是筆極好的生意，胡掌櫃決定親自出馬。

淶水密邇京師，正好送了彩雲與阿筠去；只是啟程的日期，約在一個月以後。在揚州等待的時間太長；連朱二嫂都覺得須另想別法。

「請問胡掌櫃，」彩雲問道：「這十天半個月裡面，會不會有別的往北走的鏢？」

「那當然有。不過，我這裡可是絕不會有的了；因為派不出人。如果趙二嫂急於想走，我可以託同行代為招呼。」

彩雲可又不願，主要的是不能放心；而且，結伴長行，一路需人照料之處甚多，胡掌櫃既已相熟，人又和善爽朗，處處可得方便；倘或轉託的人，不甚投緣，彆彆扭扭地同路而行，那也是件極痛苦的事。

就這委決不下之時，胡三奶奶問道：「二妹在京裡是不是有急事？」

「急倒不急——」

「不急就不要緊了。」胡三奶奶搶著開口：「你就搬到我這裡來住一個月，聊聊天，鬥鬥牌，日子很快就過去了。」

「這倒也是一個辦法。」朱二嫂點點頭說。

彩雲覺得如果一定要跟著胡掌櫃走，則除此之外，別無選擇。至於如何酬謝胡家，只有回頭跟朱二嫂商議了。

「二妹，」胡三奶奶催促著：「你別三心兩意了！二姐一回無錫，就算你在客棧裡住著，閒得無聊，每天還不是我接了你來玩？所欠的，只是在這裡住下。」

這話再透澈不過，彩雲答說：「只是給三姐添麻煩。」

胡掌櫃先是不便留堂客，此時見她同意了，方始表示：「客人原是可以住在鏢局子裡來的，不過堂客不方便。趙二嫂有內人願意招待，情形不同。儘管請安心住下。」他又對妻子說：「朱二嫂是客人——」

「得！得！」胡三奶奶搶著說道：「你請吧！這兒你就甭管了。」

胡掌櫃笑笑，說聲：「少陪！」拱拱手退了出去。

「你看，」胡三奶奶指著她丈夫的背影說：「咱們明明是姐妹，甚麼客人！倒教他把咱們說得疏遠了。」

「是啊！」朱二嫂笑道：「胡掌櫃大概還不知道，咱們一見如故，倒像是前世的緣分。」

彩雲點點頭;胡三奶奶卻是欲言又止,忽然站起身來,沒有一句話,便匆匆奔了出去。不久去而復回,進門便說:「二姐、二妹,我叫人帶著一個丫頭去收拾兩位的行李了。今天就搬了來吧!廂房還不小,足足擺得下兩張床。」

「我可是就要走的。」朱二嫂說。

「我知道。我只留你兩天,明天、後天;大後天派人送你回無錫。」

「三姐做事,跟胡掌櫃一樣乾脆。」彩雲也說:「兩天還誤不了事,你就住兩天吧!」

只要不誤她跟李果的密約佳期,朱二嫂自是一諾無辭。到得行李送到,胡三奶奶親自帶著丫頭為客人鋪設房間,而且不許她們動手,一定要她們在堂屋中閒坐喝茶。

「你看,」彩雲又欣慰又發愁地說:「欠人家這麼大一個情,怎麼還呢?」

「我替你來還。等我走的時候,當面約他們夫婦來逛太湖。一切不用他們費心。」

「這一來,」彩雲笑道:「我欠下的情還沒有完,可又欠下你一個情了!」

「咱們是姐妹——」

一語未畢,門外有聲音打斷:「你們是姐妹,跟我難道不是姐妹?」說著,胡三奶奶已掀開門簾進來了。

彼此說私話,不道隔牆有耳,朱二嫂與彩雲都頗感意外。這時胡三奶奶可又有話了。

「二姐的話不錯,咱們是前世的緣分。不如就『拜把子』吧!」

此語一出,朱二嫂與彩雲皆有不知何以為答之感。但那只是一瞬間事,第二個感覺便是這件事很有趣。

「二姐，」胡三奶奶指名相詢：「你看這麼辦好不好？」

「好！」朱二嫂斬釘截鐵地回答。

「二妹呢？」

「不用問。我是更好！」彩雲笑著自問自答：「為甚麼呢？我最小，占便宜。」

「都說好，咱們的把子是拜定了。不過怎麼個拜法，得要商量商量。」胡三奶奶說：「二姐，你居長，你出主意。」

「咱們先換稱呼，大姐、二姐、三妹。至於拜把子的規矩，我不明白，得請妹夫進來商量。」

於是派丫頭去請胡掌櫃，等他一進來，朱二嫂與彩雲都站了起來，一個叫「妹夫」、一個叫「姐夫」；胡掌櫃不明就裡，站在那裡楞住了。

「我們三個是前世的緣分；商量好了，要拜把子。我行二，彩雲行三。大姐要問你，拜把子是怎麼個規矩？」

「喔，」胡掌櫃笑容滿面地抱拳稱賀：「恭喜，恭喜！」

「大家同喜！」朱二嫂說，「妹夫，你請坐，跟我們說說拜把子的規矩。你一定在行。」

這在胡掌櫃可是太在行了。「先得備三副全帖，寫明『蘭譜』；把你們姐妹三位本人的年庚，還有祖宗三代的名字存亡全寫上；然後挑一個好日子，上關帝廟磕了頭，換了帖，把諸親好友請了來赴席，讓大家知道，從此以後，你們是異姓手足。不過，這是兄弟結義的規矩，結拜姐妹，是不是這樣，我可不知道了。」

「我想是一樣的。」朱二嫂說：「挑好日子可來不及了。揀日不如撞日，明天就上關帝廟磕頭換帖。」

「聽見了吧！」胡三奶奶向丈夫說：「勞你駕吧！」

「好！我來預備，兩位把生日告訴我，我叫帳房去寫『蘭譜』。」胡掌櫃問說：「請客怎麼樣？」

這多少是個難題，因為要請就得請三家的親友，而朱二嫂與彩雲都在客邊，舉目無親；這樣就只有一個辦法，由胡三奶奶出面將她的至親好友——當然都是女客，請了來為她們介紹她新結的一姐一妹。

在胡家，從上到下，對朱二嫂與彩雲的稱呼都改了；阿牛管朱二嫂叫大姨、彩雲叫三姨，真像一家人一樣。當然，這不與筠官相干，應該怎麼叫還是怎麼叫。

第十三章

由胡三奶奶做東，連著逛了兩天，也不過走馬看花；揚州的鹽商都有園林，也不禁遊人，倘要看遍各園，半個月都不夠。所以朱二嫂決定照預定的日期動身；請客的事，亦由於時間匆促，在朱二嫂及彩雲一再勸說之下，胡三奶奶快快然作罷了。

動身定在中飯以後，也是胡三奶奶的主意，她說，當天趕不到無錫，不如飯後啟程，過江在鎮江住一夜，下一天從從容容到家。朱二嫂也知道她無非找個藉口，可以多留她半天；姐妹情重，自然不忍多說甚麼。

於是這天上午，就在家閒談話別。到得近午時分，正要開飯，只見胡掌櫃匆匆而來，一進門就說：「李家的大少爺來了！」

「誰？」朱二嫂詫異，「是鼎大爺？」

「對了，就是他。」胡掌櫃看著他妻子說：「我看把他請進來吧？」

這是徵求胡三奶奶的同意；她知道朱二嫂與彩雲跟他都很熟，便即答說：「鼎大爺我雖沒見過，照我們姐妹的情分，他可也不算外人；而且人家正在難中，自然不能照平常那麼講究，請進來好了。」

於是胡掌櫃回身而去；彩雲卻有些不安，低聲問說：「他來幹甚麼？」

「必是有事！這個時候，也不會有來看朋友的閒功夫。」

「那麼，你走不走呢？」

「我自然走。他又不是來找我。」朱二嫂心中一動；看胡三奶奶在一邊扶一扶花瓶，理一理椅墊，忙著接待生客，不會注意這面，便即笑道：「也許跟你見了面，倒有好些話說。」

彩雲的臉微微一紅，向一旁努努嘴，示意她不可再說下去，以防胡三奶奶聽見。

事實上她也沒有功夫說下去了，因為有人來了。胡掌櫃引路，李鼎後隨，他手攙著阿筠，另一面是阿牛蹦蹦跳跳地跟在身邊。

「鼎大爺，」朱二嫂迎出去說，「不想在這兒又見面了。」

「是啊！」李鼎抬頭看著胡三奶奶問朱二嫂：「這位是胡三嫂？」

「是我二妹！」朱二嫂笑道：「鼎大爺，我們結拜了；我較長，彩雲最小。」

「喔，恭喜，恭喜！」李鼎說道：「我還是叫胡三嫂吧！」

「不敢當。鼎大爺請坐。」

接著是李鼎跟彩雲招呼，再跟胡三奶奶寒暄了幾句，方轉臉說道：「朱二嫂，我派人到南京去追李師爺了，他也要來。」

「他也要來！」彩雲先詫異地喊了起來，然後去看朱二嫂。

這就誰都看得出來，李果跟朱二嫂必有關連；胡三奶奶自然很關切，也在注視她的神情了。

朱二嫂有些窘，不過還能沉得住氣，「他來了馬上要走呢？」她問：「還是有事？」

「當然有事。」彩雲接口：「不然，鼎大爺把他追來了來幹甚麼？」

「是的，有事，總得三、四天才能辦好。」

朱二嫂點點頭，沒有再往下說。彩雲倒是有許多話想說，尤其是阿筠的歸宿，關乎行止，非談不可，但不應在此時此地。這樣彼此就變得無話可說，李鼎亦就沒有再逗留在這裡的必要，由胡掌櫃招呼到鏢局裡去款待。

「大姐，」彩雲用徵詢的語氣說：「你再住幾天吧！」

胡三奶奶巴不得這一聲，接口說道：「再住幾天，再住幾天；等鼎大爺他們事情辦完了一起走。」

朱二嫂自然聽從，先是不免尷尬，等這忸怩的感覺一過去，想到與李果見面在即，情緒自然好了起來，話也就多了。

「筠官，」她忽然問道：「你要不要去看你鼎叔？」

「要！」

「我領你去。」

她這樣做有兩個緣故，第一是將阿筠調開，好談李家和她自己的事；第二是給李鼎一個暗示，要跟他單獨談一談。

到得前面，胡掌櫃正陪著李鼎在喝酒，還有些男客，她一個都不認識，但神態拘謹，衣服體面，猜想得出是胡掌櫃特意請來的陪客。

看見胡掌櫃與李鼎站起身來要招呼，她便不進屋子；心想也不必費心思作何暗示，乾脆直說罷了。

「各位請坐，我不進來。」她又小聲跟胡掌櫃說：「回頭吃完了，告訴我一聲，我跟鼎大爺有話說。」說完，輕輕將阿筠一推，轉身就走。

再回到飯桌上時，朱二嫂借酒蓋臉，將與李果的關係老實告訴了胡三奶奶；然後又談李家，認為李鼎與李果約在揚州聚會，一定有極重要的事，不是好，就是壞，李家的禍福，可以見分曉了。

「二妹，」她說：「人不能有感情，有了感情，明明不相干的事，也會像自己的事那樣著急。像李家，你看，三妹從京裡路遠迢迢來替他們送信；我雖沒有幫上甚麼忙，可是一閒下來就會想到，心裡拴著好大的一個疙瘩。但願他們早早免災脫禍吧！」

「這就是義氣！要不然，咱們怎麼投緣呢？不過，大姐，」胡三奶奶很小心地說：「你讓李師爺這樣下去，也不是個了局。」

「我也知道。不過現在沒功夫去想它；就想好了，沒功夫去辦，也是枉然。」

是胡三奶奶跟彩雲商量好的，為了方便朱二嫂與李果相會，派人到李鼎所下榻的寶源客棧，賃下一明一暗的兩間房。

悄悄安排好了，胡三奶奶才說：「大姐，我不留你了，行李是現成理好了的，你就請搬到寶源客棧去吧！」

朱二嫂楞住了，不知她是何用意。彩雲便笑著補了一句：「別忘了，在那兒你是李太太。」

朱二嫂恍然大悟，心裡充滿了感激與欣慰；如此體貼，與同胞姐妹又有何異，不過，卻不便公然表示甚麼，只是笑得一笑。

「呀！」她忽然想起：「我還約了鼎大爺有話說呢！」

「鼎大爺也住寶源棧。」彩雲答說：「到了那裡，甚麼時候不好談。」

朱二嫂答應著上轎而去；鏢局的夥計，陪到了寶源棧，照胡三奶奶的吩咐，介紹她的身分是「李太太」；又關照：「李老爺一半天從南京來，你就直接領了來好了。」

等朱二嫂到得自己屋子裡，隨即來了個二十歲左右的女傭，名喚「高媽」——揚州的規矩，女僕未婚都叫「蓮子」；已婚統稱「高媽」。朱二嫂很喜歡這個看上去稚氣猶存的高媽，一面讓她幫著解行李，一面跟她閒聊著，很快地到了黃昏；李鼎尚無蹤影，李果卻先到了。

相見驚喜，互道別後光景；當然是朱二嫂的話多，因為雖只數天之隔，可談的事卻真不少，光是胡三奶奶安排她住寶源棧就值得誇耀好一會。

「我在這裡，可是大家都管我叫李太太，你得顧我的面子。」

「我怎麼會不顧你的面子？」李果笑道：「沒有的話。」

「我是怕你在稱呼上露馬腳。」

「不會！太太。」

叫得非常爽脆，絕不似初改稱呼澀口的樣子，朱二嫂放心了。

「鼎大爺怎麼還不回來——」

一語未畢，李果手往外指，「說到曹操，曹操就到。」

果然是李鼎來了；其實他早就回到了寶源棧，住在前院，知道朱二嫂與李果要先敘離衷，特為拖了一段時候才來的。

「怎麼樣？」他問：「南京的事情辦妥了？」

「回頭跟你細談。」

李果是因為朱二嫂在，怕李鼎不願讓人家知道他的家事，故意不言；李鼎卻並無忌諱，亦不了解他的用意，點點頭說：「那麼，我先說吧！事情有了轉機；不過，宜士先生恐怕太受委屈了。」

原來沈宜士已定下一身為李煦擋災的破釜沉舟之計；見了查弼納派來會同查辦的一員道員，自承李煦的虧空，他要負責，他說他跟揚州鹽商有勾結。問他是勾結了哪些人？沈宜士說要細想細查；要求寬限十天，他會提出詳細的「親供」。

這是沈宜士要挾揚州鹽商；交保回家後，他將李鼎找了去，要他找揚州的總商談判，大家分擔著為李煦彌補虧空，否則他要將兩淮鹽商的積弊，都抖漏出來，沒有一個可脫干係。

李鼎自然很興奮，但他說得很坦白；以他的能耐，還打不下這個交道。同時以他的身分只能求人幫忙，不能予人威脅。

這才想到將李果去追了來；由他出面，最為適合，不但為李煦的幕賓，身分上比李鼎易於措詞；而且他跟鹽商中的領袖馬曰琯交情很厚，可以動之以情。

「要挾不能施之於馬秋玉，或者可以施之於安儀周。」李果徐徐說道：「兩淮八大鹽商，為首的三個人：馬秋玉、安儀周、汪石公。馬秋玉只能情商；安儀周不妨要挾；汪石公我也認識，不過跟他談沒有用。」

「要跟誰談才有用？」

「跟他太太！汪石公惟妻命是從。我跟她沒有見過；聽說是很豪爽的，咱們另外想法子去走這條內線。」

「喂，」朱二嫂忍不住插嘴：「要不要去問問我那個拜把子的妹妹？」

「你是說胡三奶奶？」李果點點頭：「當然可以問。」

朱二嫂心熱又心急，巴不得能為這件事出點力；也是對李果的一種情義，所以立即起身說道：「我坐轎子去一趟，馬上回來。」

「朱二嫂，今天晚了——」

「你不必攔她。」李果搶著說道：「難得她自告奮勇，不讓她去，反而害她心裡不舒服。」

於是李鼎親自到櫃房去替她招呼，看她上了轎，才回來問李果，何以對安儀周可出之以要挾？

原來馬秋玉就是馬曰琯；安儀周就是安岐，他本是權相明珠的家僕；領了主人家的資本在兩淮行鹽，發了大財。他的小主人揆敘，與胤禩的關係，異常密切；所以胤禩有甚麼特殊用途，需要大筆款子時，都由安岐孝敬。這樣，如今的皇帝自然厭惡其人；倘或沈宜士的「親供」中將他也牽了進去，皇帝一定饒不過他，家破人亡的鉅禍，十之八九不可免。

「當然，這樣做似乎有傷厚道；不過事出無奈，也只好先把良心擺在一邊。」李果又說：「跟安儀周的交涉我來辦；看馬秋玉，我希望你一起去；你只說一句：諸事請秋玉先生幫忙。其餘的話，我來說。」

「是！就這樣好了。」

商量定了，隨即開飯；一面喝酒，一面等朱二嫂。直他們吃完，方始等到；她臉上紅馥馥地，星眼微餳，三分春色，七分喜氣，李果知道找到路子了。

「想來在胡家吃過飯了。」李鼎問說。

「是的！因為要好好商量，所以在那裡吃的飯。」朱二嫂說：「巧得很，明天就可以把汪太太請來。」

「請到哪裡？」李果問說：「請到胡家？」

「是啊！」

「能把汪太太請來倒不容易。」

「有個說法——」

這個說法，是彩雲想出來的。胡三奶奶跟汪太太同在一個佛會；每月逢三、逢八，相聚念經。每次半天，或者上午、或者下午；如果上午，汪太太念完經就走；倘是下午，吃了午飯才來，因為她飲饌講究，從不在他家進食。當然，一月之中，總有三、四次是在她家花園裡聚會，以極精緻的素齋饗客。

「明天是上午念經；念完了，胡三奶奶邀她來吃齋——」

「啊、啊！」李鼎恍然大悟，忍不住搶過話來說：「那要看你大獻本領了。」

「我有點擔心。」朱二嫂說：「素齋做不過她家的廚子，變成故意找個因頭把她請了來；她心裡有了防備，話就難說了。」

「就是現在話也很難說。」李鼎搖搖頭。

「這要你們兩位商量；彩雲的口才好，我想讓她來說。」

「不妨從阿筠身上說起，一步一步提到我。」李果答說：「彩雲對前後的情形，完全明白；她自有話說。」

馬曰琯的小玲瓏山館高朋滿座，延賓之處，至少有五處，客去客來，主人不一定知道，但必有「支賓」延接，殷勤款待，如果投書贈詩，有所干求，不必客人開口，支賓察言觀色，先會婉轉動問。只要不是所求太奢，「支賓」亦可作主，讓人滿意而去。

像李鼎由李果陪著來求的事，不但非支賓所能答覆，而且亦非支賓所能與聞。不過李果的態度也很瀟灑，與一些熟人周旋了一番，方始問起主人，說是專誠從蘇州來拜訪。

支賓雖不知來意，也能約略猜到；當時帶了他們到巍然崛起於花木掩映中的「叢書樓」；馬曰琯正跟來自杭州的名士厲樊榭，在欣賞一部宋版的《杜工部集》。聽說二李來訪，料知不會是好事；不過卻無諉避之意，向厲攀榭告個罪，另請清客相陪；然後將二李延入叢書樓旁，專門庋藏圖章印譜的「萬石山房」敘話。

「秋玉先生，」李鼎深深拜揖，「家父正在難中，叨在愛末，請賜援手。」

「言重，言重！」馬曰琯急忙答說：「尊公一向寬厚，如今出了事，我們都難過得很。前幾天在『鹽公堂』還曾提到，想湊個幾萬銀子，聊以將意。如有可以略效棉薄之處，只要力之所及，自然盡其在我。」

「多謝盛情。秋玉先生的高義，我父子早就知道的。所以——」

李鼎故意只說半句；一看李果，他立刻將話接了過去：「所以定了宗旨來的；一到揚州，首先來奉求足下。」

「嗯，嗯！」馬曰琯問道：「還預備看哪幾位？」

「少不得有安儀周。」

「他當然少不了的。還有呢？」

「其實有兩公登高一呼，萬山響應，亦不必再求別人了。」

「不然！八仙過海，還是何仙姑的神通最大。」

這自然是指汪太太；李果不便說有胡三奶奶這條門路，只這樣答說：「天上神仙，都是王母嘉賓；下界凡夫俗子，豈能仰望玉顏？足下是漢鍾離，領袖群仙，務乞成全。」

「不敢當，不敢當。汪太太跟內人常有往來，我可以轉託。」馬曰琯轉臉說道：「世兄，我們打開窗子來說吧，不知道打算著這裡能籌多少？」

李鼎為難了，只好推到李果身上，「世叔，」他說：「請你奉答秋玉先生。」

「秋兄，」李果故意提高了聲音說：「倘或是十來萬銀子的事，又何至於驚動八仙？」

馬曰琯笑了，「客山，」他說：「你嚇不倒我！」

這話很難捉摸他的真意，好像是說：你獅子大開口，我只當沒有這回事；也好像是說：幾十萬銀子的事，何必大驚小怪？照馬曰琯的性情來說，兩者都有可能。不過，最難於出口的一句話既已說了出來，下面的話就好說了。

「秋兄，既然來奉求，當然不能有半句虛言。旭公的虧空，到現在為止，算出來的，已近四十萬；可以備抵的動產不動產，不足十萬之數。此外可作將伯之呼的，不過三五萬而已。」
「照這麼說，起碼得二十五萬？」
「是的。」
「倘或籌不足呢？」
「那就是不測之禍。」李果緊接著說：「秋兄，你不能見死不救吧？」
馬曰琯矍然動容；李果便向李鼎使了個眼色，然後看到地上。
李鼎會意了，但除了帝王親貴及親屬長輩以外，從沒有給外人磕過頭，所以躊躇了一下，方能將雙膝硬生生彎倒。
「這是怎麼說？」馬曰琯跳了起來，「何堪當此大禮？請起來，請起來！」
「秋兄，」李果接著他的語聲便問：「可知道沈宜士繫獄了？」
「是啊！前一陣子他到揚州來，我想跟他深談；已經約好，忽然不辭而別。他是個好朋友。」
「是的。我很擔心他會做出對不起朋友的事來。」李果特意緊緊皺起了雙眉。
「怎麼？」馬曰琯問道：「可是他的獄詞枝蔓？」
「我很怕他為了維護旭公，操之過急。」李果又說：「秋兄這面，自然不會有絲毫牽連。」
「那麼，會牽連到誰呢？」
李果是很為難的神氣，欲語不語地好久才問了一句：「秋兄，曹李兩家，處境相似；曹家的虧空，恐怕也有二、三十萬，何以李被禍而曹獨全？請試言其故。」
「自然因為旭公與這位有連的緣故。」說著，馬曰琯做了個「八」的手勢。

「是的。」李果用低沉的聲音說：「我是替與旭公情形類似的朋友擔心。」

話中有話，機牙很深，馬曰琯不能不仔細想一想安岐的處境，以及安岐的安危福禍，與整個兩淮鹽業的關係，因而起身踱了幾步，隨手摘一朵建蘭，微微嗅著，彷彿忘卻了有客在。

李果知道自己這句話發生作用了，但既放還宜收，所以一聲：「秋兄！」等他轉過臉來方又說道：「沈宜士的性情，想來你亦有所知；如果不是上面連他都放不過，他亦絕不致出此。在他自投吳縣衙門以前，曾經有此破釜沉舟的表示。我曾極力勸他：旭公一生愛朋友，就到今日之下，也絕不肯在友道上落個不是；你這樣做法，看來是為旭公，其實大違旭公本意，必不以為然。他聽是聽了，極其勉強。如今他身受禁制，見一面很難，就見了面也無法細談；萬一想不開，一意孤行，我可要替旭公聲明，絕非他的本意，更非他的授意。將來請秋兄做個見證，我心所謂危，不敢不言。」

「客山，你這話應該跟安儀周去說。」

「不是！」李果答說：「安儀周我不很熟，交淺言深，易滋誤會。」

「那麼，你跟我說這話，是希望我轉告？」

「也不是！如果是那樣的意思，豈不成了要挾？」李果緊接著說：「總之，心所謂危，不敢不言。不過，這話除了秋兄，我絕不會跟第二個人說。」

「承情之至！」馬曰琯微皺著眉說：「我倒為難了。不過，也是義不容辭的事。」

這句「義不容辭」，意思也很曖昧；不過從他的神氣中看得出來，他相信李果的警告，出於善意，這就成功了。

「兩位在這裡小酌，如何？」馬曰琯突然問說。

「謝謝！勉為歡笑，徒然掃了滿座的興。」李果搖著手說：「不可！」

「也罷！兩位下榻何處？」

李果說了地方，向李鼎使個眼色，隨即起身告辭。回到客棧，已是夕陽啣山，朱二嫂卻還未歸。李果便與李鼎評估此行所得；兩個人都是樂觀的，相信馬曰琯會找安岐去商量，好好籌一筆款子出來。

「不過，有一點我不大明白。」李鼎問道：「馬秋玉何以將汪太太看得這麼重要？莫非他跟安岐說好了；汪太太還會有意見？」

「他們是希望汪太太多出一點兒，他們就可以少拿。還有，據我所知，『八仙』之中盡有面和心不和的；唯獨汪太太出面說一句，大家都不好意思駁她的回。」李果又說：「不過汪太太自然也有她的長處，為人伉爽、正直、熱心，行事漂亮，不能不令人心折。」

李鼎聽得這話，既興奮、又擔心。興奮的是有胡三奶奶這麼一條路子；擔心的是不知彩雲這一計，可有效驗？

「朱二嫂還不回來？」他望著垂暮的天色，顯得有些焦躁。

看他這沉不住氣的樣子，李果不免好笑，「不用急！到現在不回來，是好徵兆。」他說：「說不定讓汪太太把她們姐妹三個，邀了去作客了。」

想想他的話不錯，李鼎也寬心了。人逢喜事精神爽，頗有找個地方去大嚼一頓的意思。等他將這話說了出來，李果便說：「不必出去！在這裡也能大嚼。快了！馬秋玉會送菜來。」

果然，馬曰琯派人送了食物來，一個一品鍋，八樣菜，四樣點心；另外還有十斤小罈的一罈花雕。又附了一封信，特製綵繪玉版箋上一筆瘦金體，是馬曰琯的親筆。

李果看完說道：「菜倒罷了！這罈酒可名貴了，先帝第一次南巡；揚州鹽商辦大差，特為向紹興酒坊定購的陳酒。在馬家窨藏了三十多年，快四十年了。看看十斤酒，怕拿一百兩銀子都沒有買處。」

因為酒太名貴，李鼎便封了二十兩銀子的賞號，連同回帖一併打發了馬家的人，才向李果說道：「這罈酒既然來之不易，今天喝了也可惜。我看，不如留著，到值得一醉的時候再喝。」

「說得是！留著，留著。」李果又說：「我想，那一天也不會太遠。」

他指的是李煦了清虧空，恢復自由之身的那一天；李鼎自然明白，「禍福就看這一次了。」他說：「我總覺得數目太大，恐怕難以如願。」

「揚州的鹽商，甚麼事都做得出來；論實力，馬、安、汪三家，每家拿個十萬銀子，也是輕而易舉之事。」

這一說，李鼎便又樂觀了；陶然舉杯，胃口大開。吃到一半，只見朱二嫂與彩雲，連翩歸來；兩人自然都離座招呼。

「正愁著吃不了，」李果說道：「你們倆回來得正好。」

「我們可是吃了飯才回來的。不過陪陪你們也不妨。」說著，朱二嫂自己動手，端了椅子與彩雲都坐了下來。

「怎麼樣？」李鼎問道：「朱二嫂大獻身手，必是賓主盡歡？」

「惹上麻煩了。」朱二嫂說。

二李大吃一驚，不約而同地睜大了眼注視，渴望著她說明，惹上了甚麼麻煩。

「也不能說麻煩。不過，」彩雲抿嘴笑道：「以後李師爺可不大方便了。」

越說越玄，只是已看出來不是甚麼了不得的事；李果心情一寬，微笑問說：「我有甚麼不方便？」

「汪太太吃了我大姐的素菜，讚不絕口，而且跟大姐也很投緣，要請她去做女清客呢！」

「那是好事啊！」

「鼎大爺別聽她的！甚麼女清客？汪太太要我替她去管一個小廚房。」

「那也是好事啊！」李鼎看著李果笑道：「不過，倒真的是不大方便了。」

「不說這些！」李果關心的是汪太太的態度，「照這樣說，你們談得很投機？」

「這倒不假。我們是一半、一半的功勞——」

一半的功勞是朱二嫂的易牙手段，另一半的功勞是彩雲的詞令。那時當今皇帝奪位的隱情，已是四海皆知，卻苦於不知其詳，汪太太也聽了很多，言人人殊，始終弄不清真相。彩雲可說是身歷其境的人；而且從李紳、李果那裡也聽到了好些祕辛。加以她理路清楚，口齒伶俐，有條不紊地從頭談到底；提到的王公大臣，有名有姓，有些是汪太太所熟悉的，聽彩雲所談到的情形，印證她平時所知，大致不謬，便越覺得她敘得入情入理，始末分明，聽得入迷了。

這一下午的長談，還很巧妙的發生了一種作用——為李家乞援的事，很難措詞；因為以李煦與汪石公夫婦的身分，朱二嫂與彩雲何能有居間的資格？彩雲趁她自敘何以南來的機會，將皇帝對李煦有成見的情形，夾帶著敘在裡面；同時她的千里賣書的義行，自然而然地也就說明了李煦是值得同情的。有這個伏筆在那裡，李果、李鼎有所干求，便易於為汪太太所接受了。

「好極，好極！彩雲，你比你大姐的功勞還大──」

「別這麼說！李師爺，」彩雲怕朱二嫂不悅，趕緊搶著說：「自然大姐的功勞大；汪太太跟她也最投機。不然，怎麼死乞白賴地，非要請她去作伴兒不可呢？」

「是，是！功勞都大。」李果轉臉問道：「你是怎麼個意思呢？答應了沒有？」

「不答應也不行啊！」

「人家關聘的銀子都送了。」彩雲笑道：「一千兩一年；先送三年。」

「好傢伙！」李果笑道：「這麼好的『館地』哪裡去找？」他又問：「你哪天『走馬上任』？」

「甚麼走馬上任？我總得先回去一趟。」

「不！你先別回去！明天如果是好日子，你就去就館。」李果緊接著說：「倘或她跟你談起鼎大爺家的情形，你就在旁邊多敲敲邊鼓。」

是李果的意思，朱二嫂自然毫不猶豫地答應了下來。

這時彩雲已去找了本皇曆來，明天諸事不宜，後天卻是大吉大利的好日子；朱二嫂決定後天去就新居停。

「朱二嫂這麼幫忙，我真好生過意不去。」李鼎說道：「無錫那面有甚麼事要辦，請你交代。」

「算了，算了！」朱二嫂搖著手說：「你是大少爺，哪辦得來我們這種小戶人家的事。反正先寄個信回去；等我在汪家料理得有個頭緒了，再看情形。能耽下去，我請個假，把家先搬了來；耽不下，我還是回無錫。」她緊接著又說：「倒是要我敲邊鼓，不知道怎麼敲法？」

「你別急！」彩雲笑道：「回頭李師爺自然會在枕頭上告訴你。」

朱二嫂自己也覺得，此刻不便多問。紅著臉笑了笑，向彩雲說道：「筠官的事，你跟鼎大爺說一說。」

於是彩雲將筠官如何想念四姨娘的情形，細細向李鼎說了一遍。

原來阿筠在胡家，想念四姨娘想得很厲害，所以彩雲認為阿筠的行止，是件需要重新考慮的事。

「趁這會兒回頭，還來得及；越走越遠越想家，那時候進退兩難，怎麼辦呢？」

「她答應了四姨娘的，怎麼又變了卦呢？」李鼎皺著眉說：「明天等我再問她。」

「也不必明天就問。」李果插進來說：「先看大局如何，再定行止。」

這是說，如果此行順利，揚州鹽商格外幫忙；湊足了李煦彌補虧空所需的鉅數，過了這個難關，筠官自然就不必單獨行動。當然，這是過於樂觀的想法。

「反正兩條路，隨她挑；一條北，一條南。如果她不願意到通州，就只有送到南京。」李鼎又說，「照我看，還是要請你把她帶了去。」

「何以呢？」彩雲問說。

「倘或能夠無事，我們全家也要北上歸旗。葉落歸根，仍舊是在京裡。」

「怎麼？」朱二嫂頓時有些依依不捨的離情孳生，「不會再住南邊了？」

「除非另外派了在南邊的差使。」李鼎搖搖頭，「那是不會有的事。」

「也不見得！」李果始終是持著樂觀的態度。「路要一步一步走。這一次我在南京，跟曹四爺沒有談出甚麼來；從震二爺那裡，倒打聽好些事。」

「是，」李鼎問說：「京裡的情形？」

「是的。莊親王那裡應該是一條路子。」

據說，現在皇帝的兄弟中，最受寵信的，除了怡親王胤祥以外，就得數莊親王胤祿。他之所以得寵，是由於皇四子弘曆的緣故。

「四阿哥從小就為他祖父抱養在宮裡，指定由密嬪照料；密嬪後來進封為妃，如今是密太妃了。她就是莊親王的生母，密太妃待皇四子很好；莊親王跟四阿哥叔姪的感情，更與眾不同。莊親王教他打火槍、演天算，彷彿是老師。就為了這個緣故，當今皇上對莊親王是另眼相看的。」

「照這樣說，皇上必是很寵四阿哥？」彩雲插嘴問說。

「一點不錯。大阿哥養到八歲，二阿哥下地就夭折了。三阿哥跟四阿哥同年，可是人品比四阿哥差得遠。」李果向窗外看了一下，低聲說道：「將來大位必歸四阿哥；據說已經親筆寫下硃諭，藏在一個祕密的地方。萬一——」

他雖沒有再說下去，大家也都了解，不過了解的程度不同。李鼎在想，當今皇帝必是知道自己得位不正，或者弟兄之中，有人憤無可洩，竟出以行刺的手段，所以預先安排下這樁大事，由此亦可以想見，皇帝對八貝子、九貝子及恂郡王的猜忌防範是如何深刻。

「曹家，」李果又說：「如今是交給怡親王照看；凡是交給怡親王照看的，就算保了險了。這且不說，曹家將來還有一條大富大貴的路子，世兄，你可知道？」

六親同運，曹家大富大貴，李家就有很大的好處；李鼎自然關心，「我們不知道。」他說：「我倒還非得聽聽不可。」

「這條路子，在平郡王的世子福彭身上。親貴中十來歲的少年，不下二、三十；四阿哥獨獨跟平郡王的世子，好得跟親兄弟一樣。曹家將來會怎麼樣，你們倒想呢！」

不用想也知道，只要皇四子弘曆接了位，福彭就會像現在怡親王那樣受寵信。曹家的外甥，豈有不照應舅家之理？

這層道理李鼎明白，朱二嫂跟彩雲不明白。於是李果將平郡王訥爾蘇與曹家的關係為她們解說了一遍。

「原來這位王爺是曹家的姑老爺。」朱二嫂問：「那麼跟鼎大爺呢？」

「平郡王的福晉是我的大表姐。」

「這樣說，平郡王是鼎大爺的表姐夫。有這麼好的皇親國戚，還怕甚麼？」朱二嫂有了些酒意，很豪邁地說：「船到橋門自會直，鼎大爺，你甚麼都不用擔心！」

第二天沒有馬曰琯的消息，是在意料之中，因為他跟安岐、汪石公去談，需要時間；第三天沒有消息，也還可以忍耐；到得第四天中午依舊杳無音信，李鼎與李果都有些沉不住氣了。

「怎麼辦？」李鼎問說：「是不是託個人去探探信？」

「無人可託。」李果搖搖頭，「沒有人知道這件事；要託，就得從頭說起。結果呢？事情尚未辦成，已鬧得滿城風雨了。」

「我倒想起一個人來了！」李鼎突然說道：「朱二嫂到汪家，已經三天，也許聽到了一些甚麼。」

「可是人在汪家啊！」

「託彩雲或者胡三奶奶到汪家去看她，有何不可。」李鼎提議：「咱們到鏢局子去一趟，見機行事。如何？」

坐守無聊，李果自然同意；卻不曾想到正是午飯時分，一到鏢局，便為胡掌櫃奉為上賓，置酒相待。他那肫摯的神態，以及一肚子的江湖故事；使得二李暫時拋開了愁煩，且飲且談，竟忘了時間。

「鼎叔，」突然間，筠官闖到席上，「你請來一趟。」

「喔！」李鼎問道：「甚麼事？」

「你過來嘛！」等把李鼎拉到一邊，她低聲埋怨，「怎麼一喝上酒就沒有完？胡三嬸都急壞了；朱二嬸來了一個多時辰，等著你有話說呢！」

李鼎大感意外，但亦深感欣悅；覺得事情很巧，毫不考慮地讓筠官牽著手，由小門穿到了胡家。

堂屋裡「三姐妹」一齊起立相迎；招呼過了，彩雲便拉著筠官的手說：「天涼了！來，我替你添件衣服。」

這是有意將她調開；朱二嫂看她們走遠了，方始開口：「鼎大爺，我聽到一句話，不知道你跟李師爺知道了沒有？」

「不知道。這三天甚麼話也沒有聽到；今天就是想來託你打聽打聽消息。請快說吧，是句甚麼話。」

「汪太太說，錢倒有，也肯幫忙。不過。就像下水救人那樣，要識水性才能下去，不然讓水裡的人一把攥住辮子，那就大糟其糕了。」

這個譬喻，李鼎完全明白。幫忙也要「師出有名」；非親非友，無端拿大把銀子助人，自然是因為有禍福休戚相連的關係。倘或朝廷查問，憑甚麼助李煦償此鉅額虧空？你們從前受了他甚麼好處？這一下翻起老帳，豈不就像下水救人，反而被人拖住，落得個同遭滅頂的命運。

這一層是他跟李果早就想到了的，雖然尚無善策；但相信必可找到一個妥當的說法，所以此時很興奮，也很沉著地問：「還聽汪太太說些甚麼？朱二嫂。」

「沒有別的話了。」

「好，多謝，多謝！你帶來的這句話，正是我跟李師爺在等的一句話。」李鼎又問：「怎麼樣，跟汪太太很投緣吧？」

「嗯！還不錯。」

「李師爺在外面，你要不要跟他見見面？」

「不必了！」朱二嫂說：「我還得趕回去，汪太太約了人在鬥牌。晚上一頓點心，一頓消夜，歸我預備。」

「那就快請吧！多謝、多謝！」

朱二嫂先走，李鼎跟筠官又說了會話，方始重回鏢局，止酒吃飯；李果從他神色中，已看出李鼎已有所得，隨即起身告辭，安步當車，在路上就談了起來。

「錢數是多少呢？」

「不知道。」李鼎答說：「看樣子，或能如願。」

「如今不但要有錢，還得快！不然宜士恐怕頂不住。」李果站定腳說：「你看是此刻去看馬秋玉，還是明天一早？」

「明天一早好了。」李鼎摸著發燒的臉說。

李果也覺得帶著醉容去談如許大事，很不妥當；不待李鼎答覆，心裡就已變了主意，所以毫無異詞。

「上哪裡走走？」他不想回客棧。

李鼎亦有同感，「『最無聊賴是黃昏』，如今我才懂這句詩。」他說：「忙人，沒有心事的人，永遠不會知道，一個人的苦樂異趣，只有在黃昏才最分明。」

「咦！」李果詫異地轉臉來看。

李鼎倒有些窘，不知道自己有甚麼不對？只好避開他的逼視的目光。

「你知道不知道，就這半年，你像換了個人？」

「世叔怎麼想出這句話來問？」

「我早有這麼個想法，剛才聽你的話，覺得我的想法不錯。你說一個人的苦樂異趣只有在黃昏最分明，這就見得你已經領略到黃昏的另一種滋味了！」李果指著一處亂砌青石的圍牆；牆內玉蘭開得正盛；花光掩映，樓閣參差的園林說：「長夜之飲未始，一日之計正長！世兄，府上的繁華，你經歷是經歷過，不過只抓住一個尾巴；但即令是尊公全盛之日，未必能勝揚州的鹽商。

如果義山作客江淮於今日，就絕不會說：『夕陽無限好，只是近黃昏。』話說回來，一個人遲早會領略到黃昏蕭索的滋味；只是暮年方能領略，情所難堪。」

聽得這話，李鼎立刻想到老父，心頭一酸，眼眶發熱；趕緊揚起臉來，遊目四顧，想借鬧市的形形色色，轉移他的思緒，免得真的掉下淚來。

視線落在一家裱畫店，腳步隨即移了過去，裱畫店的規矩，不禁閒人觀賞。李鼎便駐足瀏覽，看到有一張紙色已現灰黃的條幅，署款是「可法」；寫的是一首七絕：「江黑雲寒閉水城，飢兵守堞夜頻驚；此時自在茅檐下，風雨蕭蕭聽柝聲。」

這自然是史可法督師揚州所做的詩。李鼎讀過一部視作禁書的抄本，名叫《揚州十日記》，描寫史可法苦守揚州，以及城破以後，清兵屠殺的慘況，對八十年前的揚州，有很清楚的了解。這首詩的上兩句，正寫出暮春陰雨連綿的天氣，北面清師南下，勢如破竹；而守卒外無援軍，內無糧草，風聲鶴唳，一夕數驚的悲慘境地；身歷其境，魂夢難安，到此時富貴之念都泯，只覺得哪怕就在茅檐之下，臥聽風雨蕭蕭中傳來的更鼓，也就是莫大的福氣。

他自覺解得不錯，也解得有味；回想數年前，脫手萬金，徵歌選色的豪情快意，恍如夢寐。心裡在想，如果再有這種機會，寧願放棄，但求換取「平安」二字。可是現在這種機會，是永遠不會再有的了。

不過李果卻說：「你錯了！這首詩不是這麼解！」

李鼎愕然，不信似地問：「還有另外解法？」

「是的。當然，照你那樣解法，也未嘗不可；不過上兩句與下兩句不接氣，稍嫌牽強而已。」

李果停了一下又說：「你別忘了，他作這首詩的時候，是何身分？詩中有人在；看不出詩中有人的詩，人人可用，不足為貴。」

對這兩句話，李鼎不能不心服，「是！同樣兵凶戰危，他做統帥的看法，與部曲自然不同。」李鼎又說：「在事的看法，又與局外人不同。」

「對了！你這麼說，我就可以跟你談另外一解了。」李果緊接著說：「上兩句是寫危城，朝不保夕，隨時可下。須知第三句的『自在』，要與第二句的『頻驚』對看。意思儘管部下心驚肉跳，他卻不以為意；仍能以閒逸的心情，也就是清明的神智，在蕭蕭風雨中，細數更籌，靜待黎明。這不是麻木不仁，是已知事不可為；唯有一死殉國。勘破生死，則世上再無可憂之事。所謂『欲除煩惱須無我』；這首詩正是史可法自寫其無我的心境。」

「真的嗎？」李鼎不勝驚異，「他身負督師重任；國脈如絲，託於一人之手，竟能這樣看得開。豈非太不可思議了！」

「這也是眼見事無可為，不得已而求心安的法子。」

李鼎默然。一直快走到客棧了，他才突然問說：「世叔，你看我怎麼才能求得心安？」

李果深感意外，直覺地答說：「如今並非事無可為。」

「我是假定的話。」

這下是李果不能不沉默了。回到客棧，仍舊沒有答覆，李鼎便又重申前問。

「一個人如果只求心安，容易得很，只在一轉念間。」

「如何轉念？」李鼎又問：「我應該怎麼想？」

「盡力而為！」

李鼎爽然若失，想一想釘著問下去：「盡力而為而終於無可為，那怎麼辦？」

「那就不必要再想辦法，你自然就會心安。」

這話說得好像有點玄，但似乎話中亦頗有可以咀嚼之處。想了好一會，決定鼓起勇氣來問。

「世叔，我一直不敢想，這場災難如果躲不過去，會是怎麼一個結果？如今我倒要問：到底會有怎麼一個結果。請你照《大清律》來說。」

「照《大清律》來說，虧空公款，自然追產抵償；追償不足，眷口奴僕皆可變價抵補。」

一聽這話，李鼎不由得打了個寒噤；然後頭臉發熱，心中躁急不堪，口不擇言地說：「倘或落到那步田地，立刻就會出好幾條人命！」

李果一楞，想一想才明白他的意思；別人不說，只說四姨娘，倘或有一天說要拿她發交官媒價賣，當然不受此辱；而欲求免辱，除卻自裁，更無他法。

「不行，絕對不行！」李鼎氣急敗壞地，「到那時候，老爺子的命也一定保不住了。」

「世兄，世兄，你稍安毋躁。」李果勸慰他說：「若要盡力，先須沉著。」

「是的，是的！」李鼎喘著氣說：「我要沉著。我不相信會落到那步田地。」

「是啊！事在人為。你把心定下來，此刻且不必胡思亂想，自蔽神明；一切都等明天去看了馬秋玉再說。」

這一夜李鼎終宵不能安枕，有時倦極入夢，不一會立即驚醒。到得四更時分，實在煩躁得無法排遣，索性披衣起來。打開房門，讓冷風一吹，人倒舒服了些，便端張凳子坐在廊上，望著一丸涼月，覺得心是靜下來了。

太古以來，就是這麼一個月亮，也不知照過人間多少悲歡離合？他心裡在想，不管世間如何天翻地覆，月亮還是月亮，並不減它絲毫的清光。如果自己是月中伐桂的吳剛，閱慣人間滄桑，視如無事，那有多好？

於是，他又想到了「欲除煩惱須無我」這句成語；真個盡力去設想自己處身在浩淼太空的亙古圓月之中，居然能夠放寬胸懷了。

不行！他突然又落回人間；這是企求麻木不仁的心死。人間之哀，莫過於此；還是應該盡力而為。

於是他又想起了史可法的詩句，很奇怪他在那種朝不保夕，傷心慘目的境況之下，居然能自在於茅檐之下，靜聽風雨蕭蕭中的柝聲！是甚麼樣的想法，能使他有如此平靜的心境？

李鼎設身處地去想，那時內有馬士英、阮大鋮之流的一班奸臣；外有跟土匪頭子一樣的「江淮四鎮」，而福王之毫無心肝，又遠過於劉阿斗、陳叔寶！自己是個土崩魚爛之局，試問除了一死報國以外，還能有何作為？甚至藏在史可法心底的想法是，明朝不亡，是無天理。他並不覺得哪個皇朝的傾覆，是應該惋惜、應該挽救的；他只不過盡他的臣子之義而已。

然則自己的這個家，莫非就像明末的天下那樣，注定非垮不可？他很惶惑，不願承認但不由自主地會去比附，幾十年驕奢腐敗，積漸而成不可救藥的沉疴，情形是差不多的。只是這驕奢腐敗之中有他一份，而史可法沒有！

他終於恍然大悟，為甚麼史可法能夠心安理得，而他不能？差別就在這裡。

想過了這一點，他的心境也就不同了。今天的受苦是應得的懲罰，不必妄想去求解脫，只有咬著牙去忍受，等受夠了罰，自然無事。

這就是因果，他忽然想起天輪幾次在靜室中跟他談禪，每每愛說：「欲知他日果，但看今日因。」而在此刻來說，是「但看今日果，便知往日因」。從今以後，除了懺悔宿業以外，不必去強求甚麼！

有了這樣一個結論，李鼎才發覺客棧中已有動靜了；趕早路的旅客，都已起床。有個夥計持著白紙燈籠經過，訝然問道：「李大爺怎麼半夜裡就起來了？莫非要趕路？」

「不！」他平靜地答說：「不必趕！遲早會走到的。」

夥計越發詫異，卻不敢多問，心裡在想：這位大爺是甚麼毛病？

到得小玲瓏山館，一經通報，主人立即接見；在座的，另有一個八大總商之一的陳哲功。李果自然認識，李鼎卻還是初見。

「兩位來得正好。」馬曰琯說：「我本來也要奉邀談一談。今年『公所』是由哲功兄『值年』，一切請他來主持。」

李果一聽口風不妙，已有推諉之意，事到如今，必得說兩句軟中帶硬的話不可了。

「秋兄，事急求人，出於無奈；彼此休戚相關，而處境不同。旭公的想法，總希望揚州的朋友，常在順境之中，過去如此，現在如此；希望將來亦是如此。只是旭公的困境，亦要請揚州的朋友，多多關注；他能夠脫困，對大家是有益無害的。」

這是暗示李煦過去很照應揚州的鹽商，方始得有「順境」；說「希望將來亦是如此」，便是表示將來未必如此！加上助李煦脫困，對大家有益無害這句話，絃外之音就很明顯了，李煦如果不能脫困，當然對大家有害無益。

因此，陳哲功急忙接口：「是！是！客山先生的意思，我們完全明白。李旭公的事更是義不容辭。不過，事情並不容易；倘或容易，客山先生亦不必陪著鼎大爺下顧揚州。兩位想，可是這話？」

「是的！」李果不能不承認：「正因為不容易，所以要仰仗各位的大功。」

「言重！言重！我剛才說過，大家都覺得李旭公的事，義不容辭；不過事情要把它辦通，亦非一手足可了。昨天晚上，秋玉、石公，還有幾位一起在安家深談，有個看法是相同的。」

「請教。」

「為李旭公效勞是交情，所以是私事；但是替李旭公彌補虧空，國帑無損，也是公事。所以這件事可說半公半私；出於私下的交情，但得照公事的路子去辦。這一層，要請兩位心照。」

聽他這話，李果不敢輕忽；因為陳哲功一向精明，他這樣說法，看起來冠冕堂皇，暗中或許藏著甚麼機關，因而很謹慎地答說：「只要事情辦通，怎麼樣都可以。能不能請老兄詳細見示？」

「我們商量好了兩個宗旨；第一，準定湊二十萬銀子。」

一聽有此數目，李鼎喜形於色。李果卻覺得高興得早了一點，便一面向李鼎使個眼色，一面問道：「第二？」

「第二，這不是私相授受的事，如果李旭公只是織造，從未巡鹽；我們湊二十萬銀子替他彌補虧空，跟公家完全不相干。既有過去的淵源；虧空的又是鹽課，那就必得請鹽院代為出奏，說明代賠的數目。只要奉旨准了，二十萬銀子我們就近在揚州代繳。尊處就不必費心了。」

顯然的，這是揚州鹽商站穩腳步的做法；而且他們也怕湊了銀子出來，為李煦移作別用，必須加此限制。李果設身處地想一想，也覺得是非如此做不可的。

「是！是！」他很爽快地說：「多仗諸公鼎力援手，我替李旭公先謝諸公高義。准定如此辦法；我們那面申復，就說揚州八大鹽商已允代賠二十萬；請在虧空總數中減去此數就是。」

事情就這樣說定了，可算是個圓滿的結局。馬曰琯便要特為二李張宴，而李鼎堅辭；李果倒覺得他人既然幫了很大的忙，而且難題已解除了大半，不妨作一番應酬，也是有益無害之事，無奈李鼎意不可回，只好再三致歉告辭。

「世叔，我想這件事還得要上緊；他那裡助人之事，能按部就班履行諾言就很不錯了；咱們這裡可與人家不同，非得想法子趕在前面不可。」

「何謂趕在前面？」

「只怕他那邊的公事未到，上頭已作了處置；等鹽院的公事一到，即令能夠挽回，先就受了許多無謂的騷擾了。」

聽得這話，李果不由得深深凝神，覺得他對世故的了解，一夕之間，大非昔比——他不知道李鼎經過昨夜那一番輾轉不能成眠，獨對明月，細思平生的徹悟，自然驚異多於一切。

李鼎當然也知道自己的想法，已經與前不同；他自己覺得處事已比較有把握了，但不願在李果面前表露任何彷彿自炫的神色，仍然謙恭地請教；「世叔，我說得不錯，或者根本上我的看法就錯了，請你告訴我。到揚州來，老爺子託付的是世叔；我是聽世叔指揮的。大主意，應該你拿。」

有這番明白透澈的話，越使得李果刮目相看，反倒不敢自以為處置盡皆妥善；至少並不比李鼎高明，所以急急答道：「世兄！世兄！咱們有事商量著辦。說實話，過去我小看你了。不經一事，不長一智。你能說出今天這番見解來，自然也是經歷了這一次大波浪，磨練出來的見識。旗下大爺，都能像世兄你這樣子；說句老實話，漢人也不敢看不起旗人。這些都是閒白兒，我們倒商量看，如今當務之急是甚麼？」

「世叔，你說得我太好了。」李鼎略停一下說：「我覺得咱們在揚州所得的結果，也就是陳哲功答應下來的話，得馬上讓兩個人知道。」

「哪兩個？」

「一個是沈世叔——」

「那當然。」李果搶著問說：「還有一個呢？」

「查制軍。」

他是指查弼納。如今李煦的案子，他居於舉足重輕的關鍵地位；能先讓他知道，揚州的八大總商，已允分賠二十萬兩銀子，虧空已去了一大半；公事可以交代，在查弼納自然就可以放心；加上幕友的緩頰，這件大案馬上就可以鬆下來了。

「世兄，你的見解確是很高了！不過，事情要做得扎實；咱們無論如何，得釘著陳哲功，讓他把答應代賠的公事報了出去；不但如此，還要等鹽院出奏，這二十萬銀子才算有了著落。你說是不是呢？」

「是！原不爭在這一半天的功夫。」

「對了，不爭在此。」李果又說：「除此以外，還有一個人，也得盡快讓他知道，有此好消息。」

「誰？」

「尊翁。」

「是！」李鼎泫然低頭，「我，我爹太苦了！」

事情大有轉機，不過又有意外的打擊；蘇州派了人來說：胡鳳翬進京見了駕回來，奉有口傳的上諭，要李鼎趕回去聽宣。

於是李果陪著他一起到了蘇州；進城直奔織造衙門大堂，李鼎跪在香案前面；胡鳳翬站在香案後面，虛中偏東，等李鼎磕完了頭，他輕咳一聲，朗然宣諭。

「你說與李煦、李煦家人、幕賓知道。李煦身受皇考天高地厚之恩，當如何力圖報稱？乃幾次虧欠官課，皇考恩出格外，賞予優差，俾其補完；不意至今仍有鉅額虧空，已查有確數者，即不下四十萬兩之多；豈李煦以為君上可欺，不妨胡作非為乎？似此辜恩忘義之徒，若不嚴懲，何以伸綱紀而整吏治？李煦在蘇州織造三十年，經手錢糧甚多，肆行侵冒。聞自朕御極後，即將家產寄頓各處，除命查弼納嚴行追查外，著爾諭知李煦及其家人、幕賓，如能自陳往日侵冒貪瀆情狀，並將所虧官課立即補完，猶可望朕一線之原；否則國法具在，不容寬貸。欽此！」胡鳳翬念完口傳上諭，停了一下，看李鼎沒有表示，隨即大聲喝道：「謝恩！」

這一喝，李鼎才如夢方醒，趕緊朝上磕了頭；抬起身子來看，只望到胡鳳翬的一個背影。

「鼎大爺！」烏林達上來攙扶著他，輕聲說道：「起來吧！你也別過於擔心，總有法子好想。」

「是，是！」李鼎心亂如麻，四處張望，根本沒有聽見他說些甚麼。

「鼎大爺是找李師爺不是？」烏林達說：「他在外面。因為宣旨，他不便進來；我陪鼎大爺去。」

找到李果，只見他臉色凝重；這當然是他已知道了嚴旨及胡鳳翬的態度的緣故。李鼎正要開口，有個聽差，疾趨而至，說胡鳳翬請李鼎在簽押房相見。

「你去吧！」李果對胡鳳翬又生了希望，可囑著說：「你該稱他『老伯』；多求求他。」

李鼎點點頭，凝神想了想說：「世叔，你在這兒等我。」

「當然，當然。我就在門房裡等。」

烏林達邀他進去坐，李果不願。烏林達只好在門房中相陪，正在談胡鳳翬如何突然出現，立逼著要印信時，李鼎回來了。

「這麼快！」李果詫異。

「是的，沒有說幾句話。」

「談些甚麼？是問問尊翁、客氣話。」

「不是！談的是正事。」李鼎抑鬱地答說。

「談正事？」李果越覺困惑。

「他問我：康熙三十二年，內務府行文，動用備用銀八千兩，買米四千一百石，現在看冊子，這四千一百石米並沒有出帳，是怎麼回事？」

「康熙三十二年？」李果怕是自己聽錯了，「那不是尊翁到任的那年？你沒有弄錯？」

「沒有。」

「那你怎麼回答他呢？」

「我說，康熙三十二年，我還沒有生呢！他說：好！你請吧！我另外找人來問。」

李果楞在那裡，好久，好久，才垂頭喪氣地說：「完了！從上任開始查起；三十年的老帳，一筆一筆對，非把人治死了沒有完！」

第十四章

由於李家的事有了轉機，因而筠官的行止未決，錯過了隨大幫北上的機會；下一批得在一個月以後。胡三奶奶倒高興，可以留彩雲多住些日子，只是阿筠很難應付。

「到底哪一天嘛？哪一天才能去看四姨娘。」

「快了！快了！」彩雲得想出話來敷衍，話不大真，只有在態度上認真；一再重複，一再加重語氣，每次應付下來，兩頰發瘓，吃力得很。

「鼎大爺也是！到底怎麼樣，來封信也可以啊！」

這天胡掌櫃特地進來告訴：「消息可是不大好！聽說李家有個很有面子的管家姓錢，都上了刑了！」

「為甚麼？」胡三奶奶吃驚地問。

「為的追問李家有甚麼東西，寄存在甚麼人家。」

聽得這話，彩雲大起警惕；等胡掌櫃一走，便跟胡三奶奶商議。「二姐，」她說：「李家不是有十二顆東珠，我寄給姐夫了？照如今這樣子，倘或追到這裡來，不是平白害了你們一家。我看，如果不走，我得搬出去。」

「搬到哪裡？」胡三奶奶使勁搖頭，「你別胡出主意，不要緊！我家風險經得多。」

「不！小心一點兒的好。」

兩人爭持不決，只好派人將朱二嫂請來。她出了個主意，不管阿筠願意不願意，把她送到南京曹家最妥當。

「她不肯去的。」

「你也傻了！」朱二嫂說：「你只說回蘇州，她怎麼知道。等到她知道，人已經在曹家了；她哭、她鬧有人哄，你的千斤重擔可是卸下來了。」

彩雲還在猶豫，胡三奶奶卻說了一句：「我看，只有照大姐這個辦法。」又因為關礙著東珠的事，不足為外人道，她決定請她丈夫親自到蘇州去一趟。

於是胡三奶奶將他丈夫請了來談這件事。胡掌櫃對李家目前的境遇，遠不如他妻子了解得多；此刻一面聽，一面問，等將前因後果，弄清楚了，卻有了個新的想法。

「咱們雖談不上跟李家攀交情，到底不能拿他們當普通的客戶看待。李家遭了這場禍，總也要出點力，幫點忙，才能心安；如今他們不是要湊銀子補虧空嗎？我看，我替他找個主兒，把那十二粒珠子賣掉，對他們倒有點用處。」

「對！」朱二嫂接口：「妹夫的話很實在。」

「你找得著主兒嗎？」胡三奶奶問。

「有是有一個。就不知道這十二粒珠子的價錢。」

「那好辦。」彩雲說道：「姐夫到了蘇州把這番好意當面跟鼎大爺談一談好了。」

「是的，我也想這麼辦。」胡掌櫃問：「還有甚麼事？沒有了，我得到櫃上料理，明兒一早就動身。」

「有件事，我想跟姐夫商量。」雲彩問道：「送筠官到南京，我想就此往北走了，不知道走得通走不通？」

「怎麼走不通？一過江，往北一條大路，經徐州到山東，一過德州，就是直隸省境。」胡掌櫃想一下說：「南京往北的鏢車多，到時候我替你託人。」

「謝謝姐夫。」彩雲問說：「姐夫哪天回來？」

「去一天，來一天。前後三天功夫；從明天數起，第四天上，一定到家。」

胡掌櫃是第三天深夜回來的。彩雲還跟胡三奶奶在燈下閒話，阿筠似睡非睡地伏在她膝上；這時聽得丫頭悄然來報，急於要知道蘇州的情形，便將阿筠推醒了說：「去睡吧！不早了。」

「是不是胡三爺從蘇州回來了？」阿筠揉著惺忪的雙眼問：「咱們哪一天回蘇州？」

「是的，是的，快了！你先睡吧；一覺睡醒，就有準日子了。」

阿筠將信將疑地上了床；彩雲替她掖緊了被，放下帳門，捻小油燈，懷著一種彷彿大禍臨頭的不安預感，匆匆趕回原處，一看胡三奶奶的臉，便知道自己的預感不虛。

她不由自主地身子發抖，想問卻又情怯；到底還是由胡三奶奶告訴她說：「李家完了！」

「怎麼？」彩雲從打顫的牙縫中擠出一句話來：「是抄家？」

「家是早在抄了！」胡掌櫃答說：「還要治罪。」

「是他們爺兒倆？」

「鼎大爺倒不在內，有位沈師爺，還有個姓錢的管家；說是京裡指名要辦的人。這還不說，最慘的是，眷口發賣，賣了錢抵補虧空。」

「眷口？」彩雲楞了一會問道：「是哪些人？丫頭、小子？」

「那自然。還有，」胡掌櫃的聲音低了下來，似乎不忍出口似地，「李家的幾位姨奶奶都在內。」

「甚麼？」彩雲大聲問說，怕是自己聽錯了，「幾位姨奶奶，也跟丫頭一樣，由著人去買？」

「可不是！」胡三奶奶不斷搖頭，「你看有多慘、多淒涼！做官人家有甚麼好？想想李大人，從前到揚州來管鹽的時候，那份氣派！誰知道今天連幾個姨太太都會保不住？這話說出去都不會教人相信！」

「可是就有那樣的事。」胡掌櫃接口說道：「現在就不知道是就地發賣，還是要送到京裡去？」

「姐夫，」彩雲突然激動，「這是陰功積德的時候，你就把李家的幾位姨娘買下來吧！」

「我也是這麼說！不行。」胡三奶奶皺起眉頭，「說是甚麼要整批賣，不能單挑誰？整批一百多口人；身價還在其次，這一百多口買下來怎麼辦？」

「又是旗人！」胡掌櫃接著妻子的話說：「又是旗人！蘇州的茶坊酒肆，這兩天都在談這件事；說是吃慣用慣了的旗人，誰敢招惹。看樣子只怕要解進京去。」

「解進京去又怎麼辦呢？」

「這，」胡掌櫃說：「你是從京裡來的，應該比我們清楚。」

心亂如麻的彩雲，定神細想了一會，終於想起來了；男丁不知道，婦女是賞給王公大臣為奴為婢，或者送進宮去，在西苑有個洗衣局，旗人叫它「辛者庫」，在那裡服洗浣雜役。她還記得聽李紳說過，八貝子的生母，就是辛者庫的出身。

「唉！」彩雲嘆口氣，怔怔地胡思亂想了一陣，忽然記起一句要緊話：「姐夫，你見著鼎大爺了沒有？」

「見著了。人都脫形了！我問他筠官的事；他說，他不知道怎麼辦？又說，怎麼辦都好！」

「那麼，那些東珠呢？」

「為難就在這裡！」胡掌櫃很吃力地說：「鼎大爺的意思，我到這會兒還沒有想通。他彷彿不願意連東西跟人一起交給曹家——」

「慢一點兒，姐夫。」彩雲問說：「鼎大爺是說，如果把筠官送到曹家，他贊成。珠子可不必交給曹家。是這樣嗎？」

「是的。大致是這麼個意思。」

「珠子呢？交給誰？」

「他也吞吞吐吐說不清楚，彷彿是想咱們替他擔個責任。」

「咱們替他擔甚麼責任？」

「這個責任可大了！」胡掌櫃非常為難地，「我有一家大小，鏢局子有上百號人吃飯，我可真擔不起這個責任。」

彩雲明白了，李鼎的意思，等於是把這十二粒珍貴的東珠，寄頓在胡掌櫃家。這是個極重的罪名，倘或事機不密，牽累在內，豈止傾家蕩產？難怪胡掌櫃為難。

「那麼，姐夫，你不是說可以替他脫手嗎？」

「現在情形不同了，人家如果知道李家已出了事，就不會敢要這些東西。就算能夠脫手，變了現銀，如果寄頓在我這裡，一樣也是件不得了的事。」

「那怎麼辦？」彩雲說道：「只有連人帶東西，一起送到曹家。」

「是的！」胡三奶奶也說：「只有這樣辦最妥當！」

「妥當是妥當。可是，又彷彿不是鼎大爺的意思。」

「你答應他了？」胡三奶奶問：「答應替他收著？」

「也沒有明說，不過彼此心裡都有數兒了。」

「你看你！」胡三奶奶埋怨丈夫：「你做事一向乾淨俐落，怎麼在這要緊關頭上，糊裡糊塗，不把話說清楚。」

「唉！太太，你沒有看見鼎大爺那種神情恍惚，想哭沒有眼淚的樣兒！如果你看見了，也不能不順著他的意思敷衍他！」

胡三奶奶不作聲；彩雲也想不出有甚麼好說，三個人都是愁容滿面，萬般無奈的模樣。

「只好暫且看一看再說。」胡掌櫃只好作此不處理的處理，「也許明天能想得出辦法來。」

「或者，」胡三奶奶說：「交給縉二爺；他們自己弟兄，總不會出錯。」

「這倒是個辦法。不過這一來，就得專人護送二妹妹了。」

「專人就專人！」胡三奶奶接口：「就你自己辛苦一趟，也沒有話說。」

「不必這樣！我歸我走，東西請姐夫有便人捎了去好了。」

「再談吧！總得想個妥當辦法。」胡掌櫃突然說道：「聽，好像有誰在哭！」

彩雲凝神細聽，臉色大變，「是筠官！」說著，她衝出屋去。

果然，是阿筠站在那裡，淚流滿面，瑟瑟發抖；胡掌櫃夫婦也趕了出來，映著月色，看到她那模樣，異口同聲地驚呼：「怎麼啦？」

不問還好，一問反讓阿筠「哇」地一聲，索性大哭。彩雲又疼又憐又急，一把摟住她埋怨：「睡得好好兒的，幹麼又起來？」

這使得阿筠越感委屈，而且因為彩雲有責怪之意，又不免不安，因而哭聲收斂，而眼淚反如泉湧。胡掌櫃大為不忍，搖搖頭說聲：「可憐！」掉身走了。

「沒有甚麼！沒有甚麼！」彩雲故意這麼說，同時向胡三奶奶努一努嘴，意思是不必看得太嚴重，讓她去對付阿筠。

「是啊！沒有甚麼！」胡三奶奶附和著，「家裡不要緊的！」這句話是向阿筠說——料到她已經偷聽到胡掌櫃的話，所以這樣安慰。

「來吧！」彩雲平靜地說，拉著阿筠的手回臥室，剔亮了油燈，坐在床緣上問道：「你聽到了甚麼？」

阿筠只偷聽到後半段，而且談論那十二粒東珠的事，她也不懂；不過從語氣中她聽得出來，家裡又出了禍事！同時也知道她將被送至南京曹家，而不是如她所盼望的，回蘇州跟四姨娘在一起。

這些片段而複雜的情形，她一時也說不明白；彩雲費了好大的勁，才問知端倪，心裡寬鬆了些，前面最嚴重的一段話，總算她未曾聽到。

「你聽到了，我就老實跟你說吧，是要把你送到南京。你家不在蘇州做官了，自然不會再在蘇州住。」彩雲索性騙一騙她：「四姨娘也要到南京，把你送了去，不就見著了嗎？」

阿筠又驚又喜，但也有些疑心，「真的？」她用彩雲給她的手絹，擦一擦眼淚問。

「當然是真的。這會兒跟你說也沒用；你到了南京就知道了。」

「那麼，」阿筠想了想問，「咱們甚麼時候走呢？」

「得聽你鼎大叔的信息，總還得些日子；他們有好些行李要收拾，不像我跟你，說走就能走。」

「總有個日子吧？」

「半個月！」彩雲故意說得斬釘截鐵，並無絲毫猶豫。

阿筠果然相信了，「二嬸兒，」她又問：「那珠子是怎麼回事？」

「這與你不相干！睡吧！你看，」彩雲又埋怨著：「一雙手冰涼，也不知道受了寒沒有？還不快鑽進被窩裡去！」

等阿筠睡下，彩雲也熄燈上床；心中有事，了無睡意，在替李家擔憂，為李鼎難過以外，也不免自嘆造化弄人，無端與人共此患難；於是想到尚在獄中的丈夫，心掛兩頭，越發難以成眠。

不知過了多少時候，突然發覺阿筠有呻吟之聲；探手一摸，額上滾燙，果然受涼致病了。真是命中磨蝎！彩雲滿心煩躁，真想哭一場才痛快。坐起身來，只覺渾身乏力，懶得動、懶得想，只有個賭氣的念頭，倒要看看還有甚麼倒楣的事？

這樣坐了好一會，情緒稍為平定了些，才掙扎著下了床；剔亮油燈一看，阿筠昏昏沉沉地，口中囈語，燒得神智不清了。

這一下，彩雲可真是受驚了。看樣子會驚風，片刻都耽誤不得；幸好，天色已經微明，硬著頭皮去叩胡三奶奶的房門。由她傳出話去，請揚州有名的兒科洪郎中，派轎子等著接了來。

「春溫！」洪郎中彷彿有些困擾，「脈中有七情內傷之象；小姑娘不應該這樣啊！」

「這個小姑娘與眾不同，洪先生。」胡三奶奶問說：「要多少日子才得好？」

「病來如山倒，病去如抽絲。這個小姑娘既然與眾不同，將來調養的時候，總要讓她心境寬舒，好得才快。」

胡三奶奶與彩雲對看了一眼。這樣默不作聲，便表示承認診斷正確；洪郎中用藥就更有把握了。

果然，一帖藥服過「二煎」，燒就減了。胡三奶奶因為阿筠是在她家得的病，所以比彩雲更為著急，此時方得鬆口氣，放了一半的心。

「怎麼辦？」她問彩雲，「總得讓她養好了才能走。」

「是啊！」

「那麼你呢？」胡三奶奶說：「耐著性子住下來吧！天也快熱了；明天我叫女裁縫來，替你跟筠官做單夾衣服。」

「二姐！」彩雲叫了這一聲，臉上有為難的神氣。

「你是想回去？」

「是！」彩雲如釋重負，「我到南邊來好幾個月了。」

「我知道！妹夫的事也要緊；不過，筠官怎麼辦呢？」

「我想託給大姐。」

胡三奶奶想了一下說：「也只好這樣！」

於是派人去請了朱二嫂來；細說經過——當然先要說胡掌櫃從蘇州帶回來的消息。朱二嫂一面聽，一面嗟嘆不絕；聽完只是皺著眉搖頭。

「大姐，」胡三奶奶忍不住催問：「你看怎麼樣呢？」

「這也不知道。汪太太那裡還在其次；我怕筠官捨不得三妹。她也可憐！想四姨娘想不到，又去了一個她親熱的人。」

這一說，彩雲的心立刻就軟了。胡三奶奶記起洪郎中的話，大生戒心；也變了主意，希望彩雲留下來，只是說不出口；到底人家丈夫還在獄中。

「唉！」彩雲嘆口氣，「有甚麼法子呢？」

這是無可奈何，不能不留下來的表示。朱二嫂自不免歉疚；想了一下說道：「你雖不能回京，事情還是要辦。張五爺我知道的，為人很熱心；不過年紀輕，凡事看得不在乎，得要有人盯著，才會上勁。我看，你不如寫封信給縉二爺，好好託他一託。」

「對了！」胡三奶奶接口說道：「信寫好了，託便人帶去；這裡便人很多。」

「看看再說。我已經告訴我弟弟了，讓他去找張五爺；上次來信，說過了端午就有消息，也快了。」

結果還是託鏢局的帳房寫了一封信，由胡掌櫃託漕船帶到通州，遞交李紳。彩雲定下心來，細心照料阿筠的重病。當然也關心著蘇州李家的情形，信息時好時壞，傳聞不一。直到朱二嫂回無錫，抽空去了一趟蘇州，才有比較確實的消息帶回來。

「李大人是搬出來了；房子空在那裡，說是要改成行宮，又說要賞給甚麼年大將軍。李大人住的房子，本來是織造衙門不用的一間庫房，籠籠統統一大間，用布簾子隔一隔，帶著幾位姨太太住；一舉一動，瞞不過人，只要誰不小心說錯一句話，馬上就是一場是非。尤其是二姨太太，吵得更凶！」

「唉！」彩雲嘆口氣，「這種日子，也虧李大人過得下去。鼎大爺呢？」

「他在外面住。只有他身子是自由的；可是比不自由更苦，裡裡外外都要他照應。」

「他一個人，又是大少爺出身，怎麼照應得過來呢？」

「有是有人幫他，一個是李師爺；還有個人，你們可想不到了。」

「誰？」

「是個姑子；三十出頭，長得很不壞。」

「真的？」彩雲與胡三奶奶不約而同地問說。

「怎麼不真？是鼎大爺自己告訴我的。」

「他怎麼說？」彩雲問。

「大姐，」胡三奶奶也問：「你是怎麼看見的呢？」

「我找我表姐打聽到了鼎大爺的住處；一去，看見有個三十歲的堂客，白淨面皮、一雙水汪汪的杏兒眼；穿的是旗袍，頭上可不像旗人梳的『燕尾』，是把頭髮束在頂上，用一頂青緞軟帽罩住。這副打扮特別，我就沒有敢招呼，鼎大爺也不說；到後來我到底忍不住了，開口問起，他才說是雨珠庵的當家師太。」

「叫甚麼名字？」胡三奶奶問。

「不知道。」朱二嫂答說：「我不好意思問。」

「怎麼？」彩雲不勝詫異地問：「姑子也能住在鼎大爺那裡？」

「自然是有交情的。江南——」

朱二嫂將江南原有這些風流尼姑的風俗，約略跟彩雲說了些。但也表示，像這樣「移樽就教」的事，實在罕見。

「她倒不怕別人說她不守清規？」彩雲覺得不可思議，「那膽子也真夠大了。」

「筠官呢？」胡三奶奶說：「既然鼎大爺本人沒事，內裡又有人了；倒不如把筠官送了回去。」

「我也是這麼說，鼎大爺說不行！人家到底是出家人；再說稱呼也很為難。」朱二嫂緊接著說：「其實，一半也是為了那十二粒珠子，有個地方寄放。我跟他說，人家胡掌櫃擔了極大的干係，他說他也知道，不過不要緊，因為除他跟四姨娘以外，沒有第三個知道這回事。又說：等筠官病好能上路了，把她送到曹家，他也贊成。反正一切都讓咱們商量著辦；就是不能送回蘇州。我看——」

朱二嫂不但把話頓住，而且面有憂色；彩雲與胡三奶奶自然都要追問緣故。

「我也是瞎猜，但願沒有這種事。」朱二嫂用低沉的聲音說：「鼎大爺變了樣兒了，不管神氣、說話，都像四、五十歲的人。每一開口，就說做人無味；又說把人情世故看透了，只為上有老親，不能不過一天，算一天。你們倒想，他這話是甚麼意思？」

「莫非是想走一條拙路？」胡三奶奶問。

「恐怕是這樣！如果李大人真有點兒甚麼，說不定他就會跟鼎大奶奶一樣。」彩雲重重地嘆口氣，「他家就是鼎大奶奶死壞了！真正冤孽！」

鼎大奶奶的故事，胡三奶奶全不明白，朱二嫂略有所知，唯獨彩雲聽李紳細細談過——當然，替李煦有些遮掩的話，但瞞不過明眼人。這異姓三姐妹跟李家已是休戚相關的情分，彩雲也就無所忌諱，將整個經過都說了給胡三奶奶聽。「真是！」胡三奶奶深深嘆息，「人就走錯不得一步！」

筠官完全痊癒了。端午那天，彩雲跟胡三奶奶說，決定趁天還不太熱以前，送筠官到了南京；她也就渡江北上了。

「我也知道，留你過了夏天再走，是件辦不到的事。不過，也不必太急；總還有半個把月，黃梅天才能過去。咱們在二十幾裡頭挑個日子。」

胡三奶奶取了皇曆來，替彩雲挑定五月二十六，是宜於夏行的黃道吉日。於是一面通知李鼎，從速告知曹家；一面要託熟人，攜帶彩雲回北。這都是胡掌櫃去忙；不過胡三奶奶也並不閒，將朱二嫂請了來，安排了一連串為彩雲餞行的日程，同時要為彩雲備辦行裝。又找了女裁縫來，支起案板，替彩雲與筠官裁剪夏衣；這樣忙了半個月，諸事都齊備了。

這天是試衣服；彩雲剛將一件淺藍寧綢的褂子穿上身，只見朱二嫂匆匆而來，一見那些有顏色的衣服便說：「這都穿不得了！」

「為甚麼？」彩雲一驚。

「我剛聽汪太太說，山東那面有消息，說是京裡有甚麼『哀詔』發下來，大概是皇上歸天了！我一想，這是好消息——」朱二嫂突然頓住，吐一吐舌頭，自責似地說：「你看我！說話這麼不留神！」

皇帝駕崩，倒是件值得高興的事，這不成了大逆不道？由朱二嫂的自責，使得彩雲與胡三奶奶都起了警惕，只能高興在心裡，絕不可形之於顏色。

於是彼此都繃緊了臉來說這件事，「大姐，」彩雲先問：「你的消息靠得住，靠不住？」

「怎麼靠不住。汪太太本來後天請幾位堂客鬥牌吃飯，現在也通知大家，不行了。」朱二嫂又說：「剛才我坐轎子來，經過布店，看見好些人在剪白布。這個消息想來官場上都知道了。」

「這一說是千真萬確。」彩雲忍不住要笑，旋即警覺，使勁閉一閉嘴，方又開口：「李家沒事了，就是皇上跟他作對；皇上一駕崩，誰還來做惡人？我看，李家不但沒事，說不定還要發達。」

「怎麼呢？」胡三奶奶說，「這我可不大懂了。」

「我一說，二姐你就明白了。皇上登位才半年，怎麼好端端駕崩了呢？必是十四爺他們把他推倒了；十四爺一當了皇上，李家還有不發達的嗎？」

「是啊！」朱二嫂緊接著說：「我剛才在轎子裡也一直在想，皇上是怎麼死的？如今聽你這一說，就對了。」

「真正是意想不到的事！蘇州人說：船到橋門自會直。果然不錯。如今，」胡三奶奶不自覺地出現了微笑，「三妹，你又可以多待些日子了。筠官自然不必再到南京；我看，咱們派一個人去問問鼎大爺再說。」

「那可得麻煩姐夫了。」

「這樣的麻煩求之不得！」胡三奶奶一面說，一面叫人去請胡掌櫃。

略說經過，胡掌櫃答道：「我也聽得有這麼個消息，不過不一定是皇上駕崩。」

「不是皇上是誰呢？」胡三奶奶問。

「也許是太后，也許是皇后。等哀詔一到就知道了。」

聽這一說，三姐妹都覺得有些掃興。「姐夫，」彩雲問說：「能不能請你派個人去打聽一下？」

「好！」胡掌櫃站起身來，「我馬上叫人去。」

「一定要打聽確實。」胡三奶奶特為關照：「三妹到底走不走，要等你有了消息，才能定規。」

胡掌櫃凝神想了一會說：「好！索性麻煩一點兒，我派人迎上去打聽。」

胡掌櫃派了一名鏢客，騎著他這年春天新買的一匹好馬，由揚州北上，到清江浦去打聽，那裡是漕督、河督駐節的水陸通衢，一定能探知確實消息。

朱二嫂這天就宿在胡家；夜來無事，燈下閒談，談的仍舊是這件「大事」。胡三奶奶比較冷靜，認為即令皇帝駕崩，接位的也不一定是「恂郡王」，李家的事，所以不能過分樂觀。

「不管怎麼樣，反正事情總是有轉機了。」彩雲一直持著樂觀的心情，「這一年多，我見過、經過的事，比大姐、二姐多得多；千變萬化，真是想都想不到。譬如說，老皇一駕崩，誰想得到會是今天這種局面？」

「是啊！」朱二嫂也是盡往好處去想，「有『閉門家中坐，禍從天上來』的災難，就會有絕處逢生、意外的救星。只看各人的命。李大人一向厚道，應該命中有救。」

就這樣閒談到深夜，方始各自歸寢。朱二嫂與彩雲一屋，由於過分亢奮，了無睡意，兩人又小聲談心；總以為阿筠睡得很沉，不會聽見，哪知她五更醒來，已有好多話入耳，只是似懂非懂而已。

為了偷聽大人說話，她自己也知道是件很嚴重的事，所以一直裝睡，不敢輕舉妄動。到得天色已明，看她們已沉沉睡去，方始悄悄下床，自己穿好了衣服，開出門去，在靜悄悄的院子裡，茫然眺望，不知幹甚麼好？

突然間，她發覺有人在撥她的辮梢；這沒有別人，必是阿牛。轉臉去看，果不其然；於是瞪了他一眼說：「老是鬼鬼祟祟的，看我不告訴三嬸兒！」

「怎麼？阿牛又欺侮小姐姐了？」胡三奶奶也剛起身，拉開窗帘在問。

「沒有，沒有！鬧著玩的。」阿筠一面回答，一面進屋，按照旗人的規矩，蹲身請安，含笑問道：「三嬸兒昨晚上睡得好？」

「你看！」胡三奶奶向接踵而來的阿牛說：「小姐姐多懂規矩！」

阿牛憨笑著；忽然正一正臉色，大聲說道：「媽！爹上蘇州去了；明天就回來。剛才進來，看你還睡著，讓我跟你說一聲。」

「喔！」胡三奶奶奇怪，何以突如其來地有此一行？

「三嬸兒，」阿筠問說：「胡三叔是不是看我鼎大叔去了？」

「我不知道啊！我沒有聽說。」胡三奶奶又問：「你怎麼知道的呢？」

「我——」阿筠停了一下問：「三嬸兒，是不是我家沒事了？」

「你，你這話是從那裡來的？」

阿筠遲疑了好一會，終於說了實話：「我是聽趙二嬸跟朱二嬸說的。」

「她們怎麼說？」

「我也不大聽得明白，說甚麼只要皇上——」

「別說了！」胡三奶奶趕緊喝住。

阿筠從未見胡三奶奶有此疾言厲色，又疑又驚，臉色頓時變了。

「喔，」胡三奶奶拉著她的手，不勝歉疚地：「對不起！我不是有意的。筠官，你記住，你年紀還小，別提皇上！聽來的話，擱在肚子裡，千萬別跟人去說。」

「媽！」阿牛插嘴問說：「皇上是誰啊？」

一言未畢，胡三奶奶一聲斷喝：「不與你相干！不准多問。」

這一來越使阿筠不安，也越不敢多問。胡三奶奶亦更覺歉疚，想了一下，將阿牛攆了出去，方始和言悅色地向阿筠解釋。

「筠官，你跟大人一樣，不比阿牛不懂事；你也是官家小姐，總知道，皇上不是隨便可以提的事。」她放低了聲音說：「當今皇上很嚴厲，你家遭了麻煩，得慢慢兒想法化解。如今好像遇見救星了，不過，詳細情形，也還不清楚。這件事不能說，一說反倒不好，所以我剛才有點兒急。你不會怪我吧？」

阿筠確是很懂事，聽出她的意思是，「一說反倒不好」是說對她李家不好；這自然是善意，心裡便舒坦。

「不！三孀兒是為我家好，我怎麼會怪你老。」

「對了！」胡三奶奶很欣慰地：「那麼，你也明白我的意思了，不再提『皇上』兩個字；聽到甚麼都擱在肚子裡。」

「是！我明白。」筠官想了一下說：「不過，有句話，我能不能問三孀兒？」

「你說！」

「如果我家遇見了救星，我就仍舊能跟著四姨娘住？」

「當然！也許一兩天就會有好消息。」

筠官愉悅地笑了；欲語又止，最後自言自語地說：「反正就是一兩天！」

胡三奶奶當然了解她的心情，「不要緊！」她說：「回頭你幫我理絲線，找繡花的花樣；辰光很快地就過去了。來！我替你梳辮子。」

胡三奶奶替她梳了辮子，又照料她吃點心，不斷地找話跟她談。在胡家住了幾個月，胡三奶奶像這樣跟她親近，卻還是第一回；心裡不由得在想：自己有這樣一個女兒就好了。

到得近午時分，彩雲醒了；阿筠聽得響動，回去探望。彩雲見她頭光面滑，不由得笑道：「是三孀兒打扮你的？」

「是的。」

朱二嫂也讓聲音驚醒了，打個呵欠問道：「甚麼時候了？」

「快吃午飯了！」門外應聲，進來的是胡三奶奶。

「你看我們倆！」彩雲說道：「竟睡得失聰了。」

「必是說了一夜的話。」胡三奶奶微作暗示，「你們倒不怕隔牆有耳。」

「你聽見了？」

「嗯！」胡三奶奶使個眼色，「聽見了幾句，似乎不多。」

朱二嫂跟彩雲互看一眼，都已意會；起身梳洗，然後開飯；席間商議到那裡去逛逛。

「我是跟汪太太請了假的，說彩雲快走了，得陪陪她；今天可以不回去。」朱二嫂問：「揚州哪座廟最大？到揚州好些日子了，還沒有去燒過香。」

「燒香要齋戒，這會兒又是現宰的鱔魚，又是生下來不到一兩個月的鴿子，吃完了去燒香，顯得心不誠——」

語聲未畢，彩雲愕然而止，因為鐘聲悠然，隨風而至；晌午只有鳴炮，何來晨鐘？豈不可怪！

怪事還不止此，鐘聲一動，響應紛紛，滿城皆是；「這是幹甚麼呀？」朱二嫂問：「出了甚麼事了吧？」

「啊！」彩雲突然省悟，「京裡來報喪的官兒到了！」

「對！」胡三奶奶接口；隨即站起身來，「我叫人去打聽。」

「皇上、皇后駕崩，要撞鐘；撞三萬下，得好幾天呢！」

「這是京裡的規矩吧？」朱二嫂說：「南邊可是頭一回！」說到這裡，她突然警覺，「唷，我可得走了。汪太太關照過的，如果是甚麼『哀詔』到了，全家成服，我得趕回去。」

於是彩雲送她到前面，跟胡三奶奶說明緣由，自然不能再留；雇頂小轎，急急地將朱二嫂送走。

「咱們就在這裡等消息吧？」彩雲撫著胸笑道：「我可真有點沉不住氣了！」

「隨你。」

胡三奶奶領著彩雲進了櫃房；喝著茶靜靜等待。突然，彩雲發現了胡掌櫃的影子。

「二姐，」她拉拉胡三奶奶的長袖：「你看！」

胡三奶奶亦已發覺；迎著剛跨進櫃房的丈夫問：「不是說你上蘇州去了嗎？」

「不必去了。」

「怎麼回事？」胡三奶奶問：「你上蘇州去幹甚麼？」

胡掌櫃看一看櫃房外面的人，低聲說道：「咱們上裡頭說去。」

於是胡三奶奶跟彩雲都跟著他走；一進了區分內外的那道小門，彩雲忍不住問：「姐夫，你知道不，京裡報喪的官兒下來了。」

「哪個不知道。不過，宮裡倒真的是出了大事。」

「啊！」彩雲驚喜交集地：「皇上駕崩了？」

「不是。」

「誰呢？」胡三奶奶也不能忍耐了，「你倒是快說啊！」

「是太后。」

「太后？」彩雲大失所望，腳步沉滯，彷彿路都走不動了。

「還有好些新聞——」

在堂屋裡坐定了，胡掌櫃從頭講起；他聽了朱二嫂帶來的消息，由於對李家的關切，所以一夜不曾睡著；到得這天黎明時分，斷然決然地作了一個決定，立刻到蘇州去一趟。

「我到蘇州，一則報信；二則要跟鼎大爺討句話，鈎官怎麼辦？」胡掌櫃略停一下說：「哪知道一出南門，就有了確實音信；蘇州自然就不必去了。」

「你們知道太后是怎麼死的？」

一聽這話，便知有文章；彩雲與胡三奶奶都不接話，只用目光催他說下去。

「是在宮裡的大柱子撞死的！」

「啊！」聽的人不約而同驚呼，簡直目瞪口呆了。

「說來我也不信。可是，你聽完了，不能不信；不合情理的事，不止一件、兩件——」

第一件是太后不肯受尊號，群臣上表苦勸，總算勉強接受了。第二件是不願移宮；太后原住「東六宮」的永和宮，本是前朝崇禎寵妃田貴妃所住；房舍精美，勝於其他王宮，但東西六宮，為天子正衙乾清宮的掖庭，連皇后都不宜住，更莫說太后。所以皇帝老早就請太后移居寧壽宮，而太后說甚麼也不肯。

這件事為皇帝帶來莫大的煩惱。因為寧壽宮顧名思義，是專屬於太后的頤養之地；太后不肯移居，意味著她不承認自己是太后；換句話說，就是不承認她親生的「雍親王」是皇帝。這已經使得皇帝很難堪了；但還不僅是有傷天威的顏面所關，進一步去考究，還有著激勵恂郡王奪回大位的意味在內；太后的意思彷彿是說：除非恂郡王當了皇帝，我才會移居寧壽宮。

而在恂郡王又會這樣想：為了讓生身慈親，成為真正的太后，樂於移居寧壽宮，以天下養，就非得奪回大位不可！否則就是不孝。

對這一層，皇帝持著極大的戒心。由於太后在宮中至高無上的地位，以及宮中其他太妃站在太后這一邊的很多，使得皇帝想到當侍衛都被摒絕在外的深宮之中，倘或太后當著恂郡王的面，宣布真相，逼令退位；再有胤禩、胤禟在外配合行動，後果不堪設想。因此，除了重用隆科多，掌管宿衛，日夜嚴防肘腋之變以外；更須隔離太后與恂郡王，不使他們母子有見面的機會。

但是，太后實在沒有鼓勵小兒子去奪位的意思，她只是寧願留下「母妃」的身分，以便恂郡王能夠奉迎她到王府去供養。經過這一次倫常劇變，她覺得她是天下隱痛最深的人；唯一使她覺得塵世猶有一絲可戀之處，就是跟她所鍾愛的小兒子住在一起。

因為如此，她全沒有想到皇帝的「小人之心」；只當在先帝奉安之前，派他去看守景陵，只是臨時的差使。哪知四月初九奉安大典已畢，皇帝仍舊命恂郡王住在湯山守陵；而且派內務府營造司的官員，到湯山相度地勢，起造王府，竟是要將恂郡王永遠軟禁在那裡了。

太后獲知這個消息，無異斬斷了她最後的一線生機，也斬斷了她跟皇帝最後的一線親情。於是太后開始絕粒，但只經過一日一夜的功夫，就不能不在宮眷涕泣求勸之下，恢復進食。

當然，名為保護，實是防範的措施，也格外周密了。太后這時方始省悟，生趣雖絕，死也不容易；不管用哪一種方法自裁，必定有許多宮女與太監，會因為防護不周而為皇帝所處死。

就因為太后不忍連累侍從，因而放棄了自裁的念頭。哪知有一天皇帝晉見，母子間為了恂郡王，言語失和，太后在憤鬱難宣的激動中，突然衝向殿中合抱不交的楠木柱子，一頭撞了上去，頓時血染白髮。皇帝驚愕莫名，事起不測，連自己親自在場都無法攔救，當然也不能課任何人以責任。太后終於自然而然找到了一個可以自裁，而不致貽累侍從的法子。

這是午間的事。皇帝一面召醫急救，一面遣派一朱一吳兩侍衛，急馳湯山，宣召恂郡王來送終。哪知湯山警戒森嚴，負責看守恂郡王的副將李如柏，因為這兩名侍衛，並無足夠的證明文件，派人將他們扣押了起來。太后這天半夜裡嚥氣，始終沒有能見到她最鍾愛的小兒子。

談到這裡，胡掌櫃跟胡三奶奶派出去打聽消息的人先後回來覆命，還抄來了大行皇太后的遺詔。胡掌櫃看了一遍，幸喜沒有他識不得的字；意思大致也懂，於是邊念邊講：「『予自幼承侍聖祖仁皇帝，夙夜兢業，勤修坤職，將五十年。不幸龍馭上賓，予欲相從冥漠。』這是說，老皇駕崩的時候，太后就想要殉葬的。」

「那是因為恂郡王沒有當上皇帝。」彩雲說道：「不然不會起這個念頭。」

「一點不錯！」胡三奶奶問她丈夫：「太后不想活了，皇上當然要勸？」

「對了！正是這麼說。」胡掌櫃又念：「『今皇帝再三勸阻，以為老身若是如此，伊更無所瞻依。涕泣啣哀，情詞懇切；予念聖祖付託之重，丕基是紹，勉慰其心，遂違予志。後諸王大臣按引舊典，恭上萬年冊寶，予以聖祖山陵未畢，卻之再三，實出至誠，非故為推諉也。』」

「姐夫！」彩雲問道：「這一段話，是不是談給太后上尊號的事。」

「是啊！太后的意思是，老皇還不曾下葬，所以不肯受尊號，並不是故意推託。」

「這段話多說了的。」胡三奶奶說：「越描越黑。看看下文還說些甚麼？」

「下面就是官樣文章了：『今皇帝視膳問安，未間晨夕，備物盡志，誠切諄篤；皇后奉事勤恪，禮儀兼至；諸王皆學業精進，侍繞膝前，予哀慼之懷，藉為寬釋。奈年齒逾邁，難挽予壽，六十有四，復得奉聖祖仁皇帝左右，夫亦何恨？』」胡掌櫃往下看了一會說：「就這樣了！」

「沒有說她是怎麼死的？」彩雲意有不足地問。

「你問得多傻！」胡三奶奶接口說道：「莫非太后還能說緣故；就說了，別人也不能寫下來啊！」

骨肉倫常，而且是天地間親無可親的母子，竟有這樣的慘禍，實在是件令人難信的事。所以儘管胡掌櫃說得有枝有葉，入情入理，而彩雲總覺得有不可思議之感，回想著胡掌櫃的話，突然發現，事有蹊蹺，心頭疑雲大起。

「姐夫，」她說：「報喪的官兒，也不過剛剛才到，你是從哪裡聽來的，這麼詳細的新聞？」

「對啊！」胡三奶奶也說：「別是瞎編出來的吧？」

「這有個緣故；我先也奇怪，問明白了才知道。我講給你們聽——」

胡掌櫃補敘消息的來源：這天一早出了揚州南門，順道去訪一個朋友，這個朋友開著一家信局，胡掌櫃的原意是看看有沒有客商或者走鏢在外的夥計，寄了信來。巧得很，就當他剛坐定，還在寒暄之際，京裡的信差到了。信局的掌櫃也聽得風聲，說宮中出了大事，問起信差，才知其詳。

「我告訴你們的那些新聞，就是從信差那裡聽來的。我問他：官場裡都還沒有消息，你老兄怎麼倒原原本本都知道了？」

「是啊！就是這話。」彩雲問道：「那位信差怎麼說？」

「他說，他住在北京地安門外，街坊多的是太監；路口有家茶館，也是太監日常聚會的地方。太監最愛談是非，而且多說當今皇上刻薄，所以宮裡有甚麼新聞總是大談特談，不肯替皇上留點口德。他是太后撞柱子當天晚上就知道了這件事；第三天出京之前，連恂郡王沒有能送終的情形也知道了。至於官場的消息來得晚，那是因為遺詔發得遲。太后又不是壽終正寢，不會留下遺囑；這道遺詔怎麼說法，得要好好兒琢磨；然後送到禮部去辦公文，分行各省。這麼一耽誤，起碼要晚四、五天。」

「原來這樣子！」彩雲的疑團消釋了，「不過看樣子，太監都恨皇上刻薄，免不了加枝添葉，說得太過分。」

「就不過分也夠了。」胡掌櫃說：「這樣的皇上，甚麼事都做得出來。我看李家的禍是免不了的了！咱們在這裡，該怎麼辦就怎麼辦吧。」

這是說，彩雲應該仍按原定計畫，送阿筠到曹家。她點點頭說聲：「是！仍舊後天走。」

「你再看看，」胡掌櫃對妻子說：「行李、路菜甚麼的，都妥當了沒有？」

「行李早收拾好了；路菜，天熱不能帶。啊！」胡三奶奶突然想起，「如今要穿太后的孝，在家不妨馬虎；出門在路上可不行了。」

於是胡三奶奶趕緊又叫了女裁縫來，替彩雲與阿筠，做了白竹布的孝衣；又親自上街替彩雲買了一副白銀的插戴，將她頭上的金玉首飾，換了下來。

「這一分手，不知道甚麼時候才能見面？」胡三奶奶離愁滿面地說。

「其實見面也不難。」彩雲答說：「姐夫一年總要走一兩個來回，沿路的鏢局都是同行，不愁沒有照應。到明年春天，或是我來，或是二姐進京，好好逛它一逛。」

「說真的，」朱二嫂興味盎然地接口：「都說『天子腳下』，氣派怎麼樣不同。我倒也進京去見識見識。」

「那好啊！咱們今天就定規了它。」

於是細訂來年之約。未來的良會，沖淡了眼前的別恨；把杯深談，到得二更天，胡掌櫃進來說道：「請早點安置吧！夏天趕路是一早一晚；明天五更天就得下船。」

「今晚上總歸不睡的了。」彩雲笑道：「我每趟出門，都是這樣的。」

「筠官呢？」胡掌櫃說：「她應該早點睡。」

「在後園。」胡三奶奶答說：「丫頭帶著，還跟阿牛在玩呢！」

「不是玩！」彩雲笑道：「也像大人一樣，跟阿牛在說分手以後的話，已經說了兩天了。」

「噢！」胡掌櫃頗感興趣地，「哪裡有那麼多話好說。」

「話多著呢！」胡三奶奶接口：「叫阿牛要聽話，別淘氣；吃飯要懂規矩，不能先舀湯。又問阿牛，她走了，阿牛會不會想她？」

「阿牛呢？」胡掌櫃更感興趣了，「阿牛怎麼說？」

「阿牛的話，你再也想不到的。他說，他這會兒就想哭了！」胡三奶奶的眼圈忽然紅了，

「真是！連孩子們都捨不得，何況大人？」

「說得好好的，二姐怎麼又傷心了？」彩雲強為歡笑，「都是姐夫不好？」

「我不好，我不好！」胡掌櫃自然比較豁達，拉張椅子坐下來說：「大姐、三妹，我心裡有個想法，自己都不知道對不對，說出來給兩位聽聽！」

「好啊！」朱二嫂與彩雲不約而同地應聲。

「你看，」胡掌櫃望著他妻子問：「要不要說？」

「說，說！」朱二嫂搶著說道：「一家人，有甚麼不能說的？」

「那麼，」胡掌櫃仍舊是向妻子說話：「你說吧！」

「這件事，只怕是妄想。」胡三奶奶說：「他的意思是，筠官如果真的不肯到曹家去，就在我們這裡住下，也可以！」

朱二嫂與彩雲恍然大悟，原來他們夫婦是看中了筠官，不由得相視而笑。

這一笑使得胡掌櫃好生不安，趕緊說道：「我家是幹甚麼的？自然高攀不上官宦家的小姐，不過如今是落難，委屈她也有個道理好說。至於住下來以後，是怎麼個情形，完全要看緣分，絕不能強求。」

茲事體大，而且來得突兀，彩雲一時竟茫然不知所措。胡三奶奶倒很冷靜，看出她的為難，便向丈夫使個眼色，起身說道：「走！到園子裡看看去，他們在幹甚麼？」

「好！」胡掌櫃緊接著說：「還有句話，我必得說在前面，那一盒珠子，要有個安排，本來人不離珠，珠不離人；如果筠官住在這裡，我要避嫌疑，這盒珠子絕不能留在我這裡。不然，就當沒有這回事，剛才我說的話，全不作數。」

彩雲沒有作聲，等他們夫婦避開了，才問朱二嫂：「你看怎麼樣？」

「我想，」朱二嫂很吃力地說：「鼎大爺說過，把筠官託給你了，隨便怎麼樣都行！你不妨作主。」

「我一個人作不了主！」彩雲答說：「我總覺得人家把人交了給我，最後是怎麼個結果，好像沒有交代。」

「這話不是這麼說。如果只是暫時寄住，又不是你拿他家的孩子送了給人，沒有甚麼不可以，只要靠得住。」

彩雲想了一會說：「他們公母倆，倘或本心也是這樣，那倒沒有甚麼不可以。」

「他們已經說過了，將來要看緣分。眼前也不至於就把筠官看成是自己的晚輩。」

彩雲點點頭，「珠子呢？似乎不願意交給曹家，該當有個清清楚楚的交代。」她問：「汪太太不知道要不要？」

「我看，她不敢要。」

「能不能問問她？」

「不好！」朱二嫂說：「那會惹是非。」

「對！小心一點兒好；風聲洩漏出去，會連累好些人。」

二人相顧默然，都在盡力思索，那十二粒東珠，要怎麼樣處置，方算妥貼？

「這樣，」朱二嫂突然喊了起來，「我看只有一個辦法；一客不煩二主，仍舊是珠不離人、人不離珠。」

「二姐夫不是要避嫌疑，不肯嗎？」

「當然要讓他沒有嫌疑。」朱二嫂放低了聲說：「二妹夫很殷實。我聽人說，總有十來萬的家私，反正現在李家也要錢用，乾脆就讓他買了算了。」

「這倒也是個辦法。」

「就是這個辦法！」朱二嫂立即接口，顯得極有自信，「這十二粒珠子，他可以留著給筠官。如果說，將來如了他們的願，珠子就算筠官的陪嫁；如今他出的一兩萬銀子，也就等於送的聘金了。」

「這個想法倒很好。」彩雲同意了；盤算了一會，決定了辦法：「大姐，我看這樣，先把他們請了來，談妥當了。然後咱們一起上蘇州去一趟，跟鼎大爺見個面，把話都說明白。你看好不好？」

「怎麼不好？好！」

於是，朱二嫂親自去邀了胡掌櫃來；四個人圍坐一張方桌，細細談論。

「妹夫，」最後是朱二嫂作一個總的交代：「我跟三妹的想法是一樣的，這面是自己人；那面，總有一天也會變做自己人。一碗水往平處端，而且要端小心；潑出一點來，就不夠漂亮了。你們倆倒說，我這話是不是？」

「是，是！」胡掌櫃一疊連聲地答說：「你們兩位想到要替我避嫌疑，這就完全是自己人才肯這麼用心。我感激得很。至於這十二粒珠子，價錢本來難估；我只能這麼說，這不是做買賣，是自己該盡自己的心意，幫李家把這場麻煩應付過去；我想四萬銀子我還湊得出來。」

「那就很好了。」朱二嫂說：「不拘換誰，絕不能出到這個數目。」

「銀子怎麼交呢？」胡掌櫃問。

「那還不知道人家怎麼用？要跟鼎大爺見了面再說。」

胡掌櫃沉吟了一會說：「我想明天就煩大姐，或者三妹一起到蘇州去一趟。這筆錢就作為鼎大爺託我鏢局代運，無論南京、北京；我起一張票，就算收到他四萬銀子。兩位看，這個辦法使得使不得？」

「使得，使得！准定這麼辦。」朱二嫂問彩雲：「你一直沒有開口，有甚麼話趁早說。」

「我的話，你都替我說了。不過，有一點似乎應該琢磨，這件事，要不要跟筠官說明白？」

「這全看二妹了！」

三個人的視線都落在胡三奶奶臉上；不由得感到窘迫，以至於中心無主，只能反問一句：「你們看呢？」

「我看不必說破。」朱二嫂說。

「大姐，我的想法不同。」胡掌櫃說：「我覺得說破了的好。如果她本人真的不願意，這件事也不能勉強；傳了出去，我沒有臉見人。」

「是的。」胡三奶奶也說：「要她本人願意，是最要緊的一件事。」

「既然你們都這麼說，自然照你們的意思辦。不過，」朱二嫂：「我想，所謂說破，也不過是說，她以後就一直住在你們家，別的都還談不上。」

「當然，當然！」胡三奶奶心定了下來，主意也有了，「這件事，還得拜託三妹，怎麼樣慢慢兒把她說動了？我看，還得委屈三妹多住個十天半個月。」

「這算不了甚麼！只要她有歸宿，我就再多住些日子也不要緊。」

「蘇州呢？」朱二嫂說：「當初鼎大爺是託了你的，如今也還是非你去跟他交代不可！」

「只怕筠官不放我。」彩雲又說：「要找個藉口也很難，看樣子她一定要跟著我。」

「我倒有個主意。」朱二嫂說：「三妹不妨帶了她到那裡去玩兩天，好好在她身上下點功夫，如果就此把她收服了，說破不說破，豈不是都不關緊要？」

「對！」彩雲連連點頭。

「這倒是根本辦法。」胡掌櫃也說：「果真沒有緣，也不必強求。」

「好！」胡三奶奶也同意了，「有沒有緣分，一定可以試得出來。」

「這件事，要做就要快。」朱二嫂說：「三妹如果有把握，明後天就可以找個題目帶她走。」

「題目有。我大哥的生日快到了，我帶她去喝壽酒。」

胡三奶奶的娘家在儀徵縣屬，水程只得半天功夫，船也是現成的；揀日不如撞日，如果阿筠肯去，第二天就可以動身。

於是彩雲去下說詞，將阿筠找了來問她：「你要不要跟胡三嬸去逛逛？」

「到哪裡？」

「胡三嬸的娘家，給她大哥去拜壽。胡三嬸想帶你去，我可不大贊成。」

一聽這話，阿筠立刻睜圓了一雙眼睛，仰臉問道：「為甚麼？」

「我怕拜壽的客人很多，你見了人會怯場，到那時吵著要回來，怎麼辦？」

阿筠想了一下問：「二嬸，你不也去？」

「如果我去，當然帶著你，那還用說。就是因為我不去，我才不放心。」

「你為甚麼不去呢？」

「我腰痛，想歇一歇。」彩雲接著又說：「本說要送你回蘇州，現在也只好等你跟胡三嬸拜了壽回來再說了。」

「你不是不贊成我去嗎？」

話中漏洞讓她捉住了，不過也難不倒彩雲，「我是不贊成，不過胡三嬸說你不會給她丟面子。」她說：「我也不知道我的想法錯，還是胡三嬸的話對。」

「當然胡三嬸的話對！」阿筠昂然答說：「我怎麼會給她丟面子？」

看她中了激將之計，彩雲暗暗高興；但表面上卻猶似不信的神氣，「你別這會兒說得嘴硬，到時候吵著要回來，可不行！」她說：「胡三奶奶多時不回娘家，這一次帶了阿牛去，總要多住幾天。」

「住多少日子呢？」

「總得十天八天吧！」

「十天、八天我忍得住。」

「好吧！你早點上床睡，明天就動身。」

正說到這裡，胡三奶奶打發一個丫頭把她請了去，告訴她「拜壽」的藉口用不上了；因為想起來正逢國喪，八音遏密，壽誕演戲宴客之事，當然已經取消。

「已經跟她說了，她也答應了，可以跟你去住十天八天。如今改口，怕她動疑。」彩雲又說：「她精靈得很，話中不能有漏洞。我看暫且不必說破，到了再說。」

第二天下午，胡三奶奶帶著阿牛與阿筠坐船回娘家；第三天上午，胡掌櫃也陪著彩雲動身到了蘇州。

這天晚上住在常州，借宿在胡掌櫃的一個換帖弟兄家；此人姓劉，開一家很大的南北貨行，夫妻倆都很好客，但劉掌櫃不在家；只有他的妻子招待彩雲，親切周到，十分投緣。

「大嫂，」胡掌櫃問：「大哥呢？」

「到蘇州去了。」劉大嫂說：「今天下午才走。」

「不巧！不然倒可以一路走。」胡掌櫃又問：「大哥上蘇州幹甚麼？」

「原來三爺也要到蘇州。」劉大嫂問：「趙二嫂呢？」

「也是。我陪她到李織造那裡辦點事。」

「李織造！哪位李織造？」劉大嫂問：「是蘇州虧空了抄家的李織造？」

「是啊！李家的事，大嫂也知道？」

「也是這一兩天才聽人說。三爺，」劉大嫂奇怪地，「莫非你還不知道，李織造全家，連聽差、丫頭，一百來口人，昨天已經過鎮江，解到南京去了？」

此言一出，只見彩雲臉色發白，目瞪口呆；胡掌櫃也震動了，倒抽一口冷氣，失聲說道：「真的當犯人一樣辦？」

「可不是！聽說在南京問了，還要解到北京。好些人昨天還去看熱鬧，左鄰周大姑也去了。

回來告訴我，懊悔去的；一共七條大船，沒有一條船上不是息息窣窣地在哭，看著真悽慘。」

說到最後一句，劉大嫂倒嚇一跳；發現彩雲也是眼中含淚，心裡不免奇怪，不知道雲彩是李家的甚麼人。

「大嫂，」胡掌櫃問：「你知道不知道，李織造的大少爺，在不在船上？」

「那可不知道。」

「我打聽打聽去！」胡掌櫃站起身來對彩雲說：「等我打聽清楚了，咱們再商量。」

「馬上開飯了。」劉大嫂說：「吃了飯去。」

「不！」胡掌櫃答了這一個字，人已經出門了。

於是劉大嫂吩咐開飯，還要叫人到鄰家去請陪客，讓彩雲攔住了。

「大嫂，千萬不必客氣。說實話，我也吃不下甚麼，有生客在，失了禮倒不好。」

這是說她根本無心應酬，劉大嫂自然體會得到她的心境，開了飯來，單獨相陪。彩雲手扶筷子，口談李家，到後來索性連筷子都放下了。

這一談就談得忘了時候，換了三次熱飯，也熱了三次湯，直到胡掌櫃回來，方始打斷了她們的話。

「打聽清楚了，鼎大爺還在蘇州；本來要陪到南京的，李大人交代，南京反正是『過堂』，有李師爺照料就行了，讓鼎大爺在蘇州料理料理，先趕到京裡去聽信兒。」

「喔，」彩雲問道：「是跟誰打聽的，這麼清楚？」

「跟織造衙門有往來的一個綢緞鋪。」胡掌櫃又說：「咱們明天一早就走吧！遲了會撲空！」

「是的！」彩雲心裡在想，胡掌櫃的四萬銀子，如今真成了雪中送炭；自然越早告訴李鼎越好，因而便問一句：「要怎麼走才快？」

「要快，自然是坐車。不過，太陽太大，坐車會受暑。」

「我不怕！多帶點藥就行了。」

「要吃藥就糟了！」胡掌櫃沉吟了一會兒說：「這樣，咱們『放早站』，先趕一程再說。」

「放早站」須天色微明就動身，總在辰巳之間，便可到達尖站；那時天氣如不太熱，就可以再趕一站再打尖，然後「放晚站」，起更時分宿店，這樣就可以多走一站，只是不免辛苦而已！

第十五章

「大爺！跟看房子的講好了；只要給錢，就讓進去。」柱子問道：「大爺甚麼時候去？」

「這會兒就可以去。」

「這會兒正熱的時候，不如傍晚涼快了再去。」

「也好。」李鼎突然問道：「今兒幾時？」

「等我想想！」柱子一面扳著手指數，一面咕噥著，「真是，日子都過得記不起了！」

就這時候，聽得有人在叩門——這半年之中，李鼎身不由主地遷居了好幾回；如今是借了一個機戶的兩間餘屋，單有一扇小門出入，頗為隱祕，為的是躲避債主。因此一聽叩門聲響，主僕倆的心都一跳。

「開不開？」柱子問。

「去！」李鼎答說：「問清楚是誰？」

柱子答應著走了出去；先從門縫中張望，卻看不真切，彷彿一男一女，另外還有個小孩。正待另外再找條縫細看時，門外有聲音了。

「是這裡不是？」

「不錯！前幾天柱子還帶我來過。」

柱子聽出來了，是誠記香蠟店的小徒弟。李鼎每次移居，為的跟彩雲及朱二嫂得以保持聯絡，都將新址通知誠記，所以柱子跟那裡的小徒弟很熟。

這就不必問了，開開門來；認出是胡掌櫃與彩雲，隨即請了進來。

李鼎又驚又喜；尤其是看到彩雲，就像見了親人似地，心裡無端有一種受了委屈的感覺，眼眶酸酸地想哭。

「鼎大爺，沒有想到我們會來吧？」胡掌櫃平靜地說。

「真是沒想到！」李鼎看彩雲額上在沁汗，趕緊說道：「柱子，給趙二嫂拿扇子。」

「別張羅了！」彩雲環視著簡陋的家具，忍不住說了句：「鼎大爺就住在這兒啊？」

話一出口，自悔失言，因而將頭低了下去；聽李鼎只嘆了口氣，並無別話。

「鼎大爺，我們是到了鎮江，才知道——」胡掌櫃吃力地說：「才知道府上的事。吉人自有天相；鼎大爺，你也別難過。」

「是！」李鼎又像恭敬，又像客氣地說：「多謝你惦著。」

「聽說鼎大爺就要進京了。」

「是的。很想早點兒動身。可是——」

彩雲抬起眼來，看他臉上有難言之隱的窘色，便即問道：「鼎大爺有甚麼為難的事，儘管說，看我跟胡三爺能不能效勞？」

「不瞞兩位說，還有點債務——」

「不要緊！」胡掌櫃搶著說道：「總有辦法。」

說著，他跟彩雲交換了一個眼色，事先是說好了的，由她單獨跟李鼎說阿筠的歸宿，此刻是時候了。

於是，胡掌櫃起身向彩雲說道：「我帶這個小兄弟上街溜一溜，一會兒再來，請你跟鼎大爺細談。」

說完，不等答話，便邀了柱子出門。彩雲便說：「鼎大爺，我跟胡三爺是為了筠官的事來的；如果她常住胡家，你贊成不贊成？」

這樣沒頭沒腦地一問，李鼎自然無從回答；彩雲原也知道自己問得太突兀，光一句話是不可能有結果的，不過，她有她的步驟，開門見山地讓他先有一個印象，阿筠以後將常住胡家，下面的話就好說了。

「我在想，筠官現在是剛懂事的時候，她不願意去的地方，或者誰待她不好，她都能忍耐。可是，鼎大爺，我可不忍心，朱二嫂也是。到底這麼多日子下來，是有感情了呀！」

「啊！不錯。」李鼎答說：「如果知道她在那裡受了委屈，咱們心裡都會難過。」

「就是這話囉！」彩雲欣慰地說：「鼎大爺跟我們的想法，完全一樣。與其將來後悔，不如現在謹慎。曹家，她是不願意去的；縉二爺那裡，也不知道她的那位姨奶奶怎麼樣？聽說人很厲害；看待筠官料想總不至於像自己親生的那樣。這也不能不想到。」

「對！對！」李鼎連連點頭，「應該慎之於始。」

「現在要說到胡家了。他們夫婦是真的喜歡筠官，我那結義的姐姐，現在沒有女兒，將來就是有了，一定也拿筠官當大姐姐看待，絕不會變心！」彩雲停了一下又說：「為甚麼我有這樣的把握呢？因為有個緣故；胡家的阿牛，跟筠官最投緣。別看他壯得像小牛犢子似地，淘氣起來，彷彿能把屋頂掀了去；誰知道就服筠官，只要她說一句，馬上就安靜了。這也就是胡家夫婦格外看中筠官的道理。」

這個暗示很強烈，李鼎恍然大悟，失聲說道：「原來是想阿筠做他家的兒媳婦？」

「也不能這麼說！將來也要阿筠自己願意。」彩雲又說：「而且胡三爺也怕高攀不上。」

「現在哪裡還談到此！」李鼎立即作了決定：「將來是將來的事，眼前如果阿筠願意，就長住胡家亦無不可。」

「那麼，」彩雲故意問一句：「是不是先要稟告老太爺，或者跟四姨娘說明白。」

「此刻從哪裡去稟告？這件事就這麼定局了。不過，」李鼎很吃力的說：「按道理說，還是寄養在人家那裡，應該送——」

「鼎大爺，」彩雲搶著說道：「這一層談不上。倒是那十二粒珠子，胡三爺有個主意，不知道行不行？」

「啊？請說。」

彩雲知道這句話很重要。李鼎雖已落到今日這般光景，到底出身豪富，「大少爺脾氣」是不容易改得掉的，談得好好的，說不定一句話不中聽，就會打翻全局。所以這句話出口之前仍須仔細想一想。

「胡三爺的意思，府上現在正要用錢，這十二粒珠子，不如抵押給他。等將來老太爺沒事了，依舊放個好差使，有了錢再贖回來；利錢瞧著辦，想來也絕不會少給。鼎大爺你看呢？」

「好啊！」李鼎很高興地，「這個辦法，我倒很見他的情。能抵押多少呢？」

「胡三爺說，那十二粒珠子是無價之寶，他也只能量力而為。想湊四萬銀子送過來。」

一聽這話，李鼎喜出望外；十二粒東珠，至多值兩萬銀子，莫非掌櫃不識貨？轉念省悟，幹鏢行買賣，甚麼奇珍異寶沒有見過？就算不知道行情，在繁榮甲天下的揚州，還怕打聽不出來？人家明明是有心幫忙，還怕自己愛面子，臉上掛不住，故意說成抵押。委曲綢繆，用心如此之深，實在不能不感動。

這樣想著，李鼎不由得熱淚交迸，害得彩雲的心也酸了。

「別難過。留得青山在，不怕沒柴燒。」彩雲手中的一方絹帕遞了給李鼎。

一句泛泛的安慰之詞，居然止住了李鼎的眼淚。他拭一拭眼淚問：「你甚麼時候回京？」

「等交代了這件大事，我就可以走了。反正胡三爺的熟人多，不怕沒有照應。」

「我也可以走了。」李鼎舒暢地吐了口氣，「若非你們倆來，我真不知道怎麼才走得成？」

「這麼說，來得倒真是時候。」彩雲問道：「這裡有多少債務？」

「不過三、五千銀子。」

語氣還不脫紈袴的口吻，彩雲很想進兩句忠告，但話到口邊還是噤住了，只問：「多下的錢呢？運到京裡，還是怎麼樣？趁早想妥了，回頭好說給胡三爺。」

「這——」李鼎說：「我得跟李師爺回來商量。」

「他陪著到南京去了？」

「是的。很快就會回來。」李鼎又說：「他一回來，我就可以走了。這裡的債務，留給他料理好了。」說到這裡，李鼎突然眼睛發亮，揚著臉說：「咱們何不一塊兒走？」

彩雲心中一動，旋即收攝心神，推託著說：「到時候再看吧！」

這時大門聲響，是柱子帶著胡掌櫃回來了；他手裡提一隻籃，胡掌櫃懷裡抱一個極大的枕頭西瓜。彩雲搶先迎了出去，向胡掌櫃一揚眉微微頷首。

「胡三爺買的西瓜，還有涼粉。」柱子將一罐涼粉擱在桌上，「我去拿傢伙。」

「怎麼胡三哥請客，反客為主。」李鼎歉然說道：「真是受之有愧。」

這是不值一說的事，胡掌櫃微笑不答；等柱子拿了長刃瓜刀來，他接在手裡，看都不看，便切了下去，一分二，二分四，共計切成十六片，手法乾淨俐落，而且每片的大小都一樣，將柱子看得傻了。

「胡三爺好俊的刀法！」柱子不勝欽羨地，「怎麼練成的？巷口賣瓜的，不能比了。」

「你小子不會說話就別開口。」李鼎罵道：「人家有名的鏢頭，你怎麼拿賣瓜的來比？」

柱子笑嘻嘻地一面舀涼粉，一面問道：「胡三爺你老練過蹚腿沒有？」

「練過。」

「我也練過，回頭請三爺給我指點指點。」

「別胡鬧！」李鼎喝道：「這麼熱的天，你累胡三爺一身汗。再說，你那兩手三腳貓，還配胡三爺給你指點。」

「不要緊！」胡掌櫃緊接著說：「他練，我不動手，指點他就是。」

柱子一聽，雀躍不已；舀好了涼粉，請大家坐定，隨即到院子裡將雜物移開，清出一片場地，好練腿。

這時彩雲引頭談正事；李鼎再三道謝，胡掌櫃說了幾句客氣話，便問彩雲：「款子送到哪裡？」

「要等李師爺來了才知道。不過蘇州要用一點兒。」

「好！」胡掌櫃從身上取出一張蓋了他鏢局子的書柬圖章，又親筆畫了花押的「保票」，上面寫明，已收到李鼎四萬銀子，「這個，就當作憑證。譬如蘇州要用多少，我撥了過來，票背批一句收回多少；其餘的交付清楚，把原票還給我就行了。」

李鼎積習未改，還覺得有些不好意思，將那張「保票」推給彩雲說：「請你先收著。」

「何必又經我的手？鼎大爺這不是客氣的事！」她將「保票」推了回去。

「那麼，」李鼎躊躇著問：「我應該寫個甚麼東西呢？」

「這，我可也不大懂了！」彩雲轉臉說道：「姐夫，請你說吧！該怎麼辦就怎麼辦，不必客氣。」

胡掌櫃想了一下說：「應該我跟鼎大爺換張筆據。鼎大爺寫張借條，言明以珠子十二粒作抵；我再寫張代管的收據，交給鼎大爺。這樣好不好？」

「好，好！就這樣。」

於是喚柱子來收了桌子，端來筆硯；兩人寫完筆據，經由彩雲的手，作了交換。李鼎不由得又道了謝。

「好了！辦了這件大事，我可以回去了。」彩雲輕快地說：「姐夫，請你替我安排吧！」

「是，是！」胡掌櫃答道：「等一回揚州，我就替你辦。」

「胡三哥，」李鼎接口喊了這一聲，卻又無話；因為原來想說與彩雲同行，卻驀然想起，應避嫌疑，話就不好出口了。

「怎麼樣？鼎大爺！」胡掌櫃問說：「有話請吩咐！」

「不敢當！我也是想拜託胡三哥安排我進京。這，等李師爺回來了再說吧！」

「是！」胡掌櫃沉吟了一會問道：「鼎大爺，是不是撥一萬銀子到蘇州？」

李鼎心想，一萬銀子如果用不了，帶去也麻煩；轉念又想，有此一筆意外收入，也應該分潤沈、李兩家才是。因而很清楚地答一聲：「是！」

「那我今天就得回去預備。不過，」胡掌櫃看著彩雲問：「你呢？」

彩雲知道，他是怕她馬不停蹄地翻回去，又是盛暑天氣，未免太累。不過，也絕沒有自己一個人留在蘇州的道理。所以毫不遲疑地答說：「我跟姐夫一起回去。」

李鼎想挽留她，卻苦於難以措詞，眼中所流露的失望的神色，連胡掌握都發覺了。

胡掌櫃也找不出理由留彩雲在蘇州，至多延緩一時。這樣想著，便即說道：「那就明天下午走吧！」

聽得這話，彩雲不曾開口，李鼎先就說道：「這樣最好，不然太累了。而且，也讓我可以盡點心，明天中午，我替彩雲姐餞行。」

對胡掌櫃跟彩雲的稱呼都變過了，事實上交情也當然不是泛泛了，所以彩雲點點頭：「無所謂餞行，你也是要走的人。不過，再多敘敘也好。」

「就這樣！」胡掌櫃站起身來，向柱子一揚臉，「走吧！看你練功夫去。」

「胡三哥真熱心！」李鼎望著他的背影感嘆，「真是，世上哪裡沒有好人。」

聽他是這種口吻，彩雲自然感到欣慰，趁機激勵，「所以囉！」她說：「一個人不必老往壞處去想；世上的事，並不如所想的那麼糟糕。」

李鼎不答，沉默了好一會，突然問道：「你要不要跟我回家去看看？」

「回家？」彩雲不解。

「喔，」李鼎解釋：「我快走了，想回去看一看，到底是住了二十多年的地方，不能沒有留戀。看屋子的人說通了；送幾兩銀子就可以放咱們進去。你想不想陪我去？」

當然也要邀胡掌櫃，他的興趣卻不濃，而且也知道彩雲與李鼎之間，別有一份只許人猜，不許人說的感情，自己更不必夾在中間討厭。

於是他說：「我可不奉陪了。趁這會我去看幾個熟人；如果有現銀要運，我把買賣兜了來；銀子撥給鼎大爺，就省事得多了。」

這自然不必勉強，等胡掌櫃洗把臉，穿上白夏布大褂，告辭先行；李鼎隨即喚柱子去雇了兩頂小轎，又拿銀子讓他去託人情，約好在東側門會齊。

柱子答應著已將出門了。李鼎忽然大喊一聲：「慢著！你先問一問，今兒到底是幾時？」

「今兒不是六月初四嗎？」彩雲接口。

此言一出，李鼎頓時容顏慘惔，本來頗有生氣的一雙眼，光彩盡失。

「喲！」柱子也想起來了，「六月初四不是大奶奶的忌辰嗎？」

原來如此！彩雲心裡明白，卻不便表現得過分關切，靜靜看李鼎說些甚麼？

「三年了！」他失聲說道：「這三年可真長啊！」

「大爺！」柱子問道：「大奶奶的忌辰，往年都『擺供』，今年怎麼辦？」

「今年只好馬虎點兒了。」李鼎走進屋去，又拿了塊碎銀子出來，「香燭錫箔是不能少的；此外看大奶奶平時愛吃甚麼，你瞧著辦吧！」

柱子凝神想了一下，點點頭說：「我有主意了。」

「也真巧！」李鼎不勝感慨地，「就是今天忽然想起來，有點東西不能留下要取回來；偏偏就遇到她忌辰。如果不是問一聲，真還錯過了呢！」

「聽說大奶奶很能幹，也很賢慧。府上這一場災難，若是有她在世，情形一定會好得多。」

「若是有她在世，根本就不會有這一場災難。」李鼎一面說，一面已移動腳步：「上轎吧！」

在轎子裡，彩雲不斷在想李鼎的那句話。如果鼎大奶奶不是含羞自盡，家醜就可以遮蓋得過去；老太太不至於受刺激，「老皇」不會生李煦的氣，仍如往常看顧，派個把好差使，讓他彌補了虧空，又何至於會落得如此淒涼的下場？李鼎的那句話，是不是應該這樣解釋呢？倘或不是，另外又能有甚麼說法？

念頭沒有轉完，轎子已經停了下來。深巷中一帶高圍牆，中間有道小門，門口兩個人，一個穿號褂子，戴一頂光禿禿摘了纓子的大帽子；一個自然是柱子，一手提著一隻籃，一手提著極長一串錫箔摺成的銀錠。

「你看，人都來了！」柱子跟守卒央求：「總爺，這就高抬貴手吧？」

「怎麼？」李鼎問道：「不讓進去？」

「不是不讓進去，不讓在裡面化錫箔。」

「鼎大爺，」守卒急忙解釋：「這種天氣，火燭一不小心，會闖大禍。請包涵，不然我不得了。」

「怎麼不得了？總不至於燒房子吧？」

「情願小心的好！」守卒又說：「上頭常常來查看，如果看到有錫箔灰，追問起來，我放鼎大爺私下進門的事就會抖漏出來。兩百軍棍打下來，我這兩條腿就不是我的了。」

這倒也是實情，李鼎正沉吟未答之時，彩雲插嘴說道：「送神在門外送也可以，錫箔回頭就在這裡焚化也一樣。」

「也只好這樣了。」李鼎苦笑道：「『在人簷下過，不敢不低頭。』」

於是將「銀錠」留了下來，方能進門。門內是個小院子，連著一座穿堂；水磨青磚的砌縫中已經長出草來，磚上也有了青苔，彩雲走得很小心，但仍不免一滑；幸而方向是倒在李鼎這面，他趕緊張開雙手，將她一把抱住，軟玉溫香，令人心蕩。李鼎急忙將手鬆開，轉過臉去；心裡有陣無名的煩惱，埋怨著說：「走路也得留點兒神嘛！」

彩雲原來有些羞窘，聽得他的話，羞窘變成困惑，不知道他為甚麼不高興？

李鼎也發覺自己失態了，但他無法解釋，只能用眼色表示歉意，同時伸出曲肱的右臂；這是世家大族老僕扶侍主母的規矩，彩雲也懂，笑著說一聲：「謝謝！」老實不客氣用左手抓住他的右臂，倚恃著走過了青苔路滑的穿堂。

「柱子！」李鼎吩咐：「你先到晚晴軒去，把供擺起來。我們先到前面去看看。」

這一進入正房，就是滿目淒涼了，遍地的廢紙、破布、舊書、摔爛了的瓶瓶罐罐；門窗大多敞開。李鼎觸目傷心，站在那裡，眼圈都紅了。

彩雲卻是驚多於悲，心裡在想：怪不得有「像抄了家那樣」一句形容的話！抄了家的人家真是慘不忍睹。

這時李鼎已從地上拾起一本有灰泥腳印的《全唐詩》；翻開來看，裡頁卻是紙墨鮮明，與外表全不相稱，「你看，」他說：「這花了我爹跟我姑夫多少心血，如今被人作踐成這個樣子。」

「找個人來收拾收拾。」彩雲說道：「別樣東西是身外之物，書可不是。不管能不能拿出去，把書理了起來，總是不錯的。」

李鼎不作聲，站了好一會，將那本書放在窗台上，低著頭走了出去。彩雲自然跟在後面，隨著他穿過好幾座院落，走出一道垂花門，豁然開朗：只見一片乾涸的荷池，一座破敗的水榭。但荷池中居然有一朵半開的紅蓮，碧梗高標，亭亭玉立；而在彩雲的感覺中，這朵孤芳自賞的紅蓮，反襯得周遭格外荒涼。

「每年夏天，我爹總是在這裡避暑。」李鼎淒涼地說：「我還是頭一回看到池子的底。」

為了轉移李鼎的情緒，彩雲故意問道：「池子不是活水吧？」

「怎麼不是活水？通水西門的。就是水閘不開，水也有來源。」李鼎回身一指，「所有屋子的『接漏』，都由埋在地下的管子通到這裡。你看！」順著他的手指看去，池壁上果然有個涵洞。

「走吧！」李鼎扯一扯她的衣袖，「看看我那個院子，如今成了甚麼樣子？」

於是仍由原路折回，直到晚晴軒；進門第一眼就看到院子裡打破了的金魚缸。再過去是一方黑石製成的棋桌，上面供著香燭祭品──晚晴軒中除這張棋桌與兩具石鼓以外，甚麼家具都沒有；柱子自然只好利用棋桌了。

「大爺，行禮吧？」

李鼎點點頭，走近了看棋桌上的四個碟子，是松子糖、雲片糕之類的茶食；另有一雙筷子、一隻杯子，杯中卻是空的。

「沒有酒，也得有茶。」李鼎問道：「柱子，你能不能去弄壺開水來？我們也渴了。」

「已經在煮了。我去提了來。大爺先上香吧！」

於是，李鼎拈三枝清香，就燭火上爇著，插入香爐；在柱子找了些丟在地上的破舊衣服，胡亂疊成的拜墊上跪了下去，磕了三個頭起身。

「我也行個禮。」彩雲扯一扯衣襟說。

「不敢當！免了吧！」

彩雲沒有答話，走近拜墊，一面行禮，一面在心中默祝。

「鼎大奶奶，我跟你沒有見過面，也想不到今天會在這裡給你行禮上祭。凡事都是緣分，陰錯陽差地，居然我跟府上也共了一陣子患難。三年前的今天，真是個大凶的日子；我在想，當時你如果知道會有今天，你就是再委屈也得活著。可是，誰又想得到呢？如今後悔嫌遲，你一定死不瞑目，放不下鼎大爺的心。你看我能在甚麼地方幫鼎大爺的忙，就託個夢給我吧！」

先是默禱，後來不自覺地念念其詞；雖然聲音低得連自己都聽不見，但嘴脣翕動，卻是李鼎所看得出來的；等她拜畢起身，便即問道：「你在禱告？」

「是的。」

「說些甚麼？」

「我和鼎大奶奶說，看我能在甚麼地方幫你的忙，請她託個夢給我。」

「你真是匪夷所思了。」

話雖如此，心裡卻很感動，「內人好處很多；最不可及的是，從不吃醋。」李鼎答說：「她如果託夢給你，一定請你勸我續絃。」

「本來嘛！就是她不託夢給我，我也要這麼勸你。」

「現在哪談得到？」

「所以我現在也不勸你。」

談到這裡，只見陽光忽斂；抬頭望去，東南方已是一大片烏雲，當頭壓倒。「不好！」李鼎說道：「要下陣頭雨了。」

一言未畢，狂飆陡起，燭燄倏然而滅；未曾關好的門窗，大碰大撞，聲勢驚人。頭上制錢般大的雨點打得臉上生疼；彩雲喊一聲：「快收東西！」搶了一具香爐就走。

到第二趟再去取了兩碟茶食回來，又密又大的雨點，將她的衣服都打溼了。大行皇太后之喪，自是縞素；她的體態豐腴，比較怕熱；所以胡三奶奶為她裁製的是薄薄的紗衫，一著了水都貼在身上，胸前雖還隔著一層肚兜，但雙臂肩背的肌膚，已是清晰可見了。

彩雲自慼狼狽，偏偏柱子又提著一壺茶來了；只好趕緊避入屋內。李鼎知道她的窘迫，使個眼色，示意柱子避開；然後問道：「溼布衫穿在身上會受病，怎麼辦？」

「不要緊！一會兒就乾了。」

一語未畢，颳進來一陣風，吹得彩雲颼颼生寒；不由得回頭去望，看何處可以避風？

這一看，心中一喜；地下橫七豎八地拋著幾件舊衣服，雖不乾淨，卻是浮塵，拎起一件紫綢褂子，才知道是件旗袍，抖一抖再細看，別無髒處，不妨穿著。便悄悄走到後房，卸卻白紗衫裙，只留肚兜與褻袴，穿上那件旗袍；裸露的雙腿，正好用袍幅遮掩。接著找了一條繩子，就著壁上現成的掛書畫的銅鉤繫好，晾好半溼的衫裙，方始悄悄地又走了回來。

李鼎仍舊站在走廊上，望著喧譁的雨水發怔；一直等彩雲走到他身邊，猶未發覺。

「大爺，」彩雲故意用旗人的腔調說道：「你瞧瞧誰來了？」

李鼎回頭一看，臉上立刻有了微帶驚異的歡愉笑容，「你穿這件衣服真好看！」他說。

「居然很合身！」彩雲低頭看身上，頗為得意。

「旗袍都是寬大的，不然你也穿不上。」

「這是鼎大奶奶的衣服？」

「嗯！」

「她的身材一定很苗條？」

「比你小一號。」李鼎四處張望著，「得找個地方坐下來。」

唯一的坐具是雨中的那兩隻石鼓；李鼎不死心，前後房間都走到，最後是在下房找到了一床舊草蓆，便取了來在堂屋正中鋪好。兩人面對面盤腿而坐，喝茶吃雲片糕。

「這也算『飲胙』了。」李鼎說：「黃連樹下操琴，苦中作樂。」

「苦盡甘來，就像旱久了會下雨那樣。世界上甚麼事都會變，好的變壞；壞的變好。你別著急！」

「我怎麼能不著急！心裡苦悶，沒有人可以說，真想出家去做和尚！」

「年輕輕的怎麼說這話？」彩雲忽然想起一件事，自覺交情夠了，問錯了也不要緊，便又說道：「上次我大姐——」

「你大姐？」李鼎打斷她的話，不過馬上想到了，「喔，是朱二嫂。她怎麼樣？」

「她說，在你那裡看到一位師太？」

「嗯！」李鼎坦然答說：「叫天輪。她庵裡不能沒有她，回去了。」

「我說，這位師太為甚麼不還俗呢？」

「還了俗怎麼樣呢？」

「給你填房啊！」

「辦不到的。第一，我爹就絕不會答應；第二，我一時也打算不到此。」

「辦不辦得到，是另外一回事，先打算打算也不要緊。」

「無從打算起。」李鼎答說：「我喜歡過四個女子，一個死掉了；三個是不能嫁我的。」

「去世的自然是鼎大奶奶。哪三個呢？一個是天輪？」

「嗯。」

「另外兩個呢？」

李鼎遲疑了一會兒，很勉強地說：「一個是我的親戚。」

「誰？」

「只能說到這裡，你不能再問了。」

「好！這個我不問，還有一個呢？」

李鼎抬起眼來直盯著她看；彩雲頗感威脅，將頭低了下去，心跳加快了。

「你應該想得到的。」他伸過一隻手來相握；彩雲發覺自己一手心的汗。

「我比你大著好幾歲，殘花敗柳，有甚麼好？」彩雲低聲回答。

「我不是這麼想。」李鼎停了一下說：「也不知道怎麼回事，我只有遇見比我大幾歲的，我才會想到那件事。」

一面說，一面手漸漸移了上來；袍袖寬大，他的手沿著她那條渾圓的手臂，一把一把捏到肩頭，手已觸摸到她的繫肚兜的銀鍊子了。

彩雲皮膚與心頭都在作癢；正在意亂神迷時，雷聲隆隆，接著是震天價響一個霹靂，不由得就嚇得倒在李鼎懷裡。

於是她腋下的紐扣被解開了；肚兜的銀鍊子被拉掉了；但心頭的癡迷，卻已為那個霹靂震掉，「不行！」她掙扎著脫離他的懷抱，「這是鼎大奶奶的地方，不能做對不起她的事！」

「沒有這話！她如果託夢給你，一定勸你跟我好。」

「那也得看是在甚麼地方？你不想想，倘或讓柱子撞見了，我還有臉做人？」

此言一出，是個無聲的焦雷，當頭擊中了李鼎。他的臉色像死灰一般——想到他妻子的死，以及她的一死為整個家族帶來的厄運；唯有死勁地咬自己的嘴脣、揪自己的頭髮，才能稍微減輕心頭如刀絞般的痛苦。

彩雲也省悟了，自己的那句話卻好撞著他的隱痛；心裡有無限的歉疚，卻無話可以表達。唯有緊緊地握著他的手。

「雨停了！」彩雲突然發覺，欣喜地說。

「我送你回去。」

「嗯！我去換衣服。」

彩雲知道李鼎絕不會偷窺，連後房的門都不關，換上原來的衫裙，將那件旗袍略為摺一摺拿在手裡。

「這件衣服能不能送給我？」

「怎麼不能？」李鼎說：「我也想到了，只因為原就是丟掉的衣服，不好意思送人。」

「丟又不是你丟的，怕甚麼？」彩雲問道：「你手裡拿的甚麼？」

「喏！」李鼎指著壁上說：「你看！」

彩雲轉臉看去，護壁的木板已移去一塊；壁上凹了進去，原來是個隱藏緊要物品的機關。

「沒有值錢的東西，兩份庚帖，還有——」李鼎將一個皮紙包打開來，裡面是一枚折斷的長指甲和一綹頭髮。

這當然是鼎大奶奶的遺蛻，「別說不值錢，依我看，世界上再沒有比這貴重的東西！人都已經入土了，居然還有這些東西！」彩雲興奮地說：「我沒有見過鼎大奶奶，可是看了她的指甲跟頭髮，就彷彿我面前站著個大美人兒！鼎大爺，你不覺得？」

李鼎不作聲，兩行眼淚漸漸掛了下來。

「是我不好！又惹你傷心了。」

彩雲替他將指甲與頭髮包好，另外又找了一張很大的廢紙連庚帖與那件旗袍包好，一起交到李鼎手裡。

「咱們再去看看那池子。水一定滿了。」

「啊！」李鼎覺得唯有這件事，可以塞他心中的悲痛，精神頓時一振，「走吧！」

走去一看，果然水滿平池；自還是渾黃的泥湯，但是泛黃的殘荷敗梗，已有綠意，那朵昂然不屈、孤芳自賞的紅蓮，也更顯得精神了。

雨後園林，一片清氣；回首遙望，半天朱霞，反映在彩雲臉上，是一片新娘子才有的喜色。

李鼎很奇怪，自己居然在窮愁抑塞之中，能有欣賞這一片美好事物的心情！

「你的話不錯！」他說：「世界上甚麼事都在變，好的變壞，壞的也會變好。」他挺一挺胸：

「過去的過去了！看遠一點兒，重新來過！」

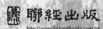

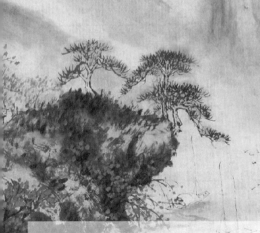

高陽作品集・紅樓夢斷系列

茂陵秋 新校版

2021年5月三版　　定價：新臺幣平裝400元　精裝550元

著者	高陽
叢書編輯	黃榮慶
校對	吳美滿
內文排版	極翔
封面設計	兒日

出版者	聯經出版事業股份有限公司
地址	新北市汐止區大同路一段369號1樓
叢書編輯電話	(02)86925588轉5307
台北聯經書房	台北市新生南路三段94號
電話	(02)23620308
台中分公司	台中市北區崇德路一段198號
暨門市電話	(04)22312023
台中電子信箱	e-mail：linking2@ms42.hinet.net
郵政劃撥帳戶第0100559-3號	
郵撥電話	(02)23620308
印刷者	世和印製企業有限公司
總經銷	聯合發行股份有限公司
發行所	新北市新店區寶橋路235巷6弄6號2樓
電話	(02)29178022

副總編輯	陳逸華
總經理	陳芝宇
社長	羅國俊
發行人	林載爵

行政院新聞局出版事業登記證局版臺業字第0130號

本書如有缺頁，破損，倒裝請寄回台北聯經書房更換。
聯經網址：www.linkingbooks.com.tw
電子信箱：linking@udngroup.com

ISBN 978-957-08-5794-8 (平裝)
ISBN 978-957-08-5801-3 (精裝)

國家圖書館出版品預行編目資料

茂陵秋 新校版/高陽著．三版．新北市．聯經．2021年5月．
640面．14.8×21公分（高陽作品集．紅樓夢斷系列）
ISBN 978-957-08-5794-8（平裝）
ISBN 978-957-08-5801-3（精裝）

863.57 110005932